BECKA MACK

Jogando para Vencer

SÉRIE JOGANDO PARA VENCER – 1

São Paulo
2024

Grupo Editorial
UNIVERSO DOS LIVROS

Diretor editorial
Luis Matos

Gerente editorial
Marcia Batista

Produção editorial
Letícia Nakamura
Raquel F. Abranches

Tradução
Cynthia Costa

Preparação
Nathalia Ferrarezi

Revisão
Aline Graça
Paula Craveiro

Ilustração de capa
Bilohh

Arte e design de capa
Renato Klisman

Diagramação
Nadine Christine

Dados Internacionais de Catalogação na Publicação (CIP)
Angélica Ilacqua CRB-8/7057

M141j	
	Mack, Becka
	Jogando para vencer / Becka Mack ; tradução de Cynthia Costa. -- São Paulo : Universo dos Livros, 2024.
	464 p. (Série Jogando para vencer)
	ISBN 978-65-5609-698-8
	Título original: *Consider me*
	1. Ficção canadense
	I. Título II. Costa, Cynthia III. Série
24-3054	CDD C813

Índices para catálogo sistemático:
1. Ficção canadense

Universo dos Livros Editora Ltda.
Avenida Ordem e Progresso, 157 — 8º andar — Conj. 803
CEP 01141-030 — Barra Funda — São Paulo/SP
Telefone: (11) 3392-3336
www.universodoslivros.com.br
e-mail: editor@universodoslivros.com.br

Para meu bebê,
Você é o ponto de exclamação no
fim da mais feliz das frases.
Obrigada por ser o meu milagre e
o meu sonho tornado realidade.

1
AZARADA NÚMERO 13

CARTER

— CARALHO.

Virando para o lado, recupero o fôlego, puxando a camisinha do meu pau já mole. Passo a língua pelo suor sobre o meu lábio superior e os dedos pelo cabelo. Estou morto de cansaço.

— Não — protesta Laura, quase se lançando sobre o lado da cama onde estou. — Fique comigo, Carter.

Exibo a camisinha na minha mão. Deveria ser autoexplicativo, não?

— Só vou jogar isso fora, Laura.

Ela franze as sobrancelhas.

— Lacey.

Eu seguro o riso. *Ooops*.

— Verdade. Desculpa. Lacey.

Lacey, a gata da capa da *Maxim* de agosto. Disso eu me lembro, porque ela repetiu treze vezes no bar, na noite anterior. Comecei a contar a partir da terceira vez.

— Podíamos fazer de novo — ela chama enquanto jogo a camisinha na lixeira do banheiro.

Apoio meu antebraço na parede para fazer xixi enquanto ela chora-minga sobre passarmos a noite inteira juntos. Ela poderia ficar aqui, é claro, mas prefiro que vá embora. Ao contrário do que possam imaginar por aí, eu valorizo meu tempo de solidão, mesmo que possa ser passado com corpos de mulheres bonitas.

Não me compreenda mal; ninguém pensaria duas vezes antes de levar Lacey para cama. É por isso que trepamos como coelhos, sem parar, pelos últimos trinta minutos, depois que a fiz gozar no elevador no caminho para cá, porque, caramba, eu só queria que ela parasse de falar. Eu já tinha entendido nas primeiras doze vezes... que ela tinha saído na capa da revista.

Treze era para ser um número da sorte, não de mau agouro.

— Não consigo — finalmente respondi enquanto lavava as mãos e me olhava no espelho. Vejo o corte feio no meu lábio inferior, que está bem inchado. Até que não me saí mal; o outro cara ficou pior. — Meu voo vai sair bem cedo.

O voo é ao meio-dia, mas não quero que ela fique.

Cruzando os braços sobre o peito, eu me recosto no batente da porta e a observo se aconchegar entre as cobertas. É, nem pensar.

— É melhor você ir — digo.

Visto a cueca e coloco as mãos na cintura, esperando. Ela nem se mexe, só fica olhando para mim com os grandes olhos azuis. Deve achar que, quanto mais arregalá-los, maior será a possibilidade de eu mudar de ideia. Não imagina o quão errada está.

Eu coço a cabeça. Girando sobre os calcanhares, bato um punho fechado na palma da outra mão aberta algumas vezes, estalo a língua e espero que ela tome a porra de uma *atitude*.

— Posso passar a noite aqui? — ela pergunta, por fim.

Droga. De novo essa maldita pergunta. Toda vez é a mesma coisa. Será que ela quer mesmo ficar ou secretamente espera conseguir mudar o estilo de vida de Carter Beckett, fazendo-o assumir um relacionamento sério? Às vezes, acho que está rolando uma aposta para saber quem será a vencedora.

Ah, espere. Há mesmo uma aposta. O prêmio é o salário multimilionário do capitão do Vancouver Vipers.

Minha resposta é sempre a mesma.

— Eu não passo a noite com ninguém.

— Mas eu... — O queixo dela treme, assim como seus olhos cheios de lágrimas. Pelo amor de Deus. Faz duas horas que nos conhecemos... Por que diabos ela está chorando? — Achei que tínhamos nos dado bem... achei que, talvez... achei que você tivesse gostado de mim.

— Eu gostei de te conhecer — eu driblo. O sexo tinha valido uma boa nota sete. — Foi divertido.

O verbo no passado foi para enfatizar que agora era hora de seguirmos caminhos separados e provavelmente nunca mais nos vermos, mas, em vez disso, teve o efeito oposto.

Um raio de luz cruza o rosto dela.

— Talvez possamos marcar um encontro.

Tento resistir ao impulso de dar um tapa em meu próprio rosto. Tento mesmo. Então, acabo arrastando a mão pela cara em câmera lenta e depois a arrasto para cima de novo, engolindo um gemido. Ponto para mim.

— Nós moramos em países diferentes.

— Talvez eu pudesse vir para Van...

— Eu não namoro. — Encontro a calça largada ao lado da porta do quarto de hotel, pesco o celular de dentro do bolso e abro o aplicativo do Uber. — Nada pessoal, mas não estou em busca de nada sério no momento.

Honestamente, não entendo como ainda preciso ter esse tipo de conversa. Todo mundo sabe da minha vida pessoal.

Não, mentira. Ninguém sabe nada da minha vida pessoal, exceto pelos companheiros de time e pela minha família. Mas aquelas horas entre um jogo e outro, e aquelas em que passo desmaiado, sozinho na minha cama... *Isso* todo mundo sabe. Todo fim de semana sou fotografado com uma mulher diferente. As mulheres sabem com quem estão lidando. Há até fóruns na internet, nos quais elas reclamam sobre como eu as tratei como uma noite e nada mais quando tinham a esperança de brincar mais uma vez com o meu taco.

Mas é isso o que elas são, todas elas. Uma noite e nada mais. Elas sabem no que estão entrando e, ainda assim, vão embora decepcionadas quando a coisa se desenrola *exatamente* conforme o esperado.

Guardo o celular e foco de novo na mulher sobre a minha cama. Ela está passando os dedos pela seda vermelha enquanto me encara.

— Chamei um Uber para você. Chegará em cinco minutos.

— Mas...

— Olha, Lauren...

— *Lacey*.

— Lacey, verdade, desculpa aí. Lacey, nossa noite foi ótima, mas eu viajo demais para manter um relacionamento sério.

— Então é por isso? — Ela dá a mão para mim, deixando-me arrancá-la da cama. — Por causa do calendário do hóquei?

— Sim — minto. — Não tenho tempo. — Eu poderia ter tempo, imagino, se tivesse interesse. Mas eu nunca tenho interesse.

— Ah. — Ela parece consolada, pelo menos. Talvez isso a faça se sentir menos insegura. Não sei e não me importo. — Bem... você me dá seu telefone?

Nem fodendo.

— Eu não compartilho meu número. — *Nunca.*

Antes de ela conseguir responder, a porta do quarto bipa duas vezes e se abre.

— Ainda está acordado, Beckett? Que tal um jogo rápido antes... *Puta que pariu.* — Meu companheiro de time e melhor amigo Emmett Brodie para na porta do quarto, olhando para mim e para Laaa... Lacey. Ele ergue as mãos, evitando olhar para ela. Deve achar que Kara irá castrá-lo se ele se atrever a olhar para outra mulher. Bom, para ser justo, é capaz de ela fazer isso mesmo. Que mulher brava. — É por isso que eu gosto de dividir o quarto com Lockwood.

Sim, há um ano ele tem feito isso, desde que conheceu Kara. Acho que prefere não correr riscos com garotas peladas perambulando pelo quarto do hotel quando estamos viajando. Eu entendo. Acho. Quero dizer, não sei nada sobre relacionamentos, sérios ou não.

— Ela já está indo embora — digo, voltando meu olhar para Lacey. Sim, ela ainda está pelada. E parece não se importar com o fato de Emmett estar ali. Aliás, ela o mede de cima a baixo.

Aí é que está: essas mulheres estão pouco se lixando para o cara com quem estão dormindo, desde que seja um jogador milionário. São as marias-rinque, obcecadas por jogadores de hóquei e dispostas a pular de um em um.

— Seu Uber já chegou — aviso. — Melhor se vestir, querida.

— Bem, eu...

— Ele tem namorada, e eu não estou interessado.

Minha mandíbula contrai-se de irritação. Só quero jogar videogame com o meu amigo, comer um pacote inteiro de Oreo e depois despencar no meu travesseiro. É pedir muito?

Finalmente, Lacey enfia o vestido pela cabeça, e a seda vermelha envolve seu quadril com perfeição. Que merda, ela é gostosa. Pode ser que eu não me lembre mais do seu nome depois que ela cruzar a porta, mas vou me lembrar disso.

— Posso te dar meu número? Aí você pode me ligar da próxima vez que estiver na cidade ou, se mudar de ideia, e quiser que eu viaje para...

— Claro — aponto para o bloquinho de recados do hotel sobre a mesa de cabeceira. — Pode escrever ali.

Emmett arregala os olhos e curva um pouco o canto da boca ao passar por mim a caminho do banheiro.

Lacey me segue até a porta com um olhar de cachorrinho abandonado. Ela pode fazer bico o quanto quiser; não vou levá-la para casa comigo.

— Bem, obrigada... por hoje. Espero que a gente se veja de novo.

Ela dá um sorriso tão brilhante que eu quase me sinto mal. Mas, quando se inclina para me beijar na boca, viro a cabeça no último momento. Ela beija meu rosto.

— Tchau, Lauren.

A porta bate e eu viro a tranca.

— *Lacey!* — ela grita do corredor.

Emmett aparece, rindo.

— Você é um canalha, Carter.

Eu me jogo no sofá enquanto ele pega o Xbox.

— Elas não entendem. Eu não quero namorar. — Enfio a mão na caixa de Oreo sobre a mesinha e abro um biscoito para comer o recheio. — É só uma noite, não um pedido de casamento.

— Então você está cagando e andando para o sonho delas de passarem uma vida feliz com um homem que as ame?

Sonho? Que merda é essa?

— Kara está transformando você em um pamonha. Elas podem sonhar com o que bem quiserem, só não comigo.

— Você nunca vai sossegar?

Eu dou de ombros.

— Sei lá. Talvez sim, talvez não. Mas com certeza não agora.

Ele ri e atira um controle sobre o meu colo.

— Um dia desses, uma mulher vai aparecer e virar sua vida de cabeça para baixo, e você não vai saber fazer outra coisa a não ser se jogar aos pés dela e implorar a ela que nunca vá embora.

Minha cabeça sacode enquanto jogo outro biscoito na boca.

— Então, nesse dia, eu sossego.

2

CAMA > SEXO

A DESVANTAGEM DAS VIAGENS INTERNACIONAIS é o choque térmico em seu sistema quando você volta para casa, na Colúmbia Britânica, em meados de dezembro, depois de passar alguns dias na Flórida e na Carolina do Norte.

Estamos à beira de uma nevasca, o que é bem incomum na costa oeste do Canadá. E, tecnicamente, ainda nem é inverno. Eu moro em North Vancouver, onde o clima lembra *um pouco* mais o típico inverno canadense, mas nada nesse nível. Parece um mau presságio, mas opto por ignorar os sinais óbvios.

De toda forma, está um frio da porra, e ainda estou me recuperando de uma ressaca, depois de passar cinco horas e meia em um avião jogando cartas com meus companheiros de time e ter perdido todos os jogos, exceto um. Hoje é um daqueles raros sábados em que não jogaremos hóquei, e, em vez de passar o tempo em casa de moletom mergulhado em uma maratona da Disney e comendo uma pizza grande, estou aqui caminhando em uma noite tempestuosa, indo para uma festa de aniversário surpresa.

— Só posso estar louco, cara. — Enfio as mãos nos bolsos do casaco de lã e puxo o cachecol até o queixo.

— E eu junto — resmunga Garrett Andersen, meu lateral-direito, com o sotaque da costa leste que aparece quando ele está cansado ou bêbado. No momento, é o primeiro caso. — Quase desisti, mas aí pensei melhor. Gosto das minhas bolas exatamente onde estão, muito obrigado.

Sua preocupação não passou despercebida por mim. A aniversariante ameaçou nos castrar em diversas ocasiões por ofensas muito menores. Mas o último lugar em que gostaria de estar é no aniversário de vinte e cinco anos de Kara. Ela já é assustadora o suficiente e, a essa altura, já perdemos aquela parte em que todos pulam e gritam *Surpresa!*. Espero que ela já tenha tomado uns três drinques e fique feliz o suficiente com a sacola rosa brilhante pendurada em meu antebraço para esquecer que está brava conosco.

— Vou embora cedo — digo a ele.

— Sei. — Ele revira os olhos.

— Quê? Vou, sim. Estou com saudade da minha cama.

— Ã-hã.

— Consigo me controlar por uma noite.

Ele corre para atravessar a rua, em direção ao bar.

— Duvido!

O bar está como eu esperava: uma chuva de cor-de-rosa e lotado pra caramba. Em geral, até gosto do caos, mas esta noite só queria ficar num canto com meus companheiros de time e tomar uma ou duas cervejas geladas.

Além do rosa, tem muito dourado e floral. Graças à melhor amiga de Kara, porque a decoração quase sobrou para nós, até que Emmett nos avisou que tínhamos nos livrado do problema. Eu não a conheço, mas ela deve ser corajosa para assumir a decoração da festa quando a própria aniversariante tem uma empresa de eventos. Decepcionar Kara não é algo que eu queira fazer, pois, como já mencionei, o preço pode ser a castração.

— Amigo Urso! Carter! — Um corpo se joga contra o meu, arrancando o ar dos meus pulmões e me envolvendo em um abraço.

— Parabéns para Karinha — cantarolo enquanto a aniversariante se desvencilha do meu corpo para agarrar o de Garrett.

Kara vê a sacola nas minhas mãos e dá pulinhos sobre seus saltos estratosféricos.

— Ah, passe para cá! Quero ver!

— Ora, ora. — Eu puxo a sacola. — Onde estão suas boas maneiras?

Seus olhos azuis arregalam-se e ela empina o quadril para o lado.

— Dê a porra do meu presente, *por favor*.

Eu rio enquanto ela arranca a sacola das minhas mãos e põe-se a rasgar o embrulho. Ao abrir a caixinha de veludo, ela dá um gritinho. Pega a corrente de platina com o pingente com a letra K incrustado de brilhantes e a chacoalha na minha cara.

— Coloque para mim, coloque para mim!

Eu a vejo rodopiar, balançando os cachos loiros sedosos, na altura da cintura, e meus olhos logo seguem a curvatura das costas, que estão à mostra, até sua bunda redondinha. *Nada mau.*

Veja, ela é a namorada de um dos meus melhores amigos. Eu nunca, *nunca*, colocaria um só dedo nela, mas sou um homem com dois olhos. Posso apreciar uma mulher bonita sem desejar fazer algo a respeito.

Garrett me dá uma cotovelada nas costelas, fazendo eu me curvar e soltar um gemido de dor. Ele tira o colar da mão estendida de Kara e o coloca em seu pescoço. Ela dá um beijinho no rosto de nós dois e nos guia até o bar.

— Vocês vão se divertir muito. Minhas amigas são fabulosas, em especial minha melhor amiga. Mal posso esperar para vocês a conhecerem! — Ela me dirige um olhar de aviso, do tipo *Nem pense!*. — Você precisa se comportar hoje.

Eu jogo as mãos no ar.

— Que merda isso significa?

— Você sabe muito bem. Não tente nada engraçadinho com Liv.

— Quem é Liv?

Ela bufa.

— Olivia! Minha melhor amiga!

— Aaahhh, certo, certo. Ela.

Não sei como, mas nunca a tinha visto ao longo de um ano, o que deve ter sido melhor mesmo e com certeza obra do Emmett. Ele mencionou algumas vezes que eu não devia transar com ela e partir seu coração, o que acabaria levando Kara a largá-lo, e tudo seria culpa minha. Então, parece que não tenho permissão para tocá-la ou algo do tipo.

Por mim, ótimo. Eu tenho meia dúzia de mensagens de Lacey no meu Instagram que deveriam ser um lembrete para eu dar uma pausa de uma ou duas semanas sem mulheres. Fica difícil esquecer o nome dela depois de treze mensagens em uma hora, a exata quantidade de menções à sua capa da *Maxim*. Coincidência? Acho que não!

Kara nos deixa com a promessa de voltar mais tarde, e Garrett e eu ficamos longe do restante de nossos companheiros, que estão amontoados num canto do bar. Ao que parece, já estão bem bêbados. Nada como uma noite de sábado livre para os meninos.

— Como vocês conseguiram perder a surpresa? — Adam Lockwood, nosso goleiro, aperta minha mão antes de me passar uma cerveja. — Sortudos do caralho.

— Fiquei preso na casa da minha mãe.

Quase sempre um erro. Minha mãe é daquelas pessoas que, de repente, lembram-se de tudo o que tinham para falar bem na hora de ir embora, e *nunca* pode ficar para depois. Ela nunca para de falar, uma característica que ela nega ter e nega ter passado para mim. Já eram sete horas quando enfim fui embora, e eu ainda precisava ir para casa tomar banho.

— E aí, Woody? — Cutuco o braço de Adam, notando que ele está sem a ruiva que geralmente anda pendurada nele. — Cadê a garota?

Ele passa a mão pelos cachos escuros, mostrando-se desconfortável.

— A Court já tinha outros planos.

— Ah.

Parece estar virando rotina. Pensando bem, não lembro a última vez que a vi. Mas, antes de eu conseguir comentar, uma mão pesada agarra meu ombro e o tranco faz a cerveja espirrar na minha mão.

Eu sei que é Emmett assim que ele me dá um dos seus abraços de urso. E sei que ele está bêbado assim que enrola a língua ao soprar as palavras contra o meu rosto.

— Você está atrasado.

— Desculpa, cara. — Eu bagunço um pouco o cabelo dele, sobretudo porque é divertido zoar com um cara do seu tamanhão. — Já bebeu, foi?

Ele tira a minha mão.

— Para sua informação, você não tem permissão para transar com nenhuma das amigas da Kara.

Um gemido forma-se dentro do meu peito enquanto inclino a cabeça para trás.

— *Sim*, papai. — Meu olhar percorre o salão grande do bar, passando pelo mar de pessoas dançando na pista. — Nem importa, na verdade. Não estou a fim... não estou... — As palavras morrem na ponta da minha língua quando coloco os olhos *nela*. — Hmm, não estou a fim... hoje. — Gesticulo de forma caótica com a minha cerveja, porque é só o que consigo fazer.

— Que foi?

Olho para Emmett, depois de novo para ela. Esqueço-me do que estávamos falando, mas nada pode ser tão importante quanto a morena mignon, linda de morrer, que está dançando com Kara.

Para ser honesto, *dançando* é uma definição muito imprecisa para o que aquelas duas estão fazendo. Não sei o que é, mas... *Puta que pariu.*

Algo se acende dentro de mim enquanto assimilo aquela estranha, aquela coisinha deslumbrante jogando o cabelo escuro sobre os ombros, passando a língua no lábio superior. Ela atira os braços para o ar e inclina a cabeça para ouvir o que quer que seja que Kara sussurra em seu ouvido. Eu observo com a atenção de uma ave de rapina sua cabeça curvando-se para a frente enquanto ela cai na gargalhada.

Fico extasiado, deslumbrado, obcecado. Não consigo desviar o olhar e, quando as mãos de Kara agarram a cintura da amiga, deslizando em câmera lenta até seus quadris, luto contra um gemido, porque quero fazer exatamente aquilo.

— Nem pense nisso, Carter.

Eu me esforço para olhar para Emmett.

— O quê?

Ele abana a cabeça.

— Não. Ela, não.

Ela, não? Quem é ela? Meus olhos a encontram de novo e vejo um cara a puxando contra o peito.

Namorado? Merda.

Um barulho triunfante vibra no fundo da minha garganta quando ela dirige a ele um sorriso amarelo, balançando a cabeça, seus lábios pronunciando *Não, obrigada*, antes de ela virar as costas para ele e para mim.

E, caramba, que costas! Ombros claros e macios guiando o caminho com as costas alvas sob os flashes das luzes acima. A curva de sua cintura abre-se na doce curvatura de seus quadris largos; a saia de couro preto envolvendo-os como uma segunda pele. Como diabos ela conseguiu entrar naquilo? Como vou tirar aquilo mais tarde? Perguntas sérias para as quais preciso de respostas imediatas.

Tesoura, decido. Vou cortar a saia, depois mando uma nova de presente.

Garrett toca meu queixo com os dedos, fechando minha boca.

— Jesus, Beckett. Você está bem?

Aponto na direção dela.

— *Cara.* — É só o que consigo falar. *Eles não estão enxergando?*

Garrett segue meu olhar e murmura em concordância, mas Emmett estraga tudo revirando os olhos, de modo que quase conseguimos ouvir o gesto.

— Estou falando sério, Carter. Kara vai fazer você engolir suas bolas se tocar nela.

— Eu me viro com Kara.

Emmett bufa, Garrett ri e Adam bate com o punho contra o peito enquanto tosse. Ninguém "se vira" com Kara. Nem mesmo Emmett. Na maior parte das vezes, nem a própria *Kara* consegue se virar consigo mesma.

— Qual é o nome dela?

Emmett continua balançando a cabeça como um idiota.

— Não. Não vou dizer.

Observo enquanto ela joga os cachos escuros sobre os ombros, ficando na ponta dos pés para sussurrar no ouvido de Kara antes de sair caminhando pela pista, rebolando os quadris. Ela se senta em um banco do bar e sorri para o barman. Quando ele entrega uma cerveja para ela com uma piscadela, ela enrubesce, desviando os olhos. Que fofa.

Fico estranhamente cativado pela maneira como ela coloca uma perna sobre a outra e leva o copo à boca, bebendo metade dele em um longo gole, como se estivesse muito acostumada. E, quando seu olhar examina o salão, já estou planejando minha primeira fala. Ela passa os olhos por mim, mas não para.

Depois, volta-os para mim.

Um rubor sobe por seu pescoço e se acumula em suas bochechas, então eu lanço para ela meu sorriso característico, forçando bem minhas covinhas, e rio quando sua cabeça vira para o outro lado. Ela fixa o olhar na tela da TV e imediatamente começa a fingir que não me viu.

— Eu mesmo vou descobrir o nome dela. — Bato nas costas do meu amigo e pisco para os outros. — Com licença, meninos.

— Boa sorte, Beckett. — Emmett sufoca uma risada exasperada em seu copo. — Garanto que ela não vai cair na sua lábia. Você nunca vai conseguir ficar com ela.

Nunca vou conseguir? É improvável. Sou capitão do nosso time de hóquei e um dos jogadores mais bem pagos da história da liga. Não consigo ir nem ao mercado sem ganhar um número de telefone ou uma proposta indecente, então agora peço compras pelo delivery.

Além disso, nunca virei as costas para um desafio.

3
AZAR DE PRINCIPIANTE

CARTER

UUHH. O CALOR QUE A MINHA morena favorita emana quando me aproximo dela é *escaldante*.

Não é *possível* que ela não perceba, mas com certeza disfarça bem. Age como se não tivesse ideia de que estou ali, fingindo prestar atenção a um comercial de TV. Na verdade, é uma propaganda da Sociedade Protetora dos Animais, com a Sarah McLachlan cercada de filhotinhos, e sei que ela deve estar morrendo por dentro. Só de olhar já sei que ela é daquelas que choram quando veem esse tipo de comercial.

Eu me sento no banco ao lado e minha coxa roça na dela quando abro as pernas daquele jeito de homem que minha irmã odeia. Ela baixa lentamente o olhar para checar esse toque, e acho incrível que ela possa enrubescer ainda mais: um calor escarlate espalha-se enquanto ela volta a olhar para a TV.

Não sei qual é o joguinho dela, mas estou pronto para jogar. Posso encará-la a noite toda.

Apoio o cotovelo no balcão e o queixo sobre o punho fechado, estudando seu lindo rosto com mais atenção do que já dediquei a qualquer outro estudo na vida.

Cílios longos e espessos emolduram seus olhos castanhos, grandes e acolhedores, como se fossem xícaras de cappuccino. Sardas leves salpicam as maçãs do seu rosto e do seu nariz, delicadas como todo o resto dela, e seus lábios abaulados, cobertos por batom cor de cereja, estão levemente curvados para baixo nos cantos, expressando irritação. Que pena, eles ficariam lindos ao redor do meu...

— *O que foi?*

Minhas sobrancelhas erguem-se ao som de sua alfinetada. Seu olhar, agora dirigido a mim, é cortante.

Seus olhos se fecham e ela solta um suspiro silencioso, como se precisasse se recompor.

— Desculpa. Não quis ser grosseira. Será que posso te ajudar?

Eu levo a cerveja à boca.

— Não.

Ela se vira na minha direção, batendo os joelhos nos meus.

— Ah, não? Você veio aqui olhar a minha cara?

— Pois é. — E não posso ser culpado por isso, posso? Além disso, ela também não parece conseguir tirar os olhos de mim, deixando-os medir um pouco o meu corpo, coisa que deixa meu ego bem feliz. — Quer uma cerveja? É por minha conta.

Os olhos dela encaram os meus, como se ela se esquecesse, por um momento, que sou um ser humano vivo.

— Não, obrigada. — Ela dá um gole na cerveja e lambe uma gota do líquido âmbar que escorre de seu lábio superior. — Já estou bebendo.

— Depois dessa, então?

O que será em aproximadamente dez segundos, já que ela está virando a caneca.

— Posso pagar pela minha cerveja — ela retruca. Depois completa, mais calma: — Mas obrigada.

Ela passa os olhos pelo restante do bar, como se me evitar fosse me fazer desaparecer.

— Eu não quis dizer que você não pode. Só gostaria de pagar uma para você e ficar aqui sentado enquanto você bebe.

— Certo, mas isso você já está fazendo.

Ela inclina um pouco a cabeça para me inspecionar com uma dose saudável de desconfiança. Fico pronto a assumir um crime que nem cometi.

— De onde você conhece Kara?

— Ela é a minha melhor amiga — ela responde com frieza, como se preferisse estar em qualquer outro lugar que não ali, sentada, conversando comigo.

Mas que pestinha escorregadia. Agora eu sei por que Emmett me mandou passar longe.

— Que pena não termos nos conhecido antes, não? Kara te manteve em segredo. — Ergo dois dedos para o barman e aponto para a caneca da minha nova amiga. — Qual é seu nome? — Sei que Kara já me disse, mas não me importei na ocasião. Agora me importo.

Ela bufa quando a nova cerveja se materializa diante dela. Sei que ela gosta de cerveja, então não deve estar querendo me dar esse gosto. O que só me faz querer mais.

Ainda estou esperando pelo seu nome, então fico em silêncio, bebericando a minha cerveja, porque posso acabar estragando tudo se abrir minha boca agora. Já me disseram que não tenho filtro, algo que se espera das pessoas comuns; eu sou Carter Beckett.

Outro suspiro, dessa vez resignado:

— Olivia.

O nome flutua pelo espaço entre nós, e eu o deixo ecoar na minha cabeça, testando-o.

— Prazer em conhecê-la, Olivia. Pode me agradecer mais tarde, se quiser.

Pisco para ela e ela bufa. Pior: eu *gosto*.

— Eu preferiria me enterrar na neve daquela montanha do outro lado da rua. — Ela ergue a caneca. — Só vou aceitar esta daqui porque não sou de desperdiçar uma boa cerveja. E você vai se contentar com o obrigada que dei agora a pouco.

Hmm, acho que gosto dela. Deus sabe que já faz um tempo desde a última vez em que tive de batalhar para levar alguém para a cama. Odeio não poder usar os meus talentos e não consigo imaginar alguém que valha mais o esforço do que a morena atrevida que ainda está me dirigindo uma careta.

— Você não sabe quem eu sou, sabe?

Os olhos escuros de Olivia examinam o meu rosto por sobre a borda da caneca.

— Acredite: sei exatamente quem você é.

— E quem sou eu, meu bem?

— Carter Beckett.

Acho que nunca tinha ouvido os dois nomes falados de maneira tão direta e não sei se fico bravo ou se me divirto com a forma com que ela se vira de novo para a tv, como se não estivesse nem aí para quem eu sou.

— Capitão do Vancouver Vipers. E você pode enfiar o "meu bem" naquele lugar.

A cerveja desce pelo buraco errado e começo a tossir, batendo com o punho fechado contra o peito.

— Você não é muito fã de hóquei, é?

Vejo uma insinuação de sorriso no canto da boca dela.

— Eu adoro. Joguei por quinze anos.

Minhas sobrancelhas vão às alturas.

— Sério? — Meu polegar desliza pelo meu queixo ao pensar na possibilidade de ficar com uma garota que entende de hóquei, ainda mais uma que já até jogou. — Na liga amadora? — Ela bufa de novo. É adorável. — Tá bom. Vou entender isso como um *nem fodendo*. — Eu meço as curvas dela, suas longas panturrilhas torneadas, seus saltos pretos e finos. — Você é bem pequenininha. Devia ser massacrada no rinque.

— Não se preocupe, Sr. Beckett. Sei me defender muito bem.

— Deve ter passado um bom tempo no banco de penalidades, não?

— Quase tanto quanto você — ela responde, com seus olhos cor de chocolate brilhando ao focarem no corte no meu lábio, resultante de uma briga no jogo da noite anterior.

Eu abro um sorrisão. Mentira que ela não está nem um *pouquinho* interessada em mim.

O magnetismo irresistível dela me puxa para perto.

— Meu apartamento fica no fim da rua.

— Que conveniente para você.

— São só dez minutinhos de caminhada.

Olivia leva a cerveja para aqueles seus lábios muito beijáveis.

— Pertinho, hein.

— Posso chamar um Uber para nós, se você preferir.

Ela se engasga com uma risada, levando a mão à boca para não cuspir a cerveja. Fico fascinado, observando-a tocar de leve o canto da boca e olhar ao redor no bar. Seus olhos estão cheios de divertimento e me sinto seguro sobre o destino para o qual estamos indo — a alguns quarteirões dali, no meu apartamento.

— Ah, Sr. Beckett. Você é tão ingênuo quanto bonitinho. — Ela dá uma batidinha condescendente no meu peito. — Sua casa é o último lugar para o qual eu iria.

— Por quê? — Meu rosto aproxima-se e percebo o exato momento em que a respiração fica presa em sua garganta. Ela passa a língua no lábio inferior, estimulando meu próximo comentário: — Quero transar loucamente com você. Quero colocar *você* no banco de penalidades...

Olivia dá uma risada abafada que é tão fofa quanto quando ela bufa.

— Você não está me dizendo que conquista mulheres com esse papinho, está?

— Claro que não.

— Imaginei mesmo.

Eu sorrio.

— Em geral, meu nome e minha beleza já são mais que suficientes.

Ela revira os olhos enquanto pego um cacho de seu cabelo escuro com um toque de caramelo, virando-o na ponta dos dedos. Seu cabelo é bonito. Seus olhos são bonitos. Seus lábios são bonitos. Suas coxas são bonitas. Caralho, ela é toda *bonita*.

Com um leve puxão, eu a faço se aproximar e sorrio quando ela chega perto, como se ela não estivesse se dando conta de que está cedendo ao puxão.

— Conseguimos chegar em oito minutos se me deixar levar você de cavalinho — eu sussurro. — Coloque essas pernas bonitas ao redor da minha cintura antes de eu colocar minha cara entre elas.

Um calor emana dela e seus lábios se abrem com uma inspiração forte antes de ela recuar. Limpando a garganta, saca o celular e começa a navegar pelo Instagram, como se estivesse morrendo de tédio.

— Que péssima ideia.

— Eu discordo.

Seus olhos brilham com atrevimento ao me encararem.

— Você está certo. Meus pés estão doendo de tanto dançar. Até que andar de cavalinho não seria uma má ideia. — Ela sorri quando eu rio, mas depois assume um tom sério. — Eu não transo casualmente, Carter.

Que merda.

Eu mordo o lábio inferior, observando como os dedos dela batem no copo, como ela me espreita a cada poucos segundos para ver se ainda estou olhando para ela, o rubor que sobe nas suas bochechas quando percebe que estou. A linguagem corporal dela, os nervos que a fazem se contorcer sob o calor do meu olhar, não combinam com suas respostas sarcásticas, e de alguma forma isso só a torna mais intrigante.

– Tudo bem – digo, antes mesmo de realmente concordar com isso na minha cabeça. Dane-se, por que não? Se há uma mulher que eu gostaria de ver novamente, pode ser Olivia.

– Por que parar em apenas uma noite? Tenho a sensação de que você é o tipo de música que eu tocaria no repeat. – Eu até consideraria abrir uma exceção na minha regra de não dormir junto. Podemos passar o dia todo amanhã antes de eu mandá-la embora. Dou um tapa na madeira e inclino a cabeça na direção da porta.

— Vamos, linda.

Ela fica boquiaberta.

— Você só pode estar brincando.

— Eu até levo você para tomar café da manhã — digo, com o meu sorrisinho mais charmoso.

Ela murmura algo como *babaca metido do caralho* enquanto passa as mãos sobre o rosto.

— Acho que você não está entendendo. — Ela vira o restante da cerveja antes de descer do banquinho e se aproximar do meu rosto. Ela cheira muito bem, a pão de banana recém-saído do forno. Soa estranho? Bom, só sei que quero prová-la. Mas ela continua falando devagar e pronunciando cada palavra para que eu entenda bem: — Não tenho nenhum interesse em ser mais uma na sua cama. Não tenho dúvida de que esse cabelo bagunçado, esses lindos olhos verdes e esse seu sorrisinho sonso arrancam muitas calcinhas, mas não a minha.

Inclino a cabeça, sorrindo.

— Então você admite que me acha bonito.

Olivia revira os olhos.

— Não me surpreende que você só tenha entendido isso. — Ela gesticula sobre o ombro. — Você pode conquistar a garota que quiser. Vá encontrar uma companhia para o seu café da manhã.

Nada disso. A oferta do café da manhã era exclusiva para ela.

— Mas é você que eu quero — choramingo em tom de brincadeira, pegando a mão dela. — Não consigo tirar os meus olhos de você. E você ainda entende de hóquei, já me mandou para aquele lugar de umas três formas diferentes, e não me lembro da última vez em que me senti tão atraído por alguém.

Ela se aproxima e meu coração dispara. Passa as pontas dos dedos pelo meu braço, depois pelo meu queixo. Seu rosto ergue-se ao mesmo tempo em que o meu cai, e o fogo em seu olhar é a promessa de uma noite inesquecível.

— Alguém já conseguiu dizer não para você? — ela sussurra.

Meu peito estufa de orgulho.

— Nunca.

Ela sorri e, Jesus, que visão gloriosa.

— Bem, acho que sempre há uma primeira vez.

Eu franzo o cenho quando ela se afasta.

— O quê?

— Aproveite o restante da noite — ela fala sobre o ombro antes de se esgueirar pela multidão, desaparecendo de vista e, por Deus, acho que terei de ir para casa e fazer o que ela parece ter sugerido: me foder.

Merda. Não gosto nada disso.

4
NÃO, OBRIGADA!

OLIVIA

DOMINGOS DE RESSACA SÃO FEITOS para duas coisas: comer porcaria e tirar sonecas.

Eu só quero um cheeseburger bem gorduroso do tamanho da minha cabeça acompanhado de uma porção enorme de batata frita. Em vez disso, estou sentada na Starbucks bebendo um frapê gelado em pleno frio de dezembro, como se eu fosse passar mal se não bebesse, e comendo um combo *saudável* — tudo porque o McDonald's só começará a servir lanches daqui a quinze minutos.

Kara arqueia uma sobrancelha para a minha bebida.

— Tá gelado pra caramba, Liv.

Eu concordo sem abrir a boca e enfio as mãos nas mangas do suéter.

— O inverno está chegando.

— O inverno *chegou* — ela responde, como imaginei, sem entender a referência a *Guerra dos Tronos*. — E você está aí tomando café gelado.

— Frapê — eu a corrijo, petiscando minha porção de queijo e frutas do combo proteico. Cutuco o ovo cozido. Sério, que merda é essa? Não gostei, não. Como esse tipo de coisa de segunda a sexta, não no domingo de manhã depois de beber metade do meu peso corporal em forma de cerveja na noite anterior. Suspirando, fecho a tampa da caixa. Vou fazer Kara passar pelo *drive-thru* do McDonald's no caminho de volta para a casa dela.

— Não interessa o nome, Ollie, está *gelado*.

Em geral, tomo chá descafeinado. Kara diz que sou psicopata, mas cafeína faz o meu estômago doer e me deixa nervosa. Nesta manhã, porém, estou precisando dela. Acho que não estou funcionando muito bem. Mas também odeio café quente, então restavam poucas opções quando fui fazer o pedido, dez minutos atrás. O atendente me olhou como se eu tivesse cinco cabeças e pediu que eu repetisse o pedido.

— Minha cabeça está doendo. — Faço bico e olho para ela com cara de cachorrinho carente.

— Ah, amiga. Você curtiu demais.

— Meus pés estão me matando. — Estou precisando loucamente de um escalda-pés ou de uma massagem. Aliás, eu engancho o pé no calcanhar de Kara e o esfrego em sua longa canela.

Ela me dispensa.

— Não vou fazer massagem no seu pé. Talvez Emme faça quando ele voltar.

Faço uma careta.

— Não vou pedir para seu namorado massagear meus pés!

— Por que não? — Ela coloca uma uva na boca. — Ele tem ótimas mãos. Grandes. Fortes. — Ela ergue as sobrancelhas. — *Mágicas.*

— Coisas das quais não preciso saber.

Atiro a embalagem do canudo nela. Kara cruza as pernas e me encara.

— Será que podemos falar do assunto proibido?

Dou um gole. Que delícia. Acho que não dormirei por dias.

— Que assunto?

— O assunto sexy de um metro e noventa e três de músculos que se parece com um super-herói da Marvel ou um deus grego?

Meu olhar se mantém na bebida.

— Ainda não sei do que você está falando.

Ela cutuca o interior da bochecha com a língua, erguendo um pouco os cantos da boca.

— Carter Beckett é o assunto, Liv.

— Ah. Esse assunto. — Eu checo o esmalte nas minhas unhas. — Já falamos dele.

Na verdade, eu tinha acabado de conseguir tirar da minha cabeça aquele rosto narcisista e irritante.

— Eu já tinha bebido três mojitos e cinco tequilas. Não me lembro de uma só palavra daquela conversa.

A conversa foi, na verdade, Kara me puxando para me afastar o máximo possível de Carter Beckett: capitão do Vancouver Vipers, multimilionário e playboy de plantão. Ela, de fato, tentou explicar um punhado de razões pelas quais eu deveria passar longe dele, mas foi difícil entendê-la com a gagueira e os petiscos que ela continuava a enfiar na boca a cada vez que um garçom passava.

— Você me disse para manter distância, e falei que já estava fazendo isso.

Houve um momento, muito breve, com a minha mão na dele e seus penetrantes olhos cor de esmeralda nos meus, em que quase... *cogitei*. *Quase*. Mas determinação é tudo. Além disso, erros quase cometidos são culpa do álcool.

Carter Beckett é a definição de sexy. Ele é a arrogância em pessoa, coberto de roupas caras, músculos bem trabalhados e um sorriso encantador — e muito possivelmente deve ter clamídia, vai saber. Ele deve tomar precauções, mas, convenhamos, o homem passa o rodo por aí.

Kara apoia o queixo na mão.

— Devia ter adivinhado que ele ia gostar de você.

— Gostar de mim? Ele não *gosta* de mim. Ele quer dormir comigo. E como é que você adivinharia? Não sou o tipo dele.

— Você é, sim.

— Não sou.

Kara brinca com o celular antes de me mostrar uma foto de Carter com uma morena de pernas longas, o braço dele em volta da cintura dela enquanto ela chupa o pescoço dele. Bônus por conseguir, de alguma forma, andar na rua desse jeito e não se espatifar no chão.

— Está vendo? Ela também tem cabelo castanho.

Eu reviro os olhos, ignorando que a moça é uns trinta centímetros mais alta que eu. Toco na página do Instagram e olho para Kara com ar de confirmação.

— Ela é líder de torcida do Dallas Cowboys.

Olha só, não gosto de dar uma de *como sou diferente*, mas a verdade é esta: não tenho nada a ver com as mulheres com as quais esse homem é fotografado.

Se o que eu vejo na mídia serve de parâmetro, Carter prefere mulheres como Kara: pernas longuíssimas, corpos magros, cabelo liso sedoso. Aliás, estou convencida de que eles só não estão namorando porque se parecem demais um com o outro — bocudos, espalhafatosos e orgulhosos. Acho que o mundo explodiria.

— Sim, você é pequenininha. — Ela gesticula, sem se importar com a cara que estou fazendo. — E, ok, você não é modelo. Mas é professora de educação física, o que é meio a mesma coisa...

— Não é nem *remotamente* a mesma coisa.

— Mas você é tão linda quanto essas mulheres — ela fala de forma muito convincente, afinal, sempre foi minha maior defensora.

Toco a ponta do nariz dela.

— Obrigada, mas são seus olhos de melhor amiga.

Suspirando de cansaço, olho para as pessoas passando pelo shopping com sacolas nos braços. Preciso parar de dormir na casa de Kara depois de beber demais. Ela me abordou antes mesmo que eu pudesse lembrar o meu nome, e agora cá estou, fazendo compras no domingo de manhã e, o pior de tudo, sem o meu McDonald's para curar a ressaca.

Mais uma prova: o álcool nos leva a tomar más decisões.

— Estou com fome — resmungo enquanto Kara navega em seu celular. — De comida de verdade.

— Bem na hora, amiga. — Ela enfia o celular no bolso e fica em pé. — Emmett já acordou e está pedindo pizza de almoço.

Algo dentro de mim se acende como um caça-níquel. Deve ser meu estômago.

— Com bacon?

— Com porção *extra* de bacon.

Kara anuncia sua chegada ao apartamento como ela sempre anuncia sua chegada a qualquer lugar: *escandalosamente*.

Abre os braços assim que entramos, largando as seis sacolas de compras no chão enquanto rodopia.

— Chegamos, amor! Liv precisa de uma massagem nos pés!

— Não preciso, não — digo, tirando as botas.

Eu adoro Emmett, mas aceitar uma massagem nos pés do namorado da minha melhor amiga já seria demais. De toda forma, mal estou conseguindo ajustar a meia no lugar. Está saindo do pé, então vou pulando de um pé só pelo corredor, atraída pelo cheiro de pepperoni e bacon, tentando puxar a meia.

Odeio meias. Odeio botas. Odeio o inverno.

Ergo o rosto, farejando o ar enquanto esfrego minha barriga com a mão livre.

— Que cheiro maravilhoso, Emme! *Vem pra mamãe!*

Consigo fisgar a meia com um dedo, puxando-a por cima do calcanhar com um *A-há!*, mas pouso errado e a lã fininha escorrega no mármore liso da cozinha, fazendo-me desequilibrar para trás ao som de alguns palavrões, com os braços abanando no ar, procurando algo em que me apoiar.

E o "algo", por acaso, é um par de braços fortes. Musculosos. Marcados. Aaah, que antebraços perfeitos... Eles me agarram pela cintura, segurando-me antes que eu caia de bunda no chão, e um calor se espalha pelas minhas entranhas assim que eles me colocam de volta em pé. Olho para a mão excepcionalmente grande cobrindo meu torso, mantendo-me firme no lugar, e um arrepio percorre minha espinha com as palavras sussurradas pressionadas em meu ouvido.

— Oi, mamãe.

Minha mão desliza devagar por seu antebraço, notando o forte contraste onde meus dedos o envolvem. Enquanto minha pele é pálida e macia, ele é excepcionalmente bronzeado e firme.

O hálito quente desce pelo meu pescoço e fecho os olhos enquanto um aroma sedutor rodopia ao meu redor, com notas cítricas misturadas ao cheiro de ar livre, como visgo e cedro almiscarado.

Sei exatamente quais braços estão me envolvendo, quais mãos estão me segurando, quais lábios estão perto do meu queixo. Eu sei, mas isso não me impede de fazer o que faço a seguir.

Com meu corpo ainda preso em seus braços, minha cabeça gira em câmera lenta. Superlenta. Estilo *O exorcista*. Acho que nunca fiquei tão envergonhada. Podia enfiar o punho inteiro na boca, se tentasse. Meu irmão me desafiou a fazer isso quando eu tinha nove anos, e tentei apenas para provar que ele estava errado.

Quando vejo aqueles profundos olhos verdes, aquelas mechas castanhas onduladas e bagunçadas, aquele sorriso torto, sexy e irritante, faço a única coisa lógica: grito.

Empurro Carter Beckett de cima de mim e disparo tão rápido pela cozinha que minhas pernas se abrem como em um espacate. Emmett corre para a frente, levantando-me com um braço em volta da minha cintura enquanto uiva de tanto rir, e minha virilha dói tanto que só quero afundar no chão e chorar sobre um prato de pizza.

— Eu devia ter gravado isso — Kara chia, limpando as lágrimas que rolam por suas bochechas. — Carter, aposto que essa foi a primeira vez que você fez uma mulher sair correndo para se salvar. Puta que pariu. — Ela gesticula para mim e para Carter com um pedaço de pizza na mão. — Foi o máximo.

Sinto minha pele arrepiar enquanto pego um prato como se nada tivesse acontecido, tentando — *e não conseguindo* — fingir que Carter Beckett não está me observando por cima do meu ombro, vigiando quando escolho um pedaço de pizza.

Suas palmas pousam sobre o balcão, uma de cada lado de mim, deixando-me sem saída.

— Dá para ir logo, bonitinha? O grandalhão aqui está com fome.

— Estou escolhendo o pedaço com mais bacon. Não me apresse, *grandalhão*.

Ele baixa a boca e sinto minha pele arrepiar quando murmura contra o meu pescoço:

— Eu jamais apressaria você. Quero levar o tempo que for necessário com você, Olivia.

— Ah, pelo amor de Deus. — Eu me viro para Kara e Emmett, colocando uma mão na cintura. — Quem de vocês se esqueceu de me dizer que ele vinha almoçar?

Kara joga as mãos no ar.

— Eu não tinha ideia.

Emmett cai na gargalhada.

— Uma ova! Eu mandei mensa...

As palavras dele são cortadas pela mão de Kara sobre sua boca.

A louca adora um drama. Só posso imaginar que seja esse o motivo para me colocar de novo no mesmo ambiente com Carter. É isso ou ela gosta de me ver humilhando o cara. Acho que temos de dar à plateia aquilo que ela quer, não é verdade?

Carter está me observando, esperando que eu reaja, então dou a maior mordida que consigo enquanto o encaro e passo por ele antes de me jogar no sofá. Como o destino assim queria, ele se atira bem ao meu lado quinze segundos depois, sorrindo para mim.

As covinhas dele são adoráveis. Que ódio.

Ele cutuca o meu ombro com o dele.

— Eu consegui mais bacon.

— Não conseguiu, não. — Eu me inclino sobre ele para examinar a pizza, para o caso de a ressaca ter prejudicado minha habilidade de escolher o melhor pedaço. — Que droga.

Ele ri baixinho, trocando o pedaço dele pelo meu, com menos bacon. É um gesto fofo, por isso fico desconfiada. Ele já comprou uma cerveja para mim no bar, e pareceu muito que estava esperando ser pago com a minha boca em partes do seu corpo mais tarde.

— É só um pedaço de pizza, Olivia. Se quiser, eu como.

Puxo o pedaço que ganhei para perto do meu peito.

— Sai pra lá, Beckett.

Kara joga um pote de molho sobre o meu prato ao passar. Eu coloco todo o molho sobre a minha pizza sob o olhar vigilante de Carter, que assiste a cada segundo, deixando meu rosto quente.

— Será que posso te ajudar? — pergunto, por fim.

Um sorriso se forma em sua boca.

— Não, tá tudo bem.

Ele come quatro pedaços de pizza, volta para a cozinha, pega mais dois e termina de comer antes de eu dar conta dos meus dois.

— Você come devagar — ele diz, colocando o prato sobre a mesinha de centro.

Eu tento não notar os músculos de suas costas desenhados sob a camiseta, mas, que merda, eu noto.

Estou prestes a dizer que não como devagar, que ele é que é um ogro, mas as palavras perdem-se na minha garganta quando ele ergue os meus pés e os coloca sobre seu colo, tirando as minhas meias. Ele cava o arco dos pés com seus polegares, e me sinto eternamente grata por ter ido à manicure com Kara ontem.

Carter dá uma batidinha no esmalte vermelho dos dedos do meu pé.

— Bonito.

— O que você está fazendo? — pergunto antes de gemer quando ele toca em um dos pontos mais doloridos.

— Kara disse que você precisava de massagem nos pés. Então estou fazendo massagem nos seus pés.

Será que minha resposta devia ter sido *Não, obrigada*? Provavelmente. Mas o fato é que ele tem mãos grandes, dedos fortes e uma pegada firme, e bebi demais à noite, o que significa que também dancei demais. *E que delícia de massagem.*

— Meu Deus. — Deixo escapar sem querer, inclinando-me na direção dele. — Obrigada.

— Sem problemas. Se você gosta de massagem, podemos ir para o meu aparta...

— E aí você estraga tudo. — Arranco meus pés de suas mãos mágicas e me sento sobre eles. — Por que você tem de estragar algo tão bom?

Ele me encara.

— Estou doido para estragar você e, acredite, seria bom demais. — Ao ver minha expressão abismada, ele ri e agarra o controle do Xbox que Emmett atira para ele. — Você fica bem vermelha, Olivia.

Kara bufa.

— Sei que deve ser difícil para você assimilar, Carter, mas ela não está interessada.

— Duvido, mas ok.

Ele e Emmett começam um jogo da NHL, porque, pelo que entendi, quando não estão de fato jogando no rinque, eles jogam a simulação. Apesar de superfocado, Carter não para de falar um minuto.

— Você gosta de neve, bonitinha?

— Não muito.

— Por quê?

— Porque tenho de usar meias.

— Primavera ou verão?

— Verão.

— Doce ou salgado?

— Doce.

— Como você foi para casa ontem?

— Eu dormi aqui.

Um *hmm* vibra em sua garganta e sinto um impulso de tocá-la.

— Se eu soubesse que você ia dormir aqui, teria vindo para cá também. Podíamos ter conversado mais.

Ele está falando sério? Ele não se lembra da garota grudada nele meia hora depois de eu tê-lo largado para trás? Não pode ter se esquecido da piscadela e do aceno de cabeça que dirigiu a mim, como se dissesse *podia ser você*. Tenho certeza.

— Bom, você pareceu estar ocupado com uma loirinha.

A atenção dele se desviou do jogo pela primeira vez, focando em mim.

— Não tão bonita quanto você.

E isso é para ser um elogio? *A mina com quem fiquei ontem à noite depois de você me rejeitar não chega a seus pés, mas transei com ela de qualquer jeito?* Ele é tão galinha, e não estou interessada em ser mais uma maria-rinque que ele come e depois descarta. Reviro os olhos, revoltada.

— Ela não foi para casa comigo, Olivia.

Eu bufo de descrença. Além disso, estou pouco me fodendo.

— Duvido, mas não faz diferença.

— Está com ciúme?

— Acredite, não estou.

— Não consegui, não depois de olhar para você a noite toda. — Ele faz um gol e solta um *Oba, caralho!* sob a respiração enquanto Emmett dispara xingamentos antes de declarar que precisa de mais pizza.

— Eu não me importo.

Carter larga o controle e vira-se, com uma expressão inescrutável, quase vazia, olhando para mim. Fico desconfortável. Se eu não consigo o ler, não quero que ele me leia também.

— Acho que você se importa, sim — ele diz, por fim, com um sussurro mal-humorado.

Seus dedos roçam a lateral da minha coxa, sob a fenda rasgada no meu joelho, seu toque deslizando de tão leve sobre minha pele que não tenho certeza se ele está de fato me tocando. Por um momento, deleito-me com a sensação de suas mãos quentes e calejadas. Por um momento, quero mais.

Por um momento. E, então, uso meu cérebro.

Que merda estou fazendo aqui? Por que estou dando bola para esse idiota egocêntrico? Eu poderia estar em casa, sem sutiã e tirando uma soneca.

— Preciso ir — digo sobre o meu ombro ao saltar do sofá. — Obrigada pelo almoço.

— O quê? Já?

Pelo reflexo da porta da varanda, vejo Kara apontando um dedo zangado para Carter.

— Preciso ir à casa de Jeremy.

Não é mentira, mas ainda faltam horas para eu ir para lá.

Beijo Kara no rosto e abraço Emmett, evitando Carter. Claro que ele me segue pelo corredor e me observa enquanto coloco as botas de cano alto.

— Quem é Jeremy? Seu namorado?

Hesito. Depois, minto.

— Sim.

— Você vai ver seu irmão? — Emmett grita do corredor. — Fala pra ele que vou estar on-line às dez hoje à noite, se ele quiser jogar!

Merda.

Carter cruza os braços sobre seu peito largo e arqueia uma sobrancelha.

— Sua mentirosa.

Bem, paciência. Ergo os ombros de forma inocente enquanto coloco o casaco. Carter agarra as golas do casaco e me puxa para perto dele. Por um momento, fico com medo de ele me beijar e com mais medo ainda de deixá-lo me beijar, mas, em vez disso, ele fecha os botões do casaco.

Carter Beckett está abotoando meu casaco.

— Você me dá seu telefone?

Eu pisco os olhos para ele, confusa.

— Hmm...

Quero dizer não. Não sei por que não está saindo.

Ele vê minha hesitação como uma oportunidade. O homem começa a vir em minha direção, empurrando-me até que eu fique contra a porta da frente, seu peito encostando no meu. Meu Deus, senti-lo perto é incrível. Quente e firme, grande e forte. E alto. Merda, ele é tão alto. Minha vagina começa a fazer uma dancinha, como se pensasse que está prestes a fazer alguma coisa. Não está.

A palma da mão dele desliza pela lateral do meu corpo e meu coração bate um pouco mais rápido quando ele tira meu cabelo da frente do casaco e o empurra sobre meu ombro.

— Vamos fazer o seguinte, baixinha. Vou te dar o *meu* número. E eu nunca dou meu telefone para nenhuma mulher. Você será a primeira. — Há algo na forma com que ele fala, uma arrogância brilhando em seus olhos, que me diz que ele acha que é isso que vai me conquistar. — Porque você é especial, Olivia.

Aí está. Isso é mesmo o melhor que ele tem a oferecer? Mas como esse homem consegue levar tantas mulheres para a cama?

Com uma mão contra o seu peito, eu o afasto um passo para trás. Sorrio para ele — da forma mais doce — e o sorriso dele cresce, junto com as covinhas.

Ele está se sentindo bastante confiante agora.

Mal posso esperar para derrubá-lo.

Meu dedo roça a gola de sua camiseta, minha palma se curva sobre sua nuca enquanto guio seu rosto até o meu. Ele agarra meus quadris enquanto meus lábios roçam sua orelha, e odeio o cheiro bom dele. Há uma parte irracional de mim que quer lambê-lo como se fosse uma casquinha de sorvete.

— Não, obrigada.

Vejo aquele sorriso derreter em seu rosto bonito antes de passar pela porta e batê-la atrás de mim.

Ah, que sensação boa.

5
AQUELA SOU EU?

OLIVIA

EM GERAL, ADMINISTRO BEM minha falta de altura. Mantenho um banquinho no meu escritório para sempre que eu precisar e subo em uma bancada da cozinha para alcançar as coisas altas que não uso com tanta frequência. O problema é que, depois de todos esses anos, às vezes ainda esqueço. Eu já distendi inúmeros músculos tentando subir pelas paredes em direção às prateleiras, ficando na ponta dos pés para chegar *um pouquinho mais alto*, tentando me transformar no Homem-Aranha e escalar a rede de vôlei para desmontá-la.

Hoje é um daqueles dias em que sou eu contra a rede de vôlei. Os ruídos que estou fazendo beiram os sons que reservo para quando estou sozinha no meu quarto com meu namorado de bolso, aquele que vibra, e fico olhando por cima do ombro em direção ao meu escritório do outro lado da quadra. Posso ver o maldito banquinho bem ali, segurando a porta aberta para que eu não o esqueça.

Pode me criticar por eu ter ficado um pouco mais envolvida no último dia de aula antes das férias de Natal. Estou prestes a tirar duas semanas de folga, nas quais haverá poucos motivos para usar um sutiã.

— *Professora Parkerrrr.*

É a voz divertida de um dos garotos mais velhos, de quem nunca consigo me livrar.

— Quer ir a uma festa neste fim de semana?

Mal dou uma olhada no loiro arenoso encostado na porta do vestiário masculino.

— Pare de me convidar para suas festas, Brad. Eu sou sua professora.

— Sim, a *melhor* professora. — Brad caminha em minha direção com a arrogância de um homem com toda a confiança do mundo. É uma estranha reminiscência de Carter Beckett, e estremeço ao pensar que pode haver outro no futuro tão arrogante quanto ele. — Adoraríamos festejar com você.

Sinto uma vontade anormal de dar uma joelhada nele onde mais dói, mas resisto, concentrando-me na tarefa que tenho pela frente: tentar desatar a droga do laço da droga da corda para poder guardar a droga da rede de vôlei até o ano que vem. Brad logo aparece atrás de mim, seu peito roçando nas minhas costas enquanto tento não me engasgar com sua colônia. Uma borrifada, tudo bem; sete me levam de volta ao Baile da Primavera da oitava série, quando dei meu primeiro beijo. Foi inebriante, e não porque o beijo tenha sido bom, mas porque ele usava uma colônia barata que me deixou tonta.

Brad me tira do meu sofrimento, puxando a corda de cima, e um lado da rede cai no chão.

— Obrigada — murmuro, dobrando a rede em pequenas seções enquanto me movo pela quadra. Brad passa por mim e puxa o mastro que ainda está preso ao restante da rede. — Pode tirar, Brad, por favor.

— Você não quer pelo menos tentar primeiro?

— Não, porque seria inútil, não é?

Cruzo os braços sobre o peito e arqueio uma sobrancelha. Sou um pouco cricri, admito, o que me torna uma boa opção para o papel de professora de educação física do ensino médio. Meus adolescentes conseguem lidar com o meu atrevimento, e eu consigo lidar com o deles.

— Tire daí.

— Caramba. Que brava.

Ele me segue até o depósito, apoiando-se ao lado da porta basculante enquanto guardo a rede.

— Sabe, meu aniversário é dia três de janeiro. Quando voltarmos das férias de Natal, terei dezoito anos.

E eu ainda terei vinte e cinco anos, ainda serei professora dele e ainda estarei superdesinteressada.

— Parabéns.

Bato a porta, tranco a fechadura e vou em direção ao meu escritório, desejando um *Feliz Natal, Brad* por cima do ombro.

Brad não capta a mensagem — ele quase nunca capta — e me segue como um cachorrinho perdido.

— Você nunca vai parar de se fazer de difícil?

— Você é meu aluno?

— Sim.

— Então, não.

— Tá bom. Mas, em seis meses e meio, não serei mais seu aluno!

Pelo amor de Deus. Estou tão cansada desses metidinhos atrevidos. Sempre pensando com a outra cabeça, não com a que está sobre seus ombros. Depois crescem, viram homens e permanecem do *mesmo* jeito.

— Tchau! — Eu o coloco para fora. — Volte em janeiro sem essa baboseira de *Estou dando em cima da professora de educação física.* É irritante, desconfortável e altamente inapropriado.

Ele sai correndo pelo corredor como se tivesse fogo no rabo, e eu volto para o escritório e começo a arrumar as coisas. Na saída, checo as mensagens. Uma da minha mãe, desejando um feliz último dia de aula. Outra do meu irmão, implorando-me para fazer a torta de mirtilo favorita dele de sobremesa no Natal, com uma série de emojis de coração ao lado. A da minha sobrinha Alannah é composta de vários emojis bobinhos e um *Eu te amo, tia Ollie.* Ela só tem sete anos e é mimada de doer pelos avós, talvez porque eles passem meses sem vê-la, então ela ganhou um iPad de aniversário e me manda mensagem todo santo dia. Eu não ligo; esses *eu te amo* derretem meu coração.

Nem tenho tempo de começar a ler as muitas mensagens de Kara quando o celular toca.

— Como é que você faz isso? — pergunto, apoiando o aparelho entre a orelha e o ombro enquanto procuro a chave do carro. — Como é que você sabe que estou com o celular na mão?

— É uma coisa de irmãs gêmeas — Kara responde.

— Não somos gêmeas. Não somos nem parentes.

— Nós somos irmãs de alma, Liv, e você sabe disso.

Entro no carro, ligo a ignição e ouço o motor falhar antes de parar por completo.

— Que merda — xingo, tentando de novo.

— Você precisa de um carro novo.

— Não, não preciso. Minha Honda Redonda está ótima, né, menina? — Bato no painel, faço uma prece e tento mais uma vez. O motor ganha vida, e afundo no banco com um suspiro, esperando o carro esquentar.

— A Honda Redonda vai te deixar na mão. — Kara ri. — Aliás, tenho um ingresso a mais para o jogo de hoje. Vamos? Vamos sair para beber depois.

Jogo de hóquei? Sair para beber?

Diga-me que é uma ideia perigosa sem dizer que é uma ideia perigosa. Eu começo: vou ter de passar a noite inteira fingindo que não noto Carter, o que é difícil, pois ele é capitão do time e tudo mais. É muito provável que ele tenha uma ou duas garotas penduradas nele, o que vai me irritar, embora eu já saiba que ele é praticamente um prostituto. É improvável que ele se lembre do meu nome, o que também vai me irritar, e o fato é que só consigo manter meu joelho fora da virilha de homens vaidosos por certo tempo.

— Estou bem cansada. — É a resposta que dou a Kara.

Na verdade não, mas nunca recuso a oportunidade de tirar o sutiã, vestir meu moletom mais surrado e me aconchegar no sofá com um bom livro erótico ou quatro horas seguidas de Netflix.

— Ah, vamos lá, Ollie. Você não se lembra do quanto nos divertimos no último fim de semana? Você está de férias! Vamos festejar!

Se me lembro do quanto me diverti? De qual parte? De ter me jogado na festa da Kara, porque é exaustivo ser uma pessoa respeitável cinco dias por semana? Ou de Carter Beckett me dizendo que queria transar loucamente comigo e depois me pagar um café da manhã? Talvez tenha sido o cochilo de duas horas depois da pizza e de Carter, seguido de três horas de reprises de *Brooklyn 99*, depois que voltei da casa do meu irmão domingo à noite.

Pensando bem, até que foi divertido.

— Livvie? Por favor, querida. Por mim. — Dá para ouvir o beicinho dela. — Eu serei sua melhor amiga.

— Você já é minha melhor amiga — retruco, mas, quando ela choraminga, eu suspiro. — Você é totalmente ridícula.

— E você é mole pra caralho. Devia aprender a dizer não para mim de vez em quando. — Seu grito estridente ecoa em meu ouvido antes de ela dar detalhes da noite, depois desliga na minha cara antes que eu possa mudar de ideia.

— Não consigo entender por que o chão já está grudento se o jogo nem começou ainda. — Meu nariz coça conforme ouço meu All Star colando no chão a cada passo. — Ainda mais aqui embaixo.

Examino a arena enquanto descemos a fileira até nossos assentos. Vamos ficar diretamente atrás do banco — uma das vantagens de namorar um dos capitães-assistentes, imagino — então não é possível que quinhentas pessoas tenham passado antes por aqui. O que levanta a questão: por que diabos meus tênis grudam em tudo?

— O chão é sempre nojento. — Kara abre uma lata de cerveja e a passa para minha mão aberta, esperando. — É por isso que nem venho mais de salto.

— Deve ter sido uma decisão muito difícil para você, já que salto alto é muito apropriado para um jogo de hóquei.

Ela dá um peteleco na minha testa e dou risada, pegando uma porção de pipoca do balde no colo dela.

— Carter perguntou de você para Emmett esta semana.

Bato um punho fechado no meu peito ao me engasgar com uma pipoca.

— O quê?

— Carter — ela repete, abrindo um pacote de bala e virando metade na boca. Ela aponta para o rinque. — Beckett.

Sigo o olhar dela, observando enquanto os Vipers entram no rinque para o aquecimento pré-jogo, e não demora nada para eu localizar a figura imponente do próprio Sr. Beckett. Ele salta nas costas de Emmett, envolvendo os braços ao redor dele, suas risadas estrondosas ecoando pelo gelo antes que Emmett o sacuda para o chão. É uma cena interessante, porque o Google pode ou não ter me contado que Carter é alguns centímetros mais alto que Emmett.

— Não, eu ouvi o que você disse. — Desvio o olhar antes que ele me veja. — Mas acho que entendi errado. Pensei que você disse que ele perguntou sobre mim.

— Mas foi isso que eu disse. Perguntou algumas vezes, aliás. — Agora ela abre um pacote de alcaçuz e mastiga um tubinho antes de começar a gesticular com o doce na mão. Concluo que ela comprou a lanchonete inteira. — E cantou alguma música sobre você.

Paro de enrolar a mecha de cabelo que está cortando a circulação do meu dedo e escondo meu rosto enrubescido atrás da lata de cerveja gelada.

— O quê?

— Minha amiga o deixou muito bem impressionado no fim de semana passado.

Eu rio.

— Por que ele nunca foi rejeitado antes?

E dois dias seguidos, ainda por cima. Ver a cara de Carter quando ele não conseguiu o que queria foi a minha maior conquista na vida.

— Tipo isso.

— *Por favor*, o cara já estava com outra mulher em cima dele vinte minutos depois.

— Ele não foi para a cama com ela, o que é estranho. Foi embora sozinho, logo depois de Emmett ter colocado a gente no Uber.

Faço um gesto de *tô nem aí*. Carter tinha me dito isso no domingo? Sim. Eu acreditei? Não. Acredito agora? Ainda não. De toda forma, não importa. Ele é Carter Beckett, capitão de hóquei milionário. E eu sou Olivia Parker, professora falida do ensino médio. Há um abismo entre nós. Nem estamos na mesma órbita.

E, mesmo que estivéssemos, sexo casual e poligamia não são a minha praia, e nada disso vale o alto risco de pegar uma doença venérea caso nos aproximemos demais e acidentalmente acabemos na cama. Já mencionei que nem sempre tomo as melhores decisões quando estou sob efeito de álcool.

Na verdade, não sou muito ligada a esse mercado de encontros. Kara tem tentado incessantemente me arrumar os companheiros de time mais *bonzinhos* de Emmett, segundo ela mesma, e há pouco tempo eu a flagrei criando um perfil para mim em um aplicativo de namoro. Acho que não tenho muito tempo para me dedicar a encontrar alguém e acredito que vá acontecer quando tiver que acontecer. Não tenho pressa e estou bem sozinha neste momento. Prefiro esperar por alguém que tenha prioridades alinhadas com as minhas. Não tenho interesse em namorar só para não ficar sozinha nem em transar só para me sentir bem.

É para isso que servem os namorados a pilha, e tenho um bem guardadinho na minha gaveta. Aliás, ele me fez companhia assim que cheguei em casa no domingo, após deixar Carter de queixo caído. E, sim, pensei no rosto lindo e idiota dele enquanto eu o usava. Não tenho vergonha.

Nunca contarei a ninguém.

Em vez de me entregar a pensamentos sobre Carter Beckett, eu me foco no que está acontecendo. Apesar do calor na arena, um friozinho corta o ar enquanto os jogadores patinam, lançando contra o goleiro. Tudo é amplificado aqui, o zunido agudo das lâminas raspando o gelo do rinque, o bater dos tacos contra os discos de borracha antes que eles saiam voando, o cheiro de pipoca amanteigada, o piscar de luzes e a conversação que você não consegue entender, mesmo que esteja do seu lado.

Tudo isso me faz sentir falta de jogar hóquei. Há algo especial em patinar no gelo recém-nivelado, no ar gelado batendo no rosto, na adrenalina quando você se dirige para a rede com um disco na ponta do taco. Eu vou para o rinque toda semana com o time de hóquei da minha sobrinha, mas não é a mesma coisa, sobretudo considerando a diferença de idade de dezoito anos e o fato de eu só tentar controlar um bando de crianças de sete anos.

Kara chama minha atenção com um suspiro profundo.

— Bem, ele estava de olho em *você* o tempo todo.

— Imagina — murmuro, apoiando os pés no chão para poder olhar para os meus tênis em vez de procurar o homem em questão no gelo.

— Estava, sim, sua pirralha. Posso até ter sido uma aniversariante bêbada, mas é muito difícil não perceber em quem o cara mais famoso do lugar ficou de olho a noite toda.

O calor toma conta do meu rosto, e eu odeio isso. A última coisa que quero fazer é corar por causa de um homem que provavelmente chama a parceira pelo nome errado quando goza. Quero sentir que significo algo para alguém, não como um desafio vencido porque fui a primeira mulher que não caiu aos seus pés.

Olha, eu estaria mentindo se dissesse que não houve uma parte minúscula de mim que ficou tentada a aceitar a oferta de Carter no fim de semana passado. Já faz um tempo, e é sempre bom ser gentilmente penetrada. Segundo Kara, esses caras do hóquei têm uma resistência incrível e duram a noite toda. E alguém tão experiente como ele deve ser alucinante na cama. Ele me colocaria em coma por um dia ou dois, sabe? Eu poderia aproveitar a chance para recuperar o sono.

Mas nunca vou descobrir. Ou, pelo menos, não devo descobrir.

Certo?

Não. Não, Olivia, droga.

— Tenho certeza de que ele logo esquecerá, se é que já não esqueceu. — É a resposta esfarrapada que finalmente dou a Kara.

Um corpo colide contra o cercado de acrílico à minha frente e coloco a mão na coxa de Kara enquanto solto um grito.

— Jesus — murmuro, uma mão sobre meu coração acelerado de susto.

Kara bufa uma risada.

— Ã-hã. Já esqueceu, claro. — Ela me cutuca com o cotovelo antes de gesticular com os dedos para a pessoa batendo na mureta. — Ollie, você tem visita.

Sei quem é. Posso senti-lo lá. Meu estômago revira e meu coração bate entre minhas coxas. Por quê? Eu não sei, exceto que esse cara é como sexo sobre patins, e agora estou chateada porque vou ter de ir para casa e me dar outro orgasmo chocho enquanto trabalho a imagem mental desse homem irritantemente sexy disputando minha atenção.

Kara abre a boca para rir.

— Você não vai olhar de volta, é?

Balanço a cabeça, franzindo a testa.

— Não. Não posso.

— *Olivia!* — Carter Beckett grita.

Que desnecessário. Pelo amor de Deus, estou bem aqui.

Há aquela maldita batida de novo. Quanto mais eu o ignoro, mais alto ele bate. É incessante e irritante, e todos ao meu redor vibram de excitação, perguntando-se por que ele quer minha atenção e, mais que isso, por que diabos não a estou dando a ele.

Ninguém entende. Fico desanimada com a maneira como ele coleciona mulheres, mas só sou forte até certo ponto. Receio que seja possível arrancar a minha calça por encanto. E, se alguém pode fazer isso, é ele.

— *Liv, Liv, Liv, Liv, Liv* — Carter canta, pontuando cada chamada do meu nome com um toque no vidro.

— *O quê?* — grito, sussurrando, enfim me virando em sua direção, jogando as mãos para cima.

Seu sorriso é explosivo, lindo, sexy e irritante. Inclinando-se sobre o muro, ele olha para mim atrás do taco, a ponta apoiada no topo do vidro.

— Oi.

Bom Deus, não estou sabendo lidar. *O que está acontecendo?*

Carter observa enquanto o calor toma conta das minhas bochechas só por causa dele. Posso fingir que sou indiferente o quanto quiser, mas o homem é muito mais perspicaz do que parece. Ele sabe que gosto do que vejo, e o que vejo é ele, um homem totalmente confortável e confiante em sua pele, sorrindo daquele jeito bobo e irritantemente cativante, aqueles impressionantes olhos cor de esmeralda brilhando com alegria e arrogância excessiva.

Carter sabe o que faz comigo, e isso será a minha ruína.

Ele se aproxima e eu me odeio por avançar, como se ele tivesse um segredo para contar só para mim.

O canto da boca de Carter se ergue, revelando um sorriso de fazer tirar a calcinha enquanto ele apoia o queixo na mão enluvada.

— Vou marcar um gol para você.

Há uma segurança em seu timbre profundo, uma arrogância que faz meu estômago apertar de antecipação. Com uma piscadela e o movimento dos quadris, ele patina para trás e cai de joelhos, abrindo as pernas enquanto estica a virilha e sopra uma grande bola rosa de chiclete, tudo isso sem tirar os olhos de mim.

— Parece que você está cedendo... — Kara murmura em meio a um punhado de M&M's.

Consigo desviar o olhar de Carter. Um feito impressionante, porque ele ainda está olhando para mim e estou o despindo silenciosamente com os olhos, imaginando o tamanho de seu pau. Aposto que é enorme, como o resto dele.

— Ãh?

— Eu disse que você parece estar pensando em ceder à missão dele de transar com você.

Qualquer indício de desejo azeda em minha boca e meu nariz enruga enquanto cruzo os braços.

— Não sou uma missão nem pretendo ser a próxima garota retratada no noticiário por ter se misturado com o Capitão Sífilis ali.

Metade da pipoca de Kara cai no chão quando ela se inclina para a frente com uma gargalhada.

— Sabe, ele é, na verdade, um bobão muito gentil quando não está tentando te comer.

— Certo, bem, acho que eu não teria como saber.

Encosto meus pés de volta no acrílico até que tampem minha visão do rosto de Carter. Ele se inclina para a esquerda, ainda sorrindo como um idiota.

— E o que aconteceu com todos os seus avisos? Você passou boa parte da sua festa de aniversário reiterando que ele é chave de cadeia, me dizendo para não cair nessa. Você está me passando mensagens confusas.

— Ah, ele é definitivamente chave de cadeia. Eu o amo demais, mas, se eu fosse uma mulher solteira, provavelmente gostaria de arrancar o pau dele e enfiá-lo nele goela abaixo. — Ela aponta para a virilha antes de fingir que está enfiando um pau imaginário na boca. — Mas, aí, ele faz coisas assim...

Ela joga uma pipoca sobre o muro, e Carter a pega com a língua, sem mostrar o chiclete rosa que está em sua boca quando cantarola um *obrigado*. Logo em seguida, colide com Emmett, dando um tipo de abraço de urso. Os dois caem juntos no gelo e, quando finalmente conseguem se levantar, Carter bate na bunda dele com o taco.

— Eu juro, às vezes acho que tenho filhos.

Uma risada escapa sem permissão, e fico grata por deixar essa conversa para trás quando o jogo enfim começa. É bem fácil, porque Kara está sentada ao meu lado gritando a cada jogada. Ela não sabia nada sobre hóquei antes de conhecer Emmett e agora nunca para de repreender os árbitros.

— Ah, vamos lá, meu filho! — Ela bate na mureta transparente com o punho. — Você não tem esposa para ir para casa trepar? Pare de foder meus meninos!

Carter salta pela pista, sorrindo para mim antes de se virar e se sentar no banco.

Dois minutos depois, ele se alinha para um confronto direto, curvando-se, com o taco sobre os joelhos, a bunda perfeita de hóquei no ar. E sorri para mim.

Ele patina perto do banco. Sorrindo para mim.

Esguicha água na boca. Sorrindo para mim.

Só consigo focar em seu corpo alto e largo movendo-se com fluidez, cruzando o gelo com movimentos rápidos e sem esforço, com o disco na ponta do taco. Ele grita sem parar, chama a atenção, lidera seu time, conta piadas com os jogadores de ambos os lados.

E quando não está fazendo isso, olha para mim.

No meio do segundo período, Carter pega o disco na linha vermelha, martelando a lâmina do taco no gelo. Ele decola como um raio, gira em torno de um defensor, inclina-se para a frente com um pé enquanto se aproxima e faz o disco voar. Minha boca trava enquanto o disco passa zunindo pela cabeça do goleiro, seu receptor chegando uma fração de segundo tarde demais. A campainha já está tocando e o ponto quente entre minhas coxas já está molhado.

O que foi que eu disse? Não. O gelo. O gelo está molhado. Eu não estou, não. Que... ridículo.

Aperto minhas coxas, observando Carter jogar as mãos para o alto com um grito que ecoa pela arena, enquanto seus companheiros o esmagam contra o gelo. Ele passa patinando pelo banco, batendo as luvas em cada jogador, espalhando gelo no ar quando freia.

E seu olhar elétrico travou-se ao meu.

Seu taco levanta em câmera lenta, apontando. Para mim. Carter Beckett aponta a porra do taco diretamente para mim.

E pisca. *Ele pisca, caralho.*

Para você, seus lábios perfeitos falam para mim.

Ai. Não.

As câmeras se movem em minha direção, minha visão repleta de luzes brancas piscando. Afundo o máximo possível no assento, os dedos subindo pelo meu rosto, enterrando-o em minhas mãos.

Mas Carter ainda não terminou. Ah, não, claro que não. Ele não seria Carter Beckett se simplesmente parasse aí.

Ele pula no banco, com as luvas pressionadas contra o acrílico, sorrindo para mim.

— Gostou, Olivia? — ele grita. — Foi para você!

E qual foi a pior parte?

Meu rosto vermelho no maldito telão.

INFLANDO MEU EGO

CARTER

Ainda estou movido pela adrenalina da vitória, flutuando pelo ar e me sentindo invencível. É uma sensação poderosa, viciante, uma voracidade que quero alimentar e, por Deus, não é que sei fazer isso direitinho?

O otimismo de Emmett, porém, não está alinhado com o meu.

— Liv vai arrancar seus olhos com uma colher — ele diz enquanto se seca no vestiário.

Parece algo que ela faria mesmo. Ainda assim, pergunto:

— Por quê?

— Por que você acha?

Podia ser por uma variedade de razões. Tudo que eu faço a irrita. Mas se eu tivesse que adivinhar...

— Porque eu a fiz aparecer no telão?

— Exato.

Abro os braços.

— Eu só mostrei ao mundo como ela é linda.

Adam bufa.

— Que maravilha. Guarde essa declaraçãozinha para quando ela estiver arrancando seus olhos. Quem sabe ela te perdoe.

Emmett balança a cabeça, rindo.

— Você também gritou o nome dela.

— Ah, pera lá. — Coloco as mãos na cintura, afinal, se eu não puder citar o nome dela nas entrevistas pós-jogo, quando algum repórter perguntar quem ela é, que graça tem? — Que mulher não adoraria isso?

Estou tentando ganhar pontos e, de minha parte, acho que comecei bem. Eu podia farejar a fúria dela a um quilômetro de distância. Por que ela ficou tão brava? Porque eu sou insistente e a irrito com isso? *Pode ser.* Mas a possibilidade maior é que ela me deseje também e *odeie* isso.

— É essa mina que te rejeitou no fim de semana passado? — Garrett pergunta.

Emmett sorri.

— Duas vezes.

— Ela não me rejeitou. — Enxugo o cabelo com a toalha antes de enfiar um gorro.

— *Duas vezes.*

Os dois dedos que ele exibe na minha cara me parecem tão desnecessários.

— Nós acabamos de nos conhecer... — Eu dou de ombros. — Então, ela está um pouco apreensiva.

— *Cara.* Quando você ofereceu seu número de telefone, ela respondeu com um *não, obrigada* e bateu a porta na sua cara!

Garrett ri.

— *Não!* Ela fez cena de novela? Que hilário. Você não deve ter conseguido dormir depois.

Ok, foi mesmo engraçado. Depois de um momento de silêncio perplexo, eu não consegui parar de sorrir. Há algo em Olivia que desperta meu interesse. Não são só o atrevimento e o sarcasmo dela, mas a doçura escondida logo abaixo da superfície. Aposto que ela cospe todo esse fogo para que a sua determinação não desmorone como um castelo de areia. Ela me parece ser o tipo de mulher *ou tudo, ou nada*, o que explica por que não está a fim de sexo casual.

Eu não ligo. Só estou tentando deixá-la a fim de *mim.*

Deve ser por isso que a primeira coisa que eu procuro quando chegamos ao bar é aquela massa de cachos cor de chocolate salpicado de caramelo. Ela parece um sorvete gostoso pra caralho, que eu quero provar.

Eu me esgueiro pela multidão, ignorando as pessoas que querem conversar comigo, seguindo o som das vozes de Kara e Olivia.

— Finja que nada aconteceu.

— *Aaah.* Fingir que nada aconteceu. Muito bem, Karinha. Maravilha de conselho. — Olivia levanta-se da mesa. — Vou *fingir* que Carter Beckett não falou o meu nome na TV. Vou *fingir* que ele não dedicou um gol para mim em frente a toda a América do Norte!

Kara arqueia uma sobrancelha e sorri, mostrando ser tão fã da postura de Olivia quanto eu.

— Tudo bem, leoa. Aonde você vai?

Olivia gesticula sobre o ombro enquanto se afasta.

— Preciso de outra bebida.

Merda, gosto dela. Gosto de vê-la de costas...

Literalmente, inclino-me para a direita, observando aqueles quadris balançarem enquanto ela caminha pelo bar. Ela tem curvas matadoras e uma bundinha redonda fantástica. O jeans que está usando como uma segunda pele dá uma boa ideia do que espero que esteja reservado para mim uma noite dessas.

Emmett me dá uma cotovelada antes de eu sair atrás dela.

— Comporte-se.

Eu até que poderia, mas não é da minha natureza.

Olivia com os cotovelos no balcão do bar, a bunda balançando suavemente para a frente e para trás, enquanto cantarola acompanhando a música, é uma visão da qual eu poderia desfrutar a noite toda. Mas tenho a intenção de abrir uma brecha nessa fachada que ela está dissimulando, então diminuo a distância entre nós, sorrindo ao ver como ela fica imóvel, como se me sentisse ali perto.

Mergulho minha boca em sua orelha, deleitando-me com a forma como ela treme.

— Frio?

Ela gira tão rápido que tropeça em um banquinho enquanto nossos olhares se chocam. Estende a mão para mim para se equilibrar e eu obedeço de prontidão, passando um braço em volta de sua cintura. Olhos arregalados estão me encarando, seu peito arfando contra o meu. Ainda não estou pronto para levar uma surra, então mantenho minhas observações sobre as reações dela guardadas comigo.

Mas gosto do espetáculo.

E, por espetáculo, quero dizer a maneira como aqueles olhos castanhos profundos traçam uma trilha ardente sobre meu rosto, passeiam pelo meu corpo, antes de, bem *devagar*, voltarem para cima, seus dentes roçando seu lábio inferior, as pontas dos dedos cravadas no meu antebraço.

— Já terminou? — Ela olha para mim de sobressalto, com as sobrancelhas franzidas de confusão. — Terminou, Olivia? — Repito, soltando sua cintura antes de ela tirar seus dedos do meu antebraço. Ela deixou marcas, mas não me importo. Eu a deixaria gravar seu nome em minha pele se isso me desse o que quero, e o que eu quero é ela. — De me medir?

Seus lábios se abrem e ela balança a cabeça.

— Eu... eu... O quê? Eu não estava... medindo... O quê?

Puta que pariu. Essa foi a primeira. Ela com certeza sabe como inflar meu ego, que nem precisa ser inflado. Seu olhar pousa em meu sorriso autoconfiante, e o momento termina mais cedo do que eu gostaria, quando ela se liberta e gira em direção ao bar, voltando a me ignorar como se tivesse se tornado profissional nisso.

Obviamente, permaneço ao seu lado, porque conseguir arrancar qualquer reação sua é divertido. Além disso, gosto de ficar perto de Olivia. Ela cheira bem e é quentinha. Também adoro quando ela recompensa meu mau comportamento com um de seus olhares característicos. Nunca me senti tão merecedor de algo! Ela se afasta, apoiando o rosto na mão para poder olhar para mim, e aproveito a oportunidade para verificar sua roupa pela enésima vez.

Ela está linda de camiseta justa, um pouco de pele clara aparecendo acima do cós do jeans rasgado, uma camisa xadrez amarrada na cintura e All Star nos pés como toque final.

Sigo o balanço de seus quadris quando ela os projeta, e meus olhos caem sobre seus seios maravilhosos quando apoia os braços ali. Eu não me importaria de foder aqueles dois essa noite.

Quando ela arqueia uma sobrancelha perfeitamente modelada, eu sorrio.

— Que foi? Você pode olhar, mas eu não posso? — Apoio meu queixo na mão. — Isso seria injusto, Olivia. Lembra-se da igualdade de gênero?

Seus lábios franzem, como se ela estivesse tentando ao máximo não sorrir. Gostaria que ela sorrisse. Eu a peguei sorrindo para Kara durante o jogo, o que iluminou a quadra inteira. Não me importaria de ser o motivo de um daqueles sorrisos.

Segurando as mangas xadrez amarradas em sua cintura, eu a puxo para mim. Ela vem de boa vontade, os dedos deslizando pelos meus antebraços.

— Como é que, por mais incrível que fosse sua roupa no fim de semana passado, você fica ainda melhor com essa que está agora? Quero dizer, camisa xadrez, jeans rasgado e tênis? *Como é que pode?* — eu gemo, deixando cair minha cabeça para trás. — Você é a porra de uma obra-prima. Eu poderia simplesmente levar você para casa e ficar abraçadinho a noite toda no meu sofá. Como é que se diz? Maratona de Netflix? — Enrolo as mangas em volta dos punhos e curvo o pescoço, as pontas dos nossos narizes roçando quando ela levanta o rosto. — Vamos, Olivia. Vambora. — Dou uma batidinha no canto de sua boca, bem onde está se curvando. — Se eu não conhecesse você, pensaria que está mordendo o lábio como uma tentativa desesperada de reprimir aquele seu sorriso. Vamos, Liv. Sorria. Deixe esse sorrisão brilhar.

Ela obedece, deixando o sorriso explodir em seu rosto. E também solta uma risadinha doce antes de bater a palma da mão na boca traidora.

— Ai, merda — ela sussurra, afastando-se.

Intercepto o barman antes que ela possa vê-lo. Infelizmente, ela se vira bem a tempo de me ver pagando pelas bebidas que ele colocou no bar, e o sorriso desaparece de seu lindo rosto.

— Ei! Essas são para mim e Kara.

— E você pode levar depois de me dar uns minutinhos.

— Não preciso te dar nada e certamente não preciso que você continue pagando pelas minhas bebidas. — Mãos pousadas na cintura. Aqueles olhos cor de uísque se estreitando perigosamente. Olivia parece até maior do que é.

— Eu tenho um emprego, sabe...

— E ele paga treze milhões por ano?

— Não fico impressionada com o dinheiro que você ganha.

Ela, de fato, não parece dar a mínima. Mas tenta alcançar as bebidas, dando pulinhos, esfregando-se em mim enquanto eu as seguro acima de sua cabeça.

— Afinal, o que é que você faz?

Olivia resmunga algo que não consigo entender, exceto *Deus*, *idiota* e *sexy*. Gostaria de ter entendido tudo.

— Esqueça. Vou pedir bebidas na mesa.

Ela joga as mãos para o alto, acima da cabeça, como se tivesse perdido a paciência comigo.

O problema é que estou muito longe de parar de irritá-la.

É por isso que estou apenas um passo atrás enquanto ela volta para a mesa.

— Você me chamou de mulherengo? — pergunto ao deslizar ao seu lado, pegando o final de sua fala para Kara.

— Eu nunca te chamaria de algo assim — ela insiste, tirando a cerveja da minha mão.

— Sim. — Kara aceita sua bebida com um sorriso. — Ela chamou, sim, de *Sr*. Mulherengo.

Olivia esconde seu sorriso culpado atrás da borda do copo.

— Fica muito mais distinto.

Dou um beliscão suave em seu cotovelo.

— Você é chatinha, né?

— *Eu*?! É você que nunca para.

— Sou como um cachorrinho — digo a ela.

— Irritante, destreinado e requer muito trabalho?

Eu me inclino para ela, baixando a voz.

— Sou excepcionalmente fofo e adoro ganhar atenção. — Outra risada, genuína, doce e leve, o que me faz sorrir. — Já foram duas.

— Duas o quê?

— Duas risadas que tirei de você esta noite.

Suas sobrancelhas se erguem enquanto ela toma um gole de cerveja.

— Hum. Está contando?

— Sim. Minha meta é dez.

— Bem, boa sorte, amigo. Esta é a última que vai ganhar.

— Veremos — murmuro, os olhos em Emmett enquanto ele vem saltando, todo animado.

— Ollie! Duas semanas seguidas!

Ele a pega, puxando-a da mesa, e a envolve em um abraço que eu meio que gostaria de estar dando. Não me importaria de ver como ela se sente nos meus braços. Quando ele a coloca de volta no banco, ela cai de lado, agarrando minha coxa para se segurar.

É preciso tudo de mim para guiá-la gentilmente para a posição vertical com minha mão na parte inferior de suas costas, em vez de sugerir que acabemos logo com essa tensão que vibra entre nós há uma semana.

— Ollie? — pergunto, e Kara começa a contar apelidos nos dedos.

— Sim, sabe... Liv, Livvie, Ol, Ollie, Ollie Wallie. E, claro, meu favorito. — Ela joga a cabeça para trás e grita: — *Professora Parkerrr*.

O calor irradia da mulher pequenina ao meu lado enquanto ela cobre o rosto.

Passo o polegar pelo lábio inferior enquanto a observo.

— Você é a professora Parker?

Suas mãos envolvem seu rosto enquanto ela olha para a mesa.

— Não?

— Ensino médio — Kara esclarece. — Todos aqueles garotos querendo uma chance entre suas coxas deliciosas.

— Nenhum aluno conseguiria ficar entre as minhas... argh!

Lá vai ela se cobrir com as mãos de novo.

Meu Deus, ela é exatamente o tipo de professora que eu teria morrido para ter no ensino médio. Linda, com uma bunda perfeita e cheia de personalidade e sarcasmo.

— Eu concordo, Ollie. Além do óbvio, o que você precisa é de um homem que saiba cuidar de você. — Meus dedos sobem por sua coxa, e os dela envolvem meu bíceps, agarrando-o para ficar em pé enquanto o magnetismo instintivamente nos aproxima. — Alguém que saiba acertar os... *pontos*.

Um silêncio se estende entre nós enquanto encaro seu olhar, a curiosidade que brilha nele, mesmo que ela não queira admitir.

— Ok... — Pelo canto do olho, vejo Emmett balançando um dedo entre nós. — O que está acontecendo aqui?

Olivia pisca, o feitiço quebrado quando ela volta a si, levando seu calor com ela.

— Nada — ela insiste.

Ao mesmo tempo, eu declaro:

— Ollie está dando uma de difícil.

Kara me aponta com um *nacho* com *sour cream*.

— Ela não está *dando uma de difícil*. Ela é difícil de conquistar.

Olivia dá um tapa no meu ombro.

— E não me chame de Ollie. Nós mal nos conhecemos.

— Certo. Tá bom.

Saio da mesa e solto a gravata do meu pescoço, atirando-a sobre a mesa. A mandíbula de Olivia cai quando me afasto e sorrio, porque ela é uma mentirosa, e posso provar.

— Você está atendendo a pedidos hoje? — pergunto ao DJ no canto. — Tenho um trabalho a fazer.

De volta à mesa, Olivia observa, confusa, enquanto enrolo as mangas até os cotovelos e desabotoo o colarinho.

Estendo minha mão para ela.

— Bem, vamos.

— O quê?

Eu junto as mãos.

— Vamos. Vamos.

Um calor de raiva surge em suas bochechas.

— Eu já te disse que não vou para casa com você. Você é inacreditável.

Batendo palmas na mesa, faço um barulho, baixando a cabeça para captar os olhos dela.

— Sim, você deixou isso bem claro. Nós mal nos conhecemos, como você disse, então vamos começar a nos conhecer. Dance comigo.

— Mas eu... eu... — Ela pede ajuda a Kara e, como esta não oferece nenhuma, ela diz: — Eu não danço.

— Mentira. Eu vi você dançar a noite toda no fim de semana passado. — Esfrego meus olhos cansados, camuflando as próximas palavras. — Não consegui parar de olhar.

— Ela prefere estar meio bêbada antes de chacoalhar a bundinha — Kara explica. — E só tomou uma cerveja.

— Ok, então você não dança. — Puxo de novo as mangas da camisa xadrez de sua cintura, bem de leve. *Vamos, Liv.* — Você também recusa desafios?

Aí está de novo: ela morde seu tentador lábio inferior, aquele jeitinho de erguer o canto da boca que dá lugar a uma lenta explosão, a um sorriso que incendeia todo o seu rosto.

Ela desliza a mão na minha, e agora eu sei.

Ganhei.

7
TÃO FÁCIL DE ATIÇAR

OLIVIA

Claro que é gostoso pegar na mão dele. Dedos longos e largos se enroscam nos meus, puxando-me para fora da cadeira, através da pista de dança lotada. Nossa diferença de tamanho, a começar pelas mãos, é impressionante. Eu me pego pensando em todas as maneiras pelas quais ele poderia fazer bom uso daquelas mãos.

Só essa ideia já provoca um arrepio de prazer na minha espinha, e é por isso que eu não queria fazer isso. Não sei por que é bom quando ele me toca, por que sou atraída por seu sorriso bobalhão, pela forma como ele se comporta de maneira tão despreocupada, tão confiante e no controle. Se ele conseguir ficar sozinho comigo por tempo suficiente, tenho medo de deixá-lo derrubar as barreiras que estão longe de serem resistentes o bastante para mantê-lo afastado.

Ele tem de ficar ali longe, do outro lado, sem apegos emocionais. Porque esta é a última coisa que uma mulher deve fazer com um homem que não quer um relacionamento: apegar-se emocionalmente.

— Senhorita. — Com um sorriso encantador decorado pelas covinhas, ele faz uma pequena reverência antes de me puxar para perto. Sua palma quente pressiona a minha lombar, e tenho de me lembrar de respirar quando seu sussurro desliza pelo meu pescoço. — Tudo bem assim?

Minha garganta aperta e tudo o que sai é:

— Ãhã.

— O que você achou do meu gol?

— Foi um lindo gol — admito com um suspiro.

Ele foi selecionado para o time logo na primeira rodada, aos dezoito anos, e conquistou o título de capitão aos vinte e dois. Hoje, é um dos jogadores mais bem pagos de todos os tempos. Carter é um fenômeno no mundo do hóquei.

Seu rosto brilha de orgulho.

— E a comemoração? Dediquei o gol a você.

A apreensão dá um nó na minha barriga, assim como quando vi meu rosto no telão.

— Você quer dizer quando fez meu rosto aparecer no telão? Quando todos começaram a se perguntar quem eu era e se você finalmente tinha decidido se aquietar com alguém? Ou quando o canal Sportsnet disse que eu era até bonita, mas não do tipo das modelos com quem você costuma sair?

Ele semicerra os olhos.

— Você poderia ser modelo se quisesse.

Ele não está entendendo.

— Eu sei que isso é um elogio, mas só me irrita ainda mais. Este é claramente um jogo divertido para você, só porque eu o rejeitei no fim de semana passado. Mas sou uma pessoa com sentimentos que não deseja ser objetificada em rede nacional. — Ignorando o constrangimento que faz minhas orelhas arderem, eu me desvencilho dele. — Nem todo mundo adora se mostrar, Carter. Há quem evite chamar atenção a todo custo.

Outro passo para trás, e estou prestes a agradecê-lo pela dança e pedir licença quando sua mão segura a minha.

— Ei. Desculpa, Olivia. Eu não queria constranger você. Acho que fiquei empolgado com a sua presença e queria que você soubesse. Gestos extremos são a minha praia e, hmm... — Ele desliza os dedos por baixo do gorro, coçando a cabeça. — Eu não tenho a mínima ideia do que estou fazendo agora.

Eu também não. Nem preciso me perguntar se este é o jeito habitual dele; se fosse, estaria se saindo bem melhor.

A garganta de Carter se contrai quando ele olha para nossas mãos unidas e depois para cima, com uma pergunta silenciosa: *Vou continuar dançando com ele?* Ao ver meu passo cauteloso para a frente, um sorriso ilumina seu rosto e ele me puxa de volta para si. Quando a música muda, o familiar toque suave de uma guitarra flutua ao nosso redor, e meu corpo fica imóvel.

Dou uma risada quando John Mayer começa a cantar sobre uma mulher chamada Olivia.

— Você pediu essa música?

Sua resposta é um sorriso, em partes iguais de orgulho e culpa, enquanto nossos corpos se fundem. Meus olhos se fecham quando sua boca desce até o meu ouvido, acendendo cada uma das minhas terminações nervosas no momento que ele coloca meus braços em volta de seu pescoço e sopra a letra em meu ombro, cantando baixinho de um jeito tão, *tão* profundo.

— Putz, eu ouvi essa música sem parar na última semana. Você gosta de John Mayer?

Minhas mãos roçam em seus ombros largos, sentindo os nós dos músculos que ondulam abaixo da superfície. Abrindo minha palma contra o pescoço dele, luto contra a vontade de entrelaçar os dedos nas ondas castanhas escapando do gorro.

— Adoro.

— Qual é sua música favorita?

— Eu tenho duas.

— Me diga a sua favorita primeiro.

— "Slow Dancing in a Burning Room".

Uma música lenta e triste, sobre duas pessoas destinadas a não ficarem juntas, tipo o que está acontecendo agora. Não tem como isso acabar bem. Está fadado a acabar mal; estamos apenas negando o inevitável. Não tenho certeza se Carter vê da mesma forma que eu, porque ele simplesmente emite um som satisfeito e murmura:

— E a segunda favorita?

— "Bigger Than My Body".

Ao ouvir o nome sugestivo da música, "maior que o meu corpo", ele nem disfarça direito uma maldita risada enquanto seu corpo excepcionalmente grande treme sob minhas mãos.

Meus olhos se estreitam.

— Cala a boca.

— Não consigo evitar! — ele diz com uma risadinha.

Ele explode em uma gargalhada, a testa caindo em meu ombro enquanto seus braços me envolvem por completo, agarrando-se a mim enquanto seu corpo vibra. Ele se afasta, enxugando os olhos, e uma estranha sensação de orgulho se apossa de mim. Será que ele ri assim com outras mulheres?

— Você é quem deu a deixa! Você sabe que é minúscula, né, Ollie?

— Eu não sou... — Levanto meu nariz no ar. — O que me falta em altura compenso em personalidade.

Pelo menos é isso o que o meu pai fala, e tendo a concordar com ele.

— Não diga — Carter retruca de modo sarcástico. — Quanto você tem de altura?

— Um metro e sessenta.

— Mentirosa! — Ele ri, recuando para me medir. — Eu diria um metro e cinquenta e cinco.

— Droga — resmungo.

Lá vem a risada de novo, e não sei por que gosto tanto dela ou do brilho em seus olhos quando ele me faz rodopiar na pista e depois me puxa de volta contra o seu peito.

— Então... — A hesitação em sua voz me diz que ele não está acostumado a conversar casualmente. — Você é professora do ensino médio.

— Sou.

— Quantos anos você tem?

— Fiz vinte e cinco em outubro. — Kara me arrastou para Palm Springs por quatro dias, uma cortesia do cartão de crédito de Emmett. Foi difícil explicar o bronzeado quando voltei ao trabalho na segunda-feira depois do fim de semana prolongado, iniciado na quinta-feira, quando avisei que precisaria faltar porque estava doente.

— Vinte e cinco? Você é um bebê!

— Não sou, não. Seu aniversário é em fevereiro, então você não é nem três... — Eu fecho a boca ao me dar conta da implicação dessas palavras. Carter sorri, triunfante. — Merda.

— Você me colocou no Google, professora Parker.

— Não.

Óbvio que sim. Curiosidade mórbida.

— O que mais você descobriu?

Além da confirmação de que seu sorriso é permanentemente deslumbrante e cheio de covinhas?

— Que você gosta mesmo de mulheres.

Ele ri de leve.

— Que matéria você ensina?

O fato de ele desviar do assunto me lembra do porquê disse a mim mesma para passar longe dele. Quando você começa a dar pedaços de si a alguém que só quer aproveitar até que a próxima apareça, é aí que a coisa fica perigosa. Mas quando tento colocar um pouquinho de espaço entre nós, Carter me puxa, dobra o pescoço e... dá um beijo fugaz no topo da minha cabeça.

— Olivia? — Ele toca dois dedos no meu queixo, fechando minha boca aberta. — Que matéria você ensina?

— Não zombe de mim — aviso. — Saúde e preparo físico.

— Por que eu iria zombar disso? Achei muito legal.

— Jura? Meu irmão sempre diz que isso nem matéria é.

— Seu irmão parece um idiota.

Eu rio, porque ele parece idiota, sim, às vezes. Jeremy é quatro anos mais velho que eu e o que fazemos de melhor é brigar. Ele enlouqueceria se me visse agora, mas não vou contar a ele, e o fato de ainda não ter mandado uma mensagem sobre a dedicação de Carter ao gol significa que, por algum motivo, ele ainda não sabe. É uma bênção. Jeremy é um grande fã de hóquei, mas com certeza não gostaria que eu fosse fotografada indo para casa com Carter.

Ironicamente, Jeremy engravidou uma estranha depois de uma noite de sexo casual aos vinte e dois anos. Acabou sendo um daqueles golpes do destino, no estilo conto de fadas. Eles apaixonaram-se, casaram-se e tiveram seu segundo filho no início deste ano. Mas a vida real não funciona assim em noventa e nove por cento das vezes.

Sorrio para Carter, brincando com o cabelo de sua nuca.

— Ele não é tão ruim assim. Só gosta de me provocar.

Há algo em seu olhar, uma ternura que não reconheço, que faz meu estômago explodir com a vulnerabilidade que ele desperta em mim. Ele desliza a mão pela lateral do meu corpo até chegar ao rosto. Seu polegar roça meu lábio inferior, e meus joelhos tremem.

— Gosto quando você sorri — ele murmura. — Me faz querer sorrir também.

Não sei o que dizer sobre isso. Ele não está sendo o homem que aparece na mídia, nem mesmo aquele que foi no fim de semana passado. Está me tirando do eixo, e não estou acostumada com essa instabilidade. Meu mundo já está tão delicadamente equilibrado.

— Ok, então você tem vinte e cinco anos, um metro e cinquenta e cinco de altura, tem um irmão, jogou hóquei por quinze anos, dá aula de saúde e preparo físico e é meio atrevida e cheia de sarcasmo... — Ele faz uma pausa para sorrir quando eu solto uma risada. — O que mais? Você praticou algum outro esporte?

— Ah, tudo. — Tive uma educação privilegiada, pois meus pais tinham dinheiro suficiente para nos colocar nas atividades extracurriculares que queríamos. Meu pai ainda diz às pessoas que fiz aula de teatro e por isso me tornei tão dramática, mas, na verdade, eu passava todo o meu tempo praticando esportes, e o hóquei era de longe o meu favorito. Engraçado, quando se considera que meu amor pelo esporte começou quando meu irmão amarrou um equipamento enorme de goleiro em mim e me enfiou na trave de hóquei em nossa garagem quando eu tinha quatro anos de idade; ele fez um lançamento atrás do outro em cima de mim, até minha mãe correr para fora da casa, gritando. — Softbol, futebol, vôlei...

Uma gargalhada faz a cabeça de Carter inclinar para trás e, quando esse homem gigante coloca a testa em meu ombro, eu franzo a testa.

— *Vôlei* — ele suspira. — Você jogou *voleibol?*

— O voleibol é um esporte incrível. Eu treino o time feminino sênior.

— Que demais. — *Ele está chorando de rir de novo?* — Muito legal, Ol. — Ele me olha sob as pálpebras. *Ele está mesmo chorando.* — Acho que estou apenas... sabe...

Saio de seu abraço para poder cruzar os braços.

— Não, não sei. Me explique.

A risada borbulha de novo, e ele coloca a mão sobre a barriga, todo o corpo tremendo enquanto tenta se controlar, mas não consegue.

— Você consegue alcançar a rede? — Ele se engasga.

— Ah, você é hilário. — Com as mãos em seu peito firme, dou-lhe um empurrão, e ele segura meus punhos. — Tenho pernas fortes. E me saía muito bem, não se preocupe.

Ele me puxa de volta para si, os dedos emaranhando meu cabelo no exato momento em que os meus correm pelos cachos sedosos de sua nuca.

— Hmm. Perninhas fortes.

— Você é absurdamente irritante.

Carter segura meu queixo, seu polegar acariciando minha bochecha enquanto seu olhar semicerrado cai para os meus lábios.

— E, ainda assim, acho que estou conquistando você.

Minha respiração sai rasa quando ele me segura pelo quadril, cutucando a ponta do meu nariz com o dele.

— Eu não gosto de você — mal consigo dizer, e meu coração dispara com seu sorriso de resposta.

— Você pode não gostar de mim, mas seu corpo com certeza gosta. Seus dedos segurando meu cabelo com força neste minuto me dizem isso.

Eu enfim assimilo a posição em que estamos, a intimidade, nós dois emaranhados, sua boca a poucos centímetros da minha. E, o que é pior, ainda estamos dançando lentamente uma música que acabou, sabe-se lá há quanto tempo, enquanto o resto da pista de dança está coberto de gente agitada.

— Ah. — Tiro minhas mãos dele, recuando.

— Ei. — Ele ri baixinho. — Vem cá.

Ele entrelaça os dedos nos meus, puxando-me até o bar, onde me coloca em um banquinho antes de se sentar ao meu lado.

— Você está prestes a perder o controle.

— Não estou prestes a perder o controle. — *Posso estar prestes a perder o controle.*

— Você está prestes a perder o controle, Ollie. Não preciso saber tudo sobre você para ver que tem um cérebro sempre acelerado, pensando demais.

Coloco meu cabelo atrás da orelha, evitando seus olhos.

— Parece ser muita pressão.

— O que parece?

Tudo. Pressão para ceder, pressão para não ceder. Pressão para se enquadrar no padrão de todas as mulheres que vieram antes de mim, aquelas que virão depois de mim. Pressão para ser diferente e única, e, ao mesmo tempo, também me encaixar.

Com Carter ao meu lado, todo mundo está sempre me assistindo. A torcida na arena, os locutores esportivos, seus companheiros aqui no bar. Para onde quer que eu me vire, vejo os olhares voltados para nós, observando para ver o que faremos a seguir. Não sei como colocar isso em palavras.

Meu olhar sobe lentamente para encontrar o dele e, de alguma forma, ele entende.

Ele inclina a cabeça em direção à porta.

— Quer sair daqui? — Ele coloca a mão sobre a minha boca no segundo em que ela abre. — Não para ir para a minha casa. Vamos sair para comer.

— Eu comi durante o jogo — digo.

— Você não comeu, mentirosa. Kara se entupiu com metade da lanchonete e você comeu um punhado de pipoca. Fiquei de olho em você o tempo todo e levei um sermão por isso depois do jogo. — Ele ri, traçando o formato da minha mão com o dedo. — O treinador disse que *não pagam treze milhões para eu ficar olhando para morenas bonitas.* — Ele puxa minhas mãos contra o seu peito, tanta esperança nadando em seus olhos. — Vamos... vamos comer algo comigo, por favor. Não precisa ser nada de outro mundo. Pode até ser comida de rua. Está barulhento aqui e gosto de conversar com você. — *Hum.* — Por favor, Ollie. Por favor, por favor, por favor, por favor. — Uma cutucada suave na bochecha a cada *por favor.* Ele dá uma leve sacodida no meu queixo. — Por favoooor.

— Tão irritante — resmungo, afastando sua mão.

Ele apoia o queixo na mão e arqueia as sobrancelhas.

— Irritante ou cativante?

— Irritante, com certeza. — Meus ombros caem com um suspiro e, quando Carter pressente a minha derrota, salta do banquinho, dando um soco pelo ar.

— A-há! Consegui, porra! — Ele agarra minha cintura, gira-me no ar, coloca-me de pé e... cobre meu rosto inteiro de beijinhos. Seus dedos se entrelaçam aos meus, antes que eu tenha tempo de compreender o que está acontecendo. — Eu prometo, Ollie, você não vai se arrepender.

Tenho uma séria relação de amor e ódio com a risada borbulhando no meu peito e preciso controlá-la antes de ir a qualquer lugar sozinha com esse homem.

— Não vou para casa com você.

Ele levanta dois dedos em sinal de promessa.

— Eu nem vou pedir.

— Ok. Bem, primeiro, tenho de ir ao banheiro.

Ele me dá um beijo no rosto.

— Vou pegar nossos casacos.

Passo um pouco de água fria nas minhas bochechas vermelhas, tentando baixar o fogo. Não funciona. Sinto calor por todo lado. Minhas partes íntimas estão excitadas, minha vagina esfregando suas mãos metafóricas porque pensa que vai se divertir esta noite. O que, a essa altura, é bem provável. Carter chegou até aqui; ele definitivamente pode ir mais longe. O pensamento é aterrorizante e emocionante ao mesmo tempo.

Não levo muito tempo para localizá-lo quando saio do banheiro, dados seu tamanho e sua personalidade. Ele não está segurando nossos casacos ainda.

Está, porém, com uma loira arruivada com pernas longuíssimas colada ao seu lado, suas unhas pretas brilhantes arranhando lentamente suas costas. Ele inclina a orelha em direção à boca dela enquanto ela se ergue nos saltos altos, sussurrando para ele, e meu estômago afunda de modo involuntário com o sorriso que ele lhe dá.

Meu quase erro e meu julgamento equivocado doem como um tapa na cara e, quando entro no banco de trás de um táxi, ele irrompe pela porta do bar, gritando meu nome.

É tarde demais. Com certeza tenho respeito próprio suficiente para não me sujeitar a essa rotina de playboy idiota pela qual nem tenho interesse. Ele pode não ir para casa comigo esta noite, mas vai para casa com alguém.

E, francamente, com quem Carter Beckett dorme não tem importância nenhuma para mim. Por mim, ele pode ir se foder.

8
MEIA NO PAU E PÃOZINHO DE CANELA

CARTER

— Friaca do caramba!

— Que porra tá acontecendo com este inverno? — Adam enfia as mãos nos bolsos do casaco, enterrando a cara e o nariz por trás do cachecol.

— Parece que estamos na costa leste — Garrett resmunga. — Não foi para isso que saí da Nova Escócia. Os invernos da costa oeste deviam ser moderados. — Uma mãozinha puxa o casaco dele e Garrett sorri, abaixando para o garotinho. — Ei, amigão! Você gosta de hóquei?

Este é um dos meus eventos favoritos do ano, mas os caras estão certos: em geral, não faz tanto frio. O ar está gelado e nos afastamos dos aquecedores para fazer uma pausa. Bem, uma espécie de pausa. Vejo Garrett autografando uma camisa com seu nome nas costas. É difícil fazer uma pausa aqui, e nenhum de nós rejeita crianças.

— Ah, Woody. — Eu cutuco Adam no braço. — No próximo ano, talvez devamos sediar isso no verão, para não corrermos o risco de perder a coragem.

Ele ri, examinando o parque lotado.

— É quando eles mais precisam de dinheiro. Coloque uma meia no pau se estiver tão preocupado.

Eu rio.

— Meia no seu pau.

Todos os anos, realizamos um evento de arrecadação de fundos com iluminação das árvores no primeiro dia das férias de Natal. Este ano, é no dia vinte e três.

O Projeto Família é o orgulho e a alegria de Adam, um evento que nosso time vem organizando graças a ele nos últimos quatro anos, e todos os lucros vão para um abrigo para crianças que estão esperando para serem adotadas. Há muita coisa legal para fazer, como torneios de mini-hóquei, show de talentos, patinação, fotos com os jogadores e muito mais. Minha favorita é a competição de casas de gengibre. Eu sempre "perco" porque como enquanto construo, mas tenho certeza de que comer biscoitos *é* uma vitória.

— Atenção. — Emmett acena para o cinegrafista e a repórter vindo em nossa direção. — Guardem a meia do pau por alguns minutos e se comportem.

— Merda, odeio me comportar. — Eu lhes dou um sorriso quando param na nossa frente. — Vocês querem meu lado bom ou meu lado melhor?

Adam revira os olhos.

— Ninguém se importa com o seu rosto, Carter.

— Bem, discordo.

— Isso porque o seu ego é do tamanho da América do Norte e porque você gosta de discordar. — Ele passa os braços em volta de mim e de Emmett, puxando-nos para perto, e gesticula para Garrett com um movimento de cabeça. Com um sorriso para a câmera, ele pergunta: — O que vocês gostariam de saber?

Ficamos ali pelos próximos minutos enquanto Adam detalha a missão do Projeto Família, os pais que escolheram abrir os braços para ele e amá-lo, dando-lhe uma segunda chance na vida e uma família, e como seu breve tempo em um abrigo de adoção o levou a criar o evento.

— E, Carter — diz Tracy, a repórter —, parece que estamos a apenas mil e quinhentos dólares da meta de vinte mil dólares aqui hoje. Alcançar a meta tem um preço para você, não é?

Coloquei a mão no peito.

— Uma torta na cara é um preço que estou sempre disposto a pagar.

Um flash de chocolate amargo e caramelo por cima do ombro do cinegrafista chama minha atenção, e me inclino para a esquerda, seguindo a beleza de cabelos escuros enquanto ela caminha pela calçada.

— Puta merda.

Tracy franze a testa.

— Perdão?

— Ah, nada. Eu acabei de... — Observo Olivia desaparecer dentro de uma pequena padaria e me solto dos braços emaranhados de meus companheiros de equipe. — Preciso resolver uma coisa. Os meninos vão terminar a entrevista.

Com uma rápida olhada em ambas as direções, atravesso a rua correndo.

A campainha da porta toca quando eu a atravesso, mas Olivia não se vira para ver quem se aproxima dela. Está ocupada demais olhando ansiosamente para a vitrine de guloseimas, uma mão pressionada no vidro, a outra segurando a carteira.

— Mais alguma coisa para você hoje? — pergunta o homem atrás do balcão enquanto coloca um item em uma caixa branca.

— Hum...

Seus dedos tamborilam contra sua carteira de couro marrom, e ela balança a cabeça.

— Não, eu...

— Ah, merda. Isso é cheesecake de Oreo? Eu comeria isso fácil. Vamos levar dois pedaços, por favor.

Olivia se vira, esbarrando no meu peito com um suspiro.

— Pelo amor de Deus, Carter. — Ela bate no meu ombro. — Você me assustou. O que está fazendo aqui?

Ela sorri para o padeiro e tira uma nota de cinco dólares da carteira.

— Sem cheesecake, por favor.

Deslizo meu cartão de crédito no balcão.

— Sim, cheesecake, por favor.

— Carter...

— Por que você só pegou um pãozinho de canela? — pergunto, espiando a caixa em cima do balcão enquanto o homem corta o cheesecake.

Como sempre, Olivia enrubesce muito. Não sei por quê, mas sei que é fofo pra caralho, especialmente quando ela também enrola um cacho solto no dedo.

— Minha mãe sempre fazia na manhã de Natal. Não sei como fazer, então compro um todo ano.

— Você vai esperar dois dias inteiros antes de comer isso? Como?

— Porque eu preciso. — Ela faz uma pausa e franze a testa para mim quando arranco um pedaço e coloco na boca. — Autocontrole.

— Pois eu não — murmuro, depois engulo. — Puta merda, isso é bom.

Pego outro pedaço e o homem atrás do balcão ri.

— Vamos levar meia dúzia, por favor. — Sorrio para o rosto irritado, mas estranhamente não surpreso, de Olivia. — Você está bonita.

Ela olha para a roupa que está usando, legging e botas grossas de couro, com um moletom enorme por baixo do casaco de lã aberto e — você adivinhou — ela enrubesce de novo.

Dou um puxão suave em seu cabelo.

— Minha parte favorita é o gorro. — Eu rio enquanto uma luva cai de seu bolso, e eu a pego. — E as luvas de bichinho.

Ela pega as caixas com o atendente, agradece profusamente por ele ter me aturado e então me segue para fora.

— Sua mãe não faz mais pãezinhos de canela na manhã de Natal? — pergunto enquanto ofereço a ela metade do que estou comendo. Quando ela balança a cabeça, coloco o restante na boca, lambendo a cobertura pegajosa de glacê dos meus dedos.

— Meus pais moram em Ontário, então não os vejo no Natal.

— Você não pode ir visitá-los?

— Eu até poderia, mas eles estão semiaposentados e viajam o inverno todo. Meu irmão mora aqui, então ceio com a família dele.

— Você passa a manhã de Natal sozinha? Não é meio solitário?

— Estou acostumada. — Ela me olha com curiosidade. — O que você está fazendo aqui, Carter?

Aceno com a cabeça para o outro lado da rua.

— Evento beneficente.

— E o que você está fazendo *aqui*?

— Bem, vi você passar e, quero dizer... — Eu coço a cabeça. — Por que você me abandonou na sexta à noite? — Algo desconfortável e estranho revira meu estômago. — Achei que íamos sair para comer alguma coisa.

Olivia me encara por um longo e silencioso momento.

— Você está falando sério? *Você* é que me abandonou.

— O que você quer dizer? Você saiu sem dizer nada.

Ela revira os olhos.

— Porque voltei do banheiro e tinha outra mulher em cima de você, Carter!

— O quê? — Minha testa enruga e se suaviza com a mesma rapidez com que volta à minha mente aquela Breanna. Ou talvez fosse Brenda. Brinn? Merda, não lembro, mas sei que ela era ruiva. — Ah, a ruivona. Você ficou chateada com isso?

— Você realmente não consegue entender por que ver outra mulher em cima de você pode ser desagradável depois que concordei de sairmos juntos?

— Bem, acho que consigo, mas... — Esfrego minha nuca. Ela está brava comigo? Não quero que fique brava comigo. — Eu não fiz nada. Esse tipo de coisa acontece aonde quer que eu vá. — Não tenho certeza se foi a coisa certa a dizer, mesmo que seja verdade. Ela parece meio assustada agora. — Você é ciumenta?

Seu olhar mergulha no chão.

— Não.

— Eu acho que é. — Puxo os cordões do seu moletom. — E acho que gosto disso.

Olivia afasta minha mão.

— Não preciso passar a vida me comparando com outras mulheres e me lembrando de todos os aspectos em que nem consigo me comparar, ok?

Comparar? Que porra é essa?

— Não seria justo comparar você com elas. Você está em um nível totalmente diferente.

— Estou ciente disso — ela murmura para o chão.

— Sim, elas estão, tipo, aqui. — Aponto a mão para o torso de Olivia e depois levanto a mão o mais alto que consigo alcançar acima da cabeça dela. — E você está aqui em cima.

Um sorriso doce e tímido surge no canto de sua boca.

— Sabe, para alguém que fala tanta merda, até que você sabe ser doce às vezes.

— Apenas mais um dos meus talentos dados por Deus. — Olho para o parque lotado. — Ei, quer passear um pouco?

— Ah, não, eu... — Ela levanta a manga do casaco para ver... seu punho nu. — Merda. Estou sem relógio.

Jogo um braço em volta do ombro dela, puxando-a para perto de mim e arrastando-a para o outro lado da rua.

— Você é meio confusa às vezes, né? Vamos lá. Vai ser divertido.

— Defina "divertido".

— Vou levar uma torta na cara se arrecadarmos vinte mil dólares, e sei que Adam Lockwood está ansioso para dar a tortada.

Olivia dá uma risadinha.

— E se não chegarem ao valor?

— Aí eu doo o resto do dinheiro *e* levo uma torta na cara.

— Quanto você acha que eu teria que pagar a Adam para ele me dar essa honra?

Eu sorrio para ela, puxando-a para perto.

— Vamos, tampinha.

OLIVIA

Estou acostumada a ser a pessoa mais baixa de todos os ambientes. Noventa e nove por cento dos meus alunos do ensino médio são mais altos que eu, mesmo os calouros.

Mas *isto aqui* é assustador.

— Sou baixinha demais ou seus amigos que são altos demais? — sussurro para Carter enquanto nos aproximamos de um grupo de seus companheiros de time.

No momento, ele está comendo seu segundo pãozinho de canela, com os dedos cobertos de glacê, mas me dirige um olhar divertido e prolongado.

— Ambos. Não se preocupe. Eles não vão morder. — Ele pisca. — Talvez eu morda.

Não sei como vim parar aqui. Eu estava decidida a não ver Carter novamente ou, pelo menos, a não interagir com ele. Sexta-feira foi um lembrete grosseiro, mas necessário, de quem ele era, porque acidentalmente o deixei espiar por cima das minhas barreiras e esqueci por um momento.

Mas, agora, já não tenho tanta certeza.

Não me interprete mal: o homem é, sem dúvida, tão arrogante quanto a mídia mostra. Ele não tem escrúpulos em dizer o que quer que passe pela sua cabeça, o que o torna extremamente honesto, mas também um pouco agressivo.

Por exemplo, eu — como alguém que ele está tentando levar para cama — não preciso nem quero saber que as mulheres dão em cima dele aonde quer que ele vá. Sou grata pelo esclarecimento do que vi na sexta-feira, que não foi o que parecia, mas a verdade foi, de alguma forma, tão intimidadora quanto a minha crença anterior.

O homem mais alto do grupo se vira e o reconheço na mesma hora como Adam Lockwood, o goleiro superstar do Vancouver. Ele abre bem os braços, caminhando em nossa direção.

— Aonde você foi? Achei que talvez tivesse ido comprar uma meia para o pau...

Seus olhos deslizam na minha direção e suas bochechas ficam vermelhas.

— Uma meia... — ele diz, limpando a garganta e me cumprimentando de forma tímida. — Oi. Eu, Adam. Não. Porra. — Ele bate a mão no rosto antes de se corrigir: — Adam. Eu sou Adam. Desculpa. Só estou envergonhado porque não conheço você, mas disse *meia para o pau* na sua frente.

Ai, meu Deus, ele é uma graça. Com lindos olhos azuis brilhantes e cachos escuros e desgrenhados implorando para serem tocados.

Aperto a mão dele.

— Você pode dizer *meia para o pau* na minha frente o quanto quiser.

A boca de Carter desce até o meu ombro.

— Posso...

— Não.

— Droga. — Ele gesticula para mim. — Esta é Olivia.

Os olhos de Adam brilham.

— Ah! Amiga de Kara! — Seus olhos escurecem quando ele se volta para Carter. — Ahhh... amiga de Kara.

Carter revira os olhos.

— Está tudo bem. Olivia quis vir aqui comigo.

— Opa, não foi assim que aconteceu. Você me arrastou...

Ele passa o braço em volta da minha cabeça e me puxa para si, enterrando minhas palavras.

— Shhh.

Adam sorri, seu olhar saltando entre Carter e eu. Antes de eu entrar em pânico com este abraço íntimo, Emmett aparece.

— *Ollie!* — Ele me arranca dos braços de Carter e me envolve em um de seus abraços de urso. Que eu adoro, apesar de serem bem sufocantes. — Kara não disse que você vinha. Ela está em uma reunião com clientes.

— Eu não vinha. Estava fazendo algumas compras de Natal de última hora e fui arrastada para cá contra a minha vontade.

Um loiro bonito aparece ao lado de Emmett, dirigindo-me um sorriso tímido.

— Carter não gosta de aceitar não como resposta.

— Posso dizer que é um conceito muito difícil para ele entender.

Seus olhos azul-turquesa brilham de alegria e ele pega minha mão, apresentando-se, embora eu já saiba quem ele é.

— Garrett. Aposto que você gostaria mais de mim.

— Também aposto.

— Não posso culpar você. — Ele aponta devagar para o próprio rosto. — É o sotaque da costa leste.

— Nem vem — Carter bufa, puxando-me para longe. — Ela está *comigo*.

Hum.

— Não estou com você.

— Tenho certeza de que sim, Ollie.

Cruzo os braços.

— Tenho certeza de que você não perguntou se eu queria sair com você, *Carter.*

— Ah, tanto faz. Perguntar, arrastar, é tudo a mesma coisa. — Ele entrelaça os dedos nos meus e me puxa para a frente. — Vamos, tampinha. Vamos pintar nossos rostos.

— Tenho vinte e cinco. Não vou pintar meu rosto.

Eu pintei o rosto.

Honestamente, prefiro não falar a respeito.

— Você está tão linda.

— Estou com o número da sua camisa na bochecha, Carter!

Ele reprime um sorriso.

— *Tão* linda.

Confie em mim, ele tinha dito. Bem, será a última vez. Eu me sentei de cara lavada e levantei com o número oitenta e sete estampado em azul e verde na minha bochecha esquerda. E o toque final é o coração ao redor. Ao menos não estou com o Olaf na cara, mas Carter parece muito orgulhoso do boneco de neve pintado no rosto dele.

Ele aponta para uma mureta.

— Quer sentar e comer o cheesecake?

— Você já comeu dois pãezinhos de canela e um cachorro-quente. Como pode ainda estar com fome?

Ele dá tapinhas na barriga.

— Eu sou grandão.

Isso é verdade, e só comi o cachorro-quente desde o café da manhã, então o deixo me puxar para o lado dele, e nós comemos a sobremesa em silêncio.

— Quer uma carona para casa mais tarde? — ele pergunta depois de um minuto. — Posso levar você.

Meu estômago se revira e sei dizer a razão exata para isso. A ideia de ficar sozinha no carro com Carter esta noite me deixa tão ansiosa quanto empolgada, ou talvez eu preferisse que ele não saiba onde moro, na casinha que é perfeita para mim.

— Não, obrigada. Preciso ir.

— O quê? Mas já? Não pode. — Ele aponta para o pinheiro enorme coberto de luzes. — Você precisa ficar para ver a árvore acender. Podíamos fazer algo depois daqui também. Ir a algum lugar.

— Está ficando tarde.

— Mas você não precisa trabalhar amanhã — ele argumenta, chora-mingando. E fazendo bico. — Você está de férias.

— Não sei... — Já fiquei mais do que tinha planejado.

Já vi Carter ficar atrás de um microfone e fazer a multidão rir. Já o vi interagir com todas as crianças que puxam sua mão para tirar fotos, ganhar autógrafos ou só para um bate-papo. Eu o vi ser amigo, líder, membro da comunidade e, durante tudo isso, ele exibiu o sorriso mais genuíno. Para ser honesta, não tenho certeza se esse é um lado dele que eu estava pronta para ver, embora Kara insistisse que esse lado existia em algum lugar por trás da sua atitude egocêntrica de playboy.

E acho que este é o problema: só porque ele tem esse lado doce e brincalhão não significa que o lado playboy não exista. Dá para ser os dois e ter os dois. Mas se fosse para tê-lo, não iria querer os dois. Quanto mais permaneço aqui, mais vejo e mais fácil fica para eu cair na dele.

E me recuso a cair quando ninguém estará esperando para me amparar.

— Não acho que seja uma boa ideia — enfim murmuro.

A decepção acende em seus olhos.

— Por que você se opõe tanto a sair comigo?

— Não é isso. É que... — Meu lábio inferior desliza entre meus dentes enquanto olho para os meus pés. — Não estou interessada em um casinho de uma noite. Já te falei isso.

— Então você quer ir a um encontro?

Bem, agora *não* posso deixar de olhar para ele.

— Você não vai a encontros, Carter.

— Verdade. Em geral, não. Mas não foi isso o que perguntei, Olivia.

Não consigo me concentrar. Tudo parece nebuloso, como uma névoa espessa que me impede de ver do outro lado. Porque é isso que é. Ouço suas palavras, mas não sei o que está do outro lado, em suas ações. É como escolher pular quando você não consegue ver o chão.

— Liv? — Carter aperta meus dedos. — Você quer ir a um... encontro? — Ele diz um *merda* quase inaudível, olhando para o céu enquanto inclina a cabeça de um lado para o outro, com os ossos do pescoço estalando, como se simplesmente dizer a palavra "encontro" já fosse doloroso.

O que serve apenas como um lembrete de que um encontro seria um desperdício de tempo, tanto dele quanto meu.

— Não tenho vontade de sair com você só para te deixar me comer no fim da noite e, depois, te assistir desfilando em público pela cidade com uma mulher diferente colada em seu quadril dia sim, dia não. Isso faria eu me sentir usada e deixada de lado.

Um simples *não* teria sido suficiente, e foi isso o que eu quis dizer quando abri a boca. Em vez disso, vomitei as palavras em cima dele e passei a vergonha de revelar como seria fácil para ele me machucar.

Em última análise, porém, é o que é. Eu não o conheço bem o suficiente para fazer outra escolha. Carter não manteve segredo sobre sua intenção. Além de ser sincero sobre querer me levar para cama, o cara também exibe orgulhosamente sua vida pessoal na mídia. O que eu poderia pensar, sabendo que ele controla a própria narrativa e que essa narrativa grita *galinha*?

— Desculpa. Eu não queria ser insensível. É só que...

— Foi o que te ofereci. Não precisa se desculpar. — O polegar de Carter acaricia os nós dos meus dedos e assisto a ele contornando cada dedo. — Então você não quer transar, mas também não quer ir a um encontro? Acho que tô um pouco confuso.

— Tudo bem — digo, talvez por um pouco de teimosia. — Sou a única pessoa que precisa entender minhas decisões. Você pode ter quem você quiser, Carter.

Sua risada é vazia, dedos longos roçando o ângulo marcado de sua mandíbula.

— Pelo jeito, não, né?! Porque o que eu quero é você.

— Você só pensa que me quer porque eu disse não, e você não está acostumado com isso. É a emoção da conquista.

Ele morde o lábio.

— Foi isso o que pensei no começo. Mas agora não tenho tanta certeza. Quem sabe... talvez eu seja bom para você.

Ouço as palavras e tento ao máximo me concentrar nelas, mas é impossível conter o riso por mais tempo.

— Desculpa. Sei que esta é uma conversa séria, mas você está com esse boneco de neve na cara.

Carter abaixa a cabeça, cobrindo o sorriso com a mão na boca.

— Você poderia, por favor, ficar para ver a iluminação da árvore? Estamos nos divertindo. Não faz sentido terminar agora. Vou pedir um Uber para você ir para casa, para que não precise se preocupar com o que pode acontecer se ficarmos sozinhos em um carro escuro.

— Não estou preocupada...

— Está, sim. Você é transparente pra caralho, Ollie. Porque eu provavelmente tentaria te beijar e você provavelmente me deixaria. — Ele se inclina para trás, respirando fundo. — E quem sabe o que aconteceria depois disso. — Ele dá um sorriso suave e fácil. — Então fique, por favor. Não vou fazer nada engraçadinho, prometo.

Estou aprendendo rapidamente que a única coisa para a qual consigo dizer não é ao pedido dele de me deixar nua em sua cama. Ele é incrivelmente persuasivo, sobretudo quando mostra aquelas covinhas ou quando faz aqueles olhos de cachorrinho sem dona.

É assim que acabo ficando com ele por mais duas horas — bem depois de Adam ter esmagado não uma, não duas, mas *três* tortas em seu rosto —, enquanto o sol termina de mergulhar no horizonte e olhamos para a enorme árvore, esperando.

Meu hálito sai gelado da boca, soprando uma nuvenzinha, e meus dentes batem com um arrepio percorrendo meu corpo. Com o sol se pondo, o ar do inverno parece insuportavelmente gelado.

Carter muda de lado, desaparecendo de vista. Um momento depois, seus braços me envolvem, puxando-me contra seu peito, envolvendo-me em seu calor. Meu corpo sossega com esse contato, mas, por dentro, cada terminação nervosa efervesce.

Meus braços se levantam, as mãos envoltas em luvas de bichinho agarram seus antebraços onde me envolvem, e afundo no momento, deixando-me esquecer as expectativas, os medos, os limites.

Carter ri, com o queixo apoiado no topo da minha cabeça.

— As luvinhas mais fofas que já vi.

A árvore ganha vida, luzes multicoloridas tilintando, fazendo a noite de dezembro brilhar enquanto a multidão ao nosso redor faz *oohs* e *aahs*.

— Que lindo — sussurro.

Os braços de Carter me apertam.

— Sim. É mesmo.

Com a árvore acesa e o parque vazio, Carter me leva até o carro parado no meio-fio.

Olho para o luxuoso suv todo preto.

— Eu sei que você pediu a opção de luxo.

— Prove, tampinha.

Eu rio.

— Obrigada por hoje, Carter. Foi divertido.

Ele balança a cabeça, esfregando a nuca.

— O que, hmm... o que você vai fazer na véspera de Ano-Novo? Vai ter uma festa do time. Kara e Emmett estarão lá. Talvez você possa ir.

— Ah, eu não...

— Você já tem planos?

— Bem, não, mas...

— Então você vai. — Ele junta as mãos sob o queixo. — Por favor, Ollie. Vai ser divertido. — Ele bloqueia a porta do carro. — Não vou deixar você ir até dizer sim.

Reviro os olhos.

— Certo, tudo bem. Estarei lá.

Ele dá um soco no ar.

— *A-há!*

— Não é um encontro. — Eu o lembro rapidamente, cutucando seu ombro.

Ele balança a cabeça, com as mãos para cima.

— Não é um encontro.

Ele abre a porta e gesticula para eu entrar, depois coloca o cinto em mim e o afivela. Põe a caixa de pãezinhos de canela no meu colo e se afasta, coçando a nuca.

— Hum, Ollie?

— Sim?

— Sinto muito por te chatear na sexta à noite, pensando que eu tinha largado você.

— Sinto muito por ter *de fato* largado você.

— Mas não sinto muito por você ter tido ciúmes.

— Eu não estava com ciúmes.

Carter sorri.

— Ciúme cai bem em você.

— Cala a boca. — Eu sorrio para ele. — Vejo você na véspera de Ano-Novo.

Ele assente:

— Não é um encontro.

— Não é um encontro — repito.

Então ele fecha a porta, bate duas vezes com o dedo e grita:

— Encontro marcado!

CACHORROS > NAMORADAS NO NATAL

CARTER

Eu tenho uma relação de amor e ódio com o Natal.

Na infância, essa era a minha época preferida do ano. Não era só um feriado, era toda uma época.

Começava em novembro, quando o ar de Vancouver esfriava o bastante para o meu pai ligar a caldeira de casa. A música de Natal começava a tocar pela casa assim que o Remembrance Day[1] passava. Mal tínhamos tirado as decorações de Halloween, mamãe já começava a trazer as tralhas de Natal do sótão.

Ela iniciava a culinária natalina com biscoitos de manteiga de amendoim com chocolate, embora todo Natal ela jurasse que esperaria até mais perto da data oficial para fazê-los. Quanto mais cedo ela começava a fazer as guloseimas, mais comíamos, e duas semanas antes do Natal ela já estava pirando por ter não ter sobrado nada.

Mas o meu dia favorito era o primeiro domingo de dezembro. Éramos uma família ocupada, sempre na correria, porque tanto minha irmã quanto eu competíamos como atletas, mesmo quando crianças. Naquele primeiro domingo, no entanto, deixávamos nossa agenda livre. Começávamos o dia no nosso restaurante favorito para o café da manhã, e eu sempre comia panquecas de Oreo. Depois, íamos para uma fazenda, onde caminhávamos pelos campos em busca da árvore de Natal perfeita.

Meu pai tinha uma queda por árvores de Natal. Precisava ter pelo menos três metros e meio de altura e ser larga o suficiente para que todos pudéssemos dar as mãos ao seu redor. Tinha que preencher *perfeitamente* a janela da frente da nossa sala de estar. Ele passava minutos examinando cada árvore, apenas para, de repente, dizer *não* e passar para a próxima. Minha irmã e eu competíamos para encontrar a árvore ideal, aquela que

---

1 Dia da Lembrança, celebrado em 11 de novembro, em homenagem aos sacrifícios dos militares e civis em tempos de guerra. [N.E.]

mais impressionaria nosso pai. Um ano, ele comprou duas porque disse que nós dois tínhamos escolhido árvores perfeitas.

Quando eu tinha dez anos, ele me ensinou a usar serra elétrica e, juntos, derrubamos a árvore. Eu o ajudei a carregá-la de volta para a caminhonete e a colocamos na carroceria.

Quando chegávamos em casa, minha mãe tocava músicas de Natal, fazia uma travessa de sanduíches e nós quatro decorávamos a árvore juntos. Depois, todos nos amontoávamos no sofá com canecas de chocolate quente e uma bandeja de guloseimas de Natal e assistíamos a *Meu papai é Noel*. Quando era pequeno, sempre desejei que meu pai tomasse o lugar do Papai Noel como Tim Allen faz no filme. Ele prometia me levar para o Polo Norte caso isso se tornasse realidade.

Eu adorava tudo do Natal.

Mas perdemos meu pai há sete anos e o Natal nunca mais foi o mesmo.

Desligando o motor na entrada do lar da minha infância, olho para a casa sem decoração. Não há uma única luzinha que indique em que época do ano estamos. Todo ano eu me ofereço para pendurar as luzinhas para minha mãe, até imploro, mas ela só fica com um sorriso triste e diz:

— Talvez no ano que vem.

Mesmo assim, tenta nos dar partes do Natal que ela acha que queremos, ainda que o esforço a faça encobrir a dor que sente em seu peito, fingindo que todo Natal sem meu pai ao seu lado não a mata um pouquinho. Eu odeio vê-la assim, vê-la tão arrasada quando ela merece tanto amor.

— O que você está olhando?

A voz baixa à minha direita me faz dar um pulo, como se, de alguma forma, eu tivesse esquecido que ele estava aqui. Sorrio para meu amigo, seus olhos azuis cansados se movendo lentamente, como se estivesse tentando ver o que estou vendo, embora não consiga.

— Como você sabe que estou olhando alguma coisa, meu velho?

Hank tem oitenta e três anos e começou a perder a visão aos quinze devido à neuropatia óptica hereditária de Leber. Afetou primeiro o olho esquerdo e, alguns meses depois, o direito. Embora possa perceber vultos, ele é praticamente cego desde antes de completar dezesseis anos.

Ele bate no ponto entre os olhos com dois dedos.

— Terceiro olho. Algumas pessoas chamam de intuição materna.

— Você não é mãe — lembro a ele, caso tenha esquecido.

As rugas marcadas pela risada transformam seu rosto envelhecido de forma calorosa.

— Sua mãe deixou você colocar as luzinhas este ano?

— Não.

Eu suspiro, saindo do carro e pisando na neve que está caindo. Deixei Dublin, o cão-guia de Hank, sair do banco de trás antes de ajudar Hank a descer.

— É difícil, sabe... — Ele começa com delicadeza, deslizando sua mão na minha enquanto eu o guio até Dublin. — Viver sem sua alma gêmea. Feriados sem sua companhia. Anos-Novos e aniversários. Caramba, ouvir o noticiário noturno sem sua presença já é difícil. É tudo difícil, Carter.

Eu sei disso, é claro. Tenho visto minha mãe lutar ano após ano. E Hank também sabe porque perdeu para o câncer sua namorada de escola, com quem se casou, há catorze anos, sete anos antes de eu perder meu pai. Foi assim que Hank e eu nos conhecemos, no pior dia da minha vida.

Sacudo a neve do meu gorro antes de entrar e tirar as botas. Dublin espera pacientemente ao lado de Hank enquanto eu o ajudo com o casaco, e sorrio ao ver como ele mexe as patas, pronto para receber permissão para entrar correndo na cozinha. Ele é o golden mais doce do mundo, mas provavelmente o cão-guia mais mal treinado.

Bem, talvez não seja o treinamento que é ruim, mas o quão despreocupado Hank é com ele. Dublin está sempre disponível quando precisa dele, mas Hank não gosta de mantê-lo trabalhando por muito tempo. Diz que os cães deveriam poder ser só cães. Hank é bastante independente e acho que, mais que tudo, conquistou Dublin pelo companheirismo e pelo apoio emocional.

Hank fareja o ar.

— Se você acha que conseguirá experimentar o peru antes de mim, Dubs, está muito enganado, grandalhão. — Assim que pega a bengala, ele dá um tapinha no cachorro. — Vá em frente.

Dublin desliza pelos velhos pisos de madeira, passando pela porta aberta da cozinha antes de desaparecer de vista. A risada irrompe lá dentro, com minha mãe e minha irmã empolgadas com seu cachorro favorito.

Um momento depois, minha mãe surge com o rosto mais iluminado que a árvore de Natal meia-boca no canto da sala. Seu olhar passa por mim e por Hank enquanto ela alisa o cabelo e se inclina para o lado, olhando ao nosso redor.

— Ah. — Ela franze a testa. — Só vocês dois?

— Só nós dois? Você estava esperando outra pessoa? — Eu a abraço. Ela cheira a canela e calda, a bacon e peru, o mesmo de todos os anos, e é assim que sei que a manhã de Natal começou bem, embora ela suspire com a minha pergunta.

— Não, mais ninguém. — Ela fica na ponta dos pés, beijando minha bochecha. — Feliz Natal, querido. — E abraça Hank. — Feliz Natal, Hank. Que bom que você conseguiu vir.

— O que seria de Dublin e de mim se não passássemos o Natal com as duas mulheres mais bonitas de Vancouver? Obrigado por me receber, Holly.

Minha irmã mais nova entra na sala, encostada no batente da porta da cozinha, exibindo aquele sorriso característico da família Beckett, que herdamos de nosso pai.

— Mamãe esperava que você nos surpreendesse trazendo sua namorada. — Jennie coloca um biscoito de manteiga de amendoim com chocolate na boca. — Suas palavras exatas foram: *Não seria o melhor presente de Natal de todos os tempos?*.

Inclino a cabeça para minha mãe, erguendo as sobrancelhas. Ela está com um sorriso meio tímido, meio culpado, um pouco esperançoso, mas, ainda assim, dá um tapa no meu ombro.

— Ah, não me olhe assim, Carter. *Conheço* esse olhar. Eu *inventei* esse olhar! Você está escondendo alguma coisa.

— Não estou escondendo nada. — Passo por ela, envolvendo todo o rosto de Jennie em uma espécie de chave de braço, da qual ela prontamente tenta, mas não consegue, desvencilhar-se. — Não tenho namorada.

Jennie dá um soco na minha barriga e depois joga a trança por cima do ombro.

— Foi o que eu disse. Ninguém jamais iria querer namorar você.

— *Por favor.* Sou uma mercadoria disputada. Todo mundo quer um pedaço de mim.

Ela revira os olhos enquanto cumprimenta Hank com um abraço.

— Sim, e isso se chama: desejo por uma pensão alimentícia vitalícia. — Ela dá uma risada alta na minha cara e depois grita quando corro até ela, caindo no chão para usar Dublin como escudo.

— Bem, já que sua irmã tocou no assunto... — Mamãe coloca os óculos de tartaruga no nariz, aquela expressão esperançosa nunca diminuindo enquanto ela balança para a frente e para trás na ponta dos pés. — Quem é a garota com quem você foi fotografado?

— Que garota? — Indo para a cozinha, encontro a travessa de guloseimas natalinas. Jogo um biscoito de manteiga de amendoim com chocolate na boca e, logo depois, um biscoito de boneco de neve. — Tem muitas garotas — murmuro enquanto mordo, depois engulo. — Vocês sabem como me sinto em relação à variedade.

— Carter, pelo amor de Deus. Engula antes de falar, e você sabe muito bem de quem estou falando.

Dou de ombros e ela coloca as mãos na cintura, comprimindo os lábios.

— Não seja engraçadinho. Faz duas semanas que aparecem fotos de vocês dois. Dançando juntinhos no bar, depois no evento beneficente há dois dias... — Ela arqueia uma sobrancelha. — Aliás, muito típico seu esperar que fôssemos embora para aparecer com sua acompanhante. — Bem, não foi isso o que aconteceu. Eu vi Olivia *depois* de elas terem ido embora. Ela ainda diz: — *E* você dedicou um gol para ela!

— Ahhh, *ela*.

— Sim, *ela*. E, então, em sua entrevista pós-jogo, você disse: *Aquela é Olivia*.

— Certo. — Dou uma batidinha na ponta do seu nariz. — Aquela é Olivia.

Algo perigoso e assustador passa por seu olhar antes que ela me acerte bem entre os olhos.

— Ai! Por que fez isso?

— Eu *sei* que ela se chama Olivia, porque foi isso o que você disse na entrevista, espertinho! Quero saber *quem* é Olivia. Você nunca fez isso antes, dedicar um gol para uma garota.

— Mentira. — Aponto para as únicas mulheres da minha vida, mesmo que esteja pensando em adicionar outra ao grupo. Por quê? Mulheres são complicadas pra caralho; essas duas aqui são prova disso. — Já dediquei muitos gols a vocês duas.

Minha mãe bate em mim com um pano de prato quando pego outro biscoito.

— Você está me irritando ultimamente, Carter Beckett.

— Sempre te irritei, mãe.

Eu a estudo com atenção por um momento, notando como grande parte de sua animação se esvai. Há uma decepção que perdura, puxando os cantos de sua boca, apagando o brilho em seus olhos. Não gosto de ter destruído o pouco de felicidade que ela conseguiu encontrar hoje.

Cutuco seu ombro.

— Você não achou que eu iria aparecer aqui com uma namorada, né? Suas bochechas coram e ela me afasta.

— Claro que não.

Seu olhar se dirige para a mesa da sala de jantar e depois volta para mim. Eu o sigo, encontrando um quinto lugar quando deveriam ser apenas quatro.

— Ah, mãe, não creio.

Ela corre para a sala de jantar e rapidamente retira o prato extra.

— Não é nada. Não sei o que estava pensando. Eu pensei que talvez... — Outra onda de desculpas. — Nada. O quinto lugar era para o cachorro, na verdade.

Jennie vem por trás de mim e puxa minha orelha.

— Por que você não arruma logo uma namorada? Pare de partir o coração da mamãe. Tenho certeza de que há alguém por aí que vai ignorar todos os seus enormes defeitos de homem filho da puta.

— Ah, Jennie. — Mamãe pressiona a mão na testa. — Dá pra parar de chamar seu irmão assim?

— Ele prefere conquistador — Hank ajuda.

— *Sim, prefiro* — grito. — Esse é o meu cara!

— E conquistador é apenas um jeito melhorzinho de dizer filho da puta.

Jennie ri e leva Hank para fora da cozinha, deixando a mim e minha mãe sozinhos.

— Sabe, Carter, eu nunca disse nada sobre sua escolha de... de... — Ela gesticula de forma vaga, balançando o rosto como se estivesse tentando descobrir uma maneira legal de dizer que seu filho dorme com todo mundo. — De fazer o que quer que esteja fazendo com tantas mulheres diferentes — ela, enfim, diz. — Mas odeio pensar que você possa estar perdendo algo incrível, algo especial. — Levanta um ombro, com um sorriso que consegue ser tímido, triste e nostálgico ao mesmo tempo. — Algo como seu pai e eu tínhamos.

Eu a puxo para mim, colocando meus braços em volta dela e seguran-do-a com força.

— Como você está hoje, mãe?

— Estou bem. — Uma inspiração escalonada seguida de uma expiração rouca sugere a mentira. — Sinto saudade do seu pai, Carter. Muita.

Minhas pálpebras se fecham, como se isso fosse parar a dor. Não vai. A dor da minha mãe é minha.

— Eu sei, mãe. Sinto saudade dele também. — Pressiono meus lábios em seu cabelo e aperto-a um pouco mais forte, sorrindo levemente para as grandes sacolas azuis que estão perto da escada, com a palavra "Natal" rabiscada nelas. — As sacolas desceram este ano.

— Não consegui abri-las — ela admite. — Só me sentei ali e olhei para elas. Mas... já é um passo, certo? Mesmo que pequeno?

— É um passo, mãe.

Ali no silêncio da cozinha, abraçados enquanto a música natalina flutua ao nosso redor, faço a ela a única promessa que sei fazer.

— Se eu encontrar algo como você e papai encontraram, a última coisa que farei é deixar escapar.

10

O PALÁCIO DE AMOR DO CARTER

OLIVIA

Uma casa de revista, do tipo que nos faz sonhar. Até chegamos a acreditar que um dia poderíamos morar em um lugar assim.

Situada em um condomínio fechado no norte de Vancouver, com uma entrada que, juro, abrange toda a extensão da minha escola, a ampla casa de dois andares fica na base do Monte Fromme. Grandes pedras cinzentas, revestimento azul-ardósia e pilares de madeira combinam-se para tornar a casa a obra-prima que é, e o pano de fundo atrás dela — a vasta floresta verde-escura coberta de neve, os picos do topo da montanha, as trilhões de estrelas que não conseguimos ver em nenhum outro lugar — torna tudo absolutamente deslumbrante.

— Você vai ficar aqui fora a noite toda ou vai entrar?

Desvio o olhar do cenário e tento ignorar o friozinho na barriga quando do encontro Carter na varanda da frente, encostado em um pilar, as mãos enfiadas nos bolsos e um sorriso fácil no rosto.

Nunca me senti tão atraída por ele como estou neste momento. Jeans escuro e justo, camisa xadrez verde-escuro e azul para fora da calça e com as mangas arregaçadas. Ondas castanhas desgrenhadas no topo de sua cabeça. Ele é tão bonito que quase dói.

— Kara e Em deixaram você aqui para se defender sozinha — diz ele.

— E você pensou que deveria vir para me salvar?

Seu sorriso cresce quando dou um passo em direção a ele.

— Não. É de mim que você tem de se defender.

— Ah, certo. Carter, o grande lobo mau.

Ele flexiona o bíceps, beija-o e levanta as sobrancelhas.

— Eu sou grande.

Subo os dois degraus até a varanda e aprecio a maneira como seus olhos brilham quando entro na casa dele.

— Mas você não é tão mau assim, é?

— Muito mau — ele murmura.

— Ah, é? — Passo a ponta do dedo pela gola da camisa dele. — Porque há uma foto sua com o Olaf pintado na bochecha que diz algo diferente.

Seu olhar escurece.

— Não me lembre de que você pintou o número da minha camisa no seu rosto na semana passada.

Meus dedos se enrolam em torno de sua camisa, aproximando-o de mim, enquanto sussurro:

— A primeira coisa que fiz quando cheguei em casa foi esfregar aquilo.

Um som feroz ressoa em sua garganta enquanto seus olhos se estreitam, e, com uma risadinha, eu me afasto, espiando pela varanda coberta.

— Esta casa é incrível.

— Eu sei. — Ele se concentra no meu vestido por baixo do casaco aberto. — Esse vestido também. — Ele aproxima a manga de sua camisa da minha barriga. — Nós estamos combinando.

— Parece que sim.

Não vou contar a ele que coloquei este vestido esta noite porque a cor me lembrou de seus olhos.

— Vamos. — Ele passa o braço em volta do meu ombro e me leva em direção à porta. — Antes que você congele e tenhamos que nos despir e contar com o calor e o carinho dos nossos corpos para aquecê-la.

— Carter Beckett não ficaria abraçadinho — respondo, olhando com admiração ao redor do amplo hall de entrada. É tão grandioso por dentro quanto por fora, e tudo parece... certo. Acolhedor, como o único lugar onde você se contentaria em estar durante uma tempestade de neve, aconchegada no sofá de pijama com seu chocolate quente, um filme clássico da Disney e as pessoas que você ama.

— Eu ficaria abraçadinho com você.

— Você está se esforçando, hein?

Em vez de responder, ele começa a tirar meu casaco, e passo o recipiente da minha mão esquerda para a direita e vice-versa durante a tarefa.

— O que é isso? — ele pergunta, pegando de mim assim que tira o casaco.

— Nada especial. São castanhas embrulhadas em bacon com uma cobertura doce e picante. São... — Paro no meio da frase, observando enquanto ele joga uma na boca, cantarolando.

— Muito bom — ele murmura, a língua correndo ao longo de seu lábio inferior para lamber a calda.

— Você é um saco sem fundo, né?

O sorriso torto que ele me dá acende um fogo na minha barriga, e suas próximas palavras só alimentam a sensação.

— Minha fome dura a noite toda, meu bem.

Eu limpo a garganta.

— São para o anfitrião. Kara disse que toda a comida tinha sido encomendada, mas pensei em trazer algo de qualquer maneira, como forma de agradecimento por me receber.

— Ah. Bem, obrigado. E de nada.

Ele pega minha mão e tenta me arrastar pelo corredor.

— O quê? — Meus olhos se movem pelo hall de entrada mais uma vez, desta vez focando nos rostos das fotos. Embora ele esteja anos mais novo na maioria, eu reconheceria aquele rosto em qualquer lugar. — Esta é a sua casa?

— Ã-hã. Tão deslumbrante quanto eu, não acha?

— É... linda. Por que você não me disse que a casa era sua quando me convidou?

— Não falei? — Ele dá de ombros e pega minha mão novamente, puxando-me. — Vamos...

— Espere um segundo.

Carter para e ele olha para o chão. A expressão é cautelosa e nervosa enquanto ele gira devagar na minha direção, como se soubesse exatamente aonde isso vai dar.

— Achei que você tivesse um apartamento no centro da cidade. Você disse que poderia me carregar nas costas por oito minutos.

— Certo. Ah, sim, eu disse isso.

— Ou estou enganada?

— Não, você não está, humm... — Ele esfrega a nuca. — Tenho um apartamento no centro da cidade, mas não moro lá. Eu moro aqui.

Meu nariz torce.

— Então por que você teria um apartamento?

Posso dizer que ele não quer responder. Ou talvez simplesmente não saiba o que dizer. O homem parece estar em choque. Levanto as sobrancelhas, esperando, mal notando Garrett enquanto ele desce a escada trotando.

— Carter? Por que você tem um apartamento se não mora lá?

— Apartamento? — Garrett repete, dando-me um abraço enquanto passa por nós. — Você quer dizer o Palácio de Am...

Ele fecha a mandíbula, os olhos arregalados enquanto seu olhar ricocheteia entre nós.

— Palácio de quê? — insisto.

— Não — Carter avisa humildemente. — Não se atreva.

Um silêncio se estende entre nós, a tensão é palpável.

— Amor — Garrett sussurra. — Palácio de Amor do Carter.

Ele se encolhe diante do olhar ameaçador de Carter antes de sair correndo pelo corredor, pedindo desculpas por cima do ombro.

— Desculpa aí! Eu não minto bem sob pressão! *Não me mate!*

Com os braços cruzados sobre o peito, encaro Carter. O olhar dele é uma mistura de medo e diversão. Ele não deveria achar divertido. Deveria estar cem por cento aterrorizado, porque estou prestes a acabar com ele.

— Por curiosidade, que mentira você teria inventado se Garrett não tivesse revelado que você tem um Palácio de Amor, para onde você leva as suas amiguinhas especiais?

— Não são minhas amiguinhas especiais. Nem são minhas amigas. *Você* é minha amiga. E você é especial.

Ah, pelo amor de...

— Carter.

Ele se encolhe.

— Talvez eu tivesse dito a você que vendi?

— Ah, então você teria mentido?

— O quê? Hmm... — Ele suspira, cedendo. — Não, eu não teria mentido.

— Então você teria me contado a verdade, que tem um apartamento no centro da cidade para ter fácil acesso a sexo depois dos jogos?

— Não, eu... Ahhh. — Ele bate as duas mãos no rosto, arrastando-as para baixo em câmera lenta. — Isso parece uma armadilha. Você não teria gostado de nenhuma das respostas. — Ele solta um suspiro profundo com um murmuro baixo. — Eu teria dito que você é a primeira mulher que já recebi em minha casa que não seja membro da minha família ou namorada de um amigo. Que estou feliz por ter você aqui, não lá, e por passar algum tempo conhecendo você melhor esta noite.

Eu sei o que ele está fazendo. Está tentando se desviar do negativo, transformar sua idiotice em algo positivo, porque sou a pessoa especial que conseguiu chegar aqui. Ele parece bom em ver aspectos positivos, mesmo que seja para sair de uma situação difícil. Mas a verdade é que nunca fui muito otimista. Também não sou pessimista, ou pelo menos penso que não. Sou apenas realista.

Ele coloca meu recipiente debaixo do braço e segura minhas mãos nas suas.

— Você pode esquecer todos os seus preconceitos só por esta noite? Uma noite, Ollie. Sei que tenho uma reputação e que não sou um anjo. Vamos fingir que nada disso existe e aproveitar o nosso encontro.

— Não é um encontro.

— E vamos fingir que você não está com ciúmes.

Suspiro. Ele estava indo tão bem.

Dou um tapinha em seu peito antes de passar por ele.

— Não se ache tanto, Beckett.

Sua risada calorosa soa atrás de mim e, da frase que ele murmura para si, eu só entendo as palavras *bunda* e *vestido*.

Giro sobre os calcanhares.

— O que foi que você disse?

O sorriso que ele abre me faz acreditar que ele é um lobo em pele de cordeiro. Não há um só fio de cabelo inocente naquele seu corpo musculoso.

— Eu disse que você está deslumbrante esta noite com esse vestido.

Isso não chega nem perto do que ele disse. Com os dedos longos entrelaçando os meus, ele me puxa atrás dele.

— Vamos, tampinha. Vamos beber alguma coisa.

Não consigo imaginar uma ideia mais terrível, imprudente e delirantemente atraente. Então, claro, eu o sigo.

Eu MORRERIA feliz nesta cozinha.

Não sei se são os amplos armários azul-marinho, os tijolos à vista, o forno de porta dupla, as bancadas de mármore ou a lareira de pedra na sala que é visível daqui. Tudo o que sei é que, se eu desse meu último suspiro aqui mesmo, estaria tudo bem.

— Parece que você está no céu.

Uma bebida vermelha efervescente aparece na minha frente, com cranberries e limões flutuando, e não perco tempo: levo o copo aos lábios enquanto Carter apoia os cotovelos na ilha.

— Tenho quase certeza de que tenho esta cozinha salva no painel "Minha casa dos sonhos", no Pinterest.

— O que é Pinterest?

— O que é... — Suspirando, balanço a cabeça. — Deixa para lá.

O sorriso de Carter passa de autoconfiante a um pouco vacilante enquanto ele abre uma gaveta. Sua mão engole um pequeno pacote marrom e ele limpa a garganta.

— Ei, hum, isso talvez seja meio estranho, mas comprei para você um...

— *Olivia!*

Carter bate a gaveta, suas bochechas em chamas enquanto Adam me puxa. Mantenho meus olhos em Carter, morrendo de vontade de saber o que ele está escondendo ali.

— Carter disse que você viria, mas nenhum de nós acreditou.

Garrett levanta a mão.

— Eu disse que você viria. Apostei cem dólares com todo mundo. — Ele tira um maço de notas de cem de sua calça jeans, abanando-os em seu rosto. — Obrigado por aparecer.

Emmett puxa uma nota e a coloca na minha mão.

— Ollie merece ganhar uma.

Kara rouba uma nota.

— E eu ganhei uma porque fui quem a trouxe. — Ela dá um tapinha no ombro de Adam. — Sabia que você é o Viper favorito de Liv?

O rosto dele se ilumina, e ele passa a palma da mão pelo peito orgulhoso.

— É mesmo? Eu?

— Sim! — Ignoro a expressão de traição no rosto de Carter. — Você é como uma muralha!

Ele também é incrivelmente cativante. Cada vez que é elogiado em uma entrevista pós-jogo, fica todo tímido e desvia o olhar da câmera.

— Ollie jogou hóquei por quinze anos — Carter diz a ele.

— Ah, é? Ia perguntar se foi goleira, mas você é minúscula... — Adam comprime os lábios. — Desculpa. Ser minúscula não é uma coisa ruim, é só que...

— Não é bom para ser goleira, entendo. Tentei por um ano quando tinha oito anos. — Meu nariz enruga. — Foi péssimo. Não fui feita para a culpa que vem com a derrota. Sou muito sensível e não consigo lidar bem com isso. Eu chorava de culpa durante toda a viagem de carro para casa.

— Entendo. Algumas derrotas são mais difíceis que outras, mas é sempre um pouco mais fácil quando tenho esses caras para me apoiar.

— Sua namorada está aqui? Eu não a conheci.

— Ah... — Adam dá uma palmada na nuca. — Não, ela não estava a fim hoje. Talvez da próxima vez. Ela adoraria você.

Você vai odiá-la, Kara fala por cima do ombro, e o olhar de todos, inclusive de Carter, diz o mesmo.

— Estou ansiosa para conhecê-la. — Cutuco Garrett. — E você? Alguém especial?

— Não... — Ele me dá um sorriso preguiçoso e uma piscadela. — Por quê, você está procurando um beijo para a meia-noite?

Carter bufa.

— Você não pode beijar minha convidada à meia-noite!

— Pelo amor de Deus, Carter, não é um encontro romântico.

— Você não pode beijar meu-encontro-que-não-é-encontro-mas-na- -verdade-é!

Garrett se inclina para mim, com a boca na minha orelha.

— Só para você saber, apostei quinhentos dólares que você vai beijá-lo à meia-noite.

Antes que eu possa responder, uma agitação vem da sala de jantar, e Garrett bate palmas.

— Vamos, Liv. Vamos jogar *beer pong*.

Ele me leva até a sala lotada, onde uma linda mesa está coberta de copinhos vermelhos e bolas de pingue-pongue.

— Você pode ser minha parceira. Faremos Carter e Adam chorarem.

Carter vem atrás de nós, com as mãos enfiadas nos bolsos, e sigo seu olhar furioso até a mão de Garrett nas minhas costas.

Ah, meu Deus. O Sr. Beckett está com ciúmes.

Seu olhar encontra o meu, e ele se aproxima com uma determinação feroz enquanto Garrett e Adam enchem seis copos cada um com cerveja, arrumando-os em forma de triângulo em extremidades opostas da mesa.

Seu olhar ardente queima cada lugar do meu corpo.

— Quer tornar isso interessante?

Meus dedos percorrem a linha dos botões de sua camisa.

— O que você tem em mente?

Seu olhar salta para minha boca.

— Se eu vencer, ganho seu beijo à meia-noite.

Atrás de mim, Kara dá uma risadinha. Já se passaram alguns anos, veja bem, mas, na universidade, Kara e eu éramos as rainhas da mesa de *beer pong*. Ficamos totalmente invictas em nosso segundo e terceiro anos.

— E se eu vencer?

— Você não vai. Minha motivação é muito alta.

Admiro sua tenacidade, não posso negar isso. Passando meu dedo por seu torso, paro logo acima do cós de sua calça jeans.

A única bebida que tomei subiu direto à minha cabeça, porque estou considerando seriamente a possibilidade de enfiar a mão ali dentro mais tarde.

— Me agrade.

— O que você quer?

Eu adoraria uma massagem nos pés e ser gentilmente fodida na primeira madrugada do Ano-Novo, para ser honesta, mas o pedido que sai da minha boca é muito mais inocente:

— Você terá que me levar para ver *Frozen II*.

Estou morrendo de vontade de ver e acho que ele prefere morrer a ser visto em um cinema público com uma garota, assistindo a um filme de princesa da Disney. O grupo ao nosso redor se agita, como se todos soubessem de algo que não sei.

Carter apenas sorri, mostrando aquelas covinhas.

— Combinado. — Ele tira os cachos do meu rosto, colocando-os atrás da orelha e agarrando meu pescoço. — Você caiu do burro, Ollie. — Ele dá um beijo carinhoso em meu queixo, fazendo-me tremer. — Adoro os filmes da Disney e assim posso levar você para um encontro. Então vou vencer, independentemente do resultado.

Carter é bom, como esperado. Adam e Garrett também.

Mas eu sou melhor.

Garrett e eu vencemos o primeiro jogo, então Carter rapidamente declara que será melhor de três. E, quando vencemos o segundo jogo, de repente vira melhor de cinco.

Quando acerto a primeira bola na terceira rodada, Garrett me levanta no ar enquanto a multidão grita.

— Nunca vi Carter perder tantas vezes seguidas — sussurra Garrett, com a mão nas minhas costas.

Do outro lado da mesa, Carter nos observa, com a mandíbula tensa e os olhos escurecidos. Não sei dizer se foi a derrota que provocou essa reação ou o modo como Garrett flertou tão descaradamente comigo o tempo todo.

Bolas de pingue-pongue voam pelo ar, até que restam apenas dois copos de cada lado. Com a tensão alta e Carter jogando em seguida, Emmett me chama.

— Ei, Ollie, espere! Você deixou cair uma coisa! — Suas sobrancelhas se curvam, e sigo seu dedo apontando para o nada antes que ele me acerte com uma piscadela sorrateira.

Mensagem recebida.

Olha, sou uma mulher. Posso ser pequena, mas o que me falta em altura compenso em quadris e curvas. Também já me disseram que tenho uma bunda matadora, algo que Kara gosta de me lembrar com um tapinha gentil sempre que passa por mim.

Tenho tendência a ficar um pouco constrangida com as minhas curvas, meu bumbum redondo, todos os resultados de passar horas intermináveis navegando por sobremesas no Pinterest ou assistindo a vídeos inspiradores de culinária no Instagram e depois tentar recriar as receitas. Mas a verdade é que a maioria dos homens acha essas curvas irresistíveis.

E Carter Beckett? Ele sem dúvida representa a maioria dos homens.

Neste momento, ele está posicionado sobre a mesa, olhando entre o copo que ele está mirando e o meu. Quando sorrio, ele sorri de volta, suave e doce. Quase me sinto mal pelo que estou prestes a fazer.

Quase.

— Opa.

Virando as costas para ele, inclino-me até o chão, permanecendo ali por um momento, apenas o suficiente para ouvir o que quero ouvir.

Ping... ping... ping...

— Porra!

Adam joga uma bola de pingue-pongue da mesa.

— Tá zoando comigo, Beckett? Você se distraiu com uma *bunda*!

Ele passa as mãos pelo rosto antes de apontar para mim.

— Mas é uma bunda incrível!

A bola rebelde de Carter rola até meus pés e a levanto, segurando-a acima da cabeça.

— Peguei!

Adam gentilmente bate a testa na parede, choramingando, e Carter está com a careta mais sexy que já vi na vida. O álcool em mim me desafia a beijá-lo como prêmio de consolação.

Emmett bate palmas, uivando de tanto rir, e Garrett agarra meu rosto, beijando minha testa de forma audível. Ele joga a bola com facilidade, depois esfrega meus ombros enquanto sopra uma estratégia no meu ouvido.

— Vai devagar. Respire fundo. Não apresse o lance. Nós estamos pertinho de ganhar. Qualquer copo, Liv, qualquer copo.

Kara bate a mão na minha bunda.

— Vamos, amiga!

Coloco meus olhos no copo que quero e me posiciono. Estou confiante, o jogo está garantido.

— Ah, Carter? Fiquei invicta por cento e oito jogos na universidade. — Com os olhos fixos nos dele, lanço a bola alto no ar, sorrindo quando ouço o barulho que ela faz ao afundar na bebida, a multidão ao redor explodindo de alegria.

Adam cai no chão, Carter agarra a borda da mesa, abaixando a cabeça, e Garrett me gira em seus braços.

Bêbada, percebo que tudo o que sinto por Carter é muito mais que uma atração por todas as suas partes sensuais e realmente não sei o que fazer com isso. A lógica me diz para fugir, para desligar isso antes que aumente, porque esse homem vai me quebrar. A *ilógica*, porém, diz: *Foda-se, vamos ver no que dá*.

Não tenho certeza de qual delas vencerá, mas minha ousadia me faz passar os braços em volta do pescoço dele e dizer:

— Qual é a sensação de perder, garotão?

Algo assustador e selvagem brilha em seus olhos e, quando seus dedos envolvem ternamente a minha nuca, aproximando-me dele, sei que suas próximas palavras são verdadeiras.

— Pode confiar... a última coisa que fiz foi perder.

11
CONTAGEM FINAL

CARTER

— Levou três surras, hein?!

— Três vezes seguidas.

— Como está se sentindo, Carter?

Enfio a mão em uma cara. Não sei de quem, porque, nos últimos trinta segundos, todos os meus amigos vieram para cima de mim, depois que vi a bunda de Olivia desaparecendo ao entrar no banheiro.

— Cala a boca. Não levei surra nenhuma. Tô ótimo. Eu não... ela não... merda. — Ergo as mãos, meio "não tô nem aí", meio derrotado. — Será que é tecnicamente perder se...

— *Sim.*

— Ok, vocês não precisavam ter falado todos juntos. — Olho para Kara. Ela está checando o esmalte vermelho nas unhas pontudas. — Você sabia.

— Sabia o quê, seu galinha?

— Que ela ia ganhar.

— Claro que eu sabia. Ela foi minha parceira no *beer pong* por quatro anos. — Ela dá um tapinha no meu peito. — Nada de beijo pra você.

— Eu vou beijar Olivia loucamente na fileira do fundo no cinema.

— Haha! Você acha que vai ficar sozinho com a minha melhor amiga no escuro? Emme e eu vamos com vocês. — Ela faz um gesto para Adam e Garrett. — Vocês também, meninos?

Garrett resmunga:

— Eu já tive que levar minhas irmãs para assistirem no Natal.

— Perfeito, então você vem. E...

— Ninguém vem com a gente — corto. — Confie em mim.

Kara dá uma risada dramática, batendo na perna e enxugando abaixo dos olhos.

— Carter, eu te amo, mas a última coisa que faria é confiar a você minha melhor amiga.

Eu abro os braços.

— Mas que merda é essa? Por que não?

Para ser honesto, eu também não confiaria em mim. Não é que eu tenha más intenções, é só que... não sei quais são elas, pelo menos não além de passar tempo com ela.

— Não quero dizer nada maldoso.

— Diga, Kara, já sou bem grandinho.

Ela suspira.

— Poderia ter uma foto sua na definição de *prostituto*, no dicionário. Se Olivia sair com você, te beijar etc., é porque ela sente algo por você e quer explorar isso. Você pode fazer tudo isso por diversão com mulheres que não signifiquem nada para você. E tudo bem, se é assim que quer viver, faça o que tem vontade. Só estou dizendo que, enquanto os dois estiverem assim desalinhados, se pretende fazer com ela o que faz com as outras, a maior chance é que ela saia disso magoada.

— E se não? Se eu não estiver planejando... — Caramba, não consigo nem terminar a frase.

Só a ideia de algo além de sexo casual me dá coisas.

E se eu estragar tudo? E se eu me sair mal? E se eu magoá-la mesmo?

— Por que ele está com essa cara?

— Tá parecendo um cachorrinho perdido.

— Ou tá com dor de barriga.

Adam passa um braço sobre os meus ombros.

— Deixem o garoto em paz. Ele tem um crush, só isso.

Um crush? Minha garganta aperta.

— Não, não tenho.

Ou tenho?

— Tem, sim, Carter. É por isso que você não tem saído do bar com mulher alguma ultimamente.

— Talvez eu estivesse precisando de uma pausa. Tenho estado cansado.

— É por isso que você comprou pãozinho de canela e cheesecake para Olivia e a convenceu a pintar o rosto com você na semana passada. É por isso que você a abraçou durante a iluminação da árvore, só porque ela estava com frio, e é por isso que você a convidou para esta festa na sua casa, mesmo que você nunca traga ninguém aqui. Porque Olivia significa alguma coisa para você e por isso, meu amigo, você tem um crush.

Bom, *que merda*. Ele deve estar certo.

O que a gente faz com um crush?

Você a segue até o banheiro. É isso o que você faz com um crush.

Bom, não a segui até *lá dentro*. Ela já está lá dentro, e só espero do lado de fora para fazer uma surpresa.

A porta abre e Olivia sai, de cabeça baixa.

— Ele é só um homem — ela murmura para si mesma. — Um homem incrivelmente lindo e irritante.

Ah, gosto de para onde as coisas estão indo. Eu a pego pela cintura com uma só mão — a outra eu cubro a boca dela para abafar seu grito — e levo nós dois de volta para o banheiro, trancando a porta.

— *Carter.* — Ela bate no meu ombro. — Por que você sempre tem de me vigiar?

— Vamos pular essa parte e voltar ao que você disse sobre um homem incrivelmente *lindo*.

Eu devia manter um placar de quantas vezes ela revira os olhos e leva as mãos à cintura fina. Elas chamam a atenção para todas as áreas certas e todas as ideias erradas.

O castanho dos olhos dela é do tom mais quente, com pontinhos dourados, como chocolate derretido, e quando ela olha para cima, para mim, por sob aqueles cílios escuros e espessos, consigo imaginar como ficaria embaixo de mim, olhando nos olhos dela enquanto a levo à loucura, antes de nós dois nos entregarmos de vez.

E esses quadris... *caralho*, que quadris! Largos e arredondados... Em cima, a cinturinha; atrás, a bunda matadora. Só quero agarrá-los, cravar os meus dedos neles, segurá-la sobre o colchão e entrar nela, observando-a deixar escapar o meu nome por entre os lábios.

— Também falei "irritante". Ou sua escuta é seletiva? E, ei — ela bate no meu rosto e aponta para o dela —, estou aqui em cima.

— Só estou admirando seu vestido. — O que já fiz umas cem vezes hoje. É de um verde-escuro, cor de floresta, colado no corpo, deixando pouco para a imaginação, a não ser a dúvida de ela ficar corada em todo lugar, não apenas no rosto. Espero um dia descobrir.

— Foi para isso que você me trancou no banheiro?

— Não, eu a tranquei porque você nunca me deixaria entrar se eu pedisse. — Encostando-me na bancada, aceno com a cabeça para a beirada da banheira. — Agora se sente para que possamos conversar.

Ela enrola antes de se sentar, e sorrio para os seus pés descalços, com as unhas pintadas de dourado. Ela tirou o salto uns três segundos depois do início do nosso jogo de *beer pong*, e tenho impressão de que não vai mais colocá-los.

— Não gosta de ficar muito longe do chão?

Ela torce o nariz do jeito mais adorável quando dá uma risadinha.

— Eu odeio salto alto, ponto-final. Tenho passado a maior parte das férias de moletom, e meio que queria estar de moletom agora.

— Tenho moletons aqui, você pode se trocar. Posso levar você lá para cima e mostrar onde ficam.

— Que bondade a sua. Imagino que estejam no seu quarto.

— Sim. E ficariam grandes demais em você, por isso preciso te ajudar a se vestir, para encontrar um do tamanho certo, é claro.

— *Claro.*

— Não íamos querer que o moletom caísse.

— Meu Deus, nunca. Seria uma catástrofe. Eu ficaria só de calcinha.

Passo a mão pela mandíbula, encolhendo os ombros.

— E daí eu precisaria cobrir o seu corpo com o meu e levá-la de volta para o meu quarto para que ninguém a visse. Honestamente, está me dando ansiedade só de pensar. Talvez devêssemos ficar no quarto por segurança. — Eu me aprumo e ofereço a ela uma mão com um suspiro. — Vamos, Ol...

Ela dá um sorriso que ilumina todo o seu rosto e afasta minha mão. Eu rio e me sento ao lado dela.

Olivia observa a maneira como coloco a minha mão ao lado da dela e, quando me encosto em seu corpo, ela não desvia. Aliás, passa a língua nos lábios.

— Garrett apostou que vamos nos beijar.

— É, eu sei. Não estou participando da aposta.

— Você, o Sr. Autoconfiança, não apostou em si mesmo? Por que não?

— Porque não aposto contra mim mesmo, mas também não gosto de perder. Não consigo entender você direito. Primeiro, você fez o oposto de tudo o que eu esperava que fizesse. Você me rejeitou, me mandou para aquele lugar, bateu a porta na minha cara e a última coisa que parecia querer era passar tempo comigo. Mas agora estou conseguindo te perceber melhor, tipo, o que pode estar sentindo, e você sorri mais para mim e ri bastante, o que significa que estou vendo sua confusão tanto quanto você mesma. Você não sabe o que fazer, e eu não tenho a menor ideia.

— E sobre o que eu estou confusa?

Eu dou de ombros.

— Sobre mim. Talvez esteja se perguntando qual versão de mim é a verdadeira e se tudo bem para você gostar daquela versão.

Olivia olha para os próprios pés, mordendo o lábio inferior.

— Hmm.

Cutuco o ombro dela com o meu.

— Acertei ou não tenho ideia do que está se passando entre nós?

Seus olhos grandes viram-se para os meus, como se estivesse buscando algo.

— Você não gosta de mim, Carter.

— Acho que sim...

Ela ri de forma exausta, frustrada.

— Você nem consegue dizer as palavras.

Engulo o aperto na minha garganta, que dá a impressão de ser medo, e tento de novo.

— Eu gosto de você, Olivia.

Algo na expressão dela me choca. Algo carinhoso, mas resguardado; perdido, mas tentando ser encontrado. Ela quer respostas, porém não sabe se acreditará nelas.

— Como você sabe que gosta de mim?

— Além do aperto no meu peito toda vez que Garrett tocava em você?

— Você ficou com ciúmes?

— Nunca tive ciúmes antes, então é difícil dizer, mas, por um momento, eu quis decapitar meu lateral-direito, então, sim, acho que fiquei.

O olhar dela suaviza-se, ficando mais acolhedor.

— Sinto muito. Eu não te colocaria nessa posição de propósito. Mas você tem noção da ironia da situação? Você viu outro homem tocando em mim uma única vez. E, nas duas vezes em que estivemos em um bar juntos, quando você expressou interesse em mim, acabou sendo tocado por outra mulher. — Ela ergue uma mão para que eu não retruque. — Simplesmente acontece, eu sei. Mas acontece porque foi essa a narrativa que criou para si, Carter. Por exemplo, com quantas mulheres você dormiu desde que nos conhecemos?

— Nenhuma — respondo com honestidade e sem hesitação.

Ela bufa, descrente.

— Mentira.

— Que razão eu teria para mentir?

— Para me levar para a cama, ora!

O *dããã* de obviedade paira sobre nós.

— Nunca precisei mentir para levar uma mulher para a cama. — Assim que as palavras saem da minha boca, percebo como elas devem soar. Olivia já está na metade do caminho para a porta quando eu a agarro pelo punho. — Pare. Fique, por favor. — Passo uma mão preocupada pelo cabelo. — Olha, não sei falar desse tipo de coisa, é difícil para mim porque eu não filtro minhas palavras antes de colocar para fora, mas se você me der um minutinho, vou tentar. — Espero até ela se sentar de novo e tento mais uma vez. — O que eu quis dizer é que nunca precisei mentir sobre a quantidade de mulheres com quem já fiquei. Nunca foi segredo por causa do meu estilo de vida. As mulheres sabem o que esperar de mim. E você sabe claramente também, e é por isso que tenta me evitar desse jeito. Por que eu mentiria agora? Não vai me levar a lugar algum. Você só vai acrescentar "mentiroso" na lista dos meus defeitos.

Ela mordisca o lábio.

— Eu não... não estou fazendo lista alguma.

— É mentira, e você sabe disso. No momento que abordei você, já havia um monte de argumentos contra mim.

— Bom, para ser justa...

— Sim, convidei você para ir ao meu apartamento transar, eu sei. A primeira impressão não foi das melhores. Se eu pudesse voltar atrás, eu voltaria.

— Por quê?

— Porque aí talvez você passaria por cima do resto e nossa relação poderia evoluir.

Ela não poderia parecer mais confusa. E onde estão as patadas que costuma me dar? Parte de mim se preocupa que eu possa tê-la derrubado.

— Que merda você está falando, Carter?

Eu gesticulo entre nós.

— Isto aqui. Você e eu. — Faço outro gesto no ar. — Evoluir.

— Mas há um "você e eu", Carter? E uma evolução?

— Eu... acho que sim.

— Você acha — Olivia repete devagar. — Não tenho tempo para "achos que sim". Nem energia para esperar você se decidir sobre o que quer comigo, em especial quando as chances são muito grandes de você perceber, daqui a algumas semanas, quando eu já estiver bem envolvida, que na verdade não quer um relacionamento.

Minha expressão deve estar exibindo toda a minha decepção, porque a mão quente dela toca o meu rosto, para que eu o vire e a encare.

— Desculpa. Eu não quis ser grossa. Mas acho que você não entende, Carter. Há um abismo entre nós.

Meu olhar percorre o rosto dela, suas maçãs marcadas, as sardas delicadas sobre seu nariz. Ela é tão linda que às vezes me dói.

— Há? — enfim pergunto.

— E não há? Nós queremos coisas diferentes.

— Mas e se não quisermos?

— Você poderia me dizer com honestidade que o que você quer é um compromisso sério? Porque eu não gosto de relações casuais, Carter. Não servem para mim, e não quero perder tempo com algo que não tenha potencial de evoluir.

— Eu não sei — admito. — Só sei que ficar com você é gostoso agora e foi gostoso na semana passada. Você não sente isso também?

Um silêncio paira sobre nós e ouço a minha pulsação enquanto espero pela resposta dela, dizendo que não sou só eu que me sinto assim.

Ela tira uma mecha de cabelo da minha testa e sorri.

— Sinto. Mas esse deve ser o único ponto em que estamos de acordo, Carter. Faz sentido?

Faço que sim devagar, umedecendo os lábios.

— Isso significa que, se eu quisesse tentar namorar, você me deixaria tentar com você?

Ela ri, um pouco ansiosa, um pouco frustrada.

— Você percebe que está fazendo parecer um test-drive, né? Um relacionamento é algo que duas pessoas tentam juntas, sim, mas não sou um teste para você descobrir se quer namorar ou não. Você primeiro decide o que quer, depois vai atrás da mulher.

— E se eu só tiver certeza de que quero você?

Ela passa o polegar pela covinha do meu queixo.

— Às vezes, querer não é o suficiente.

Eu passo as próximas duas horas tentando fingir que não estou com o olhar grudado em Olivia.

Observo a maneira fácil com que ela se mistura aos meus amigos. Eu a vejo colocando os saltos e depois os tirando de novo dois minutos depois, na minha cozinha. Eu a vejo dançar, beber e jogar, e a vejo *rir*. Caralho, ela fica espetacular quando ri, com a cabeça inclinada para trás, os olhos fechados, sua pele cor de leite rosada, com os cachos dos cabelos caindo em cascata sobre suas costas.

Esfrego meu peito, tentando acalmar o aperto que sinto quando um dos meus companheiros de time toca sua lombar e se abaixa para sussurrar em seu ouvido. Todo o ciúme que estou sentindo hoje está me desorientando, não estou sabendo lidar.

Mas Olivia me pega olhando, e o canto de sua boca se ergue um pouco quando ela se afasta do cara e, por alguma razão, essa é a virada. Por alguma razão, agora sei: desistir dela não é uma opção.

Porque posso fazer melhor, *ser melhor*, e posso fazer isso por Olivia. Eu *quero* fazer isso por Olivia.

Talvez tenha vindo daí minha ideia louca quando o apresentador de tv diz que faltam dois minutos para a meia-noite, mesmo sabendo que perdi a aposta.

Talvez por isso eu tenha me endireitado ao lado da parede, observando o olhar ansioso dela. Vejo nele a apreensão, confirmada pela forma como ela se move com as mãos no ar, sem saber o que fazer. Ela começa a caminhar para o corredor, mas Kara a puxa pelo braço.

Seu olhar cruza com o meu.

E, de repente, faltam apenas trinta segundos para meia-noite.

E começo a me mover.

E ela ainda está nervosa, parada no lugar, seus olhos arregalados cada vez mais redondos a cada passo que dou, vencendo a distância entre nós.

Quinze segundos.

— Carter — Olivia sussurra, agarrando os meus punhos quando coloco as mãos em seu rosto —, o que você... o que você está fazendo?

Os olhos dela focam nos meus, seus lábios carnudos, cor de rubi, abrem-se um pouco, deixando entrever a língua, como se ela estivesse se preparando, porque sabe *exatamente* o que vou fazer.

Dez.

— Eu... Carter, eu...

— Relaxa, Ollie. — Enfio os dedos em seus cachos macios, pego seu queixo com a outra mão e juro que consigo escutar seu coração disparado.

Cinco.

Passo o polegar sobre seu lábio inferior. Seus olhos faíscam.

— Posso?

Quatro.

Três.

Dois.

Um.

— Sim.

12
"PODE ME PAGAR" — GARRETT

CARTER

Uma parte de mim gostaria de dizer que nada acontece quando nossos lábios enfim se tocam pela primeira vez. Que foi como sempre: sem brilho, sem calor. Que eu experimento um vazio no estômago, uma âncora que cai até o fundo o mais rápido que pode quando me dou conta de que não há nada de novo, de que o amor que meus pais compartilharam não existe para mim e que nunca o encontrarei. Que não me importo com isso, como nunca me importei por todos esses anos.

Uma parte de mim gostaria de dizer que é o que está acontecendo.

Mas não posso.

Porque, quando trago Olivia para perto de mim, quando suas mãos deslizam pelos meus braços até os ombros e seus dedos se entrelaçam nos meus cabelos, quando os nossos lábios se tocam — *finalmente* —, meu corpo inteiro ganha vida. Meu mundo explode em mil cores, minhas mãos em seu rosto tremendo de desejo e necessidade, de choque. Eu quero mais. *Preciso* de mais. Não sei como vou superar isso, como vou superar Olivia, nós. Ela é uma droga que me vicia de primeira.

Seus lábios se abrem com um leve suspiro, baunilha e açúcar mascavo implorando para que a minha língua prove do gosto. Nós nos atiramos em um beijo molhado e quente que me faz gemer, e me entrego à sensação até não ter mais para onde ir.

Tudo ao nosso redor vira barulho de fundo, as batidas frenéticas do meu coração encobrindo todos os outros sons. Nada importa além dessa mulher em meus braços, a maneira como sua boca se move fluida na minha, e eu engulo todos os seus gemidos baixinhos.

Olivia avança, forçando-me para trás até minhas panturrilhas baterem em uma cadeira. Quando caio sobre a cadeira, ela cai comigo, subindo no meu colo e passando os dedos pelos meus cabelos, como se não tivesse intenção de parar.

Minhas mãos deslizam pelas costas dela, agarrando sua cintura, e, quando sua boca faminta se move sobre a minha, de repente percebo que a sala está em silêncio. Abro uma pálpebra, espiando o rosto surpreso e levemente irritado de Kara. O olhar nervoso de Emmett passeia entre mim e sua namorada. Adam me mostra os polegares para cima e um sorriso, e Garrett começa a tentar receber seus ganhos.

Localizando os dedos de Olivia em meu cabelo, eu os enrolo nos meus e puxo nossas mãos para o meu peito, dando mais um beijo em seus lábios.

E um último.

Ok, mais *um*. Só para garantir, porque, foda-se, ela tem gosto do melhor tipo de pecado.

— Ollie — sussurro quando ela pede mais. — Ollie, as pessoas...

— *Aêê!* — Garrett grita. — Estou quinhentos dólares mais rico!

Os olhos de Olivia se abrem, arregalados e horrorizados.

— Ah! — Ela toca seus lábios com dedos trêmulos, ficando mais vermelha. — Meu Deus.

— Ei. — Passo a palma da mão pelas costas dela. — Tudo bem. Apenas um beijo. Nada de mais.

— Desculpa — ela sussurra.

Antes que eu possa perguntar o porquê, ela sai do meu colo e desaparece com Kara.

— Cuidem das suas vidas — digo sem qualquer animação para todos enquanto atravesso a sala, com Emmett logo atrás de mim.

— *Você beijou Olivia, porra* — ele sussurra.

— *Ela disse que eu podia* — sopro de volta.

Ele empurra meu ombro.

— Você gosta dela?

Dou uma cotovelada nele.

— Sim, gosto dela pra caralho.

— *Shhh!* — Colocando a mão na minha boca, Emmett me empurra contra a parede. Com um dedo nos lábios, ele aponta para o fundo do corredor, de onde vem a voz de Kara.

— Você gosta dele. — É mais uma acusação que qualquer coisa.

— É claro que gosto dele, Kara. Ele é charmoso e engraçado, e me faz sorrir daquele jeito irritante, e estou perdendo a cabeça porque sinto que vou me apaixonar por Carter Beckett.

Claro que sim. Charmoso? *Sim.* Engraçado? *Pra caralho.* Eu a faço sorrir? *Meta alcançada da minha lista de desejos.* Emmett revira os olhos enquanto fecho o punho no ar, em sinal de comemoração.

Espio pela esquina, franzindo a testa quando Kara leva Olivia e todos os seus elogios embora. Ao retornar, cinco minutos depois, está sem minha morena favorita.

— Ela foi embora? — Merda. Estraguei tudo de alguma forma, não foi? Kara cruza os braços, batendo os dedos.

— Qual é a sua, Carter?

— A minha? — Que merda ela quer dizer com isso? Eu queria beijá-la, então beijei. Gosto dela e ela gosta de mim. Por que todo mundo está criando esse escarcéu?

Quero dizer, claro, uma pergunta meio boba, considerando o contexto. Não sou um forte candidato a namorado.

Mas, talvez... talvez eu pudesse ser, por ela.

— Sim, Carter, a sua. Aonde você quer chegar com isso?

— Eu quero... — Coço minha cabeça. Quero vê-la novamente. Quero levá-la para ver aquele filme da Disney. Quero beijá-la um pouco mais, talvez me aconchegar com ela no meu sofá enquanto vemos TV na frente da lareira e brinco com o cabelo dela, porque é macio e cheira bem. — Eu quero Olivia. — *Claro e simples.*

— Você quer *todas* as mulheres.

— Não é a mesma coisa, Kara. Não com ela.

Nunca se tratou de querer, mas mais de satisfazer um desejo, colocar um curativo temporário no vazio. Porque a verdade é que, embora eu tenha prometido à minha mãe que não deixaria um amor como o dos meus pais escapar, há uma grande parte de mim que não só imaginava que nunca iria encontrá-lo, como também não queria. Quando você ama alguém tão completamente, isso o enfraquece. Você arrisca pedaços de si mesmo que não pode perder.

Com Olivia, a dor não parece tão vazia. Não sei por quê, mas só o pensamento me assusta pra caralho.

Não tenho certeza do que Kara está vendo em mim, mas sua expressão se suaviza.

Ela suspira, apertando meu braço.

— Ollie subiu para dar uma respirada. Dê a ela alguns minutos, ok?

Eu dou. Dou a ela cinco minutos, depois dez. Quanto mais finjo estar interessado em qualquer conversa, mais impaciente fico. Na quinta vez em que abro a geladeira sem motivo, Adam suspira.

— Basta ir lá atrás dela, cara.

— *Porra, sim.*

Com um pacote de seis cervejas na mão, subo as escadas dois degraus de cada vez e corro por todos os cômodos vagos, franzindo a testa quando não a encontro.

Um raio de luz dourada passa pela porta entreaberta no final do corredor, junto com o leve cheiro de cerejeira queimada. Lentamente, entro no meu quarto.

Olivia não está aqui, mas uma rajada de vento gelado sopra pelas portas de vidro que dão para minha varanda, e as cortinas transparentes voam com a brisa. Eu sigo o cheiro de fogo lá fora.

Ali, na espreguiçadeira ao ar livre em frente à lareira de pedra embutida, enrolada sob um cobertor, está exatamente a pessoa que estou procurando.

Chamas alaranjadas dançam, iluminando as linhas suaves de seu rosto, o movimento suave de seu peito, o inchaço de seus lábios cor de rubi. Com as mãos sob o rosto, Olivia dorme profundamente, e a doce visão me esmaga, como um peso contra o meu peito.

Nunca trouxe aqui uma mulher com quem eu quisesse ter algo. Nunca permiti que uma mulher ficasse vulnerável o suficiente no meu espaço a ponto de adormecer. Nunca precisei trabalhar tanto para reprimir o desejo que me faz querer subir atrás dela, puxá-la para o meu peito e simplesmente... *ser*.

Até Olivia.

Ao me afundar na almofada ao lado dela, eu me pergunto se tudo sempre vai ser *até Olivia*, se este é o ponto da minha vida em que tudo mudará. O pensamento é tão emocionante quanto confuso e assustador.

Os dedos dos pés de Olivia pressionam minha coxa, e sinto sua pele gelada através da calça jeans. Cobrindo seus pés com o cobertor felpudo, eu os aperto, tentando aquecê-los antes que este inverno na costa oeste possa causar danos permanentes aos dedos mais fofos que já vi.

Seus pés flexionam-se com o meu toque, e os braços esticam-se sobre sua cabeça como os de uma gatinha sonolenta. Cílios escuros tremulam, dando lugar a olhos turvos. Quando a confusão desaparece, ela deixa cair a cabeça na almofada com um gemido.

— Por favor, me diga que você não me pegou dormindo na varanda do seu quarto.

— Eu não peguei você dormindo na varanda do meu quarto.

Ela dá uma risada e se senta.

— Eu não estava bisbilhotando nem nada.

— Então, como foi que você acabou no meu quarto e depois na minha varanda, enrolada no meu cobertor, que estava na minha cama, aliás?

— Eu... eu... — Suas bochechas coram enquanto respira, mas ela continua: — Eu me senti um pouco sufocada, sem conseguir pensar direito, então vim aqui em busca de um pouco de silêncio. Fiquei curiosa, e as luzes estavam acesas, e seu quarto não era o que eu esperava, então encontrei as brasas ainda quentes e essa vista... Carter, que vista maravilhosa! Eu estava olhando para ela e espero que você não esteja chateado comigo por invadir sua privacidade e acabar adormecendo.

Chateado com ela? Não estou chateado com ela. Estou apenas *olhando* para ela, essa obra-prima de tirar o fôlego, essa contradição ambulante que cospe fogo e sarcasmo, e, ao mesmo tempo, preocupa-se demais com o que as pessoas pensam.

Honestamente? Eu a adoro.

Pego suas mãos nas minhas, apertando-as suavemente.

— Ei, tampinha. Respire. Não se desculpe. — Aponto para as chamas crepitantes, para o mar de estrelas nadando no céu noturno, para a trilha interminável de pinheiros que leva até os picos das montanhas. Esta visão aqui é a razão pela qual comprei este terreno há quatro anos. — Eu entendo. É impossível não ficar um pouco perdido diante desta vista. Meio que percebemos o quão pequenos e insignificantes são nossos problemas. É meu lugar favorito quando preciso de paz.

Quando preciso esquecer quem o mundo pensa que Carter Beckett é e lembrar-me de quem realmente sou ou de quem quero ser, talvez.

Olivia me observa com atenção e me pergunto o que ela vê. Ela é capaz de ver além da imagem que criei de forma tão descuidada para mim mesmo? Acho que sim. Mas não sei até que ponto suas decisões não são alimentadas por essa imagem.

Ela aponta para a cerveja, uma pergunta silenciosa, e aceno, observando enquanto tira a tampa de duas, um para cada um de nós. Ela bebe calmamente por um minuto antes de perguntar:

— Por que você veio atrás de mim?

— Porque não consegui te tirar da cabeça a noite toda. Para ser honesto, não parei de pensar em você desde que foi embora do bar.

Ela morde o lábio.

— Sabe o que me assusta em você, Carter?

Tudo, provavelmente, mas espero que seja algo que eu possa consertar.

— O quê?

— Eu, de verdade, não sei se você está sendo genuíno ou se está apenas se esforçando mais do que de costume para arrancar a minha calça.

— Você está de vestido — provoco, puxando a manga enrolada em seu punho delicado.

Seu rosto pouco impressionado me diz que não é hora de fazer piada.

A resposta curta e verdadeira à sua preocupação é: as duas coisas. Eu de fato me importo com ela e quero que passemos mais tempo juntos, mas também me jogaria aos pés dela se isso significasse que me deixaria "destruir" seu corpo, porque eu quero possuí-la.

Quero dizer isso da maneira mais respeitosa possível, é claro.

— Você me faz pensar — admito.

Ela revira os olhos.

— Porque você não está acostumado a ter que trabalhar para isso?

Jesus Cristo. Tá, entendi. Ninguém confia em mim com Olivia, inclusive ela mesma, porque eu galinho muito por aí. Ninguém pensa que tenho condições de mudar, de querer mais, de tratar bem uma garota.

Esvaziando minha cerveja e jogando-a sobre a mesa, esfrego meu rosto. Não sei o que fazer, e é enervante. Nunca preciso me questionar quando estou no gelo. Trabalhei muito para ganhar o respeito dos meus companheiros e a confiança deles em mim como capitão. Faço o meu melhor para não os decepcionar, mas agora sinto que estou me decepcionando. Não sei qual deve ser meu próximo passo. Como diabos faço para que ela confie em mim o suficiente para me dar uma chance de alguma coisa, *qualquer coisa*?

Olivia toca meu joelho.

— Desculpa, Carter. O sarcasmo é o meu melhor mecanismo de defesa.

— Estou vendo. — E entendo.

— Eu quis dizer o que disse antes. Gosto de você. Eu só...

— Não confia em mim. E por que você confiaria? Por que qualquer pessoa confiaria?

Os olhos de Olivia piscam e caem. De forma hesitante, ela envolve os dedos em torno dos meus.

— Sinto muito, Carter.

Ela não tem nada pelo que se desculpar. A culpa é minha. Emmett sempre me disse que meu jeito acabaria me colocando em maus lençóis. Sempre imaginei que ele se referia a uma gravidez acidental de uma maria-rinque, embora eu sempre tome muito cuidado. Anticoncepcional e camisinha, senão estou fora. Não pensei, nem passou pela minha cabeça, que ele pudesse querer dizer que a única mulher que eu sempre quis acabaria não me querendo por causa do meu passado.

Mas aqui está ela, já tendo admitido seus sentimentos por mim. A única coisa que está em nosso caminho é minha história nada romântica com relacionamentos, ou melhor, a falta deles.

Então, acho que preciso trabalhar para fazê-la mudar de ideia, dar-lhe um motivo para confiar em mim, mesmo que seja lento e leve, e dure o maldito ano inteiro.

Serei amigo dela primeiro e serei bom.

Por Olivia.

13
OPRAH & *OOOPS*

CARTER

— Então acho que não vão rolar uns amassos no fundo do cinema, né?

Ela dá uma risadinha.

— Não precisamos ir.

— O quê? Nem fodendo. *Frozen II*, certo? Nós vamos. — Eu encontro meu celular e entro no aplicativo do cinema. — Vamos escolher dia e horário agora. Vou comprar os ingressos.

— Mas...

— Ouça, Ollie. Você está me dizendo nunca ou está aberta à possibilidade de um futuro "se" caso eu prove que pode confiar em mim?

— Hmm... bem, venci você três vezes seguidas...

— Deixei você vencer. — Eu minto, depois cubro a boca dela com a minha mão para ela não protestar. — Ok, vou viajar para jogar daqui a dois dias, então podemos ir quando eu voltar.

Ela retira a minha mão da boca e a coloca junto com as suas sobre o seu colo, depois se aproxima e olha a tela do celular. Clica em uma data.

— Nesta sexta daria certo se vocês não tiverem jogo.

— Não temos.

É nossa semana de recesso, uma pausa obrigatória de cinco dias. Será um fim de semana agitado por razões que Kara nem Olivia sabem ainda, mas saberão amanhã.

— Mas é uma sexta à noite, então, se você estiver ocupado... sem problemas.

Ela para de falar quando aperto o botão de compra. Dou um peteleco no nariz dela.

— Marcado, tampinha. Agora beba outra cerveja e me conte onde você morou em Ontário.

Olivia afunda ao meu lado com um suspiro.

— Eu sou de Muskoka.

— Ah, a terra dos chalés. Deve ser por isso que você veio dormir aqui fora.

— Não temos montanhas, mas esta vista... *uau*. É a primeira vez que vejo tantas estrelas no céu quanto via em casa.

— Como você veio parar aqui?

Ela baixa a cerveja, balançando um pouco de um lado para o outro, e seu rosto se ilumina como se ela estivesse se preparando para contar sua história favorita.

— Então, meu irmão... ele é quatro anos mais velho que eu... — ela começa, tocando minha mão. — Veio para cá para estudar e decidiu que nunca mais voltaria para casa. Quando terminei o ensino médio, vim passar o verão com ele e a namorada. Ela estava grávida, foi só um caso de uma noite, mas agora eles estão casados. — Ela gesticula. — Sabe, aquele amor verdadeiro, tipo conto de fadas? Mas, de qualquer forma, esse não é o ponto.

— Eu poderia ouvi-la contar histórias o dia todo. Ela prossegue: — Então vim para cá e, honestamente, me apaixonei pelo lugar. Passei dois meses caminhando e explorando, e não queria mais ir embora. Eu estava pronta para ir para Toronto em setembro, mas Kristin, minha cunhada, que é fantástica, trabalhava na universidade, mexeu alguns pauzinhos e conseguiu para mim uma reunião com o departamento de admissões. Foi pura sorte que alguém tivesse desistido da vaga no dia anterior, e aí entrei. Voei para casa no dia seguinte, fiz as malas com todas as minhas coisas e vim para cá três dias depois com o meu pai. Kara era a minha colega de quarto e, nem que eu quisesse, poderia voltar atrás. Ela não me deixaria ir embora.

— Imagino que Kara ficaria do lado do avião, pronta para arrastá-la de volta pelos cabelos se você tentasse deixá-la.

— Minha mãe tentou algumas vezes. Ela ainda finge que está brava comigo por ter ido embora. Eu tinha dezessete anos e era muito quieta, bem caseira. A ideia de me mudar para Toronto para estudar e ficar longe dos meus pais me apavorava, e, de repente, lá estava eu, me mudando para o outro lado do país, por puro capricho. — Ela se inclina para a frente, segurando minha mão. Não sei por que fica tão animada quando conta uma história, mas adoro isso. Também parece que ela está baixando a guarda, e estou totalmente de acordo com isso. — Minha mãe se recusou a se despedir quando saímos de casa, não olhou para mim, não me abraçou, nada. Mas, depois, saiu atrás do carro na rua, gritando para meu pai parar. Ela me abraçou e soluçou por vinte e sete minutos antes de me soltar. Meu pai cronometrou.

Faço uma careta, que a faz rir um pouco mais.

— Parece algo que minha mãe faria. — Eu suspiro. — Ninguém jamais vai nos amar do jeito que uma mãe autoritária ama. — Ou um pai que apoia. Sabe, aquele do tipo "sou seu maior fã"? Eu tive um desses... Que saudade!

Uma hora e meia depois, as cervejas acabaram, e Olivia está zumbindo alegremente ao meu lado, com um sorriso permanente e preguiçoso gravado em seu rosto.

— Acho que minha festa acabou — murmuro depois de vários minutos ouvindo a batida das portas dos carros e os gritos para os amigos entrarem nos táxis.

Olivia suspira, colocando a cabeça no meu colo. Não hesito em enterrar a mão em seu cabelo, enrolando a ponta de um cacho em volta do dedo enquanto tento não pensar em como seria envolver todas essas mechas em meu punho e enterrar outra parte do corpo dentro dela.

Tento não pensar nisso, mas sou homem, e ela é uma mulher incrível.

— Eu não queria monopolizar você aqui — ela me diz.

Sorrio para ela.

— Não passaria meu Ano-Novo de outra maneira.

— Não estou pronta para ir embora — ela admite baixinho.

Maravilha, porque não estou pronto para vê-la partir.

— Então não vá. Passe a noite aqui.

Ela levanta um braço, beliscando a primeira parte do meu corpo onde consegue colocar seus dedinhos. Acontece que é meu mamilo.

— Ai, sua pestinha.

Passo a mão sobre onde dói.

Olivia não parece nem um pouco arrependida, então parto para cima dela, fazendo cócegas em suas costelas enquanto ela grita de tanto rir até ficar ofegante, contorcendo-se em meu colo, lágrimas ameaçando escorrer. Segurando seus punhos acima da cabeça, baixo meu rosto até que as pontas dos nossos narizes se tocam.

— Sem beliscões — sussurro.

Sou eu que quero fazer isso, mas é ela quem inclina o queixo, roçando os lábios nos meus. Apenas um pouco. Apenas o suficiente para me lembrar do quanto gostei de beijá-la. Como foi diferente de tudo que já senti antes.

Puxando-a pela mão, eu a levo para o meu quarto.

— Pense nesta noite mais como uma festa do pijama. Poderíamos assistir a um filme, e você pode dormir na minha cama. Durmo no quarto de hóspedes.

Eu a puxo em direção à cama de dossel, apreciando o modo como ela se arrasta atrás de mim, como se tentasse disfarçar sua ansiedade.

— Vamos, Ollie. — Dou um tapinha no colchão. — Sinta só.

Seus olhos arregalados saltam entre mim e a cama. Movendo-me atrás dela, pressiono suas palmas no colchão, cobrindo suas mãos com as minhas. Meus lábios tocam sua orelha.

— É um Hypnos. A Oprah dorme em um colchão assim.

Ela emite um som profundo de sua garganta, um som que espero ouvir algum dia enquanto rolamos juntos, nus, de preferência nesta mesma cama. Ela me olha por cima do ombro, umedecendo os lábios antes de morder o inferior.

— Mas... eu não... tenho nenhum pijama... nem escova de dentes.

— Vou pegar os dois para você.

Seus dedos passam pela roupa de cama macia, seu peito afundando no colchão com as minhas mãos guiando suas costas.

— Vou preparar o café da manhã para você, e talvez possamos... conversar... mais.

Ela fica na ponta dos pés e apoia um joelho no colchão.

— O que você vai fazer para mim?

— Waffles. Rabanada. Bacon. Ovos. Eu preparo uma ceia inteira para você se quiser, é só se deitar na cama.

Olivia ri, agarrando as cobertas. Eu agarro seus quadris, jogando-a na cama. Ela rola de costas, indo parar no meio da cama.

— Ah, droga — ela geme, abrindo os braços.

Ah, merda. Meu pobre pau, pulando atrás do zíper.

— Que delííícia.

Eu sei disso, é claro. Custou quinze mil, impostos incluídos. Vale cada centavo.

Com as mãos no bolso, observo-a com um sorriso enquanto ela rola pelo colchão, testando-o. Não se incomoda quando a maçaneta da porta faz um barulho ou quando Kara a chama do lado de fora.

— Livvie? Você está aí, amiga?

— Ã-hã.

— Ã-hã? Bem, saia já daí. Vamos para casa.

Olivia se senta, olhando para a porta e depois para mim, como se não soubesse o que fazer. Se fosse minha escolha, eu a manteria aqui até que ela voltasse ao trabalho. Também ficaríamos nus o tempo todo, experimentando alguns movimentos de educação física.

— Se você não quiser ficar, tudo bem — digo a ela baixinho.

Ela inclina a cabeça, estudando-me.

— Hmm, eu vou... — O canto de sua boca se levanta. — Ficar.

Bato palmas e grito um silencioso *sim!* antes de mergulhar na cama, passando meus braços em volta dela, puxando-a para um abraço estranho enquanto ela grita de tanto rir. Corro pelo quarto até minha cômoda, tirando uma camiseta e uma calça de moletom. Examino as calças em questão; Olivia vai se perder dentro delas. Ela faz uma careta e balança a cabeça.

— Que porra é essa? Carter Beckett, você está aí? — Kara tenta a maçaneta de novo. — Carter, abra essa porra de porta agora mesmo! Ou vou derrubar! Mantenha seu pinto fora do palácio da minha melhor amiga!

Jogando minha camisa para Olivia, abro a fechadura e a porta, gesticulando para o meu corpo.

— Estou totalmente vestido e meu pinto está bem guardado na calça, muito obrigado.

Kara não parece impressionada nem chocada. Emmett, por sua vez, sorri de orelha a orelha enquanto enfia a cabeça para dentro do quarto. Ele se dobra de tanto rir, claramente bêbado, quando vê Olivia na cama.

— Ai, meu Deus — Olivia exclama, de joelhos no centro da minha cama, segurando a camiseta contra o corpo. — Kara, olhe! Ele me deu uma camiseta para eu dormir. Vai ficar um vestido em mim!

Kara levanta as mãos.

— Que está acontecendo aqui?

— Eu só vou dormir.

Olivia larga a camiseta e levanta os cobertores, deslizando para baixo deles. Sua cabeça desaparece entre os travesseiros até que tudo o que consigo ver são seus braços, que ela ergue no ar.

— Eu chutei Carter Beckett para fora da própria cama. Alguém tire uma foto! Acho que isso nunca aconteceu antes!

Não mesmo. Faço coisas por Olivia que nunca tive vontade de fazer por mais ninguém.

Emmett mergulha no colchão, aconchegando-se ao lado de Olivia enquanto segura o celular acima de suas cabeças, tirando uma foto enquanto riem. Eu meio que quero me enfiar lá.

Mentira. Quero *muito* me enfiar lá. E chutar meu melhor amigo para fora.

Kara aponta um dedo assustador na minha cara.

— Estou bêbada demais para gritar com você. Mas se fizer algum mal a ela, fique preparado para mastigar seu próprio pau. Ouvi dizer que é enorme, então é bom que você esteja com fome. — Olhos assustadores me encaram. — Entendido, Beckett?

Levantando dois dedos, prometo:

— Juro solenemente que não machucarei Olivia Parker.

Ela dá um tapinha no meu peito e vai até a cama, onde sua melhor amiga e seu namorado ainda estão pulando.

— Às vezes, acho que tenho filhos. — Ela se aproxima, arrastando Emmett para fora da cama e beijando a bochecha de Olivia. — Divirta-se e não tome decisões imprudentes.

Olivia a saúda.

— Sim, mamãe.

Kara revira os olhos, mas ri, e Emmett fecha a porta. Um minuto depois, a porta da frente se abre e fecha, deixando a casa estranhamente silenciosa.

Nunca pensei que estaria aqui esta noite, sozinho com Olivia, sobretudo não na minha cama.

Seus cachos estão desgrenhados, e os cobertores amontoados em volta de sua cintura. Sentada ali na cama, ela parece o anticristo: tudo — seu cabelo escuro, seu olhar, seu vestido — contrasta fortemente com a roupa de cama branca e fofa. Nada além de pensamentos imundos e perversos passam pela minha mente. *Anticristo.*

Limpo a garganta.

— Você vai dormir com seu vestido?

Seu sorriso é lento, todo diabólico, enquanto ela sai da cama.

— Eu estava esperando Kara ir embora para que eu pudesse trocá-lo.

Engulo a língua, observando-a caminhar em minha direção com toda a confiança do mundo. E saio do caminho.

— Tudo bem. Eu vou, hmm... — Aponto para a porta. — Te dar um pouco de privacidade.

Alcanço a maçaneta e a mão de Olivia bate com força na madeira, fechando-a no momento que eu a abro. Ela gira a fechadura e, de repente, a energia no ambiente fica tão elétrica quanto os vinte e três centímetros de titânio que se estendem atrás do meu zíper.

Solto um suspiro pesado, cedendo ao clique da porta do banheiro atrás de mim. Afundando na beira da cama, olho para o teto, rezando por algum autocontrole tão necessário nesta hora.

— Ei, Ollie — chamo, sem forças. Balançando a cabeça, passo as mãos pelo rosto. — Acho que devíamos conversar sobre, hmm... — *Merda, isso é doloroso.* — Eu gosto de você — deixo escapar pela segunda vez. Estou falando com uma porta. — Eu estava pensando... talvez a gente poderia... eu poderia, talvez... talvez você possa aprender a confiar em mim, sabe... Me dê uma chance... se eu te mostrar... você pode confiar em mim...

É apenas um sussurro, porque não tenho ideia do que diabos estou fazendo.

Silêncio.

E então:

— Amanhã.

Eu dou um pulo.

— O quê?

— Nós podemos conversar amanhã. Depois que você me preparar uma ceia de café da manhã.

Porra, sim. Olho para o meu amigão. Ele não vai murchar tão cedo. Está tão animado quanto eu.

— Ouviu isso, amigão? — sussurro ansiosamente para ele. — Estamos chegando a algum lugar!

— Carter? — Olivia chama. — Pode me ajudar?

Cruzo o quarto e paro na porta do banheiro. Antes que eu possa perguntar se ela está vestida, ela abre a porta, puxa-me para dentro e tenta me matar.

— Preciso que você abra o zíper. — Porra. *Porra, porra, porra, porraaa.* — Carter. — Os dedos de Olivia entrelaçam-se nos meus. — Preciso que olhe para mim se você for me ajudar.

Ah. Certo. Estou olhando para os meus pés. Eu rio. Passo a mão pelo peito antes de girar um dedo no ar.

— Vire-se, linda.

Nossos olhos se encontram no espelho e ela sorri. É fofo e um pouco maluco, e, quando seus dentes afundam em seu lábio inferior, sorrio. Ela é tão fofa e não quero me separar dela.

Jogo seus cachos por cima do ombro, passando um dedo pelo seu pescoço até o vestido, bem onde ela...

— Ah, Ol. Não... não tem zíper aqui atrás. Seu vestido é... — Puxo o tecido macio, observando-o esticar-se pelas costas dela com facilidade, dando-me um vislumbre da pele perfeita abaixo. — Fechado.

— Ah, verdade. — Seus lábios vermelho-rubi se abrem em um sorriso pateta e lindo. — *Ooops.*

Ooops?

Este também é o momento em que avisto o sutiã acetinado no canto da bancada do meu banheiro.

Ah, porra. Ooops é mesmo a palavra.

Estou prestes a fazer um grande *ooops*.

14
APOCALIPSE

OLIVIA

Não estou em meu perfeito juízo.

Em parte, é a bebida. Mas, sobretudo, é a atração delirante e inegável pelo homem que está agora de pé atrás de mim, boquiaberto diante da visão que tem agora.

A visão sou eu, sem sutiã, pedindo para ele tirar meu vestido. E, caso não tenha certeza do que estou pedindo, guio suas mãos até a altura da minha cintura.

— Acho que você vai ter de tirar tudo, então.

Quem sou eu? Não sei. Uma garota que vai tomar as rédeas de sua vida, acho. Ou, melhor, tomar as rédeas de Carter Beckett. Tomar Carter Beckett pelas rédeas.

Parece uma daquelas decisões imprudentes sobre as quais Kara me avisou antes de sair.

Mas a questão é... eu o quero. Gosto dele, apesar de todos os poréns. Acho que decidi que as consequências são algo com que estou disposta a lidar, porque aqui estou no banheiro de Carter, pedindo a ele que tire minha roupa.

Talvez tenha sido sua expressão derrotada quando falou sobre a falta de confiança que todos depositam nele. Talvez tenha sido ele me pedindo para ficar, prometendo-me filmes e café da manhã. Talvez tenha sido ele sentado ali ao meu lado, absolutamente fascinado enquanto eu divagava sobre a minha vida. Ele não era Carter Beckett, fenômeno do hóquei e galinha egocêntrico.

Ele era apenas... Carter.

E gosto dele assim, quando todas as barreiras caem. Talvez isso faça eu me sentir especial. Talvez tenha dado peso às suas palavras. Talvez... talvez eu confie nele um pouco mais que quando passei pela porta da frente horas atrás.

Não sei. A única coisa que sei é que não posso mais lutar contra isso. Estou cansada.

Ele paira sobre mim, as pontas dos dedos cravando-se na minha cintura como se estivesse segurando algo que sempre quis. Quero me lembrar desta visão: ele não conseguindo tirar os olhos do nosso reflexo; sua respiração intensa, como se mal conseguisse se conter.

Além disso, há uma apreensão, uma hesitação em aceitar dar esse passo. Então inclino a cabeça para trás, os dedos dançando em seu pescoço, e ele abaixa o rosto, sorrindo.

— Posso beijar você? — ele sussurra.

Faço que sim e sua boca desce até a minha. É terno e suave, provocante e saboroso, prolongado, e eu quero mais. Mais disso, mais dele. Afundo meus dedos nas ondas do seu cabelo, puxando-o para perto e, quando a língua dele encontra a minha, ele rouba um gemido direto da minha garganta.

Sua mão sobe sobre meus seios, envolvendo de leve meu pescoço para me segurar ali, para explorar minha boca.

Ele se afasta, atraindo meu olhar para o dele. É escuro e inebriante, como se eu fosse a única coisa que ele é capaz de ver, embalando-me com uma falsa sensação de segurança. Quero que ele tenha meu corpo e quero fingir que ele sabe como manter tudo seguro.

— Olha para você. — Ele acaricia meu lábio inferior. — Você é tão pequena e delicada que tenho medo de quebrá-la.

— Eu não sou feita de cristal, Carter. Não precisa ser gentil comigo. Na verdade, eu preferiria que você não fosse.

Um segundo depois, minha bunda é pressionada contra a bancada, minhas pernas ao redor de sua cintura, meus cachos enrolados em seus punhos enquanto ele puxa minha cabeça para cima.

Sua boca paira tão perto da minha que não consigo dizer qual é qual, conforme inspiramos um ao outro.

Dedos ásperos raspam minha coxa, deslizando abaixo da barra do meu vestido, subindo até parar em volta dos meus quadris. Ele envolve a mão em volta da minha cintura nua e todo o meu corpo treme. O olhar quente de Carter mergulha no espaço entre nós, o ponto úmido no centro da minha calcinha, e sua garganta balança. Ele me observa de perto, passando o polegar sobre meu clitóris enquanto sinto cólica de tanto desejo.

— Carter — choramingo, e sua boca colide com a minha.

Ele se move contra mim, um movimento lento que faz minha cabeça cair para o lado. Sua boca desliza pelo meu pescoço, beijos quentes e molhados que fazem meus quadris levantarem, desesperados por fricção. Ele me dá isso, as mãos deslizando por baixo de mim, massageando minha bunda, puxando-me para perto.

Carter morde de leve meu queixo, até que seus lábios encontram minha orelha.

— Se fizermos isso, Olivia, não há como voltar atrás.

Não há como voltar atrás do quê? Se fizermos isso, será o começo de algo. Algo íntimo e selvagem, e talvez algo a mais, mas, mais do que provável, o começo do fim.

Um murmúrio de tristeza ecoa em meu peito, lembrando-me de que esta não sou eu, que quero muito mais que noites fugazes e despedidas. A batida constante e rápida do meu coração me diz para ceder só por esta noite e abraçá-la pelo que ela é: uma noite de paixão garantida com o homem em quem não consigo parar de pensar.

Escondida bem abaixo de tudo isso está a parte de mim com medos e inseguranças muito reais, a parte que me compara às mulheres grudadas em seu braço em todas as fotos.

Mas a química entre nós vibra como um fio elétrico, tornando impossível pensar com clareza agora. Sei o que quero, e o que quero é este homem — dentro de mim, em cima de mim, tomando-me, possuindo-me, sem parar.

Então digo a ele:

— Se você me quiser, pode me ter.

Com um só golpe, fico de pé, com as costas pressionadas contra seu peito, meu vestido na banheira vitoriana do outro lado, próximo ao chuveiro de vidro imaculado. Mãos ásperas seguram meus quadris, seu olhar me queimando como carvão em brasa. Lábios macios pressionam beijos carinhosos em meu ombro, descendo pela minha coluna enquanto Carter engancha os polegares na minha calcinha e lentamente se ajoelha, tirando a peça rendada enquanto se abaixa.

Sua boca quente desliza pela parte de trás da minha coxa e, quando uma mão desliza entre minhas pernas, onde meu batimento cardíaco se encontra, fecho os olhos com força e seguro a borda da bancada como se fosse morrer.

— Você está nervosa — Carter murmura. Nervosa, bêbada de desejo cru, com medo do monte de sentimentos genuínos que me assustam demais... Tudo isso gira dentro de mim, agarrando meu coração, apertando-o como um punho. — Deslumbrante pra caralho. — As palavras são um sussurro maravilhoso enquanto seus dedos deslizam por trás, pela umidade espalhada entre minhas coxas. Ele se levanta, beija meu pescoço e sustenta meu olhar.

— Perfeita. — Segura um seio, circulando meu mamilo tenso. Seus dentes raspam minha orelha. — Quão molhada você está?

— Ai, Deus. — A resposta é "encharcada" e ele sabe disso. — Me toque — imploro. — Por favor, Carter.

— Olhe para mim. — Quando faço isso, ele passa os dedos pela minha fenda úmida antes de enfiar um. — Porra. — Sua boca se abre no meu ombro enquanto grito seu nome. — Uma boceta tão molhada...

Seus dedos envolvem meu pescoço enquanto ele enfia dentro de mim, um mergulho dolorosamente lento que me faz implorar por mais. Chamas acendem em meu estômago, como se eu estivesse à beira de uma erupção vulcânica.

Ele acrescenta outro dedo, preenchendo-me maravilhosamente, um impulso constante que ganha velocidade e ferocidade, até que a palma da mão bate na minha bunda com cada impulso.

Seu peito ronca de aprovação enquanto aceito tudo o que ele me dá, incluindo as palavras que ele força em meu pescoço quando sua boca pega a minha.

— Boa menina.

Tudo dentro de mim ferve, transborda, quando ele libera meu pescoço para trabalhar o feixe de nervos entre as minhas coxas, sorrindo contra a minha pele ao fazer explodir seu nome em meus lábios.

Sem hesitar, ele me joga por cima do ombro, com a mão na minha bunda, enquanto marcha para o quarto e me joga na cama. Sorri quando eu rio, os braços varrendo a cama enquanto enterro minha cabeça nos travesseiros fofos.

— Nunca mais quero sair desta cama.

Ele arranca a camiseta, tira a calça jeans e sobe em mim, beijando o canto da minha boca antes que eu tenha tempo de admirar o quão lindo seu corpo é.

— Então não saia. Acho que poderia ficar com você aqui para sempre.

Enterro essa sensação, que alimenta meu peito e queima em minha barriga, bem no fundo de mim, porque é perigoso pensar no que isso pode significar. Posso estar um pouco embriagada, mas tenho cem por cento de certeza de que Carter Beckett é um homem por quem eu poderia me apaixonar.

Não sou uma garota de uma noite, já disse isso. Para mim, o sexo vem depois dos sentimentos. Talvez eu tenha deixado de mencionar que raramente desenvolvo esses sentimentos. É uma bênção ou uma maldição, ainda não decidi. Procuro uma conexão real, o que é difícil encontrar. Também significa que, nos meus vinte e cinco anos, só fiz sexo com dois homens, um grande contraste, comparado à lista de Carter.

— Ei. — Ele guia meu olhar para o dele. — Para onde você foi? Meio que sumiu de mim. — Lábios macios traçam meu queixo até que ele enterra o rosto em meu cabelo. — E como você é sempre tão cheirosa? Como bolo de banana fresquinho. Quero devorar você. — O desejo aumenta em forma de frio na barriga, uma dor entre as minhas coxas. — O único problema é que não sei por onde começar. Quero estar em todos os lugares de uma vez. Como... — As pontas dos dedos dele dançam sobre meu seio e ele arrasta o polegar sobre meu mamilo. — Aqui. — Ele abaixa a cabeça, circulando meu mamilo com a língua e, se eu ainda não estava morta, agora estou. — Mas eu também quero... — Sua boca percorre um caminho lento e tortuoso pelo meu abdome, cada pedaço de mim tremendo de antecipação. — Aqui. — Sua boca continua seu caminho vagaroso, sugando meu quadril, manchando minha pele. Ele acomoda o rosto entre minhas pernas, alternando o deslizamento molhado de sua língua e a pressão de seus lábios enquanto desliza pelas minhas coxas. — E aqui... — ele sussurra, terminando na junção das minhas coxas.

— Porra. — Sua respiração estala como o fogo lá fora e eu mesma não consigo respirar.

— Aqui, Olivia? É aqui que eu mais quero estar.

Com um golpe lânguido, ele me lambe de baixo para cima, e *porra, porra, porra...* Quando chupa meu clitóris, perco o controle. Enfio meus dedos em seu cabelo enquanto ele joga minhas pernas sobre seus ombros, enterra o rosto entre minhas pernas e faz o que prometeu: ele me devora.

A maneira como Carter me lambe é feroz, como uma refeição que ele não come há dias, chicotadas quentes da sua língua combinadas com beijos abrasadores enquanto me agarro a ele, pressionando-me contra seu rosto perfeito.

— Porra — gemo, arqueando as costas enquanto ele enfia dois dedos dentro de mim. — Carter, eu... eu... não posso.

— Você pode.

Ele é implacável, um selvagem sem intenção de mostrar piedade enquanto observa minha excitação cada vez maior. Quando ele me joga no precipício, cubro a boca com uma mão para abafar o grito.

Becka Mack

Carter arranca minha mão, prendendo meus punhos acima da cabeça enquanto sobe em mim.

— Faça isso de novo com a mão e amarro as duas na cabeceira da cama. Quero ouvir você gritar meu nome quando gozar comigo dentro de você. Entendido?

Ah, merda. Sim. Aceno com a cabeça quinhentas vezes e ele sorri.

— Sem respostinhas atrevidas, Ol? Eu te derrubei?

Pressiono meus lábios nos dele, sussurrando contra eles.

— Você ainda não me derrubou, mas espero que, se eu for uma boa menina, você faça isso em breve.

— Porra. — Ele segura meu queixo, os olhos escurecidos fixos nos meus. — Quero te dar o que você quiser.

— Me destrua, Carter.

Nossas bocas se chocam freneticamente, raspando os dentes, deslizando as línguas, pressionando os lábios. Eu o empurro no colchão e monto em seus quadris, porque preciso de um minuto para admirar adequadamente a obra-prima que é Carter Beckett. Ele é largo e firme, com músculos sólidos e tensos movendo-se agilmente sob a pele dourada. Deslizo a ponta do meu dedo pelo caminho gravado em seu torso, depois mais longe, pela pelugem que desaparece abaixo da cintura, na cueca boxer.

— Você é tão lindo — murmuro.

— Eu? — Há algo em seu olhar, algo obscuro e, ainda assim, tão vulnerável, como se ele quisesse que eu o visse, mas não soubesse como me mostrar. — Você é perfeita, Ollie.

Meu coração dispara, os nervos apertando minha garganta. Se não fosse por puro desejo de me deixar levar e sentir o peso de sua urgência por mim, misturado com as bebidas que consumimos e que diminuíram nossas inibições, eu poderia fazer uma pausa. Precisamos conversar, mas, quando tudo o que consigo ver é o corpo dele abaixo do meu e aquele olhar inebriante em seu rosto, não me lembro de como me comunicar.

— Ei — ele sussurra. — Há algo errado? Se você quiser parar, nós paramos. Vou me aconchegar com você e podemos ver um filme. Tudo bem, por mim.

— Só fiz sexo com dois homens — deixo escapar. — Eu só durmo com homens de quem eu gosto.

Se está surpreso, ele não demonstra. Em vez disso, segura meu rosto, beija-me de leve e diz:

— Sinto muito, mas não posso dizer o mesmo. Só posso dizer honestamente que, se eu apenas fizesse sexo com pessoas de quem gosto, estaria perdendo minha virgindade esta noite, aos vinte e sete anos. — Isso não pode ser verdade. Não tem como eu ser a única de quem ele... — Nunca me senti assim por ninguém antes. Nunca, Ollie. Só quero que você considere... considere me dar uma chance. Me considere. Isso é tudo o que quero, Ol. Uma chance com você. — Ele dá um beijo suave nos meus dedos. — Podemos conversar mais sobre isso de manhã.

Ele me tira de cima dele, puxando-me contra seu peito enquanto nos acomoda debaixo dos cobertores, encaixando seu rosto na curva do meu pescoço enquanto murmura:

— Bolo de banana.

— Carter. — Estou tão perdida, e não é como eu quero me sentir quando estou assim excitada. — O que você está fazendo?

— Aconchegando você. — Claramente, e ele está fazendo isso bem. Fico surpresa, pois tenho certeza de que é a primeira vez que ele faz isso. — Eu nunca fiz isso. — *Lá vamos nós.* — Acho que estou me saindo muito bem — *Olá, arrogância.*

— Você está indo superbem. Mas o que está fazendo?

— Parando? Não é isso... não é isso o que você quer?

— Quando eu pedi para você parar?

— Você disse... eu... bem, acho que você... não.

— Você tem razão. Eu não pedi. — Eu o empurro para baixo e monto em seu colo, rolando meus quadris sobre o pau que está lutando para se libertar.

A boca de Carter se abre, os punhos cerrados ao lado do corpo antes de ele agarrar meus quadris, parando-me. Ele me desloca, apenas o suficiente para revelar que encharquei sua boxer. Mergulhando a mão entre as coxas, corro dois dedos pela minha boceta. Eles saem encharcados e, quando os deslizo entre os lábios, não sou eu quem geme, mas Carter.

— Você disse que queria me ouvir gritar seu nome quando eu gozasse. Vai me fazer gozar ou não? Se não estiver à altura do desafio, posso cuidar de mim mesma.

Sem aviso, ele me vira de costas, prendendo-me abaixo de seu peso. Seus dentes roçam meu pescoço, até minha orelha.

— Menina tagarela. Você quer que eu acabe com você, não é? Posso garantir que você não sai daqui, se é isso o que realmente quer.

— Prove.

Estou de quatro antes de poder compreender como cheguei ali e a palma da mão de Carter bate rapidamente na minha bunda. Uma explosão de dor e prazer corre por mim, acumulando-se entre as minhas pernas.

— *Porra*, essa boceta.

Ele sai da cama e me puxa para a beira. Ouço a cueca cair no chão, mas tudo o que sinto é o toque de seus dedos enquanto suspiro, agarrando os lençóis. Ele puxa para fora, deixando um rastro de umidade ao longo do meu quadril quando me vira de novo. Todos os pensamentos coerentes saem do meu cérebro ao vê-lo parado ali, completamente nu, segurando seu pau na mão.

— Puta merda.

Não tenho certeza se *acabar comigo* é a expressão certa para o que Carter vai fazer. Destruir totalmente, sim. Arrombar, acho que sim. Ele é tão presunçoso, aquele sorriso autoconfiante crescendo enquanto meus olhos se arregalam quando ele começa a caminhar em minha direção, coxas grossas e musculosas flexionando-se a cada passo.

Rastejo para trás quando seus joelhos batem no colchão, aquela *coisa* pendurada entre suas pernas, arrastando-se pela cama. Além da batida selvagem do meu coração, a única outra coisa que consigo ouvir é a lentidão com que ele desliza pela cama, como que me prevenindo do que está por vir.

— Eu... eu... — Pelo amor de Deus, que merda estou tentando dizer? Desisto das palavras e, em vez disso, gesticulo. Balanço a cabeça e chacoalho os ombros. — Não vai caber.

A risada de Carter é ameaçadora demais para o meu gosto, e ainda estou recuando. Minha mão escorrega e começo a cair da beira da cama, com as pernas para cima. Ele me pega antes que eu cause qualquer dano que possa potencial e prematuramente encerrar essa viagem para o céu/inferno pela qual estou tão ansiosa, embora Carter esteja carregando um maldito míssil que vai explodir minha vagina em mil pedacinhos.

Segurando meus tornozelos, ele me arrasta para baixo dele, seu pênis roçando meu clitóris inchado. Ele abaixa os quadris, um movimento lento que rouba o ar dos meus pulmões. Puxando um punhado do meu cabelo, leva minha boca até a dele, o chicote quente de sua língua não fazendo nada para aliviar a apreensão que sua próxima promessa provoca.

— Vamos fazer caber.

Abrindo mais minhas pernas, ele passa os dedos pela minha boceta encharcada e depois cobre seu pau com a minha umidade. A visão é tão suja, mas tão linda, que quase sinto falta de seu sorriso malicioso quando ele pergunta:

— Últimas palavras? — Eu balanço a cabeça. — Bom. Aguente firme.

Seu sorriso desaparece, dando lugar a uma luxúria tão pesada, tão selvagem, que nubla seus olhos. Quando ele mete dentro de mim com um único golpe, meu mundo inteiro escurece. Minha boca se abre e engulo um grito antes que ele escape.

— Ai, caramba — choramingo, rasgando seus ombros, agarrando-me a ele enquanto ele me preenche. — Espere, Carter, por favor.

Seu corpo para, tremendo, e ele agarra meu pescoço como se estivesse com medo de não ser capaz de se controlar se não se agarrar a algo.

Mas ele é tão grande, tão pesado, e cada centímetro meu parece tão tenso, esticado além da imaginação.

Ele encosta a testa na minha, o peito arfando.

— Desculpa, Ollie.

A dor diminui, uma plenitude delirante que se espalha como chamas, o calor lambendo minha pele. Prendo meu lábio entre os dentes, gemendo enquanto me arqueio para fora da cama, levando-o um pouco mais longe enquanto me ajusto ao tamanho dele. Minhas unhas arranham seus braços, meus olhos se reviram, enquanto seus quadris começam um movimento lento que estimula cada nó dentro de mim, até que tudo comece a se desenrolar.

Seu olhar ansioso para mim busca instrução, permissão, *controle*. Controle que estou disposta a dar.

— Pode me foder, Carter. Por favor.

Um rosnado ressoa profundamente em seu peito enquanto ele me deixa cair no colchão e faz exatamente o que eu pedi: *me fode*.

Sua pele bate contra a minha enquanto ele mete tão profundamente que juro que posso senti-lo na minha barriga. Seu toque é áspero, como fogo que queima em todos os lugares que toca, marcando-me como dele. Cada movimento da pélvis envia faíscas através do meu clitóris, cada mergulho de seu pau é mais profundo e duro que o anterior, até eu me sentir leve. Não sou nada além de ossos e puro prazer queimando em mim, da cabeça aos pés, incendiando-me de dentro para fora.

Os dedos de Carter se enredam em meus cachos, cravando-se em meu quadril, mantendo-me no lugar enquanto seu corpo domina o meu.

— Porra — ele rosna contra meu pescoço. — Amo foder você. — Ele desliza um beijo molhado na minha boca. — Quero mais, Ollie. E vou pegar.

Não sei o que mais posso oferecer, mas então ele levanta minha perna e a joga por cima do ombro, agarra a cabeceira da cama e me ataca com tudo o que tem.

— Pílula — ele grunhe. — Você toma...

— *Sim.*

— Posso...

— Deus, *sim.*

Um zumbido gutural e satisfeito ressoa quando ele se move mais rápido, e grito seu nome, as palmas das mãos deslizando sobre os músculos de seu corpo. Não há outro lugar para ir, mas, quando minhas mãos descem até sua bunda, eu o puxo para perto de qualquer maneira, implorando por *mais forte.*

— Já não falamos disso? Quero ficar com você, não te quebrar.

Eu o empurro para o colchão e me sento sobre todo seu comprimento antes de ele protestar. Minha cabeça cai para trás com um grito desenfreado de prazer e Carter geme, levantando-me e encaixando-me de volta em seu pau, repetidamente.

Inclinando-se para cima, ele coloca meu mamilo em sua boca enquanto monto nele, chupando, mordiscando, e eu quase arranco seu cabelo. O olhar que ele me dá quando se afasta, roçando meu clitóris, manda-me direto para o fundo do poço, e gozo em cima de seu pau.

— Mais um — ele rosna, tirando-me de cima dele. Ele me vira de bruços, puxa minha cabeça para cima e levanta minha bunda no ar para enfiar de volta dentro de mim. — Você vai me dar mais um.

Mais um? Não posso. Caio no colchão, desossada e mole, mas Carter me puxa de volta, seu sussurro pressionado em meu ouvido.

— Terminamos quando eu disser que terminamos.

— Carter — choramingo.

— Porra, adoro quando você diz meu nome. — Sua boca molhada desliza pelo meu pescoço, os dentes roçando minha orelha. — Agora grite.

Ele mete uma, duas, mais três vezes e, quando atinge aquele ponto que nunca consigo encontrar, cada terminação nervosa chia e estala. Puxo o lençol da cama e faço o que ele pediu: grito seu nome.

Carter explode dentro de mim, e juro que nunca vi nada mais lindo do que esse homem gozando, abafando o gemido contra o meu pescoço.

Ele tira e me puxa para o lado dele ao cair no colchão, e a sensação de vazio é tão grande que me pergunto se um dia me sentirei tão preenchida de novo.

Coloco minha mão sobre seu peito, sentindo a batida estável de seu coração. Carter cobre minha mão e uma quentura se aninha em meu peito, no órgão vital que eu deveria manter seguro.

— Posso ficar com você? — ele pergunta.

— Sim.

Meu coração para com a resposta simples, dita sem pensar, e somente quando Carter puxa meu queixo e captura minha boca para um beijo ele reinicia.

É aí que percebo o quão terrivelmente fodida eu estou.

15

ISTO É CARMA? NÃO GOSTEI

— Ai, MERDA. FODA-SE. Merda, merda, merda.

Ao abrir uma pálpebra, tento ouvir a voz de pânico de Olivia. Estava tendo o melhor dos sonhos. Olivia debaixo de mim, por cima de mim, seus lábios, suas mãos, seus peitos perfeitos. Quanto mais depressa a encontrar, mais depressa poderei viver o sonho na vida real.

Viro-me de costas e passo um braço sobre o lugar vazio ao meu lado. Ainda está quente e sinto o cheiro dela nos meus lençóis, como uma fornada fresca de biscoitos. Dá vontade de comê-la.

— Volta para a cama, Ollie.

Esfrego os olhos, dando um bocejo interminável, enfim me sentando quando ouço um estrondo alto seguido de uma série de xingamentos. Olivia está completamente nua, deitada num monte de lençol amassado no chão.

Inclino-me por cima da cama, sorrindo.

— O que está fazendo aí em baixo, gatinha?

Seus lábios entreabrem-se com o que parece — mas não pode ser — horror, e ela coloca as mãos sobre seus lindos seios. Não estava à espera da timidez desta manhã, sem álcool, mas acho que faz sentido. Pendurado a meio caminho para fora da cama, apoio uma palma da mão na madeira e estendo-lhe a outra mão. Preciso trazê-la de volta para cá, para foder até ela adormecer de novo.

Juro que tive uma maldita epifania ontem à noite, enquanto a minha espada de trovão estava enterrada a vinte e três centímetros de profundidade dentro da mulher mais insanamente deslumbrante com quem já transei. Não queria sair dali jamais e, esta manhã, ainda não quero que ela vá embora. Espero que ela esteja bem com isso, porque tenho quase certeza de que ela acabou de arranjar uma sombra.

E a sombra sou eu. Vou ficar colado à perna dela como um cãozinho não castrado por muito tempo. Talvez para sempre. Não sei, porra. Só sei que não vou largar.

Mas ela recua, fechando a mandíbula.

— Eu não sou sua *gatinha*.

Ok, então Olivia não acorda de bom humor.

— Precisa de café?

Ooops. Pergunta errada.

Resisto à vontade de me esconder debaixo dos cobertores e ofereço-lhe uma versão grosseira do meu sorriso encantador que acho que ela adora/odeia. Não parece ter o efeito desejado.

Ela se levanta, agarra a coberta de cima do meu corpo e se envolve nela. Emite um som rouco, com o olhar fixo no... no meu pinto. Ele está feliz por vê-la nesta manhã, fazendo-lhe a velha saudação de um olho só enquanto se balança.

— Bom dia — digo com uma risada, rodando o quadril, fazendo-o dançar. — Toda a minha pessoa está feliz por ver você.

Pô, ela está difícil de agradar. Nem sequer um sorriso, apenas uma mão cobrindo seus olhos.

Eu franzo uma sobrancelha.

— Sabe que ele conheceu bem seu palácio ontem à noite, certo?

Olivia está emitindo muitos sons hoje. Este último foi um gemido, antes de correr para o banheiro e bater a porta atrás de si.

Mas não sou tímido, por isso saio da cama e passo por aquela porta. Corro uma mão pelo meu tronco, dando uma coçada antes de empunhar a base do meu pau, olhando para a bela moça embrulhada no lençol, o seu vestido em uma mão, o celular na outra, enormes olhos castanhos em mim.

— Que raios está fazendo? Devíamos estar na cama, abraçados. — *Ou fodendo.* — E isto... — Passo um dedo pela clavícula dela até chegar ao seu punho fechado, onde ela está agarrada ao lençol bem grudado ao corpo. — Não me interessa para onde isto vai, desde que *vá*.

Puxo o lençol, deixando-o cair aos nossos pés. Com as mãos na sua bunda, ergo-a para mim, envolvendo as suas pernas nos meus quadris antes de pressioná-la contra o vidro do boxe. Engulo um gemido ao sentir sua boceta quente e encharcada pressionada contra mim.

— Vai ter que cancelar seus planos. — Eu arrasto beijos lentos e molhados pelo seu pescoço, depois mordisco o seu queixo. Ela tem uma covinha minúscula, bem no centro, que eu adoro. — Vou ficar com você o dia todo. — A boca de Olivia abre-se como se fosse dizer alguma coisa, talvez discutir comigo, como ela gosta de fazer. Em vez disso, as nossas bocas se chocam. Ela se agarra a mim, passando os dedos pelo meu cabelo, as costas arqueadas, os quadris rebolando. — Perfeita — resmungo contra os seus lábios. — Caramba, Ollie, você é mesmo perfeita.

Ela prende a respiração e empurra meu peito, afastando-me.

Fico confuso, mas quase sempre fico assim quando se trata dela, porque não consigo ler sua mente.

Mas, espera. Talvez estejamos apenas...

— Quer dar uma de difícil?

Pergunto com um sorriso malicioso e me aproximo dela. Gosto disso. Estou pronto para tudo, desde que seja com ela. Se ela quiser empurrar, eu a puxo de volta.

Tipo, com jeitinho. Mas não muito jeitinho.

— O quê? — Ela abana a cabeça, com as mãos estendidas entre nós. — Não, Carter. Para. Por favor.

Parar? O quê? Não. Não quero. Mas paro, claro.

— Você está bem? — Examino-a devagar. A coisa esquenta quando olho para baixo e acabo dando três passos. — Eu te machuquei?

Puxo-a pelo lado direito do quadril, passando a mão sobre as quatro marcas redondas que deixei com a palma da mão. Virando-a, encontro a marca do meu polegar nas suas costas. Ela também está coberta por um monte de pequenos chupões roxos, o que faz meu peito rosnar possessivamente.

Ela é minha, grita o meu cérebro, e meu pau se contorce, concordando.

— Não, você não... — Ela para, cobrindo o rosto antes de passar por mim, enfiando o vestido por cima da cabeça. — Tenho que ir.

Ela não coloca o sutiã, apenas o carrega na mão enquanto presumo que esteja procurando no chão a calcinha que tirei ontem à noite. Eu me esqueci de dizer que está no bolso da minha calça jeans, que, por sua vez, está meio enterrada debaixo da cama.

Coço a cabeça.

— Ir para onde? Você tem compromisso? Pensei que fosse ficar para o café da manhã. — Olivia me ignora, desistindo de procurar a calcinha. Dirige-se para a porta, abrindo-a com um puxão e disparando pelo corredor, e eu me sinto tão perdido. Visto um moletom e desço as escadas atrás dela, virando-a para mim. — Vai dizer alguma coisa? — Os olhos dela estão fixos no meu tronco. — Ou olhar para mim? — Solto um suspiro frustrado e passo os dedos pelo meu cabelo. — Que merda, Ollie! Estou muito confuso agora.

— Tenho que ir — ela sussurra.

— Ir para onde, porra? — Sai mais alto do que eu pretendia, e Olivia se encolhe. Respiro fundo e, tomando as mãos dela nas minhas, tento de novo. — Desculpa. Estou um pouco perdido. Você disse que íamos falar sobre nós, e...

— Foi *você* quem disse isso, não eu.

Eu pisco. Ela ainda não está olhando para mim.

— Você... você... você... — Merda, é isso mesmo que está acontecendo? Estou gaguejando? — Você concordou! Disse que conversaríamos no café da manhã!

— Nós dois bebemos demais. — Essa desculpa é fraca e ela sabe. — Acho que não sabíamos o que estávamos fazendo.

Mentira.

— Olhe para mim se vai mentir na minha cara, Olivia.

Os olhos dela fixam-se nos meus e não gosto do que vejo. Estão com as bordas vermelhas, seu lábio inferior treme. O que está acontecendo? É tão simples. Não há razão para chorar, porque estou aqui mesmo, e eu a desejo, assim como desde o primeiro momento em que a vi. Posso não ter experiência com relacionamentos, mas sei que esta merda que estou sentindo não é unilateral. A situação em que ela está nos colocando agora? Nenhum de nós quer estar aqui. E, no entanto, ela está fazendo isso.

— Então, é só isso? Só mais um casinho de uma noite? Obrigado pelo sexo, até nunca mais?

— Se é o que você quer — ela tenta me dizer, agarrando o celular contra o peito.

— Você não sabe nada sobre o que eu quero. Se soubesse, não estaria virando as costas e indo embora, dizendo que foi só sexo e que não significa nada para mim nem para você. Mentira! Você sabe e eu sei. — Não tenho medo de discutir com ela. Farei isso sempre que achar que ela está errada e, neste momento, está. Ela se esquiva de mim, indo para a cozinha, colocando os saltos que deixou lá.

— Tenho que ir, Carter.

— Não, não tem. Está se recusando a se comunicar comigo. Estou aqui querendo falar sobre o que raio há entre nós, e você está tentando fugir.

— Não há nada...

— Não diga que não há nada entre nós! — Grito outra vez, o que odeio. Eu me exalto facilmente e estou mesmo no limite neste momento. A mulher tornou-se minha dona, *por alguma razão*, e recuso-me a deixá-la tomar a decisão errada por nós dois. Por isso, vou em direção a ela, encostando-a contra a parede. Olhos castanhos tristes encontram os meus, e eu afasto seu cabelo do rosto. — Pare com isso. Pare de fingir que não está assustada pra caralho, como se essa não fosse a única coisa que te impediu de ficar comigo esse tempo todo. Consigo ver o que está à minha frente, e é você, linda, sarcástica, inteligente, forte, sensível e *assustada pra caralho* com o que está sentindo por alguém por quem nunca quis ter sentimentos.

O celular escorrega de suas mãos trêmulas e eu o apanho antes que caia no chão. A minha cara aparece na tela, mas não é só a minha. Há também imagens de mim com o braço em volta de mulheres diferentes, entrando no meu prédio, em hotéis.

A pior parte, de longe, é a manchete, com a data de hoje: *Ano-Novo, Velho Carter: As doze conquistas mais quentes de Carter Beckett e o que podemos esperar dele este ano.*

Olho para Olivia. O peso da agitação que ela carrega, o medo, tudo é muito pesado, fazendo descer os cantos de sua boca, guiando o seu olhar para baixo.

— Não sou eu. — Levanto o seu queixo, roubando um olhar dela. — Não precisa ser eu.

— Como é que você poderia prometer isso? — ela sussurra, com a voz falhando. — Nós mal nos conhecemos. Ontem à noite você admitiu que não sabia se quer um relacionamento. — Ela abana a cabeça, apontando para o celular na minha mão. — Não posso competir com isso, nem mesmo na minha cabeça, que é onde é mais importante. Pode pensar que sou forte, mas não tenho problemas em admitir que sou insegura demais para fingir que o número de mulheres lindas com quem você já ficou não me aterroriza e que elas estarão sempre à espreita para quando você se cansar de mim. — Ela pressiona as pontas dos dedos na testa como se estivesse com dor de cabeça. — Você tem um apartamento só para fazer sexo.

Não é por isso que tenho o apartamento, mas não vou perder tempo com essa distinção agora.

— Nenhuma dessas mulheres significa nada para mim, Olivia.

— Fiquei tão envolvida com você ontem à noite que perdi o controle, nem nos lembramos de usar camisinha. Foi tão imprudente.

Esfrego o meu pescoço.

— Eu não trago mulheres para cá, Olivia. Nunca. Eu não estava mentindo. — Talvez seja uma desculpa de mau gosto, mas não tenho uma única camisinha em casa. Tenho uma na minha carteira, mas estava guardada aqui embaixo na mesa da entrada e, no calor do momento... — Você não toma pílula?

Merda. Eu não tinha perguntado isso?

— Estou tomando, mas...— Ela recua, olhando para a minha virilha.

— Estou limpo — murmuro. Se pareço derrotado, é porque estou mesmo. Ela nunca vai superar o meu passado. — É a primeira vez que eu... — Foi a primeira vez que entrei descalço, mas não digo isso em voz alta. — Vou fazer exames. — A minha garganta está apertada e seca. — Não quero que vá embora. Gosto de você e você disse que gosta de mim.

— Eu *gosto* de você. Gosto do que me mostrou de você até agora, mas há outras coisas... — Ela fecha os olhos e abana a cabeça. — Quem me dera poder ignorar todo o resto e me atirar de cabeça. Mas não sei como, Carter, porque, quando olho para baixo, não há uma única parte de mim que consiga ver o chão. Não quero confusão e medo. Quero estabilidade e segurança.

Estabilidade e *segurança*, eu anoto mentalmente. Posso ser estável e seguro... posso descobrir como.

— Ouça, sei que não sou um bom candidato a namorado, mas posso tentar ser. Falando sério, eu posso. Vou me comportar bem. Vou...

Ela coloca uma mão no meu peito, fazendo-me parar.

— Não quero que você mude por mim, Carter. Isto, nós dois... foi um erro.

Ai. Dou um passo atrás, esfregando a palma da mão no meu peito, tentando acalmar a dor súbita e aguda.

O olhar de Olivia suaviza-se.

— Não estou tentando magoar você.

— Mas é o que parece — retribuo, porque tudo me dói.

— Sinto muito. De verdade.

— Não tem que se desculpar. Só tem que confiar em mim.

Os ombros dela caem.

— Gostaria de poder, mas não sei como. — Ela pega na minha mão, apertando-a contra seu peito. — Nós não somos certos um para o outro.

— Como é que você sabe? Tudo me pareceu certo desde que te conheci. Não tem sido fácil, mas tem parecido certo.

Becha Mach

Teria sido ingênuo da minha parte pensar que seria fácil, que seríamos capazes de entrar em uma espécie de... relacionamento. Mas, ontem à noite, pensei que ela pelo menos pensaria na possibilidade. Que me consideraria. Estou tentando, porra. Já decidi o que quero. Não era para ser mais fácil daqui para a frente?

Compreendo a hesitação dela, o medo. Como poderia não entender? A mídia não está inventando, a minha reputação é exatamente como tem sido pintada nos tabloides. Ela tem o direito de ficar aterrorizada. Eu *estou* aterrorizado. Estou em águas desconhecidas. Tenho medo de magoá-la. Tenho medo de não saber como ser um parceiro. Tenho medo do destino de tudo isso. Tenho medo de que ela possa ser a que veio para ficar para sempre. Caramba, a ideia é petrificante.

Mas, neste momento, o que mais me aterroriza é o fato de ela sair por aquela porta e nunca mais voltar.

— Eu não sei — ela admite. — Não sei de nada, exceto que tenho medo demais de entrar em algo que parece um desastre à espera de acontecer. É como correr para um edifício em chamas, Carter. Somos muito diferentes, e a única maneira de isso acabar é mal.

— Às vezes, ser diferente é bom — digo baixinho. — Eu gosto de diferente.

O canto da boca dela está com um sorriso triste, e eu sei. Ela vai embora, mesmo que haja uma parte sua que implore para ficar. Mesmo que eu inteiro implore também.

— Não devíamos ter transado — sussurro.

Ela tinha me dito ontem à noite que não confiava em mim o suficiente para dar o próximo passo, mas, ainda assim, tudo isso caiu por terra algumas horas depois. Todas as inseguranças, a apreensão... a parte esperançosa do meu cérebro achou que tinham ido embora para sempre.

Mas medos não desaparecem do dia para a noite. Até eu sei disso.

— Não — ela concorda, apertando a minha mão. — Não devíamos. E peço desculpas, porque fui eu que tive a iniciativa. Fiz algo que queria, mas que tinha dito a mim mesma que não devia fazer. Você nunca teria me pressionado.

E, aí, não estaríamos aqui, com ela virando as costas para mim, querendo se afastar de mim, um afastamento que não quero de jeito nenhum. Será que ela vai voltar?

— É para sempre? — pergunto enquanto ela enfia os braços no casaco. — É um adeus? — Seus olhos lacrimejantes encontram os meus, como que procurando algo, enquanto o silêncio paira pesado no espaço entre nós. Tudo o que consigo ouvir é o bater rápido do meu coração zangado e magoado. Ela não quer que seja para sempre, mas consigo ver pelo seu olhar que é assim que ela acha que tem de ser, por isso, antes que possa responder, antecipo-me: — A sua partida neste momento não muda o que sinto por você e também não vai mudar o que você sente por mim. Sei que espera que os sentimentos desapareçam para não ter de lidar com a forma como tenho vivido a minha vida, mas não vão. Fugir das coisas que despertam medo não nos leva muito longe.

Volto para a cozinha e abro a gaveta que fechei às pressas quando Adam abraçou Olivia ontem à noite. Tiro o pequeno pacote embrulhado em papel pardo com estrelinhas brancas, o laço de serapilheira atado à volta com um pequeno sino. Tentei embrulhá-lo eu mesmo várias vezes antes de pedir a ajuda da minha irmã.

Encontro-me com Olivia à porta, e um nó se forma no fundo da minha garganta quando a acompanho uma última vez. Mesmo quando está me deixando, continua linda.

— Precisa de carona? — pergunto.

— Obrigada, mas chamei um Uber.

Aceno com a cabeça quando ela sai para a varanda.

— Ollie? — O tremor em suas mãos me diz que ela está dando tudo de si para não desabar neste momento. — Só para que fique claro, é você quem está partindo agora. Não é isso que eu quero. — Coloco o presente nas mãos dela, vendo a sua testa enrugar-se de surpresa. — Feliz Natal.

16
ALIMENTANDO OS MEUS MEDOS

OLIVIA

A MINHA VIDA PARECE ESTAR em uma balança delicada, pendendo para a frente e para trás graças à minha indecisão, os meus desejos fazendo a balança pesar para um lado e os meus medos para o outro. Ambos são pesados e não consigo controlar nenhum deles. Em vez disso, tudo parece prestes a desmoronar antes de inevitavelmente explodir pelos ares.

Exceto que as coisas já podem ter ido pelos ares.

Posso continuar a culpar o álcool pelas decisões tomadas, mas a verdade é simples: fui fraca. Decidi explorar melhor um homem que estou conhecendo aos poucos e cedi de modo consciente. À atração magnética, ao desejo puro, à ligação genuína. Deixei-me guiar pelo meu corpo e pelo meu coração.

A verdade é que fechei os olhos e saltei no abismo. Quando adormeci com o corpo dele próximo ao meu, mantendo-me quente, disse a mim mesma para respirar, que iríamos decidir tudo juntos pela manhã.

No entanto, quando o sol quente tocou minha pele e me acordou, meu coração martelou de apreensão ao ver a mão sobre a minha barriga, o rosto encravado no meu pescoço. As minhas mãos tremeram, mas fechei os olhos e afastei o medo. Soltei-me de seus braços e fiquei jogando no celular enquanto o esperava acordar.

Quando abri o Instagram, a primeira coisa que apareceu foi o sorriso dele enquanto conduzia uma morena de pernas longas pelas portas de um prédio alto, com a mão na bunda dela. Eu tinha cometido o erro de ler a matéria, que reunia as doze melhores peguetes de Carter do ano, classificando-as com base em coisas tão triviais quanto atributos faciais e físicos, moda e empregos.

O medo sussurrou no meu ouvido que eu nunca seria capaz de me comparar a elas.

O medo me lembrou de que ele tinha um apartamento montado para levar os seus encontros de uma noite. O medo gritou na minha cara que eu não seria suficiente para manter um homem como Carter interessado.

O medo me disse para fugir, para ir embora antes que ele pudesse me magoar.

O medo é uma coisa engraçada. Está lá para nos proteger, para nos impedir de nos magoarmos. Diz para recuarmos antes que seja tarde demais. Mas também pesa e nos impede de avançar, como pés presos na lama. E, na maioria das vezes, nos magoamos do mesmo jeito. Às vezes, como hoje, também magoamos a pessoa de quem gostamos.

O que acontece é que eu posso ter medo. Mas Carter estava ali, implorando-me para ficar, para eu me comunicar com ele, para dar uma chance. E, em vez de ficar com o meu medo, de falar sobre ele, eu lhe dei asas, eu me amarrei a ele e o vi me levar voando para fora dali. Deixei o medo me controlar e odeio isso.

Mas a verdade é que não sei como fazer diferente. Não sei como colocar meu coração em risco por um homem que nunca esteve interessado em compromisso. Não sei como me abrir tão completamente a alguém que pode, no final, não ser capaz de retribuir, de manter o meu coração seguro.

Não sei... É a realidade da vida, às vezes.

Enxugo uma lágrima da minha bochecha assim que ela cai, porque, apesar de toda a indecisão, as lágrimas ainda parecem injustificadas. Mas a cada vez que leio o bilhete que tenho nas mãos, meus olhos voltam a arder. Ainda estou com o pacotinho na mão, o cheiro amadeirado e cítrico agarrado a ele, um que não estou disposta a perder.

Então leio o bilhete pela sétima vez.

Olivia,
Feliz Natal e Feliz Ano-Novo.
Sei que este ano será o melhor de todos, porque conheci você.
Carter ♥

O toque final? O coraçãozinho desenhado ao lado do nome dele.

O nó na minha garganta desce até o peito, fazendo tudo ficar apertado. Coloco a palma da mão sobre a dor, desejando que desapareça, mas não desaparece. Desistindo, admiro a corrente de ouro rosê na minha mão. Não é um colar, mas um cordão para o meu crachá da escola. A cada alguns centímetros, a correntinha delicada tem argolinhas incrustadas com brilhantes, além de um apito de ouro rosê pendurado como pingente.

Meu polegar passa metodicamente sobre as palavras gravadas no pendente que liga a corrente ao apito. *Professora Parker* está escrito de um dos lados. Virando-o, sorrio, através da minha visão rapidamente desfocada, para as palavras no verso: *Professora mais gostosa do mundo.*

Minha parte preferida? O pequeno berloque de patim de hóquei pendurado ao lado do apito. Este presente é cuidadoso e útil, tão lindo, e fui embora, deixando-o começar um novo ano sozinho, quando tudo o que ele me pediu foi para ficar, para confiar nele.

Não é uma questão de confiar em suas intenções. Já o conheço bem o suficiente para perceber que ele não mente. Se mentisse, é provável que fosse melhor ao falar com mulheres ou, mais especificamente, comigo. De fato, se ele mentisse, eu poderia ter ido para a cama dele na noite em que nos conhecemos.

Quando ele me diz que vai tentar, eu acredito. O problema é que não sei se posso confiar que ele tenha refletido sobre isso, que alguma coisa tenha mudado tanto para ele nas últimas doze horas que o tenha tornado subitamente pronto para um relacionamento. Não quero ser a garota com a cara nos tabloides, espalhada por todas as redes sociais, rotulada e julgada quando ele mudar de ideia. Já é difícil lidar com a dor no coração em particular; não quero ser forçada a fazer isso publicamente.

A tela do meu celular acende sobre a minha cama e engulo em seco quando vejo o rosto de Kara. Ela vai querer detalhes, os quais não estou pronta para compartilhar. Isso significa admitir o quão fundo eu já caí, como agi por medo e que não sei se posso consertar as coisas, porque não tenho certeza se sou corajosa o suficiente para tentar.

Kara nunca tem medo de nada. Ela sabe o que quer e vai em frente sem pensar duas vezes. Quem me dera ser tão segura assim.

Limpo a garganta e levo o celular ao ouvido.

— Olá.

— Oi, amiga! Ainda está na casa de Carter? Estamos indo ver vocês. Coloque alguma roupa. E nem tente me dizer que não fez nada com ele. As suas más intenções estavam estampadas na sua cara quando estava saltitando na cama dele.

Minha risada sai forçada. Apesar da insistência do meu pai em dizer que sou muito dramática e que daria uma ótima atriz, na verdade, eu seria uma péssima atriz. Sinto as coisas demais, o que as torna difíceis de engolir.

— Estou em casa, Kara.

A ligação fica em silêncio durante tanto tempo que verifico a tela para me certificar de que a chamada não caiu. O som abafado da voz dela dizendo a Emmett para ir para a minha casa em vez de ir à de Carter surge antes das suas palavras cruéis.

— O que é que ele fez? Ele está fodido comigo, Liv. Eu vou matá-lo. Juro que vou. Vou para a cadeia por você.

Sua natureza feroz e protetora é o que faz dela uma boa amiga e uma pessoa a ter ao nosso lado. Só não sei se ela devia estar ao meu neste momento. Ela nunca iria embora, porque sempre foi o meu ombro e eu o dela, mas também não vai me consolar e dizer que eu tinha razão se achar que eu estava errada.

— Agradeço a sua braveza, amiga, mas Carter não fez nada de mal.

— Então por que você está triste? — As palavras são calmas e carinhosas, um contraste gritante com o que se passava momentos atrás. — Tenho quase certeza de que Carter queria passar o dia com você. Emme e eu ouvimos algo sobre uma ceia de café da manhã.

Um riso genuíno borbulha na minha garganta. Enxugo uma lágrima.

— Ele prometeu mesmo. E filmes, abraços e conversas.

— Mas você não está com ele.

— Não.

— Não tem problema ter medo, Ollie — assegura-me ela, de modo tão delicado, sabendo me entender como sempre faz. — Todos nós nos sentimos assim às vezes. Vamos superar isso juntas, está bem? Seja lá como for.

Meu coração se aquece, grato pelo amor que tenho.

— Obrigada, amiga. — Limpo a garganta e gesticulo com uma mão desdenhosa. — De qualquer forma, chega de falar de mim e dos problemas que eu mesma criei. O que está rolando? Por que vocês estão vindo para cá?

A forma instantânea com que ela se anima é óbvia, uma energia palpável que se espalha pela tela do telefone.

— Acho que vai ter de abrir a porta da frente e descobrir.

A chamada cai ao mesmo tempo que batem à minha porta.

Isso nem é bater. Tenho quase certeza de que é um corpo inteiro jogado contra a porta. Saio da cama e dirijo-me para o corredor. Assim que abro a porta, um corpo colide com o meu. Membros compridos envolvem-me, levantando-me do chão, e quase me afogo nas madeixas louras de Kara.

Ela se afasta, com os olhos azuis cheios de empolgação, e enfia a mão na minha cara, exibindo um diamante enorme e deslumbrante encostado à ponta do meu nariz.

— *Olá, madrinha!*

17
OREO, ALMAS GÊMEAS E ESTRAGOS

CARTER

Sou um ator de merda. Esses últimos dias não fizeram mais que provar isso. Não sei como me livrar do que estou sentindo — a confusão, a porra da angústia. Sinto-me como um cachorrinho perdido e sei que também pareço um.

Sobretudo porque Garrett cutuca a minha bochecha e me diz isso toda vez que vê meu rosto tristonho. Não sei como falar com os meus amigos sobre o que estou sentindo. Acho que todos esperavam que eu simplesmente seguisse em frente. Para ser sincero, eu também esperava.

Não preciso ser um especialista para saber que as relações são difíceis. Tudo o que tenho de fazer é olhar para os meus companheiros de equipe à minha volta neste bar. Tipos que não estão prontos para uma vida estável, para abdicar da sua liberdade. Aqueles que não conseguem encontrar uma parceira que esteja interessada neles e não no seu dinheiro. Dos poucos que são casados ou têm relações sérias, apenas um é fiel. Muitas vezes, parece que há mais exemplos maus que bons.

Uma semente de inveja enraíza-se no meu estômago enquanto vejo Emmett olhando o celular. Às vezes penso que posso querer o mesmo que ele, que toda a minha vida no gelo devia ser envolvida por uma mulher que me faça feliz, alguém com quem eu possa ser eu mesmo.

Mas, depois, vejo Adam olhando o celular pela enésima vez esta noite, franzindo a testa diante da falta de mensagens da namorada. A mesma namorada que não vai a um único jogo há mais de um mês, que passou o Ano-Novo sozinha porque não estava a fim de ir à festa. Adam tinha o que Emmett tem e agora parece que já não tem mais.

Eu o cutuco com o cotovelo quando ele guarda o celular.

— Está tudo bem entre você e Court?

Ele suspira, passando uma mão pelo cabelo.

— Sinceramente, não faço a mínima ideia. Ela é tão distante. Nunca quer fazer nada e quase não responde às minhas mensagens quando estou fora. Sabe quando ela disse que não estava a fim de ir à sua festa? Quando cheguei em casa, ela estava bêbada, tirando uma roupa que tinha usado para ir a algum lugar.

Merda.

— Você conversou com ela sobre isso?

— Tentei. Ela disse que eu estava fazendo tempestade em copo d'água e dormiu no quarto de hóspedes. No dia seguinte, se recusou a falar sobre o assunto.

Não sei o que dizer. Tenho zero experiência com relações adultas, isso já está claro a esta altura. Basicamente, tenho transado durante os meus vinte e poucos anos inteiros, sem me preocupar com nada, a não ser garantir que eu tenha uma borracha presa ao meu pau antes de meter naquele túnel quente e úmido. Não tenho nada de valor a acrescentar a esta conversa. Talvez seja melhor ficar calado, porque, se eu disser alguma coisa, provavelmente vai ser para ele *largar dela*.

Por isso, só digo que sinto muito.

É por isso que não gosto de relações. São complicadas e confusas, e parece que as pessoas passam noventa e nove por cento do tempo infelizes, com ciúmes, zangadas ou preocupadas.

Há uma razão pela qual a única coisa com que me contento é algo como aquilo que os meus pais tinham.

Porque era puro. Não era feio, atolado por ressentimentos intermináveis e toxicidade. Minha mãe costumava dizer que a calmaria vem com o tempo, que nada é perfeito no início e que, mesmo quando tudo parece perfeito mais tarde, na verdade não é. Mas, para mim e para qualquer pessoa de fora, parecia mesmo perfeito.

Vi meu pai rodeando minha mãe na cozinha todos os dias da minha vida até eu sair de casa. Ouvindo suas histórias, suas risadas. Eles se amavam muito, era palpável. Eu sentia e via também.

Mas minha mãe tem vivido de coração partido nos últimos sete anos, só que não acho que *vivido* seja a palavra certa. Ela tem sobrevivido, e mal.

E isso é aterrador. Não consigo imaginar amar alguém tanto assim, perder a outra metade e não saber como continuar. Não estou interessado em sentir esse nível de dor. Às vezes, mal consigo manter a minha mãe a salvo.

Agora aqui está Adam, o tipo mais bondoso que conheço, com o maior coração, e parece que já está passando por isso, apesar de ainda estar com a namorada.

A última coisa que preciso fazer é me apaixonar, ou seja lá o que for que se faz nessas relações, só para acabar inevitavelmente como Adam ou, pior, como a minha mãe.

Não quero ser quebrado; quero ficar inteiro. E talvez ser inteiro sozinho seja melhor.

Esse pensamento instala-se de modo desconfortável no meu estômago, como se meu corpo lutasse contra ele, dizendo-me para aguentar, mas meu cérebro não sabe que temos essa capacidade. Quando os caras e eu regressamos ao hotel para passar a noite, não sei se estou mais perto de esquecer Olivia ou se, de alguma forma, consegui me apaixonar ainda mais por uma mulher que não vejo e com quem não falo há dias.

— Você tem comido Oreo demais, né, amigo? — Os olhos de Adam brilham enquanto ele me vê abrir um pacote e enfiar dois na boca, ao mesmo tempo em que coloco o moletom.

Batemos o Calgary esta noite, mas não graças a mim. Eu fiz seis minutos de penalidade, levei um puxão de orelha do meu treinador por ser um líder de merda e, agora que bebi uma cerveja e comi um prato de *nachos* inteiro, pretendo me entupir de açúcar e me jogar no sofá.

— Não consigo parar — murmuro para os biscoitos, que hoje são cobertos de chocolate.

Gosto de variar, e todos os sabores são bons. Só não o de bolo de cenoura. Eu adoro bolo de cenoura, mas no meu biscoito? Não, obrigado.

— Ele está devorando os próprios sentimentos — diz Garrett, batendo na minha barriga. — Não está, grandalhão?

Dou um golpe de judô quando ele tenta tirar o pacote da minha mão.

— Fora daqui. — Chuto de leve a barriga dele para mantê-lo longe.

— Pode dividir — ele choraminga, enfiando as patas nos meus biscoitos. — Eu também quero.

Revirando os olhos, atiro um biscoito para ele, e Garrett o apanha avidamente com a boca. Emmett solta uma risada, deita-se no sofá e pega o celular.

As coisas têm sido um pouco estranhas entre nós dois. Ele disse que eu e Olivia não devíamos ter feito sexo, e sei disso, mas, em retrospectiva, às vezes fico dividido. Fora isso, tem sido mais reservado. Emmett é o cara que saiu correndo comigo pelo centro de Vancouver depois da nossa estreia na Liga com uma tonelada de bebida. Ele não é reservado.

— Emmy! — A voz de Kara vem do celular de Emmett, em uma chamada de vídeo. — Estou com saudade. Me mostra o seu pin...

— Estou com os meninos — Emmett corta a palavra rapidamente. — Por favor, não acabe a frase.

Kara faz beicinho e depois se anima quando me vê por cima do ombro dele.

— Você foi péssimo no jogo, amigo. Fique fora do banco de penalidade.

Mostro para ela o dedo do meio e pego outro Oreo.

— O que você está fazendo, gatinha? — Emmett enfia uma mão pela camisa, esfregando o tronco. É um movimento estratégico, penso eu, porque ele sorri para Kara e arqueia as sobrancelhas.

Ela traça a forma dos seus lábios com o dedo, mas depois abana a cabeça.

— A Livvie e eu vamos dormir juntas e já nos embebedamos com vinho.

Meu coração para quando ouço o nome dela, e a minha mão também, a caminho da boca, à espera, babando, pronto para devorar a cobertura do biscoito e, com sorte, ver uma dose de Olivia. Em vez disso, só vejo uma imagem da mesinha cheia de garrafas de vinho e embalagens de comida vazias. Um sorriso malicioso surge no rosto de Kara antes de ela virar o telefone.

— Diga oi, Ol!

Olivia está com o cabelo empilhado no topo da cabeça, em um coque bem desarrumado, igual ao que minha irmã usava quando eu lhe dizia que parecia um ninho de pássaro em sua cabeça. Ela usa um moletom de capuz, o mais surrado que já vi, coberto de manchas de tinta e buracos, e ainda assim ela está linda de *doer*.

Seus olhos arregalados fixam-se nos meus, suas bochechas coram e ela está com a mão no ar, segurando um...

Um maldito Oreo.

A mina é a porra da minha alma gêmea.

O silêncio é de rachar os ouvidos, todos segurando a respiração para ver como a coisa se desenrola. Garrett abre um saco de Doritos em câmera lenta, com o olhar entre mim e Olivia enquanto leva um à boca em ritmo de lesma. As mordidas prolongadas me fazem pensar em todo tipo de violência, e o corpo de Adam vibra enquanto ele tenta conter o riso. Emmett faz um som de tosse e bufo, com o corpo chacoalhando até não conseguir se conter mais.

Emmett e Adam curvam-se de tanto gargalhar, e Olivia puxa o capuz até o nariz, baixando o olhar e o biscoito.

Meu coração afunda cada vez que ela se afasta de mim, embora não esteja de fato aqui.

— Vou ao banheiro — ela diz em voz baixa, afastando-se, fazendo-me questionar quando a verei de novo.

A câmera foca de novo em Kara.

— Ela vai me matar depois!

Garrett enfia uma porção na boca e dá de ombros.

— Bom, você disse que queria ver Olivia.

Vê-la? Ela nem sequer consegue olhar para mim. Não tem nada a ver com o tipo de encontro que eu tinha em mente.

Tudo isso é uma merda.

Saio do gelo antes que a campainha termine de tocar, tirando as luvas assim que entro no vestiário.

— *Que merda!*

Arrancando o capacete, me dirijo à pia, deixando a água correr até ficar gelada, antes de lavar minha cara suada. Minha pele parece estar pegando fogo, e toda a tensão que carrego me dá um nó nas costas, no peito.

— *Beckett!*

Minha cabeça cai ao ouvir o meu nome e aperto a torneira até os nós dos dedos ficarem brancos.

— Aqui. Agora!

Sigo o meu treinador pelo vestiário, passando pelos olhares apreensivos dos meus companheiros de equipe, até um canto que dá uma falsa sensação de isolamento. Eles podem não conseguir nos ver, mas sei por experiência própria que vão conseguir ouvir cada palavra do sermão.

— Que raio te deu? — Os olhos do treinador brilham, o rosto vermelho e contorcido. — Estamos a apenas vinte minutos do fim, e você passa cinco desses minutos no banco de penalidades outra vez!

— Não voltará a acontecer, senhor.

— Diz isso à merda do seu time. É o líder deles e está decepcionando todo mundo. Perdemos um gol por causa da merda que você fez!

A raiva dele é justificada. Estou com a cabeça enfiada no cu esta noite. Estou distraído, ainda mais que na última semana. Ver Olivia na videochamada há duas noites, vê-la se afastando de mim o mais depressa que pôde, acabou comigo mais do que quero admitir.

Tenho rejeitado todas as mulheres depois do jogo nos bares. Tenho me esforçado tanto, sido tão bem comportado, na esperança de que ela perceba, que me veja mudar e que seu medo desapareça. Isso não está levando a lugar algum, e ela ainda se tornou uma distração, apesar da distância, fazendo minha cabeça ficar nublada e confusa.

Uma noite. *Uma maldita noite* com essa mulher e estou destroçado. Inferno, por que não consigo esquecê-la?

Não sei o que o treinador vê na minha cara, mas deve haver alguma coisa lá — derrota, provavelmente —, porque o olhar dele amolece.

— Olha, Carter, sei que algo está se passando com você, porque você não é assim. É mais equilibrado que isso quando está no gelo. Nunca deixa de liderar. Mas, ultimamente, sua cabeça não está ali. Tem de superar isso. — *Estou tentando, porra.* — Não sei se você mudou sua rotina ou algo do tipo, mas, seja como for, volte a ser como antes. Volte a fazer o que funcionava. Encontre o Carter Beckett que todos conhecemos e adoramos.

E se eu não gostar daquela versão de mim? E se eu não quiser mais ser aquele Carter Beckett?

Mas é isso o que todo mundo quer, então é o que vou entregar.

Volto ao gelo para o segundo e o terceiro períodos, e me dedico. Consigo manter-me fora da caixa, marcar um gol e fazer uma assistência, levando nosso time a mais uma vitória. O treinador fica feliz por ter ganhado o jogo, mesmo que eu não esteja.

— Carter! Você pode dar uma entrevista?

Estou decidido a ignorar os repórteres que esperam no corredor quando voltamos para o vestiário depois do jogo, mas o técnico coloca a mão no meu cotovelo, impedindo-me.

— Ele adoraria conversar.

Enterrar meu gemido torna-se quase impossível, já que gravadores e câmeras estão enfiados na minha cara, negando-me privacidade.

— Teve dificuldades no primeiro período, Carter — diz um repórter. — Parece que tem tido problemas.

Passando uma mão pelo cabelo encharcado de suor, suspiro.

— Sim, tenho me sentido um pouco mal ultimamente. Estou me recuperando de uma virose. Mas estou pronto para dar o meu melhor — acrescento com um sorriso forçado.

— Mas você deu a volta por cima no segundo e no terceiro. O que é que mudou?

— Hmm, eu...

— É Olivia?

Minha mão para de percorrer a linha do meu maxilar ao ouvir o nome dela.

— Como?

— Olivia. A moça de semanas atrás. Você dedicou seu gol para ela, e vocês foram vistos dançando juntos na mesma noite. Parece que era a mesma moça que estava com você no evento beneficente da árvore de Natal, mas não foi vista desde então.

Meu maxilar aperta-se.

— Qual é sua pergunta?

— Vocês terminaram? Estavam namorando? Ou era apenas mais um *affair*...

— Não vou falar sobre Olivia.

— Pode nos dizer o sobrenome dela? E o que você tem com ela? O que é que ela faz?

— Inacreditável, porra. — Aperto os olhos, com um riso sinistro ressoando por baixo da minha respiração. Com um passo em frente, eu me ergo sobre o repórter, que tem a coragem de continuar insistindo. Não gosto de ser pressionado, e a forma como ele tropeça meio passo para trás me diz que ele enfim percebeu isso. — A vida pessoal de Olivia não é da sua conta. Esqueça o nome dela, ou você vai se ver comigo. — A multidão esvazia-se quando passo a caminho do vestiário. — A entrevista acabou.

Meu campo de guerra não acaba aí. Aliás, minha frustração só aumenta, assim como minha raiva e minha confusão. Odeio tudo isso e não sei como mudar.

Este não sou eu; o treinador tem razão. Preciso fazer alguma coisa para resolver essa situação, e preciso fazer isso rapidamente. É por isso que vou falar com Kara assim que entro no bar depois do jogo. Mas Emmett chega antes de mim, rodando-a enquanto ela pega no rosto dele e o beija. Há pouco mais de um ano que estão juntos e ainda não perderam a chama. Acho que são um daqueles casais sortudos que nunca a perderão, em que tudo se encaixa desde o início.

Kara pousa o celular antes de se dirigir ao bar, e eu deslizo para o lugar dela. Não me sinto totalmente orgulhoso de mim quando pego seu telefone, pronto a descobrir o número de Olivia. Talvez a sorte esteja finalmente do meu lado, porque a tela já está aberta nas mensagens delas.

Kara: vocês vão tomar café amanhã de manhã?

Olivia: *Dãáã.* Seria mesmo um encontro de verdade se não acabasse em café da manhã?

O sangue ressoa em meus ouvidos. As palavras à minha frente ferem meu peito à medida que entendo seu significado. Ela seguiu em frente, largou para trás aquilo que tivemos, seja lá o que tenha sido. Porque nunca foi nada, ou foi? Nada mais que química inegável e atração física, com uma ideia tola de que uma relação poderia ser algo que eu queria, que Olivia e eu poderíamos ficar bem juntos.

Inferno, por que pensei que isso seria uma boa ideia?

O treinador tinha razão. Este novo "eu" não está funcionando. O antigo Carter Beckett não daria a mínima para isso. Enterraria seus sentimentos em algo quente e úmido.

E é exatamente o que vou fazer.

Meu olhar varre o bar, saltando em torno de todos os olhares esperançosos, até encontrar o que estou à procura.

Alta. Loira platinada. Piscando e me apontando.

O oposto de Olivia.

— Sr. Beckett. — Ela passa uma unha preta brilhante pela minha gravata antes de colocar os braços sobre os meus ombros. — Está muito bonito.

Os meus olhos fecham-se com o que estou prestes a fazer, como se não quisessem ver este desastre de decisão a acontecer.

— Quer sair daqui?

Ela enrola minha gravata na mão e me puxa para perto. Usa um perfume sufocante.

— Tenho uma tatuagem nova — ela sussurra.

— Legal. — Engulo o aperto na minha garganta. — Mal posso esperar para ver.

Uma reincidente. Brandy ou Mandy ou a porra da Candy. Não sei nem me interessa. Tudo o que sei é que já a fodi antes e foi bom o bastante. Espero que bom o bastante seja suficiente para me tirar desse inferno de montanha-russa em que estou preso, porque não quero andar nessa merda nem mais um segundo.

— Vamos. — Eu me odeio no segundo em que passo a mão na bunda dela e ainda mais quando deslizo minha mão na dela e a puxo porta afora.

O inverno está de doer. Montanhas de neve e ar gelado batendo em nossos rostos; nada disso é típico de um inverno na costa oeste. Parte de mim continua a equiparar a forma como estou me sentindo àquelas depressões de inverno de que as pessoas falam, mas, enquanto percorro a calçada com a mão da Candy Brandy na minha, sei que é porque esta mão não me parece certa.

Nada disso me parece certo.

Não faço a menor ideia do que estou fazendo no momento, porque pensei que esta seria a forma correta de lidar com o que sinto. Olivia não confiou que eu poderia mudar. E aqui está a prova de que sou do tipo que transa com qualquer uma para esquecer os problemas. A sensação de que o meu pai ficaria desapontado comigo me atropela como um caminhão.

Meu prédio aparece adiante, e o pânico sobe pela minha espinha ao ver as câmeras à espera de ver quem vou levar para casa esta noite. Estou tão cansado de ter a minha fotografia espalhada por todo lado, minha vida privada exposta. Não quero continuar a ser esse cara descuidado. Quero ser o cara estável com quem alguém possa contar. Quero ser aquele com quem *eu* mesmo posso contar.

Passo os dedos pelo meu cabelo, puxando as pontas, quando paro.

— Que merda estou fazendo?

Brandy — *Mandy?* — desliza a palma da mão por baixo da gola do meu casaco.

— Euzinha, daqui a dois minutos.

Abano a cabeça, com a tensão apertando os meus ombros. Pressionando as palmas das mãos contra o tijolo frio da fachada da loja em que paramos, respiro fundo algumas vezes. Bato minha testa de leve contra a parede. Talvez isso me faça ganhar algum juízo.

— Desculpa. Mas não vai dar.

— O quê? Você é que...

— Isto foi um erro. — Pego na mão dela e levo-a de volta para o bar. — Vamos. Vou te levar de volta.

Seus passos apressados coincidem com os meus e, quando ela me olha pelo canto dos olhos, lembro por que gostei dela o suficiente para repetir. Porque, apesar de mal me conhecer, ela me vê como um ser humano, não apenas como um ingresso para algo mais.

— Você está bem?

— Estou... eu... não sei, não sei. Estraguei as coisas.

— Dá para consertar?

— Não sei como consertar o meu passado.

Ela sorri.

— Pagando os pecados pela vida de playboy?

— Sim — eu me lamurio, fechando os olhos quando o meu nome é gritado por trás de nós, e ouço o ruído das pessoas correndo para nos apanhar, o flash das câmeras me pegando de costas. — Merda — murmuro.

— *Carter! Aqui!*

Assim que chegamos ao bar, a minha visão fica totalmente branca, cega pelas câmeras cintilantes.

— A primeira mulher com quem você é visto este ano! Cadê Olivia?

— Quem é a bela moça?

Protegendo os meus olhos das luzes brilhantes, abro a porta.

Só que Mandy quer falar.

— Sandie — diz ela, com um sorriso brilhante, acenando para a câmera. *Bom. Eu cheguei perto.* — Com *ie* no final.

Pelo amor de Deus.

Puxo a mão dela.

— Vamos.

Preciso ir para casa e endireitar a cabeça antes que ela exploda.

— Então os boatos não eram verdadeiros? — pergunta um repórter. — Sobre você e Olivia? Ela não passava de mais uma...

— *Chega!* — grito, virando-me para as câmeras. Meu peito ondula com uma fúria tão profunda que não sei como lidar. Sacode todo o meu corpo, implorando por libertação, e está prestes a explodir se pronunciarem o nome dela mais uma vez. — Chega de falar de Olivia! Deixe o nome dela fora da sua maldita boca!

Sandie me empurra pela porta.

— E, para que fique registrado — grita ela —, não há nada entre nós. Ele estava sendo um cavalheiro me trazendo de volta para o bar. Arranjem um emprego sério.

— Hmm... — Pisco para ela. — Obrigado.

— Sem problemas. Agora, se me dá licença, há um martíni me chamando pelo nome. — Ela se afasta, parando para olhar por cima do ombro. — Ah, e Carter... não pode consertar seu passado, mas, se quer um futuro diferente, basta escolhê-lo.

Do outro lado do bar, sinto o peso do olhar de todo mundo sobre mim. Não vou até eles; não consigo lidar com a desilusão, não quando já estou atolado na minha própria autoaversão. Dirijo-me diretamente à saída pelos fundos; o ar frio é um alívio bem-vindo desta vez, enquanto me encosto à parede e *respiro*.

Ouço o clique da porta e, sem abrir os olhos, sei quem são. Eles me deixam ficar aqui com os meus pensamentos por um momento antes de falar. Quando enfim abro os olhos, a compaixão refletida nos seus olhares deixa-me perplexo.

— Ela está em um encontro. — As palavras soam mais arrasadas que o razoável.

Kara franze a testa.

— Liv? — Eu aceno com a cabeça. — Vi seu celular — admito, encolhendo-me conforme a compaixão dela passa à irritação. — Ela disse que ia tomar café da manhã com ele.

— Ai, seu ridículo... — ela resmunga, tirando o celular da bolsa. — Carter, juro por Deus. — Ela me mostra a tela com a foto de Olivia e uma criança que se parece muito com ela, sorrindo para a câmera. — Este é o encontro dela. A sobrinha de sete anos. Vão tomar o café da manhã juntas porque Olivia está cuidando dela este fim de semana.

Uma onda de alívio me atravessa.

— Ela não está saindo com ninguém?

— Não, seu idiota. Ela está apegada a você e tentando superar as dúvidas e as inseguranças com a vida pública que você leva.

Eu baixo a cabeça.

— Ela vai me odiar agora.

— Por quê? — As sobrancelhas de Garrett franzem-se. — Você não fez nada com aquela garota. Todos nós a ouvimos gritar. Devia ter ido embora com ela? Não, provavelmente não, porque sabe tão bem quanto nós que não era isso o que você queria.

Adam levanta um ombro.

— O importante é que você pensou melhor antes de fazer algo de que se arrependeria.

— Ela nunca vai confiar em mim agora. Ninguém acha que sou bom o suficiente para ela.

Emmett levanta a mão, balançando a cabeça.

— Não é de todo verdade. Alguns de nós hesitaram em te deixar se aproximar dela? Sem dúvida, posso admitir isso. Porque o que está se passando agora não é do seu feitio, pelo menos no que diz respeito a mulheres. Você é meu melhor amigo há quase dez anos e nunca quis nada sério com ninguém.

Esfrego a nuca.

— Ultimamente, você mal tem falado comigo. Pensei que estava bravo.

— Não estou zangado com você, não, e não há uma única parte de mim que pense que você não é suficientemente bom para Olivia. Longe disso. Apenas me sinto um pouco preso no meio de vocês. É difícil, porque eu adoro os dois, e ambos estão sofrendo. Compreendo por que é que ela tem medo e, ao mesmo tempo, vejo o quanto você gosta dela. Quero que vocês sejam felizes e acho que poderiam ser felizes juntos, mas também não acho que pressionar Olivia seja a coisa certa a fazer. — Os ombros dele sobem e descem. — É uma merda generalizada.

— Me ajuda — peço. — Estou me esforçando. Odeio me sentir assim. Já decidi o que quero. Não era para ser fácil daqui para a frente?

A cabeça de Kara chacoalha sobre os ombros com uma gargalhada exasperada.

— Gosto muito de você, Carter, mas você é mesmo assim tão burro quando o assunto são relacionamentos? As coisas não se encaixam de repente só porque você quer.

— Mas foi assim que funcionou com vocês.

— Sem ofensa, mas se Emme tivesse metade da sua reputação, eu provavelmente o teria feito se esforçar um pouco mais. Mas, só porque nos apaixonamos desde o início, não quer dizer que não tenha sido difícil. Temos de nos escolher um ao outro todos os dias, pôr de lado as nossas diferenças e trabalhar em conjunto para chegar a um compromisso, para construir uma vida juntos. Talvez pareça que tudo se encaixou no seu devido lugar, mas trabalhamos arduamente para isso e, em qualquer boa relação, é o que acontece. É como fundir duas vidas diferentes. E isso requer muito trabalho e um forte compromisso. É o que você quer?

— Sim.

É estranho o que uma simples palavra de três letras pode fazer, uma palavra dita com tanta certeza, o peso que se levanta com a epifania que vem acompanhada dela. Sim, quero escolher Olivia. Quero me esforçar por ela, por nós. Quero ser melhor, não só para ela, mas para mim também.

Kara passa um braço pelo meu.

— Vamos trazer a sua garota de volta, Sr. Beckett.

18
MEU CORAÇÃO NÃO É DE PAPEL

OLIVIA

Você deve pensar que não há razão para alguém precisar beijar o namorado — ou namorada — durante uma aula de educação física do terceiro ano do ensino médio. Erro seu.

Com apenas dezoito anos, eles têm uma vida amorosa bem melhor que a minha.

— Ah, *pelamor*! — Arqueio uma sobrancelha enquanto o beijo se transforma em um jogo agressivo de hóquei nas amígdalas. — Ok, senhoras, já basta.

Apoio os punhos nos quadris enquanto Lucy e Jean me ignoram. A culpa é minha; sou amigável e tolerante demais com meus alunos, e às vezes o tiro sai pela culatra. Já perdi a conta de quantas vezes interrompi demonstrações públicas de afeto.

— Não. Não, não, não, não. — Bato palmas quinhentas vezes até que elas parem. — Que tal esperarem o fim da aula?

Elas se separam com uma risada, e Lucy joga o braço em volta dos meus ombros.

— Desculpa, professora Parker. Você é a única professora legal desta escola.

— Nem tentem me bajular com essa baboseira de professora legal.

Passo alguns cones para elas montarem.

— E fixem os cones ao longo da linha vermelha, por favor.

— Ah, poxa — Jean geme. — Corrida de ir e vir?!

— Sim, corrida de ir e vir. Esta é uma aula de educação física, Srta. Ross. Você se matriculou por livre e espontânea vontade.

Ela cruza os braços e franze a testa, raspando o chão com o tênis.

— Foi Lucy quem me obrigou.

— Ah, o que não fazemos por amor.

Lucy corre de volta depois de instalar os cones.

— Você está bem, professora Parker? Ultimamente parece um pouco, não sei... — Ela gesticula para o meu rosto. — Triste.

— Eu? Triste? Não, estou bem. Superbem.

Hiperbem, senhoras e senhores.

Paul aproxima-se, pousando o cotovelo sobre o ombro de Lucy.

— Sim, o que aconteceu? Você quase não riu de nenhuma das minhas piadas.

— Talvez você precise trabalhar melhor seu repertório.

— Ah, por favor. Eu sou engraçado pra cace... — Ele faz uma pausa diante da minha sobrancelha arqueada. — Pra caramba. Engraçado pra caramba.

— Certo, bem...

As portas do ginásio se abrem, coloco a mão sobre os olhos e suspiro quando uma linda loira de pernas compridas entra no espaço, todos os olhos voltados para ela enquanto ela tira seus óculos de sol enormes.

— Pelo amor de Deus. *Kara!* Você não pode simplesmente invadir aqui! Estou no meio de uma aula!

Ela bate no relógio.

— Turma dispensada.

— O quê? Não! Não, a aula não acabou. — Aponto para todos os vinte e um pares de olhos oscilando entre mim e Kara. — Fiquem.

Kara faz um teatrinho.

— Ora, vamos, professora Parker. Esta é a última aula do dia. Deixe essas crianças se divertirem. Seja boazinha.

— Eu sou boazinha! E engraçada! Nós nos divertimos muito aqui! — Olho em volta em busca de validação, cruzando os braços sobre o peito quando não obtenho nenhuma. — Ok, podem ir. Mas quem chegar atrasado amanhã fará flexões.

Batendo o pé, observo meus alunos cumprimentando minha melhor amiga. Esta não é a primeira vez que isso acontece e não será a última. Kara não trabalha de acordo com o horário de ninguém além do seu próprio, e meu diretor tem uma quedinha por ela, então ela passa pelas portas do ginásio sem autorização com bastante frequência.

Kara usa aquele que ela considera um sorriso encantador antes de apontar para a minha sala.

— Vamos para a minha sala, professora Parker.

— *Minha* sala — bufo, depois saio correndo, em uma tentativa frustrada de chegar antes dela.

Ela afunda na minha cadeira, girando para a frente e para trás, os dedos apoiados no queixo.

— A que devo o prazer?

— Você é tão incrivelmente irritante, sabia disso?

Ela sorri.

— Sou mesmo, mas achei que estávamos precisando de uma visita de trabalho. Além disso, essas crianças me amam.

— Porque ganham uma aula vaga toda vez que você aparece.

— Eu seria uma ótima professora. — Seus olhos brilham, e a maneira como eles permanecem em mim me deixa nervosa. Kara sempre soube ver o que estou escondendo. — Qual é o seu plano para o fim de semana? Você não tem como evitá-lo, sabe. Ele estará lá.

Eu me sento na cadeira em frente à minha mesa, com as pernas apoiadas no braço.

— Quem diabos consegue organizar uma festa tão extravagante apenas duas semanas após o noivado?

Não menciono o fato de que amanhã à noite deveria ser o meu encontro no cinema com Carter.

— Tenho meus contatos.

Ela administra a própria empresa de planejamento de eventos e é implacável nesse ramo de negócio. Quando precisa de algo que ainda não tem — alugar um salão em pouco tempo, por exemplo —, sabe como ser persuasiva. E não quero dizer insinuante, quero dizer aterrorizante.

— Aliás, ele é o padrinho, então vocês vão subir ao altar juntos no casamento.

Os ruídos que faço não são uma resposta coerente. São, sobretudo, uma série de palavrões resmungados que fazem Kara sorrir.

— Vamos. O que está passando pela sua cabeça? Você tem mantido muita coisa guardada. Preciso que converse comigo.

Puxo as mangas do suéter.

— Eu sei que ele não fez nada com aquela garota, Sandie, e que pode ficar com quem quiser; eu que fui embora. Mas, ainda assim, é assustador, sabe? Ele pretendia ficar com ela. Foi a sua primeira reação instintiva. — Eu desvio o olhar. — Não posso deixar de me perguntar se ele sempre tentará me machucar quando estiver com raiva de mim, mas, ao mesmo tempo, sei que o machuquei primeiro.

— Parece que vocês dois tomaram algumas decisões com base no medo.

— Parece um círculo vicioso. Como um carrossel que não para. Quero descer, mas não sei como fazer a velocidade diminuir.

— Sim, você sabe. Precisa decidir deixar tudo como está ou seguir em frente. — Ela caminha até o quadro branco pendurado na parede e pega um marcador. — Então, vamos fazer o seguinte. — Ela rabisca "Carter Beckett" na parte superior do quadro, sublinha três vezes e depois desenha um boneco com um pênis gigante. Vou precisar apagar aquilo logo. Termina com um coração à esquerda e uma carinha carrancuda à direita. — Vamos fazer uma lista de prós e contras.

— Nós *não* vamos fazer uma lista de prós e contras.

— Pense nela como uma lista de gostos e desgostos. — Ela dá um tapinha no emoji carrancudo. — Agora, coisas de que você não...

— Ele é um playboy.

— Histórico... de... medo... de... compromisso — ela escreve, o que não tem nada a ver com o que eu disse.

— Ele é arrogante, metido e espalhafatoso. — Exceto que, no segundo em que o marcador toca o quadro, eu interrompo. — Espere. Acho que gosto disso. Ele é... orgulhoso. Carismático. Confiante. Acho que são boas qualidades. Eu gostaria de ter tanta certeza de mim quanto ele tem dele.

Assim, provavelmente, não estaríamos nessa confusão.

— Hum. Interessante. — Ela adiciona as qualidades abaixo do coração. — Você com certeza se sente muito atraída fisicamente por ele.

— *Dããã.* Quero beber aquele homem como se fosse um copo de cerveja.

— E ele é engraçado.

Concordo com a cabeça, passando a ponta da unha pelo lábio inferior.

— Ele me faz rir muito e é meio bobão. Faz eu me sentir bem comigo mesma. É extremamente sincero, e gosto do cheiro dele e do jeito com que brinca com meu cabelo. E, quando olha para mim... quando olha para mim, é como se fôssemos só ele e eu. Gosto do jeito como ele me olha. Gosto do fato de a casa dele ser como um refúgio, seu escape, e do fato de apreciar as estrelas e as montanhas, e se esquecer da agitação da cidade. Ele tem o sorriso mais lindo e as melhores covinhas, e foi tão gentil com as crianças na festa de arrecadação de fundos, levando tortas na cara... e é um bom amigo, e...

Meu coração bate tão rápido. Eu paro, colocando minha mão sobre ele. Apesar de tudo, Kara me observa com um sorriso fofo.

— Aposto que ele é carinhoso.

O calor se espalha pela minha barriga e sobe pelo meu peito enquanto as memórias passam pela minha cabeça. A maneira como Carter me puxava contra ele após cada vez, seu rosto na curva do meu pescoço enquanto seus lábios percorriam minha pele, sua mão no meu pescoço enquanto ele me mantinha exatamente onde queria, um braço em volta de mim tão apertado, como se tivesse medo de que eu pudesse escapar.

Kara toca o berloque de hóquei pendurado no meu cordão, sorrindo antes de gesticular para a longa lista no quadro abaixo do coraçãozinho, um forte contraste com as anotações abaixo da carinha carrancuda.

— Parece que você tem a sua resposta.

Retorço minhas mãos, minha garganta apertada.

— Eu sei que sim. Mas isso não o torna menos assustador. Seu passado era seu presente há apenas um mês. Meus medos são lógicos e justificados, não são?

— Eu entendo, Liv. É impossível ignorar os sinais de alerta, sobretudo quando estão sempre sendo colocados na sua cara, para onde quer que você olhe. Carter nunca escondeu suas decisões e nunca ligou que fossem divulgadas publicamente. É irritante e, claro, faz você questionar as intenções dele. No final das contas, porém, você está deixando o medo do desconhecido ditar sua vida. — Ela se aproxima, dando um pequeno puxão no meu rabo de cavalo. — Seus medos são justificados? Claro. Mas cabe a você superá-los, sair da sua zona de conforto e se abrir, se quiser explorar isso com Carter. O que você acha?

Afundo na cadeira, meu rosto apoiado sobre as mãos.

— Não consigo parar de pensar nele. Tudo parece natural com ele, e ele me incentiva a me abrir. Para alguém tão assertivo, ele sempre foi muito paciente comigo. Eu acho... acho que gostaria que nós dois nos déssemos uma chance, se ele ainda quiser.

Kara bufa e pega o celular, mostrando-me uma mensagem de texto com um contato nomeado como *Homem Mais Irritante do Mundo.*

> ollie tá bem? não quero que ela fique chateada sobre aquela garota.
> ela me odeia?

acha que ela vai querer conversar um dia, em breve?

devo mandar flores para ela???? rosas? girassóis?

ela parece gostar de flores alegres

acho que tô com saudade dela, Kara. que merda.

— É seguro dizer que ele ainda quer tentar, Liv. — Ela se inclina contra minha mesa, cutucando a ponta do meu sapato com o dela. — Estou orgulhosa de você. Ir atrás do que quer parece fácil, mas às vezes é assustador. Acho que ir embora naquele momento deu a você a chance de recuar um pouco e obter alguma clareza sobre a intensidade de seus sentimentos e o que você quer.

O sinal da escola toca. Kara coloca a bolsa no ombro e joga minhas coisas sobre mim.

— Você já separou um vestido para sábado?

Eu choramingo enquanto saímos pelas portas do ginásio.

— Fui ao shopping duas vezes esta semana e não consegui encontrar nada.

— Tudo bem, vamos juntas. Você precisa da minha experiência.

— Não tenho tempo para um passeio estilo Kara no shopping. Tenho de estar em casa às cinco. Jeremy vai deixar Alannah comigo.

— Oh, doce Livvie. Só vai levar meia hora. Prometo.

Levou dezessete minutos.

Kara me arrastou até uma loja, valsou até uma prateleira, escolheu um vestido em nove segundos, empurrou-me para o provador e depois fez todos os funcionários verem o quão "fodidamente espetacular" eu estava. Na verdade, eu nem poderia discordar; daí a viagem de dezessete minutos.

Agora ela se convidou para jantar, decidida a agitar minha sobrinha antes de ela dormir. Alannah vai dormir na minha casa porque amanhã é dia de levar o filho para o trabalho, e ela me implorou para ir à escola comigo para que pudesse mandar nas crianças mais velhas.

— Serei rápida. — Kara promete enquanto estaciona em sua garagem. — Só preciso pegar algumas coisas. Por que você não entra e diz oi para Emme?

— Se você for ficar quie...

Ela bate na porta, gesticulando pelo para-brisa para que eu a siga, e, com um suspiro, sigo minha melhor amiga mandona.

Eu devia ter sabido que era uma armadilha. Porque, quando ela me empurra em direção à cozinha, em vez de apenas Emmett, fico com a figura impossivelmente grande do Sr. Beckett, congelada enquanto ele me encara ao lado da geladeira aberta, boquiaberto.

— Ei! Oi! Olivia! — ele grita sem perceber. — Bom — ele balbucia. — Você parece bem! — ainda gritando. Bate a porta da geladeira e deixa cair o cotovelo na bancada, quase errando o queixo quando tenta apoiá-lo na palma da mão.

Olho para a minha roupa. Estou com tênis de corrida, legging e um moletom com capuz com o logotipo do time de hóquei da minha sobrinha. Meu cabelo está preso em um rabo de cavalo baixo e bagunçado sob um gorro, e parece que passei o dia dando aula de ginástica, que foi exatamente o que fiz. Por sua vez, parece que Carter passou o dia descansando no sofá e que podia estar na capa da *GQ*. Sua calça de moletom cinza-escuro está caindo até os quadris, destacando o que eu sei ser um dispositivo impressionante, e sua camisa do Vipers está grudada em seu torso perfeitamente esculpido.

— Opa! — Kara entra na cozinha. — Carter! Esqueci totalmente que você estava aqui!

— Ã-hã — diz Emmett, fazendo aspas no ar: — "Esqueceu". Vamos pedir pizza. As senhoritas vão ficar?

— Não posso — Kara diz a ele, o que é bom, porque certamente não consigo falar. — Mande algumas para a casa de Liv. Vamos comer lá.

Carter e eu estamos trocando um olhar épico. Não consigo desviar o olhar, nem quero.

Até Kara pegar minha mão e me arrastar em direção à porta.

Minha boca se curva e dirijo um pequeno aceno para Carter.

— Tchau — sussurro.

Todo o seu rosto se despedaça com um sorriso arrebatador.

— Esperem! — Ambas as mãos se levantam enquanto seu corpo gira de modo estranho, como se ele não tivesse ideia do que está procurando. Então, vai até a sala e retorna um momento depois, deslizando pelo chão de meias e dois biscoitos na mão. Com um aperto trêmulo, ele os estende para mim. — Oreo.

Meu Deus, ele é incrivelmente adorável.

É impossível ignorar a tensão que passa dos dedos dele para os meus quando nos tocamos. Esse homem é um fio energizado, e todo o meu corpo chia quando ele está por perto.

Ele corre de meias, agora com certeza encharcadas de neve, e abre a porta do passageiro para mim. Quando saímos da garagem, ele nos observa da varanda da frente, com aquele sorriso ridículo e exagerado que nunca diminui.

— O homem está apaixonado — Kara murmura e, durante todo o caminho para casa, não consigo deixar de me perguntar se esse poderá ser o nosso futuro algum dia.

Mal chegamos à minha casa quando a porta da frente se abre e uma moreninha desengonçada joga sua malinha de dormir contra a parede, estendendo os braços com um floreio extravagante.

— Cheguei! — Alannah rodopia, parando com os dedos balançando no ar.

— Mãozinhas de jazz? Agora é moda?

Sua risada enche minha pequena casa e ela salta até mim, pulando em meus braços e me jogando contra a parede. É um abraço de curta duração, graças a Deus, porque, quando ela avista Kara, sua atenção é totalmente desviada.

Meu irmão finalmente consegue passar pela porta, olhando delas para mim.

— Alannah e Kara *juntas*? Vou desejar uma sorte do caralho pra você. — Ele suspira enquanto a filha aponta a mão para o seu rosto, porque ela ganha um dólar toda vez que ele fala palavrão.

Alannah guarda seu dinheirinho.

— Mamãe e papai disseram que vão tirar uma soneca hoje à noite, depois que Jemmy for dormir, já que não vou estar em casa, e, vocês sabem, eu fico acordada até *muito* mais tarde que ele.

Jemmy é seu irmão caçula, que se chama, na verdade, Jeremy. Sim, meu irmão deu ao seu filho o próprio nome.

Eu chamo meu sobrinho de Jem e, na maioria das vezes, meu irmão de Babaca.

Kara levanta a sobrancelha.

— Uma soneca, Jer? Tem certeza de que não estão tentando fazer um terceiro bebê?

— Porra, não. — Outro suspiro, mais um dólar para sua filha. — Tinha esquecido como bebês são difíceis. Dois estão mais do que bom.

— Você devia fazer uma vasectomia.

Ele coloca a mão na virilha.

— Não ameace meus meninos.

Um adolescente aparece na minha porta com duas caixas de pizza nos braços.

— Ah, Kara... — Ele limpa a garganta quando Kara aparece atrás de mim. — Há uma mensagem aqui... Diz *Hmmm... Mal posso esperar para destruir sua xana quando chegar em casa.*

Kara sorri, pegando as pizzas.

— A chama está viva — ela se vangloria alegremente, desaparecendo na cozinha com Alannah.

Jeremy dá mais um passo para dentro, franzindo a testa enquanto treme um pouco.

— Está congelando aqui, Ol. O aquecedor quebrou de novo?

— Acho que sim — murmuro, olhando o termostato: doze graus e meio.

Aperto os botões, esperando aquele som que permite saber que o aquecedor está funcionando, mas isso nunca acontece, então eu os aperto mais um pouco, provocando em meu irmão um sorriso estranho quando nada acontece. Essa coisa está quebrada oitenta por cento do tempo, e ele já consertou para mim pelo menos três vezes, além de eu ter contratado manutenção mais quatro vezes. Minhas bochechas queimam.

— Desculpa.

— Por que está se desculpando?

Esfrego meu braço e olho para os meus pés.

— Porque está muito frio e Alannah vai ficar aqui. Estava funcionando quando saí para trabalhar esta manhã, eu juro.

Jeremy revira os olhos e puxa meu moletom.

— Coloque seu moletom surrado nela antes de dormir. Ela não vai quebrar.

— Eu sou dura como prego, tia Ollie. — Alannah espia da cozinha, flexionando os bíceps e rosnando como um urso, com uma fatia de pizza entre os dentes.

Sigo Jeremy até o porão, mordiscando a unha do polegar enquanto ele aponta para o aquecedor. Quando suspira, sei que o veredito não é bom.

— Odeio dizer isso, Ol, mas essa coisa está queimada. Você precisa trocar.

Fantástico. Obviamente, um aquecedor está na lista de coisas que consigo comprar agora.

— Kris e eu podemos ajudar você.

Balanço a cabeça. Ele já me ajudou financeiramente antes; um aquecedor já seria demais.

— Tenho algum dinheiro guardado para emergências — minto.

Suas sobrancelhas se curvam e acho que ele acredita em mim. Então me puxa para um abraço ao sair pela porta e sussurra:

— Você é uma péssima mentirosa.

Encontro Kara e Alannah jogadas no chão da sala, com pizza cobrindo a mesa de centro enquanto percorrem o catálogo da Netflix.

— Tem uma pizza especial para você — Kara me diz.

Entro na cozinha e levanto a tampa da caixa, rindo da cobertura. Bacon. *Bacon de verdade.* Uma quantia profana; bordas encaracoladas e crocantes, pequenas bolhas de gordura e um aroma defumado que sobrecarrega meus sentidos da melhor maneira.

Meu celular vibra no bolso do moletom e pressiono o play no vídeo de Emmett.

É de Carter enchendo um prato de pizza enquanto canta.

— *Você não quis, jogou ao léu... meu bacon que não é de papel!*

Ele se joga no sofá com um suspiro.

— Você acha que Ollie vai gostar da pizza com uma porção extra de bacon que eu pedi para ela? Aposto que encontrou a fatia com mais bacon. — Ele ri, colocando meia fatia de pizza na boca. — Mal posso esperar para nos vermos na festa sábado. Talvez eu encha meus bolsos com bacon.

O vídeo escurece no mesmo momento em que me dou conta do que estou sentindo, e meu coração dispara ao saber que já estou perdendo a cabeça.

— Você parece assustada de novo.

Olho por cima do ombro e vejo Kara encostada no batente da porta.

— Estou com medo — sussurro.

— O que mais assusta você?

— Que vou me apaixonar por ele.

Kara ri uma daquelas risadas irritantes e zombeteiras.

— Ah, Ollie... — Ela se aproxima, rouba uma fatia da minha pizza de bacon e dá uma mordida. — Odeio te dizer isso, mas se você está com medo de se apaixonar por ele... já está a meio caminho disso...

Suas palavras criam raízes em minha cabeça e eu as reviro até tarde da noite. Quando Alannah e eu saímos pela porta na manhã seguinte, ainda não parei de pensar naquelas palavras. Nem em Carter.

Meu celular vibra e toco na mensagem de Emmett enquanto desço os degraus.

Emmett: Sala 4, fila L, assentos 10 e 11. Hoje à noite, às 19h30.
Emmett: Ele ainda vai.

O ar gelado de janeiro esquenta enquanto releio os detalhes, os assentos que Carter escolheu meticulosamente para o nosso encontro no cinema enquanto nos enroscávamos perto do fogo em sua varanda: última fileira, bem no centro.

Ele ainda vai.

Uma calma estranha, mas bem-vinda, desenrola-se em minha barriga, subindo até meu peito, permitindo que meus ombros relaxem. Sinto-me mais leve de alguma forma, como se um peso tivesse sido aliviado. O peso do meu medo, talvez, ou da minha indecisão. Ambas as coisas têm o poder de arrastar você para baixo, como âncoras, e eu os tenho deixado me puxar desde a primeira vez que aquele homem me deu frio na barriga.

Alannah puxa minha mão.

— Por que você está sorrindo tanto, tia Ollie?

Fixo o gorro do Vipers na cabeça da minha sobrinha, tapando suas orelhas.

— Estou muito feliz, meu amor.

Ela sorri para mim.

— Você fica bonita feliz.

E também me sinto bem pra caralho.

19
BOAS SURPRESAS

CARTER

A ESPERANÇA É UMA DAQUELAS COISAS engraçadas, como o tempo.

O tempo corre ou se arrasta; não há meio-termo. Quando as coisas não estão indo do seu jeito, o tempo para. Você se sente preso, enraizado no lugar e seus pés não se movem na direção desejada. Nos últimos doze dias, eu quis uma de duas coisas: conquistar a garota ou esquecê-la. A primeira opção era preferível, mas, a cada dia que se arrastava, eu teria escolhido qualquer uma delas, apenas para me livrar da pesada nuvem que pairava sobre minha cabeça.

E, então, *ela sorriu para mim* e foi como se alguém apertasse o botão de um cronômetro e o tempo recomeçasse, avançando rapidamente. Agora parece que estou correndo em direção ao fim de semana, ansioso por vê-la.

A esperança funciona da mesma forma. Tudo parece lento e escuro sem ela, como uma noite passada esperando o sol nascer.

E, então, de repente, você a avista, o brilho de seu sorriso, a maneira como seus olhos ganham vida quando encontram com os seus do outro lado da sala, e tudo muda. A porta se abre, mostrando a luz do sol lá fora, a esperança, e você entra nela, sentindo o calor beijando sua pele como o calor do olhar dela.

Ainda não sou superfã desse frio brutal e cortante.

— Por que não podemos ficar no seu apartamento? — eu me queixo para Hank enquanto descemos a rua. — Está muito frio para ficar aqui fora.

— Dublin precisa de exercício. E você, francamente, precisa parar com toda essa putaria que tem feito. É por isso que sempre digo que Jennie é a irmã superior dos Beckett.

— Irmã superior, uma ova — murmuro, guiando Hank até um banco no Stanley Park.

Conheço Hank há mais de sete anos. Nós nos encontramos por acaso, ou assim parecia, em uma época em que eu precisava mesmo de alguém como ele. Ele me impediu de cometer um erro que poderia ter fodido minha vida irreparavelmente e encerrado minha carreira antes que ela de fato tivesse começado, e ele tem sido uma presença constante desde então, um dos meus melhores amigos, apesar da diferença de idade de quase sessenta anos. Ele é minha família, e nunca houve uma parte de mim que não tenha apreciado a sorte de tê-lo conhecido.

Hank toma um gole de café.

— Você não tem sido você mesmo ultimamente.

Olho para a English Bay. O inverno rigoroso com o qual fomos agraciados transformou a água em um gelo azul bem elegante, que, sob o sol forte, está brilhando.

— Não mesmo...

— Está com aquela garota na cabeça. A bela morena.

Olho para ele com um sorriso nos lábios. Não adianta perguntar como ele descobriu Olivia; ele fica mais de olho em mim que os paparazzi.

— Sim.

— Você dorme com ela?

Eu dou uma risada.

— Como diabos você sabe disso?

— Você é um galinha por natureza, Sr. Beckett. Dorme com todo mundo.

— Ei. — Cutuco seu ombro com o meu. — Pegue leve, meu velho.

Hank ri.

— Posso dizer que você gosta dela.

— Eu gosto. — Demais, provavelmente. Cedo demais. Não sei. É assim que acontece?

Ele faz carinho nas orelhas de Dublin.

— Então, qual é o problema?

— O problema é que sou um galinha que dorme com todo mundo.

O silêncio de Hank dá lugar a um sorriso largo demais.

— Tem certeza de que não é sua cara feia?

— Sou bonito de se olhar, e você sabe disso.

Na semana seguinte, depois de nos conhecermos, Hank perguntou se poderia tocar meu rosto. Ele disse que era algo que gostava de fazer para dar um rosto à voz. Também disse que queria saber o motivo de tanta algazarra. Ainda me lembro do som impressionado que ele fez antes de me dizer que minhas feições eram perfeitamente simétricas. Quando eu ri, seus dedos deslizaram pelas minhas covinhas e ele disse: *Ah. Covinhas. É por isso que você é tão popular entre as mulheres.* Mas, o melhor? Quando terminou, ele me disse que a parte de tocar o rosto era um monte de besteira que Hollywood jogava nos filmes para romantizar as deficiências visuais, e caí nessa sem pensar duas vezes. Eu não era apenas bonito, mas também crédulo.

— A senhora do canal de esportes disse que você é a coisa mais gostosa desde que inventaram o pão. Acho que ela deve ser mais cega que eu.

Dou uma risada e sigo com um suspiro.

— Você acha que o fato de ela ter ido embora é um sinal de que estou melhor sozinho?

As palavras têm um sabor estranho e azedo, embora até um mês atrás eu não tivesse intenção de querer nada com ninguém.

Hank bufa.

— Não acredito que você seja tão pessimista assim quando se trata do amor. Você tem um grande coração. Não quer ficar sozinho pelo resto da sua vida, quer?

— Por um tempo, eu até pensei que sim.

— Essa não é a melhor maneira de viver. Você tem muito a oferecer a alguém, Carter, e embora seja importante ser capaz de ser feliz sozinho, ter outra pessoa para intensificar essa felicidade, alguém para compartilhar com todos os outros momentos especiais, é disso que se trata a vida. É aí que realmente começa a ficar divertido.

— Eu posso magoá-la.

Por mais irritado e confuso que esteja, eu também entendo isso. Aceitei tudo o que Olivia estava disposta a dar e, quando decidi que a queria por mais de uma noite, esperava que ela me aceitasse sem pensar duas vezes. Nunca lhe dei a certeza que ela buscava, a segurança de que precisava. Eu apenas pedi a ela que fechasse os olhos e pulasse.

— Magoar alguém e se magoar são riscos do amor.

Minha cabeça cai para trás com um gemido.

— Pare de dizer essa palavra.

— Eu adoro dizer "amor". É minha palavra favorita. — Ele bate no meu joelho. — Então, me diga, por que hoje está diferente?

— Diferente? O que quer dizer?

— Bem, nós falamos sobre como você não tem sido você mesmo ultimamente... Mas, hoje? Hoje você está um pouco mais como sempre é.

Penso em ontem, em como não conseguia tirar os olhos dela, na confirmação de que meus sentimentos eram muito reais, empilhados atrás do modo como todo o meu corpo vibrava com a proximidade dela, do jeito que eu desejaria apenas... *tocá-la.*

— Eu a vi ontem à noite. Apenas por dois minutos, mas ela sorriu para mim. Ela sorriu para mim três vezes. E me deixou abrir a porta do carro para ela, acenou na despedida e... acho que tudo isso é bom sinal, certo? Acho que isso significa que ela pode me dar uma chance. Você acha que ela vai me dar uma chance?

Hank ri baixinho.

— Você não se dá crédito o suficiente. Não é só a garota que precisa dar uma chance; é você mesmo. Me diga... você vai conseguir reconquistá-la?

Sorrio para ele, apertando sua mão.

— Alguma vez eu já perdi?

— Em geral não, por mais que eu odeie admitir. Nunca conheci um homem mais pomposo.

— Você me ama.

Ainda estou sorrindo como um idiota e sei que ele pode perceber. Hank suspira.

— Eu amo. E vou te amar mais se você adicionar outra linda dama à minha vida.

— Estou tentando. Juro.

— Bem, tente mais. O Carter Beckett que conheço luta pelo que quer e não aceita um não como resposta. — Ele se vira em minha direção, aqueles azuis nebulosos flutuando sobre mim. — A menos que você tenha amolecido. Você está mole agora, Carter?

— De jeito nenhum.

— Então, coloque esse traseiro para trabalhar e conquiste a moça.

— Sim, capitão!

— Sou cego dos dois olhos. E não uso tapa-olho de pirata.

— O quê? Eu não estava... Ah, esqueça. Você é surreal.

— E você me ama — ele repete.

— Amo.

— Então vai me trazer comida tailandesa para o jantar e fazer aquela garota ser sua.

Brinco com Dublin, que inclina sua adorável cabeça dourada para mim.

— Comida tailandesa e uma mulher atrevida e desconfiada: é pra já!

São QUASE SETE HORAS e estou no frio, olhando para o cinema. É sexta-feira à noite, o lugar está lotado e me culpo por estar aqui. Ir ao cinema em público parecia valer a pena quando Olivia estaria sentada ao meu lado, mas, agora que estou sozinho, pela primeira vez, ocorre-me que sozinho não é como eu quero estar.

E, ainda assim aqui estou, e não sei por quê. Talvez eu estivesse esperando que as coisas fossem resolvidas a tempo para o nosso primeiro encontro. Que eu iria me sentar ao lado dela e sussurrar coisas irritantes em seu ouvido e fazê-la rir, e, quando estivesse bem bom no escurinho, eu deslizaria minha mão em torno da dela, entrelaçaria nossos dedos e sentiria o mundo se endireitar.

Em vez disso, puxo meu gorro na cabeça e entro, torcendo para que ninguém me note.

— Apenas um? — pergunta o garoto atrás do balcão enquanto verifica o ingresso no meu celular. — Você tem dois ingressos aí.

Eu limpo minha garganta.

— Sim...

— Dois, por favor, e obrigada.

Giro ao som de sua voz suave, e meu coração tenta escapar pela garganta quando vejo a morena que ocupa cada pedacinho de espaço na minha cabeça.

Ela umedece os lábios e dá um passo hesitante à frente, as mãos sobre a barriga e, quando ela abre a boca para dizer alguma coisa, eu digo antes dela.

— Você veio.

Um raio como o sol explode no rosto de Olivia, e juro que ela está irradiando luz de dentro para fora.

— Olá, Carter.

20
TOCANDO EM FRENTE

CARTER

Posso tocá-la? Não sei se posso tocá-la.

Eu continuo tentando pegar a mão dela, mas acabo deixando a minha pendurada no ar antes de puxá-la de volta, arrastando-a sobre minha coxa. Está toda úmida, então ela provavelmente nem quer segurar minha mão, de qualquer forma. Mas quero segurar a dela.

Olivia está sendo legal, fingindo não perceber como estou ansioso. Ela mantém os olhos fixos nos trailers dos filmes, mas, toda vez que olho para ela, o canto de sua boca tenta não sorrir.

— Estou com tanto calor — deixo escapar, puxando a gola do meu moletom. Eu abano o rosto. — Você está com calor?

A diversão dança em seus olhos.

— Não.

— Ah. Só eu, então. — Inclinando-me para a frente, puxo meu moletom por cima da cabeça, e Olivia emite um som quando meu cotovelo se conecta com alguma parte do corpo dela. — Ah, merda. — Enfio meu moletom no colo dela e encaro seu rosto, passando minhas mãos por seus braços, acariciando-os, procurando por... contusões? Eu não sei, porra. Caramba, estou um caos. — Eu bati em você? Você está machucada? Você está bem? Desculpa, minhas mãos estão suadas. — Giro um dedo no ar e aponto para o teto. — É o aquecedor. Eles colocaram no máximo. Quer que eu peça para diminuírem? — Empurro os apoios de braços e ando pela fileira. — Vou pedir a eles.

Olivia agarra um pedaço da minha camiseta e me puxa de volta para o meu assento.

— A temperatura está boa, Carter. Sei que está nervoso, mas...

— Nervoso? Eu? Aff... — Gesticulo com uma mão alegre no ar. — *Por favor*. Me chamam de Sr. Confiante.

Ela nem se dá ao trabalho de lutar contra o sorriso.

— Ã-hã.

Afundo no assento, os joelhos balançando enquanto olho para a tela. Este cinema em particular é relativamente silencioso, considerando o quão cheia está a sala. São as vantagens de ver um filme infantil depois de todas as crianças terem ido dormir, eu acho. De qualquer forma, eu meio que gostaria que estivesse mais agitado. Talvez tivesse outra coisa em que me concentrar além de como me sinto nervoso.

Ela está aqui. Ela veio sozinha. O que isso significa? Isto é um encontro? Ela quer, tipo... seguir adiante? Comigo? Não vou estragar tudo. Vou ser bem comportado e mostrar que ela pode confiar em mim.

— Carter, eu...

— Vou comprar guloseimas — meio que grito, levantando-me antes de tropeçar, tombando na fileira da frente.

— Você está be...

— Estou bem — digo, correndo pela fileira. — Doces. Salgados. Doces.

Enterro meu rosto nas mãos no segundo em que saio no corredor, encostando-me na parede. Que merda há de errado comigo? Ela tem metade do meu tamanho. Por que de repente fiquei com medo dela?

Escolho a fila mais longa da bomboniere, aproveitando o tempo sozinho para endireitar minha cabeça, mas, quando chego no balcão, acidentalmente peço tanta comida que eles têm de colocar as guloseimas em um balde de pipoca para que eu possa carregar tudo.

— Obrigado. — Envolvo um braço em volta de um balde extragrande de pipoca e o outro no balde de guloseimas, e pego com cuidado uma bebida em cada mão. — E, mais uma coisa, está quente no cinema. Talvez vocês devessem diminuir o aquecedor.

O garoto atrás do balcão pisca lentamente.

— Mantemos todas as nossas salas a dezoito graus.

Minhas sobrancelhas se levantam quando eu dirijo a ele um olhar aguçado.

— Sim. Uma porra de uma temperatura escaldante.

Meu coração sobe na garganta enquanto subo as escadas até Olivia, na última fileira. Seus olhos brilham de tanto rir enquanto ela desdobra meu assento para que eu possa me sentar com as mãos ocupadas. Coloco o balde de doces em seu colo, e ela ri enquanto espia dentro dele.

— É muita comida.

— Sim, eu como quando estou nervoso. E o tempo todo, na verdade. E lembro que, no dia seguinte a quando nos conhecemos, você disse que gostava mais de doce que de salgado, então comprei chocolate e balas, mas estamos no cinema, então precisamos de pipoca também. Você gosta de pipoca? Eu não sabia o que você queria de bebida, então peguei um refrigerante e um chá gelado, e você pode tomar o que quiser, ou podemos dividir os dois se você quiser um pouco de cada, e não me importo de compartilhar germes nem nada assim, mas, se não quiser meus germes, então tudo bem, e podemos...

— Carter. — Olivia coloca a mão no meu braço. Está quente, e tudo o que posso ouvir é meu coração. — Respire. Eu amo chocolate, doces e pipoca. E gosto tanto de refrigerante quanto de chá gelado, então estou bem com qualquer um deles, mas podemos compartilhar se você quiser, porque não me importo com seus germes. Ok?

— Ok.

— Obrigada por tudo isso. E obrigada pela pizza com bacon extra ontem à noite.

— Você encontrou a fatia com mais bacon?

Ela sorri, e acho que meu coração para.

— Sim, mas foi difícil, porque tinha muito bacon. Meu sonho se tornou realidade.

— Eu pedi para eles usarem bacon de verdade, não aquela farofinha falsa.

— Estava fantástica.

— Que bom. Que ótimo.

As luzes diminuem e o burburinho baixo desaparece no silêncio que me dá arrepios, pois sou forçado a voltar a fingir que não quero pegar o rosto de Olivia em minhas mãos e beijá-la.

Sou alguém que fica completamente extasiado com os filmes da Disney.

Minha irmã e eu passávamos fins de semana inteiros deitados em camas improvisadas de travesseiros no chão da sala, assistindo a todos os filmes da Disney de nossa extensa coleção. À noite, meus pais se aconchegavam no sofá atrás de nós e, se implorássemos o bastante, eles concordavam em nos deixar dormir ali, para ficar mais tempo acordados e ver mais filmes. Posso contar nos dedos das mãos as vezes que chegamos à meia-noite e, na maioria das vezes, acordávamos em nossas próprias camas.

E, no entanto, neste momento não consigo me concentrar em nada que esteja acontecendo entre Anna, Elsa, Kristoff, Sven e Olaf.

Quando chegamos à primeira meia hora de filme, Olivia coloca as guloseimas no chão, e sigo seu exemplo, colocando a pipoca também.

Não consigo fazer meu joelho parar de balançar e fico ansioso para fazer alguma coisa com as mãos, ou seja, segurar uma das mãos dela. Em vez disso, arranco meu gorro e passo os dedos pelo cabelo, puxando os fios.

Olivia estende a mão, soltando com gentileza meu cabelo, trazendo minha mão para o meu colo, onde ela lentamente entrelaça os dedos com os meus.

— Tudo bem? — ela sussurra.

Olho para a mão dela na minha, tão pequena, tão macia, tão *quente*. Então ela me dá um sorriso fofo e, sem mais nem menos, a corrida frenética do meu coração desacelera e passa a uma pulsação constante, a tensão em meus ombros se dissolvendo.

— Tudo.

— Você pensou mesmo que Olaf iria morrer, hein?

— Ele *morreu*, Ollie. Elsa o trouxe de volta à vida, graças a Deus. Eu teria me revoltado. — Quase cortei a circulação da mão dela ao agarrá-la com tanta força enquanto esperava, torcendo para que o boneco de neve engraçado reaparecesse.

— Já imaginou se os filmes da Disney fossem tão cruéis agora quanto quando éramos crianças?

Estremeço, apertando a mão dela quando saímos.

— Havia muito trauma naquela época.

— Mas foi isso que nos moldou. Eu não seria quem sou se Scar não tivesse jogado Mufasa daquele penhasco, sabe? — Ela solta minha mão, enfiando o gorro sobre os cachos e tirando as luvas de bichinho com orelhas do bolso do casaco. — Obrigada, Carter. Eu me diverti muito.

— Eu também. Estou feliz por você ter vindo. — Eu me apoio nos calcanhares, sorrindo para ela enquanto ela sorri para mim. Não quero me despedir. Ela inclina a cabeça na direção da rua. — Hum, vou tomar um chá na cafeteria ali na frente.

— Ah. Que coincidência. Eu também estava prestes a ir lá tomar um chá. Acho que podemos caminhar juntos. Talvez pegue um lugar na mesma mesa.

— Você bebe chá?

— Nunca. — Olivia ri, e percebo que minha memória não faz justiça à risada dela. Envolvo minha mão enluvada na dela enquanto descemos a rua, flocos de neve caindo do céu, grudados em seus cílios e nas pontas de seus cabelos. Meu anjinho de neve. — Acho que você está acostumada com esse tipo de inverno, né?

— O inverno é rigoroso em Muskoka, mas também são os invernos mais lindos. Pinheiros imponentes cobertos de neve e lagos congelados que parecem de vidro. Meu irmão e eu caminhávamos até Willow Beach e jogávamos hóquei no lago congelado. — Seu nariz enruga. — Mas acho que me acostumei demais com os invernos da costa oeste, porque, o que quer que esteja acontecendo com esse clima, está me afetando. Estou muito perto de aceitar a oferta de Kara para passar uma temporada em Cabo.

— Não, você não quer fazer isso. Teria de ouvir ela e Emme fazerem sexo por telefone todas as noites. Acredite em mim, não é algo que você queira ouvir. Fui submetido a isso por muito tempo em nossas viagens. — Cutuco seu ombro com o meu. — Além disso, seriam muitos dias sem mim, o que acabaria sendo uma droga para você. Imagine como a vida seria monótona sem as minhas travessuras.

Olivia ri enquanto abro a porta da cafeteria.

Está quieto lá dentro, com algumas pessoas espalhadas por toda parte, conversando baixinho e bebendo bebidas quentes.

— O que você quer? — Olivia pergunta, tirando sua carteira.

— Você não vai pagar.

— Eu vou pagar.

— *Eu* vou pagar.

— Você pagou pelo filme e pelas guloseimas.

— Sim, porque você acabou com a minha raça no *beer pong*, e eu lhe devia uma noite no cinema. É a mesma noite, então faz parte do pacote.

— Carter...

Dirijo-lhe um olhar, e deve ser no mínimo encantador, porque ela suspira, guarda a carteira e me diz que quer um London Fog Tea Latte.

— Boa menina. — Pressiono meus lábios em sua bochecha corada. — Vá se sentar. Eu levo as bebidas. — Também compro biscoitos e muffins, e Olivia me olha como se eu tivesse cinco cabeças quando coloco tudo sobre a mesa. — Que foi? Se você não terminar, pode levar para casa. Ou eu como. Estou sempre com fome.

— Você ainda está nervoso?

Balanço a cabeça, quebrando um biscoito de gengibre e melaço ao meio e deslizando a outra metade para Olivia.

— Acho que não. Não mais. — Eu a observo, a leve curvatura de seus ombros enquanto ela brinca com seu biscoito. — Mas agora *você* está nervosa.

— Um pouco — ela admite. — Precisamos conversar, e em geral lido bem com conversas... mas às vezes me sinto meio desconexa perto de você.

— Porque você está confusa?

— Sim. — Ela balança a cabeça rapidamente quando meu rosto cai, tocando seus dedos nas costas da minha mão. — Não sobre o que sinto por você. Eu só acho... acho que minha mente está sempre indo em duas direções diferentes, pensando em tudo o que pode dar errado, mas em tudo o que pode dar certo também. É difícil me concentrar e me perco nesse espaço intermediário, onde fico apenas... assustada e confusa.

— Entendi.

— Entendeu mesmo?

Faço que sim.

— Acho que estava pensando a mesma coisa, mas talvez de forma diferente. Eu não sabia como dar um passo à frente, porque nunca tinha feito isso antes. E, então, quando eu me decidi, você quis ir embora, e foi confuso. — Olho para o meu chocolate quente e, quando encontro o olhar de Olivia de novo, muita vulnerabilidade brilha ali em seus olhos. — Fiquei confuso sobre o que cada um de nós queria, mas entendo seus medos. Eu só queria que você tivesse ficado e conversado naquele dia. Poderíamos ter tentado descobrir juntos.

— Poderíamos ter feito isso — diz ela. — Mas, honestamente, não acho que teria sido produtivo. Eu não conseguia entender o que estava acontecendo. Acho que precisei me afastar para avaliar meus sentimentos, quão rápido e forte eles surgiram, e também minhas prioridades, embora eu desejasse não ter magoado você enquanto fazia isso. — A ponta de sua unha verde-floresta bate em sua caneca. — Poderíamos tentar descobrir agora? Ou é tarde demais?

— Nunca é tarde demais, Ollie. Mas talvez... talvez devêssemos ir com calma. Ou tentar, pelo menos. Sabe, encontros bonitinhos e essas coisas, para que você possa confiar em mim.

— Eu gostaria disso, Carter.

— Mas beijar não pode ser considerado lento, caso você esteja se perguntando.

— Ah, sério? Estamos falando de beijos inocentes ou...

— Hóquei de amígdalas.

Olivia dá uma risada, do meu tipo favorito.

— Parece bem rápido para mim.

— Bem, você tem perninhas. Faz sentido que pense que tudo o que faço é rápido. Melhore.

Olhos castanhos reviram-se quando ela se remexe na cadeira, cruzando as pernas e jogando os cachos por cima do ombro.

— E você precisa melhorar para ganhar sua língua na minha boca.

Meus olhos se estreitam.

— Um desafio? Adoro desafios.

Ela esconde o sorriso atrás da caneca.

— E eu adoro ver você perder.

— Ah, mas eu nunca perco, Ol.

— Certo. Só no *beer pong*.

Um grunhido ressoa baixo em meu peito e, quando Olivia ri com o seu chá, eu sorrio.

— Eu realmente gosto de você, Ollie.

A ternura está refletida em seus olhos quando ela encolhe os ombros.

— Eu também gosto muito de você, Carter. Obrigada por ser paciente comigo e me dar algum tempo.

A verdade é que acho que lhe daria tudo de que precisasse. Ela só precisa pedir.

E, quando enfim saímos da cafeteria, à meia-noite, andando de mãos dadas pela rua, pergunto-me se *ela* é aquilo de que eu tenha precisado há tanto tempo. Parece ser.

— Você reserva uma dança para mim amanhã?

— Você pode dançar quantas danças quiser.

Puxo seu gorro um pouco mais para baixo, cobrindo suas orelhas.

— E se eu quiser todas as danças? Nunca gostei de dividir. — Afasto seu cabelo por cima do ombro, os nós dos dedos roçando em seu rosto. — Você não vai me deixar te beijar agora, vai?

— Não, não vou. — Ela puxa meu casaco, guiando meu rosto até o dela para poder dar um beijo em uma das minhas covinhas. — Você precisa trabalhar em seu autocontrole se quisermos levar isso devagar, Sr. Beckett.

— Tudo bem, mas nunca fui bom com autocontrole. — Observo enquanto ela entra no carro. — Aquilo é mais uma diretriz que uma regra. E você quer me beijar também!

— Claro que quero. — Ela pisca. — Mas, antes, quero ver você perder mais.

21
PUTA QUE PARIU

CARTER

Eu a vejo no segundo em que passa pela porta.

Não dá para ignorá-la. A coisinha linda fica parada na porta, e meu coração para de bater ao vê-la.

Observo Emmett abraçando-a antes de começar a tirar seu casaco, revelando o vestido que Olivia levou três idas ao shopping para encontrar. Não me pergunte como eu sei disso.

Ela está deslumbrante, mas, até aí, ela sempre está. Poderia estar usando minha bolsa de hóquei fechada até o pescoço com recortes para os braços e, ainda assim, seria a mulher mais linda que já vi. Na verdade, a imagem não me parece tão ruim... Faço uma nota mental para pedir a ela que pose nua com meu equipamento de hóquei no futuro. Vou tirar milhares de fotos dessa mulher. Meu telefone vai ficar lotado de Olivia.

Mas ela não está usando uma bolsa de hóquei. Porra. Que vestido. Puta que pariu, caramba, *que vestido*.

— Porra...

Não sei se é Garrett ou Adam quem diz a única palavra em que consigo pensar. Os dois estão olhando, as sobrancelhas subindo lentamente em suas testas enquanto seguem a linha de seu corpo pequeno para baixo, para cima, para baixo e depois para cima, os olhares permanecendo em seu decote profundo da mesma forma que o meu.

Eu engulo em seco.

— Sim.

Envolta em renda bordô, Olivia parece tão tentadora e deliciosa quanto uma maçã do amor. Ela é o fruto proibido e eu quero devorá-la.

Luto contra um gemido enquanto meus olhos percorrem suas curvas perfeitamente abraçadas pelo tecido, a forma como a renda se agarra à sua cintura e desliza pelas suas coxas deliciosas antes de fluir ao redor dos joelhos.

Ela está sete centímetros mais alta com aqueles saltos dourados brilhantes que combinam com a presilha de seu cabelo, penteado em grandes ondas.

Há um ar de confiança nela esta noite. Talvez seja porque aquele vestido a faz se sentir tão deslumbrante ou talvez porque consertamos as coisas ontem à noite. Talvez porque ela esteja decidida a me fazer perder o controle, pronta para assistir à minha queda com um sorriso. Mas, se eu tivesse que adivinhar pela simples subida e descida de seu peito, diria que ela está um pouco nervosa por baixo dessa fachada.

Eu? Estou totalmente no controle. Lidando bem com a situação.

Não sou o idiota do Carter esta noite. Estou usando uma máscara impenetrável que ela não conseguirá... penetrar? Porra. Eu não sei. Agora só estou pensando em penetração.

Totalmente no controle.

Exceto — *merda* — quando ela gira e me mostra o laço bordô que desce pela pele lisa e leitosa de suas costas. Aí eu morro um pouco por dentro.

— Morri — murmuro, ajustando o caroço que cresce rapidamente entre as minhas pernas. *Agora não, espada de trovão*, digo mentalmente para o meu pau. *Baixe a bola, amigão.*

— Ela está vestida para matar. — Adam olha para mim. — Você devia interpretar isso como um sinal. Ela está no controle. — Ele suspira. — As meninas estão sempre no controle.

— *Eu* estou no controle — rosno baixinho.

Porque há uma coisa sobre mim: sou persistente. Feroz. Voraz e ousadamente confiante. Quando foco em algo que quero, não descanso até conseguir. Com Olivia Parker não é diferente. Posso ter ficado com ela uma vez, mas uma vez nunca será suficiente, não com ela. Eu a quero todas as vezes. Quero possuí-la, torná-la minha, cada centímetro dela para ninguém além de mim.

Estou ciente de que isso é coisa do homenzinho das cavernas que mora em mim.

Mas aí é que está: eu não me importo.

Só que, então, Olivia me espia por cima do ombro, os cílios escuros tremulando e, devagar — *tão devagar* —, ela desliza os dedos sobre a curva de seus quadris, o volume de sua bunda redonda, sua cinturinha, tudo isso enquanto morde o lábio inferior.

Porra. Eu não estou no controle. Não estou no controle de jeito nenhum.

AAAHHH, PUTA QUE PARIU. *Não olhe, não olhe, não olhe.*

Ele está de terno. Um terno completo. Três peças, azul-marinho. Meu Deus, não poderia caber mais perfeitamente nele. Abraçando seus ombros largos, afilado em torno de sua cintura trabalhada. Caramba, aquelas coxas grossas e musculosas. Lembro-me de elas me pressionarem contra o colchão enquanto ele...

Eu abano meu rosto com as mãos agitadas.

Preciso parar. Preciso não... preciso... merda, não sei.

Acho que preciso montar naquele homem em algum banheiro.

— Tá com calor? — Kara pergunta, sussurrando em meu ouvido.

Ela está etérea esta noite, em sua renda branca justa, cabelo loiro caindo em ondas grossas pelas costas, quadris bem marcados e uma bunda que combina com todo o resto. Como sempre, minha melhor amiga está perfeita.

— Sim. Superquente aqui. O aquecedor está ligado? Você podia pedir a eles que diminuíssem. Ar-condicionado, talvez. Está quente.

— Estamos no meio de uma friaca profunda que Vancouver não via há anos, você não tem aquecimento em casa e agora quer que eles liguem o ar-condicionado? — Ela segue meus olhos atentos e sorri para minhas mãos ainda agitadas. — Talvez precise de alguém para apagar seu fogo.

— Ãh? — Meus olhos se voltam para ela, depois para Carter, e quase caem para fora de suas órbitas quando ele me pega olhando e, infelizmente, abanando as mãos. — Me ajuda — imploro a Kara. — Eu deveria estar no controle. Ele é quem deveria ceder.

— Vou te dizer o que *posso* fazer. — Ela para um garçom com uma bandeja de champanhe e serve duas taças. Fica com uma e me entrega a outra. — Posso deixar você bêbada.

Brindamos e, quando o primeiro gole de espumante desliza pela minha garganta, solto um suspiro profundo. Quando termino minha segunda taça, Kara desaparece para se misturar aos convidados. Eu deveria diminuir a velocidade, mas então Garrett se aproxima com uma cerveja gelada em cada mão, e quem seria eu para recusar?

Ele me abraça, uma mão na parte inferior das minhas costas quando me solta, e eu juro que seu olhar se ilumina de medo quando passa por cima do meu ombro, logo antes de retirar a mão.

— Vocês, jogadores de hóquei, ficam bonitos arrumados, hein? — Ajeito o nó da gravata dele, que está baixo e muito para a direita. — Que bom ver você.

Ele tem um sorriso tão lindo, tão feliz e despreocupado, como um cachorro fofo.

— Sim, sentimos falta de ver você por aí. Alguns um pouco mais que outros. — Sua boca se abaixa até meu ouvido. — Ei, quer aumentar a pressão arterial de Carter?

— O que você tem em mente?

Ele coloca nossas cervejas na mesa e estende uma mão, um sorriso sorrateiro se espalhando.

— Dance comigo.

Com uma risadinha, coloco minha mão na dele e o sigo até a pista de dança. Sua palma descansa suavemente na minha lombar enquanto ele nos gira pela pista, o calor do olhar de Carter tocando minha coluna aonde quer que eu vá.

— Ele não consegue tirar os olhos de você — sussurra Garrett. — Parece estar pensando em quais partes do meu corpo deveria remover primeiro.

Quando eu rio, ele sorri, rodopiando-me e puxando-me de volta.

— Você tem acompanhado o time?

— Claro. Seu gol contra o Vegas na terça-feira? Maravilhoso.

Seu rosto se ilumina, o peito inflado de orgulho.

— Jura? Direto pelos cinco buracos. E você? Carter me contou que você treina o time feminino de vôlei da sua escola.

— Ele fala de mim?

— Quando não está agindo como um idiota deprimido? Sim, ele fala de você o tempo todo. — Não consigo imaginar uma versão deprimida de Carter. Ele é sempre tão otimista, carismático e barulhento. Uma onda repentina de culpa toma conta de mim. — Sim. — Garrett bate no canto da minha boca. — Era exatamente assim que ele ficava. Vocês dois foram feitos um para o outro.

— Eu... eu não... você está... Meu time de vôlei perdeu nas semifinais, e você acha que fomos feitos um para o outro? Ele é Carter Beckett e eu sou Olivia Parker. Sou baixinha, ele é alto, e sou tão baixa e ele é tão alto, então será que somos tão compatíveis, partes do corpo que não se alinham e coisas assim?

Retiro o que disse quando vejo seu lindo sorriso de cachorro fofo. Este aqui é *todo* idiota.

— Essa foi a rodada de vômito de palavras mais impressionante que já ouvi. Mas vou precisar que você se concentre no jogo. Eu apostei dinheiro que Carter será o primeiro a ceder, não você.

— Temo que você tenha feito a aposta errada.

— Eu acredito em você, Ollie.

Que ótimo, mas, conforme a música termina e ele me deixa, fica cada vez mais claro que nem *eu* acredito em mim mesma. Já estou desmoronando e nem falei ainda com o homem responsável pela minha destruição.

Suspiro, pegando minha cerveja no bar, com a intenção de encontrar um canto para me esconder e poder terminar esta noite sem mais nenhum dano autoinfligido.

Mas é claro que trombo em algo no meu caminho, minha bebida respingando da borda do copo.

— Droga, desculpa. Estou muito estabanada esta noite. Eu não vi para onde estava indo. Será que eu... molhei... *Puta merda.*

Essas últimas duas palavras saem de uma só vez.

— Puta merda — Carter cantarola, uma mão no bolso, a outra em uma taça de cristal. — Essa é forte.

Minhas pernas ficam bambas. Não estou brincando. E quando Carter passa os dedos pela minha clavícula, tirando um cacho do meu ombro e deixando-o escorregar por entre os dedos, fecho os olhos com força.

Que porra é essa que está acontecendo? Eu estava muito bem ontem à noite e totalmente no controle quando entrei por aquela porta mais cedo. É o álcool? É o álcool. Carter definitivamente não está me enfraquecendo. Ele não está... *ganhando.*

— Você cortou o cabelo.

Bato o copo na cabeça, agarrando-o com as mãos, como se perguntasse: *Este cabelo aqui?*

— Hoje.

— Hoje?

— Sim, cortei hoje. — Só percebo que estou quase gritando, como ele fez na outra noite, quando suas sobrancelhas se arqueiam. Engulo em seco e tento de novo, desta vez em um sussurro. — Eu cortei esta manhã. — Faço uma tesoura com a mão direita e emito um barulhinho de corte.

Ai, Deus. Carter está mesmo ganhando.

— Hmm.

Ele coloca meu cabelo atrás da orelha, a ponta do dedo roçando minha presilha dourada. Seus olhos não deixam os meus enquanto ele gira o líquido em seu copo e o bebe de uma vez. Ele repousa o copo vazio no bar antes de pegar minha cerveja pela metade e colocá-la lá também.

E vem na minha direção.

Ele não anda. *Ele ronda.* Avança e me esgueiro para trás até chegar ao máximo que posso.

Seus dedos passam pela minha cintura enquanto ele mergulha seu rosto no meu, e meu coração bate contra meu esterno como se esperasse que ele pudesse me beijar. Em vez disso, seus lábios param na minha orelha.

— Com licença, srta. Parker.

Seu hálito é quente e picante, com notas doces de baunilha e caramelo, quando o sinto contra o meu pescoço, e seu olhar cai em meus lábios enquanto eles se separam com uma inspiração trêmula.

A parede atrás de mim se abre de repente e tropeço na escuridão completa.

Carter acende a luz, iluminando o banheiro extravagante em que entramos.

E, então, vira a tranca.

Meu coração dispara como a minha Honda Redonda, meu carro que está morrendo aos poucos. Mãos largas agarram meus quadris enquanto ele me gira em direção à bancada, fazendo as palmas das mãos baterem na bancada. Minha pele exposta queima ao senti-lo, seu peso pressionando minha lombar. As pontas dos dedos dele dançam pelos meus antebraços, circulando meus bíceps quando ele me agarra. Seu nariz roça meu pescoço, pousando na concha da minha orelha.

— Você começou tão bem — ele murmura. — Tão forte. Entrou aqui como uma mulher com toda a confiança do mundo, piscando esses seus cílios, passando as mãos sobre essas malditas curvas, e eu tive certeza de que estava acabado. Todo o meu autocontrole saiu voando pela janela.

Ele arrasta a boca pelo meu pescoço, uma mão espalmada sobre a minha barriga, a outra deslizando pela parte externa da minha coxa até agarrar a bainha do meu vestido. A renda raspa suavemente contra minha pele quando ele a puxa, e me afasto de seu corpo, empurrando-me em direção à sua mão.

Foda-se o controle e foda-se o *ir devagar*. Eu só quero que ele *me foda*.

Olhos escurecidos encontram os meus no espelho e, quando ele sorri no meu ombro, sei que me derrotou. Ele também sabe.

— Mas, depois, você se entregou. Você é tão adorável quando fica perdida, sabia disso?

A ponta do polegar traça a borda da minha calcinha de seda e uma respiração trêmula escapa dos meus lábios, faíscas flutuando por todo meu corpo.

— Você quer que eu toque em você?

— Sim — suspiro. — Por favor.

Um gemido satisfeito sobe por sua garganta e sua boca se abre no meu pescoço. Eu afundo nele, meus dedos encontrando seus músculos perfeitamente modelados.

Então ele se afasta, levando consigo seu toque abrasador, deixando-me boquiaberta no espelho.

Eu me viro, observando com horror enquanto ele ajusta o volume em suas calças, ajeita a gravata e arruma o cabelo.

— O que você está fazendo?

— Voltando lá para dentro.

— Mas você... você disse... eu disse...

— Você disse que queria que eu tocasse você. E talvez eu vá. Amanhã.

— Amanhã?

— Depois de irmos almoçar.

— Al-almoçar?

Ele assente, colocando o telefone em minhas mãos.

— Endereço, por favor. Vou buscá-la amanhã para o nosso encontro.

— Eu...

— Agora, Olivia.

Veja só. O feminismo deixou o meu corpo.

Eu me esforço para digitar meu endereço sob o peso de seu olhar e, quando termino, ele me leva de volta para o salão barulhento.

Puxando meu queixo, ele dá um beijo carinhoso no canto da minha boca.

— Você está deslumbrante, srta. Parker.

Kara vem do meio de uma horda de pessoas enquanto observo Carter desaparecer. Ela agarra meus ombros e balança, fazendo minha cabeça balançar.

— O que aconteceu? Vocês ficaram lá por uns dez minutos. — Seu olhar desce, notando minhas bochechas coradas, meu vestido amarrotado.

— Ai, meu Deus. Vocês transaram na porra do banheiro! Eu sabia! *Garrett*! — ela grita para a multidão. — Você deve a mim, Emme e Adam cem dólares cada!

— Puta que pariu! — ele grita de volta. — Não tem como ela ter cedido tão rápido!

Já se passaram três horas e estou me perguntando quando Carter vai dançar comigo, como ele prometeu ontem. Não faltam jogadores de hóquei que querem dançar esta noite, claro. Fiquei girando na pista de dança a noite toda, mas o homem com quem eu de fato quero dançar parece perfeitamente satisfeito em me observar de longe.

Estou exausta, um pouco tonta e tão embriagada que não consigo parar de rir. Se ele não me convidar para dançar logo, vou dormir no armário de casacos.

Tudo o que ele me deu foram olhares persistentes, sorrisos escondidos atrás da borda do copo, toques nas minhas costas enquanto se inclina ao meu lado no bar para pedir uma nova bebida. Estou nervosa e é exatamente assim que ele me quer.

— Seus pés devem estar matando você agora — Adam diz enquanto dançamos, minha mão na dele. — Você fez uma pausa?

— Vocês não têm essa palavra em seu vocabulário.

Ele ri.

— Justo.

— Mal posso esperar para chegar em casa e tomar um banho de espuma.

— Com um bom livro e uma taça de vinho?

— Talvez sem vinho. — Tenho certeza de que minhas bochechas coradas dizem tudo. — Já bebi bastante hoje.

Adam me rodopia e me puxa de volta, o riso brilhando em seus olhos enquanto passam por cima do meu ombro.

— Adoro deixar aquele cara com ciúmes.

Ele nos move em um círculo lento para que eu possa ver Carter, empoleirado contra uma parede com alguns de seus companheiros de equipe. Seus olhos dirigem-se a mim e Adam, e ao posicionamento de nossas mãos — bastante inocente; o cara tem namorada, embora ela não esteja aqui — antes de se voltar somente para mim.

Um sorriso torto floresce em seu rosto, revelando suas covinhas profundas, e ele coloca o copo na mesa, endireitando-se na parede.

Adam ri.

— Já era hora. Ele passou a noite toda tentando nos convencer de que está no controle. — Seu olhar azul mergulha no meu, seu sorriso tão cheio de bondade. — Fico muito feliz que vocês dois estejam tentando. Ele ficou de olho em você desde o primeiro dia, cantando pelos cantos. Está tão animado para passar um tempo com você amanhã. E nós estamos animados porque assim ele vai parar de se lamuriar.

— Não dê ouvidos a Adam — a voz baixa de Carter ressoa atrás de mim. — Ele não sabe do que está falando.

— Ele explodiu nosso grupo de mensagens no segundo em que você foi embora ontem à noite, Ollie. Confie em mim.

— Tá. — Carter fica entre nós. — Chega disso. Minha vez.

— Eu estava começando a pensar que você não iria dançar — digo enquanto ele me puxa contra seu peito, uma mão nas minhas costas, a outra segurando a minha.

— Eu queria ser o seu último.

— Hmm. Seus amigos estão fofocando sobre você.

— Só falam merda.

— Talvez. — Entrelaço meus dedos nas ondas de sua nuca. — Mas eu não acho. Acho que você sentiu minha falta e que se gabou da noite passada para seus amigos.

Seus olhos verdes faíscam.

— Acho que minha arrogância está passando para você.

— Aposto que você gostaria de passar outras coisas em mim.

Carter dá uma gargalhada que parece ser a minha maior conquista de todos os tempos.

— Que safada, srta. Parker. Devem ser os saltos altos. A altura adicional proporciona mais confiança. — Sua boca desce ao meu ouvido. — Mas você sabe o que acontece quando é safada, não é? Você é punida.

— Hmm. Por quem? Você?

— Só por mim. Você prefere de joelhos ou no meu colo?

Meu batimento cardíaco acelera, instalando-se entre minhas pernas, e um gelo sobe pela minha barriga de forma tão violenta que me sinto tonta. Preciso ir para casa antes que acidentalmente implore a esse homem para me foder na pia do banheiro. Tenho padrões mais elevados que isso.

Será que tenho? Não, acho que não.

— Qual é o problema, Olivia? Você parece estar vacilando.

Eu comprimo os lábios.

— Não. — *Sim.* — Estou apenas... cansada. Supercansada. É hora de ir para casa.

Antes que eu possa mudar de ideia, beijo sua bochecha, atordoada, e vou em direção ao armário de casacos. Depois de me despedir dos futuros noivos, enfrento o frio. Há uma camada fresca de neve cobrindo as calçadas, beijando meus dedos dos pés, e meus dentes batem quando abro o Uber no telefone.

Uma luxuosa limusine para em frente e, quando o motorista abre a porta traseira e faz um gesto para eu entrar, minhas sobrancelhas saltam. Aponto para mim mesma e ele sorri, acenando com a cabeça.

— Ah, não. O senhor deve ter me confundido com outra pessoa. Eu sou...

— Entre. — Carter puxa o celular da minha mão, levando-me em direção à limusine com a mão nas minhas costas.

— Mas eu...

— Entre no carro, Olivia. — Seu polegar dentro da luva de couro roça meu lábio inferior trêmulo. — Seus dedos dos pés vão cair e quero ter certeza de que você chegará em casa em segurança.

— Sim. Tá bom.

Minha cabeça balança, mas meus pés não se movem, então o homem agarra-me pela cintura, levanta-me do chão e coloca-me no banco de trás. Ele desliza ao meu lado, abrindo as pernas e, quando recita meu endereço em voz alta para o celular, bufo.

— Você está verificando se eu dei um endereço falso?

— Você não faria isso. Você gosta demais de mim.

Revirando os olhos e cruzando os braços, olho diretamente para a divisória que nos esconde do motorista, ignorando Carter enquanto ele tira as luvas, coloca-as no colo e mexe no celular. Dez minutos depois, porém, ele ainda não prestou a mínima atenção em mim. Mas, se eu não consigo me manter no controle, ele também não conseguirá.

— Você está vendo as notícias esportivas agora?

Um sorriso sorrateiro surge em seus lábios.

— Não.

— Você está sendo um idiota.

— Você não quer dizer isso.

Cruzo as pernas.

— Tem razão. Você não consegue me olhar sem perder o controle. Eu entendo. Assim fica mais fácil para você.

Agora, sim.

Ele guarda o celular, olhos verdes elétricos caindo em meus lábios enquanto se move em minha direção, ágil e mortal.

— Você está dizendo que não sei jogar, Parker?

— Aparentemente não este jogo, Beckett.

— Acha que consegue jogar melhor que eu?

Eu olho para as minhas unhas.

— Não é isso o que estou fazendo?

Sua mão envolve meu pescoço, empurrando-me enquanto paira acima de mim. Seus quadris caem sobre os meus, as pontas dos dedos queimando minha pele como uma chama aberta enquanto se arrastam pela minha coxa, deslizando por baixo do meu vestido.

Sua boca percorre meu pescoço com beijos molhados, beliscando a borda da minha mandíbula, parando na minha orelha.

— Prove.

Uma dor intensa surge entre as minhas pernas quando ele se afasta, roçando meu clitóris por cima da minha calcinha enquanto ele coloca meu vestido de volta no lugar.

Ele se espalha em seu assento, parecendo muito satisfeito consigo mesmo, sorrindo para as malditas notícias esportivas mais uma vez.

O carro para segundos depois e eu salto, batendo a porta atrás de mim.

— Ollie — ele chama, correndo atrás de mim. Odeio que isso soe como uma risada e odeio ainda mais quando escorrego em um pedaço de gelo nos degraus da minha varanda, fazendo-me voar para trás, direto contra seu peito duro. Ele me coloca na porta e eu nunca quis tirar um sorriso do rosto de alguém tanto quanto agora.

— Eu ganhei?

— Não — resmungo, tirando meus saltos. — Eu não beijei você.

Ainda sorrindo, muito presunçoso.

— Devíamos estar indo devagar.

— Eu sei.

— Então, nada de beijos.

— Certo.

— Você se sentiria melhor se ganhasse?

— Eu não...

Carter engole minhas palavras com a boca, seus dedos mergulhando em meu cabelo enquanto minhas costas batem no armário da entrada. Sua mão desliza pela minha perna, por baixo do meu vestido, envolvendo meu quadril nu enquanto eu me esfrego nele.

— Foda-se devagar — ele rosna. — Eu não consigo ir devagar. Não com você.

Deus, eu não quero ir devagar. Quero explorar tudo isso, a química, a paixão, o fogo. Quero dar a ele tudo de mim e levar tudo dele.

Carter se afasta, lutando para respirar enquanto seu olhar para em mim. Algo floresce ali, algo vulnerável e cauteloso.

— Eu... senti sua falta enquanto você ficou afastada.

Com a mão em seu rosto, eu retribuo:

— Também senti sua falta.

Ele dá aquele sorriso de megawatts, dentes perfeitos e covinhas profundas, e, antes de sair, ele corre de volta para a limusine, pula o degrau gelado e retorna um momento depois com uma pequena caixa azul, que coloca na minha mão.

Dá um beijo prolongado em meus lábios.

— Durma bem, pequena Ollie.

Paro no balcão da cozinha depois que ele sai, levantando a tampa da caixa azul. Dentro há um cupcake e a pequena bandeira que sobressai da cobertura me diz que é noz-pecã com calda de bordo, coberto com creme de manteiga de bordo e farofa de bacon.

O bilhete rabiscado sob a tampa faz meu coração disparar.

Eu comprei para você o que tinha mais bacon.
Beijos, Carter

22
NÃO ESTOU ANSIOSO.
ESTOU NO CONTROLE

CARTER

— Pare de sorrir como um idiota.

— Você não pode provar nada, meu velho.

Hank encontra meu rosto e o afasta com a mão.

— Eu sei que você gosta da palma da minha mão, Carter.

Rindo, termino de reorganizar a comida em seu prato antes de passá-lo para ele. — O bife está em cima, os ovos mexidos do lado esquerdo, as batatas fritas embaixo, as torradas com geleia do lado direito.

— Por que você não me conta por que está sorrindo? — Ele gesticula para mim com o garfo. — Isso tem alguma coisa a ver com o motivo de você ter chegado três horas mais cedo hoje e estarmos tomando café da manhã em vez de almoçar?

A cabeça de Dublin gira entre mim e Hank, observando cada mordida. O coitado está com uma poça de baba tão grande acumulada a seus pés que estou começando a me preocupar com a possibilidade de ele escorregar, então o deixo comer uma salsicha de café da manhã da minha mão.

— Está alimentando meu cachorro de novo? Você o mima demais. — Hank pega um pedaço de bife e sorri quando Dublin o devora.

— Tenho um encontro hoje.

O garfo de Hank para no ar, com a boca aberta. Ele não precisava parecer tão chocado. Eu sou digno de um encontro. Consigo namorar. Não é grande coisa.

— Olivia? — ele finalmente sussurra. — Você reconquistou a moça?

— Obviamente.

Ele bate palmas antes de estender a mão para agarrar as minhas. Seu sorriso é tão amplo, tão genuíno, que o meu também cresce.

— Eu sabia que você faria isso, Carter. Não te falei, Dubs? Eu disse que Carter iria reconquistá-la. Você disse que ele não tinha chance, mas eu sabia que tinha. — Ele dá um tapinha na cabeça de Dublin. — Você não deveria falar assim sobre ele quando ele não está por perto, amigo. Carter é um cara legal. — Estreito os olhos, enfiando bacon na boca. — Você a beijou?

— Ã-hã. Mas não foi minha intenção. — Um exemplo perfeito de como estou no controle, o que quer dizer que não estou nem um pouco. Francamente, foi um milagre eu não ter transado com ela no banheiro da festa.

— O que diabos você quer dizer com não foi sua intenção? Quem não pretende beijar uma bela dama que está tentando conquistar?

— Estou tentando assumir o controle.

Hank ri e deixa cair seu guardanapo. Ele se curva sobre a mesa e todos estão olhando para ver o que há de tão engraçado.

— Controle? Você? Um homem? — Ele bate a palma da mão na mesa. — Carter, deixe-me dizer uma coisa, filho. Em um relacionamento, a única pessoa que está no controle é a mulher. Elas sempre... sempre, sempre, *sempre*... têm o poder. Ela é dona de você e do que está pendurado entre suas pernas. — Ele coloca as duas mãos lado a lado, em torno de bolas imaginárias, presumo. — Quanto mais cedo você perceber isso, melhor.

— Acho que não. Eu fiz um bom...

— Não, você não fez isso. Você a beijou mesmo sem querer. Por quê? Porque ela tem o poder. Porque você deu uma olhada naquele rosto bonito e caiu no chão aos pés dela. E você sempre fará isso, porque a colocará antes de tudo e de todos.

Bem, isso é meio assustador. O hóquei sempre foi minha prioridade. Olivia não poderia ultrapassá-lo...

Ou poderia?

— Quando poderei conhecer a moça especial?

— Se eu quiser mantê-la por perto? — Bebo meu milk-shake. — Nunca. Ele ri, jogando um guardanapo enrolado contra mim.

— Filho da puta.

Hank e eu saímos para dar uma caminhada antes de eu levá-lo para casa, ajudando-o a se acomodar em sua poltrona. Dublin se aconchega ao seu lado enquanto preparo audiolivros para Hank. Ele adora ouvir romances obscenos. Diz que é a única ação que consegue praticar nesse campo.

— Divirta-se no seu encontro, Carter. Não faça nada que eu não faria.

Olho para a capa do livro que está no tablet que dei de aniversário para ele há dois anos. *Cinquenta tons mais escuros.*

— Não acho que precisamos nos preocupar com isso.

Sua mão procura a minha e, quando a pego, ele aperta.

— Te amo.

— Também te amo, seu velho safado.

Não estou ansioso; estou no controle. Há uma diferença.

Se eu estivesse ansioso, teria chegado vinte minutos mais cedo e ficado no carro?

Talvez.

Se eu estivesse ansioso, estaria encarando a casa de Olivia?

Talvez.

Claro que eu sei *como* é ir a um encontro. Claro que não tem a ver com os meus reais sentimentos por ela, que me assustam pra caralho. Se eu estivesse ansioso, eu... Ok, estou ansioso pra caralho. Mas não é grande coisa. Todo mundo se sente assim antes do primeiro encontro, certo? Quer tenham dezesseis anos, quer estejam prestes a completar vinte e oito.

Certo? Certo.

Além disso, o meio grito de susto que ouço quando enfim toco a campainha me diz que Olivia está igualmente ansiosa.

— Merda. Ele chegou mais cedo. Não estou pronta.

Olho para o meu relógio. Estou um minuto e trinta e dois segundos adiantado. E, como mencionei, estou aqui há vinte minutos, sentado no meu carro. Saí três vezes, subi os degraus da frente e voltei correndo para o carro.

Mas não foi porque eu estava ansioso.

Olivia ainda não atendeu, então toco a campainha de novo, três vezes em rápida sucessão, sorrindo para os palavrões que saem de sua boca enquanto seus passos se aproximam.

A porta se abre, revelando Olivia em toda sua glória.

De pijama.

Ela está vestindo uma camiseta da universidade com um buraco na lateral da cintura e calças listradas tão longas que cobrem completamente seus pés, exceto os dedos rosados. Eu disse a ela para se vestir casualmente quando liguei esta manhã.

— Isso é um pouco mais casual do que eu esperava, mas podemos fazer funcionar. — Sacudo a neve do meu gorro e entro. — Você está arrasando nesse modelinho "acordei assim". — Pisco para ela. — Meio que me faz querer levar você de volta para a cama.

Uma das coisas de que gosto em Olivia é que nunca sei o que vou conseguir. Às vezes, ela é rápida com as patadas, outras, como agora, apenas olha para mim enquanto seu rosto fica vermelho.

E eu que pensei que estava nervoso? Aff.

— Ai, meu Deus — ela sussurra. — Eu ainda não disse uma palavra, né?

— Você está apenas olhando para mim — confirmo.

Ela enterra o rosto nas mãos.

— Estou caótica hoje.

— Tudo bem. Isso faz eu me sentir melhor por precisar de quatro tentativas para realmente bater à sua porta.

— Achei que você estivesse no controle.

— Posso te contar a verdade? — Enganchando um dedo sob seu queixo, inclino seu rosto para cima. — Eu nunca me senti tão impotente. É por isso que vou beijar você agora, em vez de esperar até o final do nosso encontro, como prometi a mim mesmo que faria, ok?

Ela sorri e eu pressiono meus lábios nos dela, desesperado para prová-los. A princípio é hesitante, uma exploração lenta, testando os limites. Mas, então, seus lábios se abrem com um suspiro, deixando-me entrar, e ela agarra meu casaco quando seus joelhos bambeiam.

— Ol — sussurro contra seus lábios.

— Hmm.

— Vá se vestir.

Seu gemido de lamento é tão perplexo quanto seu olhar, e eu vejo sua bunda balançar naquelas calças finas enquanto ela desfila pelo corredor e desaparece. Observo a pequena entrada, sorrindo para o cordão que dei a ela no Natal pendurado ao lado de seu casaco. Duas chaves e um crachá de identificação foram pendurados nele.

Sou meio intrometido, então levo apenas um minuto para encontrar os patins dela. Meu polegar desliza sobre a lâmina, satisfeito por encontrá-los afiados; saio pela porta e os coloco no meu porta-malas antes que ela perceba que eu saí.

Tiro o casaco, tentando ignorar o frio cortante no ar enquanto entro na sala de estar. Há uma pilha de romances na mesa de centro que provavelmente despertariam o interesse de Hank, ao lado de uma pilha de provas corrigidas sobre o sistema reprodutor feminino, e a caneta que fica em cima tem marcas de dentes perfeitos.

Há um monte de porta-retratos em seu suporte da TV, e encontro o meu favorito logo de cara. Olivia está sentada em frente a uma árvore de Natal, com um bebê sorridente nos braços — *assustador* — e aquela garotinha de cabelos castanhos da foto de Kara colada ao seu lado. O sorriso dela é o maior que já vi refletido em seus olhos, e quero fazê-la tão feliz quanto ela está ali.

— Esses são meus sobrinhos — Olivia me diz da porta. — Alannah e Jem. — Essa mulher diante de mim é tão linda que não sei o que fazer comigo mesmo e, quando ela retorce as mãos, corando, só quero pegá-la no colo e levá-la para casa. — Desculpa pela bagunça.

Seu sussurro tímido está carregado de vulnerabilidade, como se ela estivesse pronta para começar a me deixar entrar. O que não me parece certo é ela se preocupar que eu possa não gostar dela por completo depois de conhecê-la melhor.

Sento-me no sofá, dando tapinhas na almofada ao meu lado.

— Venha aqui. — Ela assente, mas permanece enraizada no lugar. — Um pé na frente do outro — provoco. Um sorriso bobo ilumina seu rosto e ela leva uma mão à testa. Assim que ela está ao meu alcance, eu a puxo para mim. — Sei que conversamos na sexta à noite, mas acho que deveríamos expor tudo para que possamos começar do zero e continuar com aqueles beijos explosivos, certo? — Aperto sua mão quando ela não responde. — Ollie?

— Ah! Ai, meu Deus! Eu respondi dentro da minha cabeça. Sim, eu quero beijar você. Ah, droga. — Seus olhos se arregalam e ela puxa as mãos para trás. — Quero dizer, quero que você me beije. Não! — Ela segura o próprio rosto. — Converse comigo! Eu quero conversar! Ah, merda. Que horror.

— Você fica adorável pra cacete quando está nervosa. — Enrolo um cacho no dedo. — Só preciso saber como você está se sentindo.

— Estou com medo — ela admite. — Com medo de que seus sentimentos sejam temporários.

— Passei quase duas semanas tentando me convencer de que eram temporários, para esquecer você. Não funcionou. Ficaram mais fortes, de alguma forma, o que foi muito confuso, em especial quando pensei que você estava em um encontro. Eu não entendi por que tinha sido tão fácil para você seguir em frente, mas impossível para mim.

— Era apenas Alannah — ela me garante. — Às vezes, ela passa o fim de semana aqui e nós vamos a todos esses encontros, como sair para almoçar e ir ao cinema.

— A Kara me falou. Se eu tivesse simplesmente perguntado... — Coço a nuca, o calor subindo até os meus ouvidos. — Você está brava comigo pelo que eu fiz?

Olivia cobre minha mão com a dela.

— Não, Carter. Sei que você estava sofrendo e tentando lidar com isso.

— Fiquei muito decepcionado comigo mesmo. Apenas por ter pensado na possibilidade por um minuto. Eu não soube como lidar com o que estava sentindo.

— Parece que nós dois precisamos ser um pouco mais pacientes com nós mesmos.

Observo nossos dedos se entrelaçarem, admirando a maneira perfeita como eles parecem se encaixar. Então engulo e sigo em frente.

— Quero namorar você, Ollie. Quero levar você para jantar, ver filmes da Disney e dedicar meus gols a você sem me sentir mal por isso. Quero que possamos dar uma chance real para isso.

— Essa é uma grande mudança para você.

— Uma mudança que estou pronto para fazer por nós.

Suas bochechas coram, os dentes roçando seu lábio inferior.

— Sou uma pessoa do tipo tudo ou nada, Carter. Tenho que ser capaz de imaginar um futuro com alguém antes de decidir dar o próximo passo. É por isso que uma conexão genuína é tão importante para mim, e sinto que tenho isso com você. Então, se isso te assusta... só quero que você fique ciente disso.

Penso no cordão que comprei na véspera de Natal, um dia depois da arrecadação de fundos, porque sabia que queria dar algo para ela. Mas foram as palavras que escrevi que tiveram mais significado para mim. Eu estava ansioso pelo Ano-Novo, porque estava ansioso por um ano com ela na minha vida.

— Estou totalmente dentro. Contanto que seja com você, estou totalmente dentro. — Meus lábios encontram os dela com um beijo suave, mas arrebatador. Coloco seu cabelo atrás da orelha quando nos separamos.
— Você ainda está com medo?

— Sim.

— Do que você mais tem medo?

— De cair — ela responde baixinho e sem hesitação.

— Eu vou te pegar.

— Promete?

Trazendo-a para mim, eu a selo com um beijo que parece um futuro que eu nunca soube que queria.

— Prometo.

23

EMPATA-FODA

OLIVIA

Pode ficar bêbada de vinho na hora do almoço? Porque isso tornaria estar do outro lado da atenção total de Carter Beckett cem vezes menos intimidante.

Honestamente, não sei se ele está observando cada pedaço de comida que coloco na boca porque está esperando que eu o deixe terminar meu prato ou se de fato não consegue tirar os olhos de mim. Se eu tivesse que adivinhar, diria que é uma mistura de ambos.

— Ah, com licença.

Os olhos de Carter arregalam-se com a intrusão, um grupo de universitários pairando ao redor da nossa pequena mesa de canto.

— Podemos tirar uma foto?

Este é o quarto grupo que pergunta. A resposta de Carter sempre é a mesma.

— Estou almoçando com a minha garota. Encontro vocês na saída.

O comentário "minha garota" sempre provoca em mim a mesma reação: beija minha bochecha, envolve meu pescoço e desce pela minha espinha, caindo como um peso entre as minhas coxas. E Carter faz o que sempre fez: ele me observa com o sorriso mais orgulhoso, fazendo-me arrepiar, e murmura:

— Hmm... Me pergunto por que você está enrubescendo...

Desta vez, quando reviro os olhos, ele ri e aponta para o meu prato.

— Você vai terminar isso?

— E eu que pensei que você estava me observando comer porque não se cansava de mim.

Suspiro, empurrando meu prato pela mesa.

— Ah, mas é exatamente por isso. Você é a primeira coisa pela qual fiquei obcecado desde que descobri o hóquei. — Sua mão desliza para baixo da mesa, as pontas dos dedos passeando pela minha coxa. Estou fascinada, focada no movimento, enquanto ele continua falando como se não estivesse incendiando minhas terminações nervosas com um simples toque. — Fiquei obcecado pela maneira como essas coxas se abriram para mim, ansiosas para me deixar provar você. Em como tremeram quando você gozou na minha cara. — Meu batimento cardíaco acelera enquanto seus dedos sobem e, quando ele os desliza sobre a costura da minha legging, bem sobre meu clitóris, eu enrolo meu guardanapo no punho. — Obcecado pelo jeito como essa bocetinha linda apertou meu pau tão forte, como se nunca quisesse soltar. Obcecado pela sua boca aberta quando você gozou, a maneira como você pediu mais. — Ele me acaricia com firmeza, até minha barriga apertar e meus pensamentos desaparecerem. E, então, ele puxa a mão de volta, mergulhando na minha comida, deixando-me desejosa e furiosa. — Obrigado por compartilhar, Ollie.

De alguma forma, consigo rejeitá-lo pelo resto da refeição, incrivelmente orgulhosa de mim mesma quando saímos, mesmo que tenha que recorrer ao meu namorado movido a bateria quando chegar em casa.

Carter pega minha mão, rodopia-me e puxa-me para si.

— Me desculpe por ter provocado você, pequena Ollie. Por favor, me perdoe.

Suas palavras se dissolvem na minha língua como açúcar e me agarro a ele com ferocidade, porque, se ele está obcecado por mim, também estou obcecada por ele.

— *Olivia!*

Meus olhos se abrem quando Carter me coloca de volta no lugar, amparando minhas costas enquanto várias câmeras invadem nosso espaço.

— Carter! Olivia é sua namorada?

— Você está oficialmente fora do mercado, Sr. Beckett?

— Qual é o seu sobrenome, querida?

— Fodam-se — Carter rosna. — Vocês não vão conseguir o sobrenome dela. Não vão conseguir nada. — Seus dedos se entrelaçam aos meus com força enquanto ele me puxa para o seu lado pela rua, meu rosto voltado para o chão. Tropeço no meio-fio quando subo para o carro dele, e ele me pega antes que eu possa cair de cara no asfalto. Meus pés não tocam o chão quando ele me coloca no banco do passageiro.

Carter dirige e nos faz virar a esquina antes que eu possa contar até cinco. Ele para na rua, tirando as minhas luvas e levando os nós dos meus dedos aos lábios.

— Eu sinto muito. Alguém deve ter postado uma foto no restaurante.
— Ele segura meu rosto entre as mãos, olhando-me como se eu pudesse estar ferida. — Você está bem?

Eu faço que sim.

— Eu não... — Não sei como dizer isso sem ferir os sentimentos dele.

— Você não quer ser mais uma garota fotografada com Carter Beckett.

— Desculpa.

— Não se desculpe, Ollie. Mas isso vai acabar acontecendo se ficarmos juntos. Há um lado positivo em tudo isso, porém. Agora há evidências fotográficas de que estou namorando a professora mais gostosa do mundo. — Dou uma risada, só porque ele parece tão sincero. — A notícia vai envelhecer rápido, prometo. Consigo até ver. — Ele gesticula no ar. — *Carter Beckett, visto pela décima noite consecutiva com a professora do ensino médio.* — Ele aperta minhas mãos. — Confie em mim, princesa, logo eles se cansam.

Meu nariz torce.

— Eu não sou uma princesa.

Ele entra no trânsito, piscando para mim.

— Você é minha princesa.

Reviro os olhos para me distrair do fato de que talvez eu goste do apelido ridículo.

— O que você vai fazer pelo resto do dia?

É a minha maneira não tão sutil de perguntar se nosso encontro acabou, mas, antes que ele possa responder, o viva-voz toca, e *Ligação de Hank* aparece no painel.

A testa de Carter franze antes de ele aceitar.

— Hank? E aí, companheiro? Já com saudade?

— Carter. — O pobre Hank parece angustiado. — Você ainda está no seu encontro?

— Apenas indo para o nosso segundo destino. — Carter me dirige um sorriso diabólico e uma piscadela. — O que houve? Você está bem?

Hank suspira.

— Sinto muito interromper. Olá, Olivia.

— Oi, Hank — digo depois de um momento de silêncio atordoado.

Ele sabe o meu nome.

— Carter, levei um pequeno tombo ao sair do chuveiro.

— Merda. — Carter olha por cima do ombro, acende o pisca-alerta e vira à esquerda, saindo da faixa da direita. — Está machucado?

— Não é nada sério, mas não estou conseguindo me levantar sozinho. Você poderia talvez...

— Estaremos aí em dez minutos.

Chegamos lá em sete, porque Carter dirige feito um maluco. Ele entra no prédio de cinco andares com uma chave e, assim que pegamos o elevador até o último andar, ele usa outra chave para entrar no apartamento.

— Hank? — Carter invade o pequeno espaço. Eu o sigo, trombando com suas costas quando ele para repentinamente. — Você está brincando comigo, meu velho?

Um homem — Hank, presumo — com uma cabeça cheia de cabelos brancos e fofos e olhos azuis enrugados sorri para nós, parecendo estar totalmente relaxado, feliz e orgulhoso em sua poltrona, com o cachorro mais fofo do mundo ao seu lado.

— Enganei você. Você é muito ingênuo. — Hank se levanta com cuidado, seguido por seu golden retriever. Ele segura uma bengala com uma das mãos e estende a outra para Carter, que o segura, mas não antes de lhe dar um soco brincalhão no ombro. É nesse momento que percebo que Hank tem deficiência visual.

— Queria conhecer a linda senhorita Olivia antes que você tenha a chance de estragar tudo e assustá-la.

— Sua confiança em mim é inspiradora. — Carter revira os olhos, levando Hank até mim. — Eu esperava adiar a apresentação de vocês. Ollie, Hank gosta de fazer o que lhe dá na telha.

Arqueio uma sobrancelha.

— Como outra pessoa que conheço.

— Ah! Eu já gostei dela! — Hank afasta as mãos de Carter com uma cotovelada e estende a mão. Deslizo minhas mãos nas dele e ele aperta. — Eu precisava conhecer a garota que transformou meu amigo aqui num trapo por algumas semanas, fazendo-o se esforçar por ela.

— Estou feliz em conhecê-lo, Hank. Este se tornou o melhor encontro que já tive. — O cachorro a seus pés choraminga, implorando por atenção. — Posso brincar com seu cachorro ou ele está trabalhando?

Hank gesticula.

— Dublin nunca trabalha direito. É o cão-guia mais preguiçoso que você já conheceu. Vá em frente, Dubs. Receba carinhos.

Dublin fica de pé, depois rola, e caio de bunda no chão para poder dar a ele todo amor.

Becka Mack

— Dublin? Como a capital da Irlanda?

— Sim — diz Hank com um sorriso melancólico. — Lembra-me do meu amor.

Carter me entrega uma moldura com uma foto de casamento em preto e branco. Os noivos não poderiam estar mais apaixonados, o que fica evidente pela maneira como riem. Ele coloca outra foto no meu colo, esta colorida. Reconheço o rosto de Hank, seu cabelo fofo, embora naquela época fosse castanho-claro.

Carter aponta para a linda ruiva ao lado de Hank na fotografia.

— Esta era a namorada do ensino médio de Hank.

— Ireland?

Hank balança a cabeça com orgulho, os olhos marejados.

— Linda, não é? Ela salvou minha vida.

— E a minha.

As mãos de Carter estão no bolso enquanto ele bate um pouco o pé no chão com o sapato. Ele me dá um sorriso tímido, que não estou acostumada a ver, e espero que um dia se sinta seguro o suficiente para compartilhar sua história comigo.

Passo a ponta do dedo pelas ondas longas e ruivas de Ireland.

— Ela tem um sorriso lindo.

— Lembro-me do formato exato de seus lábios e da pequena covinha que ela tinha à direita da boca. — Ele toca o local em seu próprio rosto e depois bate palmas. — Posso sentir seu rosto, Olivia?

— Não, não, não. — Carter balança a cabeça. — Não caia nessa, Ollie. Eu caí e, quando terminou, ele me disse que era tudo besteira. Só queria ver o quão ingênuo eu era e, no fim das contas, concluiu que sou muito.

— Você não é divertido — Hank resmunga enquanto Carter me ajuda a levantar e então direcionar Hank para se sentar ao meu lado no sofá.

— Eu já sei que você tem um metro e cinquenta e cinco, sardas minúsculas no nariz, olhos cor de chocolate e mãos que cabem perfeitamente nas de Carter, sempre quentes.

As bochechas de Carter queimam. Ele é tão fofo que dói.

Os dedos de Hank encontram minha trança e giram a ponta dela. Ele se vira para Carter.

— Que cor? Descreva para mim.

Os olhos verdes de Carter brilham enquanto ele me observa.

— Castanho-escuro, como um tom de café. Do tipo que te acorda, que você deseja de manhã e depois o dia todo. — Seu olhar se desvia para um cacho que roça minha bochecha, antes de cair sobre os meus lábios. — Com umas gotas de caramelo que dá vontade de lamber, implorando para ser experimentado.

Ai, droga. Estou com tesão. Minhas partes femininas estão zumbindo.

Hank coloca minha trança por cima do meu ombro.

— Cheira a bolo de banana.

— Verdade! — Carter abre os braços. — Obrigado!

— Bem, vocês podem passar um tempo com este velho aqui no seu encontro? Eu fiz lanches. Ele aponta para a mesa de centro, onde há uma tigela de Doritos e uma travessa de Oreos. Eu gosto de Hank.

Carter verifica seu relógio.

— Bem, já está tarde demais para o cinema.

— Cinema? Mas já fomos na sexta-feira.

O sorriso dele faz um calor subir pelo meu pescoço.

— Confie em mim, linda. Não íamos assistir nada desta vez.

— A-há! — Hank bate com a mão no joelho de Carter. — Este é meu garoto!

Ele joga os braços em volta dos nossos ombros.

— Acho que estão presos comigo esta tarde. Nunca antes fui empata-foda.

— Não se acostume com isso — Carter murmura, mas...

— Espere. — Pego o tablet da mesa de centro e, enquanto folheio os audiolivros de Hank, eu me pergunto se acabei de encontrar meu novo melhor amigo.

— Hank — murmuro, virando-me para ele.

— Ah, não — Carter sussurra, olhando para o tablet.

— O que é? — Hank pergunta, movendo a cabeça entre nós.

Carter engole em seco.

— Olivia acabou de encontrar sua coleção de obscenidades.

24

CALÇAS AO CHÃO

CARTER

QUANDO SAÍMOS DA CASA de Hank, o sol já está se pondo no horizonte. Em geral, adoro o inverno, mas não desta vez; essa merda está fria demais até para mim — porque o hóquei no gelo sempre foi minha vida, mas odeio os dias mais curtos, as horas fugazes de sol. Sempre sinto que estou correndo para terminar as coisas antes de o sol se pôr, como agora.

Temos mais uma parada em nosso encontro que depende da luz do dia antes de voltarmos para minha casa para jantar e ficarmos juntinhos. Potencialmente nus. Ainda não decidi. Percebi que "devagar" não é uma palavra em nosso vocabulário, mas sexo é algo que posso adiar até que ambos estejamos prontos para dar esse passo.

— Quando você patinou pela última vez?

— Ontem — Olivia responde, distraída.

Não estamos longe da minha casa e ela está com o rosto quase pressionado contra a janela enquanto olha para o lago Capilano. É de tirar o fôlego, ainda mais agora, com os raios de sol baixos brilhando no gelo.

Olivia consegue desviar o olhar.

— Eu treino o time de hóquei da Alannah.

— Você... — Acidentalmente piso no freio, estendendo meu braço no peito de Olivia para ampará-la. — Desculpa, desculpa. Eu só... você só... Acho que posso me apaixonar por você. — Brinco, só que *talvez* esteja falando meio sério. — Que incrível. Posso ir ver um jogo?

— Claro que não.

— Por que diabos não?

— Porque você só vai distrair as meninas e as mães.

— Hmm. Entendo o seu ponto. Esse rostinho aqui é altamente perturbador. E nem vamos mencionar o corpo.

Caramba, adoro quando ela revira os olhos. Tão pequenina e tão feroz.

— Você é tão cheio de si que chega a ser ridículo, Beckett.

A ponta do meu dedo dança em sua coxa.

— Você também pode ficar cheia de mim se souber jogar bem.

Ela ri e tira minha mão de sua coxa, apenas para entrelaçar os seus dedos nos meus e colocá-los de volta em seu colo.

— Quem diabos criou você?

— Mamãe Beckett ficaria ofendida com isso, Olivia.

Ela pediria muitas desculpas e me diria para manter minha boca imunda fechada.

O que me faz lembrar que minha mãe vai adorar ver fotos minhas com Olivia nos tabloides. Faço uma nota mental para fingir que não tenho ideia do que ela está falando quando inevitavelmente me ligar para perguntar sobre isso, só para deixá-la ansiosa.

Assim que o carro está estacionado, puxo Olivia para um banco com vista para o lago. Está coberto por uma espessa camada de gelo semelhante a vidro, e o sol que se põe lentamente o torna ofuscante como cristal. Os pinheiros cobertos de neve brilham no reflexo, e tudo é de um branco muito branco, azul-claro e verde-profundo da floresta.

Olivia está tão encantada que só percebe que seus patins estão em minhas mãos quando me ajoelho a seus pés. Quando ela sorri, é a visão mais linda que já vi.

— Vamos patinar? Aqui?

— Você consegue, princesa. Você disse que cresceu fazendo isso. Achei que esta poderia ser uma boa maneira de trazer um pouco da sua infância para você.

Seus olhos brilham de gratidão.

— Obrigada, Carter. Este é, sem dúvida, o melhor encontro de todos os tempos.

Meu peito infla de orgulho.

— Sabia que arrasaria nesse meu primeiro encontro.

Com nossos patins calçados, ajudo Olivia a descer até o gelo e observo enquanto ela absorve tudo, sem palavras.

A maioria das áreas de Vancouver, em geral, não fica fria o bastante para congelar, mas este inverno é uma exceção. Neste momento, enquanto Olivia gira lentamente, olhando com admiração para tudo o que este pequeno pedaço do céu tem a oferecer, eu não poderia estar mais grato pelo frio.

— Nunca vi algo tão lindo.

Seu sorriso é tão deslumbrante que me atinge bem no estômago, como um soco.

— Sim. Nem eu.

Seus cílios tremulam enquanto ela morde o lábio inferior.

— Quem você acha que é o melhor patinador, eu ou você?

Eu zombo.

— Ah, por favor. Sou muito mais rápido.

— Eu disse melhor, não mais rápido. — Ela patina para longe de mim, inclinando-se para a frente em um pé antes de pular no ar, girar e cair de pé. Ela lança um jato de neve quando para na minha frente. — Hóquei nos fins de semana e patinação artística durante a semana até os dez anos.

— Vou derrubar essa sua bunda, Parker.

Sinto uma batida feliz no meu peito quando Olivia joga os braços em volta do meu pescoço. Ela enfim desistiu daquela timidez de hoje mais cedo. Adoro vê-la assim, suas barreiras caindo, ela simplesmente... sendo ela mesma comigo. Eu sendo eu mesmo com ela. É fácil. Esfrego a ponta do meu nariz no dela.

— Quer correr?

— Sem chance. Suas pernas são três vezes maiores que as minhas. — Ela rodopia para longe de mim. — Vantagem injusta.

Eu patino em sua direção, adorando como seus quadris balançam a cada passo para trás.

— Com medo de eu ganhar?

— Eu poderia patinar em círculos ao seu redor, Sr. Beckett.

Inclino a cabeça em direção à pequena casa de barcos verde que fica no meio do lago, conectada de uma margem a outra por um estreito cais de madeira.

— O primeiro a ir e voltar.

Seus dedos rastejam pelo meu peito.

— Quando eu ganhar, você vai esfregar meus pés? Eles vão ficar doloridos depois da surra que vou te dar.

Pego sua boca com a minha.

— Tão arrogante.

— Acho que você está me contaminando.

— Vou tirar essa contaminação de você rapidinho. — Seguro a cintura de Olivia enquanto ela tenta se afastar de mim, puxando-a de volta. — Vamos nessa, tampinha?

— Combinadíssimo. — Ela toca os lábios no canto da minha boca. — Mas há algo que quero fazer antes de humilhar você.

Não tenho tempo de perguntar o que antes que sua boca se abra na minha. Movimentos de língua quentes e úmidos, dentes cortantes e chupões, esse beijo não aceita passar fome. Estou prestes a jogar pela janela minha ideia ridícula de qualquer coisa que *não* envolva ficarmos nus quando ela começa a abrir meu zíper.

— O que você pensa que está fazendo, Srta. Parker? — Eu mal consigo pronunciar as palavras, porque ela desliza a mão pelas minhas calças e envolve o punho em volta do meu pau, que agora está duro pra caralho. — Porra.

— Uma garota não pode colocar as mãos em seu homem?

— Sim. Sim. Isso é... *Porra.* Mãos.

Minha cabeça gira entre as árvores e meu carro. Eu quero empurrá-la contra uma árvore e transar com ela. Ou vê-la escorregar nos bancos de couro na parte de trás do Mercedes? A árvore é mais acessível. Precisamos tirar nossos patins? Não, acho que posso fazer funcionar assim. Eu tenho coxas de aço.

— Carter?

— Sim, querida?

— Você vai perder.

— O quê? — Quase choro quando ela tira a mão. — O que você... *Olivia!*

Sua gargalhada penetrante ecoa pelo lago enquanto ela decola como um raio. Fico atordoado demais para me importar quando meu jeans começa a escorregar na minha bunda, e tenho orgulho de dizer que, quando Olivia chega à casa de barcos e começa a voar de volta em minha direção, minhas calças estão em volta dos tornozelos.

Porque essa garota sabe *patinar.*

Ela ainda está rindo como uma hiena quando pula em meus braços e bate seus lábios nos meus.

— Pronto para esfregar meus pés?

Estou pronto para esfregar alguma coisa, com certeza.

ACHO QUE NUNCA PERCEBI o poder que uma única pessoa pode ter sobre alguém. Porque, aqui na minha varanda, com o corpo quente de Olivia encaixado no meu, sua bochecha pressionada contra meu coração acelerado, nunca estive tão feliz. Não há qualquer parte de mim que queira subir em um avião pela manhã e partir por três dias, e essa constatação é surpreendente.

A beleza impecável esparramada em meu colo está vestida com as minhas roupas, da cabeça aos pés. Meu moletom do Vipers, que engole suas pernas, minhas meias mais grossas cobrindo seus pés enquanto nos aconchegamos ao lado do fogo crepitante. Olivia está com uma xícara de chá que corri para comprar esta manhã para que ela pudesse tomar quando viesse aqui.

Cada minuto deste dia foi perfeito, desde a mão de Olivia na minha enquanto patinávamos pelo lago, a maneira como ela ficou ao meu lado no fogão, observando-me preparar o jantar, até o modo como me abraçou quando lhe mostrei o estoque de chá que saí correndo para comprar só para ela.

Puxo o elástico de sua trança e passo meus dedos por seus cachos.

— Hank não assustou você hoje, né?

— Está brincando? Ele é um ponto positivo para você. Sua coleção de obscenidades é a coisa mais impressionante que já vi.

Certo. Meu melhor amigo de oitenta e três anos e minha... *Olivia...* poderiam ter começado um clube do livro improvisado hoje. Eles estão começando a ler um livro chamado *Follow Me Darkly* ou algo assim. Não tenho vontade de me envolver nisso, exceto que, pelo jeito, há vendas envolvidas, então, tipo, talvez.

Mas, ainda assim:

— Minha espada de trovão é a coisa mais impressionante que você já viu.

Ela inclina a cabeça para trás, seu olhar fixo no meu enquanto o silêncio paira entre nós. Então ri da minha cara.

— Você não chama seu pau de espada de trovão.

— É claro que chamo meu pau de espada de trovão. Você sabe por quê, Ollie? Porque ele traz o trovão. — Seguro seu queixo em minha mão. — Não gosto dessa sua risada.

Dobrando os lábios na boca, ela finge trancá-los e jogar fora a chave.

— Você e Hank parecem muito próximos. Você o conhece há muito tempo?

— Um pouco mais de sete anos — murmuro, passando os braços em volta dela, olhando para as montanhas, as estrelas que pintam o céu. — Ele salvou minha vida.

— Você disse isso antes, que a esposa dele salvou.

Porque ela salvou. Posso nunca ter conhecido Ireland, mas ela salvou minha vida no dia em que Hank me encontrou, e nunca pensarei o contrário.

As únicas pessoas que sabem como Hank entrou na minha vida são minha família e meus melhores amigos, então talvez seja por isso que faço uma pausa.

— Não precisa me contar, Carter. Você pode impor limites, e está tudo bem se este for um deles.

Mas e se eu não quiser impor limites? E se eu quiser mostrar a ela tudo de mim?

— No dia em que conheci Hank, meu pai sofreu um acidente de carro. Eram cinco da manhã e ele ainda estava alcoolizado da noite anterior. — A dor se instala como um peso no meu peito e, por um momento, é difícil respirar. — Ele morreu com a batida. — É um gesto muito simples, mas, quando uma das mãos dela se emaranha com a minha e a outra se move para pousar sobre meu coração, qualquer apreensão que sinto se dissipa. Se eu quiser que ela me conheça, bem, esta talvez seja a peça mais importante do meu quebra-cabeça. Continuo: — Eu iria jogar em Calgary na noite seguinte. Meu pai estava dirigindo para assistir, porque era meu primeiro jogo como capitão-assistente. Eu me ofereci para levá-lo, mas ele disse que queria pegar a rota panorâmica. Eu deveria ter... deveria tê-lo obrigado.

Olivia dá um beijo na minha palma.

— Não é culpa sua, Carter.

— É difícil não pensar assim às vezes. Especialmente naquele dia. A única pessoa que me culpou pela morte do meu pai fui eu. É um peso para carregar, embora não tenha sido eu quem escolheu ficar ao volante depois de beber a noite toda. Que merda, eu vi o sofrimento nos olhos da minha própria irmã, me perguntando se nosso pai ainda estaria aqui, se um dia ele poderia levá-la até o altar se não fosse por eu jogar hóquei. Eram onze horas quando minha mãe enfim cedeu ao cansaço. Levei-a para a cama e sentei-me com minha irmã enquanto ela chorava até dormir. E então eu... saí. Sozinho. Não queria a responsabilidade de cuidar delas quando não sabia como seria capaz de cuidar de mim mesmo. Hank estava lá. Contando piadas de cego. Tentei ignorá-lo, mas ele ficava jogando cascas de amendoim em mim toda vez que eu começava a cochilar. — Passo a mão agitada pelo cabelo. — Eu estava apenas...

— De coração partido — Olivia sussurra.

— Sim. — Minha voz falha quando eu a abraço com mais força. — Caótico e de coração partido. Achei que ele não tinha ideia de quem eu era. Afinal, ele não conseguia ver. E então tomei a decisão mais estúpida da minha vida. Levantei-me e peguei as chaves do carro.

Olivia inspira forte, enxugando uma lágrima que escorre por sua bochecha.

— Hank bateu com a bengala no meu joelho tão rápido antes de enfiar a ponta na minha barriga. Lembro-me exatamente do que ele me disse em seguida.

Penso naquele momento, aquele que salvou minha vida, e talvez muitos mais. Lembro-me daqueles olhos azul-claro movendo-se sobre mim, a fúria que só vi Hank demonstrar uma vez, quando ele escorregou do banquinho, suas mãos movendo-se sobre meu peito até que ele encontrou a gola da minha camisa e a agarrou.

— *Eu sei que você não vai dirigir, Sr. Beckett*, ele disse. *Você bebeu demais e tem muito a perder. Há pessoas aqui que dependem de você. Não tome uma decisão estúpida da qual se arrependerá pelo resto da vida, mesmo que viva para sentir isso, só porque está sofrendo agora.*

Lágrimas silenciosas escorrem pelo rosto de Olivia quando ela se vira, os dedos pressionando meu queixo enquanto dá um beijo suave em meus lábios.

— Esse dia foi o sétimo aniversário da morte de Ireland. Hank estava sentado lá no bar à meia-noite bebendo um copo de leite com chocolate porque teve um sonho durante seu cochilo da tarde em que sua falecida esposa dizia que alguém poderia precisar de sua ajuda. Ele estava sentado lá desde as seis da tarde, esperando. Disse que sabia que era eu e estava esperando no segundo em que me sentei no banco do bar ao lado dele.

Olivia funga, soluçando em meu peito. Puxo seu rosto para o meu e sorrio ao ver a maneira como ela tenta enxugar as lágrimas.

— Me desculpe por chorar — ela fala, envolvendo os braços em mim e enterrando o rosto no meu pescoço enquanto aliso seu cabelo. — Sou muito grata a Hank, Ireland e você.

— Eu?

Ela assente.

— Por me deixar ver o verdadeiro Carter Beckett. Por ser o tipo de homem que carrega a mãe para a cama. Por ter um homem na casa dos oitenta anos que adora livros de safadeza como um de seus melhores amigos. Estou grata por estar aqui com você.

Fico um pouco sem palavras, então beijo sua boca. Se eu tentar conversar, há uma boa chance de que muitas palavras que não estou pronto para dizer sobre o que sinto por ela vão acabar escapando, o que é ridículo. Desconsiderando todas as semanas anteriores, só se passou um dia.

Não há como negar que tudo o que temos entre nós parece certo. Espero que ela também sinta isso, porque, neste momento, estou perfeitamente consciente de que esses sentimentos não vão a lugar algum de uma hora para outra.

Ao longo da hora seguinte, ficamos perto da lareira, contando histórias, rindo baixinho enquanto ela se deita no meu colo, aproveitando a massagem que estou fazendo nela sobre as meias. Ela continua afastando o pé e rindo toda vez que eu faço cócega em determinado ponto de seu arco, então tiro as meias grossas e as jogo por cima do ombro, revelando seus dedos rosados.

— Você tem um fetiche por pés que eu não conheço? — Olivia pergunta quando pressiono meus lábios em seu arco.

— Não. Tenho um fetiche por *você*. Estou morrendo de vontade de ver se seus pés têm... — Eu belisco o arco. — Cócegas.

Olivia voa do sofá e quase me chuta no rosto quando meus dentes mordiscam sua pele sensível.

— Pare com isso! *Carter!*

Mas eu paro? Não, claro que não. Encontro todos os seus pontos delicados, até me convencer de que sua risada está para sempre gravada em meu cérebro e de que ela poderia me enfrentar, se de fato quisesse.

Embora seja pequena, ela é feroz.

— Você é um idiota — ela murmura enquanto se aconchega em meu peito.

— Sim, mas eu sou o *seu* idiota. — Um farfalhar chama minha atenção lá embaixo, e baixo a voz, cutucando sua bochecha. Aponto para a clareira, onde um cervo está emergindo, cada passo lento e cauteloso enquanto olha ao redor. — Olhe.

Olivia engasga-se, subindo no meu colo para ver melhor, agarrando-se ao parapeito.

— Ai, meu Deus. É um bebê.

Uma sombra se move atrás dele, e um cervo muito maior emerge das árvores, fuçando na neve.

— E lá está a mamãe.

— Tão incrível — Olivia murmura, maravilhada.

— Como você.

Ela vira seu sorriso para mim.

— Você está tentando me encantar, Sr. Beckett?

— Desde que te conheci.

Ela passa os braços em volta do meu pescoço, montando em meus quadris.

— Você está ficando muito bom nisso, por mais que me doa dizer. Muito melhor que *quero colocar você no banco de penalidades*.

— Ainda não consigo acreditar que isso não funcionou. Mas acho que, se eu tivesse mais cinco minutinhos...

— Eu teria reorganizado seu rosto. Sim, esteja absolutamente certo.

— Menina mal-humorada. — Deslizo minhas mãos por baixo do moletom que ela usa, as palmas deslizando pelas costas, e o frio a faz estremecer. — Você gosta de brigar e eu também gosto. — Passo minha língua sobre o local abaixo de sua orelha. — Me faz querer dar um tapa na sua bunda e te foder até você gritar.

Acho que meu som favorito é o gemido de Olivia. Gosto da forma como a sua pele se aquece com o som, seu corpo vibra enquanto os meus lábios se movem contra o seu pescoço. Puxo a gola do moletom para o lado, expondo seu ombro ao ar frio, e cubro-o com minha língua quente.

— *Carter.*

Aquele gemido novamente. Porra, eu adoro isso.

Puxo o moletom sobre sua cabeça, expondo suas curvas suaves, sua barriga quando a camiseta por baixo sobe. Está ficando tarde e tenho um voo pela manhã. Sei que preciso levá-la para casa, para que ela possa dormir um pouco antes do trabalho, mas não a verei por alguns dias e não vou deixar esta cidade sem pelo menos experimentar um pouco do seu gosto.

Então eu beijo sua barriga, tiro a calça de moletom de suas pernas, enrolo-a em meu corpo e a carrego para a cama, caindo de joelhos na frente dela.

Ela passa os dedos pelo meu cabelo, apertando-o quando sua cabeça cai para trás com um gemido enquanto minha boca sobe pela parte interna de sua coxa. Há uma pequena mancha molhada no centro de sua calcinha lilás que me dá vontade de arrancá-la na mesma hora.

Então eu arranco. Tiro aquele pedaço de cetim e enterro meu rosto entre suas pernas como se ela fosse a primeira refeição que faço em dias. Olivia desaba na cama, as pernas enroladas em volta do meu pescoço enquanto me empurra mais fundo nela, arqueando os quadris, clamando por mais enquanto eu a fodo com a língua.

Ela está se desfazendo, derretendo em minha boca com cada movimento e deslizamento da minha língua, a maneira como meus dentes roçam seu clitóris.

Meus dedos rastejam por baixo de sua blusa, encontrando seus mamilos tensos e, quando belisco um deles, ela se engasga, arqueando-se. Suas pernas tremem enquanto puxa meu cabelo e sei que ela está perto.

Ficando de pé, eu a viro, puxando-a para que fique de quatro, subindo a camiseta dela pelas costas e passando meu dedo por sua espinha, observando-a tremer. Minha palma percorre sua bunda cheia e mergulho dois dedos dentro dela, arrastando sua umidade por sua fenda até encontrar seu clitóris, inchado e implorando por atenção.

— Você está tão molhada, Ollie. Você gosta quando eu toco em você?

— Por favor, Carter.

— Por favor, o quê? — Ela enterra o rosto no colchão, escondendo o som que faz. Enfio os dedos em seu cabelo e a puxo de volta. — Diz que você quer que eu foda sua boceta com meus dedos.

— Carter — ela choraminga.

— *Diz.*

A exigência silenciosa a faz agarrar os lençóis e, quando provoco seu clitóris, ela soluça:

— Fode a minha boceta com os dedos, *por favor.*

Eu afundo dois dedos dentro dela sem hesitação, segurando-a enquanto bombeio para dentro e para fora. Sua bunda se projeta para trás, batendo contra a palma da minha mão conforme ela implora por mais, mais forte, mais rápido.

— Essa é a minha garota.

Porra, ela é um espetáculo, com a bunda para cima enquanto se contorce e geme, agarrando os lençóis com tanta força que começa a arrancá-los do colchão. Ela parece veludo, macia e tão, tão quente, e, quando seu interior se aperta ao meu redor, desacelero meu movimento, mergulhando em um ritmo deliberadamente vagaroso, que leva três segundos para deixá-la louca.

— Por favor, Carter — ela choraminga. — Eu quero gozar.

— Jura, linda?

— Si-i-imm.

A palavra sai uma bagunça ininteligível enquanto ela estremece, o corpo chacoalhando.

— Você quer gozar — sussurro em seu ouvido. — E eu quero que você mereça.

Solto seu cabelo e retiro meus dedos de seu calor encharcado.

— *O quê?*

Ooops. Minha linda garota não está feliz comigo, muito menos quando lambo sua excitação dos meus dedos.

— Vista uma calça. Vou levá-la para casa.

Ela escorrega da cama e cai de bunda. Mal consigo conter o riso, mas parece que ela está a dez segundos de me assassinar, e o mundo precisa de mais Carter Beckett.

Estou esperando na porta quando ela desce as escadas com minha calça de moletom, cinco minutos depois.

Ela enfia um dedo na minha cara.

— Tire esse sorriso arrogante do seu rosto antes que eu o apague para você.

Eu a sigo até a cozinha, observando-a juntar suas coisas e enfiá-las na bolsa.

— Você ainda está brava, é? Mas não pode ficar assim. Vou viajar por três dias. Você vai ficar com saudade.

Ela me encara com um sorriso condescendente.

— E essa é a única razão pela qual você ainda está respirando agora.

Arranco o casaco de sua mão assim que ela o tira do armário, jogando-o por cima do meu ombro. A Olivia Irritada é minha Olivia favorita.

Apanho seus punhos, prendendo-os na parede de cada lado de sua cabeça enquanto subo minha boca por seu pescoço.

— Você quer que eu te foda?

— Vai se ferrar — ela diz sem seriedade alguma.

Todo o calor está acumulado em seu olhar escurecido.

— Eu adoraria. Tudo o que você precisa fazer é me prometer que ainda será minha pela manhã. — Soltando seu punho, abaixo suas calças e mergulho minha mão entre suas coxas. — Melhor ainda, me diz quem é o dono dessa boceta.

— Eu não vou a lugar algum, Carter. — Ela puxa meu rosto de seu pescoço, seus olhos brilhando. — E esta boceta é minha.

— Só no seu sonho. — Abro o zíper das calças e retiro meu pau duro, pressionando-o contra a boceta mais viciante do mundo enquanto a levanto até mim. — Tente outra vez, princesa.

Seus quadris arqueiam para fora da parede, esfregando-se contra mim.

— Agora? Você que é o dono.

— Isso mesmo.

Olho entre nós, a forma como estamos tão próximos, conectados, minha garganta de repente fica espessa, meu peito aperta.

— Eu não estive com ninguém além de você, Ollie. É só você para mim. Ninguém mais.

Sua mão pousa no meu rosto.

— Não há ninguém além de você, Carter.

Com um sorriso malicioso, coloco suas mãos acima de sua cabeça e a prendo na parede com meus quadris.

— Estou prestes a liberar duas semanas de frustração sexual reprimida em você. — Pressiono minha boca abaixo de sua orelha. — Você vai sentir minha porra escorrendo pelas suas pernas pelas próximas doze horas, e isso será a única coisa que me ajudará a passar por essa viagem sem você.

Olivia solta um grito desenfreado de prazer quando enfio dentro dela, rasgando meus ombros com as unhas quando goza e, sem querer, dou um soco na parede quando gozo violentamente dentro dela.

Ooops.

25
PARANOIA

OLIVIA

Você já teve a sensação de que todo mundo está falando de você?

Durante toda esta manhã, tenho dito a mim mesma que estou apenas sendo paranoica, mas os sussurros abafados e os olhares que me seguem pelo corredor parecem bem reveladores.

Ou isso, ou Carter de fato está me contaminando e fico sonhando que todos agora estão obcecados por mim.

Faço uma parada no banheiro no caminho de volta do intervalo para verificar minha roupa pela terceira vez esta manhã, caso haja um buraco ou uma mancha gigante. Sinceramente, eu não ficaria surpresa se estivesse usando uma placa nas costas com os dizeres: *Eu transei com Carter Beckett e gostei*. Sobretudo quando saio do banheiro e pego o treinador de futebol olhando para mim duas vezes.

— Professora Parker.

— Ei, professor Bailey.

Afasto sua mão quando ele bagunça meu cabelo. Ele acha hilário que eu tenha um metro e cinquenta e cinco e dê aula de educação física no ensino médio para um bando de garotos mais altos que eu. E acho hilário que ele esteja ficando careca aos vinte e oito anos.

— Como foi seu fim de semana?

— Ótimo. Fantástico. Incrível. — Eu devia parar, mas minha boca continua se mexendo. — Foi muito divertido. — *Fui comida com tanta voracidade que senti na minha alma.* — Como foi o seu?

Seu sorriso é mais irritante que o de Carter, porque falta o fator sexy.

— Aposto que foi. Tenha um bom dia, professora Parker.

Ele pisca antes de subir as escadas, deixando-me pensativa sobre esse comentário enquanto empurro as portas do ginásio.

Estou andando um pouco devagar hoje porque, caso eu não tenha mencionado ainda, fui fodida no chão ontem à noite. E na bancada da cozinha. No sofá. Contra a porta da frente. E no colo de Carter em seu carro.

De qualquer forma, minhas pernas parecem gelatina, o que significa que meus alunos mais velhos estão vestidos e esperando por mim quando chego cinco minutos atrasada.

— Professora Parkerrr, você está atrasada.

— Você está mancando? O que foi que aprontou neste fim de semana?

Enfio meu dedo na cara dele.

— Cuidado.

Sentando-me na arquibancada, tiro os sapatos e troco-os pelos tênis. Estremecendo com a dor que percorre meu tendão direito, me curvo sobre os joelhos e agarro as panturrilhas.

— Está dolorida, hein? — Brad sorri para mim. — Deve ter sido um fim de semana matador.

— Cuide da sua vida — retruco, mas pego sua mão quando ele a oferece a mim, puxando-me para fora da arquibancada. — Ok, vamos lá... — Coloco os punhos nos quadris, olhando para os alunos, que, por sua vez, estão rindo, cobrindo a boca com as mãos. — Vocês estão falando de mim comigo aqui, diante de vocês?!

Travis Duke dá um passo à frente e diz:

— Professora Parker, é você?

— O que sou eu? — Meu celular começa a vibrar no bolso de trás e eu o ignoro, inclinando-me para Travis, para poder dar uma olhada... — *Puta merda*. Ai, meu Deus.

As palavras saem da minha boca antes que eu possa impedi-las, e minhas mãos cobrem a boca. Não sei se é para evitar que mais palavras saiam ou porque posso vomitar. Arranco o celular de Travis de suas mãos.

— São ótimas fotos. Você está gostosa nelas.

— Não me admira que suas pernas doam hoje. Esse cara é enorme.

— E você é tão pequena. Provavelmente destruiu sua...

Bato a palma da mão na boca que ainda está falando, porque, por favor, não precisamos terminar a frase. Meu telefone não para de tocar, meu coração está disparado e não consigo formular um único pensamento além de *ah, porra*.

Pego enfim o celular, pronta para atravessar o ginásio, mas, em vez disso, deslizo a tela e aceito a ligação só para fazê-lo parar de vibrar.

— Eu não imaginei que você fosse uma maria-rinque...

— Não se atreva — rosno, voltando-me para Brad. Ele se apoia contra a parede, com as mãos no ar, enquanto enfio um dedo na cara dele. — Termine essa frase e veja o que acontece, Brad, *eu te desafio*. Posso ser pequena, mas vou enterrá-lo no chão a dois metros de profundidade. Ninguém vai encontrar você, Brad. *Ninguém*.

Uma risada rouca, mas ansiosa, é o único som que ecoa nas paredes vazias do ginásio no momento e vem do meu telefone, que, de alguma forma, entrou no modo viva-voz.

— Ah, Ollie?

Desligo o viva-voz e coloco o aparelho no ouvido.

— Carter?

Afastando-me dos alunos, mostro o dedo do meio por cima do ombro, porque ainda estou ouvindo as palavras sussurradas: *Professora Parker, Carter Beckett, transando...*

— Ei. Oi. Hmm... Sim, sou eu. Carter... Beckett. — Ele solta um *que foda* baixinho que, de alguma forma, consegue inclinar o canto da minha boca, apesar da situação de merda, porque ele fica tão adorável quando está nervoso. — Você está bem? Estou imaginando... Quero dizer, você viu, hmm... as fotos?

Eu vi as fotos?

— Tem uma matéria também.

Examino a tela do telefone de Travis, sem palavras com a visão diante de mim. Carter e eu de todos os ângulos, mergulhados até os joelhos em um rigoroso jogo de hóquei de amígdalas na calçada ontem.

Carter suspira.

— Sim, e uma matéria. Mas... isso é... você está linda. — Ele hesita. Outro suspiro. — Você está... você está bem?

Estou ocupada demais lendo a matéria de fofoca ridícula para responder a ele.

OLIVIA? É VOCÊ?

Lembram-se quando, em dezembro, Carter Beckett, capitão do Vancouver Vipers, dedicou um gol a uma misteriosa morena e não conseguiu tirar os olhos dela durante um jogo inteiro? (Sim, Sr. Beckett, todos nós notamos!) Eles foram vistos mais tarde naquele dia dançando a noite toda — uma nova atividade recreativa para Beckett — antes de ela desaparecer do nosso radar por algumas semanas. Bem, ela está de volta, e com certeza sentimos falta dela.

Beckett, visto aqui com Olivia, sobrenome desconhecido, parando para uma troca ultraquente — em plena luz do dia, pessoal! — depois de um almoço íntimo no West Oak no domingo. Acho que eles perderam o memorando de que domingo é o dia do Senhor.

Será que Beckett está enfim pronto para mudar seus hábitos ou será difícil superá-los? Só o tempo dirá se a pequena Srta. Olivia é suficiente para manter interessado o homem que não pode ser domesticado.

— Ai, que merda.

Empurro o telefone de Travis contra seu peito, levando meus dedos trêmulos à boca. *Olivia é suficiente?* Que porra é essa? Lágrimas estúpidas ardem em meus olhos estúpidos, e meu coração bate forte no peito.

— Olivia? — Carter murmura. — Me desculpe por não estar com você. Mas é... é diferente, certo? Até a matéria diz isso.

A matéria diz que talvez eu não seja suficiente. É isso o que ela diz.

— Ei — ele sussurra. — Fale comigo.

Eu me forço a respirar.

— Tenho uma aula agora, Carter. Te ligo mais tarde, ok?

Encerro a ligação assim que ele diz *ok* e volto para os alunos.

— Sentem-se — digo, retomando a aula. — Apenas se sentem. Me deem cinco minutinhos.

Preciso de mais de cinco minutos para encontrar meu autocontrole, mas já é um começo.

Fechando-me na minha sala, ando de um lado para o outro. Li vinte mensagens de texto, e metade delas são de Kara. A última é uma foto minha e de Carter, exceto que Kara desenhou um coração ao nosso redor e escreveu *fofinhos* na parte superior. Gostaria de encontrar humor nesta situação, mas está difícil. É ridículo, eu sei. Eu estava lá ontem; sabia que fotos foram tiradas.

Quatro mensagens de Carter chegam em rápida sucessão, e nem mesmo o nome ridículo que ele se deu no meu telefone ontem à noite ajuda muito a aliviar a ansiedade que se espalha dentro de mim.

Homem mais sexy do mundo: vc tá bem, ollie???
Homem mais sexy do mundo: sinto muito. queria estar aí com vc agora.
Homem mais sexy do mundo: me liga depois??
Homem mais sexy do mundo: por favor, não fique chateada. agora todo mundo sabe. vai ficar tudo bem. vou compensar isso pra vc. *emoji de língua* *emoji de berinjela* *emoji de pêssego*

Como se ele não fosse se contentar até me fazer sorrir, manda mais uma.

Homem mais sexy do mundo: vc ainda é minha princesa, mesmo que esteja com raiva de mim por exibir vc por aí *emoji de beijo* *emoji de coração*

E, então, outra mensagem aparece.

Jeremy: Vc vem jantar hoje à noite. Temos um papo para pôr em dia.

A tensão nesta mesa de jantar é mais palpável que o bife que estou cortando.

Olho para cima e encontro o olhar do meu irmão preso em mim. Faço uma careta para ele e continuo cortando, talvez um pouco mais agressivamente que o necessário, porque quero que ele pense que o bife que fez ficou solado. Não está. Está perfeito.

— Passou do ponto — murmuro, só para irritá-lo.

— Até parece — ele zomba.

— Então... — minha cunhada, Kristin, começa, ansiosa para aliviar a tensão no ar.

— Papai está bravo com você, tia Ollie — Alannah diz com naturalidade. — Não sei por quê. Carter Beckett é *tudo*. — Ela pousa o garfo e começa a contar suas excelentes qualidades nos dedos. — Ele é rico, é o melhor patinador, marca uns mil gols e é o garoto mais fofo do mundo.

Aponto minha faca para ela.

— Ele também é engraçado e seu biscoito favorito é Oreo.

Alannah suspira.

— Também é *meu* biscoito favorito! — Cruzando as mãos em oração na altura do queixo, ela faz beicinho. — Você poderia, por favor, dizer ao seu namorado que temos o mesmo biscoito favorito?

Ele não é meu namorado, mas concordo mesmo assim.

— Claro.

— Ele gosta de mergulhar o Oreo no leite como eu? Ele come inteiro? Ou separa o biscoito e lambe o recheio? — Ela enrola o rabo de cavalo no dedo, olhando sonhadoramente para o espaço, os olhos brilhando. — Será que...

— Bem, você nunca descobrirá, porque nunca o conhecerá.

Jeremy afasta-se da mesa, pegando o prato dele e o meu, embora eu ainda não tivesse terminado. Corro para pegá-lo, mas ele se afasta.

— Tia Ollie vai terminar com ele.

Uma risada alta, incrédula e hilária me escapa.

— Claro que não.

Primeiro de tudo, diga isso a Carter. Em segundo lugar, não. De jeito nenhum. Eu gosto dele, eu o tenho, quero mantê-lo.

Eu provavelmente deveria dizer isso a ele. A Carter, não a Jeremy. Porque fiquei meio enlouquecida durante toda a tarde, tive de fazer Kara me consolar do desastre das fotos e das matérias, e então vim direto para cá. Não tivemos oportunidade de conversar e sei que ele está preocupado comigo.

Jeremy carrega a máquina de lavar louça e a fecha. Ela se abre de novo e eu rio. O olhar que ele me lança é de nove em dez na escala ameaçadora. Eu teria feito melhor.

Kristin toca minha mão.

— Não se preocupe. Não vou deixar que ele magoe você. — A voz dela cai. — E Carter Beckett é tão sexy. Preciso de todos os detalhes sórdidos. — Ela cutuca o interior da bochecha com a língua. — *Todos* eles.

— Kris! — A voz estrondosa de Jeremy nos faz pular. — Pare já com isso! Não! Você deveria estar do meu lado!

Seus braços estão agitados. Ele parece desesperado. Mordo o lábio para não rir.

— Estou sempre ao seu lado, meu amor.

— Obrigado.

— Mas não há lados aqui. Olivia é adulta. Ela pode namorar quem quiser.

— Você está fodendo... — Seus olhos se dirigem à filha, seu olhar arregalado saltando entre nós três. — Está *brincando* comigo? Ela vai se machucar. — Ele aponta para mim. — Quero dizer, literalmente, sua... *coisa* vai ficar machucada. Ele vai passar gonorreia para ela ou algo assim.

Meus ouvidos apitam quando desvio o olhar. Estou prestes a dizer a ele que Carter é saudável, mas então percebo que não preciso justificar nada a ninguém.

— Não vou parar de vê-lo só porque você desaprova, Jeremy.

De pé, tiro meu sobrinho da engenhoca em que ele está pulando e o abraço. Com base em seu punho fechado que ele tenta enfiar na boca, sua dentição deve estar no auge.

— Quer que eu dê a comida? — pergunto a Kristin.

Puxando a camisetinha de Jem para cima, faço cócegas em sua barriga antes de lhe dar uma framboesa grande e molhada. Ele ri como um louco, cuspe borbulhando de sua boca.

— Seria ótimo, Liv, obrigada. A mamadeira dele está na geladeira, se você quiser...

— Não.

Jeremy arranca Jem dos meus braços, colocando no colo de Kristin. Ela não poderia parecer mais irritada e, quando ele se afasta, ela passa o dedo pelo pescoço, fazendo sinal de que quer matá-lo.

— Você não vai usar meu filho para desviar a atenção do fato de que está namorando o maior galinha do mundo — ele continua.

Alannah torce o nariz.

— O que é um homem galinha, papai?

— É o que o namorado da tia Ollie é, querida.

Ele dá um tapinha na cabeça de Alannah, com um sorriso condescendente direcionado a mim.

— Ele não é. — Cruzo meus braços sobre o peito. — Não mais.

Jeremy ri, um som cansado, enquanto passa as mãos pelo rosto.

— Honestamente, você não pode acreditar que é a garota por quem Carter Beckett vai mudar.

O comentário sarcástico aperta meu coração. Porque, para mim, soa como *você não é suficiente*.

Limpo a garganta e alcanço Alannah, beijando seu cabelo antes de ir em direção a Jem e Kristin.

— Por mais divertido que seja ouvir como meu próprio irmão pensa que não posso ser boa o suficiente para um homem como Carter Beckett, já vou indo.

— Ah, Liv, pera lá. Eu não quis dizer isso.

— Você quis dizer exatamente isso — digo baixinho, tentando mascarar a dor.

Kristin olha para ele.

— Você está sendo um idiota. Peça desculpas à sua irmã ou encontre outro lugar para dormir esta noite.

— Você pode dormir comigo, papai! — Alannah grita com animação, depois franze a testa e coloca as mãos na cintura. — Mas só depois de você pedir desculpas por magoar a tia Ollie.

Jeremy me segue até a porta, seus pés grandes e estúpidos batendo atrás de mim.

— Ollie, é claro que eu não quis dizer que você não é boa o suficiente.

— Foi o que você disse. E é isso o que a matéria disse.

Meu lábio inferior treme sem minha permissão. Jeremy nunca foi bom com lágrimas. É por isso que seus braços se erguem, frenéticos, desesperados para detê-las antes que comecem.

— Não, não, não, não! Olivia, *não*. Você é suficiente! Você é mais que suficiente! Boa demais para ele! — Ele joga a cabeça para trás e geme diante dos meus olhos lacrimejantes. Não vou mentir, tenho o poder de detê-las agora que ele está desmoronando, mas as deixei vir, só para dar uma folga. — *Ollie*. Porra.

Ele me abraça, balançando-nos de um lado para o outro. Escondo meu sorriso vitorioso em seu peito.

— Ele me faz feliz, Jer.

Afastando-me, limpo a teatralidade dos meus olhos.

— Eu quero que você seja feliz. Eu quero, Ollie. Mas não quero que se machuque.

— Sou crescidinha. Vou dar conta disso.

Eu *não* consigo dar conta cem por cento disso. Mas estou aprendendo a confiar nele.

— Tem certeza de que gosta dele? Tipo, se houver um pingo de dúvida...

— Eu gosto dele. Bastante. Sem poréns. Nem mesmo um.

Seu olhar examina meu rosto antes de ele concordar.

Becha Mack

— Sim, ok. Tudo bem. Vou dar uma chance a ele. — Ele pega minha mão, puxando. — Agora pare com essa besteira de ir embora. Seu sobrinho precisa ser alimentado.

Rindo, volto para a sala, pego Jem dos braços de Kristin e beijo seu narizinho fofo. Alannah joga os braços em volta da minha cintura.

— Não acredito que minha tia é *namorada* de Carter Beckett. Todas as meninas do time vão ficar com *tanta* inveja!

Ela fica acordada até mais tarde do que uma criança de sete anos deveria para assistir ao jogo e, quando Jeremy me leva até a porta mais tarde, ele me entrega sua camisa do Vipers, aquela com o sobrenome de Carter nela.

— Que merda você quer que eu faça com isso? — Ele resmunga para o chão, esfregando a nuca. — Como? Não entendi.

Jeremy joga as mãos para o alto.

— Eu disse: você pode fazer o idiota do seu namorado autografar minha camisa!

Não há como esconder meu sorriso com essa reviravolta nos acontecimentos, e a última coisa que vejo antes de meu irmão bater a porta na minha cara é sua revirada de olhos.

26
SERÁ QUE FIZ O CERTO?

CARTER

NÃO QUERO ME GABAR, MAS estou jogando de modo fenomenal.

Consertar as coisas com Olivia me deu fôlego e o disco que acabei de enterrar na rede pela segunda vez esta noite é a prova disso. Emmett pula em mim com um golpe no peito que me joga contra o rinque e, quando caio no gelo, o resto do time se amontoa em cima de mim.

Pode ter sido o gol da vitória. Nos acréscimos.

Eu disse que não queria me gabar? Ah. Bem, menti.

— Excelente jogada sua esta noite, Carter. — Elogia um dos repórteres aglomerados do lado de fora do vestiário.

— É um trabalho em equipe, como sempre. — Pego a camisa de Adam e o puxo. — *Este cara aqui.* Onde diabos estaríamos se não fosse por ele? — Sacudo sua gaiola antes que ele comece a tirar o capacete. — Melhor goleiro da Liga.

— Adam, você fez a última assistência da noite. Como foi isso?

— É sempre bom ajudar a levar meu time à vitória. — Ele sorri, passando a mão pelo peito inflado. — Carter está sempre pronto para fazer o passe e lançar.

Lançar. Ah. Isso me lembra do que fiz com as roupas da Olivia ontem à noite. Eu me pergunto o que ela está fazendo agora...

Adam me cutuca de lado, lançando um olhar penetrante em minha direção.

Os repórteres. *Ooops.*

— Perdão, você pode repetir a pergunta?

— Perguntei se a garota com quem você foi visto ontem tem algo a ver com seu desempenho estelar hoje. — O repórter gesticula com a mão como se tentasse lembrar o nome dela. Duvido que ele tenha esquecido; está espalhado por todo o mundo dos esportes hoje, assim como o sorriso dela, de tirar o fôlego. — Olivia, acho que é o nome dela.

Eu sorrio, endireitando o uniforme, quando dou um tapinha nas costas de Adam. Olivia não quer que o mundo a conheça, mas quero que todos saibam que ela é minha.

— Tenham todos uma boa noite. — Pisco para a câmera. — Olá, Ollie.

Meu humor azeda quando pego meu celular no vestiário e descubro que ainda não há mensagens dela.

Azeda não é a palavra certa. Estou ansioso, acho. Ela deveria me enviar mais mensagens? Mandei muitas para ela hoje? Estou sendo arrogante? É assim que acontece?

Olho para Adam. Ele está com a mesma expressão quando olha para o telefone: decepção. Suspira e guarda o aparelho; não há notícias de Courtney. De novo.

Mas o caso dele é diferente, não é?

Ou não?

Emmett sai do chuveiro com uma toalha enrolada nos quadris, olhando para mim.

— Tudo certo?

— Não sei. Acho que talvez Olivia possa estar com raiva de mim. — Encolho os ombros. — Não sei. — Eu já disse isso. — Ela não tem falado muito comigo.

Se eu estivesse na cidade, simplesmente apareceria na casa dela. Mas estou a setenta e duas horas de vê-la, o que odeio.

Fico de cara com o pau de Emmett quando ele deixa cair a toalha, pegando sua boxer.

— Pelo amor de Deus. — Protejo meus olhos com a mão. — Guarde essa coisa.

Ele ri, virando os quadris.

— Kara disse que Liv estava chateada porque a matéria dizia que ela não era suficiente para mantê-lo interessado.

Olivia? Insuficiente? Bem, isso é ridículo.

— Mas ela...

— Eu sei, mas ela é mulher. — Ele bate na têmpora. — Essas coisas entram no cérebro delas e se multiplicam. De qualquer forma, Kara disse que o irmão dela não estava feliz com a situação e a estava pressionando. Deve ser por isso que você não recebeu notícias dela.

— Não está feliz com o quê?

Emmett me encara com um olhar, mas é Garrett quem bufa e responde.

— Alguém teria que me segurar se você se metesse com uma das minhas irmãs.

Isso é desnecessário. As irmãs dele são novas demais para mim. Além disso, elas são basicamente Garrett em forma feminina.

— Não vejo problema.

— Vamos colocar da seguinte forma. Se você tivesse uma filha, gostaria que ela...

— Não. De jeito nenhum. Entendi.

Não há necessidade de terminar a frase. Eu cortaria o pau de qualquer homem com uma história como a minha que tentasse se aproximar da minha filha e depois a trancaria até os trinta anos. Talvez até trinta e cinco. Uma escola só para meninas provavelmente seria uma boa opção. A menos que ela goste de garotas. Porra. Nenhum lugar está seguro.

Ok, então talvez eu entenda qual é o problema do irmão dela. Mas não vou mais ser assim. Olivia é a única garota com quem quero estar. Eu a tratarei bem, sei disso.

Mas fico distraído durante todo o trajeto de volta ao hotel, olhando para o telefone, redigindo e apagando uma mensagem para Olivia três vezes antes de enfim guardar o celular.

— Faça um favor para mim — Emmett diz enquanto entramos no bar do lobby. Está lotado e agitado, e eu meio que não quero estar aqui. — Lembre-se de como é estar cercado por garotas que se jogam em cima de você. Não fazer nada não é suficiente. Você tem de ativamente fazer qualquer coisa, *menos* nada.

— Que merda isso significa?

— Significa que é fácil alguém tirar uma foto sua ao lado de uma garota que está tocando seu braço e fazer disso uma manchete: *Carter Beckett: já traindo?* Esteja ciente, isso é tudo. Você tem outra pessoa em quem pensar agora. Uma foto como essa deixaria Olivia constrangida.

— Certo.

Sinceramente, não poderia me sentir mais perdido do que agora. Como é que preciso que alguém me explique isso aos vinte e sete anos? De qualquer forma, fico grato pelo aviso dele, porque, no segundo em que nos sentamos, uma garota se joga no meu colo.

Não tenho certeza se minha reação é das melhores. Jogo minhas mãos para o alto e grito, empurrando-a acidentalmente para fora do meu colo e jogando-a no chão quando me levanto e grito:

— *Eu tenho namorada!*

Depois de algumas respirações profundas e da oportunidade de avaliar a situação com meus amigos rindo ao meu redor, ajudo a garota atordoada a se levantar.

— Desculpe, não quis empurrar você.

— Tudo bem. — Ela ri, logo antes de se agarrar de novo ao meu torso.

Argh...

Agarrando seus bíceps, eu a levanto com cuidado, desviando-a para a esquerda, e coloco-a no lugar, repetindo:

— Eu tenho namorada.

E volto para minha mesa.

— Namorada, hein? — Adam levanta as sobrancelhas. Ele já está devorando picles fritos; como diabos isso aconteceu? — Jogando-se de cabeça!

Tiro um picles do prato dele e o passo no molho *ranch*.

— O que você quer dizer?

Ele dá de ombros.

— Achei que você estava apenas saindo com ela.

— Não é a mesma coisa?

Garrett e Emmett riem, e Adam cantarola em torno de sua comida, balançando a cabeça.

— Você tem muito o que aprender sobre mulheres, pequeno gafanhoto.

— Sou três anos mais velho que você.

— E, ainda assim, estou anos à frente de você mentalmente.

— Vai tomar no...

Roubo outro picles para desviar a atenção do fato de que ele está certo.

— Até que você tenha essa conversa em particular, Olivia não é sua namorada. Ela é uma garota com quem você está saindo, o que significa que vocês estão se conhecendo, vendo se são compatíveis, se os sentimentos são reais o suficiente para transformar isso em um relacionamento real.

Que porra é essa? Já sei que somos compatíveis. Ela não tem medo de me criticar e não tenho medo de colocá-la no lugar dela. E, ontem à noite, eu a fodi no chão até ela perder os sentidos. Além disso, ela ri de todas as minhas piadas. E o sorriso dela faz o meu crescer. E a mão dela é muito carinhosa quando está na minha. Tipo, *perfeito*. Além disso, posso cobrir o corpo dela inteiro em um único abraço.

E sentimentos? Eu sei que os meus são reais o suficiente. É a única explicação do porquê não consegui superá-la depois que ela foi embora. E os dela... não são?

— Isso também significa que ela está livre para sair com outras pessoas ao mesmo tempo — Garrett acrescenta. — Você não é exclusivo se não for namorado dela e não é namorado sem antes ter essa conversa.

— O quê? Não. Outros homens? Não.

Ela não pode. Eu proíbo. Envio uma mensagem para ela antes de eu conseguir controlar meus dedos.

Eu: vc tá saindo com outros???

Meu celular vibra assim que clico em enviar e aceito a chamada sem verificar o nome primeiro.

— Ollie? — O nível de frenesi na minha voz agora precisa desaparecer. Limpo a garganta e tento novamente com um pouco mais de indiferença. — Olivia? Ei.

— Só atendeu porque pensou que eu era sua namorada? Você esteve me ignorando o dia todo, Carter Beckett!

Meu peito desinfla.

— Oi, mãe. — Eu não a ignorei de propósito. As mensagens dela começaram a chegar enquanto eu estava ao telefone com Olivia, tentando domar todo aquele desastre midiático antes que a merda pudesse bater no ventilador, o que aconteceu de qualquer maneira. E, então, peguei um avião. — Como está a garota mais linda do mundo?

De mais de cinquenta anos, acrescento na minha cabeça.

— Não tente me bajular, Carter. — *Ooops, ela está brava.*

— Você está brava.

— Você está certo. Estou brava, querido!

— Você parece menos brava quando me chama de querido. — *Não cutuque o urso*, dizia meu pai. Mas eu gosto de cutucar. — Já é aquela época do mês? Tenho certeza de que tenho mais uma semana antes que você e Jennie e seus ciclos sincronizados comecem a atacar. — *Não cutuque.*

— Ah, seu... — As palavras se dissolvem com um gemido e posso praticamente vê-la erguendo os óculos para poder esfregar os olhos. — Alguém precisa endireitar você, e posso ser eu.

— Mas eu amo você, mamãe — murmuro distraidamente enquanto pego um picles.

— Ninguém me irrita tanto quanto você. — Ela suspira. — Você tem mesmo uma namorada?

— Sim. Talvez. Não sei. — *Estou confuso.* — Aparentemente, preciso ter essa conversa com ela e não apenas presumir isso.

Ela ri.

— Você sempre foi implacável. Tenho certeza de que irá convencê-la.

— Com certeza.

Vou arrancar a resposta dela no sexo, se precisar.

— Você está feliz, querido?

O calor sobe pelo meu pescoço.

— Estou fora de casa, mãe.

— Responda à pergunta, Carter.

— Sim.

— Sim, o quê?

Tamborilo os dedos na mesa. Gostaria de dizer que ninguém está prestando atenção em mim, mas há três pares de olhos colados em mim.

Quatro, se contar a garota no colo de Garrett. E isso sem falar das pessoas ao nosso redor que não conseguem acreditar que estão no mesmo bar que o Vancouver Vipers.

Então seguro meu telefone mais perto da boca e resmungo o que ela quer ouvir.

— O quê? Eu não ouvi você.

— *Sim, estou feliz!*

— Ah, querido. Espero não ter te envergonhado na frente dos seus amigos.

Aguento incríveis trinta e dois minutos depois de desligar com minha mãe. Tempo suficiente para esvaziar uma cerveja, devorar um prato de *nachos* e testemunhar Garrett beijando uma fã qualquer.

Estou com a boca cheia de pasta de dente quando meu celular toca na mesinha de cabeceira. Saio correndo do banheiro e mergulho na cama, derrubando o aparelho no chão quando vejo o nome de Olivia na tela.

— Merda.

Saio da cama e clico em aceitar na ligação do FaceTime cinco mil vezes.

— Ei. Oi. Você. Olivia. — Sai superborbulhante por causa da pasta de dente. — Eu levanto um dedo. — Aff, preciso cuspir.

Eu a levo comigo para o banheiro para enxaguar a boca, antes de cair na cama, jogando a mão atrás da cabeça e dando-lhe um sorriso.

— Ei.

— Você já está na cama? Achei que estaria no bar.

Levanto um ombro como se não estivesse ansiando por ela lá embaixo.

— Fiquei um pouco, mas estou cansado.

— Ah. Quer que eu ligue para você amanhã?

— Não! Quero dizer... — Eu limpo a garganta. — Não, tudo bem. Quero falar com você agora.

— Quero falar com você agora também.

Ela também está na cama, cansada, mas tão linda enquanto mexe nos cordões do moletom que está usando.

— Você está usando meu moletom?

Ela o puxa até o pescoço, a boca e o nariz desaparecendo nele.

— Eu gosto. Cheira a você.

— Como é o meu cheiro?

Ela sorri.

— Tão bom, como se eu quisesse enterrar meu rosto em seu peito e absorver seus abraços, cada segundo deles.

Jesus Amado.

— Sabe, você é meio molenga. Um grande contraste com a morena atrevida que me disse para ir me foder, sabe-se lá quantas vezes.

Suas bochechas ficam vermelhas.

— Cala a boca.

— Como uma gatinha, com uma personalidade maior que você. No fundo, não passa de uma coisinha fofa.

Ela revira os olhos, mas não se esforça muito para esconder o sorriso. Consigo ver isso. Seu lábio inferior desliza entre os dentes enquanto ela mexe no coque bagunçado em sua cabeça.

— Ei, desculpa, meio que desapareci hoje. Sei que é bobagem, porque eu sabia que eles tinham tirado as fotos. Mas esqueci, acho, depois de tudo ontem. E... não gostei da forma como a matéria fez eu me sentir.

Sua honestidade é admirável, e aprecio isso. Estou cansado de mal-entendidos e falhas na comunicação. Preciso saber como ela se sente para poder ajudá-la nessa merda toda. Estar sob os holofotes é uma novidade para ela, então preciso ser paciente quando lidamos com essa parte do nosso relacionamento.

Relacionamento. Uau, essa palavra tem um gosto engraçado. Meio que gostoso.

— Eu deveria ter preparado você melhor.

Olivia balança a cabeça.

— Não, Carter, você não fez nada de errado. Eu meio que perdi a cabeça por um tempo, mas não queria fazer você questionar se eu estava ou não saindo com outros.

Eu faço um gesto para ela.

— Você não fez isso. — Mas, também: — Você está?

Seu rosto se inflama de tanto rir e minhas entranhas dançam um pouco. Adam estava errado. Essa garota é minha namorada, sei disso.

— Só tenho espaço para um homem pateta, exigente e arrogante na minha vida.

Passo a palma da mão pelo meu peito, orgulhoso.

— E sou eu?

— É você, Sr. Beckett.

Ergo o punho fechado no ar.

— Invicto! — Haha, ninguém é tão bom em fazer Olivia rir quanto eu. Juro. — Estou com saudade de você — digo baixinho. — Isso é estranho? Eu deveria estar te contando isso? Ou guardar para mim? Você não precisa responder. Não se sinta pressionada nem nada. Eu acabei de...

— Carter.

— Sim?

Olivia deita o rosto no travesseiro, com um sorriso sonolento e doce.

— Também estou com saudade.

— Está?

Ela esfrega os olhos.

— Sim. É bastante irritante. Eu queria que você estivesse aqui comigo, mas estou sozinha. No frio.

A última palavra é um murmúrio preguiçoso que sai da ponta da língua enquanto seus olhos se fecham.

— Eu manteria você aquecida, querida.

— Hmm, eu sei. Urso.

— Urso?

— Hmm. — Ela boceja. O branco de seus olhos está vermelho, escondido atrás de suas pálpebras baixas, seu sorriso atordoado. — Você é como um urso-pardo. Quente e aconchegante. E fofo.

— Acho que você quer dizer enorme e poderoso.

Flexiono um bíceps e rosno.

Sua risada cansada é uma música lenta que quero dançar para sempre, reiniciando meu coração.

— Você vai dormir comigo aqui, dorminhoca.

Apago a luz enquanto os olhos de Olivia se fecham pela última vez, seu peito subindo e descendo, o rosto iluminado pelo brilho suave de uma lâmpada, exatamente onde eu quero estar. Não consigo tirar os olhos dela.

— Carter? — ela chama de repente, as palavras sonolentas.

Seus olhos ainda estão fechados e acho que ela pode estar sonhando.

— Sim, princesa?

— E se eu me apaixonar por você?

— Então também vou me apaixonar por você, querida Ollie.

27
BURRITO NOTURNO + VISITA INESPERADA

OLIVIA

Sonhei na segunda-feira que disse a Carter que estava me apaixonando por ele.

Só que pode não ter sido um sonho.

Porque, quando acordei na terça de manhã, dei de cara com um Carter de olhos sonolentos sorrindo para mim na tela do meu celular, onde aparentemente ele esteve a noite toda. Adormeci enquanto conversávamos e ele não quis desligar na minha cara, ele me disse. A ligação durou até meu despertador das sete da manhã nos acordar. Estou tão impressionada com a bateria do meu iPhone.

As palavras que eu poderia ter murmurado durante o sono me vieram logo à cabeça e me atrapalhei com um pedido de desculpas por quaisquer divagações induzidas pelo sono que ele pudesse ter ouvido, sem de imediato perguntar se eu tinha sonhado.

Dois dias depois, na manhã de quarta-feira, ainda estou nervosa quando o nome dele aparece na minha tela.

— Preciso de uma foto sua — diz ele em forma de saudação, gesticulando, encostado na cabeceira da cama.

— Bom dia para você também.

Ele sorri.

— Bom dia, princesa. Mal posso esperar para acordar ao seu lado durante todo o fim de semana.

Sim, pelo jeito é isso que vai acontecer. Ele parte na próxima segunda-feira e não voltará para casa até sábado, então estou bastante animada para passarmos o fim de semana inteiro juntos. Além disso, minha casa é gelada. Não ter que dormir com várias camadas de roupa será ótimo.

Cubro meu bocejo e tento afastar o sono. Estou cansada porque Carter e eu ficamos no telefone até depois da meia-noite.

Seus olhos estão entreabertos.

— Boceje tanto assim na minha cama e vou colocar algo forte e latejante entre esses lindos lábios rosados.

— Sua boca e sua mente são igualmente imundas, Sr. Beckett.

Estou tentando me acostumar com isso, e certamente não ajuda que ele gaste todo seu tempo livre me mandando mensagens de texto safadas enquanto estou no trabalho.

— Isso me traz de volta à questão da foto. Preciso de uma, Ollie. Usei aquelas fotos dos paparazzi ontem à noite depois que você foi para a cama. Minha espada de trovão e eu ficaremos para sempre com essa dívida com você, princesa.

Eu me recuso a usar esse nome. Espada de trovão, não princesa. Na maior parte das vezes, consigo ignorar todos os "princesas", e o que seria dito sobre mim se eu admitisse que até gosto deles?

— Você deve ser o único homem nesta terra que deu nome ao seu pênis.

— Isso não é verdade. Garrett diz que o dele é o Tenente J...

— *Cala a boca, seu sem-noção*! — O travesseiro que Garrett joga na cabeça de Carter é a cereja do bolo.

— Coitado do Garrett.

Carter dá uma gargalhada.

— Coitado do Garrett? Ele poderia ter arrancado meu olho.

— Você é indestrutível, Carter. Pare de choramingar.

Aí está aquele sorriso. Ele flexiona um bíceps cheio de veias.

— Sim, sou indestrutível.

— Você sabe o que não é indestrutível? Sua bo...

Garrett lhe dá outra travesseirada no rosto, derrubando-o de lado.

— Obrigada, Garrett — grito.

— De nada!

Carter esfrega a lateral da cabeça.

— Chegarei em casa tarde esta noite, então não poderei ver você.

— Ah, tudo bem.

Seria mais convincente se eu não estivesse carrancuda.

— E vou assistir a Jennie dançar amanhã à noite, então não verei você até sexta-feira, no jogo.

— Quem é Jennie? — Reprimo a vontade de perguntar por que ele a está vendo dançar; esse novo ciúme que acendeu em mim me deixa louca.

— Jennie é minha irmã. Ela é dançarina e participa de competições. Tem um espetáculo amanhã à noite. Além disso, gosto desse ciuminho seu.

— Eu não estava com ciúme — minto, depois volto minha atenção para sua irmã antes que ele possa me denunciar. — Que bacana.

— Sim, ela conseguiu uma bolsa no ensino médio. Dançou a vida toda. — Ele ri, esfregando o queixo. — Meus pais não tinham vida além de nos levar para dançar e jogar hóquei. Passamos mais tempo no carro viajando para treinos, jogos e apresentações que em nossa casa. Meu pai sempre dizia... — Suas bochechas ficam vermelhas, e ele faz um gesto. — Ah, esqueça.

— O que ele dizia?

Carter baixa o olhar para o seu colo antes de levantá-lo de volta para mim.

— Ele dizia que entenderíamos por que eles estavam dispostos a desistir de tudo por nós se algum dia tivéssemos nossos próprios filhos.

Eu gostaria de ter conhecido o pai de Carter. Pelo pouco que ele me contou, fica claro que era um marido maravilhoso, um pai apoiador e que compartilhava do senso de humor de Carter. Os dois deviam ser bastante irritantes perto de sua mãe e sua irmã. Não consigo nem começar a compreender o que Carter passou ao longo dos anos, mas a dor ainda paira no ar quando ele fala do pai.

Não posso deixar de me perguntar como Carter seria se seu pai ainda estivesse aqui. Gosto dele do jeito que é, mas será que ele teria passado por anos de sexo casual e sem sentido se seu pai não tivesse falecido?

Exceto que, se ele não tivesse feito isso, não estaríamos onde estamos agora de jeito nenhum. Além de sua aparência inegavelmente bonita, Carter é bobo e hilário, carismático, gentil e apaixonado o suficiente para fazer você sentir como se ele estivesse pegando fogo por você. Não haveria como ele ser solteiro. Odeio admitir, mas esse seu passado é a única razão pela qual somos capazes de nos dar uma chance real agora.

— Você quer ter filhos? — Carter me pergunta de repente. — Ou não? Você odeia crianças? Provavelmente odeia, trabalhando com elas o dia todo. Não, que bobagem. Você deve amar crianças, já que treina o time de hóquei da sua sobrinha no seu tempo livre.

Nada é mais adorável que Carter ansioso e divagando. Independentemente de saber lidar com essa coisa de namoro, apesar de nunca ter feito isso antes, está claro que ele está tão fora de seu ambiente, questionando tudo o que diz ou faz.

— Eu gostaria de ter filhos um dia — respondo.

Sua garganta se mexe quando ele balança a cabeça.

— Legal. Sim. Legal. Eu também. Um dia.

— Carter?

Seu rosto se ilumina.

— Sim?

— Tenho que me vestir para o trabalho.

— Ah. Ok. Sim. Mal posso esperar para ver você na sexta-feira, Ollie. Vou marcar um gol e mandar um beijo para você em rede nacional.

— Eu definitivamente poderia passar sem isso.

Ele me dirige aquele sorriso diabólico, piscando para mim antes de desligar, o que não é a garantia que eu estava procurando. Então meu telefone vibra e suspiro com a mensagem.

> **Homem mais sexy do mundo:** em uma escala de 1 a 10, quão brava você ficará se eu te chamar de princesa em rede nacional?

Já passa das onze quando, enfim, me deito na cama, sentindo-me particularmente deprimida e um pouco frustrada comigo mesma por ser desse jeito. Sobrevivi bem sozinha antes de Carter, mas agora não consigo passar mais que algumas horas sem falar com ele.

O time embarcou em San Jose às cinco e, embora eu saiba que é tarde demais para vê-lo, acho que esperava que Carter ligasse quando chegasse em casa. Mas uma última olhada no meu telefone me mostra o que já sei: ele não ligou nem mandou mensagem desde o fim da tarde.

Pego seu moletom, sentindo seu cheiro enquanto o algodão grosso me envolve. Embora eu esteja usando calça térmica e enfiada sob três cobertores, meu corpo ainda treme com um arrepio, então seguro os cobertores contra o peito e rolo no colchão, enrolando-me como um burrito antes de dormir.

Estou quase dormindo quando as batidas começam, acordando-me com um grito. Paro apenas por um momento antes de começarem de novo, mais rápido, mais forte, e eu pulo da cama.

Exceto que... estou no casulo de cobertor. Não consigo mover as pernas nem soltar os braços com rapidez suficiente para evitar cair de cara.

— Ai — gemo, rolando de costas e soltando os braços para que eles possam cair na madeira fria onde estou deitada e dolorida. — Merda.

E lá vem aquela maldita batida de novo. Juro que ouço um fraco *Liv, Liv, Liv, Liv*, então rolo de bruços e rastejo pelo chão do meu quarto. Usando o batente da porta para me levantar, sacudo os cobertores dos quadris e sigo pelo corredor.

Se eu estivesse mais acordada, provavelmente me ocorreria não atender à porta quase à meia-noite. Em vez disso, esfrego os olhos, deslizo a mão por baixo do suéter para coçar a barriga enquanto bocejo e abro a porta.

— Ah. *Estou* sonhando.

Toco meu rosto; realmente dói. Mas é um sonho, que bom. Não haverá hematomas. Fecho a porta e volto para a cama. Só que ela não fecha, e o homem na minha porta entra, pegando meu cotovelo.

— Imagino que ter alguém tão bonito quanto eu aparecendo inesperadamente na sua porta no meio da noite seja coisa de sonho mesmo, mas não, você não está sonhando. — O aperto de Carter aumenta enquanto ele me puxa para ele. — E você tentou bater a porta na minha cara, depois de três dias de saudade, então vou precisar que abra essa sua linda boca e me deixe provar você, sua linda.

28

QUEM LIGOU O AQUECEDOR?

OLIVIA

Há uma bolsa de hóquei na minha varanda.

Um par de tacos também e, quando uma mala de couro marrom cai no chão, o baque faz meu coração disparar.

Mas o homem corpulento de um metro e noventa de altura na minha frente ainda não parece real.

— Carter? — Abrindo os botões de seu casaco de lã, deslizo minhas mãos para dentro, pressionando-as em seu peito. Ele é sólido, quente e, quando pressiono meu nariz em seu peito e inspiro, cheira bem também. Meu olhar se eleva, encontrando o dele, divertido e curiosamente suave, e me lanço em seus braços, envolvendo minhas pernas em sua cintura enquanto me esmago contra seu corpo. — Você está aqui.

— Estou aqui. O voo atrasou e pensei que era tarde demais para ligar, mas fiquei triste e... vim para cá. Ele afasta meu cabelo do rosto, olhos hesitantes movendo-se entre os meus. — Tudo bem?

Arrasto sua boca até a minha, respondendo com um beijo.

— Senti a sua falta.

— Porra, que delícia. — Suas mãos deslizam pelas minhas costas, segurando minha bunda. — Por que você tá com um cobertor enrolado no tornozelo?

— O quê? — Desembaraço meus membros do corpo dele e, de fato, quando ele me coloca de pé, a ponta do cobertor está enrolada em meu tornozelo. — Fiquei emaranhada nos meus cobertores — murmuro enquanto ele tira seu equipamento da minha varanda, joga-o na minha sala e tira as botas.

Ele desliza a gravata pela cabeça, sorrindo quando a coloca sobre a minha, enrolando-a no punho e me arrastando até ele para um beijo ardente.

— Estou morrendo de fome — ele sussurra contra minha boca, pressionando-me contra a parede. — De você. — Sua língua desliza contra a minha, lenta e faminta, e meus joelhos tremem. Então coloca a mão na minha bunda e me puxa para a cozinha. — E de comida. Tem comida aqui?

Fico perplexa, observando enquanto ele tira a camisa de dentro da calça e esfrega a mão sobre o torso ondulado, verificando o conteúdo da minha geladeira. Ele olha por cima do ombro, atingindo-me com um sorriso deslumbrante, enquanto seu olhar percorre meu corpo.

O que ele está fazendo? Ele veio apenas para fazer um lanche? Ou ele vai... ficar?

— Você pode se livrar desse maldito cobertor antes de se machucar? Se eu precisar levá-la ao hospital esta noite, será porque meti em você com força demais e te deixei em coma, não porque você tropeçou nesse maldito cobertor e quebrou o tornozelo.

Bem, então. Essa é uma maneira de aumentar o calor aqui.

E estou demorando demais para fazer o que ele mandou, pelo jeito, porque Carter abaixa e desenrola meu tornozelo.

— Pronto. Está segura agora. — Ele tira restos de comida da geladeira, inspira e geme. — Porra, que cheiro bom. Posso?

No segundo em que encontro um garfo, ele o arranca da minha mão e come. Eu realmente acho que ele nem está respirando, apenas enfiando meu macarrão com frango picante na boca.

Eu me sacudo do transe em que estou, sorrindo ao ver o modo como Carter lambe o garfo depois de terminar.

— Acho que vou comer no refeitório amanhã.

Ele congela.

— Este era o seu almoço? Ah, Liv. Por que você não me falou? — Ele me coloca na bancada e puxa minhas pernas em volta dele, enfiando o rosto no meu pescoço. — Eu comi seu almoço. Sinto muito. Mas sou bem grande e estava praticamente definhando.

Dou uma risada, que vira um gemido quando sua boca se abre no meu pescoço.

— Por mais que eu ame você em minhas roupas... — Seus dedos mergulham sob o moletom, roçando minha pele. — Esse moletom precisa ir embora.

Está no chão um segundo depois, e todos os lugares que seu olhar toca queimam minha pele exposta.

— Esta regata — ele rosna, passando os polegares sobre os meus mamilos, tensos contra o material fino. Seus dedos dançam pela minha barriga, parando na cintura. — Eu amo essa regata. Mas vou ter de rasgar.

A noite silenciosa se enche com o barulho do tecido rasgando. O ar frio dança sobre a minha pele e tremo quando meu corpo fica arrepiado. Carter franze a testa, examinando minhas unhas meio azuladas, embora não tenham esmalte.

Seus próprios ombros tremem e ele esfrega as mãos para cima e para baixo em meus braços.

— Está congelante aqui, Ol. Posso aumentar o aquecedor?

Ele está em movimento antes que eu possa dizer para não se preocupar, e o sigo até o termostato no hall de entrada, pegando seu suéter e me cobrindo novamente.

— Nove graus? Ollie, estão apenas nove graus aqui! — A humilhação queima meu rosto enquanto ele testa os botões. — Por que diz modo de aquecimento desativado? E por que não consigo ligar?

Meu olhar cai. Seguro um braço com o outro.

— Meu aquecedor está quebrado.

— Merda. — Sua mão corre ao longo da borda de sua mandíbula. — Faz quanto tempo?

— Hmm... — Eu coço a cabeça. — Uma semana ou mais?

— Uma semana? Olivia! Você não pode... Isto não é... — Ele segura meu rosto. — Porra. Está frio demais para você aqui, Ollie.

— Por isso o moletom. — Faço um gesto para o meu corpo embrulhado. — E o cobertor enrolado no meu tornozelo.

— Onde está o seu aquecedor? — Ele aponta para a porta do meu porão. — Quer que eu dê uma olhada?

Eu agarro sua mão, parando-o, porque Carter não espera ninguém, o que significa que, assim que a pergunta saiu da sua boca, ele já estava a meio caminho da porta.

— Não dá para consertar, meu irmão já olhou. Está ruim desde o inverno passado. Preciso de um novo.

— Ah, você vai trocar?

Minhas orelhas queimam. Não consigo nem olhar para ele. Eu me movo, brincando com o coque no topo da minha cabeça.

— Estou economizando.

— Você está economizando?

Lágrimas de vergonha pinicam meus olhos e desvio o olhar antes que ele possa ver.

— Não posso comprar agora. Por favor, esqueça isso.

Becha Mack

— Eu...

— Se está com frio, Carter, você tem cinco lareiras em casa para aquecê-lo.

O canto de sua boca se curva.

— Sete.

— O quê?

— Tenho sete lareiras.

Meu rosto queima, o suficiente para me manter aquecida no frio.

— Desculpa, então, porque não tenho nenhuma — sussurro enquanto passo por ele.

— Ei. — Sua palma envolve minha nuca, gentilmente me guiando de volta para ele. Seus olhos não contêm nada além de sinceridade. — Vou precisar que você me diga por que ficou tão chateada.

— Porque você disse...

— Sei o que eu disse. Perguntei se você iria trocar o aquecedor. — Ele me observa morder a boca. — Você está com vergonha de não poder pagar? — Concentro-me em seu peito, a pele perfeita aparecendo através dos botões abertos. Mesmo no meio do inverno, ele tem um tom perfeito de dourado, como o pôr do sol. — Olhe para mim, Ollie. — Ele puxa a ponta da unha da minha boca, para onde eu não percebi que ela migrou, e segura meu queixo entre os dedos, forçando meu olhar para o dele. — Você nunca precisa ficar envergonhada com isso. Você trabalha duro e está fazendo o melhor que pode. Estou orgulhoso de você e espero que você também esteja.

Meu coração bate silenciosamente, meu peito aperta com as palavras doces, a compaixão que ele mantém em seu olhar firme.

— É difícil não me comparar a alguém como você — admito. — Sei que estamos em campos diferentes, mas tudo o que você tem é tão lindo, tão incrível e...

— Inclusive você, Ollie. Você é tão linda, tão incrível, você inteira. Não entende que todo o resto não se compara? Eu trocaria todo o resto por você.

Borboletas voam pelo meu estômago e, quando encosto meu rosto em seu peito, posso respirar novamente.

— Eu gosto das suas lareiras. Todas as sete.

Carter ri, balançando-nos para a frente e para trás.

— Vou aconchegar você esta noite e estou com calor, então você não vai precisar de todas essas roupas, de qualquer maneira.

— Você vai ficar aqui?

Sua expressão diz *dããã*, mas sua boca diz:

— Tudo o que quero fazer é te foder até amanhã e adormecer com minha namorada em meus braços.

Vejam só, meu coração em suas mãos.

A julgar pelo tom rosado nas maçãs do seu rosto e pela maneira como ele puxou o lábio inferior para dentro da boca para mordê-lo, eu diria que este homem excepcionalmente grande e confiante parado diante de mim está se sentindo tímido.

— Namorada?

Ele balança e coça a cabeça.

— Tudo bem se eu te chamar assim? Sei que quero estar com você. Sei que somos compatíveis. Não preciso de tempo para ver se vai funcionar, se é sério. Já sei de tudo isso. Quero que você seja minha e não quero compartilhar você com mais ninguém. Então seja minha. Por favor.

Minha mão desliza ao longo da barba por fazer que reveste seu queixo.

— Como você está solteiro?

— Porque você tem dado uma de difícil nas últimas sete semanas, mais ou menos. Porque está me mantendo aqui, esperando por uma resposta para minha pergunta, quando a resposta parece bastante óbvia para mim.

— Muito óbvia, hein? E qual é a resposta óbvia?

— A resposta óbvia é sim, porque você está obcecada por mim. Não consegue parar de pensar em mim e em meus lindos olhos. E em minhas covinhas. — Seu hálito quente desce pelo meu pescoço. — Você *ama* as minhas covinhas.

— Sua arrogância nunca deixa de me surpreender.

— O que você quer dizer é confiança, e você também adora isso em mim.

Passo meus braços em volta de seu pescoço, os dedos em seu cabelo, enquanto ele me puxa até si e se dirige para o meu quarto.

— É mesmo?

— Ã-hã. Sei que você gosta do torso da minha mão.

Ele me deita na cama e dá um passo para trás, desabotoando a camisa antes de tirá-la, revelando seu torso impecavelmente esculpido, aquele V profundo que corre como um rastro de desejo puro até onde desaparece em suas calças.

— Em que estou pensando agora?

— Que você quer gozar — ele responde simplesmente, jogando a calça no chão. Sua cueca boxer segue rapidamente, e uma necessidade inebriante se desenvolve em minha barriga quando seus joelhos batem no colchão. — Nos meus dedos, na minha língua. Por todo o meu pau.

Meu batimento cardíaco se instala entre minhas coxas, e algo cru e selvagem aperta minha garganta enquanto ele vem em minha direção. Ele engancha os dedos no cós da minha calça e a arrasta pelas minhas pernas. Sua palma áspera raspa meu torso, apertando meu peito. Um momento depois, o moletom que estou vestindo está no chão, deixando-me nua e exposta.

Há algo sobre o calor acumulado por trás de seu olhar, tão escuro, tão faminto, que torna difícil respirar quando ele olha para mim.

Estendo a mão para ele, mas a palma de sua mão pousa na minha clavícula, forçando-me para trás.

— Não, linda. — Lábios macios encontram a pele delicada da parte interna da minha coxa, em sua degustação. — Você ainda não respondeu à minha pergunta.

Porra. Qual foi a pergunta mesmo?

Ele passa a ponta do dedo pela minha fenda e minha cabeça cai para trás, com um gemido quando roça meu clitóris.

— Caramba, *sim*.

— Sim? Essa é a sua resposta ou você está simplesmente me informando que gosta do jeito como toco você? — Seu olhar semicerrado segura o meu enquanto sua língua traça meu centro dolorido, causando cãibras de desejo. — Seja mais específica, Ollie. Você é minha?

Ele afunda um dedo dentro de mim, de forma dolorosamente lenta, e todos os pensamentos deixam meu cérebro.

— Sim — gemo. — Sim, sou sua.

— *Ding, ding, ding* — ele sussurra. — Resposta correta.

Minhas costas arqueiam, minhas mãos em seus cabelos e seu nome em meus lábios quando ele enterra o rosto entre minhas pernas. Sua boca é como um sonho molhado, sua língua é uma arma letal, e estou pronta para deixar esse homem me destruir.

E, *caralho*, ele sempre faz isso tão bem. Empurrando os dedos, raspando os dentes, e uma língua perversa que nunca para. Eu me desfaço com um orgasmo explosivo que deixa minhas pernas tremendo.

Só quando Carter sobe sobre meu corpo é que percebo que suas mãos estão tremendo.

Recuperando o fôlego, acaricio seu rosto.

— O que foi?

— Gosto tanto de você — ele deixa escapar. — Gosto de tudo em você. Isso está certo? Está tudo bem em dizer o quanto gosto de você ou não deveria falar nada? Falo uma vez, depois nunca mais? Digo a você todos os dias? Não sei, Ollie. Sou novo em tudo isso. Tudo o que sei é que queria muito falar e também estou super, fodidamente, aterrorizado. — Ele apoia a testa na minha e respira. Quando seus olhos se abrem, o medo neles me diz que não estou sozinha. — Não quero estragar tudo.

Viro a cabeça, beijando sua mão apoiada no meu rosto.

— Gosto muito de você também, Carter. E eu não acho que vá estragar tudo. Você já é ótimo nisso aqui.

— Sou? Quero dizer, sou ótimo na maioria das coisas, então... *ei!*

Quando dou o primeiro golpe em seu ombro, ele captura minha mão e prende-a acima da minha cabeça.

— Não me faça amarrar essas mãos atrás das suas costas — ele sussurra contra os meus lábios. — Não tenho ideia do que estou fazendo, Ollie.

Eu também não. Já estive em dois relacionamentos sérios, mas nunca senti o que sinto por Carter. Essa intensidade que vibra entre nós, o magnetismo que nos aproxima cada vez mais, é tudo tão confuso, porque é viciante. Não consigo encontrar um botão de pausa, o que é assustador.

Você não deveria se apaixonar tão rapidamente.

Carter se acomoda de lado, puxando-me contra ele.

— Lento e firme esta noite, ok? Eu só quero sentir você. — Ele levanta minha perna, guiando seu pau entre minhas coxas. Eu agarro os lençóis enquanto ele mete, e seus dedos entrelaçam os meus. Sua boca varre meu pescoço, meu ombro, os dentes pressionando minha pele enquanto ele move seus quadris contra os meus. — Cada centímetro de você. Todos são os meus favoritos. Você é a minha favorita. Minha princesa.

Um arrepio deixa meus lábios.

— Esse apelido é ridículo, mas acho que adoro.

Ele solta minha mão, passando os dedos pelo meu braço, depois pela lateral do meu corpo. As pontas dos dedos cravam no meu quadril enquanto seu ritmo acelera, cada impulso mais profundo, mais poderoso que o anterior. Ele acaricia o tenso feixe de nervos na altura das minhas coxas e eu esqueço o meu nome.

— Você quer outro? E chuchu? Que tal, Liv? Quer ser meu chuchuzinho?

— Você se supera.

Eu mal consigo revirar os olhos e Carter engole minha risada ofegante com a boca.

— Acho que você quer ser meu chuchu.

— Eu quero ser qualquer coisa para você.

Sua mão sobe por minha barriga e segura meu pescoço, e Carter puxa meu rosto em direção ao dele, seus movimentos nunca diminuindo.

— Que tal meu tudo?

Meu coração para de bater ao som dessas palavras. Carter não ousa desviar seu olhar do meu enquanto continua se movendo, avançando, ofegante. Sua testa se enruga, os olhos fechando apenas por um breve momento antes de sua boca devorar a minha em um beijo tão feroz, tão faminto, que sinto até a ponta dos pés. Eu grito seu nome e ele se enterra em meu pescoço quando o mundo se despedaça ao redor de nós.

Carter me esmaga contra si, envolvendo-me em seus braços. Além do orgasmo de esmagar a alma, que torna difícil recuperar o fôlego, os sentimentos que tenho por ele estão me sufocando. Eu os enterro na minha garganta e pressiono meu rosto em seu peito arfante.

Então, seu estômago ronca e ele rola para o lado.

— Odeio arruinar este momento, mas estou com fome de novo.

— Você é um saco sem fundo. Fiz muffins de mirtilo. Estão na...

Ele salta da cama com um grito — sim, um *grito* — e vejo seu traseiro nu desaparecer no corredor mais rápido do que jamais vi esse homem se mover quando não está de patins. Ele retorna trinta segundos depois com as bochechas e as mãos ocupadas.

— Achei!

— Despensa. Uau. Três muffins, hein?

— Quatro — ele murmura, apontando para suas bochechas de esquilo. Ele engole, oferecendo um para mim. — Um é para você. — Ele o puxa de volta para o peito. — A menos que você não queira. Porque, aí, eu que vou comer.

— Carter...

— Sim.

Sua cabeça balança quando ele se ajoelha na cama, devorando um muffin.

— Você tem razão. Compartilhar é sinal de amor. — Ele enfia um pedaço entre meus lábios e cai de costas, com as pernas para fora da cama.

— Sua cama é pequena demais para mim.

— Eu caibo perfeitamente.

— Porque você é pequenininha.

— E você é do tamanho de um monstro.

Ele olha para sua virilha, girando os quadris, fazendo minha dança muscular favorita.

— Ouviu isso, grandão? Do tamanho de um monstro.

Balanço minha cabeça.

— Em que diabos fui me meter?

Ele ri.

— Seus alunos deram mais trabalho para você depois de segunda-feira?

Fazendo beicinho, eu me aconchego ao seu lado.

— Um me chamou de maria-rinque.

— Pois é, e você acabou com ele. Eu sabia que você ia cortar todo esse atrevimento rapidinho. — Seus dedos percorrem um caminho lento para cima e para baixo na minha espinha. — De resto, tudo bem? Emmett disse que seu irmão estava chateado.

Mordo meu lábio, mas, quando ele puxa minha cabeça, juntando nossos olhares, eu suspiro.

— Ele não estava muito feliz no início. Queria que eu parasse de ver você.

— Ah. — Seu olhar cai, mas toco seu rosto, trazendo-o de volta para mim.

— Então falei o quanto você me faz feliz e era isso que importava.

Olhos verdes se movem ansiosamente para os meus.

— Mesmo? Eu te faço feliz mesmo?

Abro um sorriso tão grande que minhas bochechas doem.

— O que você acha?

Seu próprio sorriso está brilhando quando ele leva meus lábios aos dele.

— Acho que amo o seu sorriso mais que qualquer coisa neste mundo.

Quando ele apaga a luz e me abraça forte contra si, percebo que estava certo quando disse que eu não precisaria de todos aqueles cobertores para me manter aquecida. Só preciso dele e do fogo que alimenta minha barriga quando ele está comigo.

Seus lábios pontilham meu ombro com beijos enquanto ele canta suavemente aquelas mesmas palavras que cantou para mim em dezembro, enquanto me segurava em seus braços e me rodopiava pela pista de dança lotada.

— Tenho muita sorte de ser o homem que consegue ficar perto de você, Ollie. — Enterrando o rosto no meu pescoço, Carter faz um gesto suave e feliz. — Boa noite, chuchu. Gosto de você.

— Eu também gosto de você, Carter.

São apenas sete da manhã e minha quinta-feira já está parecendo tão fantástica quanto minha noite de quarta, porque o corpo de Carter ainda está enrolado no meu.

— Não — ele rosna, com a voz grossa e rouca enquanto tento desligar o despertador. Ele pega meu pescoço, puxando-me de volta para ele, e joga uma perna sobre mim, com um zumbido silencioso de satisfação em seu peito.

— Fica comigo.

— Eu tenho que trabalhar, Carter.

Dedos longos deslizam pela minha barriga, abrindo caminho entre minhas coxas.

— Você está com febre. Precisa ir ao médico.

Viro-me em seus braços e beijo seu rosto sonolento, seus cílios escuros descansando contra as maçãs do seu rosto.

— Você pode continuar dormindo. Vou deixar minha chave reserva na cozinha.

— Posso comer mais muffins?

— Você vai comer todos eles?

Ele suspira. É um suspiro resignado, mas satisfeito, como se ele estivesse feliz por eu conhecê-lo tão bem a ponto de fazer a pergunta.

— Sim. Sim, eu vou.

Acho que ele está dormindo quando fico pronta para sair meia hora depois, então não me despeço. Isso é um erro; ele grita meu nome da cama quando abro a porta da frente.

Encosto-me na porta do quarto.

— Você chamou, senhor?

Ele estende a mão.

— Preciso de um abraço e um beijo.

Ai, meu Deus, ele é adorável.

Afundo no abraço esmagador, naquele sentimento pleno que vem com ele, e quando me solta, ele me dá um tapinha na bunda.

— Tenha um bom dia, chuchu.

Ele se transforma em um perfeito burrito, murmurando para si mesmo sobre o tamanho da minha cama e a temperatura congelante em minha casa.

Meu dia só melhora quando meu almoço é entregue em mãos por alguém que se parece muito com o motorista da limusine que me deu carona para casa no fim de semana passado e fica ainda melhor quando vejo que é carbonara com bacon e uma fatia de cheesecake de chocolate coberto com Oreo.

Quando chego em casa do trabalho, o clima está diferente. Aconchegante, de alguma forma, ou talvez seja apenas por saber que Carter esteve aqui. De todo modo, sorrio para mim mesma enquanto tiro o casaco e vou para a cozinha.

O que está sobre a bancada faz meu estômago revirar. Tulipas rosa, laranja e amarelas enchem um vaso de vidro, mas é o bilhete que me deixa mais feliz.

> *Lindas e brilhantes, assim como você.*
> *Mal posso esperar para acordar*
> *ao seu lado neste fim de semana.*
> *Gosto muito de você,*
> *Carter*

Eu abano meu rosto, tentando dispersar o calor que corre por mim agora. Quando isso não funciona — *estou suando* —, arranco meu suéter. Mas ainda estou com calor, então começo a puxar minha legging sobre meus quadris e...

Por que estou com calor?

Meus olhos voltam-se para o termostato. De modo hesitante, dou um passo em direção a ele, depois outro. Outro, e meu coração quase salta do meu peito quando enfim o verifico: vinte e dois graus. Que diferença do ar gelado que tem circulado aqui nos últimos dias.

Chego na metade da escada do porão antes de me virar e correr de volta para cima. Mais duas tentativas antes de finalmente conseguir descer. Minha mandíbula se abre, minha mão tremendo no corrimão enquanto fico boquiaberta.

Tenho certeza de que esse aquecedor novinho em folha absolutamente não estava aqui esta manhã.

29
NÃO CUTUQUE

CARTER

Trinta e sete minutos.

Aff. Não foi o tempo mais longo que fiquei sentado aqui e esperei, mas definitivamente não foi o mais curto. Não estou surpreso. Esta é a norma nesta casa. Tem sido desse jeito minha vida inteira.

Ainda assim, reclamo, passando as mãos irritadas pelo cabelo antes de arrastá-las pelo meu rosto em câmera lenta.

— Mamãe, vamos — imploro, caindo contra o sofá. — Vamooooossss.

— Ainda não terminei de me maquiar, Carter! — ela grita de volta.

— Você não precisa de um novo rosto. Seu rosto é perfeito.

Eu diria que ela era mais bonita que a Beyoncé, se isso a trouxesse até aqui. Mas tentei e não funcionou.

Eu me esparramo no sofá.

— Não entendo por que você não consegue estar pronta quando me diz que estará pronta.

Minha mãe é famosa por chegar atrasada para tudo. Jennie também é assim, mas minha mãe é incomparável. Meu pai costumava jogá-la por cima do ombro e carregá-la para fora de casa, e foi exatamente por isso que eu disse a ela que a apresentação de Jennie começa às cinco, e não às cinco e meia, como de fato começará. Uma mentirinha inocente ajuda muito a garantir que chegaremos na hora certa para qualquer coisa que exija sair de casa.

— E não entendo por que você ainda espera que eu esteja pronta quando eu digo que estarei! Você deveria me conhecer melhor a essa altura.

Ela enfia a cabeça na sala de estar. Está de rímel apenas no olho esquerdo, fazendo-o parecer dez vezes maior que o direito.

Faço uma careta e me acovardo. Ela revira os olhos e me mostra o dedo do meio, mas deixa cair o rímel ao fazer isso.

— Carma — murmuro, ganhando um tapinha na testa.

Tento agarrar sua mão, mas ela sai pelo corredor, gargalhando.

— *Mais um minutinho* — cantarola.

Suspiro, pego meu telefone e faço o que venho fazendo na última hora: ver se Olivia me enviou mensagem.

Ela não mandou nenhuma desde que terminou o almoço e enviou uma foto lambendo um Oreo, que, obviamente, agora é sua foto de contato.

Coloco meu telefone no peito e cruzo os braços atrás da cabeça e os tornozelos. Se eu tiver que passar meus dias servindo mulheres, é melhor ficar confortável.

Meus olhos se abrem quando o telefone começa a vibrar no meu peito. A imagem de Olivia lambendo seu biscoito brilha na tela, e eu me esforço para me sentar.

— Olá, pequena Ollie. — Meu sorriso se transforma em uma careta diante de sua expressão triste. — O que há de errado? Os alunos encheram o saco?

Há um estrondo em algum lugar atrás de mim, e três segundos depois minha mãe entra derrapando na sala, sem fôlego, ambos os olhos finalmente prontos. Ela aponta para o meu telefone e murmura: *Olivia? É Olivia?* Então dá pulinhos, cobrindo a boca com as mãos.

Ela tem cinquenta e dois anos, caso alguém esteja se perguntando se minha mãe é, de fato, adulta.

Eu coloco meu telefone de volta sobre o peito.

— Sério? É *isso* que faz você sair pela porta?

Ela sorri, sentando-se no chão, com as pernas cruzadas enquanto olha para mim com olhos arregalados e inocentes.

— Não — Olivia diz em meu peito. Puxo meu telefone de volta para encontrá-la esfregando um olho. — Bem, na verdade não. Só fizeram piadinhas e tudo mais. — Ela puxa o lábio inferior entre os dentes, olhando para o colo. — Carter. Precisamos conversar.

— Opa — digo com uma risada. — Alguém está em apuros. — O olhar dela é frio. — Isso foi estúpido. Não sei por que disse isso. Sou eu. Estou em apuros. — Tenho sorte de Olivia achar minha brincadeira cativante, porque pelo menos sinto a contração de sua boca quando ela tenta não sorrir. Considero isso uma vitória, como faço toda vez que ela não consegue ficar com raiva de mim. Mas quero ver aquele feixe de luz completo, sentir como ele me ilumina como o sol. Então forço minhas covinhas e tento novamente. — Você está linda. Tão linda. Impecável, na verdade, mas você sempre é assim. — Faço um gesto para o meu cabelo antes de apoiar o queixo nos nós dos dedos. — Você fez algo novo no seu cabelo? Combina com você. Você é a melhor namorada de todas as namoradas que já tive. Minha favorita.

Aqueles olhos cor de café se estreitam perigosamente antes de Olivia explodir em gargalhadas. Minha mãe está pulando de bunda no chão, com o queixo apoiado nas mãos. Eu estendo meu pé, tentando afastá-la. Não funciona; ela é muito persistente.

— Eu sou a única namorada que você já teve.

— Certo. — *Sorriso encantador? Pode contar com isso.* — Porque você é a minha favorita.

Seu revirar de olhos é uma das minhas coisas preferidas nela, porque eu amo esse seu atrevimento, sua agressividade. Olivia se esforça tanto para manter seu lado supersensível escondido dentro de si, mas eu o vejo.

— Por que minha casa está tão quente? — ela enfim pergunta, brincando com aquele lábio inferior carnudo.

Passo a palma da mão sobre meu peito orgulhoso e inflado.

— Não sei nada sobre isso.

— Carter... você comprou um aquecedor para mim.

Minha mãe se torna uma gata, arranhando minhas pernas, as unhas cravadas com força suficiente para justificar um grito silencioso meu enquanto escondo o celular e a tiro de cima de mim.

— Aquecedor? — mamãe sussurra e grita. — Você comprou um aquecedor para ela? — Ela bate palmas dez mil vezes. — Eu sabia que você seria um grande idiota!

— Cala a boca — balbucio, jogando uma almofada em seu rosto.

Ela se esquiva, pegando-a e apertando-a contra o peito enquanto sorri como uma idiota. Ela investe demais na minha vida amorosa.

Volto-me para Olivia. É um erro. Ou talvez o aquecedor tenha sido um erro.

— Ah, merda. — Seus olhos castanhos ficam com o tom mais interessante de avelã, brilhando com notas de ouro e sálvia à medida que se alargam e se enchem de lágrimas. — Querida, não. Por favor, não chore. Por que você está chorando? — *Como você ajuda alguém pelo telefone?* — Eu não sei o que fazer. Você está bem? Precisa que eu vá aí? Me ajuda — imploro à minha linda e sensível garota.

— Não consigo pagar você agora — Olivia chora, depois enterra o rosto atrás da almofada do sofá quando as lágrimas não diminuem. — Vou fazer um plano de pagamento — acho que ela murmura. É difícil entender, quando ela está sufocando o rosto daquele jeito.

Minha mãe balança para a frente e para trás no chão, batendo palmas nos meus joelhos. *Eu a amo*, ela murmura. Eu a afasto com a mão na cara dela.

— É um presente, Ollie. E tire essa almofada do rosto.

Ela tira.

— Um presente de quê? Não é Natal! E você me deu um presente de Natal, e não te dei nada! Eu fugi de você!

— Aniversário? — Porra, deveria ter tentado o Dia dos Namorados. Lembro-me claramente de Olivia me contando que completou vinte e cinco anos em outubro.

— Meu aniversário é em outubro!

— Eu queria fazer algo bom para você e te presentear com algo que não poderia adquirir agora. — Ela passa as costas da mão nos olhos, soluçando. — Se seus dedinhos fofos congelassem, não sei o que faria comigo mesmo.

— Não quero que você pense que estou usando você pelo seu dinheiro.

— Não sei como eu poderia pensar isso. É um presente.

— Ninguém nunca fez nada assim por mim antes.

Ela provavelmente deveria se acostumar com isso, porque pretendo mimá-la.

— Eu não queria que você ficasse com tanto frio, chuchu.

Ela se derrete com o apelido, enfim me concedendo aquele sorriso que eu estava morrendo de vontade de ver.

— Muito obrigada, Carter. Eu... você... quero abraçar você agora mesmo — ela enfim diz.

— Ai, meu *Deus*! — minha mãe grita, desabando dramaticamente de costas antes de pular em mim. — Não posso evitar! Ela é adorável!

— *Mãe!*

Uma luta pelo poder ocorre imediatamente, enquanto ela tenta roubar meu telefone. Um cotovelo voa pelo ar, acertando-me no nariz, enquanto ela se joga no meu colo e pega o celular.

— Eu só... quero... dizer... *oi*! Me dê o telefone, Carter!

— Tire suas mãos grudentas daqui!

Consigo pegar um braço e prendê-lo nas costas dela.

Ela bufa, soprando a franja da testa com sua famosa carranca de mãe. A risada ansiosa que vem do meu telefone faz nossas cabeças se voltarem para encontrar Olivia nos observando com uma diversão curiosa.

— Ai, Jesus, este é o meu pior pesadelo — murmuro acidentalmente em voz alta, estremecendo quando minha mãe me dá um tapa na têmpora.

— Você já conheceu Hank. É apenas questão de tempo até que alguém a assuste.

Minha mãe se engasga.

— Você a apresentou a Hank antes de mim? — Ela puxa o telefone da minha mão e sorri suavemente. — Olá, Olivia. É tão maravilhoso conhecer você.

— Oi, sra. Beckett. — Olivia diz com um sorriso tímido e vacilante. — Desculpa. Que primeira impressão terrível. Em geral, não sou tão emotiva.

Minha bufada acidental me rendeu outro olhar, este da minha namorada.

— Não se preocupe, querida. — Minha mãe me aponta o polegar. — Este chorou em todos os filmes da Disney. Ele sempre foi um grande molenga.

— Qualquer um que não chorou quando aquela senhora levou Tod para a floresta e o deixou lá é um monstro — argumento.

Não sei como acontece, mas, um minuto depois, minha mãe já perguntou a Olivia quais são seus planos para a Páscoa e se ela se juntará a nós em nossa viagem em família à Grécia neste verão.

— Ok, mãe, diga tchau. — Pego meu telefone de volta e me tranco no banheiro. Afundando na beirada da banheira, passo a mão pelo queixo. — Então, isso simplesmente aconteceu.

Olivia dá uma risadinha.

— Se sua família tivesse um programa de TV, eu assistiria.

— Seríamos os próximos Kardashian e eu seria Kim, obviamente. — Sorrio com a maneira como seus olhos se enrugam com a risada. — Está aborrecida comigo? Pelo aquecedor? Talvez eu não tenha pensado direito.

Quando acordei sozinho esta manhã, meus mamilos estavam afiados o suficiente para cortar gelo, minhas bolas tentando rastejar para dentro de mim. Eu tinha o contato de uma empresa de aquecimento, e seis minutos depois paguei uma quantia obscena de dinheiro para que fosse entregue no mesmo dia. Não pude evitar. Quero cuidar de Olivia da maneira que puder e tenho a sorte de estar em uma situação que me permite fazer isso.

— Eu não estou chateada com você. Apenas chocada. É um presente tão grande. Tem certeza de que não quer que eu pague de volta? Posso reservar um pouco de cada salário e...

— Sem chance. De mim para você. Um presente.

Ela funga e fico preocupado que ela vá chorar de novo. Não sou bom com lágrimas. Elas fazem eu me sentir impotente e oprimido.

— Muito obrigada, Carter. Me desculpe por ter descartado você quando nos conhecemos.

— Não precisa se desculpar. — Eu estaria mentindo se dissesse que preferiria que ela não tivesse me descartado. Poderíamos estar trepando como coelhos e nos amando todo esse tempo. — As coisas acontecem por uma razão. Se você não tivesse me rejeitado, isso aqui poderia não ter acontecido. Já não consigo imaginar minha vida sem você.

Seu lábio inferior treme quase imperceptivelmente.

— Pare com isso.

— Pare com o quê?

— Pare de ser... perfeito.

Ora. Meu peito está inflado de orgulho.

— É por isso que me chamam de Sr. Perfeito.

— Você tem sorte de sua fofura superar sua presunção.

— Você faz eu me sentir presunçoso. — Meu telefone vibra, avisando-me que preciso arrastar minha mãe. — Desculpa, Ollie. Tenho que ir. Nós nos falamos hoje à noite?

Ela assente.

— Vou vasculhar meu armário e jogar fora todos os meus moletons furados e as calças de ficar em casa, agora que não estou morando na tundra.

Vou até a porta da frente, onde minha mãe está calçando os sapatos, graças a Deus.

— Ótimo. Você não vai precisar mais deles de qualquer maneira. Vamos dormir nus para que eu possa tocar em você a noite toda.

— Ah, Carter, pelo amor de Deus. — Minha mãe franze a testa, com as mãos na cintura. — Você não consegue manter o romantismo por mais de dois minutos?

— Você disse isso na frente da sua mãe? *Carter!*

Eu pisco.

— Tchau, chuchuzinho. Gosto muito de você.

Seu rubor aumenta até dez antes de ela murmurar sua resposta e, quando enfio meu telefone no bolso, minha mãe está me olhando cheia de doçura.

Calço as botas.

— Posso ajudar?

— Chuchuzinho?

— Sim, pois é.

— Você tem apelidos para a sua namorada. — Eu rosno em resposta. Minha mãe cutuca meu peito. — Não rosne para mim.

Eu rosno de novo, para irritá-la, só que tem o efeito oposto, e agora ela tem um pequeno sorriso colado no rosto.

— *Carter ama a namorada, Carter ama a namorada!* — ela canta.

— Tudo bem, agora chega. Vou dar uma de meu pai.

— Carter, você não... Ah! — Seu grito se transforma em risadas quando eu a levanto e a jogo por cima do ombro, como se ela fosse um saco de batatas, como meu pai sempre fazia, e ela ri da mesma forma.

— Te amo, querido.

— Eu também te amo, mãe.

— Eu não suporto esse daí.

— Carter — minha mãe avisa. — Cuidado.

Faço um gesto agressivo para a maneira como aquele idiota está tocando minha irmã caçula.

— Odeio o jeito que ele a toca. Como se fosse o dono dela ou algo assim.

Abro um sorriso falso enquanto Jennie e seu parceiro de dança cortam a multidão, vindo em nossa direção. Assim que se aproximam, eu a arranco dos braços dele, dando-lhe um abraço.

— Você foi incrível, Jennie.

Mamãe a balança para a frente e para trás com um aperto sufocante, e, no segundo em que ela a solta, o parceiro de Jennie volta, envolvendo seu braço idiota em volta da cintura dela. Jennie observa a maneira como meu olhar se concentra na mão dele, cobrindo seu riso com uma tosse e se afastando do Sr. Sapatinho.

— Ela não estava linda hoje à noite, Carter? — Simon Sapatinho diz.

— Ela sempre é. — Colocando-me entre eles, eu a afasto dele. — Devia dançar sozinha.

— Tive uma apresentação solo no primeiro tempo. — Jennie aperta minha mão em aviso. — Lembra?

— Sim, mas sempre. Você devia abandonar a dança de pares. — Eu me inclino para ela, sussurrando: — Esse fulano está derrubando você.

Ela finge me abraçar.

— Você o odeia, é só isso.

Obviamente, porra.

— Com quem você vai sair hoje à noite, Steve? — Acredite ou não, sou meio babaca às vezes, se não gosto de você. Eu não gosto de Simon e é por isso que às vezes, *ocasionalmente*, eu o chamo pelo nome errado. Ele fode todas as garotas com quem dança e já estava de olho na minha irmã há quatro anos.

— Eu poderia te perguntar a mesma coisa — ele responde com um sorriso tão autoconfiante que me faz ter vontade de dar um soco na cara dele.

— Tenho namorada.

— Certo. Eu ouvi. — Ele olha para as unhas. — Não pode ser assim tão sério, né? Conhecendo seu histórico...

Meu queixo treme.

— É sério.

— Ok. — Jennie bate palmas. — Estou morrendo de fome. Vamos jantar? — Ela passa o braço pelo meu antes que alguém possa responder, acenando para Simon por cima do ombro antes de se inclinar para mim. — Por mais que eu ame essa besteira de irmão machista e superprotetor, prefiro que você *não* mate meu parceiro de dança antes de eu me formar.

— Então vamos nos livrar dele depois da formatura?

— Eu não poderia me importar menos com o que você fará com Simon Sífilis quando eu estiver com meu diploma na mão.

— Ah, pelo amor de... — Minha mãe balança a cabeça. — Vocês dois são ridículos.

Eu, pelo menos, com certeza sou, porque quando as deixo em casa duas horas depois e fico sozinho no meu carro, estou na mesma posição em que estive na noite em que saí do avião. Tamborilando meus dedos no volante, hesito apenas por um momento antes de colocar o carro em marcha e seguir na direção oposta de onde eu deveria ir.

Dez minutos depois, estou diante da casa escura e silenciosa de Olivia. Eu deveria ligar para ela, mas, em vez disso, coloco a chave que ela deixou para mim hoje de manhã na fechadura. A porta range quando entro, rapidamente deixando o frio lá fora. Uma luz fraca vem do quarto no curto corredor.

— Olá? — Olivia chama, seguida por um barulho confuso, depois um estrondo e, então, um *merda* baixinho. Cinco segundos depois, ela coloca a cabeça para fora do quarto. O raio mais brilhante floresce quando me vê. — Carter.

— O que você está fazendo no chão, linda? — Eu a ajudo a se levantar, sorrindo para o cobertor que está emaranhado entre suas pernas. Não sei por que diabos ela continua com essa mania.

Ela me abraça e coloca o rosto no meu peito.

— Eu não sabia que você viria de novo.

— Nem eu. — Coloco meus lábios em seu nariz quando ela encosta o queixo no meu peito. — Simplesmente aconteceu. De novo.

— Tem certeza de que não está aqui para devolver minha chave?

— Não. — Eu a levanto em meus braços. — Vim verificar sua nova roupa de dormir. — Deixando-a cair na cama, sigo um dedo por sua coxa, parando no tornozelo. Ela está apenas com um short roxo e uma camiseta larga que deixa à mostra seu ombro cor de leite. — Adorei.

Tiro minhas roupas e subo na cama atrás dela. Escorregando uma mão por baixo de sua camiseta, cubro sua barriga quente e inalo seu cheiro. Ela é meu perfume favorito, como das manhãs de domingo em que minha mãe assava bolinhos para a nossa merenda escolar. Ela cheira a uma versão mais inebriante de "lar", e sou viciado no sentimento que vem com isso.

— Você deve saber que nunca receberá essa chave de volta. É minha agora. Já está pendurada junto com as minhas.

— Pode ficar com ela — ela sussurra enquanto puxo sua camiseta por sobre sua cabeça.

— Ótimo, porque eu não estava perguntando.

Meus dedos mergulham em sua calcinha, fazendo-a gemer, e seu cabelo faz cócegas na minha pele.

— Você nunca pede nada — ela murmura, resistindo contra a minha mão enquanto empurro dois dedos dentro dela.

— Não, só para você ser minha.

Sua mão agarra minha nuca quando ela inclina seu rosto em direção ao meu, implorando por um beijo. Dou a ela, porque sempre darei.

— Sou sua.

Minha boca se move enquanto olho para minha garota deslumbrante. Os olhos dela apertam-se com um gemido enquanto afundo dentro dela. Pegando seu queixo entre meus dedos, imploro-lhe silenciosamente que olhe para mim de novo. A sensação que inunda meu peito e domina todo o meu corpo quando ela faz isso é vertiginosa.

Os lábios macios de Olivia encostam em meu queixo até ela encontrar minha boca.

— Meu coração nunca se sentiu tão feliz quanto agora.

Suas palavras saem ternamente de sua língua, e eu dou tudo o que tenho para essa mulher pela qual meu coração bate.

30
NÃO CUTUQUE II

CARTER

DE QUE TIPO DE CELEBRAÇÃO achamos que Olivia irá gostar mais quando eu marcar um gol para ela esta noite? A resposta óbvia é uma piscadela sorrateira, mas ela me escolheu, então tem que saber que escolheu também os flashes. Faço tudo no brilho, não nas sombras.

Exceto transar com Olivia, por razões óbvias. Com ela, fico nas sombras. Embora eu goste de pensar que faço isso com brilho também...

Pegando um disco solto, deslizo-o pelo rinque enquanto examino os assentos atrás do nosso banco, procurando por Olivia. O casaco dela está pendurado no assento, ao lado do de Kara, então sei que elas já estão aqui.

— Dizem por aí que você comprou um aquecedor pra menina. — Emmett me segue e rouba o disco, torcendo-o e atirando-o em direção a um Adam desavisado, cujo bloqueador sobe bem a tempo de desviá-lo.

Garrett engasga-se com o ar.

— O quê? Um aquecedor central?

— A casa dela estava congelando pra caralho.

Passo um disco entre suas pernas, colocando-o na ponta do meu taco, e Emmett o toma antes que eu possa me exibir.

— Um aquecedor central novinho — reflete Garrett. — Hmm. Temos certeza de que ela não está usando você pelo dinheiro? — Emmett e eu o colocamos entre nós dois. — Tudo bem, tudo bem! Eu estava brincando!

— Ei! Rapazes! Guardem a hostilidade para o outro time!

Levanto a cabeça ao ouvir a voz de Kara e sorrio como um completo idiota quando encontro o olhar divertido de Olivia. Empurro Emmett para fora do caminho, corro para a mureta protetora do rinque e subo no banco, batendo minhas luvas contra o acrílico enquanto Olivia caminha pelo corredor. Ela está usando a camisa do Vipers que foi junto com a limusine que mandei para buscá-la, e ela deixou sua cintura como um pecado, o piercing no umbigo aparecendo enquanto caminha para se sentar.

— Aahhhh — eu digo. — Dê uma voltinha, linda.

Suas bochechas adquirem um tom adorável de rosa.

— Carter.

Eu sorrio, girando meu dedo no ar. Olivia revira os olhos e mantém as mãos acima da cabeça — saco de pipoca em uma, cerveja na outra —, mostrando o traseiro mais espetacular. Resisto à vontade de morder os nós dos dedos, só porque minhas luvas estão fedidas, mas, caramba, *87* e *Beckett* decorando suas costas realmente despertam algo em mim.

Pressiono meu visor contra o vidro.

— Estou tão duro agora.

— Beckett! — O treinador balança meu capacete. — Pare de flertar com a sua namorada e coloque a bunda de volta no gelo para se aquecer!

— Só estou lhe contando sobre o gol que vou marcar para ela.

Tudo o que quero fazer é me exibir para a minha garota. Sei que ela adora, mesmo que revire os olhos com a maioria das minhas brincadeiras ridículas.

Três minutos depois do segundo período, Garrett pula no gelo um momento antes de mim, agarrando o disco enquanto atravessa a linha vermelha. Ele chama meu nome enquanto salto sobre o gelo e bato meu taco três vezes para que ele saiba que estou aqui. O disco atinge a lâmina curva do meu taco sem grandes esforços por parte de Garrett, seus olhos saltando entre a rede e o goleiro.

— Atrás de você, Beckett! — Emmett grita à minha esquerda, alertando-me sobre o atacante que está vindo atrás de mim.

Piso no freio e vejo o lateral-esquerdo passar voando por mim antes de perceber que mudei de rota. No segundo que ele leva para se virar, passo por ele, procurando meu time.

— Todos vocês! — Garrett grita do lado da rede, pronto para um rebote. — É só atirar!

Minha perna esquerda desliza para trás enquanto corro e meu taco atinge o disco com um estalo, como um raio. Os fãs prendem a respiração quando eu o faço voar e, quando ele bate na trave com um som tão alto que ecoa antes de cair na rede, a arena inteira explode.

— Tá na minha! — grito, jogando os braços para cima.

— Que show, amigo! — Emmett ruge, jogando-me contra o gelo, e Garrett e nossos defensores se amontoam em cima de nós.

Olivia está de pé quando me levanto, batendo palmas e gritando com Kara. Patino até o banco, batendo as luvas com meus companheiros de equipe, e ela me lança o raio de luz mais brilhante que a luz vermelha que ainda pisca em cima da rede do goleiro.

Paro na frente dela e seus olhos se arregalam, o sorriso evaporando, substituído por um olhar de puro horror enquanto meus tacos sobem em câmera lenta.

— *Não se atreva* — Olivia murmura.

Mas Kara está pulando para cima e para baixo, balançando os ombros de Olivia, só para me desafiar.

Então, eu faço. Aponto meu taco para ela, levo minha luva aos lábios e dou a Olivia o maior e mais alto beijo que consigo dar, lançando-o no ar da arena enquanto a multidão enlouquece. Seu rosto vermelho-cereja ilumina o telão pela segunda vez em sua vida e, como nunca aprenderei minha lição, grito:

— *Essa é a minha princesa!*

Eles repetem meu gol três vezes no telão enquanto me reidrato, conversando com a galera. Quando me aprumo na linha vermelha para o confronto, dou outra olhada em Olivia. Ela está com os pés apoiados no acrílico, meio afundada no assento, uma das mãos cobrindo grande parte de seu rosto extraordinariamente lindo. Ela estreita os olhos, que ficam ainda mais semicerrados com o sorriso que dirijo a ela.

— *Puta que pariu.* — Lucas Daley, central e capitão-assistente do Seattle, assobia enquanto patina em um pequeno círculo, com o taco colado nos quadris. — Posso ficar com ela?

— Que porra você disse?

— Quando você terminar com ela. — Ele olha na direção de Olivia. — Posso ficar com ela?

Meus dentes rangem.

— Não pretendo terminar com ela.

Seu bufo incrédulo faz meu pescoço estalar, torcendo da esquerda para a direita. Ele está tentando me irritar e não posso deixar isso acontecer, sobretudo com Olivia aqui.

— Você já transou com ela, agora estou esperando que faça o que faz de melhor e a jogue fora.

— Vai se foder, Daley — Emmett responde com desinteresse.

— Ou o quê? Seu amigo aqui vai me nocautear?

— Se você não parar de falar? — Eu patino para a frente até meu peito tocar o dele. — Sim, é exatamente o que vou fazer.

O árbitro coloca um braço entre nós.

— Acalmem-se, senhores. Chega disso. Vamos fazer o disco rolar.

Tomo o meu lugar no gelo, sacudindo a raiva que cai dos meus ombros em ondas enquanto me preparo para o confronto com Daley.

O árbitro se curva, o disco em sua mão pairando sobre o ponto azul.

— Nem olhe para ela, ok?

Com um suspiro, o árbitro se endireita, esfregando a palma da mão no rosto. Mal registro isso, muito focado em Daley, seu olhar colado na minha namorada, que, por acaso, está nos observando enquanto morde o lábio inferior.

— Ela é uma mariazinha-rinque safada, né? Vou rasgá-la em duas.

Antes que eu perceba o que está acontecendo, minhas luvas e meu taco estão no gelo, os punhos cerrados em volta da gola da camisa de Daley, meu rosto no dele enquanto o puxo para perto.

— Se falar qualquer porra sobre ela, vou te destruir.

Minha pulsação martela em meus ouvidos, meu peito inflando de raiva. Sou um vulcão à beira da erupção. Ninguém será capaz de me impedir quando eu começar. Um sorriso malandro se espalha pelo rosto de Daley enquanto ele larga o taco e joga as luvas.

— Afastem-se agora! — diz o árbitro, abrindo espaço em volta de nós.

A atmosfera na arena é selvagem. Os fãs vivem para ver brigas, adoram ver Carter Beckett perder a cabeça de vez em quando, que é exatamente o que está prestes a acontecer.

Soltando a camisa de Daley, mantenho os punhos erguidos enquanto começo a girar em um círculo lento.

— Você tá limpo? — Seu olhar se volta para Olivia. — Não gosto de nada atrapalhando quando fodo uma gostosa como ela. Quero sentir cada centímetro da... — Meu punho atinge sua boca, sua cabeça virando para trás, calando-o. Ele gagueja, limpando o sangue do lábio rachado antes de rir. — Ela parece apavorada. Acha que está preocupada se vou te derrubar, Beckett?

Seu punho balança, acertando meu ombro quando me esquivo do soco. Corro para ele, agarrando sua camisa e arrastando-o em minha direção.

— Você ainda está falando, mas não sou eu quem está sangrando.

Daley se vira quando o golpeio no rosto de novo e puxo sua camisa por cima de sua cabeça, derrubando o capacete dele. Deixo meu punho voar mais uma vez, acertando-o no nariz, com sangue espirrando nos nós dos dedos. Ele mergulha em minha direção, agarrando minha camisa enquanto caímos no gelo. Seu punho falha, batendo no canto da minha boca enquanto meu capacete se solta e eu rolo em cima dele. Meu cabelo bate na minha testa enquanto mando meu punho para a frente, uma, duas, três vezes.

— *Beckett*! Chegaa! — O árbitro patina em nossa direção, os bandeirinhas o flanqueando. — Parou! Vocês dois! Parou!

Agarrando a camisa de Daley, puxo seu rosto para o meu, com o peito arfando.

— Você não vai tocar nela, porra!

Olho para a mulher em questão enquanto minha punição é aplicada pelos alto-falantes: *cinco minutos cada*. O olhar ansioso de Olivia está fixo em mim, os joelhos bambos, a ponta do polegar na boca como se ela estivesse roendo a unha.

Kara coloca pipoca na boca e me acena com dois polegares para cima e um grito.

— É isso aí, Beckett! Acaba com ele!

Suspirando, afundo no assento do banco de penalidade, correndo os dedos pelo meu cabelo encharcado, e nosso treinador se junta a mim para limpar meu lábio.

Chris dá um tapinha no canto da minha boca.

— Nunca pensei que veria o dia em que Carter Beckett brigaria por uma garota. Valeu a pena?

— Ela sempre valerá a pena.

— O que for preciso para proteger sua garota?

— O que for preciso.

Uma promessa que pretendo cumprir.

— TEM CERTEZA DE QUE ELA VAI ficar o fim de semana inteiro? — Garrett pega a mochila na parte de trás da limusine. — Não parece que ela trouxe muita coisa.

Olivia é minimalista, acho, então deve ser por isso. Mas, em vez disso, digo:

— Porque ela não vai precisar de roupas enquanto estivermos em casa.

Adam dá uma risada, esticando as pernas.

— Sinto falta desses bons e velhos tempos.

Emmett arqueia uma sobrancelha.

— Se os tempos não estão bons, Woody, você precisa fazer algo a respeito. Isso não está certo, amigo.

— Não sei mais o que fazer. Sinto que já tentei de tudo. Consegui convencê-la a nos encontrar no bar, pelo menos.

Pela primeira vez em quatro meses, digo mentalmente. Não sei que merda está acontecendo com Adam e Courtney, mas com certeza alguma coisa não está certa.

Vejo minha linda morena no segundo em que passamos pela porta. Ela está inclinada sobre o bar, o queixo apoiado no punho, os olhos voltados para a TV acima, que passa um replay do meu gol. Largo meu casaco na mesa escolhida por Kara, dou um beijo em sua bochecha e vou direto para Olivia.

— Sua bunda é de outro planeta — murmuro, deixando cair meu queixo em seu ombro enquanto meus braços a envolvem.

— Hmm. — Ela estende a mão para trás, passando os dedos pelo meu cabelo enquanto inclina a cabeça para o lado, deixando meus lábios encontrarem a pele macia e quente de seu pescoço. — Você é tão romântico.

— Vou te mostrar meu lado romântico. — Deslizo a mão sob a frente de sua camiseta, cobrindo sua barriga, e mergulho as pontas dos meus dedos sob o cós de sua calça jeans. — Vou rasgar esse jeans quando chegarmos em casa. Botar fogo nele.

— E aí, o que vou vestir?

— Meu corpo nu sobre o seu, enquanto te fodo inteira.

Minha bunda favorita se esfrega contra mim.

— Todo o fim de semana?

— Toda a porra do fim de semana. — Mordo a borda de sua mandíbula. — Você vai me implorar para parar.

— Por que eu faria isso?

Murmuro uma risada, virando-a para mim.

— Se você quiser dar a partida, podemos dar uma fugidinha para o banheiro.

— Você nunca caberia na baia.

— Adoro quando você fala que sou grande. Faz bem ao meu ego.

— Você sabe muito bem que não estou falando do seu pau.

— Você ama meu pau monstruoso — provoco, apertando sua bunda enquanto enfio a língua na boca dela.

— Eu amo mesmo. — Seu polegar roça o corte no canto da minha boca. — Mas você sabe o que não amo?

Deixo cair a cabeça para trás com um gemido profundo na barriga, os olhos apertando.

— Você me enganou. Pensei que iria me safar.

Olivia levanta uma sobrancelha perfeita, cruzando os braços sobre o peito.

— Você está em apuros, Carter Beckett.

Meu olhar baixa.

— Adoro quando você fala comigo como professora, meu bem.

— Não me venha com bajulação. Não vai funcionar.

— Não? — Puxando-a de volta para mim, beijo seu pescoço, passando a língua e os dentes até encontrar sua orelha. — E beijos? Funcionarão?

— Não. — É mais um suspiro que uma palavra, então nem ligo. — Carter.

Um gemido, provavelmente por causa da maneira como minha língua sai, sentindo o gosto da pele abaixo de sua orelha. Seus dedos cravam, apertando meus bíceps enquanto ela se inclina para mim como se precisasse do meu corpo para mantê-la em pé. É verdade: sempre vou apoiá-la.

Olivia geme, derretendo-se em mim.

— Impossível não ceder a mim, certo?

— Eu te odeio — ela murmura com frieza.

— Não. Você me ama. — Sinto o calor da minha acusação subindo por seu pescoço e escondo meu sorriso em seu cabelo quando a aperto contra mim para um abraço. Entrelaçando meus dedos nos dela, pego sua cerveja e puxo sua mão. — Vamos, chuchu. Quero que todos me vejam com a linda garota do telão de hoje à noite.

— E isso é outra coisa! — Ela joga a mão livre no ar. Amo seus pequenos acessos de raiva. — Você me fez passar vergonha *de novo*.

Eu a empurro para se sentar e me sento ao lado dela.

— Você chama aquilo de vergonha, eu chamo de demonstração pública. De que outra forma o mundo saberia que você é minha?

Kara inclina a cabeça, observando-nos.

— Você ainda está brava com ele, mesmo sabendo por que ele brigou? Eu estaria de joelhos por Emmett num piscar de olhos.

Limpo a garganta e bato na canela de Kara com o pé antes de cortá-la. Faço o gesto de decapitação sobre o pescoço duas vezes. *Cala a boca*, grito mentalmente para ela.

— Ah. Você não contou para ela.

— Me contou o quê? — Olivia olha entre nós. — O que você não me contou?

— Hmm... — Coço a cabeça, procurando por algo, qualquer coisa além do que ela está perguntando. — Que você... é minha... que eu... te amoooo?

Argh. Parece que acabei de satisfazer o desejo de dizer palavras que são mil por cento cedo demais para serem realmente ditas. Que bizarro.

Sua carranca diz que ela não acha isso particularmente engraçado.

— Carter.

— Pequena Ollie. — Tomo um gole da sua cerveja, mantendo seu olhar.

— Ele brigou por você — Kara deixa escapar, depois tapa a boca com as mãos, como se o desejo fosse incontrolável. — Desculpe!

Suspirando, afundo de volta na cadeira, estreitando o olhar para Emmett, que está prestando atenção em qualquer coisa, menos em mim.

— Carter? — Olivia toca meu braço. — O que ela quis dizer com você brigou por mim?

Levanto um ombro e o deixo cair.

— Não foi nada. Daley só disse alguma merda que não gostei.

— Disse que queria rasgar você ao meio com o pau dele — Kara deixa escapar de novo.

— *Kara!* — Emmett levanta as mãos, do tipo *que merda*, com os olhos arregalados, enquanto Garrett e Adam se engasgam com suas bebidas. — Amor, pare.

— Desculpa! Não consigo evitar! Mas não é sexy? Ele defendeu sua honra! Sangue por toda parte! Foi uma guerra, e você foi o prêmio.

— Ela nunca esteve disponível. — Aperto o joelho de Olivia por baixo da mesa. Ela está excepcionalmente quieta, olhando para mim. — Você está bem?

— Estou entediada, Adam — uma voz familiar interrompe. Uma ruiva aparece ao lado de Adam. — Vamos embora.

— Já? Nós só... Quero dizer, acabamos de chegar aqui. — Ele franze a testa, estendendo o braço para pegar a mão da namorada. Ela o afasta antes que ele possa pegá-la. — Você ainda não conheceu a namorada de Carter, Olivia. — Ele gesticula para Olivia, que irradia luz. — Esta é Courtney.

— Oi — ela diz, rude pra caralho, enquanto ignora a mão estendida de Olivia. Ela sorri para mim. — Namorada, hein? — Os olhos de Adam se alargam e Courtney revira os dela antes de pegar a mão de Olivia, dando-lhe uma sacudida rápida e impensada. — Vou tomar outra bebida com as minhas amigas, então.

— Desculpa, Ollie — sussurra Adam, com as orelhas vermelhas e os olhos baixos.

— Ela em geral não é assim... Ela está... Desculpa.

Olivia aperta a mão dele.

— Não se preocupe, Adam.

A noite fica meio melancólica a partir daí. Adam está de mau humor e todos estão quietos e cansados. Olivia está ao meu lado, com a mão na minha coxa, quando sua cabeça bate no meu ombro apenas quarenta e cinco minutos depois.

Dou um beijo no topo de sua cabeça.

— Quer ir para casa, para que eu possa adorar o seu corpo?

— Isso parece bom — ela diz com um suspiro feliz.

Ela vai ao banheiro depois que nos despedimos e busco os nossos casacos. Fico esperando por ela. Aprendi minha lição depois da última vez em que ela foi ao banheiro neste bar. A pele da minha nuca se arrepia e, um momento depois, Satanás entra no corredor escuro.

— Carter — Courtney pronuncia lentamente, aproximando-se de mim. — Quanto tempo vai durar essa coisa de namorada?

Fico imóvel, ignorando o hálito de bebida dela. Ela não voltou à nossa mesa desde que desapareceu após sua performance com Olivia.

— Pelo tempo que ela me quiser.

— Ora, ora. Você e eu sabemos que esse não é você.

Ela arrasta a ponta do dedo no meu pescoço e eu desvio.

— Que porra você está fazendo? Você namora um dos meus melhores amigos. Tenho uma namorada. Tire suas mãos de mim.

Seus olhos brilham enquanto ela enrola minha gravata em seu punho.

— Pobre Carter. Não há mais diversão para você agora que está com as bolas presas. Sua namorada não está disposta a compartilhar? Que chatice.

Abaixo meu rosto até que as pontas dos nossos narizes quase se toquem.

— Sai daqui, porra. Tchau.

Com uma piscadela, ela sai, com um pouco de balanço demais em seus passos, e esfrego a palma da mão agitada pelo meu peito.

Não sei o que diabos deu em Courtney nos últimos seis meses. Nunca tive problemas com ela até uma festa na piscina na casa deles no verão passado, quando ela me seguiu para dentro de casa e deslizou a mão pela minha camiseta. Ao lhe perguntar o que estava fazendo, ela disse que tinha visto o jeito como havia a olhado. Eu ainda não tenho ideia do que ela estava falando, mas me virei e fui embora sem a cerveja que tinha ido buscar.

Quanto mais permaneço aqui, mais inquieto fico. Meus ombros estão tensos e rígidos, e estou com uma dor de cabeça crescendo que irradia atrás dos olhos. Não sei se preciso dormir, beber cafeína ou simplesmente ficar com Olivia, mas decido que um copo de água gelada servirá enquanto espero, então pego um no bar antes de voltar para os banheiros.

Uma morena de pernas compridas se endireita em seu lugar na parede quando me vê. Ela é levemente familiar, mas não consigo identificá-la.

— Aqui está você.

Engulo meu suspiro.

— Eu te conheço?

— Você me mostrou a vista da sua cobertura enquanto eu estava pressionada contra a janela do seu quarto. — Abrindo os braços em torno do meu pescoço, ela murmura: — Ouvi dizer que você está pronto para uma segunda rodada.

31
É NO EXTREMO QUE NOS CONHECEMOS

OLIVIA

— Então você é a namorada, hein?

Os olhos azuis de Courtney me observam no espelho. É apenas a segunda coisa que ela me disse, mas acho que não gosto dela.

Volto meus olhos para a pia.

— Eu sou a namorada.

— É um prazer conhecê-la, Ophelia.

Meu reflexo sorri para o dela enquanto esfrego as mãos.

— Você também, Chloe.

Seus olhos se estreitam.

— Courtney.

— Perdão?

— Meu nome é Courtney.

— Ai, meu Deus. Sinto muito. — Puxando uma toalha de papel, seco minhas mãos. — Devo ter esquecido. Tem sido uma semana tão longa e ocupada no trabalho. O que é que você faz?

Seu olhar desce pelo meu corpo e depois volta para cima. Inclinando-se sobre a bancada, ela reaplica o batom vermelho.

— Meu namorado é rico. Não preciso de um emprego.

Não pense, não pense, não pense.

...

Coitado do Adam. Droga. Eu pensei.

— Eu não largaria o seu emprego ainda — Courtney me dá seu conselho não solicitado. — Você não gostaria de tomar decisões precipitadas das quais pode se arrepender depois.

— Não pretendo largar meu emprego.

Ela solta um suspiro teatral de alívio.

— Ah! Graças a Deus. É melhor assim, conhecendo Carter e tudo mais. — Ela aperta meu ombro de uma forma paternalista. — Sabe, porque você não é o tipo habitual dele.

Meu maxilar contrai-se e ela me chama uma última vez, logo antes de eu conseguir escapar.

— A localização do apartamento dele é tão conveniente, perto da arena e do bar, não é mesmo? Ótima maneira de levar rapidinho todas aquelas garotas com quem ele transa.

Algo irritado e desconfortável agarra meu peito, e me esforço para manter minha voz firme.

— Nunca estive lá, então não tenho como saber. Passamos nosso tempo juntos na casa dele.

Courtney se vira para o espelho, como se não tivesse me ouvido.

— Tchau, Olive.

— Que vadia — murmuro, parando do lado de fora do banheiro para respirar fundo e afastar o medo que ela está tentando alimentar em mim, as inseguranças que ela está tentando plantar na minha cabeça.

Ela quer que eu pense que não sou nada especial para Carter, que sou igual a todas que vieram antes de mim. Quer que eu seja tão infeliz quanto ela e não sei por quê. Não posso imaginar uma vida com alguém tão gentil quanto Adam Lockwood sendo nada menos que perfeita, e a vida com Carter está se tornando assim também.

Embora eu preferisse não o encontrar no final do corredor com uma morena alta, com as mãos sobre ele.

Dou um passo cauteloso em direção a eles, ouvindo um pouco da conversa, que é algo sobre ser fodida contra uma janela.

Meu olhar se move entre eles enquanto chamo seu nome baixinho.

— Carter?

Uma onda de alívio percorre Carter quando ele expira, estendendo a mão para me puxar para ele, segurando-me com força.

— Oi, meu bem — ele sussurra, pressionando seus lábios na minha bochecha.

— O que está acontecendo? — Não sou eu quem pergunta; é a morena esbelta. — Achei que iríamos para sua casa. — Ela me olha. — Ela vem também?

— O quê? Não! — A cabeça de Carter balança rapidamente. — Ollie, eu não disse isso, juro. Fui buscar um copo de água e, quando voltei, ela estava aqui e... — Suas sobrancelhas se juntam quando ele se vira para olhar para ela. — Quem te disse que eu estava pronto para segundas rodadas?

Pronto para segundas rodadas? Um poço profundo de ciúme se abre em meu estômago. A dor é tão intensa, tão ruim que coloco a mão sobre a barriga, bem onde dói. Ele já esteve com ela antes, essa mulher deslumbrante com pernas longuíssimas.

Odeio esse sentimento. O ciúme é amargo, e fecho os olhos enquanto tento apagar a imagem deles juntos, as comparações que já estou catalogando na minha cabeça enquanto a estudo. Digo a mim mesma para não fazer isso, para não mergulhar fundo nesse buraco. Não posso viver sempre me perguntando se outra foi melhor, se beijou seus lábios enquanto o levava ao limite.

— Ela — a mulher murmura, com a testa enrugada, enquanto Courtney sai do banheiro com nada além de um olhar em nosso rosto. A morena pressiona os dedos na testa. — Ai, meu Deus. Que burra eu sou. Courtney me disse que você estava perguntando sobre mim, mas não conseguia lembrar meu nome. Ela disse que você estava aqui e eu... — Ela fecha os olhos e balança a cabeça. — Desculpa aí — sussurra antes de passar por nós.

— Ollie. — Carter guia meu olhar para o dele. — Juro que não fiz nada. Courtney voltou aqui e estava me tocando e...

— Ela estava tocando você? Sem sua permissão?

Ele assente.

— Eu disse a ela que me deixasse em paz.

— Sinto muito, Carter. Isso não é legal. — Aperto suas mãos. — Você está bem?

— Estou bem. É com você que estou preocupado.

— Eu só quero ir para casa.

— Então vamos para casa.

Carter me ajuda a vestir o casaco e pega minha mão, tirando-me do bar. Demoro dois segundos para identificar a ruiva mal-educada que parece ver graça nas nossas expressões cansadas.

— Já estão indo? — Courtney ronrona. — Que pena.

Carter fica tenso, abrindo a boca, provavelmente para mandá-la se foder. É isso o que quero dizer, pelo menos. Então coloco minha mão em seu peito e falo primeiro.

— Você é uma vadia — digo a Courtney, embora suspeite que ela saiba. — Você é mal-educada e infeliz, e não sei que direito acha que tem de fazer a merda que fez. — Sua mandíbula aperta, os olhos procurando por Adam no bar lotado. — Adam merece muito mais que você. Espero que um dia ele perceba isso. Toque no meu namorado sem o consentimento dele de novo e a conversa será bem diferente.

Não tenho muita certeza do que quero dizer com isso, mas a ameaça permanece no ar de qualquer maneira. Em geral, não sou uma pessoa violenta. Só entrei em uma briga na vida, e foi no gelo. Eu tinha quinze anos e era vítima de uma garota malvada. Depois de dois períodos e meio lidando com sua agressão física e verbal, enfim, deixei meu temperamento tomar conta de mim.

O que quero dizer é o seguinte: as meninas podem ser más e, se a situação for difícil, posso ser má de volta. Cresci com um irmão mais velho que nunca foi fácil comigo. Estive sob as garras de uma chave de braço durante noventa por cento da minha infância.

Não paramos para nos despedir e, quando saímos, espero Carter pedir nossa carona. Em vez disso, ele começa a me puxar rua abaixo, em meio à neve que cai e ao vento uivante que bate em nosso rosto. Estou lutando para acompanhar, meus tênis escorregando nas calçadas geladas, e Carter enfim diminui a velocidade, colocando-me ao seu lado.

— Desculpa — ele murmura, parando para pressionar os lábios no meu nariz frio.

Ele está ansioso e agitado; não é difícil dizer. O problema é que eu também estou e temo que estejamos prestes a nos alimentar da energia um do outro. Estou com raiva. Zangada por ele, por ter que aguentar avanços indesejados, toques não consentidos. Zangada com Courtney, por não valorizar o que ela tem, por se impor onde não é chamada. Zangada comigo mesma, porque não consigo parar de pensar na próxima viagem de Carter. Não posso ir ao banheiro sem que as mulheres se joguem nele. Não é exagero presumir que vou ficar acordada, perguntando-me quantas garotas estão fazendo propostas para ele todas as noites, colocando as mãos nele. Carter passa um cartão-chave por uma abertura em um prédio muito alto e observo o elegante saguão enquanto ele me puxa para dentro.

— Este é o seu apartamento?

— É. — Ele me leva para um elevador vazio e digita um código de cinco dígitos.

O calor acumulado em seu olhar quando ele se vira para mim é novo e, quando me pressiona contra a parede e abre a boca na minha, meu coração dispara de uma forma que não gosto.

Seu toque é áspero enquanto ele tira meu casaco, seus beijos famintos e necessitados, e quando o elevador se abre, ele me puxa até tropeçarmos para dentro de um apartamento.

Não tenho chance de olhar em volta, porque ele se ajoelha diante de mim e tira meus sapatos, puxa-me até ele e carrega-me pelo corredor. Ele me coloca em uma cama fria em um quarto escuro, o tilintar da fivela de seu cinto, o baque de suas calças batendo no chão, o aumento pesado e irregular do meu peito a cada inspiração escalonada, tudo isso muito alto em meio ao silêncio.

Fragmentos do luar prateado deslizam pela janela, lançando sombras que só colaboram para o meu desconforto. Distingo o formato de um abajur na mesa de cabeceira, puxando o fio para banhar o quarto com um brilho fraco. Meu coração dispara enquanto observo o quarto. Perfeito, mas vazio. Sem fotografias, sem toques pessoais. Não aconchegante como o quarto na casa dele. É estéril e branco, imaculadamente conservado limpo, e odeio cada centímetro frio do ambiente.

Há uma expressão faminta nos olhos de Carter quando ele agarra meus tornozelos e me arrasta em sua direção, como se não pudesse esperar mais nem um segundo, como se não fizesse isso há semanas.

Ele não fez mesmo?

Fecho os olhos e balanço a cabeça como se pudesse afastar a ideia.

Carter arranca minha camiseta e empurra meu jeans pelas minhas pernas antes de envolvê-las em sua cintura. Pressionando-se contra mim, ele geme.

— Porra, gatinha, quero você. Tanto.

— Pare! — A ordem vem sem aviso prévio. Há um tamborilar selvagem em meus ouvidos e uma pulsação em minha têmpora que não diminui. — Eu... eu... eu não posso. Não posso, Carter. — Saio de seu abraço e da cama, apoiando-me contra a parede, minha mão no pescoço.

— Ei — ele sussurra, com as sobrancelhas franzidas. — O que foi, princesa?

— Não. Não me chame assim.

Ele se aproxima de mim como se eu fosse um animal selvagem, enjaulado e aterrorizado.

— Fale comigo, Ollie, por favor. O que há de errado?

— Eu... eu... eu não posso, Carter. Não posso ficar com você. — Meu olhar trêmulo pousa na cama. — Não aqui. Não onde você esteve... — Não onde ele esteve, noite após noite, com garota após garota.

Seu olhar pisca, suavizando-se. Um momento depois, estou envolvida nele, meu rosto enterrado em seu peito enquanto imploro ao meu cérebro que segure minhas lágrimas. Não quero que ele as veja, que veja essa parte de mim: fraca, assustada e tão vulnerável.

Sua mão passa devagar pelas minhas costas, suave e reconfortante.

— Sinto muito, Ollie. Eu sinto muito. Não estava pensando. — Com meu rosto em suas mãos, seu olhar paciente procura o meu. Ele dá um beijo prolongado na minha testa antes de colocar minha camiseta de volta. — Vou pegar o carro, ok? Iremos para casa.

Não sei o que me leva a fazer isso, talvez porque queira me torturar, mas, enquanto Carter chama o motorista, abro a gaveta da mesinha de cabeceira. Grandes quantidades de preservativos, números de telefone rabiscados em papel, marcados por beijos de batom.

Levo minha mão trêmula à boca, andando até a sala de estar. É tão austera quanto o quarto e, quando abro a gaveta da mesinha lateral, sou agraciada com mais camisinhas.

— Ele estará aqui em dez minutos. — Carter entra na sala, totalmente vestido, focado no telefone. Ele para quando olha para cima, os olhos se movendo entre meu rosto e a gaveta de preservativos que estou observando. — Olivia... não venho aqui desde...

— Por que você me trouxe aqui?

— Eu... — Seu olhar prende o meu enquanto ele procura uma desculpa razoável. — Eu não pensei. Só queria ficar sozinho com você. Eu não queria esperar.

— Você sente falta da vida que tinha antes de me conhecer? — As palavras saem da minha boca antes que eu possa engoli-las, mas, Deus, são tão pesadas, e estou cansada de carregar a preocupação no fundo da minha mente. Acho que tenho tentado me convencer de que meus medos não são mais justificados, que Carter está ótimo há uma semana inteira e não tenho motivos para ficar insegura.

Mas é só isso, não é? Já faz uma semana. Afastei-me dele por razões muito reais, por medos muito válidos, e só porque quero que eles desapareçam não significa que eles simplesmente vão se levantar e ir embora.

E, Deus, eu gostaria que sim, porque não suporto a maneira como seu rosto se contorce com minhas palavras, mas sempre foi mais simples disfarçar minha dor e minhas preocupações que as admitir.

Mesmo assim, sempre presumi que o relacionamento certo seria tranquilo, um quebra-cabeça que se encaixa sem dor. Mas Carter tem sido a exceção a todas as regras e a todas as familiaridades. Ele é o eixo que gira meu mundo inteiro, e é vertiginoso e enervante um homem ter tanto poder sobre mim.

Digo a mim mesma para não fazer isso, para não entrar em espiral nesse ciclo interminável de dúvidas. Não posso viver me perguntando como a mídia me classificará em sua lista de conquistas.

E, ainda assim, a matéria de apenas alguns dias atrás passa pela minha cabeça, as especulações, a insinuação de que não posso dar a ele aquilo de que ele precisa. Juntando isso ao tempo fugaz que conseguimos passar juntos na última semana, essa posição em que estou agora, no lugar onde nunca quis estar, para onde vinham todas as mulheres antes de mim, tudo isso só aumenta minhas inseguranças e meus medos. Sempre tive confiança em quem sou como pessoa, no que tenho a oferecer a alguém. Só que agora metade da América do Norte está observando, apostando no tempo que isso vai durar.

E, então, pela milésima vez, percebo, com toda a honestidade, que não sei se sou o suficiente.

Não quero descobrir da maneira mais difícil.

Preciso que ele me ajude com isso, mas não sei como pedir.

— Você quer sua liberdade de volta? Foi por isso que me trouxe aqui?

Os olhos de Carter ficam nublados, uma noite tempestuosa que rouba o verde brilhante de sua floresta.

— Não. Não faça isso. Pare de atuar por uns cinco minutos, ok? Sei que está se esforçando muito para fingir que é uma garota durona cujos sentimentos não são feridos por me ver com outra pessoa, por aquela porra daquela matéria de segunda-feira, por ver tudo isso... — Ele aponta ao redor, para os preservativos. — Mas eu vejo você. Conheço você, Olivia, então seja sincera comigo. Se estiver com medo, diga-me que está com medo, mas não vomite suas acusações como se fossem verdade só porque está com muito medo de confessar seus sentimentos. — Ele se vira, esfregando as mãos no rosto antes de passá-las pelos cabelos, um som de exasperação saindo de sua garganta. Raiva, tristeza, derrota... está tudo lá quando ele se vira para mim. — Você disse que estava cem por cento nisso. Você disse isso, Ollie, mas tenho que ser honesto, isso que está fazendo faz parecer que já está com um pé fora da porta, pronta para desistir assim que as coisas desandam um pouco. E eu não posso... não posso fazer isso.

Aperto meu peito, bem onde parece que está se abrindo. Então as lágrimas vêm. Enchem meus olhos, juntando-se até que eu não consiga mais ver. Eu me recuso a piscar, porque, se fizer isso, se já estiver acabado não quero deixá-lo vê-las caindo pelo meu rosto. Não quero mostrar como desmoronei tão rapidamente. Sua mão se fecha sobre a minha, levando-me até a porta. Carter coloca meu casaco sobre meus ombros e me ajuda a calçar os sapatos. Quando me leva até o corredor, as lágrimas escorrem pelo meu rosto, traindo-me.

Eu não vou olhar para ele. Não posso. Não no elevador enquanto ele segura minha mão com ternura. Não quando me leva pelo saguão ou pela noite fria, murmurando um aviso silencioso para eu manter a cabeça baixa enquanto mal registro o brilho das luzes das câmeras. Não quando ele me ajuda a entrar na limusine e se senta ao meu lado, tudo sem dizer uma palavra. Olho pela janela as paisagens que passam enquanto choro silenciosamente pelo relacionamento que acabou tão cedo, pelo único homem a quem me senti tão profundamente entregue, pelas minhas inseguranças que me levaram a um buraco profundo e escuro do qual não consigo sair. Não agora que acabou, que repeti muitos erros porque a confiança não veio com facilidade e rapidez.

Meus olhos se arregalam quando passamos pela rua que me levará para casa, e finalmente me viro para Carter.

— Você... você... Ele errou o...

Ele não olha para mim.

— Você vem para casa comigo.

— Mas nós...

— Brigamos. — Seus olhos colidem com os meus. Algo terno faísca neles, algo instável, como talvez... talvez ele também esteja com medo. — Isso não muda nada. — Fico quieta, olhando para o meu colo, para o dedo agitado que ele bate no joelho. Até que se vira de volta para mim. — Você sabe o que aconteceria se eu te levasse para sua casa agora?

Meus lábios se abrem para dar uma resposta, embora eu não tenha nenhuma. Ele me interrompe de qualquer maneira.

— Em primeiro lugar, seria a última coisa que eu gostaria de fazer e a última coisa que você também desejaria. Sejamos honestos. Eu iria embora com muita raiva de mim mesmo e você fingiria que tinha terminado comigo, e que era o melhor a ser feito. Aí você entraria, vestiria o pijama, tiraria cinco minutos para se acalmar e perceberia que também estava com raiva de si mesma. Choraria por causa da nossa briga, como está fazendo agora, porque se sentiria mal por ter me machucado com suas palavras. E eu? — Ele gesticula para si enquanto me olha, observando minhas lágrimas continuarem a cair. — Eu chegaria em casa e ficaria chateado comigo mesmo por ter deixado você logo quando estava aborrecida e vulnerável, por estar mais uma vez lidando com as consequências de minhas escolhas imprudentes do passado. E eu entraria no meu carro e dirigiria de volta até você.

Ele pega meu queixo, mergulhando seu rosto no meu.

— Eu jogaria você por cima do ombro se fosse necessário, mas não precisaria, porque, no segundo em que me visse, você me abraçaria e choraria. E sabe o que eu faria, Olivia? — Seu nariz toca o meu, esfregando-o. — Eu abraçaria você. Beijaria você. Diria que estava tudo bem, que eu te perdoo pelas palavras que disse quando estava magoada e com medo. Então, peço que me perdoe por agir sem pensar, por levar você para aquele apartamento e contribuir para uma narrativa que só alimenta seus medos. — Com um suspiro baixo, Carter afunda no assento, deixando a cabeça cair para trás. — Se você quer discutir, tirar suas dúvidas, está tudo bem. Mas vai fazer isso comigo, na minha casa, juntos.

Seu olhar abrasador se volta em minha direção.

— Eu me recuso a deixar você ir embora de novo.

32
METADE DO CORAÇÃO DELA

CARTER

COMO ELA PODE PENSAR QUE eu desistiria tão facilmente?

Olivia está deixando suas inseguranças tomarem conta, enraizarem-se em seu cérebro e forçarem suas palavras. Esses pensamentos intrusivos desafiam-na a me testar, para ver se eu me importo o suficiente para lutar. Esses pensamentos dizem que não, que prefiro ir embora, mas estão errados. *Ela* está errada.

A espada que Olivia empunha tem dois gumes, e ela se machuca sempre que me machuca.

Na verdade, acho que parte do que a assusta é, justamente, saber que *não* vou embora. Sozinha, ela fica livre para se esconder dentro de si. Se estou ao seu lado, ela é forçada a sair de si, a enfrentar as inseguranças que querem que ela se autodestrua.

Por mais que ela tenha medo de que possamos dar errado, também tem medo de que dê certo, de que funcione. Eu também tenho. Para sempre ou nunca: ambos os pensamentos são aterrorizantes.

Deixo meu relógio na cômoda e afrouxo a gravata. Não sei por que diabos coloquei essa coisa de volta quando saímos do apartamento, que agora parece me sufocar.

Olivia paira ao lado da cama, observando-me. Seus olhos ficam maiores a cada passo que dou em sua direção e ela tropeça para trás quando paro na frente dela. Eu a pego pela cintura, suas mãos tremendo enquanto suas unhas cravam em meus antebraços e ela olha para cima, para mim.

Amo nossa diferença de altura. Amo poder jogá-la por aí como uma boneca de pano ou segurar coisas fora do seu alcance só para irritá-la, para fazê-la pressionar o peito contra o meu enquanto pula. Amo que ela seja uma mulher pequena com uma personalidade enorme, que às vezes parece grande demais para seu corpo, e eu *amo* embrulhar tudo dela em tudo de mim.

Mas, agora, sinto como se eu fosse muito maior que ela e não quero ser. Quero estar no mesmo nível; é assim que devemos ser. Então me sento na beira da cama e a guio para o meu lado.

— É autossabotagem. Essa besteira de não confiar um no outro não vai funcionar, Ollie. Não para nós. Nós dois temos medos, e a única maneira de conseguirmos superá-los é se os enfrentarmos juntos. Porque você não está sozinha nisso, e acho que este pode ser o fator mais importante: você pensar que tem de resolver isso sozinha. Então você vai admitir que está com medo e me dizer por quê, enquanto seguro sua mão, e depois vou dizer por que estou com medo, e vamos começar a trabalhar juntos. — Estendo minha mão para a dela. — Entendido?

Seu peito se agita enquanto ela olha para minha mão. Com cuidado, desliza a dela na minha. Ela olha para mim, seus olhos castanhos se afogando de apreensão, e sei que não é fácil para ela. Quando sua boca se abre, um soluço baixo e entrecortado rouba suas palavras, e observo suas defesas caindo como se fossem cachoeiras.

O processo das lágrimas de Olivia é lento e doloroso, mas, de alguma forma, lindo. Aquele lábio inferior carnudo treme quase de modo imperceptível enquanto seus olhos mudam, derretendo-se para um tom mais suave, com pedacinhos verde-escuros e dourados cintilantes enquanto as lágrimas os lavam. Ela aguenta o máximo que pode, e vejo as gotas transbordando e caindo silenciosamente por suas bochechas rosadas. Há uma parte estranha e sádica em mim que gosta disso, apenas porque reconheço o que significa: que Olivia se importa profundamente comigo, que a ideia de seguirmos caminhos separados de novo é tão dolorosa para ela quanto é para mim.

Mas, sobretudo, odeio as lágrimas. Não quero ser a nuvem escura que paira sobre ela. Quero ser a luz que brilha no escuro e tira todos os seus medos.

— Não chore, linda.

— Sinto muito — ela suspira, enxugando as bochechas, virando o rosto.

— Ei. — Enganchando um dedo sob seu queixo, forço seu olhar para o meu. — Suas lágrimas não são uma fraqueza, então pare de tentar escondê-las. Não se desculpe por me mostrar como você se sente. Sendo vulneráveis um com o outro, aprendemos a ser as melhores versões de nós mesmos como parceiros. Quando você me mostra o tipo de amor de que precisa, eu aprendo a como dá-lo a você.

Seu olhar aguado pisca com a palavra de quatro letras que sai da minha boca sem aviso, e meu peito se aperta como um punho fechado. É uma mistura de confusão e familiaridade, quatro letras que surgiram do nada, mas que se instalam ao meu redor com uma facilidade que nunca esperei.

— Não sei como pedir ajuda — admite Olivia. — Tenho fingido que está tudo bem, tentando ser perfeita, porque você é tão perfeito comigo. Se eu não sou, se as coisas ainda me assustam... — Ela fecha os olhos com força. — Por que você fica, quando é tão cansativo?

— Já faz uma semana, Olivia. Seus medos não vão sumir com um passe de mágica. Eu sei agora que não funciona assim. É algo em que trabalharemos, uma forma de crescermos juntos. — Afasto seu cabelo, colocando-o atrás da orelha. — Pegue leve consigo mesma.

— Estou com medo, Carter. Estou com medo de ser seu teste. Você passou toda a sua carreira na NHL fazendo isso e espera que eu acredite que sou a mulher que surgiu do nada e fez você querer algo que nunca quis antes? — Ela balança a cabeça. — Não tenho certeza se já tive esse nível de confiança. Não consigo esquecer aquela matéria. As palavras se repetem na minha cabeça, fico me perguntando se sou o suficiente e, então, vejo todas as mulheres que querem você, algumas das que já tiveram você, e odeio... — Seus ombros erguem-se, tremendo enquanto ela chora, as mãos ardendo no colo. — Odeio olhar para elas e sentir que não sou o suficiente, que não consigo concorrer.

Eu a puxo para o meu colo e ela se agarra a mim enquanto chora, com o rosto enfiado na curva do meu pescoço. Minha mão se move pelas costas dela enquanto meu peito dói de um jeito que raramente senti, uma dor que me faz sentir impotente.

— Você é suficiente, Ollie. Tão suficiente que me transborda. E não creio que uma boa medida de confiança seja se você se compara ou não com outras. É natural. Acho que devemos mostrar o quanto significamos um para o outro e termos confiança no que temos juntos. É daí que vem a sensação de sermos suficientes. — Movendo-a suavemente para trás, seguro seu rosto, os polegares roçando seus olhos e limpando suas lágrimas. — Meu coração escolhe você porque você é determinada e feroz. É sarcástica e sabe como me colocar no meu lugar, e adoro esses momentos de confiança. Mas adoro também quando você me mostra seu lado sensível, e adoro que você pense que esconde isso tão bem, quando, na verdade, está bem na cara.

Ela ri e soluça, passando a parte de trás do punho nos olhos, manchando o rímel e, porra, ela consegue ficar bonita até com o visual de guaxinim.

— Você pode ter hesitado em me deixar entrar aqui — digo e bato no coração dela —, mas me deixou entrar em sua vida quando pedi com educação, porque você pensou que eu merecia uma chance, mesmo que apenas para provar que havia mais em mim do que o que a mídia mostra. Você acolheu meus amigos sem hesitação, fez deles seus amigos também, e isso significa muito para mim. Eu sorrio o tempo todo quando penso em você, e a maneira como seu nariz torce quando ri de mim está tatuada em minha mente. Você voltou para mim mesmo com medo e agora está aqui, se comunicando comigo, ainda que seja difícil. — Pressiono um beijo carinhoso em seus lábios. — Você tem um grande coração, Ollie, e com um grande coração vêm grandes emoções. Algumas delas são medos e inseguranças, e tudo bem.

— Mas você não tem medo de nada — ela sussurra.

Uma risada silenciosa borbulha.

— Você acha que não estou com medo também? Estou apavorado!

— Do que você tem medo?

— Estou com medo de que seja isso, de que você seja tudo para mim. E, embora esse pensamento já seja assustador o suficiente, nada é mais assustador que a ideia de que talvez eu não consiga ficar com você, de que um dia você possa ir embora e não poderei impedir, porque tudo o que quero é que você seja feliz.

Sua palma quente envolve meu queixo.

— Você me faz feliz, Carter.

— Que bom, porque estou meio obcecado por você.

Seu nariz enruga com a risada, uma das minhas cenas favoritas. É meio tragicômico, porque ela ainda está chorando. Ela se inclina para a frente, a testa batendo no meu peito, e sorrio enquanto afundo meu rosto em seu cabelo.

— Você está rindo, mas não estou brincando.

O lindo rosto marcado de lágrimas de Olivia aparece de novo.

— Também estou meio obcecada por você.

— Não posso mudar meu passado, mas, se você me der uma chance, posso mudar meu futuro. Só que vou precisar de você inteira, Ollie. Não de metade de você. — Observo meu polegar passando ao longo de seu lábio inferior. — Sei que virei seu mundo de cabeça para baixo. E você está derrubando o meu. Por favor, me deixe entrar. Me deixe ver você. Ter você. Inteira.

— Não quero mais me esconder — ela sussurra. — Estou cansada.

— Se você quer obsessão, devoção voraz, paixão selvagem e desenfreada... se você quer a porra da magia, Ollie, então sou eu. Deixe ser eu.

O toque suave de nossos lábios envia um arrepio pela minha espinha.

— Vamos ficar com medo juntos.

33
EXERCÍCIOS DE CONFIANÇA

CARTER

— Você é o guaxinim mais lindinho que já vi.

— Não quero ser um guaxinim... — Olivia faz bico, e rio, limpando o restante da máscara de cílios de seus olhos.

— Pronto. Não é mais um guaxinim, só minha linda garota.

— Obrigada — ela sussurra. — Por ser paciente comigo. Por me ajudar a passar por isso.

Ela desliza as mãos em volta do meu pescoço e pressiona os lábios nos meus, fazendo minha boca abrir. O movimento de sua língua é hesitante, como se ela estivesse testando as águas, então agarro seus quadris, puxando-a contra os meus. Eu a quero agora, do mesmo jeito que sempre a quis, então assumo o controle do que anseio, dando-lhe o que ela procura até que não sejamos nada além de línguas agressivas, mãos ásperas e toques abrasadores. Levanto sua blusa sobre sua cabeça e deslizo uma alça rendada do sutiã por cima do seu ombro, enchendo sua pele de beijos, pontilhando-a com marquinhas roxas enquanto a chupo, e tiro o sutiã completamente.

Colocando-a de pé, caio de joelhos e deslizo sua calça jeans pelos quadris, que vai descendo pelas pernas macias. Meu polegar brinca com a borda de sua calcinha e ela afunda os dedos em meu cabelo, suas costas batendo na parede quando tiro a peça de cetim e meus lábios encontram a poça de calor entre suas coxas. Sua expiração é um sopro de desejo e uma necessidade crua, que alimenta minha língua mergulhando nela, e gemo quando seu sabor doce enche minha boca.

— Carter — Olivia geme, enrolando minha gravata em seu punho, guiando-me até ela.

Deslizo meus dedos pelos cabelos de sua nuca enquanto devoro sua boca. Seus dedos agarram minha gravata, aproximando-me dela, e nossos peitos se juntam enquanto seguro seu queixo em minha mão, nossos lábios separados por um suspiro.

— Quer se divertir um pouco? — ela pergunta com uma respiração rouca.

Meu olhar tomba para a gravata azul-marinho em seu punho e depois sobe de volta para ela. *Puta que pariu*, o que está passando pela cabeça dela? Não deve ser o que estou pensando, observando-a enrolar a gravata entre os nós dos dedos como se quisesse... *usá-la*.

— Exercícios de confiança? — pergunto, sem fôlego.

Ela morde o lábio inferior, com os cílios batendo, e já estou puxando a gravata, observando a seda deslizar entre seus dedos.

— Como você quer confiar em mim esta noite?

Algo malicioso dança em seus olhos escuros.

— Cegamente.

Merda, estou morto. Falecido, enterrado. Que porra é essa? Ela aprendeu isso nos livros eróticos que lê? Porque, por mim, está tudo ótimo. Vou comprar a seção inteira de romances safados e montar uma biblioteca para ela.

— Tem certeza? — *Porque estou meio que pirando.*

Olivia pega minha mão e me leva até a cama. Como o cachorrinho obcecado que sou, eu sigo. Seus lábios tocam os meus, ternos e doces, e quando ela puxa minha gravata do pescoço, meu pau arma uma barraca inteira para quatro pessoas nas minhas calças.

— Nunca fiz nada assim antes — deixo escapar.

— Nem eu. — Ela beija a covinha na minha bochecha direita quando sorrio. — Amo suas covinhas.

— Eu amo... — Meu queixo se fecha. Minha garganta está coçando. Levo minha mão até ela. — Hum. Eu amo, hum... sua bunda. — *Cala a boca.* — E, hum... tudo... em você? — *Cala a boca, cala a boca, cala a boca.*

Antes que eu possa me envergonhar ainda mais, eu a coloco na cama.

Ela se apoia nos calcanhares e estende a mão para mim. Sorrindo, abano a cabeça.

— Sou eu que estou no comando, lembra? — Passo a ponta da minha gravata em sua clavícula, ao redor de um lindo mamilo, observando-o endurecer até ficar rijo. Seu estômago se aperta quando a seda gira em torno de seu umbigo e desce, subindo pela parte interna de suas coxas, passando por sua boceta brilhante. — Não é assim que será hoje? Eu lidero e você confia em mim?

Olivia assente, arregalando os olhos enquanto observa eu me despir. Ela lambe seus lábios de rubi, mudando de posição, esfregando as coxas.

Ela quer que eu a toque e farei isso. Depois que começar, não vou conseguir mais tirar as mãos dela.

Nu, me junto a ela na cama, acomodando-me atrás dela. A ponta do meu nariz segue seu pescoço até meus lábios encontrarem sua orelha.

— Preciso que saiba que eu nunca te machucaria. Machucar você partiria meu coração, e você é a dona dele. Você é a minha pequena Ollie. — Suas mãos tremem nas coxas, agarrando a gravata como se sua vida dependesse disso. — Fale para mim, fale que você sabe que não vou te machucar.

Sua respiração está aguda. As palavras soam como um sussurro rouco.

— Você não vai me machucar.

— Fale para mim que você é perfeita.

Ela fica tensa, as unhas cavando em suas coxas cor de leite.

— Estou tão longe de ser perfeita.

— Mas é perfeita para mim.

Meus lábios encontram os seus antes que ela possa protestar de novo, e tiro a gravata de suas mãos.

— Feche os olhos, linda. — Coloco a seda sobre seus olhos e a amarro atrás de sua cabeça. As pontas caem em suas costas, o azul-marinho contrastando com sua pele leitosa. — Está bom assim?

— Sim. — Sua voz falha, e entrelaço nossos dedos, beijando seus lábios. Ela vira o rosto, buscando mais, mas saio da cama.

— Carter — ela sussurra, estendendo a mão instintivamente para mim, o peito arfando.

— Está tudo bem, querida. — Esfrego a mão na boca, porque, *porra*, ela é uma visão para os meus olhos. De joelhos no centro da minha cama, minha gravata roubando sua visão, deixando-a vulnerável e aberta para mim.

— Estou bem aqui. Ouça minha voz. — Suas mãos caem sobre seus joelhos e ela se curva. Respira fundo, assentindo. — Você é deslumbrante. De tirar o fôlego. Mal posso acreditar que você é minha. Quero tirar uma foto sua assim, gravar esse momento na minha memória para sempre.

Olivia treme quando a ponta do meu dedo indicador pousa entre suas omoplatas, deslizando por suas costas.

— Ok.

Ok? Ok, o quê? Eu não estava perguntando, só estava...

— Posso tirar uma foto sua? — A pergunta sai muito ofegante, o que rende uma boa risada da minha linda senhora.

— Se você quiser...

— Se eu... se eu quiser, porra? Você está fodendo comigo agora, Ollie? Um sorriso atrevido floresce.

— Em breve, espero que sim.

Dou uma risada.

— Ouça você. Acho que está passando tempo demais comigo. — Abro minha boca sobre seu ombro, os dentes pressionando sua pele delicada, e ela geme. — Só para mim. Prometo.

— Confio em você.

Ela não confia, mas vai confiar. Vou me certificar disso e, quando ganhar essa confiança, nunca, jamais, vou quebrá-la. Saberei o quão sortudo serei por tê-la merecido. Fico feliz que ela não consiga ver a maneira como estou procurando meu telefone, como ele cai das minhas mãos, como abaixo para pegá-lo antes que ele pare no chão. Estou desajeitado pra caralho porque não consigo acreditar em nada do que está acontecendo.

Eu me recomponho antes de subir atrás dela na cama, inalando ar suficiente para submergir entre suas pernas sem precisar subir para respirar pelo menos por cinco minutos, que é basicamente o que pretendo fazer.

Mas, primeiro, enrolo seu cabelo em volta do meu punho e puxo, inclinando sua cabeça para o lado, permitindo que meus lábios acessem aquele pescoço. Seu ombro fica arrepiado enquanto minha boca se move sobre ele, lambendo um caminho lento por sua pele deliciosa, e tiro a primeira foto.

Quando sua cabeça pende e sua boca se abre com um gemido, meus dedos beliscam um mamilo, e tiro a segunda foto.

— Carter — Olivia geme, fechando a palma da mão em torno do meu pau dolorido. — Eu quero provar você.

Não há como segurar esse gemido. Ressoa enquanto aperto seus seios, batendo-a contra mim.

— Você não pode dizer coisas assim, pequena Ollie.

— Por favor, Carter...

Fico de pé, ficando na frente dela e apertando meu pau. Seria rude da minha parte recusar quando ela pede tão gentilmente. Olivia molha os lábios, em antecipação.

— Você vai tirar uma foto?

Meu corpo para.

— De... de...

— Sim.

Ela estende a mão para mim e, porra, consegue encontrar meu pau na primeira tentativa sem ver. Deve ser alguma merda de poder de almas gêmeas. E também o tamanho da minha espada de trovão.

Ela aperta com suavidade, sua mão tão *minúscula* contra mim, e quando começa a acariciar meu comprimento duro, tiro a foto, uma que definitivamente vai me levar ao limite toda vez que eu olhar para ela, o que será umas mil e quinhentas vezes por dia.

Ela inclina o rosto para cima, esperando instruções.

Passo meu polegar sobre sua bochecha rosada.

— Abra a boca, meu bem.

Eu a puxo para a frente no momento em que seus lábios se abrem e, no segundo em que ela coloca a língua para fora, provando aquela gota de porra antes de me receber em sua boca, gemo. Meus quadris projetam-se para a frente e meu pau atinge o fundo de sua garganta. Suas unhas cravam em meus quadris enquanto ela desliza a boca sobre mim, e meus olhos brilham quando tiro uma foto.

Eu acaricio sua bochecha.

— Minha garota selvagem.

Algo pesado e voraz agarra meu peito, implorando-me para perder o controle, para tomar tudo o que quero e muito mais. Mas não posso perder o controle, não esta noite, não quando estou tentando mostrar a ela todas as maneiras pelas quais ela pode confiar em mim. Mas, caralho, tudo o que quero fazer agora é foder sua linda boca e vê-la se engasgar com a minha porra.

Sua mão trabalha a base do meu pau, onde sua boca não consegue alcançar, e quando ela geme, o som do seu desejo me faz vibrar, e chio, libertando meu pau.

— Deita e abre as pernas. Deixa eu ver sua linda boceta.

Ela faz o que peço, seus cachos escuros em desalinho espalhando-se contra meus travesseiros brancos, os lábios vermelho-rubi brilhando, cada centímetro dela corado. Ela é a porra de um anjo e, quando separa as coxas, juro que morro um pouco por dentro. Tiro outra foto, mas a imagem nunca fará justiça a ela.

— Olhe para você, gatinha... — Rastejo entre suas pernas, inalando seu cheiro. Como uma calda doce, quero lamber cada centímetro dela. — Tão molhadinha. Tá sentindo? — Minha língua desliza por sua fenda e suas costas se levantam da cama com um gemido. Guiando a mão por seu corpo, paro logo abaixo do umbigo. — Toque-se para mim... sinta como você está molhada, como isso te deixa excitada. — A cor em suas bochechas se intensifica e interrompo sua objeção antes que ela possa escapar de seus lábios, cobrindo-os com os meus. — Você é linda, Ollie. Cada centímetro seu é impecável, inclusive essas partes macias e molhadas que você tanto tenta esconder. Não quero que fique envergonhada comigo nunca.

— Nunca, nunca foi assim antes — sussurra Olivia, os dedos trêmulos segurando os meus com força. — Não sei por que é tão diferente com você, Carter.

Eu sei por quê. Tenho certeza de que ela também sabe. É parte do que nos assusta, acho. Para sempre é muito tempo.

Em vez disso, pressiono minha boca em sua orelha e digo:

— Você é meu tipo favorito de diferente. — Seu corpo esquenta enquanto eu o beijo, como se meus lábios deixassem um rastro de fogo. Guio seus dedos pela parte interna de sua coxa, até sua fenda molhada. — Aff — murmuro, segurando meu pau enquanto observo seus movimentos hesitantes. Sua respiração vacila enquanto ela se toca. — Linda demais. Essa é minha garota. Gozando para mim.

— Você está... você está assistindo?

— Não consigo tirar os olhos de você... Bom, nunca consegui. — Seu ritmo acelera, os quadris erguendo. De alguma forma, com as mãos trêmulas e tudo mais, consigo tirar uma última foto antes de jogar o celular para o lado e mal registrar o som do aparelho caindo no chão. — Fodam-se as fotos — rosno, metendo nela dois dedos sem aviso prévio.

Olivia avança com um grito, empurrando-se na direção da minha mão.

— Carter, me come, por favor. Quero que você me coma.

— Quero também. E prometo que vou, mas você tem de ser paciente. Ela balança a cabeça para a frente e para trás com um gemido.

— Eu não sou paciente.

— Sei bem. — Eu rio. — Mas você vai ter que confiar em mim.

Passo minha língua sobre seu clitóris, sugando-o. Seus dedos puxam meu cabelo e ela se desfaz na minha língua enquanto grita meu nome, implorando-me para não parar.

Então não paro. Eu a devoro repetidamente até que ela se contorça, totalmente entregue, e, quando enfim me afasto, ainda não estou saciado.

E nunca estarei. Não com ela.

Eu a viro sobre suas mãos e seus joelhos, sua cabeça se movendo enquanto ela me procura por cima do ombro.

— Do que você precisa, querida?

— De você. Um beijo, por favor.

Minha palma desliza ao longo de sua mandíbula e tomo sua boca sem hesitação. Cada varredura da minha língua é um mergulho profundo, uma exploração sem pressa que não quero terminar enquanto empurro meu pau dentro de sua boceta quente e escorregadia. Devoro seu suspiro agudo com outro beijo intenso antes de descansar minha testa em sua têmpora e começar um mergulho dolorosamente lento.

Cada vez com Olivia é uma dança entre o frenético e o saboroso, o selvagem e o carinhoso. Ela me deixa louco, mas tudo o que quero fazer é desacelerar e fazer que cada momento dure para sempre.

Encontro seu clitóris e o massageio em círculos, provocando-o enquanto me projeto para a frente. Ela agarra os lençóis enquanto começa a desmoronar sob mim, sussurrando meu nome várias vezes ao gozar.

E, então:

— *Mais forte.*

— Mais forte? — Eu agarro seu pescoço, acariciando seu cabelo. — Você quer que eu te *foda*?

— Sim.

— Então vou te foder como se eu fosse seu dono. Diga que você é minha, Olivia.

— Eu sou sua, Carter.

Eu me afasto até estar quase dentro dela, tirando a venda. Com seus cachos enrolados em meu punho, olhos castanhos profundos nos meus, digo a ela:

— Você vai me olhar nos olhos enquanto possuo você.

Enfio fundo nela e, quando Olivia grita meu nome, um sorriso sombrio surge em minha boca. Cada pedaço do meu autocontrole se desfaz quando meto mais forte dentro dela, levando-me mais fundo, mais rápido, mais *duro*. Em meio a tudo isso, Olivia chama meu nome, implora por mais. *Por favor, Carter, mais, não pare, Deus, não pare.*

Minha língua desliza sobre sua pele escaldante, alimentando o fogo. Mantendo sua cabeça esticada, extraio um ruído gutural dela toda vez que meus quadris batem em sua bunda, a cada metida. Tiro de sua boceta encharcada e apertada, caio de bunda, viro-a no meu colo e aperto-a contra mim com um chiado.

— Linda... pra caralho — gemo, balançando-a sobre o meu pau. — Diga para mim. Diga que você é perfeita. — Ela começa a balançar a cabeça, e eu a interrompo com um grunhido. — Não se atreva.

— Eu sou...

— Perfeita.

— Para você. Perfeita para você.

— Está certinha, você é mesmo.

Envolvendo as pernas dela em volta da minha cintura, eu a queimo com um beijo que esmaga meu peito, aperta meu coração.

— Goza comigo. Vamos, Ollie.

E ela goza. Nós gozamos. Juntos, nossos corpos tremendo enquanto enterro meu rosto em seu pescoço, suas unhas arranhando minhas costas. Meu corpo suado adere ao dela; acho que gostaria de ficar assim, grudado nela para sempre.

O abraço com que a aperto é quase sufocante e derrubo nós dois para o lado, tentando recuperar o fôlego entre os mil beijos em seu rosto deslumbrante.

— Me desculpe por essa noite — Olivia sussurra por um momento, com o rosto pressionado contra o meu peito enquanto ela brinca com os pelos que se espalham ali. — Por dizer coisas que eu não quis dizer e ferir seus sentimentos. Fiquei presa ao seu passado e com muito medo de confiar em você. Desculpa.

— Está tudo bem, linda. — Enrolo uma mecha de seu cabelo em volta do dedo. — Preciso saber quando você está com medo. E nós superamos isso, não superamos?

— Nós brigamos.

— Isso se chama paixão, Ollie. Selvagem e desenfreada. Explosiva. Não quero um amor que seja qualquer coisa menos que loucura, e loucura por você é a única maneira que conheço de descrever como me sinto. — Meu coração sorri com a forma como o rosto dela se ilumina, e acaricio meu polegar sobre o rubor da maçã saliente de seu rosto, o arco perfeito de seu lábio superior. — Vejo o fogo em seus olhos e tudo o que quero fazer é alimentá-lo. Pode me acender, incendiar a minha alma. Sou seu.

Duas horas, mais três orgasmos e uma pausa para o lanche depois, estou acordado na cama, Olivia aconchegada ao meu lado, dormindo. Estou olhando para o meu telefone, assistindo a um replay da briga pela terceira vez ou, mais especificamente, ao rosto de Olivia pela lente da câmera.

No segundo em que deixo as luvas caírem, ela dá um pulo. Quando acerto o primeiro soco, ela aperta o peito. Quando Daley e eu caímos no gelo, suas mãos voam para a boca, e o olhar aterrorizado em seu rosto é algo pelo qual nunca mais quero ser responsável.

Olivia se mexe de leve, a mão deslizando pelo meu torso.

— Hum. Carter?

— Vem cá, meu bem. — Eu a levanto até mim, colocando os cobertores em volta de nós e enterrando-a no meu peito. — Ter você em meus braços é a melhor sensação do mundo.

Ela exala um suspiro feliz.

— Gosto muito de você.

— Gosto muito de você também.

Outras palavras querem sair da minha boca, palavras que me assustam e me emocionam ao mesmo tempo. Palavras que vêm com um significado tão profundo, uma conexão que grita para sempre. Parece muito cedo e, ainda assim, é como se tivessem batido na minha porta e eu as tivesse deixado entrar sem hesitação.

É assim que é? Querer compartilhar todas as suas partes, as boas e as não tão boas? Querer pegar a mão dela e segurar firme a cada passo? Caminhando para o desconhecido, para a escuridão e para a luz, onde enfrentamos juntos os medos e saímos cada vez mais fortes?

Traço as linhas suaves do rosto de Olivia sob os raios do luar que fluem através dela, e eu sei. Passo os nós dos dedos em seu rosto e, quando seus cílios não se agitam, sussurro as palavras contra sua pele.

— Acho que te amo, Ollie.

34
OLÁ, SR. INCRÍVEL

OLIVIA

Você já deixou alguém vendar seus olhos e te foder até perder os sentidos?

Se não estiver na sua lista de desejos, adicione agora mesmo. *Vá por mim.*

Sinto-me destruída, meus músculos gemendo com uma dor surda enquanto me espreguiço. E esse colchão? Que delícia. Adicione um homem corpulento e obcecado à mistura, e tenho certeza de que transcendi.

A música sobe as escadas junto com o barulho dos pratos, o cheiro de algo doce e de algo salgado.

E a cantoria. Carter está cantando.

Caio com um suspiro feliz, ocupando nem mesmo um quarto da cama gigante quando me sento no centro dela.

Acho que... sabe-se lá como, já estou apaixonada. Não foi simplesmente me apaixonar. Tropecei nos meus próprios pés e caí de cara nesse sentimento.

Passos pesados ecoam escada acima, a voz de Carter se aproximando, cantando uma música familiar.

— *My girl, du-du-du-du...*

Ele coloca a cabeça no quarto com um sorriso tão atrevido e encantador, e enterro o rosto em minhas mãos, sentando-me sobre as pernas, enquanto risadinhas desesperadas e embaraçosas explodem na minha barriga.

— Pare de rir — ele ordena, atravessando o quarto.

Nu. *Totalmente* nu. Segurando uma bandeja de comida.

Além disso, ele está nu.

— Você está pelado. — Estou boquiaberta.

Ele aponta para o ridículo chapéu de chef em sua cabeça que quase não vi, por causa de sua nudez impecável.

— Não, dããã. Coloquei um chapéu.

— Ã-hã.

Não estou olhando para o chapéu.

— Vejo que está olhando para o Sr. Incrível.

— Você é tão vaidoso que isso, sim, é incrível.

Ele coloca a bandeja no meu colo, inclinando-se para um beijo lento e carinhoso.

— O que é isso? — Meu coração se aquece com a visão diante de mim. — Você fez café da manhã?

Ele passa a palma da mão sobre o peito, orgulhoso, balançando a cabeça.

— Ã-hã. — Tira um pedaço de bacon de um prato que parece conter pelo menos meio quilo de bacon, colocando um pedacinho na minha boca antes de devorar o resto. — Bacon porque você adora. Frutas e iogurte porque são doces como você. Bagel de mirtilo com creme de canela porque Kara disse que é o seu favorito. E chá porque o café faz doer o seu estômago.

— Eu a...

Caramba. Que merda. Mas que merda. Eu quase disse isso. Alto.

Carter levanta uma sobrancelha, divertindo-se, parecendo mais metido que nunca.

— Você...?

— Eu... — falo gesticulando. — Adoro tudo isso! — *Esse* é o melhor que posso fazer? — Estou só perplexa com esse café da manhã tão elaborado... e com... — Aponto para o seu corpo. — A nudez.

Carter coloca as mãos nos quadris, girando. Ele com certeza gosta de balançar aquela coisa.

— Minha nudez está distraindo você?

— Eu não conseguiria soletrar uma palavra se você me pedisse enquanto olho para isso.

— Hmm. — Ele pega um pouco de creme de canela do prato e passa em meus lábios, os olhos vidrados enquanto eu lambo. — Gosto quando fica sem palavras.

— Não se acostume com isso.

Carter cai ao meu lado, mastigando bacon enquanto me observa comer, a cabeça apoiada na mão e o cotovelo no colchão. O creme de canela está quente e derretido no meu bagel e, quando mordo, ele escorre pelo meu queixo, pingando sobre meu seio esquerdo.

Seus olhos se fixam e, quando vou limpar, ele agarra meu punho.

— Não se atreva — ele sussurra e rosna. — Eu limpo.

Ele fica de pé, tira a bandeja do meu colo, colocando-a no chão, pula na cama e devora cada centímetro de mim três vezes. Quando finalmente voltamos para o café da manhã, a comida está fria, meu bagel está duro e não há uma única parte de mim que se importe com isso. Na verdade, quando ele me deixa na arena para o jogo de hóquei feminino, já tive três orgasmos, ganhei um café da manhã do McDonald's e um tapinha na bunda quando saio do carro.

— Aquele era Carter Beckett? — Alannah sussurra quando a encontro na porta da frente, os olhos arregalados de admiração ao observar o SUV de Carter saindo da vaga de estacionamento. Ele sorri e acena, e Alannah pula para cima e para baixo, os braços chacoalhando enquanto ela acena de volta.

— É ele, é ele, é ele! — ela grita para o pai, dando-lhe uma sacudida violenta.

Jeremy revira os olhos.

— É ele, é ele. Uau.

— Por favor, tente conter seu entusiasmo, Jeremy. — Tiro um presente da minha bolsa e entrego para Alannah. — Isto é para você, de Carter.

Ela abre a pequena camiseta: *Para Alannah. Corra rápido, caia pouco. Carter Beckett.*

Ela a aperta contra o peito.

— Meu Deus, meu Deus!

Jeremy ainda não está impressionado, mas estende a mão para mim com expectativa.

Arqueio uma sobrancelha.

— Posso ajudar?

— Onde está a minha?

— Sua o quê?

— Minha... minha camisa. — Ele fica boquiaberto. — Você... você não...

Eu sorrio, empurrando a camisa contra seu peito.

Ele a segura na frente do rosto enquanto lê, o que é uma pena, porque agora não consigo ver sua expressão. *Para Jeremy. Não seja um idiota com a sua irmã. Carter Beckett.* Ele deixa cair a camisa sobre o colo, dando-me uma visão clara de seu rosto, que está... estranha... Em êxtase. — Ai, meu Deus. Ele autografou minha camisa. Carter Beckett autografou minha camisa!

Ah, pelo amor de Deus!

ESTOU PELO MENOS DOIS QUILOS mais pesada que quando cheguei aqui. O que foi há aproximadamente sete minutos. Parece impossível? Nada é impossível com Kara.

— Precisamos de *todos* esses lanches? — A caixa de caramelos enfiada no bolso do meu casaco se solta, e a prendo ao meu lado com o cotovelo, bamboleando pela nossa fileira. Estou com uma lata de cerveja no outro bolso, Twizzlers no bolso de trás, outra cerveja na mão direita e um braço enrolado em um saco de pipoca. — Parece um pouco excessivo.

— Que pergunta ridícula. — Kara dá de ombros. — Sim, *Olivia*, precisamos de *todos* esses lanches. Não estrague minha vida.

— Minhas desculpas, rainha.

— Desculpas aceitas. — Ela afunda em seu assento e logo vira uma bebida com vodca. — Carter contou a Adam sobre o que aconteceu ontem à noite?

Eu faço que sim. Carter teve oportunidade de conversar com Adam sobre Courtney enquanto eu estava no meu jogo hoje cedo. Ele disse que Adam ficou arrasado, não por si, mas por nós.

— Courtney disse que estava bêbada e que não se lembrava e, quando ele continuou a pressioná-la, ela disse para ele se acalmar e aprender a aceitar uma piada.

Kara emite um som baixo e assustador do fundo da garganta.

— Liv, você sabe que não digo coisas assim levianamente, mas aquela mulher merece ter uma colmeia inteira de abelhas furiosas lançadas sobre ela.

Eu rio e Garrett para em frente ao banco, espalhando um jato de neve enquanto seus olhos deslizam sobre nossos lanches. Ele esguicha água na boca e levanta as sobrancelhas.

— Você vai comer tudo isso, Ollie?

— Tudo que eu queria era pipoca — digo, com os olhos em Kara.

— Bem, tudo o que você não comer, estou aqui para isso.

Carter bate nele por trás.

— *Eu* estou aqui para isso.

Garrett puxa Carter contra o peito.

— Eu quero a comida dela!

Carter o empurra de volta.

— Ninguém pode com a comida dela, só eu!

— O que estou vendo aqui? — pergunto, observando o que parece ser um jogo de bofetadas entre dois homens adultos que deveriam estar se aquecendo para seu jogo de hóquei profissional.

— Está vendo com o que tenho de lidar?

Adam para em frente ao banco para beber água.

— Crianças.

— A comida é minha! — Carter grita enquanto passa os braços em volta da cabeça de Garrett.

Garrett se liberta.

— Não vou decepcionar você, Ollie!

É neste momento que percebo Emmett inclinado sobre o banco, piscando, e Kara cutucando agressivamente o interior de sua bochecha com a língua.

— Puta merda. Vocês dois estão... — Meu coração dá um pulo na garganta quando o corpo de Carter bate na proteção de acrílico bem na minha frente. — Carter, caramba. Você me assustou.

Ele tira as luvas, coloca as mãos em volta da boca e respira no vidro. A ponta do seu dedo grava um coração na condensação e, quando ele escreve C + O, meu coração fraco levanta voo, por mais embaraçoso que isso seja. A piscadela que ele me dá contém toda a promessa da noite que planejamos passar a sós depois deste jogo de fim de tarde.

Kara joga um punhado de Skittles e m&m's na boca.

— Esse homem está perdidamente apaixonado por você.

Meu nariz enruga e lanço um olhar aguçado para a mão em que ela está colocando as duas guloseimas.

— Que afronta. Você não pode misturar esses dois! E ele não está apaixonado por mim. Mas, tipo, talvez um dia. Seria legal. Vamos ver.

Kara bufa.

— Liv. Olhe para aquele homem. Nunca vi um bobão tão apaixonado.

Meu olhar percorre o gelo e encontro Carter em um instante, seus olhos fixos em mim enquanto ele brinca com um disco, conversando com alguns outros jogadores. Seu sorriso é elétrico quando levanta a mão enluvada e acena.

— *Oi, chuchu!* — ele grita antes de dar um golpe em Adam.

Minhas bochechas queimam.

— Ele acabou de me chamar de chuchu na frente de quinze mil pessoas?

Kara coloca um punhado de pipoca na boca.

— A capacidade é de dezenove mil.

Parece que Carter está determinado a acompanhar o meu constrangimento, porque, quando marca um gol aos seis minutos do primeiro período, ele patina no banco e grita:

— *Este foi para você, chuchu!*

Quando marca no terceiro período e o dedica à sua princesa, ele aponta para o meu rosto vermelho aparecendo no telão, coloca as mãos enluvadas sobre o coração e finge desmaiar.

Eu não sabia que existiam pessoas tão exibidas, mas, quando ele passa pelos repórteres depois do jogo e me levanta em seus braços, um gelo ainda explode em meu estômago.

Quando chegamos em casa, o sol poente pinta o céu em tons deslumbrantes de rosa e laranja, salpicados de lilás, os pinheiros escuros e as montanhas imponentes contrastam de modo impressionante com o belo cenário.

Carter me leva até a ilha da cozinha e coloca uma pequena bandeja com queijo, frios, castanhas de caju e uvas na minha frente.

— Hoje à noite, o jantar será tarde, então coma isto por enquanto. — Ele beija minha testa. — Estarei de volta em alguns minutos.

Quando ele retorna, dez minutos depois, está com o sorriso mais adorável e tímido, e trocou o terno por uma calça de treino e uma camiseta.

Seus dedos entrelaçam os meus, puxando-me para cima e em direção ao quarto. O banheiro está mal iluminado pela chama quente das velas que decoram a borda da banheira, o brilho das estrelas derramando-se pela claraboia. John Mayer toca suavemente nos alto-falantes e o livro que estou lendo no momento está no banquinho ao lado da grande banheira. A água está cintilante, em um lindo tom de magenta, repleta de pétalas de rosa, e Carter está literalmente pulando na ponta dos pés.

— Tem sais de banho, por isso a água está rosa. Jennie escolheu. — Ele coça a cabeça.

— Hmm, tem aroma de... hmm... — Inspiro profundamente quando o cheiro atinge meu nariz. — Lavanda?

Seu rosto se ilumina.

— Sim! Lavanda. É para relaxar de toda essa merda.

Eu rio. Isso é absolutamente adorável.

— Fui eu que coloquei as pétalas de rosa. E as velas.

Ele não poderia parecer mais orgulhoso.

— Para mim?

— Para você.

Carter toca seus lábios nos meus antes de tirar meu jeans pelos meus quadris, tirando junto a calcinha e as meias. Ele puxa minha camiseta pela cabeça, tira meu sutiã com muito mais cuidado que de costume e me ajuda a entrar na água fumegante.

— Quero que relaxe enquanto preparo o jantar e cuido de tudo lá embaixo, ok? Você tem que ficar aqui por quarenta e cinco minutos.

— Quarenta e cinco minutos? Que específico. E se eu sentir sua falta?

— Aí você pode se masturbar pensando em mim. — Ele ri, então seu olhar endurece. — E, se você fizer isso, vou precisar de um vídeo. Adicionar isso à bíblia sagrada de materiais para a punheta que tenho escondidos no meu celular.

Com um sorriso e um suspiro, afundo no céu, as mãos flutuando sobre a água, roçando as pétalas. Não fico muito tempo acordada depois que ele sai, abrindo mão do livro e cantarolando com a música enquanto meus olhos se fecham. Antes que eu perceba, as mãos quentes de Carter estão no meu rosto, convencendo-me a acordar.

— Pequena Ollie dorminhoca — ele sussurra. — Eu sabia que teria de vir buscá-la quando chegasse o quadragésimo sexto minuto.

Ele me envolve em uma toalha grossa e me leva até o closet, apontando para uma de suas camisetas e uma calcinha limpa da minha bolsa, enquanto esvazia a banheira, recolhe as pétalas e apaga as velas. Ele faz muito por mim, sua dedicação e seu carinho são incomparáveis. Quando retorna, envolvo meus braços nele, aconchegando-me.

— Obrigada, Carter. Estou muito feliz com você e mal posso esperar para evoluirmos juntos.

— Será o melhor "antes e depois" da história. — Suas sobrancelhas franzem. — Emocional, claro. Porque nós dois já somos gostosos pra caralho. — Ele encosta os lábios na minha testa, recuando com um *smack* alto. — Vamos. Mal posso esperar para mostrar o que fiz.

Ele me levanta nos braços e me leva escada abaixo, parando na beirada da sala, e meu coração implode. Seus batimentos ressoam firmemente perto da minha orelha, encostada ao seu coração, e pressiono a palma da mão ali, como se pudesse tocá-lo, sentir como ele corre.

Deslizo por seu corpo, os dedos em minha boca enquanto entro na sala.

A tv está ligada, aberta no Disney+ e exibindo todos os clássicos. O sofá está... desaparecido. As almofadas também sumiram, mas tenho uma ideia de onde possam estar. Contorno os lençóis brancos, montados como uma tenda, e encontro as almofadas lá dentro, enterradas sob cobertores e mais e mais almofadas. Luzes cintilantes alinham-se no interior da tenda, e a mesa de centro está repleta de caixas de comida chinesa.

Carter me observa, estendendo a mão para mim antes de parecer duvidar de si mesmo, apalpando sua nuca.

— Achei que poderíamos ter uma noite de cinema. Gostou?

Se eu gostei? Salto pela sala, pulo em seus braços e esmago meus lábios nos dele enquanto ele ri.

— Vou considerar isso um sim. Porra, estou arrasando nessa história de namorado.

Juntos, nós nos aconchegamos na tenda improvisada, escolhendo primeiro *O rei leão*, e Carter canta cada música enquanto comemos. Quando termina, ele desaparece na cozinha e retorna com brownies.

— *Frozen?* — Ele lambe a cobertura do polegar enquanto seleciona os filmes. — Ou *Moana*? Posso cantar os dois, caso esteja se perguntando.

— *Frozen.* Quero ouvir você cantar "Let it Go".

Carter olha para mim enquanto me aconchego ao seu lado.

— Você vai ficar acordada para ouvir?

— Estou totalmente desperta. Tirei uma soneca na banheira.

— Hmm. Bem, só por precaução... — Ele me pega em seus braços, acomodando-me contra seu peito e apoiando o queixo na minha cabeça. Estamos assim há apenas dez minutos quando ele passa a palma da mão nas minhas costas e sussurra meu nome. Quando encontro seu olhar, é terno e caloroso.

— Minha mãe sempre me disse que essas coisas não acontecem facilmente, que é preciso trabalhar pelo amor e pela vida que desejamos. As partes difíceis são desafiadoras, mas nós as superamos, e todo o resto com você parece natural, e eu... quero trabalhar nesse relacionamento com você. Quero construir a vida que nós dois amamos.

Com essas palavras se repetindo em minha mente, não demoro tempo suficiente para ouvi-lo cantar a música e não tenho certeza de que horas são quando o sinto me deitar nas almofadas, seu corpo moldando-se ao meu. O calor de sua palma aquece minha barriga quando ela desliza por baixo da minha camiseta e lábios macios encontram minha orelha.

— Você é a minha favorita em tudo, Ollie.

35

ATÉ OS DENTES

CARTER

Planejo aproveitar cada hora que me resta com Olivia antes de pegar a estrada. Foi por isso que a acordei de madrugada com a minha cabeça entre as pernas dela. Também deve ser por isso que agora ela está desmaiada no meu colo, nem mesmo se mexendo com o jeito como continuo gritando para a TV.

— Levou outro tiro? — Garrett grita no meu fone de ouvido.— Por que você não acerta uma hoje?

— Tem uma gostosa dormindo entre minhas pernas! — grito de volta.

— Ela está sempre entre suas pernas! — Ele fica quieto por um momento, e Adam e Emmett riem. — Ok, isso soou mal. O que eu quis dizer é que você ficou com ela o fim de semana inteiro. Concentre-se em permanecer vivo. Senão você derruba o time todo.

— Sim, sim — murmuro, conduzindo meu personagem por um lance de escadas.

— Esse lugar estava lotado de caras há dois minutos, Carter. — Emmett diz enquanto Olivia se mexe no meu colo. — Certifique-se de que você... — Ele solta um suspiro pesado enquanto minha tela respinga de sangue, meu personagem desabando depois de eu levar um tiro à queima-roupa na cabeça. — Cara, que porra é essa?

Olivia sorri para mim, piscando os olhos turvos, agitando aqueles cílios escuros.

— Beckett? Está aí?

Adam suspira.

— Olivia deve ter acordado.

— Eu tenho que ir.

Arranco meu fone de ouvido, ignorando o modo como Garrett grita sobre estar no meio de uma missão.

Olivia começa a subir pelo meu corpo, mas eu a empurro de costas.

— Hora do lanche.

— De novo?

— Estou sempre com fome, Ollie, e não há nada que eu adoraria mais que comer sua boceta mais uma vez, depois inclinar você sobre o sofá e te foder com tanta força que você vai sentir na garganta. Eu também me contentaria só de te abraçar.

É altamente inconveniente que minha porta da frente se abra neste exato momento, as vozes de duas mulheres irritantes entrando em minha casa. Olivia endurece e eu caio em cima dela, gemendo.

Pulando do sofá, abro os braços quando vejo três pessoas tirando seus casacos no meu hall de entrada e o cachorro que está pulando, todo animado, pronto para atacar.

— Que merda vocês estão fazendo aqui? — Eu olho para Hank. — Pensei que Ollie e eu íamos buscá-lo para jantar.

Ele levanta as palmas das mãos em um encolher de ombros inocente.

— Não fui eu.

Jennie revira os olhos, soltando Dublin da coleira. Ele se aproxima, pulando com duas patas na minha barriga, e enterro meus dedos em seu pelo macio.

— Isso é mentira e você sabe disso, meu velho — ela diz enquanto minha mãe joga as mãos para o alto. — Mamãe e você traçaram o plano pelo telefone por quase uma hora esta manhã.

— Não é justo que ele tenha conhecido Olivia e nós não!

— Vocês não podem simplesmente entrar aqui sem avisar! — grito de volta, apontando para o modo como Olivia tenta freneticamente alisar o cabelo e as roupas. — Poderíamos estar nus!

— Carter! — Olivia grita horrorizada, no exato momento em que minha mãe coloca as mãos nos quadris e rosna:

— Carter Beckett!

Jennie engasga-se.

— Eca. Que nojo. Não é uma imagem que eu queira gravar nas minhas retinas.

— Então vocês deveriam ter batido, porque eu estava quase...

— *Carter!* — Olivia grita de novo, colocando a mão na boca. — Pelo amor de Deus, por favor, pare.

Eu sorrio para a palma da mão dela.

— Desculpa, chuchu.

Hank dá uma risadinha, estendendo a mão em nossa direção. Eu pego suas mãos, mas ele franze a testa, afastando-as com um tapa.

— Não quero *você*. Eu quero Olivia.

Ela me empurra para fora do caminho com o quadril e abraça Hank.

— Isso é muito melhor que o que havíamos planejado.

Mamãe se aproxima de Olivia com os braços abertos, com um sorriso maravilhoso, como se tivesse descoberto vida em Marte.

— Nunca pensei que este dia chegaria — ela choraminga. — Meu garotinho, já crescido, com uma *namorada*!

— Ele levou apenas vinte e sete anos — murmura Jennie.

— Oi, chuchuzinho — minha mãe cantarola, abraçando Olivia.

— *Mãe!*

— O quê? É assim que você a chama, não é?

Jennie bufa. Uma vez. Duas vezes. Depois bate nas pernas.

— Você chama sua namorada de chuchuzinho?! — Ela está chorando de rir? — Que revolução para o machão que você tem interpretado por todos esses anos. — *Ela está mesmo chorando de rir.* — Quero dizer, nós entendemos. Você ama sua namorada.

Eu falaria se pudesse. Em vez disso, coço a nuca, meu rosto queimando. Quando minha mãe a liberta de suas garras, Olivia me dá um sorriso suave e caloroso que me faz sentir como se ela tivesse me iluminado de dentro para fora.

Minha mãe dá um tapa no ombro de Jennie.

— Não provoque seu irmão.

— Ele me provoca o tempo todo!

— Ele provoca você porque te ama, você sabe disso.

— Sim, Jen — zombo —, apenas me deixe amar você.

— Saia de perto de mim! — Seu olhar passa a Olivia, franzindo o nariz. — Você é pequena demais para ser um escudo humano eficiente. — Ela reflete sobre isso por uma fração de segundo antes de dizer: — Ah, foda-se. — E agarra os bíceps de Olivia, abaixando-se atrás dela.

Isso poderia funcionar, exceto que meus braços são longos pra caramba, então abraço ambas e as esmago contra o meu peito.

— Abraço coletivo — canto.

Eles podem até ser um bando de empata-fodas, mas, agora, tenho minhas pessoas favoritas de todos os tempos reunidas em uma sala, e nada me faz mais feliz que ver como Olivia se encaixa tão facilmente, como se ela sempre estivesse destinada a estar aqui. Eu nem me importo quando ela conta a todos sobre a vez em que raspou as sobrancelhas do irmão enquanto ele dormia porque ele quebrou o taco de hóquei dela e o transformou em uma bengala, provocando um brilho maligno nos olhos de Jennie quando tocaram os meus, como se ela estivesse planejando fazer o mesmo.

Duas horas depois, quando ela está ao meu lado ralando queijo para a pizza caseira, ainda estou protegendo minhas sobrancelhas.

— Você caiu rápido e com força, irmãozinho. Também bateu em todos os galhos durante a queda?

— Ãh? — Eu sorrio enquanto Olivia joga a cabeça para trás, rindo de seja lá o que Hank esteja dizendo. Alguma piada suja, a julgar pela maneira como minha mãe bate no braço dele. Eu me viro para Jennie. — Sou quase cinco anos mais velho que você.

— Mas sua mente é tão, *tão* pequena, seu filho da puta.

Dou um peteleco na orelha dela.

— Cozinhe calada.

Ela faz isso, com tanto floreio quanto eu quando faço com a maioria das coisas, com um pé erguido para trás conforme espalha o queijo sobre o molho.

— Ela sabe que você quer se casar com ela?

— O quê?

Meu olhar ricocheteia entre minha irmã irritante e Olivia.

— Perguntei se ela sabe que você está apaixonado por ela.

Coloco a mão em sua boca, envolvendo-a em uma chave de braço.

— Cala a boca ou ela vai ouvir você.

Ela morde a palma da minha mão até que eu a solte, puxando minha mão contra o peito, e, quando Olivia se junta a nós, mal consigo respirar.

— Por que vocês dois estão brigando?

— *Nada!* — meio que grito.

O olhar que dirijo a Jennie diz que ela será a única sem sobrancelhas se disser alguma coisa.

— Bem, era para ser uma surpresa, mas Carter estava me dizendo que finalizou os detalhes das aulas de equitação para nós nesta primavera. Ele achou que você gostaria de vir comigo.

Os olhos de Olivia brilham.

— Aulas de equitação?

Não creio que ela está acreditando nessa merda. Aguardarei um mês até que Jennie lhe conte que tudo não passou de uma estratégia para: A) conseguir o que ela queria, que neste momento são as aulas que ela vem me pedindo indiretamente desde seu aniversário; e B) distrair Olivia do fato de que estou apaixonado por ela e não quero que ela saiba ainda. Apenas um mês, porque sou impulsivo e péssimo em guardar segredos, então não consigo imaginar que aguentaria muito mais tempo além disso.

Por exemplo, quarenta e cinco minutos depois, quando estamos à mesa de jantar, tenho o pé dela enfiado entre as minhas pernas, porque aparentemente não posso deixar de tocá-la.

— Fomos patinar no lago Capilano no fim de semana passado e venci Carter em uma corrida — ela conta com orgulho à minha família.

— Você *trapaceou* em uma corrida.

Ela cantarola pensativamente, mastigando a pizza.

— Não acho que eu faria algo assim.

— É algo que eu faria apenas para derrubá-lo — Jennie diz. — Carter contou que você treina o time de hóquei da sua sobrinha e ensina educação física no ensino médio. Que legal! Você já dançou?

— Só quando bebo. Não tenho muito ritmo. Mas pratiquei patinação artística por alguns anos.

— Ela também treina o time feminino de vôlei da escola — acrescento.

— Você jogou vôlei? — Jennie pergunta em tom de zombaria.

Olivia assente.

— Da sexta série ao meu último ano na universidade.

Jennie dobra os lábios na boca. Seus ombros começam a tremer e um leve suspiro sai de seu nariz. Escondo meu sorriso atrás da palma da mão, olhando para o prato enquanto tento não rir. O olhar de Olivia salta entre nós.

— O que foi?

— É só que... — Jennie avança enquanto uma pequena risada escapa. — Quero dizer... — Outra risadinha. — Você consegue... — Ela cobre a boca. — Tipo, alcançar a rede?

Ela começa a rir ao mesmo tempo que eu, nós dois nos dobrando sobre a mesa.

Os olhos de Olivia se estreitam enquanto cruza os braços sobre o peito.

— Ah, entendi. Os filhos Beckett são iguaizinhos.

— Dois idiotas? — minha mãe diz. — Sim, mas culpe o pai deles, não eu.

— Seja bonzinho com a sua namorada, Carter — Hank grita do outro lado da mesa enquanto entrega um pedaço de calabresa para Dublin. — Ou ela não vai deixar você experimentar nenhuma das coisas divertidas do livro que estamos lendo.

Demoro cinco segundos para registrar completamente o peso de suas palavras e, a essa altura, Olivia já está engasgada com a comida.

— Hank! — grito, esfregando as costas de Olivia.

— *Ooops* — ele murmura. — Dublin, estraguei tudo de novo.

Eu perdi a cabeça. Essa é a única explicação lógica de por que estou ouvindo o diretor da escola de Olivia elogiar as visitas de Kara.

Vi Olivia há três horas quando ela me deu um beijo de despedida em sua cama, onde dormimos ontem à noite para que ela pudesse acordar cedo para o trabalho. Desmaiei por mais uma hora e meia, acordei, devorei a maior parte da cozinha dela e depois pedi mantimentos porque me senti mal.

Ainda não estou pronto para me despedir dela pelas próximas cinco noites.

— Eu já fui jovem — Ray está me contando. Ele me disse para chamá-lo de Ray. — Vocês dois parecem muito próximos, com base nas fotos dos últimos dois fins de semana.

Ele ergue as sobrancelhas, o que é meio estranho, já que é o chefe de Olivia. Além disso, fico um pouco preocupado com o último comentário.

— E isso é um problema? Nossas fotos? De beijos?

Porra, nunca tinha pensado nisso. Ele faz um gesto quando paramos do lado de fora das portas do ginásio. Posso ver Olivia lá dentro, cercada por um bando de adolescentes mais altos que ela, mesmo em um dia em que ela escolheu usar salto alto.

— A vida pessoal de Olivia é dela. Ela tem todo o direito de ter relacionamentos íntimos. Acontece que o dela é fotografado. Ela não será prejudicada por isso, desde que tudo seja lícito e respeitoso.

— Lícito e respeitoso, entendi.

Parece fácil, mas talvez eu seja um pouco selvagem quando se trata de amar Olivia. Terei que fazer um esforço consciente para manter o bom comportamento quando estivermos fora de casa.

— Os alunos a amam e não é nenhum segredo que ela já passou por maus bocados, sendo relativamente próxima da idade deles. Muitos a veem como uma amiga, alguém em quem podem confiar. Eu diria que ela enfrentou alguns desafios desde que vocês dois tornaram seu relacionamento público, mas a professora Parker sabe como lidar com suas pestinhas.

Estremeço com uma risada. Ela lida com as pestinhas... basta lembrar o garoto que ela ameaçou enterrar por chamá-la de maria-rinque.

— Obrigado por me acompanhar até aqui. Olivia sempre fala sobre o quanto ela adora trabalhar para você.

Essas palavras nunca saíram de sua boca, mas o rosto de Ray se ilumina, então sei que fiz minha devida diligência como namorado. Deslizo pela porta, encostando-me nela antes que se feche, enquanto a observo trabalhar. Às vezes, aprendo as coisas mais interessantes sobre Olivia quando ela não sabe que estou assistindo.

A rede de vôlei está montada e Olivia está com uma bola na cintura e uma prancheta na mão livre, enquanto alguns alunos se aquecem.

— Se você estiver com vergonha, basta dizer, professora Parker. — Um garoto loiro quica três vezes uma bola de vôlei antes de jogá-la na rede de basquete, onde ela bate na borda. — Se tiver exagerado suas habilidades esse tempo todo...

— Eu não exagerei nada — Olivia responde com desinteresse, largando a bola e fazendo algumas anotações em sua prancheta. — Não quero envergonhar vocês, isso, sim. Não gostaria de fraturar esse seu ego masculino. Eu sei o quão sensíveis vocês podem ser na adolescência.

— Tenho dezoito anos. Sou um homem.

— Certo. Como eu poderia esquecer?

— Você sempre *diz* que sabe jogar, mas nunca nos mostra — começa outro garoto. — Parece que está inventando.

— Você não está me provocando para eu jogar com vocês.

Hmm, é bem fácil provocar Olivia, então...

— Olha, se for porque você é baixinha...

Ela bate a caneta na prancheta e olha para o garoto que ainda está falando com uma expressão tão sombria que estou com medo de ter vindo até aqui.

— Sério? Baixinha? De novo?

Ooops.

Ela arranca a bola da mão dele e começa a caminhar em minha direção, de cabeça baixa, enquanto murmura para si mesma.

— Piadinhas estúpidas. Estou tão cansada delas. Eu entendo, minhas pernas são minúsculas. Haha.

Reprimo minha risada, esgueirando-me ainda mais na sombra da porta, observando minha garota tirar os saltos e afundar sete centímetros mais perto do chão. Ela gira em direção à rede e quica a bola enquanto fala.

— Só vou fazer isso uma vez, então prestem atenção.

Eu não acho que será um problema. Esses meninos estão fascinados, assim como eu. Ela gira a bola nas mãos antes de quicá-la. No terceiro salto, ela a pega, joga-a para o alto, dá três passos enormes para a frente, salta no ar e...

Atira a bendita bola até o outro lado do ginásio, fazendo-a bater na parede oposta e rolar de volta para ela, enquanto os garotos enlouquecem.

— Espero que tenham filmado isso, para lembrá-los por que não devem mexer comigo.

Tenho que lembrar que estou em uma aula de ensino médio, então ajustar descaradamente meu pau talvez não seja a melhor ideia.

— Puta merda. Isso foi surreal. — Ando em direção a eles, gesticulando para Olivia, registrando a expressão de choque em seu rosto. — Esta é a minha namorada, senhoras e senhores!

— Carter! — Olivia deixa cair a bola e corre descalça. — O que está fazendo aqui? Você viu isso? — Ela me abraça, enfiando o rosto em meu peito. — Agora pode dizer a todos para pararem com as piadas de "baixinha".

Dado o quão alta ela está agora, me sinto mal por dizer que isso é improvável, então, em vez disso, digo:

— Estou tão orgulhoso de você, tampinha.

Coloco meus lábios nos dela.

— Eu precisava ver você mais uma vez. Espero que esteja tudo bem.

Um sorriso tortuoso surge em seu rosto enquanto ela olha para seus alunos, cada um deles congelado no lugar, de queixo caído.

— Você acabou de ganhar uma vaga de professor no terceiro período de educação física para alunos do último ano.

— Que legal. Sou bom em dizer às pessoas o que fazer e posso passar um pouco mais de tempo com você antes de ficarmos separados por cento e vinte e sete horas. Não que eu esteja contando nem nada assim. — Pressiono meus lábios em sua orelha enquanto ela calça os sapatos. — Você fica tão sexy com essa roupa de professora!

— Você me viu esta manhã exatamente com esta roupa.

— Sim, mas eu estava meio adormecido, e você arrasou no vôlei. Agora quero tirar a sua roupa, mas deixar os sapatos.

Antes que eu possa cumprir essa ameaça, bato palmas.

— Tudo bem, senhores, bem-vindos à aula com o Sr. Beckett.

Pegando a prancheta de Olivia do chão, folheio as anotações, estalando a língua no céu da boca.

— Ah, aqui estamos. Primeira ordem do dia... Qual de vocês chamou a professora Parker de maria-rinque segunda-feira passada?

— Estou entediado. Quer voltar para o hotel e jogar Xbox?

Comi um quilo de asas de frango e um prato de *nachos*, além de uma garrafa de cerveja que compartilhei com Adam. Hoje recebi um total de zero paquera, porque, assim que uma mulher dá um único passo em minha direção, eu dirijo a ela uma careta tão feroz que ela sai correndo. Estou pronto para ir embora.

— Vamos.

De pé, pego minha carteira e jogo algumas notas. Adam e Emmett começam a fazer o mesmo, mas Garrett, que tem uma pequena loira ao seu lado vestindo sua camisa e sussurrando em seu ouvido, parece absolutamente horrorizado.

— Você pode ficar, é claro, amigão.

— Mas eu... Argh...

Sua cabeça cai para trás com um gemido, e ele sussurra o que presumo ser um pedido de desculpas no ouvido da garota antes de se desembaraçar de seus membros.

O bar fica a dois minutos a pé do hotel e, quando chegamos ao elevador, Garrett está se remexendo pela terceira vez.

— Você estar em um relacionamento está acabando com a minha vida sexual, seu filho de uma puta.

— Você terá problemas maiores se sua vida sexual depender de mim.

— Não depende de você, eu só... Vá se foder. — Ele me joga contra a parede quando entramos no corredor. — Você está obcecado pela sua namorada.

— Sim.

— Tudo o que você quer fazer é voltar para o quarto e falar com ela, dizendo o quanto você sente falta dela e como você mal pode esperar para beijá-la, transar com ela, ficar abraçadinho com ela e tals.

— Também sim.

Nessa ordem. E depois de novo.

Emmett ri enquanto tira os sapatos dentro do quarto. Ele abre um saco de Ruffles All Dressed e se joga no sofá, balançando a cabeça.

— Do que você está rindo, idiota?

Enfio a mão no saco e roubo um punhado. Tivemos que trazer de Vancouver. As batatinhas de que gostamos são difíceis de encontrar nos Estados Unidos e, confie em mim, mesmo que encontrássemos, não seriam a mesma coisa. Só uma imitação barata.

— Você se lembra da noite antes de conhecer Liv?

— Não.

Bloqueei minha vida de antes dela.

— Você expulsou uma garota quase chorando do nosso quarto porque ela queria passar a noite e você disse que não queria um relacionamento.

— Ela não queria apenas passar a noite. Ela queria se mudar para Vancouver e fazer da minha casa o seu lar. — Uma tal de Lauren. Ou Lisa? Não sei, mas agora estou lembrando. — E eu não disse que nunca iria sossegar.

— Certo. Você disse que o dia em que alguém entrasse em sua vida e virasse seu mundo de cabeça para baixo, seria o dia em que você sossegaria.

— Hummm.

Batatinhas deliciosas.

— Olhe para você agora. — Desta vez é Adam, apontando para o telefone que estou verificando pela terceira vez. — Não consegue tirar os olhos do telefone quando é forçado a passar algum tempo longe da namorada.

— São quase seis dias inteiros — murmuro.

Ele ri.

— Tá bom.

— É *ridículo* — Garrett corrige.

— Só estamos dizendo que... o dia obviamente chegou.

Sim, não brinca. Chegou o dia em meados de dezembro, quando coloquei os olhos nela pela primeira vez, quando ela revirou os olhos e fez aquela cara fofa de indiferença forçada, e então quase me disse para eu ir tomar naquele lugar.

Sou salvo da conversa quando meu telefone vibra e o rosto de Olivia ilumina minha tela. Antes que eu possa responder, Garrett o pega e se joga na cama.

— Ei, Livvie. — Ele estica as pernas, o queixo na palma da mão. — E aí, garotinha?

Eu grito, jogando-me em cima dele, porque, e se ela estiver nua? Estava ontem à noite, mas, pensando bem, ela sabia que eu estava sozinho. Mesmo assim, não quero que ninguém a veja. Nunca. Jamais. É *minha*. Emmett pega o telefone no meio da nossa briga e se acomoda no sofá.

— Ei, Ollie.

— Nooossa — ela se maravilha. — É All Dressed? Eu não como isso há anos!

Empurrando Garrett de cima de mim, agacho-me atrás de Emmett e sorrio para Olivia. Ela não está nua, graças a Deus. Ela está, no entanto, vestindo minha camisa, o cabelo molhado deixando gotas no pescoço e no tecido cinza, e isso faz coisas comigo, coisas que me fazem me agarrar entre as pernas.

— Eu lambia todo o tempero antes de comer — ela continua.

— Então vou comprar alguns pacotes para sábado à noite.

— Ah, que merda! — Garrett joga as mãos para o alto. — Como você consegue estragar a batatinha para mim?

Arranco meu telefone e me jogo na cama.

— Estou com saudades de você, pequena Ollie.

Ela está sentada na cama, com cobertores enrolados na cintura, e acho que ela está no laptop, com base no quanto consigo vê-la.

Suas bochechas enrubescem, e me pergunto se ela sempre ficará assim vermelha. Espero que sim.

— Também estou, Carter.

— Hmm... — eu digo.

Revirando os olhos, ela solta um suspiro.

— Eu também sinto sua falta, homem mais sexy do mundo.

— Assim está melhor — digo com orgulho enquanto todos os outros se queixam. — Kara e eu convidamos todos para jantar e jogos — ela me conta.

— Todos?

— Sua mãe, sua irmã e Hank. — Ela ri. — Ele estava se gabando de ser o único homem convidado para a noite das garotas. E Dublin não saiu do meu colo a noite toda. Eu acidentalmente o deixei lamber minha tigela de sorvete durante o terceiro período, então agora sou a pessoa favorita dele.

O controle que Olivia exerce sobre minha família aperta meu coração.

— Obrigado por convidar todo mundo.

— Você não precisa me agradecer. Gosto de passar o tempo com eles.— Ela sorri, olhando para o telefone antes de mostrá-lo para mim. — Carter, o que é isso?

— O que... Ah. — Sorrio, extremamente orgulhoso. — Só eu, garantindo que ninguém teça uma teia de mentiras. Se minhas mãos estiverem no ar, não há nenhuma fofoca falsa sobre quem eu possa estar tocando.

O título da matéria que ela está lendo diz: *Carter Beckett quer que o mundo saiba: ele está* FORA DO MERCADO, *senhoras!.*

Talvez eu *possa* ter feito um esforço consciente para colocar minhas mãos acima da cabeça e sorrir para qualquer câmera que piscasse em minha direção sempre que as garotas tentavam falar comigo esta semana. Olivia balança a cabeça, rindo.

— Seu sorriso poderia ser mais orgulhoso nesta foto?

— O que posso dizer? Deixar o mundo saber que sou seu me deixa feliz.

Garrett joga um travesseiro na minha cabeça.

— Arrume um maldito quarto para vocês! Ninguém se importa com o quão apaixonados vocês estão.

Adam pega meu Oreo na mesa, mas franze a testa e cruza os braços quando olho para ele.

— Sério, por quanto tempo vocês dois vão dançar em torno das palavras que todos nós sabemos que estão morrendo de vontade de dizer?

— Dê um tempo a eles — Emmett se joga ao meu lado, sorrindo para Olivia, e fico grato pela distração. Até que ele continua falando. — Carter ainda está aceitando o fato de que ama alguém mais que a si mesmo e Oreo. Ollie está lutando para admitir para si mesma que está apaixonada pelo homem mais arrogante, controlador e irritante do mundo. Seria impossível para alguém entender um cenário tão alucinante.

36
IGUALZINHO A OLIVIA, SÓ QUE ALTO E SEM PEITOS

CARTER

Se eu fosse somar todas as horas, tenho certeza de que passei mais tempo da minha vida em arenas que em qualquer outro lugar, incluindo a casa onde cresci. O barulho e a agitação geral sobem pela minha espinha toda vez que coloco os pés em uma.

Mas é *disto* aqui que senti falta: as crianças correndo, o cheiro de biscoitos recém-assados da lanchonete, os cafés fortes aos quais todos os pais se apegam para passar mais uma manhã no rinque.

Estar aqui traz uma enxurrada de lembranças felizes, anos que passei em pistas como esta, meu pai me ensinando a patinar, meus pais torcendo por mim, ajudando-me a me tornar a pessoa que sou hoje, apoiando meus sonhos.

Pelo canto do olho, percebo o olhar descarado de alguém, a maneira como eles cutucam a pessoa ao seu lado enquanto verifico o quadro que me diz para qual dos quatro rinques preciso ir. Ser reconhecido em um lugar como este em uma manhã de sábado é inevitável, mas este jogo não tem a ver comigo, então puxo um pouco mais meu gorro e encontro o rinque que procuro.

Um arrepio sacode minha espinha com a mordida afiada do rinque ao entrar e subir a arquibancada, observando as crianças deslizarem no gelo. Meu coração se abre quando vejo Olivia no banco, conversando com uma garotinha que, de patins, não está muito longe dela em altura, independentemente de esta ser a liga de oito anos ou menos.

— Merda, vou ser amaldiçoado. Carter Beckett está frequentando o rinque local.

Viro-me para o homem que está ao meu lado. Com cabelos castanho-escuros e olhos que combinam com eles, seu sorriso me diz que ele estava esperando por esse dia, mas não da maneira que a maioria das pessoas espera.

Há um bebê preso ao peito dele, roendo um patim de hóquei de silicone. Está com uma bola de baba pendurada no queixo, cobrindo a jaqueta do pai.

— Será que você devia falar palavrões? Não parece passar uma impressão muito boa para o pequeno Jem.

A surpresa aparece em seu rosto quando ele percebe que sei exatamente quem ele é, mas como poderia não saber? Ele se parece muito com Olivia, exceto...

— Droga, ela se parece mesmo comigo, né?

— Exceto...

— Exceto que tenho uma criança amarrada ao peito em vez de um par de seios?

— Eu ia dizer a diferença de altura, mas, claro, isso também.

Os seios de Olivia são perfeitos, mas algo me diz que ele não apreciaria essa declaração.

— O que você está fazendo aqui? Ollie não disse que você viria.

— Ela não sabe. Eu não deveria vir a nenhum jogo.

— E você veio mesmo assim?

— Ã-hã. Peguei um voo de volta mais cedo.

As sobrancelhas de Jeremy saltam, mas seu olhar é cauteloso.

— Você pagou pelo próprio voo de volta em vez de voar com a equipe? Por que faria isso?

Porque sou obcecado pela sua irmã?

— Porque eu queria ver Ollie como treinadora e Alannah jogando.

Volto-me para o gelo, onde Olivia ainda está conversando com aquela garotinha de cabelos castanhos. Rindo, ela agarra sua gaiola e dá uma pequena sacudida.

— Aposto cinco dólares que aquela é sua filha.

Jeremy ri.

— Sim, Alannah raramente sai do lado dela.

Ela joga os braços em volta da cintura de Olivia, abraçando-a com força, antes de pisar no gelo. Seus olhos percorrem as arquibancadas e, quando pousam em Jeremy, seu rosto se ilumina e ela acena. E, então, ela me vê.

Seu taco bate no gelo, o queixo pendurado enquanto fica parada, olhando. E, então, começa a gritar. Ela está gritando, e eu rio. Ela pula para cima e para baixo em seus patins antes de correr de volta para o banco e esmagar Olivia em outro abraço que quase a derruba no chão.

— Obrigada, obrigada, *obrigada*, tia Ollie — ela grita, e Olivia olha de Alannah para as arquibancadas, para seu irmão, para...

Mim.

Eu pisco, balançando meus dedos para ela. Seu rosto se inflama com a luz mais brilhante e arrebatadora.

— Droga — Jeremy murmura. — Estava contando totalmente com a chateação dela por você ter aparecido sem avisar.

Antes que eu possa concordar, Alannah atravessa o gelo, salta no ar e bate seu corpo esguio contra a mureta à minha frente.

— Vou marcar um gol para você! — ela grita.

— E para mim? — Jeremy pergunta. — Você vai marcar um para o seu velho pai?

Alannah zomba.

— Nem vem, papai. Há um novo homem aqui.

Jeremy xinga baixinho antes de apontar para as arquibancadas.

— Bem, vamos lá. Minha esposa se recusa a ficar de pé e não se aguenta desde que viu você entrar aqui.

O TIME DE OLIVIA ESMAGA O ADVERSÁRIO. No meio do segundo período, ela precisa dizer às pequenas jogadoras que relaxem. Alannah marca dois gols e faz uma assistência e, como se tivesse meu DNA, aponta para mim depois dos dois gols antes de fingir que seu taco de hóquei é uma guitarra e que está tocando um solo de rock. A mãe dela, Kristin, fica mortificada, enterrando o rosto nas mãos, e Jeremy e eu competimos quem é o adulto mais barulhento nas arquibancadas.

Eu ganho, obviamente, mas Jeremy diria que não.

Talvez seja por isso que, quando as meninas saem juntas do vestiário, nós nos afastamos uns dos outros, tentando ser os primeiros a chegarem até elas. Eu ganho de novo. É claro.

Olivia se apega a mim, e assim me sinto inteiro novamente.

— Você está aqui e eu nem estou brava com isso.

— Isso significa que posso fazer mais coisas que não tenho permissão para fazer? — *Por exemplo, há um buraco que eu...*

Não.

Droga.

Enganchando um dedo sob seu queixo, trago seus lábios aos meus para um beijo carinhoso, ignorando o barulho de engasgo que seu irmão faz.

— Senti sua falta, tampinha.

— Ei. — A garotinha ao lado de Olivia me dá um meio aceno antes de se encostar na parede, braços e tornozelos cruzados. Ela levanta a cabeça. — Oi. E aí? Eu sou a Alannah. Você pode me chamar de Lana. Ou Lanny. Ou Al. Ou apenas... — Ela levanta um ombro preguiçoso e o deixa cair. — Alannah.

Não tenho chance de responder antes que seus pequenos punhos estejam em sua boca, sem fazer nada para esconder o grito que borbulha em sua garganta. Ela se lança em mim, membros desengonçados envolvendo meu corpo.

Rindo, eu a seguro com força.

— Você arrasou pra caralho, Lanny. Ah, merda. Posso dizer isso? *Putz.* Não devo falar merda, devo? Que merda... — *Ok, Google, como faço para parar de falar palavrões?*

— Papai diz palavrões o tempo todo — Alannah diz. — Às vezes, mamãe o faz ir até o porão para dar um tempo e, então, ele tem que colocar dinheiro no pote de palavrões. Aí mamãe usa esse dinheiro para comprar sapatos novos e vinho chique.

Meu olhar desliza para Kristin.

— Quanto dinheiro estou devendo ao pote de palavrões?

— Quatro palavrões equivalem a quatro dólares. — Ela estende a mão.

— Pague, amigo. Mamãe precisa de um vinho chique.

Coloco uma nota de dez na mão dela e digo para ela ficar com o troco, porque provavelmente ficarei devendo mais até o final deste dia.

Alannah vasculha a bolsa pendurada no ombro de Olivia e saca uma caneta.

— Você pode assinar meu taco?

— Claro que posso assinar! — Balanço minha cabeça enquanto rabisco meu nome sobre a lâmina. — Cara, eu deveria pedir para você assinar o meu, depois de como você jogou.

— *Cara.* — Alannah solta uma risada enquanto agarra Olivia de volta.

— Carter Beckett acabou de me chamar de "cara".

Eu pisco.

— O que vocês vão fazer agora? Posso levar todo mundo para almoçar?

— *Sim*! Vou almoçar com uma superestrela! — ela canta, fazendo uma dancinha esquisita.

— Bem, nós temos esse compromisso... — Jeremy coça a cabeça.

Kristin dá um tapa na mão dele.

— Não temos nada. Não finja que não está se divertindo muito agora. Você mal pode esperar para enviar mensagens para todos os seus amigos. — Ela sorri para mim. — Adoraríamos almoçar. Muito obrigada, Carter.

— Aonde vamos? — Alannah pergunta enquanto coloco meu braço em volta de seus ombros e seguimos para o estacionamento.

— Bem, qual é a sua comida favorita?

— Pizza e asinhas de frango, cara!

— *Cara*. — Deixo cair minha cabeça para trás com um sorriso. — Nós seremos melhores amigos!

— Posso ir com você, Carter?

Eu dou de ombros.

— Por mim, tudo bem.

— *Por favor, por favor, por favor* — ela implora ao pai, agarrando seu casaco e sacudindo-o.

— Ok. Mas você tem de se sentar na cadeirinha.

— Tenho quase oito anos. — Alannah bufa, cruzando os braços e inclinando o quadril, a verdadeira maria-cricri. — Cadeirinhas são para bebês.

— E, quando você tiver oito anos, poderá se livrar dela. — Ele entrega a cadeirinha com um sorriso, como se eu tivesse alguma ideia de como instalar essa coisa. — Mas, por enquanto, você ainda é meu bebê.

Olivia ri da cara que estou fazendo, sentando-se e prendendo-a no banco de trás.

— Você é um anjo — ela sussurra, beijando-me na bochecha. — Vim com eles, mas agora vou com você, e minha mala para o fim de semana ainda está em casa.

— Perfeito.

Tenho um pouco de medo de ficar sozinho com uma criança. Certamente não posso ser responsável pela vida de uma pessoa tão pequena. Eu mal sou um adulto.

Quarenta e cinco minutos depois, estou com seis pedaços das três pizzas da nossa mesa, e perdi a conta de quantas asinhas comi. Estou muito impressionado com a maneira como Alannah se esforça ao máximo para se igualar às minhas mordidas.

— Meu Deus — ela diz, apertando a barriguinha. — Você come muito!

— Eu sou um garoto crescido. Preciso de toda a comida que puder conseguir.

— Sim, você é enorme! Tia Ollie é um bebê perto de você! — Ela dirige a Olivia um sorriso de pena. — Sem ofensa. Você tem que ter cuidado para seu abraço não a esmagar, Carter.

Sim, quando eu a abraço...

— Você pode segurá-lo? — Kristin pergunta a Jeremy, passando Jem ao se levantar. — Vou ao banheiro.

— Claro — ele responde, mas, no segundo em que o bebê está em suas mãos, ele levanta-se, inclina-se sobre a mesa e o joga em meus braços desavisados.

É um maldito milagre eu não gritar.

Um *bebê*? Não sei o que fazer com um *bebê*!

Seguro o pequeno pedaço de gente com o braço estendido. Ele ainda está roendo aquele maldito patim de hóquei, com baba escorrendo pelo braço. Ele pisca para mim com aqueles enormes olhos azuis e ri.

— Ai, merda — sussurro, rindo. — Você é meio fofo, amiguinho.

O cotovelo de Olivia bate na mesa, a bochecha apoiada na palma da mão enquanto me lança um sorriso largo e estúpido, tão lindo.

— Estamos fofos? — pergunto, aconchegando Jem. Ele pressiona a boca molhada na minha bochecha.

— Muito fofos.

É mais suspiro que palavras enquanto seu peito esvazia.

— Ai. Meu. Deus. — É Kristin, de volta do banheiro. Bem, não totalmente de volta. Ela está a duas mesas de distância, com os pés colados no chão. Corre e pega o celular. — Posso tirar uma foto?

Ela tira umas cem, só de mim, Jem e Alannah antes de acenar para Olivia entrar, e então Jeremy, que vem a contragosto, ou melhor, fingindo contragosto. Aí ela pede ao garçom que tire uma foto de todos nós, chama--nos de família e eu faço parte dela. Olivia cora e beijo sua bochecha quente antes de sorrir mais uma vez para a câmera.

Porque, porra, sim, essa garota é minha família.

— Devíamos combinar uma festa do pijama — diz Alannah enquanto nos dirigimos para o estacionamento. — Um dia, talvez. Tipo, se você quiser. Eu sei fazer panquecas. Podemos colocar Oreo triturado na massa. Tia Ollie diz que eles são seus biscoitos favoritos e são os meus também.

— Combinado. Você faz panquecas de Oreo e eu faço brownies de Oreo. Faremos uma festa do pijama com tema Oreo.

Seu rosto brilha como um farol.

— Jura juradinho?

— Juro! Vou ver minha agenda para escolhermos um dia.

— Você é o melhor — ela diz, esmagando-me em um abraço apertado.

— Sério, você é um santo — Olivia afirma para mim dois minutos depois, quando estamos no carro, enfim sozinhos pela primeira vez em muito tempo. — Você foi incrível com ela. E não se preocupe com a festa do pijama. Eu vou livrar você disso.

— O quê? Porra, não! Festa do pijama com tema Oreo? Esse é, tipo, meu sonho se tornando realidade, logo depois de você.

Ela levanta uma sobrancelha.

— Você quer ser babá da minha sobrinha?

— Porra, sim. Ela é divertida pra caramba. Vamos cuidar de Jem também. — Dou um beijo em seus dedos. — Eu adorei hoje. Estou feliz por ter conhecido sua família. Mas mal posso esperar para ficar sozinho com você.

— Hmm. Grandes planos?

— *Enormes* planos. E, por enorme, quero dizer meu pau.

— Acredite em mim, eu sabia exatamente o que você quis dizer.

— Bem, contanto que fique claro. Você também deveria saber que vou destruir você esta noite.

Ela suspira, mas é um som feliz e satisfeito, então não perco tempo em começar no segundo em que passamos pela porta, jogando Olivia por cima do ombro e carregando-a escada acima.

— Vou lamber cada centímetro desse seu corpo impecável — sussurro contra seus lábios enquanto tiro sua calça jeans. Minha boca se fecha sobre seu quadril, seus dedos afundando em meu cabelo enquanto deixo minha marca nela.

Sua bunda bate na cama e eu caio de joelhos. Com seu pé na minha mão, subo pela parte interna de sua perna bem devagar, deixando-a louca, até que ela envolve as pernas em volta da minha cabeça e me implora para lambê-la.

— Menina gulosa. — Beijo a mancha molhada no centro de sua calcinha. — Olhe como você está molhada.

— Carter. — É um aviso, uma exigência. — Tire logo a calcinha e comece a trabalhar.

Eu rio, deslizando-a pelas pernas dela.

— Adoro deixar você nervosa, gatinha mandona.

Meu telefone toca, mas não paro. Estou desejando essa dose há seis malditos dias e vou conseguir.

— *Carter.*

É uma parte desejo, duas partes irritação, porque o celular não para, e ela começa a pegá-lo.

— Deixa.

— Mas e se...

— Deixa... — rosno, arrancando sua calcinha.

Sua cabeça cai para trás com um suspiro quando minha língua passa por aquele botão inchado.

— *Ah, sim.*

E meu telefone toca novamente.

— Puta que pariu.

Afastando-me do único lugar em que quero ficar, pego o telefone, sem me preocupar em verificar o nome primeiro.

— *Que foi?*

— Carter? Eu... desculpa.

Caio no chão, passando a mão pelo cabelo ao ouvir a voz quebrada do outro lado da linha.

— Adam? O que há de errado, amigo?

Ele funga.

— Eu acabei de... acabei de chegar em casa.

— E?

— E eu... Courtney estava... ela estava... — Sua voz falha enquanto ele sussurra uma merda quase inaudível. — Desculpa. Eu não sabia para quem ligar. Não sei o que fazer. Acho que não consigo dirigir, mas não posso ficar aqui. Preciso dar o fora.

Cada palavra sai mais rápido que a anterior, até parecer que ele está à beira de um ataque de pânico.

— Ok, cara, respire fundo. — Espero até ouvir uma inspiração cambaleante. — Diga-me o que aconteceu.

— Peguei a Courtney na cama com outro.

37

SPOILER: NÃO LEVOU UM MÊS

CARTER

Já vi adam chorar duas vezes. Uma vez, quando sua avó adotiva faleceu e ele não pôde ir ao velório, no Colorado, a tempo de se despedir, e há dois anos, quando perdemos nas finais da Liga. Ele coloca muita pressão sobre si para ser sempre melhor, mas é, sem dúvida, o cara mais legal e solidário que já conheci.

E merece algo mil vezes melhor que isso. Seus olhos azuis estão injetados, com as bordas avermelhadas, e seu cabelo está uma bagunça quando ele entra no meu carro.

— Obrigado, cara. — Ele esfrega as palmas das mãos sobre os joelhos nervosos. — Desculpa aí.

— Não tem do que se desculpar.

— Você não viu Olivia durante toda a semana. Voltou para casa mais cedo para ficar com ela.

— E agora estou aqui com você. E estarei aqui sempre que precisar de mim, não importa o que aconteça, Adam. Temos que cuidar uns dos outros.

— Você tem razão. Desculpa. — Ele se encolhe. — Merda. Entendi. Chega de desculpas. Desculpa. — Ele suspira. — Porra.

Bato em seu ombro antes de voltar para a rodovia.

— Você quer uma bebida?

— Eu quero dez.

É assim que acabamos em algum bar escondido da agitação do centro da cidade. Por um golpe de sorte, nenhum time canadense jogará esta noite, o que significa que será relativamente tranquilo. As poucas pessoas aqui mal nos olham enquanto nos dirigimos para uma mesa no canto dos fundos.

Adam vira duas cervejas antes de abrir a boca e começar a falar.

— Eu deveria ter imaginado. Eu *sabia*, na verdade. Em algum lugar no fundo da minha cabeça, pelo menos. — Passando os dedos pelos cabelos, ele sacode as mechas. — As coisas começaram a mudar no início da temporada, sabe? — Ele vira o restinho da cerveja e Garrett logo o serve de novo. — A culpa é minha? Fico muito ocupado com o hóquei? Talvez não tenha dado atenção suficiente a ela.

— Eu vou parar você aí mesmo.

As palavras saem da minha boca antes que eu saiba o que estou fazendo. Mas Adam culpado?! Nem fodendo.

Conheço esse cara desde que ele saiu do avião, aos dezenove anos, e Courtney veio com ele. Nunca foi nada além de amoroso e atencioso.

— Você é o melhor cara que conheço. Melhor que esses idiotas — digo, olhando para Garrett e Emmett, suas cabeças balançando em concordância — e definitivamente melhor que eu. Você é legal pra caramba, engraçado pra caralho e sempre tratou aquela garota como uma rainha. O que quer que tenha acontecido, não é culpa sua.

Courtney está com ele desde os dezessete anos. Ela conhece a rotina de um jogador de hóquei como a palma da mão e, na verdade, o hóquei tem sido o que, infelizmente, a manteve firme. Adam tem um patrimônio líquido que faria qualquer uma hesitar, e é muito merecido. Ele foi escolhido na primeira rodada de convocações; é o goleiro que todos queriam, e nosso time teve a sorte de conseguir.

Não sei quando Courtney parou de perceber o quão sortuda ela era.

— Sinto muito — ele se desculpa pela enésima vez esta noite. — O que aconteceu no fim de semana passado com você e Ollie, eu não deveria ter deixado passar tão facilmente. Só que eu... eu queria acreditar nela. Queria acreditar que, aconteça o que acontecer, ela não estava em seu juízo perfeito.

— Entendo, cara. Entendo mesmo. Você queria se apegar ao que tinha.

Não consigo imaginar que seja fácil dizer adeus a sete anos de relacionamento, não importam as circunstâncias.

— Ao mesmo tempo — acrescenta Emmett —, você precisa reconhecer a realidade do que está acontecendo e respeitar-se o suficiente para tomar uma decisão que vai te favorecer. Precisa ser um pouco egoísta. O que você quer? Do que precisa?

— Ah, falei pra ela vazar — Adam diz com uma risada sombria, embora cansada, o vinil desgastado do banco estalando enquanto ele se remexe. — Disse que ela precisava sair até a hora que eu voltar para casa. Não vou deixar que ela pise em mim.

Seus olhos se concentram no copo antes de voltarem a subir. Há determinação ali, uma resignação.

Um pouco triste, mas, sobretudo, ele parece em paz. E conclui:

— Não mais.

Nossa noite tranquila terminou dali a uma hora. Metade do time aparece, e há garrafas vazias na mesa gigante para onde nos mudamos. Sou o único sóbrio na mesa e meus pensamentos não diminuem o ritmo.

O que quero fazer é me agarrar a tudo de bom que tenho com Olivia, cada pedacinho do céu que encontro nela, em nós. E se um dia acabar? E se um dia for o fim, embora eu jure que o fim nunca chegará? E se ela se cansar de viajar, de ficar sozinha com muita frequência? E se ela decidir que há alguém que pode amá-la melhor que eu?

Mas não tem mais ninguém, porra, posso garantir. E acho que tudo o que quero fazer é chegar em casa e mostrar a ela todos os motivos pelos quais ela nunca precisará de outro homem pelo resto da vida.

Meu telefone vibra e sorrio para a foto que Olivia me enviou, uma resposta para a minha pergunta sobre o que ela havia pedido para jantar. Seu rosto lindo e bobo sorri para mim da tela enquanto ela coloca o que parece ser um *pad thai* em sua boca, então é isso o que vou comer quando chegar em casa.

Se você está se perguntando se estou falando sobre a comida ou sobre Olivia, a resposta simples e óbvia é: ambas. Ora, a essa altura, você já me conhece.

O queixo de Adam pousa no meu ombro, seu hálito quente no meu rosto, cheirando a cerveja e uísque, que ele está bebendo enquanto confere a foto.

— Ela é uma das boas, Beckett. Não a deixe ir embora. — Então ele se vira, joga um braço para o alto e grita: — Outra rodada de doses!

O bar inteiro entra em erupção. Sim, *todo* o bar. Adam está comprando doses de bebida para todos. Exceto que secretamente sou eu quem vai pagar a conta, então isso significa que *eu* é quem estou oferecendo outra rodada.

Felizmente, uma vez que as doses são distribuídas, Adam sugere que peguemos o caminho de volta para sua casa. Estamos chamando muita atenção e agora o bar está lotado. Suspeito que o vídeo de Adam parado no bar com um copo na mão enquanto fazia um brinde tão rude — e nada respeitoso — tem como legenda *alegria antes da putaria* e já deve ter viralizado.

Pago a conta, carrego meu suv com companheiros bêbados e coloco o restante em Ubers. Adam e Garrett estão pedindo pizza sem parar, então compro três grandes no caminho.

Adam irrompe pela porta da frente com uma fatia fumegante em ambas as mãos, cantando "Highway to Hell", enquanto seu lindo cachorrinho vem correndo. Ele consegue pegá-lo no colo sem largar a pizza, embora Bear, um mastim tibetano, já deva pesar pelo menos trinta quilos aos sete meses de idade.

Adam para na entrada da sala de estar.

— Que porra você está fazendo aqui?

— Eu moro aqui — Courtney responde, com indiferença, de onde está sentada no sofá, com os pés na mesinha de centro e uma tigela de pipoca no colo. Ela toma um gole de vinho sem olhar para nós e aumenta o volume da TV.

— Não, porra, você não mora mais.

Adam enfia a pizza e o cachorro no meu peito, e pousa com as mãos na cintura bem em frente a Courtney. Eu largo Bear, pois ele tenta, de modo simultâneo, lamber meu rosto e comer a pizza.

— Você poderia sair da minha frente? Está bloqueando minha visão.

Há uma veia pulsando no pescoço de Adam, que parece perigosamente perto de estourar. Uma parte de mim gostaria de ver isso, porque a reação de Courtney coberta de sangue valeria a pena. Mas prefiro que meu amigo não morra, então estendo a mão no encosto do sofá, pego o controle remoto do colo dela e desligo a TV.

— Ele pediu para você vazar.

Courtney me encara, revoltada.

— Fique fora disso. Não é da sua conta, *Carter.*

— Você magoou meu melhor amigo e agora está sentada aqui, continuando a magoá-lo, então, sim, é problema meu. Pegue uma mala e vá embora. Providenciamos que o resto das suas coisas seja entregue.

Talvez eu esteja exagerando, não sei. Tudo o que sei é que ela precisa ir antes que Adam perca o controle. Bêbado e zangado nunca é uma boa combinação.

Courtney se levanta.

— Adam, isso é ridículo! Diga a Carter que me deixe em paz!

— Você precisa ir — ele sussurra. — Agora, Courtney.

— Não foi nada de mais! Que coisa mais idiota!

Ela não pode estar falando sério.

— Você nunca está em casa! O que quer que eu faça?

Por incrível que pareça, está falando sério.

— Saia — Adam repete. — Da minha casa, não sua. — Courtney estende a mão para Bear e Adam gargalha, parando na frente dela. — Meu cachorro, não seu. Você nem dá comida para ele. Não passeia com ele. Não faz merda nenhuma. Fora daqui.

— Merda, e para onde eu vou, seu idiota?

Ele coloca as mãos na frente do rosto, como se tivesse tido uma revelação fantástica.

— Aqui vai uma ideia! Que tal para a casa do cara com quem você estava trepando três horas atrás na minha cama?

Tento reprimir uma risada, mas meu corpo chacoalha um pouco e a risada escapa. Parece ser contagiosa, porque o resto dos caras segue o exemplo, e até mesmo Adam abre um sorriso.

— Você é um babaca! — Courtney grita.

— Ah, claro. Eu sou babaca porque não vou abrigar a mulher que me traiu?

— Eu te odeio, porra!

— Igualmente! — A dor faísca em seus olhos. — Acabou, que é o que você queria. E agora precisa ir embora.

— Adam — ela implora.

As lágrimas parecem reais, vou admitir isso.

— Por favor. Desculpa.

— Tarde demais.

Os dois desaparecem na garagem, e os caras começam a espalhar a pizza e procurar cerveja na geladeira, encobrindo os gritos. Adam surge, vai direto para cima e desce alguns minutos depois com uma mala que ele leva para a garagem. Após dois minutos, os pneus cantam quando Courtney arranca com o carro.

— Você está bem? — Bato em suas costas quando ele se inclina sobre a bancada na cozinha.

Garrett lhe oferece uma cerveja e Emmett lhe entrega um prato de pizza.

— Vou ficar. Obrigado por estarem aqui, pessoal. — Ele enrola uma fatia de pizza, enfia tudo na boca e engole com uma cerveja inteira. — Agora vamos brindar.

Eu me planto no sofá e observo, esvaziando uma garrafa de água em seguida da outra.

— Você não está bebendo. — Emmett se senta ao meu lado. — Você mora perto o suficiente para voltar para casa a pé.

— Eu sei.

— Não quer estar bêbado quando chegar em casa?

— Não é bem isso.

— Ollie nunca faria isso com você — Emmett me garante com calma, como se soubesse que é isso o que preciso ouvir. — Nunca.

— Eu sei. — E sei mesmo. Ela nunca me trairia ou me magoaria intencionalmente. Mas isso não significa que sempre ficará feliz comigo, que nunca irá embora. — Eu só não quero perdê-la nunca.

— É hora de cair de joelhos e implorar para ela nunca mais ir embora.

Ele me dirige um sorriso travesso e uma piscadela antes de sair correndo do sofá.

É o momento perfeito, porque meu celular acende com uma foto dela no banho, cheia de bolhas até o pescoço, um sorriso bobo e sonolento em seu rosto.

> **Eu:** você tá linda, gatinha. agora mire a câmera um pouco mais abaixo.

Em seguida, vejo uma foto dos pés dela, com os dedos pintados, sob a água borbulhante.

> **Eu:** meninas atrevidas são punidas.

A próxima foto me faz pular de onde estou sentado, batendo meu celular contra o peito, caso alguém esteja olhando sobre meu ombro. Porque os seios de Olivia estão sob a água espumosa, seu pescoço fino e cremoso à mostra, com a cabeça inclinada para trás, olhos fechados e boca aberta no que parece um gemido. E estou aqui sentado, na porra da festa da salsicha.

— Você pode ir para casa, cara. — Adam joga os braços em volta dos meus ombros por trás. — Olivia está esperando por você.

— O quê? Você viu a foto? Ah, merda.

Minhas bolas vão desaparecer. Serão separadas do meu corpo. *Pronto, desaparecidas.*

Seu rosto se contrai.

— Foto? Não vi nada. Que merda pervertida vocês dois estão fazendo?

— Ah. — Meus ombros encolhem. — Nada. E estou bem aqui. Não preciso ir a lugar algum.

— Cara, juro para você, estou bem. De verdade. Vá ficar com a sua garota. Sei que você sentiu falta dela. Ficou choramingando a semana toda.

— Tem certeza?

— Cem por cento. — Ele me levanta, conduzindo-me em direção à porta da frente. — Vamos manter você atualizado sobre qualquer merda estúpida que acontecer aqui esta noite.

— Nada muito estúpido, viu?! — *Porra, quando foi que eu cresci?* Ele levanta dois dedos, em sinal de juramento. — Isso é uma promessa? — Eu rio dos olhos culpados dele. — Comportem-se.

Dirijo um pouco mais rápido que o necessário, ansioso para chegar em casa. Lá dentro, um brilho quente flutua pelas escadas junto com o som de John Mayer, e corro para o meu quarto, tirando a roupa no caminho.

Na porta, paro diante do que vejo. Minha linda garota está sentada no chão em frente à lareira, de costas para mim, o cobertor da minha cama enrolado em seus quadris. Seu cabelo molhado caído nas costas, gotas de água brilhando em sua pele no calor da lareira, um livro em uma das mãos enquanto cantarola com a música.

Não sei como, mas consigo tirar uma foto antes de entrar lá. Em seguida, caio de joelhos atrás do corpo que adoro, da alma que incendeia a minha, da mulher que possui cada pedacinho do meu coração.

— Carter — Olivia engasga-se quando pressiono meus lábios em seu pescoço. Seu livro cai no chão quando ela estende a mão para trás, os dedos passando pelo meu cabelo.

— Você é tão linda que dói.

— E você está nu. Quando foi que ficou nu?

— A caminho daqui.

Ela se inclina para a frente, selando sua boca na minha. Sinto sua língua, profunda e bem-vinda, e seguro seu rosto enquanto meu coração se debate contra o peito.

— Posso te mostrar uma coisa, pequena Ollie? — sussurro contra seus lábios.

— Claro, Carter. O que quer me mostrar?

Inclinando minha testa contra a dela, coloco seu cabelo molhado sobre seu ombro antes de beijar seus lábios mais uma vez. Minha próxima respiração me abala fundo, mas não tanto quanto minhas próximas palavras.

— Quero te mostrar o quanto eu te amo.

38
AMO MAIS QUE OREO

OLIVIA

Não fico surpresa quando as lágrimas brotam, escorrendo pelo meu rosto antes que eu tenha a chance de tentar contê-las. Seria inútil de qualquer maneira. Todas as minhas tentativas de reprimir qualquer coisa quando se trata desse homem sempre foram inúteis.

— Você me ama? — sussurro, segurando o rosto de Carter. — De verdade?

— Como assim... — Sua voz falha com uma sugestão de risada enquanto ele afunda de bunda no chão. — Eu te amo pra caralho, Ol, não sei o que fazer comigo mesmo. Estou com isso na cabeça toda vez que olho para você nas últimas duas semanas.

— Duas semanas? Mas...

— Eu sei que é pouco. É muito rápido. Mas *sou* mesmo super-rápido. Em, tipo, tudo, então faz sentido que eu seja super-rápido nisso também. Aprendo rápido, então é claro que eu chegaria a essa conclusão rápido, mas só porque é rápido não significa que estou sendo desleixado. Faço as coisas muito bem, como você sabe. — Ele dirige um olhar aguçado para a minha virilha, depois para a sua, e balança as sobrancelhas. Pega minhas mãos nas suas, apertando. — Serei muito bom em amar você, Ollie. Eu prometo. Ninguém jamais fará isso como eu.

Meu cérebro não consegue formular uma resposta, porque estou focada demais em como ele está adorável fazendo essa sua divagação ansiosa. Só ele mesmo poderia encontrar uma maneira de transformar a paixão em uma competição.

Ele enxuga minhas lágrimas, olhando um pouco vacilante.

— Tenho que te dizer, linda, não sei que tipo de resposta eu esperava, mas você chorando não era uma delas. São lágrimas boas ou ruins?

Encosto meu rosto em seu ombro para esconder as lágrimas que continuam escorrendo, afinal, quanto mais eu poderia me envergonhar neste momento?

A mão de Carter se move lentamente pelas minhas costas.

— Ei, o que há de errado, chuchu? Você não quer que eu te fale de novo, entendi... Vou falar todas as noites depois que você adormecer. Foi o que fiz no fim de semana passado. Acho que poderia fazer assim, se você preferir.

— Não.

Ainda chorando. *Que ótimo.* Soa mais como um lamento, para ser honesta.

— Não? — Ele passa o polegar sobre meu lábio inferior. — Se for muito cedo, se você não estiver pronta...

— Eu te amo, Carter.

Jogando meus braços em volta de seu pescoço e meu corpo em seu colo, eu o derrubo no chão, todos os cem quilos dele, e o ataco com uma avalanche de beijos que não posso prever quando vai acabar.

Ele empurra meu cabelo para trás, deixando minhas lágrimas caírem em seu rosto.

— Então essas lágrimas...

— São lágrimas de felicidade.

Eu fungo, lambendo o sabor salgado dos meus lábios. O olhar orgulhoso de Carter ilumina toda a sala.

— Aaahhh, haha. Minha ursinha Ollie. Você sempre foi emocionada assim?

— Cala a boca! Você que é o emocionado.

Ele ri, olhando para mim com um sorriso terno e torto.

— Diga de novo, meu bem.

— Eu te amo.

— De novo.

— Eu te amo.

Ele geme, as pontas dos dedos cravando em meus quadris enquanto me levanta do chão, mordiscando meu lábio.

— Mais uma vez.

Deixo meus lábios nos dele, um beijo lento percorrendo sua boca.

— Eu te amo tanto, Carter.

— Se eu tivesse que escolher entre você e Oreo pelo resto da minha vida, escolheria você, sempre.

— Que declaração exagerada — brinco.

Seu nariz segue meu queixo.

— E você sabe o quanto eu amo Oreo.

— Encontrei seis caixas na sua despensa esta noite. — Estremeço quando sua respiração desce pelo meu pescoço e, quando seus lábios se fecham sobre a minha clavícula, minha cabeça cai para trás, concedendo-lhe o acesso que ambos queremos.

— Vou fazer amor com você a noite toda, Ollie. A. Noite. Toda.

Tento responder, mas sua língua está girando em volta do meu mamilo, então tudo o que sai é um gemido.

— O que é que foi? Não te ouvi.

— C... C...

O som falha quando sua mão desliza sob o cobertor, os dedos passando por meu calor encharcado, cobrindo meu clitóris, fazendo-o pulsar.

— Hmm, ainda não te peguei lá. Tente de novo, princesa.

— P... por favor. — Eu consigo dizer, passando os dedos por seu cabelo, agarrando aquelas ondas suaves aos punhados. — Por favor, Carter.

— Por favor, o quê? — O brilho em seus olhos me diz que ele sabe exatamente o quê; está apenas sendo presunçoso. Acho que gosta mais de ouvir essa palavra especial, então vou repeti-la para ele.

— Faça amor comigo, Carter.

Seu sorriso é explosivo.

— Agora, sim. Vem aí uma rodada de amor gostoso.

Ele me puxa para cima, o cobertor caindo aos nossos pés. Sua garganta salta quando ele me olha, como se estivesse me absorvendo, memorizando cada linha, cada curva, cada detalhe.

Com a mão em meu pescoço, ele roça de leve seus lábios nos meus.

— Eu te amo, Olivia. Obrigado por também me amar.

Como eu não poderia? Ele é um sonho que nunca ousei sonhar. Seus defeitos o deixam ainda mais maravilhosamente perfeito. Gentil e pateta, com um coração enorme, ferozmente leal, muito apaixonado. Eu estava com tanto medo de amar esse homem, um homem que guarda tanto amor em seu coração, porque tinha muito medo de olhar para o seu passado, de conhecer o verdadeiro Carter.

Cada parte de mim sabe que este momento aqui e agora é onde devo estar.

Carter agarra minha cintura, meus quadris, seus lábios seguindo o caminho que suas mãos tomam até que ele está ajoelhado diante de mim, olhando para mim.

— Cometi tantos erros na minha vida. Muitos. Mas você, Ollie? Você é a primeira coisa que fiz certo.

Quero dizer a ele o quanto ele está errado, como ele tem sido o homem que tantas pessoas precisam que ele seja. Antes que eu tenha a chance de falar, sua boca se fecha no meu centro, os olhos fixos nos meus.

Cada passada de língua é firme e segura, precisa e sem pressa, e, ainda assim, sinto que estou me desfazendo a cada segundo, esquentando da ponta dos pés até o topo da cabeça. Minha boca se abre com um gemido ofegante, e ele segura meus quadris com mais força enquanto me empurra contra a parede e joga minhas pernas sobre seus ombros.

Ele é selvagem, o mergulho de sua língua é pecaminoso e punitivo, a sucção faminta de sua boca extrai cada gemido, cada grito enquanto seu nome sai dos meus lábios repetidamente. Eu agarro seus ombros quando ele enfia dois dedos em mim e ele me observa com um olhar inebriante e sombrio enquanto desmorono em suas mãos.

Ele me coloca, então, por cima do ombro e devora a distância até a cama, jogando-me de bruços. Quando começo a rastejar até os travesseiros, ele faz uma careta, os dedos fechando em volta dos meus tornozelos, puxando-me de volta para a borda. Com a bunda no ar, meus dedos dos pés batem no chão antes que a palma da mão desça sobre a carne macia, fazendo-me ofegar.

— Eu amo cada parte de você. — Seu sussurro grave pontilha meu ombro com arrepios enquanto ele se pressiona contra mim. — Inclusive a porra dessa bunda gostosa, e ainda estou com fome, então você não vai a lugar algum ainda.

Ele cai de volta no chão e, quando enfia a língua dentro de mim de novo, meu gemido se transforma em um soluço. Ele dá voltas, mergulha e pulsa, dedos dançando, massageando, empurrando, e estou morrendo, morrendo, morrendo...

— Minha garota — ele ronrona, arrastando a língua pela minha fenda em um ritmo dolorosamente lento, sobre aquele pequeno buraco, e eu arranco os cobertores da cama, morrendo de novo com a forma como sua risada rouca e sombria vibra contra mim.

Carter é um selvagem, arrebatando-me de uma forma que me torna também selvagem.

— Me fode agora — enterro o pedido ofegante no punhado de cobertores que abafam meus gritos.

— Que foi, linda?

Seu polegar encontra meu clitóris, pressionando, esfregando, *devagar*, *devagar*, *devagar*, arrastando aquele orgasmo enquanto rouba meu corpo inteiro, deixando-me trêmula. Gemendo, murmuro de novo as palavras.

Ele puxa minha cabeça tensa, forçando meu olhar no dele.

— Vou precisar que você peça de novo e muito mais alto, para ter certeza de que ouvi corretamente.

— Ai, meu Deus, como você pode ser irritante.

Ele ri contra o meu ombro, os dentes pressionando minha pele.

Sua língua quente alivia a dor.

— Irritar você é minha coisa favorita a fazer, logo depois de te amar. Então peça de novo, e com educação.

Meus olhos se estreitam enquanto considero, brevemente, empurrá-lo para o chão e montá-lo. Mas sei o quanto ele gosta de controle, e gosto de dar isso a ele, então mordo a língua antes de dizer o que ele quer.

— Me fode, Carter. Por favor.

— Te foder... — Ele enfia a mão entre meu corpo e o colchão, levantando-me de novo, mordendo o lábio ao ver a maneira como gemo seu nome e me esfrego contra sua palma. — Foder como?

— Me fode assim como você me ama — eu digo com um suspiro.

Ele enfia sem hesitação, um único impulso forte que faz meus olhos rolarem, metendo com tudo o que ele tem enquanto me diz o quanto me ama.

E, quando me desfaço perto dele, ele me vira e me joga nos travesseiros.

— Não terminei — ele rosna, passando os braços em volta das minhas pernas e me puxando para si enquanto minha bunda bate contra seus quadris. — Se você quer que eu te foda como eu te amo, será assim para sempre.

— Eu gosto de para sempre.

Um sorriso gentil toca seus lábios, e ele me abraça enquanto desliza dentro de mim, os quadris se movendo lentamente, cada impulso mais profundo que o anterior, até parecer que somos um. Lábios macios roçam os meus e, quando minha boca se abre para gemer, ele engole seu próprio nome.

— Um beijo, Olivia. Um beijo e acabou. Meu mundo foi destruído no segundo em que meus lábios tocaram os seus.

Uma lágrima solitária escapa e os lábios de Carter tocam minha bochecha, interrompendo-a.

Sua pélvis se esfrega contra o meu clitóris a cada movimento de seus quadris e chamas quentes e escaldantes lambem minha espinha enquanto seu ritmo acelera, sua respiração entrecortada contra meu pescoço.

— Preparada?

Concordo com a cabeça, apertando-me a ele enquanto o prazer desenfreado dispara através de mim, ativando cada terminação nervosa do meu corpo. A boca de Carter trava na minha, sua língua mergulhando dentro dela enquanto chegamos juntos ao auge, corpos tremendo, minhas unhas deixando um rastro em suas costas.

— Caralho — Carter chia enquanto me puxa contra o seu peito. — Eu amo você mil por cento mais que Oreo.

CARTER SE INCLINA NA BANCADA À MINHA frente vestindo apenas uma boxer, os olhos fixos em mim enquanto coloca macarrão e rolinhos primavera na boca.

Minhas pernas balançam alegremente do meu lugar na ilha da cozinha, e sorrio para ele enquanto inclino a cabeça para trás e abro a boca para uma garfada de macarrão.

— Se, para o resto da vida, você só vestisse minhas camisetas usadas, eu viveria feliz.

— Gosto de usar suas camisetas. Têm o seu cheiro.

É meu cheiro favorito, amadeirado e cítrico, e tudo o que quero fazer é ter seu cheiro me abraçando o dia todo.

Coloco meu prato na bancada.

— Posso te perguntar uma coisa?

— Ã-hã. Qualquer coisa.

— Como é que você nunca namorou antes?

Seu rosto se contorce de surpresa seguida de desgosto, fazendo-me rir.

— Você é tão bom nisso, Carter. É incrível em todas as partes de um relacionamento e acho que você gosta de ter alguém. Por que evitou por tanto tempo?

Ele coloca o prato na pia, coçando o queixo enquanto pensa.

— No ensino médio, eu estava muito focado em treinar e ser selecionado para um time, não tinha tempo para relacionamento. Eu poderia até ter namorado, mas não era o mais importante para mim naquele momento. O hóquei era minha única paixão, meu único foco, e eu não queria que ninguém atrapalhasse. Quando fui convocado, meu pai me avisou para ter cautela. Ele me disse que seria difícil conhecer as pessoas, separar as que de fato se importavam comigo daquelas que só queriam fama e dinheiro. Ele não me disse para não namorar nem nada, apenas... recomendou cuidado. Para tentar conhecer as pessoas sem pressa, com certeza. — Carter coça a cabeça e ri baixinho. — Isso me assustava mais que tudo, não saber dizer quem é quem. Me assustava o suficiente para eu nem querer tentar. Quero dizer, eu logo tive uma experiência... O time me cortou antes do nosso primeiro jogo, e essa garota... — Ele para com um olhar tímido em minha direção. — Não é importante. Eu sabia desde o início que muitas mulheres me viam assim: como um vale-refeição. — Uma carranca se forma nos cantos da minha boca. Embora ele tenha sucesso, na maioria das vezes, parece uma vida solitária. — Não fique triste por mim.

Ele diminui a distância entre nós e me levanta contra ele, carregando-me de volta escada acima, acomodando-me na cama que refizemos depois que eu a desmontei. Carter tira a camisa do meu corpo e joga a cueca no chão antes de se deitar na cama, e eu me enrolo ao seu lado.

— Depois que meu pai morreu, eu não quis mais pensar em relacionamentos. Quando ele morreu, minha mãe... ficou arrasada. Ainda está, na verdade. Ela mal conseguiu funcionar direito por quase dois anos. Comecei a pensar que ela nunca se recuperaria, e acho que nunca se recuperará totalmente. Sei que ela parece bem e é a mulher mais forte que já conheci. Ela percorreu um longo caminho. Mas ainda existem aqueles momentos de silêncio, aqueles dias em que ela não fala, em que tudo o que faz é pensar, lembrar. Eles eram tão apaixonados, e sei que nunca vão perder isso, mas agora tudo o que ela tem são as lembranças do passado feliz.

Seus olhos verdes brilham com lágrimas não derramadas quando ele olha para mim, e meu nariz formiga com minha própria vontade de chorar. Pela primeira vez, eu gostaria de ser forte por nós dois, então beijo seu peito e acaricio seu braço.

— Acho que nunca quis causar esse efeito em uma pessoa ou quis que causassem em mim — ele continua. — É assustador pensar que perder alguém pode destruir sua alma dessa maneira, que você passará o resto de seus dias esperando o momento em que poderão estar juntos novamente.

— Bem, lá se vai aquela força que eu estava segurando. Ela escapa dos meus olhos, caindo em seu peito, e Carter ri baixinho. — Eu sei que você acha que suas lágrimas são uma fraqueza, Ollie, mas me mostram quão grande é o seu coração.

Tudo o que quero fazer é agradecer a ele. Agradecer por me deixar conhecê-lo, por me deixar conhecer seu verdadeiro eu. Agradecer por me escolher para ser a pessoa com quem ele compartilha tudo isso. Agradecer por me amar, por se abrir comigo, por ser tudo de que eu preciso e muito mais.

Mas "desculpa" é o que sai dos meus lábios.

— Me desculpe por ter ficado com medo por tanto tempo.

Carter sorri, passando o polegar no meu lábio inferior.

— Não precisa se desculpar. Aprendi que seu medo não é uma coisa ruim. Ele mostra o que é importante para você e o quanto você está disposta a trabalhar para conseguir isso. Tive medo de muitas coisas na minha vida, Ollie, mas nunca tanto quanto tenho ao pensar que posso te perder um dia. — Ele coloca meu cabelo atrás da orelha. — Sabe o que eu acho? Acho que temos medo das coisas que têm o poder de mudar nossas vidas. Minha vida mudou para melhor desde o dia em que nossos olhares se cruzaram. Para muito melhor, Ollie. Fico melhor quando estou com você.

Carter traz à tona um lado diferente de mim, fazendo eu sentir coisas que nunca senti antes, enfrentar coisas que me assustam. Posso desejar não ter desperdiçado o pouco tempo que desperdiçamos, por medo de amá-lo, de deixá-lo me amar, ou posso ser grata por onde estamos agora, pelo amor que compartilhamos e pelo relacionamento que construímos em tão pouco tempo, pelo amor que fica muito mais forte e mais profundo a cada dia.

Os lábios de Carter encontram os meus em um beijo carinhoso que acende um fogo na minha barriga.

— Fique comigo para sempre. Por favor. Serei tudo de que você precisa.

Olho nos olhos do homem que amo e meu coração se enche de orgulho por quem ele é, pela maneira como apoia as pessoas que ama e como superou sua dor.

— Quero que você seja você mesmo, Carter. E você já é tudo de que eu poderia precisar e muito mais.

Ele apaga a luz, envolvendo meu corpo com o seu, segurando-me forte enquanto me faz uma promessa.

— Eu vou te amar do jeito que você merece ser amada todos os dias pelo resto da sua vida e da minha vida. Prometo.

39

UMA BANDA DE MARIACHIS?

OLIVIA

O universo estava rindo quando plantou o aniversário de Carter no Dia dos Namorados.

Eu sei, porque eu ri quando descobri. Carter não achou graça. Ele estreitou os olhos e me disse que era melhor eu ir me aprontando, porque ele estava prestes a descontar em mim uma vida inteira de Dia dos Namorados passados sozinho e de todas as cafonices que ele está autorizado a fazer só porque é seu *aniversário*.

Eu ficaria com medo, mas a ameaça foi inofensiva. Ele está fora há uma semana, e ainda temos cinco dias pela frente.

Doze dias. É o nosso maior período de separação, e odiei cada segundo.

Mas hoje Carter faz vinte e oito anos, e odeio ainda mais não poder passar esse dia com ele.

Verifico meu telefone enquanto escovo os dentes, rindo da mensagem de Emmett de ontem à noite, dizendo que meu namorado é um idiota. A foto anexada é de Carter no bar, sorrindo de orelha a orelha, uma cerveja em uma mão e dois picles fritos na outra, vestindo uma daquelas camisetas *EU *CORAÇÃO* NY*, o que faz sentido, já que eles jogaram em Nova York noite passada.

Exceto que, em vez de *Nova York*, a camiseta diz *minha namorada*.

Meu irmão me enviou uma matéria com diversas imagens semelhantes, de diferentes pontos de vista. O único comentário que ele fez? *Trouxa.*

Meu telefone toca quando estou terminando e atendo ansiosamente.

— Bom dia, aniversariante.

Carter está nu. Da cintura para cima, pelo menos. Isso é tudo o que consigo ver, seu peito largo, o cabelo escuro que ele coça enquanto boceja, dando-me um sorriso sonolento.

— Feliz Dia dos Namorados, linda.

— Como foi a sua noite? — pergunto, olhando para o meu armário. Hoje é dia de rosa e vermelho na escola. Não sou muito uma garota de usar rosa, então coloco um vestido tipo camiseta vermelho, apoiando meu telefone na cômoda enquanto começo a tirar o pijama. Carter gosta de me assistir me vestindo todas as manhãs. É estranhamente cativante. Gosto de suas expressões faciais e da maneira como ele tropeça nas palavras.

— Você, ah... — Ele passa a língua pelo lábio inferior. — Você não, hmm... Sim. Ah. Esse é um belo sutiã. Eu te amo.

— Ei, Ollie!

Eu ouço alguém gritar, e então Carter berra *Não!*.

Tudo fica preto e coloco meu vestido e uma meia-calça.

— Cubra-se, Ollie! — Carter grita. — *Tem gente chegando, tem gente chegando!*

O telefone sobe até o rosto de Garrett, que está rindo.

— Droga. Nem mesmo um ombro nu.

Há uma lutinha com Garrett e, um momento depois, Carter emerge, parecendo vitorioso.

— Desculpa. Ele deveria estar dormindo.

— Um cara não pode ganhar um presente de Dia dos Namorados por aqui?

— Sim, o nome dela era Reba, e você desapareceu com ela por cerca de quarenta e cinco minutos na noite passada.

Garrett olha para Carter, como se ele tivesse enlouquecido.

— *Reba*? O nome dela não era Reba. Era... era... — Ele coça a cabeça com um sorriso culpado e corajoso. — Rachel?

— Vocês são péssimos. — Eu rio, indo para a cozinha, mantendo meu telefone longe do pacote de Oreo no meu balcão e da receita ao lado dele.

Encontrei no Pinterest a receita mais deliciosamente tentadora de um bolo de Oreo para comemorar o aniversário de Carter quando ele chegar em casa. Também emoldurei uma foto nossa, comprei para ele uma camiseta com um de seus apelidos autoproclamados e ingressos para uma exibição VIP do novo filme live-action da Disney, porque Carter só sabe falar disso. E é tudo o que planejei, além de um jantar caseiro. Que merda você compra para o homem que tem tudo o que poderia querer ou precisar, sobretudo quando você está falida?

Kara me disse para tirar uma foto minha nua, ampliá-la em tamanho real e pendurá-la acima da cama dele. Esqueci de dizer a ela que ele já tem um álbum inteiro cheio de fotos minhas nua e, embora tenha certeza de que ele iria gostar, eu não iria.

— Jason vai buscá-la para ir ao trabalho hoje — Carter diz enquanto como cereal.

— O quê? — Não preciso que o motorista dele me pegue e certamente não preciso chegar à escola em uma limusine. — Por quê?

— Porque você não deveria dirigir para o trabalho no Dia dos Namorados.

— As pessoas fazem isso desde sempre, Carter.

— Sim, bem, seu carro é uma droga na neve e sei que nevou muito aí ontem à noite, e não posso estar com você hoje, então faça isso por mim.

— Mandão — murmuro, suspirando enquanto olho para os vários tipos diferentes de chás descafeinados em minha despensa.

Esfrego as têmporas e franzo a testa ao sentir uma pontada de dor. A falta de sono é exaustiva e dolorosa, assim como a falta de Carter.

— Precisa de um café esta manhã, chuchu?

Carter desaparece e tudo o que consigo ouvir é o som de água e tilintar. Esse homem faz xixi ao telefone com muita frequência. Ele geme profundamente antes que eu ouça a descarga do vaso sanitário e o som da torneira.

— Acho que sim. Estou tão cansada esta semana. — Fecho o armário, decidindo passar na Starbucks. — Grandes planos para o seu aniversário hoje à noite?

Eles irão para Chicago esta manhã, para o jogo de amanhã. Presumo que isso signifique...

— Ah, sim, grandes planos. Planos *enormes*. Eu vou foder minha mão enquanto você fo...

— *Puta que pariu* — alguém resmunga. — Tem outras três pessoas aqui, Carter!

— Desculpa. — A maneira como ele diz isso me permite saber que ele não está nem um pouco arrependido. — Vou passar a noite no quarto do hotel falando ao telefone com você. Isso é tudo o que quero fazer. Nu ou vestido.

O fogo em seus olhos me diz que estarei absolutamente nua.

Carter me mantém ao telefone até Jason chegar para me buscar. O buquê de flores que ele tem em suas mãos cobre um bom terço de seu corpo, e o conteúdo do pacote de papel pardo que ele está segurando cheira a canela e paraíso.

— Carter mandou uma mensagem dizendo que você precisava de café esta manhã. É um café com leite com pãozinho de canela para acompanhar. Ele sugeriu que você bebesse metade agora e metade depois, para que seu estômago não doa muito.

Meu telefone toca, o próprio homem me lembrando de como sou sortuda.

Homem mais sexy do mundo: feliz dia dos namorados, princesa. Te amo, saudade

SE VOCÊ CONHECE CARTER, E eu acho que conhece, sabe que ele não para por aí.

Por que ele faria isso?

O segundo presente chega após o primeiro período. É um ursinho de pelúcia vestindo a camisa de Carter. Algo para abraçar quando ele não estiver presente, diz o cartão.

O terceiro vem no meio do segundo período. É um buquê de morangos com cobertura de chocolate, e a mensagem enfiada no pequeno envelope me diz que ele está se imaginando lambendo as gotas que caem em meu corpo. Enfio o bilhete no bolso bem rápido e divido os morangos com as minhas alunas do terceiro ano.

O quarto chega logo antes do almoço. É Jason de novo, com uma sacola de comida e uma caixa cheia de leggings e calças de ioga da Lululemon. *Sua bunda fica linda demais com isso para ter apenas um par*, diz o bilhete. *É trágico.*

Rezo para que tenha acabado, mas, no verdadeiro estilo Carter, ele deixa a parte mais embaraçosa para o final.

— Senhora. — Brad faz uma reverência ao abrir as portas do ginásio.

— Bradley. — Olho para ele com desconfiança enquanto ele me aponta para o ginásio. — Obrigada.

Ele segurando a porta para mim é a primeira pista de que algo não está certo. A segunda é que as luzes estão apagadas.

Com o coração acelerado, tento encontrá-las para acendê-las, parando de repente com a visão à minha frente.

— Não — sussurro, balançando a cabeça. — Ele não fez isso.

Mas, ah, ele fez.

O ginásio explode com música: som de guitarras, violinos e trombetas ricocheteando nas paredes, e meu queixo cai de horror.

É uma banda de mariachis. Uma maldita banda de mariachis. Carter contratou uma banda de mariachis para fazer uma serenata para mim na escola.

— Isso não pode ser real — murmuro em voz alta, uma mão na bochecha, a outra na boca.

— Não é ótimo? — meu diretor grita, sacudindo uma maraca... e rebolando.

Um dos meninos pega minha mão e começa a me girar, mas estou rígida como uma tábua e acabo tropeçando nos próprios pés.

Quando a música termina, a única coisa que se ouve acima dos aplausos são as gargalhadas. Gargalhadas penetrantes, agudas e malignas.

Kara sai da minha sala com o telefone na mão. Ela se curva, batendo em ambos os joelhos, enquanto uiva de tanto rir.

— Ai, meu Deus. Isso não teve preço. — Ela está chorando de rir. Eu só estou chorando. — Você devia... seu rosto... *Ai, meu Deus!* Esse vídeo é tudo, Livvie, incrível! Carter vai ficar louquinho!

Vai ficar louquinho mesmo.

Quando chego em casa, estou exausta. Tudo o que quero fazer é tirar o sutiã e devorar uma pizza na banheira antes de inevitavelmente desmaiar no meio do FaceTime com Carter.

O homem conseguiu evitar cada uma das minhas mensagens de texto hoje. No começo, desconfiei que ele estivesse com medo depois da banda de mariachis. Então percebi que ele estava sentindo algum tipo de prazer doentio com isso. Ele gosta de me irritar. Acha que o sexo fica mais quente quando estou brava com ele. Exceto que não podemos nos beneficiar de sexo quente e raivoso esta noite, e esse pensamento é mais deprimente do que deveria quando entro em casa.

Não estou surpresa com os balões de coração vermelho e rosa ocupando minha entrada ou com o presente ao qual eles estão amarrados. Ele fez Kara filmar o desastre da banda de mariachis, então é claro que a fez deixar um presente na minha casa.

Passando o dedo pela borda do envelope rosa, retiro o cartão. Há uma foto de um polvo sorridente na frente e diz: *Eu gostaria de ser um polvo, então teria oito mãos para tocar sua bunda.*

A parte interna do cartão? Muito melhor que a exterior.

Pequena Ollie,
Cometi muitos erros. Vivi minha vida de forma um tanto descuidada,
de maneiras que as pessoas não aprovavam. Mas eu não mudaria nada.
Porque estava esperando por você. Esperando por um amor
que entraria na minha vida e revolucionaria todo o meu mundo.
Quero comemorar todos os Dias dos Namorados e aniversários com você.
Com amor, Carter

Eu gostaria de dizer que as lágrimas são inesperadas, mas não são. Aprendi que, toda vez que esse homem abre a boca, há uma chance sólida de que me faça rir ou chorar da melhor maneira possível. Não sei de onde ele veio, mas sei que nunca quero deixá-lo ir embora.

A pequena embalagem carrega uma bela pulseira. No metal dourado, há um pequeno coração, com as letras c e o penduradas ao lado. Coloco-a, sabendo que a última coisa que farei esta noite será adormecer com Carter.

Um passo para dentro do corredor e meu coração para quando vejo as pétalas de rosa espalhadas pelo chão, levando até o meu quarto. Meu pulso acelera, cada terminação nervosa viva com antecipação enquanto sigo o rastro de pétalas, a música calma que me leva até lá, o suave brilho da luz das velas contra a porta aberta.

— Carter! — exclamo antes mesmo de vê-lo.

E, quando faço isso... quando entro...

— *Eu quero que você me desenhe como uma de suas garotas francesas* — ele cita a fala de *Titanic* com uma voz profunda e rouca, lá de onde ele está: esparramado na minha cama, totalmente nu, exceto pela caixa de chocolates em cima de sua virilha.

Meu rosto se despedaça com um sorriso ao vê-lo. Preciso de tudo em mim para resistir à vontade de pular sobre ele, mas, em vez disso, coloco as mãos na cintura e arqueio uma sobrancelha.

— Tem mesmo chocolate nessa caixa ou o presente é seu pau? Você fez um buraco na caixa para poder enfiar o pau nela, Carter?

Seu sorriso desaparece.

— Não. Porra. Por que não pensei nisso? — Ele olha para a caixa, contemplando. — E vá se foder! Esta caixa é pequena demais para caber meu pau e você sabe disso!

Não consigo mais me conter, explodindo em gargalhadas quando me aproximo dele, pulando em seus braços e esmagando minha boca na dele.

— Feliz aniversário! Feliz Dia dos Namorados! Que merda você está fazendo aqui? Você deveria estar em Chicago. Eu te amo!

— Queria passar o dia com você — ele diz entre beijos. — Eu voo para lá às quatro e meia da manhã.

Empurro seu peito, forçando-o a ficar de costas enquanto começo a tirar meu vestido. — Então deveríamos dormir cedo esta noite.

— Vou dormir no avião — ele rosna, puxando minha meia-calça pelos quadris.

Tiro a caixa de chocolates de sua virilha, parando no presente abaixo. *Literalmente.* Carter amarrou uma fita vermelha no pau. Levanto uma sobrancelha enquanto desato a fita, observando aquele músculo grosso saltar.

Seu sorriso é diabólico.

— Você pode desembrulhá-lo, mas só depois de vestir sua roupa. — Ele aponta para o meu armário, onde uma linda peça de renda e seda vermelha está pendurada na porta.

— Ah, Carter... — Saio da cama e toco a renda, as fitinhas de seda que mal seguram o tecido. — É linda. Adorei.

— Achei que você gostaria. É por isso que comprei duas.

— Duas?

— Ã-hã.

Aqueles olhos musgosos me encaram.

— Porque essa vou rasgar.

Não faz sentido tentar apagar o fogo que surge dentro de mim com suas palavras. Vou deixá-lo destruir isso e a mim, como ele sempre faz, e então aproveitarei cada segundo.

Eu me troco, admirando a fita que amarro na lateral dos quadris.

— Sabe, tive medo de ter de usar a camiseta da "minha namorada" que você estava vestindo ontem à noite.

— Não, isso é para mais tarde.

Meus dedos param.

— Mais tarde?

— Sim, comprei para você a do namorado, para combinar. Nós vamos usar mais tarde, quando formos jantar. Estão na sua secadora agora mesmo.

— Carter!

— *Olivia.* Traga seu doce traseiro aqui antes que eu vá atrás de você.

— Você deve saber que isso não é uma ameaça.

— Vou imprimir meu rosto na sua camiseta.

Ok, basta. Vamos aos trabalhos.

Carter está sentado na beira da cama quando saio. Ao olhar para mim, seu queixo cai.

— Puta. Que. Pariu. — Ele gira o dedo indicador no ar. — Preciso que você dê uma voltinha para mim, devagar e com calma. — Ele cantarola enquanto giro, mordendo os nós dos dedos. — Vem cá. Agora. Já.

Meus passos são lentos e determinados, um pouco nervosos. Ele é tudo o que eu poderia pedir e quero ser o mesmo para ele.

Ele alcança minhas mãos, puxando-me entre suas coxas. As pontas dos dedos dançam pela renda, ao longo da fita. Ele puxa uma extremidade, observando enquanto o meio se abre, deixando meus seios caírem, antes de amarrar de novo e repousar a testa na minha barriga, choramingando.

Repito, Carter Beckett está choramingando.

Seu olhar queima minha pele.

— Agora preciso que você se deite e seja uma boa menina.

— Uma boa menina? — Agito meus cílios, para dar um efeito dramático.

— Ãh-hã. Você sabe como fazer isso?

Passo as pontas dos dedos pelas suas coxas.

— Não tenho certeza. O que significa ser uma boa menina?

— Fazer tudo o que eu digo.

— Tudo?

O sorriso malicioso de Carter é cheio de decisões perigosas e perversas misturadas com um amontoado de pura luxúria e doçura.

— *Tudo.* E pode começar sentando essa sua bela boceta perfeita bem na minha cara.

O ANIVERSARIANTE ESTÁ COM FOME esta noite. Ele está trabalhando em sua segunda entrada, mesmo depois de banquetear por duas horas seguidas, e não parece nem perto de estar saciado. Essa é a única explicação lógica para o motivo pelo qual a mão dele está debaixo da mesa, onde esteve a noite toda, acariciando minha perna.

— Posso te contar uma coisa, pequena Ollie?

— Claro.

Ele mexe o macarrão no prato.

— Nunca estive com ninguém antes no Dia dos Namorados. Ou meu aniversário. — Suas bochechas ficam vermelhas quando ele levanta o olhar para mim, olhando-me sob o brilho quente das velas. Seus olhos pousam na minha camiseta (sim, ele não estava brincando sobre o *EU *CORAÇÃO* MEU NAMORADO*) e sorri. — O Dia dos Namorados significa muito para algumas pessoas. Elas não querem ficar sozinhas. Mas eu... nunca quis que isso significasse alguma coisa. Não naquela época, pelo menos. E meu aniversário é meu dia, meu momento. Eu não queria passar o dia fingindo nem por um minuto. — Ele olha para o prato, sorrindo. — Minha mãe disse que estava feliz por eu ter encontrado alguém que me faz querer voar até em casa só para estar com ela neste dia. A melhor parte, para mim, é que não estou fingindo. Posso ser eu mesmo, e não há mais ninguém com quem eu queira fazer isso, hoje e todos os dias.

Meu coração aperta no peito e ele se inclina sobre a mesa, pegando meu queixo entre os dedos e beijando meus lábios.

Ele se acomoda em seu lugar e limpa a garganta.

— Mal posso esperar para ver o novo filme da Disney com você.

Meu garfo cai na mesa.

— O quê?

Sua cabeça balança enquanto ele evita meu olhar.

— Sim, e devo a você uma nova caixa de Oreo para o meu bolo de aniversário. Sem querer, comi uma fileira enquanto esperava você chegar em casa. Essa receita parece fantástica, porém. Ah, sabe quando lavei as camisetas? Também lavei aquela que encontrei em uma sacola de presentes, aquela que diz *Sr. Incrível*.

— *Carter*!

Ele me lança um sorriso tímido que é tudo, menos inocente.

— Você não pode ficar brava comigo. Eu sou o aniversariante.

40
EU VOU SOBREVIVER

CARTER

OLIVIA ESTÁ ATRASADA, MAS ISSO não é novidade. Eu não me importo, exceto que estou com medo de que os sobrinhos dela apareçam para esta festa do pijama antes de ela chegar em casa. Acho que posso cuidar de Alannah sozinho por um tempo, mas Jem? Ele tipo... requer um adulto responsável. Sou um homem de muitos talentos, é verdade, mas "responsabilidade" raramente entra nessa lista.

Dou os retoques finais no forte construído na sala para vermos um filme e verifico meu telefone novamente. Nenhuma resposta de Olivia, e as crianças serão deixadas aqui em uma hora.

Já mencionei que nunca fui babá antes?

Ligo para Olivia, com a mão na cintura, batendo o pé, até cair na caixa postal.

Ela deveria estar aqui há uma hora e não consigo contato. Tento me convencer de que é minha tendência a ser controlador, só que, da última vez que não consegui falar com alguém, ele estava morto na beira da estrada. O luto faz essa merda com você, como colocá-lo em estado de pânico quando seus entes queridos ficam inacessíveis.

Ligo mais duas vezes seguidas e Olivia atende no último toque, sem fôlego.

— Alô?

A dor em meu peito diminui, mas minhas palavras saem mais duras do que eu pretendia.

— Onde você está? Por que não atendeu?

— Eu... Desculpa, Carter.

A surpresa em seu tom e a onda de mágoa no meu me dizem para respirar fundo e tentar novamente.

— Você está bem?

— Estou bem. — Ela suspira, grunhe e acho que a ouço... chutando? Socando? — Porra... de neve... Maldito inverno canadense... Merda de carro!

Eu engulo minha risada. É o segundo dia de março. Em geral, isso significa a chegada da primavera, mas este inverno horrível nos trouxe ontem uma tempestade de neve. Olivia dirige um velho Honda, e seus pneus para neve têm oito anos.

— Onde você está, Ol?

Às vezes, é mais fácil fazer rodeios do que perguntar o que de fato você quer saber, que, agora, é se ela ficou presa na neve.

— Perto da escola — Olivia resmunga.

— Ã-hã. E por quê? A aula terminava às duas e meia. São quatro.

— Estou presa — ela murmura.

— Você está o quê?

— Presa.

— Diga de novo, princesa. Não consigo te ouvir por causa do barulho da lareira. — Se eu souber lidar com ela, poderemos ter uma rodada rápida de sexo quente e raivoso com Olivia encostada na parede antes que as crianças cheguem.

Olivia ainda está me xingando quando eu me acomodo na minha caminhonete e começo a sair da garagem.

— Você está vindo me buscar? — ela pergunta baixinho enquanto meu telefone se conecta ao viva-voz.

— Ã-hã. O que eu poderia ter feito há uma hora se você tivesse me ligado quando ficou presa.

— Eu não... você não... Argh! — ela bufa. — Vou esperar na beira da estrada.

É exatamente onde a encontro. É aquela neve pesada e molhada, do tipo que não é fácil de remover, o que significa que a maneira como ela está tentando chutá-la para longe dos pneus é inútil. Seu corpo cede quando ela me vê e, ao bater de forma dramática no capô do carro, eu a amo mais do que jamais pensei ser possível.

— Bem, bem, bem. Quem poderia prever que a pequena e velha Honda não sobreviveria a toda essa neve?

— Eu tenho pneus para neve!

— Odeio te dizer, gatinha, mas, quando seus pneus para neve ficam carecas, eles deixam de funcionar.

Ela bufa, mas não responde, optando por cruzar os braços sobre o peito e franzir a testa. Seu gorro escorrega pela testa, e ela não parece preocupada em tirá-lo dos olhos. Prefere continuar olhando feio para mim, a pestinha.

— Você não pode dirigir essa lata ve... — Eu paro, percebendo o lento arqueamento de suas sobrancelhas escuras, esperando que eu termine a palavra que comecei. — *Vermelha*. Não foi construída para os invernos canadenses.

Olivia joga os braços para o alto. As luvas com orelhas de cachorrinho tornam o gesto mais fofo que assustador.

— Bem, me desculpe por não ter sete carros para escolher!

— Cinco — murmuro.

— O quê?

— Eu só tenho cinco carros.

Os olhos cor de café reviram-se, frustrados.

— Ainda assim, é quatro além do que o ser humano médio deveria ter. Mas, espere, esqueci... Carter Beckett é tudo, menos médio!

Seus braços estão no ar de novo e meus dentes pressionam meu lábio inferior para evitar sorrir.

— Garotas sarcásticas são castigadas.

Toda essa frustração evapora, substituída por risadas. Caminhando devagar pela neve, Olivia me alcança e me abraça, com o queixo no meu peito enquanto sorri para mim.

— Desculpa. Todos os seus cinco carros são bonitos, e adoro que você seja tudo, menos comum.

— Hum. — Eu a balanço de um lado para o outro, com as mãos em sua bunda. — Você diria que sou sobre-humano? Um super-homem, talvez?

Agarrando a gola do meu casaco, ela me puxa até si, os lábios tocando os meus.

— Continue falando, grandalhão. Quero ver aonde isso vai dar.

— Sei exatamente aonde vai dar: entre suas coxas deliciosas. — Eu beijo seu nariz. — Me desculpe por ter ficado chateado ao telefone, Ollie. Eu estava preocupado que algo pudesse ter acontecido com você e me apavorei. — Meu polegar passa pela ruga de sua testa, na esperança de acalmá-la. Quando não funciona, eu beijo o local e tento o humor: — Acho que não sou tão perfeito como você sempre diz que sou.

Olivia segura meu rosto entre as mãos.

— Você é perfeitamente imperfeito, e vou amá-lo apesar de todos os seus defeitos, porque você me ama apesar dos meus.

— Eu te amo pra caralho. — Coloco a mão em sua bunda e dou-lhe um empurrão suave em direção à caminhonete. — Vamos, você me segue. Vou estacionar essa coisa na minha garagem até a neve passar.

— Mas eu... eu não sei... dirigir caminhonete.

— Ela é bem leve.

Olivia olha para a tarefa difícil que tem pela frente: subir.

— Não acho que consigo... Carter, acho que não consigo nem subir nela. Minhas pernas são pequenas.

— Pernas pequenas *poderosas*.

Vou atrás dela, cruzando os braços enquanto aponto para o assento com um movimento da cabeça.

— Vamos. Vamos ver você se virar.

É divertido. *Muito* divertido. Começo a pegar meu telefone no bolso, porque conheço algumas pessoas que adorariam ver isso.

— Nem pense nisso — ela rosna sem olhar para mim.

Malditas professoras com olhos nas costas.

Com um grunhido, Olivia se joga no banco, os pés pendurados no chão e a bunda para cima enquanto agarra o console central e começa a se arrastar para cima. Rindo, a tiro de seu sofrimento, impulsionando-a.

Pegando a pá da caçamba da caminhonete, volto para o carro dela, desenterrando os pneus. O carro ficou bem atolado. Levo alguns minutos para conseguir tirá-lo.

Aceno para Olivia com dois polegares para cima e entro no carro dela. É pequeno demais para mim, e meus joelhos batem no volante.

Demoro apenas um minuto para perceber que ela é uma daquelas pessoas que ficam ansiosas ao dirigir na neve, então dirijo dez quilômetros abaixo do limite de velocidade todo o caminho de volta para minha casa, só para acalmá-la.

Ela me segue até a garagem e desce do banco da frente.

— Não foi tão ruim.

— Novos pneus de neve no próximo inverno. — Coloco as chaves da caminhonete junto das chaves dela. — Ou um carro totalmente novo.

Presente de aniversário? Talvez. Vou precisar acostumá-la à ideia.

— O que você está fazendo?

— Adicionando as chaves da caminhonete ao seu chaveiro?

Arqueio uma sobrancelha e o penduro, abrindo a porta da casa. Olivia não se mexe.

— Estou vendo. Mas, por quê?

— Para que você possa se locomover com segurança na neve.

Faço um gesto em direção à porta novamente.

— Carter, não posso usar sua caminhonete todos os dias.

— Claro que pode. Tenho cinco carros, lembra? Não preciso deste agora. — Bato em seu nariz. — Mas você, sim.

— Mas, mas...

— Adoro os seus "mas".

Ela cruza os braços.

— Carter.

— Olivia. Estamos discutindo sobre algo inútil. Seu carro está lhe causando problemas e eu me preocuparia menos com você se soubesse que seus pneus não estão derrapando enquanto estou a milhares de quilômetros de distância. Por favor, apenas use o carro. Pelo menos até que a neve pare. — Pegando sua mão, eu a levo de volta para a caminhonete. — E, olhe! — Aperto um botão na parte interna da porta e um degrau lateral aparece.

O queixo de Olivia cai.

— Havia um degrau esse tempo todo? E você me fez escalar?

— Foi divertido assistir. Além disso, admirei sua bunda.

Seu pequeno punho bate em meu ombro.

— Você é um idiota.

— Um idiota sobre-humano perfeitamente imperfeito.

Seu nariz torce quando ela tenta — e não consegue — não sorrir.

— Te amo.

Enrolo meu braço em volta de sua cintura e beijo sua bochecha.

— Também te amo, chuchu.

Olivia sobe para se trocar, e começo a fazer os brownies de Oreo que prometi a Alannah. Minha mãe inventou essa receita para meu aniversário de doze anos. A camada inferior é de massa de biscoito, e acidentalmente como algumas colheradas enquanto coloco na assadeira. *Ooops.*

— *Carter*!

Eu sorrio comigo. Tenho cem por cento de certeza do por que Olivia está gritando lá de cima, então sei que um pouco de lisonja vai ajudar muito.

— Sim, meu bem?

— Suba aqui agora!

Subo as escadas, tentando me conter, e, quando entro no quarto, Olivia está esperando, com as mãos na cintura, batendo os pés. Ela aponta para a grande tela pendurada acima da lareira.

— O que é aquilo?!

Examino a impressão, sugando o lábio inferior na boca, o olhar seguindo as linhas dos ombros nus de Olivia, as gotas de água que se agarram às suas costas sob o brilho da lareira em frente à qual ela está sentada, na imagem em preto e branco.

— Arte.

— Arte?

— Sim, arte.

Suas mãos voam ao redor de sua cabeça. Ela é tão expressiva quando fala.

— Não é arte! É uma foto minha lendo! Nua...

— Correto. — Bato no nariz dela pelo menos pela terceira vez na última meia hora, porque é tão fofo. — Arte. Além disso, só dá para ver suas costas.

Meu olhar percorre seu corpo. Ela está apenas de camiseta e calcinha, então faço o que qualquer homem faria: empurro-a contra a parede, minha mão em seu pescoço.

— Gosto de ter você na minha parede. Eu imprimiria cada foto sua e cobriria cada centímetro desta casa com seu corpo se pudesse, mas não posso, e você ia querer me capar, e gosto do meu amigão.

— Entre suas pernas?

Ela engasga-se quando mergulho meus dedos em sua calcinha, admirando o quão molhada ela está.

— Sim, mas de preferência dentro de você.

— Carter.

Outro suspiro, este com uma pitada de descrença. A descrença em minhas palavras diminuirá com o tempo.

— Você está sempre molhada por mim quando finge estar com raiva.

— Eu não... estou fingindo — ela se engasga, cravando as unhas em meus ombros enquanto afundo dois dedos dentro dela.

— Está gostoso?

Olhos castanhos olham para mim enquanto ela ofega, esfregando-se na minha mão. Aquela língua rosa umedece seu lábio inferior antes que ela me dê um breve aceno de cabeça, então sorrio e retiro meus dedos de seu calor encharcado.

Seu queixo cai.

— Carter. Não. O que você está...

A campainha toca e coloco meus dedos na boca, experimentando o gosto dela. Depois, dou um tapa em sua bunda.

— Vamos. As crianças estão aqui.

Quando lavo as mãos e Olivia está completamente vestida — e mais chateada que nunca —, abro a porta da frente.

— Carter! — Alannah joga sua mochila no chão e pula em mim.

Mal vejo Jem antes que Jeremy o empurre em meus braços.

— Você poderia parar de empurrar nosso filho como se mal pudesse esperar para se livrar dele? — Kristin o repreende.

— Ele queria ver o titio Carter.

Ele sorri ao dizer isso, mas eu, na verdade, gosto.

Olivia pega Jem, beijando cada centímetro de seu rosto e me fazendo sorrir.

— Carter. — Alannah pisca, segurando um saco cheio de todos os ingredientes para suas panquecas. — Eu trouxe as coisas.

— Certo, carinha. Você não precisava trazer tudo.

— Não é grande coisa, cara.

Eu gesticulo escada acima.

— Para o seu quarto, senhorita?

Ela corre na minha frente, pulando na cama do quarto que eu indico.

— Uau! Que enorme! Ai, meu Deus! Eu tenho meu próprio banheiro!

Ela corre de cômodo em cômodo e, quando alcança a porta do meu quarto, Olivia se joga na frente dela com uma risadinha nervosa.

— Hmm, talvez não este.

Os olhos de Jeremy se estreitam antes que ele passe por ela e entre no quarto.

— Uau. — Suas mãos espanam a lareira de pedra antes de enfiar a cabeça no banheiro, de queixo caído. Atravessando o quarto, abre as portas da varanda. — Porra de lareira na porra da varanda.

— Dois dólares no pote de palavrões, papai! — Alannah aponta para a palma da mão. — Pague, amigão!

Ele afasta a mão dela e volta para dentro, com os olhos cheios de admiração. Eles param na foto de Olivia e ela abre minha gaveta de roupas íntimas, ocupando-se com minhas... coisas... cuecas.

— Ollie — Kristin murmura. — É você? Que arraso!

— O quê? Ah... Não.

Os olhos de Jeremy se fecham e ele se engasga.

— Que nojo.

Olivia dá um soco no braço dele, manda-o calar a boca e sai furiosa do quarto.

Eu sorrio, colocando as mãos nos bolsos.

— Ela é encantadora, não é?

— Qual é o próximo filme? Posso ficar acordada até depois da hora de dormir?

Próximo filme? Já assistimos a dois. Essa garota é um demônio da Tasmânia.

Eu inclino minha cabeça no ombro, fazendo beicinho para Olivia.

— Estou tão cansado...

Ela passa os dedos pelos cabelos de Jem enquanto ele baba em sua camisa.

— Eu te avisei.

— Você está cansado? — Alannah pergunta. Ela está com chocolate no canto da boca. *Vou guardar para mais tarde* foi o que ela disse quando Olivia apontou. — Você quer fazer uma pausa para dançar? Recuperar nossa energia? Vamos lá, garotão, você deveria estar em forma e saudável.

Eu pensei que sim, até... crianças. Jesus Cristo, crianças são exaustivas. Fofas, divertidas, *cansativas*.

Abrindo espaço para uma festa dançante improvisada, ligo o *Just Dance* e considero que talvez esteja cansado demais para fazer sexo com minha namorada mais tarde hoje à noite. O pensamento me faz franzir a testa e os lábios de Olivia encontram o canto da minha boca.

— Ela cairá no sono nos vinte minutos do próximo filme. Prometo.

Eu rodopio com Alannah pela sala enquanto Olivia embala Jem, que está rindo, antes de levá-lo para cima para dormir.

Quando Alannah cai no chão, jogo o controle remoto para ela.

— Escolha o próximo filme. Vou ver como estão tia Ollie e Jem.

No andar de cima, encosto-me no batente da porta e observo Olivia cantando baixinho para Jem, os quadris balançando ao luar enquanto ela o segura, olhando pelas janelas para as estrelas. Com um suspiro suave, ela beija sua testa e o deita no cercadinho.

— Eu te amo, Jemmy — ela sussurra.

Eu a pego pela cintura e sua respiração fica presa na garganta, as unhas cravando-se em meu bíceps.

— Carter — ela sussurra no escuro —, não vi você.

— Mas eu vi você. E te amo pra caralho.

Eu a abraço por um minuto, revelando a paz que me traz tê-la em meus braços, meu próprio pedacinho de céu.

No andar de baixo, encontramos Alannah deitada no meio do forte, comendo pizza.

— Escolhi *Divertida Mente*. A personagem joga hóquei! Nunca tem filmes sobre garotas jogando hóquei.

Ela descansa a cabeça no meu ombro com um suspiro feliz quando me deito ao lado dela e entrelaço os dedos nos de Olivia.

E Olivia está certa, como sempre está. Alannah fica inconsciente em quinze minutos de filme. Damos mais quinze minutos, para ter certeza, antes de eu pegá-la no colo e levá-la para o quarto.

— Carter? — Os olhos turvos de Alannah tremulam lentamente quando eu a coloco na cama.

— Esta foi a melhor festa do pijama de todos os tempos. — Ela me abraça forte. — Eu te amo, cara!

Meu peito aperta.

— Eu também te amo, carinha.

Ela acena para Olivia do outro lado do quarto.

— Boa noite, tia Ollie. Eu te amo.

— Também te amo, garotinha esperta.

Meus ombros caem de alívio quando a porta se fecha atrás de mim.

— Eu consegui. Sobrevivi à minha primeira festa do pijama.

— Ora, seu tolinho doce e ingênuo. Não acabou até que eles tenham ido embora. — Ela passa os braços em volta do meu pescoço. — Você não está cansado demais para foder sua namorada, está?

— Bem, eu... — Minhas palavras morrem em um gorgolejo quando a palma da mão dela se fecha sobre o meu pau, que fica em posição de sentido. Jogo Olivia por cima do ombro, correndo pelo corredor. — A espada de trovão nunca se cansa.

41
PAI DO ANO

OLIVIA

Estou sozinha quando acordo, e não é assim que estou acostumada a acordar na casa do Carter nem é assim que prefiro acordar. Minha versão favorita é quando a cabeça dele está entre as minhas pernas, ou os dedos, ou ambos, mas hoje não tenho tal luxo.

Há uma caneca de chá me esperando na mesinha ao lado da cama, então não posso reclamar.

Não estou chocada ao encontrar a cama de Alannah vazia, mas definitivamente fico surpresa por não encontrar Jem. Carter gosta do neném e do seu aconchego, mas eu estaria mentindo se dissesse que ele não fica levemente petrificado com a possibilidade de Jem fazer algo de bebê enquanto está em seu colo, como cocô ou chorar.

A cozinha está um desastre, há massa de panqueca por toda parte — um sinal claro de que Alannah estava encarregada do café da manhã — e não há ninguém à vista, o que me assusta um pouco.

Paro no topo da escada do porão, a porta basculante em estilo de celeiro se abre e a música passa por ela.

— Carter?

— Aqui embaixo, Ol!

Ando pelo extenso home theater ao lado da sala de jogos. — Eu sei, a ironia é que preferimos construir um forte. — Enfim, eu os encontro na impressionante academia da casa.

Jem está amarrado ao peito de Carter, roendo aquele patim de hóquei de silicone que ele tanto ama. A visão faz minhas partes femininas dançarem, e eu me movo um pouco desconfortavelmente onde estou.

— Ei, chuchu. Você nos achou.

Ele e Alannah estão sentados lado a lado, treinando bíceps. Os pesos de Alannah são minúsculos e cor de rosa e, a cada erguida, ela solta um *uuuhhh*.

— Ei, tia Ollie. Uhu! Sinta queimar!

Dou um beijo no cabelo de Jem antes de Carter erguer seus lábios nos meus.

— Ah, droga. Parece que perdi o treino.

O olhar que Carter lança diz que ele está desconfiado. Ele me pega mais vigiando exercícios que praticando de fato.

— Pensamos em deixar você dormir até tarde. E não quero me gabar, mas estou arrasando.

— Ele até trocou o bumbum fedorento do Jemmy! — Alannah aponta orgulhosamente para o peito. — E eu ajudei Carter a preparar o café da manhã de Jem.

— E *eu* dei a mamadeira. — Carter parece igualmente orgulhoso, balançando-o no peito.

Os três são tão adoráveis juntos que dói, e reprimo o desejo em meus ovários de começar a me reproduzir.

Ainda não, parideira.

— Pare de me olhar assim.

— Hmm? — Finjo estar interessada no aparelho de agachamento. — Assim, como?

Carter levanta o quadril e pisca.

— Estou combinando com isso aqui, não estou?

— Nhé.

— Nhé? — Ele se aproxima, espiando por cima do ombro, enquanto Alannah está ocupada com uma rodada incrivelmente enérgica de polichinelos. Seus lábios tocam meu pescoço. — Acho que estou gostoso. Eu daria um PGP, você não acha, pequena Ollie?

Meu batimento cardíaco se acalma entre minhas coxas e, antes que eu possa fingir que o pensamento não passou pela minha cabeça, Alannah aparece entre nós.

— O que é PGP?

— Um pai que as mulheres gostariam de peg...

Carter fecha a boca, os olhos me implorando para salvá-lo. Eu não vou salvá-lo. Ele que se meteu nessa, agora quero vê-lo sair. Ele sorri para Alannah e dá um tapinha na cabeça dela:

— Pescar. Um pai com quem a gente gostaria de pescar.

Seu nariz torce.

— Isso não seria PGGP? Porque tem *gente*. Então você tem de adicionar o G, Carter.

Ela inclina a cabeça, avaliando-o, e dá um tapinha condescendente em seu braço antes de ir embora.

Carter dá uma gargalhada, virando-se para chamá-la.

— Ei, chatinha! — Ela sorri para ele, toda diabólica. — Está pronta para patinar?

Seu grito é retumbante enquanto ela sobe as escadas e, meia hora depois, nós quatro estamos no gelo na arena Rogers Centre, algo que eu nunca, jamais pensei que diria, mas ser o capitão do Vancouver Vipers oferece certos luxos, como convencê-los a deixar você usar o gelo antes de prepará-lo para o jogo desta tarde.

Com Jem amarrado ao meu peito, todo aconchegado e confortável, Carter me ajuda a passar pela soleira e dou uma volta lenta, maravilhada com a visão.

— Não quero usar meu capacete.

— Você tem que usar seu capacete.

— Mas você não está usando *seu* capacete.

Eu me viro na direção da briga, os punhos de Alannah na cintura enquanto ela discute com Carter. Ele está estendendo o capacete para ela e ela olha para qualquer lugar, menos para ele.

— Eu sou um adulto. Meu cérebro está totalmente desenvolvido. O seu não está. — Ele bate na cabeça coberta com o gorro. — Tem que proteger essas células cerebrais em crescimento, Lanny.

— Mas...

— Sem desculpas. Ou põe o capacete ou não tem patinação, senhorita.

Ai, meu Deus. Está calor aqui ou sou só eu?

Alannah joga a cabeça para trás com um gemido antes de deixar Carter colocar o capacete no lugar.

Ele dá uma sacudida na gaiola dela.

— Pronto. Isso não foi tão ruim, foi?

Vejo seu sorriso daqui enquanto ela se afasta da mão dele.

— Você é igualzinho ao meu pai.

— Bonito?

— *Chato.*

Com uma risadinha, ela pula no gelo, rouba o disco entre seus pés desavisados e sai correndo como um morceguinho.

Carter não está muito atrás dela e, antes que ela perceba, ele está com o disco na ponta do taco enquanto rodopia em torno dela.

— Cara! Você é muito rápido!

Depois de um tempo, sento-me no banco e coloco Jem no colo. Ele balbucia, balançando as mãos enquanto Carter e Alannah contornam o gelo. Tiro algumas fotos e sorrio quando Carter começa a dar dicas a Alannah sobre passes e a agitar seu punho da maneira certa para conseguir o lance perfeito ao gol.

— Veja, quando quer driblar alguém, você deve ir por baixo e terminar por cima. — Eu o ouço dizer, empurrando-a gentilmente com o ombro.

— Carter! Não damos dicas sobre como ir para o banco de penalidades.

Ele sussurra algo no ouvido da menina que a faz rir antes de me lançar um sorriso inocente.

— Sim, Ollie. — Ele vira o disco para Alannah e diz para ela dar uma volta, vindo até mim. Ele bate no meu nariz com suas luvas fedorentas. — Quer que eu leve Jemmy para um passeio?

— Claro. — Eu o entrego enquanto Carter tira as luvas e solta o taco, e ele beija a bochecha de Jem, aconchegando-o perto. — Tome cuidado.

— Cuidado é meu nome, Ol.

— Cuidado *não é* seu nome. Nem está no seu vocabulário.

Ele me ignora, naturalmente, e eu observo com admiração enquanto ele gira no gelo com meu sobrinho nos braços, que grita e ri e faz Carter rir. Eles são um espetáculo, e acho que não poderia estar mais apaixonada.

Carter passa por mim com um sorriso irritantemente presunçoso e uma piscadela ainda mais presunçosa.

— Parece que você quer ter bebês comigo.

— *Aff.* — Eu gesticulo para ele

— Isso é um sim, né?

— É mais *um-bebê-seu-destruiria-a-minha-vagina.*

— Hmm. Parece um *supersim* para mim.

Inferno. Porra. *Sim.*

Exceto que, horas depois, quando o jogo termina e Alannah salta dos ombros de Kara, correndo até Carter quando ele sai do vestiário, o rosto dela pintado com seu número agora manchado, fica aparente que o consenso é de que eu já tenho filhos e Carter está assumindo o papel de padrasto.

Ele pega Alannah nos braços, seu olhar apreensivo oscilando entre mim e os repórteres. Eu dou de ombros. Jeremy adoraria ver Alannah na tv.

— E quem é essa, Carter? — um dos repórteres pergunta.

— Esta é minha amiga Alannah.

— Eu também jogo hóquei, sabe — ela diz aos repórteres. — Não é um esporte só para meninos. E sou muito boa. Sou rápida. Tipo, super-rápida. Minha mãe diz que sou como um raio!

Todos os olhos deslizam em minha direção antes que alguém pergunte:

— Verdade? E em qual time você joga?

Alannah sorri com orgulho, projetando os ombros para trás.

— Eu jogo no Avalanche. Somos o time azul. E eu sou um centro, como Carter.

— Que legal! E você está se divertindo com Carter?

Sua cabeça balança.

— Jemmy e eu dormimos na casa de Carter ontem à noite. Comemos pizza e brownies de Oreo, porque Carter e eu amamos Oreo, e assistimos a filmes, e então Carter me colocou na cama, e esta manhã eu mostrei a ele como trocar uma fralda fedorenta, e então malhamos na academia e ele me levou para patinar. — Ela respira fundo e solta o ar com um suspiro. — Carter é o melhor!

Ai, meu irmão não gostará dessa última parte.

— É mesmo? — O repórter olha em minha direção, assim como os outros. — E o que você acha de Carter namorando sua...

Resisto à vontade irresistível de revirar os olhos. Eles estão fazendo rodeios, tentando descobrir o que querem saber: se sou mãe solo de dois filhos.

Alannah não lhe dá chance de terminar a pergunta, de qualquer maneira. Ela joga os braços em volta do pescoço de Carter e encosta a bochecha na dele.

— Espero que eles se casem, que eu seja a dama de honra e que eles tenham muitos, muitos bebês.

Ah, merda.

42

VAMOS TER UM DOGUINHO?

OLIVIA

— Posso ajudar você, ranzinza?

Carter cruza os braços sobre o peito, parecendo tudo menos relaxado na poltrona em que está descansando. Na verdade, ele parece bastante mal-humorado, daí o apelido.

— Eu não sou ranzinza.

— Você está sendo ranzinza.

— Claro que estou ranzinza! — Ele agita a mão no ar. — Toda vez que estamos aqui você me troca por esses dois.

— Compartilhar é cuidar, Carter — Hank murmura ao meu lado, sua mão gentilmente colocada na minha enquanto coço a cabeça de Dublin em meu colo com a mão livre. — Além disso, não vi os dois desde que voltaram das férias de primavera. — Ele ri sozinho. — Bem, nunca vi você, mas você sabe o que quero dizer.

Carter esfrega a mão no rosto.

— Você é o único cego que conheço que zomba do fato de ser cego.

— Acho que sou o único cego que você conhece, ponto-final. E se eu não puder zombar de mim mesmo, de que serve a vida? — Hank passa um braço em volta dos meus ombros. — Você só está bravo porque estou com a sua senhora. Não fique chateado, sempre fui um pouco mulherengo.

— Você e Ireland se conheceram aos catorze anos, começaram a namorar aos quinze, casaram-se aos dezoito, e você nunca teve outra mulher. — Carter dá um tapinha em seu colo e levanta as sobrancelhas para mim, tentando me atrair até lá. Ele revira os olhos quando não vou. — Eu não chamaria isso de mulherengo.

— Você parece estar com ciúmes. — É uma maravilha que esses dois não sejam parentes, porque Hank parece tão presunçoso quanto Carter agora. — Por que não para de reclamar e vem se sentar do outro lado de Ollie?

— Porque seu cachorro idiota está lá, metido na vida dela!

Dublin levanta a cabeça para olhar para Carter. É um daqueles olhares adoráveis, de cabeça inclinada, olhos tristes de chocolate e orelhas caídas.

Carter suspira.

— Pois é, eu sei. Você é fofo, todo mundo te ama. Eu entendo, Dubs.

Rindo, coloco Dublin mais perto de mim e libero um espaço no sofá, dando tapinhas no assento para atrair Carter.

— Venha aqui, seu bebezão.

Dizer que Carter não se levanta e corre para o lugar livre seria uma mentira. Três meses juntos, e esse homem ainda odeia toda distância desnecessária entre nós. Eu não posso dizer que não gosto. Sua linguagem de amor é a intimidade física, e adoro dar aquilo de que ele precisa. É por isso que meus dedos se entrelaçam nos dele no segundo em que ele afunda ao lado do cachorro. Seus lábios tocam meu ombro, um sussurro de *eu te amo* beijando minha pele.

— Falando em bebês...

Meus ombros ficam tensos com as palavras de Hank. Já se passou bem mais de um mês desde que Alannah lançou a bomba sobre casamento e filhos sobre os repórteres no jogo de hóquei de Carter e, embora tenhamos conseguido evitar abordar o assunto diretamente, Carter começou a andar pela casa chamando a si mesmo de *pai do ano*. Até o peguei tentando mudar seu nome no meu telefone para *PGP mais sexy do mundo*. Eu o lembro sempre que é muito cedo para pensar em casamento e bebês. Quero viver o presente, aproveitar cada momento que passamos nos conhecendo mais profundamente, em vez de ficar pensando no futuro.

E, no entanto, quando Hank termina a frase, não é nada do que eu esperava.

— Quando vocês adotarão um cachorro?

Olho para Carter, uma mão enterrada no pelo de Dublin, outro olhar ansioso para o cachorro enquanto sua mão livre esfrega metodicamente as minhas costas.

— Você quer um cachorro?

Ele assente.

— Quando eu era pequeno, tínhamos o Max. Ele faleceu quando eu tinha quinze anos. Meus pais não nos deixaram ter outro porque meu treinamento para hóquei e a dança de Jennie estavam ficando muito intensos. Mal ficávamos em casa. Eles disseram que não era justo com o cachorro.

— Um sorriso triste surge em seus lábios enquanto ele empurra para trás uma das sedosas orelhas douradas de Dublin. — Fiquei tão bravo com os meus pais. Não entendi isso na época, mas agora sei que estavam certos. Não teria sido justo com o bichinho que familiares cuidassem dele o tempo todo.

— Eu cuidaria do seu cachorro para você — deixo escapar.

Carter sorri com ternura e aperta minha mão.

— Um dia.

— Ótimo — diz Hank. — E, falando em cachorros, quando vocês dois vão pensar em ter filhos e me tornar tipo um avô postiço?

— Falando em cachorros, quando teremos bebês? — Carter esfrega os olhos. — Isso não faz sentido, meu velho.

— Bem, o padrasto Carter é a fofoca do mês.

Hank não está errado, embora eu desejasse que ele estivesse. As matérias publicadas desde que levamos Jem e Alannah para o jogo de hóquei no início de março têm sido implacáveis. Para quem está em todo lugar e sabe de tudo, eles não sabem de merda nenhuma.

— Esses jornalistas sabem tudo sobre a vida dele e a minha — digo. — Só não sabem ainda que Alannah e Jem não são meus filhos.

— Ah, eles sabem, sim — Carter responde com frieza. — É muito mais interessante você ser mãe solo com dificuldades e eu o padrasto gostosão entrando em ação.

— Você continua dizendo isso, mas é o único que se autodenomina PGP.

— Não! — Ele mexe no telefone antes de me mostrar uma foto dele com Jem nos ombros e a mão de Alannah na sua enquanto caminhamos por um supermercado com uma cesta de guloseimas. Ele limpa a garganta, lendo o título da matéria com um ar de arrogância que só poderia pertencer a ele. — *Carter Beckett: playboy reformado, homem mais sexy do mundo, fenômeno do hóquei e agora o padrasto que* todos *gostaríamos de f...!*.

— Às vezes, acho que você mesmo escreve essas matérias.

Hank dá uma risada.

— Minha favorita foi a da gravidez. Liguei para Carter para ver se fui o último a descobrir. — Ele se engasga de repente, inclinando-se para encontrar seu tablet na mesinha de centro. Sua camisa sai da cintura da calça jeans, subindo pelas costas, exibindo um hematoma feio que faz Carter ficar de pé com um salto. — Falando em ficar grávida...

— *Hank!* O que aconteceu? — Carter toca suas costas com cuidado enquanto Hank se afasta.

— Ai, pare de se preocupar. Estou bem.

— Bem? Está cheio de hematomas! Do tamanho da minha mão!

— Quase não dói mais. Deveria estar cantando e dançando com um pouco de entusiasmado demais no chuveiro outro dia. Escorreguei em uma poça no chão quando saí.

— Por que você não me ligou?

— Você não estava na cidade. Olha, Carter, sei que fica preocupado, mas estou bem. Consegui levantar e me limpar. Dublin ficou ao meu lado. — Ele coça as orelhas de Dublin. — Não foi, Dubs? Sim, você ajudou. Você é meu bom menino.

— Você sempre pode me ligar, Hank, ok? — Aperto sua mão. — Não precisamos que Carter para ficarmos juntos.

— *Uuuhhh.* — Seu sorriso é elétrico. — Ouviu isso, Carter? Vou morar com a sua garota. — Ele sacode seu tablet. — De qualquer forma, como eu estava dizendo, Ollie, escolhi nosso próximo livro. Uma série inteira, na verdade, chamada *Decadence*. As críticas e os leitores dizem que é uma leitura bem picante.

Os olhos de Carter se arregalam e, quando ele coloca o rosto entre as mãos, mal ouço a maneira como ele exala:

— Que merda é essa...

— Tem certeza de que quer usar isso? Você pode ficar com frio nas pernas.

— Claro que tenho certeza. — Jennie gira, com as mãos na parte inferior das costas enquanto tenta olhar para a própria bunda em sua minissaia cor de ameixa. — Minha bunda está fantástica.

— Você está gostosa pra caralho. — Kara dá um tapinha na bunda dela. — Vai ter todos os caras...

— Não. — Carter balança a cabeça, abre uma cerveja e bebe metade dela. — Não.

— Acho que você está bonita — diz Garrett.

Eu me pergunto se Carter percebe que está a meio caminho de gritar. Provavelmente, porque suas orelhas ficam vermelhas e ele se apressa, afundando no sofá.

— Reservei um camarote para nós — diz Carter. — Podemos ficar lá. Não há necessidade de ir para a pista de dança.

— Vamos para uma casa noturna, é claro que vamos dançar — Kara dá um tapinha em Carter entre as sobrancelhas. — Vocês acabaram de ganhar a primeira rodada, é dia de comemorar! E se Jennie quiser comemorar balançando a bunda e se esfregando em algo duro, que assim seja. Ela é adulta.

— Eu gostaria de dançar — Adam diz com um sorriso esperançoso. — Talvez eu encontre alguém. — Ele franze a testa. — Não, espere. Talvez eu não esteja pronto... — Ele balança a cabeça e leva a cerveja aos lábios. — Não, não estou pronto. Vou ficar no camarote.

Aperto seu braço.

— Você conhecerá alguém quando estiver pronto, e ela será perfeita.

— Sim — Garrett diz por cima do ombro. — Se Carter conseguiu encontrar alguém, será muito fácil para você, amigo.

— *Você está solteiro!* — Carter grita.

— Sim, por escolha.

— Não, porque você é chato!

— E *você* é irritante!

Garrett engancha o pé no joelho de Carter e, quando ele o derruba no chão da sala, Carter o leva com ele.

— Crianças — Emmett murmura enquanto os dois lutam. — Tão constrangedor.

Adam assente.

— A ironia é que eu sou o mais novo.

— Definitivamente, o mais maduro — Emmett responde, bebendo sua cerveja.

— Com certeza.

Eu não poderia dizer o quão típico é isso, os meninos brigando, rolando no chão. A parte mais embaraçosa é que eu acho — *ai, nem quero dizer* — fofo. Esse grupo de homens se ama muito, e observá-los assim é um grande contraste com a maneira intimidadora com a qual eles se comportam no gelo.

— Seu namorado é um idiota — Garrett murmura quando me sento ao lado dele no sofá. Ele está tentando arrumar o cabelo, mas não adianta, então enfia o boné de volta na cabeça. — Você deveria fugir enquanto pode.

Jennie afunda entre nós, jogando uma perna sobre a outra, e os olhos azul-turquesa de Garrett se arregalam, olhando para o salto preto de tiras balançando próximo seu joelho dele.

— Ei. Oi. — Ele arrasta as palmas das mãos pelas coxas. — Você tem... você quer um pouco mais de espaço? Deixe eu te dar algum espaço. — Ele fica de pé, tirando o boné da cabeça quando passa os dedos pelos cabelos.

— Alguém quer outra cerveja?

Eu rio e bufo, cutucando Jennie.

— Garrett deve estar com medo de você.

— Como deveria estar. Eu ganharia dele em qualquer briga.

Não duvido disso. Jennie e eu temos feito aulas de equitação desde meados de março, após ela ter chantageado o irmão. Não só descobri que ela é quase inteiramente uma réplica feminina de Carter — confiante e sem filtro — como também é feroz como uma leoa. Andar a cavalo todas as quartas-feiras depois do trabalho me possibilitou conhecer Jennie, uma amiga incrível.

Ainda temos uma hora antes de nossa carona chegar, então os meninos se perdem em um jogo de *beer pong*, que eu não tenho mais permissão para jogar, porque Carter diz que trapaceio, mas ele só é um péssimo perdedor. Quando ele atira uma bola de pingue-pongue errada pela terceira vez, sei que algo está acontecendo. Ele sobe as escadas, murmurando algo sobre verificar o encanamento, e dou a ele dois minutos antes de segui-lo, encontrando-o na varanda, debruçado sobre o corrimão. Ele passou a tarde inteira distraído, desde que voltamos da casa de Hank, e acho que sei por quê.

Inclinando-me ao lado dele, cutuco seu ombro com o meu.

— Ei, você.

Ele beija minha testa.

— Ei, princesa.

Sigo seu olhar, olhando para o mar de sempre-vivas, para os cumes das montanhas que parecem quase azuis daqui. Carter não está de fato olhando. Posso dizer pela forma como seu olhar nunca vacila, pela pequena ruga entre suas sobrancelhas.

Deslizo minha mão sobre a dele.

— Você está preocupado com Hank.

— Ele está envelhecendo. Já não anda sozinho como antes. E aquele hematoma… E se ele não tivesse conseguido se levantar? Por que não ligou para nenhum de nós?

— Ele valoriza a independência, Carter. Lutou por ela.

Ele suspira, esfregando a mão no rosto.

— Tenho medo de que um dia ele precise de mim e não consiga falar pelo telefone. Talvez eu devesse contratar uma enfermeira para ajudá-lo algumas vezes por semana. É uma boa ideia?

— É uma ótima ideia, mas é uma conversa que você precisa ter com Hank. Ele beija a minha têmpora.

— Podemos ficar aqui mais alguns minutos? Gosto quando somos só você e eu.

Quando faço que sim, ele me puxa contra seu peito, com o queixo no meu ombro. O ar do final de abril está quente, em especial depois do inverno rigoroso que tivemos, mas não é nada comparado ao calor de quando ele me abraça.

— Vou sentir saudades suas.

— Eu sei, chuchu. Eu também. Mas a parte boa é que nunca são mais que duas noites fora de casa.

— Acho que estou me acostumando com isso, com a solidão parcial. — Lamento as palavras assim que elas saem da minha boca. Não quero que ele pense que estou sozinha ou infeliz; nada poderia estar mais longe da verdade. Aprendi a valorizar o pouco tempo que temos juntos, as noites em que adormeço em seus braços e aproveitamos ao máximo esses momentos fugazes. Mas eles venceram o Arizona em quatro jogos, o que significa que ficarão aqui em Vancouver por mais alguns dias antes da próxima rodada. — Dormir com você tantas noites seguidas me estragou, só isso.

— Odeio deixar você, Ollie. Nunca estive tão ansioso pelo fim da temporada. Sem hóquei, sem escola, só você e eu. Você vai ficar tão cansada de mim em setembro.

— Impossível.

A respiração de Carter cobre meu pescoço, cada inspiração mais escalonada que a anterior, enquanto seus dedos acariciam meu braço. Ele está ansioso, mas, além do que falamos sobre Hank, não sei por quê.

— Quando você vai morar comigo?

O pedido é um sussurro gentil e tímido contra o meu ombro, fazendo meu corpo inteiro formigar e se aquecer, até os dedos dos pés. Eu me viro em seu abraço e vejo o brilho dourado do sol sobre sua expressão inesperadamente tímida.

— Vir morar com você?

Ele passa a mão ansiosa pelo cabelo bagunçado antes de entrelaçar os dedos nos meus.

— Eu te amo — ele começa com a frase que adora repetir pelo menos cem vezes por dia. — Eu te amo tanto e sei que é cedo demais, mas, porra, Ollie, eu realmente amo você. Quando vou embora, tudo em que consigo pensar é abraçar você no sofá, ou adormecer com você em meus braços, ou você andando pela casa de manhã vestindo apenas minha camiseta com seu sorriso sonolento, seus cachos tentando escapar do coque bagunçado. Quando saio do avião, você é a primeira pessoa que quero ver. E quando estou em casa... quero que você esteja em casa também. Quero que fiquemos juntos em casa.

Como encontrei esse homem? Como tive tanta sorte? Carter é a melhor coisa na minha vida, pela maneira como ele a invadiu, derrubou barreiras que eu nem sabia que tinha, iluminou todo o meu mundo como uma explosão de sol. E não consigo imaginar nada melhor do que estarmos juntos em casa.

— Mas e se eu quiser que você more comigo?

Eu não quero. Minha casinha parece que vai explodir quando Carter está lá dentro. Suas pernas balançam para fora da minha cama e minha cozinha só tem capacidade para armazenar comida suficiente para o homem durante dois dias, no máximo. Além disso, nem parece mais minha casa. Mas gosto de provocá-lo e, quando ele está nervoso assim, um pouco de humor ajuda muito a acalmar sua tensão.

Olhos esmeralda encontram os meus.

— Mas onde vou estacionar meus cinco carros? Não conseguiremos colocar nosso doguinho na cama e não teremos espaço para todos os bebês que vou colocar dentro de você e que vão destruir sua vagina de forma irreparável. Mas, o pior de tudo... — Ele arrasta sua boca pela minha, a voz baixa e rouca. — Não tem lareiras. — Ele segura meu rosto, seu polegar acariciando meu lábio inferior. — Não quero que você cuide do meu cachorro enquanto eu estiver fora. Quero ter um cachorro *com você*. Quero que seja a mãe dele.

— Mãe de pet?

— E, um dia, mamãe de um bebê de verdade. Eu te amo, Ollie, e o que quero mais que tudo é construir um lar com você. Diga sim.

— Diga sim? Isso é uma exigência?

— Obviamente.

Eu mordo meu sorriso.

— Ok.

— Ok? — Seus olhos saltam entre os meus. — Isso é um sim?

— Achei que não tinha escolha no que diz respeito às exigências. — Empurro suas ondas rebeldes da testa. — Não há nada que eu adoraria mais do que construir uma vida com você aqui. Então, sim. Mil vezes sim. Virei morar com você.

Suas mãos trêmulas envolvem meu rosto e ele fecha os olhos, apoiando a testa na minha. Então, com um grito, ele me levanta nos braços e desce as escadas correndo.

— *Ela disse sim!*

O volume na sala diminui de imediato e coloco meu rosto na mão quando cada olhar surpreso se volta para nós.

— Vocês vão se casar? — Garrett enfim pergunta.

O rosto de Carter se contrai.

— O quê? Hmm, um dia, sim, mas... — Ele me coloca de pé, abre bem os braços e dá uma volta. — *Olivia vai se mudar para cá!*

43
NÃO SOU IMATURO, SOU PATETA. É DIFERENTE

CARTER

— *PEGUEI UM!*

— O quê? Deixa eu ver. — Tento agarrar a vara de pescar de Olivia, mas ela desvia.

— Para trás! — Ela chuta a perna para fora, espirrando água em mim. — Você vai deixar escapar!

— Não, não vou! — Pego a vara de novo, mas ela cai no riacho. — Eu sei pegar um peixe, *Olivia*!

— Eu acreditaria em você se tivesse visto você fazer isso, *Carter*! — Ela está com a língua para fora, cutucando o canto da boca enquanto se esforça, grunhindo e cambaleando, e, quando o salmão sai da água, ela solta um *a-há*, com um sorriso arrogante se espalhando por seu rosto.

— Como estamos agora? Quatro para mim, zero para você?

— Cala a boca. — Jogo água nela e ela ri. De um jeito meio agressivo e um pouco assustador. — É porque deixei você usar minha vara boa.

— É porque sou melhor. — Ela pisca. — Com esta vara *e* com a sua vara.

— *Ollie* — digo com um meio suspiro, meio gargalhada. — Nunca me senti tão atraído por você como estou agora.

— Você sempre se sente atraído por mim — ela murmura, focada em tirar o anzol de seu salmão.

Isso é verdade. Sempre. *Sempre, sempre, sempre.* Embora definitivamente haja algo a mais nesta situação: em um riacho, com água até os joelhos, seu short jeans encharcado, segurando um peixe que tem, tipo, um terço de sua altura... Tudo isso a torna especialmente sexy agora.

Olivia grunhe, puxando o peixe grande e jogando-o nos braços.

— Você pode tirar uma foto? Para sempre se lembrar de que eu não te dou uma surra só no *beer pong*, mas também na pesca de salmão.

O estrondo de protesto na minha garganta desaparece rapidamente enquanto tiro fotos dela e, quando Olivia liberta o peixe, vou até uma pedra grande e me sento.

Ela afunda ao meu lado, colocando a cabeça por cima do meu ombro.

— Você acabou de adicionar isso à sua pasta secreta da punheta?

Coloco meu telefone no bolso.

— Sim.

— É um pouco... *diferente* das fotos normais que coloca lá.

— Você está gostosa pra caralho. Suas pernas estão molhadas e seu sorriso está tão arrogante quanto o meu. — Eu toco a ponta de seu nariz com o meu. — Quero dizer, se você quiser tirar a roupa e me deixar foder sua garganta agora mesmo, posso tirar uma foto e adicionar essa também, tampinha. Não temos fotos externas.

— Isso não é verdade. Tirei uma foto sua entre as minhas coxas na sua varanda na semana passada.

— Ah, sim. Porra. Comi como um rei naquele dia. — Cutuco seu ombro com o meu. — E pare de chamar a varanda de *minha*. É sua também. Não apenas a varanda, mas a casa inteira.

— Ainda não, não oficialmente.

Reviro os olhos.

— É sua desde que você entrou nela pela primeira vez.

Suas bochechas ficam rosadas. É adorável que ela ainda core às vezes.

— Você pertence àquele lugar, pequena Ollie, e sempre pertenceu. É seu, esteja você esperando ou não para sair oficialmente de casa e nunca mais dormir em outro lugar que não seja a *nossa* cama.

— Nunca?

Eu dou um beijo em seus lábios.

— Nunca, *jamais*.

Pela primeira vez, Olivia ficou na minha casa no fim de semana passado enquanto eu não estava lá. Ela estava nervosa com isso, mas é bom saber que está vagando pela minha cozinha, descansando em meus sofás, dormindo na minha cama enquanto estou fora.

Já se passou um mês desde que ela concordou em se mudar e finalmente anunciamos a casa dela na semana passada. Foi vendida em trinta e seis horas por vinte e cinco por cento acima do pedido, porque o mercado imobiliário de Vancouver está pegando fogo no momento. Mas ela só se mudará no final de junho, o que significa que ainda tenho mais seis semanas pela frente com Olivia fingindo que está apenas "dormindo" na minha casa. Mal posso esperar para construirmos nosso lar juntos.

— Você sabe... — digo, inclinando-me para ela. — O casamento de Kara e Emme é naquele fim de semana.

— Hmm.

— Então estaremos ocupados demais para fazer a mudança. E você estará muito ocupada se escondendo de Kara pelo menos por duas semanas antes disso.

— Isso é verdade.

— Então talvez devesse se mudar agora.

— Hmm...

Os lábios de Olivia se contraem e ela esfrega o queixo como se precisasse pensar duro sobre isso.

Ah. Pensar duro. Não, Carter. Seja mais maduro.

— Bem, não sei... Estou prestes a passar o verão inteiro com você, sabe. Parece que eu deveria absorver todo esse espaço pessoal antes de você invadi-lo. — Um grunhido ressoa em meu peito. Ela levanta a mão, dando de ombros. — Além disso, você só tem sete lareiras e eu estava meio que esperando por uma só e... — Suas palavras se dissolvem na minha língua enquanto minha boca toma a dela, e eu a levanto, colocando-a no meu colo, abraçando-a contra mim.

— Fica, por favor.

Olivia segura meu rosto entre as mãos, olhos castanhos quentes brilhando ao sol.

— Não quero apressar a mudança em si. Você está no meio da primeira rodada. Quero que se concentre nisso, não em me tirar de casa. E é o fim do ano letivo. Tenho provas e resumos para corrigir. — Ela beija o canto da minha boca, bem onde está virado para baixo. — Mas vou ficar, Carter. Podemos nos preocupar em fazer minha mudança mais tarde ou um pouco de cada vez, quando o tempo permitir. Ok?

— Promete?

— Prometo.

— E posso ficar com você para sempre? Pode começar hoje à noite?

— Eu tenho escolha?

— Não. — Agarro sua cintura, fico de pé e a giro no ar.

— Uau!

Olivia ri, passando os braços em volta do meu pescoço.

— Você está pronto para comer?

Meu estômago entende a pergunta e ronca.

— Sempre.

Eu a carrego para fora da água, onde ela se senta no cobertor que estendemos, bem na margem, e começo a preparar o fogo na cova.

— Sabe — Olivia começa —, fui criada em um lago, mas nunca almocei na margem antes.

— Sério? Meu pai e eu fazíamos isso o tempo todo.

É por isso que estamos aqui... O aniversário do meu pai é esta semana, e ele pegava a semana inteira de folga do trabalho. Ele me tirava da escola por dois dias, depois tirava minha irmã e, então, levava minha mãe para um fim de semana prolongado. Terminávamos no domingo à noite, todos nós, juntos em seu restaurante preferido. Ele passava seu aniversário fazendo as coisas que mais amava com as pessoas que mais amava. Para ele e para mim, depois do hóquei, era isso. Caminhada, pesca e almoço na beira do rio. Mencionei isso para Olivia há uma semana, como era um dos meus dias favoritos todos os anos, como não fazia isso desde que ele faleceu e, na manhã seguinte, ela me ligou para dizer que havia tirado alguns dias de folga.

Eu a amo tanto que dói.

— Sei que não é a mesma coisa, Carter, mas você está... — Ela para, brincando com a ponta do cobertor. E limpa a garganta. — Você está se divertindo?

Meu coração aperta meu peito.

— Estou me divertindo muito aqui com você hoje, Ollie. É como se ele estivesse aqui com a gente.

Olivia sorri.

— Acho que ele está. Sempre.

— Eu também acho.

Começo a fazer o almoço, filetando o salmão que Olivia pescou. Ela queria levar sanduíches para o caso de não pegarmos nada, mas eu não deixei. Estava muito confiante. Ela é quem deveria ser a confiante na pesca.

Coloco os pacotes de papel-alumínio sobre as brasas e recuo, dando uma olhada ao redor. O pequeno acampamento é exatamente como eu me lembro, escondido entre toda a vegetação, arbustos macios e árvores antigas e altas. A luz do sol se infiltra pelos galhos, fazendo o riacho brilhar, e os pássaros cantam sem parar. Está tão imaculado como sempre foi, com exceção dos estranhos equipamentos de acampamento deixados espalhados e esquecidos no chão, como um extintor caído a cerca de três metros da água.

Pego a lata estreita e branca. O rótulo me diz que borrifa água e o medidor diz que ainda tem um pouco de carga.

— Ei, Ollie, olha.

Seguro o recipiente entre as pernas e aponto a mangueira para fora. Quando ela encontra meu olhar, aperto a alça e um jato de água jorra em uma névoa fina enquanto giro meus quadris.

— Parece que estou goz...

— Sim, Carter, sei como é.

Eu me inclino contra o tronco de uma árvore, levantando as sobrancelhas.

— Você quer voltar para o mato? Posso esvaziar minha carga na sua...

— Pelo amor de Deus, Carter. Eu *sei* que seu pai não ensinou isso em suas muitas expedições de pesca.

— Não, não ensinou.

Eu rio, sentando-me ao lado dela no cobertor enquanto anos de memórias voltam, memórias que passei querendo esquecer por tanto tempo. Não tenho ideia do porquê, não quando são tão incríveis.

Coloco um braço em volta de Olivia, que se acomoda ao meu lado. Ela está aquecida sob o sol de maio e cheira a coco e limão, do protetor solar que nos fez usar.

— Ele me ensinou a montar a vara, a dar nós nos anzóis e a colocar as iscas. Ele me ensinou a patinar, a manejar o disco, a lançar. Também me ensinou a amarrar os cadarços, a fazer o jantar favorito da minha mãe para ela não ficar brava comigo quando eu fazia algo errado, a trabalhar muito e a economizar dinheiro. Ele me ensinou a ser um bom filho, um bom irmão e um bom amigo.

— E um bom parceiro — acrescenta Olivia.

— Ele me ensinou a amar. Eu sei amar você tão bem porque o vi amar tão bem minha mãe, amar a mim e a minha irmã tão incondicionalmente. Isso faz de mim um bom parceiro? O quanto eu te amo?

— Hmm. Mas há muitos motivos pelos quais você é um bom parceiro, Carter. Você é muito leal. É paciente e gentil, e a pessoa mais apaixonada que conheço. Nunca desiste e fica muito orgulhoso de mim o tempo todo e isso me ajuda a ter orgulho de mim mesma. Sou uma pessoa mais confiante do que era há seis meses por causa do amor que você me demonstra.

— Eu gosto disso. — Um peso se instala em meu peito, um peso que vem pairando há anos, esperando por uma vulnerabilidade para escapar. Olivia é a minha vulnerabilidade. Por mais forte que eu seja, amá-la também me torna fraco. Nosso amor abre pedaços de mim que eu não sabia que existiam ou talvez pedaços que eu havia guardado. Porque eu faria qualquer coisa por ela, daria qualquer coisa a ela e, agora, quero contar a ela a verdade que tenho evitado. — Mas não tenho certeza se fui o melhor filho. Não para o meu pai.

— O que você quer dizer?

— Não o visito desde o velório, o cemitério onde ele está enterrado.

Olivia passa os dedos pelo meu cabelo.

— Não acho que isso faça de você um mau filho, Carter. Coisas assim podem ser difíceis. Talvez não seja ali que você se sinta próximo a ele. E tudo bem. Você gostaria de ir?

— Sempre pareceu muito difícil, mas talvez... talvez um dia, se você vier comigo. As coisas sempre parecem mais fáceis com você.

Meu sorriso é suave e caloroso, como o dela.

— As coisas difíceis são sempre mais fáceis quando estamos juntos.

Ela está certa. E é exatamente assim que me vejo virando à direita, onde deveria virar à esquerda, duas horas depois.

É assim que me pego segurando o volante enquanto olho para o longo caminho que serpenteia pelo cemitério. A simples ideia de caminhar por ali é assustadora.

Acho que é assim que me pego segurando a mão de Olivia, enquanto ela caminha ao meu lado, e fico imóvel enquanto ela fica ali comigo, olhando para as palavras gravadas em mármore diante de nós.

Theodore "Theo" Beckett

MARIDO AMOROSO E PAI DEVOTO

MELHOR AMIGO

"Lembre-se de mim como eu vivi: cheio de amor, risos e paixão."

Sinto uma dor estranha no peito. Fica apertado e um pouco dolorido, mas não é pesado. E quando Olivia aperta minha mão, quando ela se vira para o meu lado e dá um beijo em meu braço, a dor começa a diminuir.

Não sei quanto tempo ficamos ali em silêncio, mas, quando estou pronto para ir embora, Olivia dá um beijo em meus lábios.

— Só um segundo, Carter. Há algo que quero fazer primeiro.

Ela se aproxima do túmulo do meu pai e, quando se ajoelha diante dele, com a cabeça baixa, minha garganta se contrai. Sua cabeça se levanta depois de um momento, e ela coloca a mão sobre o nome dele antes de se levantar e voltar para mim. Não sei o que dizer, mas ela não me pede para falar, então andamos em silêncio, a mão dela na minha no console do carro.

— Carter — Olivia diz enquanto dirigimos pelo centro da cidade. — Eu odeio fazer isso, mas você se importaria de parar? Preciso usar o banheiro e não tenho certeza se posso esperar.

— Claro, linda. Onde você quer que eu pare?

Ela aponta para o prédio na rua.

— Pode ser no seu apartamento.

— Não podemos entrar lá.

— Mas serei rápida.

— Vendi o apartamento, Ollie.

— O quê? Quando?

— Ah, sabe a primeira vez que fui ver você no trabalho? Na segunda-feira, depois que eu trouxe você para o apartamento? Deixei as chaves para minha corretora de imóveis naquela manhã e pedi a ela que cuidasse disso. Foi vendido no fim de semana.

O apartamento tinha sido um bônus anos atrás, quando renovei o contrato com o Vancouver, após o término do meu contrato inicial. Eu não tinha intenção de ir para outro lugar, mas todo mundo que pudesse me pagar me queria, e o Vancouver queria ter certeza de que eu ficaria, então me ofereceu tudo o que podia. Morei lá apenas uma temporada antes de comprar minha casa e, em vez de vendê-lo, fiquei com ele. Eu queria aquela parte da minha vida separada do restante, as partes mais pessoais de mim. Não estava mentindo quando disse que Olivia foi a primeira mulher que tive na minha cama em casa, e ela será a única.

— Carter...

— Nunca foi minha casa, Ollie. Não sem você.

Minha casa é onde Olivia estiver. Quando estamos deitados na varanda, uma hora depois, de banho recém-tomado e espairecendo pelo resto da tarde, a brisa quente faz cócegas em nossa pele, e é aqui que mais sinto isso. Eu poderia ficar para sempre, desde que seja com ela. Meus dedos dançam pelos ombros de Olivia, rosados e salpicados de pequenas sardas do sol. — Você está tão linda, Ollie.

— Você simplesmente gosta dos meus vestidos de verão.

— Eu *amo* seus vestidos de verão. — O inverno durou para sempre aqui, uma tempestade colossal que Vancouver não via há anos, e espero que nunca mais veja, mas a primavera chegou rugindo como um leão. Abril foi quente e chuvoso, e maio foi um início de verão. Isso significa que Olivia trocou seus suéteres por esses adoráveis vestidos de verão que mostram suas pernas e seus ombros, e eu posso tocá-la o tempo todo, sentindo como sua pele está quente sob meus lábios, ou minha bochecha em seu ombro. — Devíamos nos mudar para San Jose ou Tampa, algum lugar onde sempre faz calor. Você nunca mais terá que usar calças.

— Hmm... E você sabe o que acontece quando não usamos calças, Carter?

— O quê?

Ela sobe em mim, montando em meus quadris, seu vestido amarelo subindo. Ela guia minha mão por sua coxa leitosa, e acho que vou chorar quando encontro aquela poça de calor.

Seus lábios encontram meu queixo.

— Podemos abrir mão da calcinha.

Sem a porra de calcinha...

Ela puxa meu short, abaixando-o, e tremo quando sua mão envolve meu pau. Procuro meu telefone, tirando uma foto enquanto ela me engole.

Recolho seus cachos úmidos em meu punho.

— Caramba, eu te amo.

Porra, você já viu a garota mais linda do mundo sorrir para você com a boca cheia do seu pau? *Caralho, é uma miragem.* Tiro mais uma foto antes de puxar sua cabeça para trás.

— Preciso que você sente em mim, meu bem. Agora.

Ela se pressiona contra mim, balançando, deixando meu pau deslizar através de sua fenda encharcada e, antes que ela possa pegar ritmo, eu a paro.

— Espere. Eu apenas quero dizer... obrigado. Obrigado por hoje, Ollie. Passar o dia fazendo algo que meu pai e eu fazíamos juntos, ir comigo vê-lo... significou muito para mim. Obrigado.

Seu sorriso é terno e um pouco tímido, e ela se senta em minhas coxas.

— Eu estava pensando que talvez no ano que vem poderíamos fazer uma semana inteira para o aniversário do seu pai, como ele sempre fazia, com você, sua irmã e sua mãe. Fazer as coisas que vocês faziam juntos. E Hank também. Poderíamos fazer algo que ele e Ireland adoravam fazer. Talvez fosse uma boa maneira de lembrá-los.

Não sei como a encontrei, mas tenho quase certeza de que foi o destino, da mesma forma como quando entrei no bar onde Hank estava naquela noite.

— Posso te perguntar uma coisa, Ollie? O que você disse? Para o meu pai? Quando você se ajoelhou...

— Obrigada.

— "Obrigada"?

— Agradeci a ele por me trazer outra família, confiando em mim para amar vocês. Agradeci por criar o homem que amo e por trazê-lo para mim. — Sua mão desliza ao longo do meu queixo. — Agradeci a ele por você, Carter.

Meu peito se contrai, minha garganta aperta. Olho para o céu e uma única lágrima escorre pelo meu rosto. Os lábios de Olivia a capturam, parando-a no meio do caminho e, quando ela sussurra o quanto me ama, eu me enterro até o fim na melhor coisa que já foi minha.

— Você vai queimar meu bife se não parar de olhar para mim.

Eu sorrio para Olivia, dirigindo a ela uma piscadela. Ela está recostada em um cobertor na grama, com os pés para cima enquanto lê um livro, os cachos empilhados no topo da cabeça. Não sei como é possível esperar que alguém tire os olhos dela, mas ela é exigente com a carne, e gosto de agradá-la, então eu consigo.

Hoje foi perfeito, um vislumbre do verão que está por vir, quando poderemos passar dias infinitos juntos, e não quero que acabe. Foi uma pausa bem-vinda para aliviar a necessidade constante de ficar ligado no próximo jogo. As pausas são poucas e espaçadas, mas estamos a um jogo de vencer o Winnipeg nas finais amanhã à noite, e consegui surpreender Olivia trazendo seus pais para o jogo duas noites atrás. Tem sido um mês agitado e, com as finais se aproximando e a mudança de Olivia, junho está se tornando ainda mais caótico.

— É o seu telefone? — Olivia chama, virando a cabeça na direção da porta do pátio.

Ouço o toque, fecho a tampa da churrasqueira e corro até a porta. Meu telefone está na bancada da cozinha, e o número é desconhecido.

— Estou falando com Carter? — a voz do outro lado pergunta.

— Sim, Carter.

— Olá, Carter. Sou o dr. Murphy. Sou médico no Hospital Geral de Vancouver. Você está listado como contato de emergência de Hank De Vries.

Os pegadores de churrasco em minhas mãos caem no chão, e mal registro a voz de Olivia me chamando.

— Houve um acidente.

44

TUDO TÃO... BRANCO

CARTER

NÃO GOSTO DO CHEIRO DAQUI. Estéril, como alvejante. O toque cítrico da laranja é bom, acho, refrescante. Mas é... limpo *demais*. Não devia reclamar disso, suponho, mas ultimamente tenho recebido muitos lembretes de que sou difícil de agradar. É frio e abafado, não quente e aconchegante como o apartamento de Hank.

— Tem certeza de que quer morar aqui? É horrível... — Meu olhar perambula pelo lugar. As paredes são austeras, com citações sobre viver a vida ao máximo e ter apenas a idade que você sente ter. — Branco demais.

— A cor das paredes não me incomoda, Carter. Caso você não tenha notado, sou cego como um morcego.

Eu solto uma risada, olhando para o meu amigo. Ele está aproveitando o clima quente e o fato de ter saído do hospital. Também está gostando da mão da minha namorada na dele, e solto um gemido diante da roupa que ele está vestindo: uma camisa xadrez de manga curta em tom pastel, enfiada em uma bermuda cargo bege que chega quase até as costelas, com um chapéu que diz *Fã nº 1 de Carter Beckett*. As meias três quartos até os joelhos são a cereja do bolo, mas Hank insiste que ele deve estar elegante, e Olivia diz que isso é tudo o que importa.

— Você pode ficar conosco mais um pouco até encontrarmos algo melhor — digo, ganhando um olhar penetrante de Sherry, gerente de admissão da Casa Entardecer.

Que merda de nome é esse? Faz parecer que estão todos a meio caminho da morte. Hank sofreu uma queda feia que exigiu uma semana de repouso na cama e monitoramento no hospital, e está me enviando sorrisos furtivos ao ver como Olivia o tem mimado desde que o levamos para a nossa casa. Ele vai viver mais que nós.

O queixo de Hank atinge seu peito com um suspiro estrondoso que faz Dublin pular de preocupação.

— Carter, eu te amo, mas você é o homem mais exigente que já existiu nesta terra.

Olivia faz um péssimo trabalho ao esconder seu riso e eu resmungo baixinho.

— Não sou exigente, só quero o melhor para você. — Aponto na direção de Olivia. — E ser exigente valeu a pena. Tenho a garota mais gostosa do mundo dormindo na minha cama todas as noites.

— Pensei que você não fosse exigente!

— Posso lhe garantir, sr. Beckett — começa Sherry. — Hank será muito bem cuidado aqui. A Casa Entardecer é o estabelecimento de vida assistida com melhor classificação em Vancouver. Ele se deu bem com a equipe durante sua visita na semana passada, até já fez algumas amizades com os moradores. Sua mãe ficou bastante impressionada com as instalações.

Sim, sim. Já ouvi tudo isso. Não tive permissão de vir porque não deixei terminarmos o tour dos três primeiros lugares. Ao que parece, tenho um limite de nove minutos antes de dizer não e expulsar todo mundo do prédio. Minha mãe disse que tomaria a dianteira na busca, e todos concordaram, menos eu. Naturalmente, eles escolheram o próximo lugar da lista. Acho que Hank estava cansado de procurar. Ele pensa que é um fardo imposto a mim e a Olivia.

Ele não é, mas como você impede uma pessoa de pensar isso? Olivia é quem mais cuidou dele enquanto ele se recuperava, pois estive viajando para as últimas rodadas.

As quais ganhamos, aliás. Nos extras. No sétimo jogo. O primeiro jogo das finais da Copa Stanley é amanhã. Tenho toda a intenção de levar para casa aquela taça e fazer Olivia posar nua com ela enquanto tiro uma porrada de fotos.

— Vamos lá, sr. Beckett. — Sherry aponta com a caneta para uma lista de datas. — Este é o nosso cronograma de pagamento. O pagamento é devido no primeiro dia de cada mês. Exigimos cheques pré-datados ou pré-autorização para saque bancário. Qual o senhor prefere?

Percebo o leve tremor nas mãos de Hank e a maneira como ele começa a esfregar as palmas sobre a bermuda. Isso o deixa desconfortável. Mas, pelo amor de Deus, o cara ganha colossais setecentos dólares todos os meses com sua pensão, e acho que as instalações de moradia assistida que estavam na faixa de preço dele infectaram meu MacBook com um vírus quando entrei em seus sites. A decisão era óbvia. Ele é minha família e merece o mundo.

O mínimo que posso fazer é garantir que ele seja cuidado em um lugar agradável.

Acho que a Casa Entardecer é esse lugar.

— Posso fazer um cheque para o ano inteiro e pagar adiantado?

O queixo de Sherry trava e ela pisca cerca de vinte e cinco vezes.

— Isso é... sem precedente. Em geral, o pagamento mensal é nosso padrão, porque nunca podemos garantir... — Ela para, com o olhar deslizando para Hank, e ele sorri.

— Posso estar morto antes do fim do ano, é o que a simpática senhora está tentando dizer, Carter.

— Porra... — Deixo cair minha testa até atingir a mesa de metal branco. — Você é surreal, velho.

Quando termino de assinar toda a papelada e entregar seis cheques pré-datados para o restante do ano, porque ninguém além de mim está acreditando que Hank é imortal, Sherry nos leva ao seu quarto privado. É grande, espaçoso e... branco.

— Podemos pintar?

Olivia enfia o cotovelo na minha cintura. Suspeito que ela estivesse mirando as costelas, mas não consegue chegar tão alto.

Dou um tapinha na parede.

— Que foi? Estou imaginando uma parede com o tema do Vipers, tudo azul e verde, talvez um mural meu com a taça no alto.

— Você tem de ganhar a taça primeiro. — Olivia me dá aquele sorriso irônico que tanto amo.

— Ah, vou ganhar a porra daquela copa. E você sabe como as pessoas comem cereal nela? Eu vou comer sua...

— *Carter!* — Ela bate a mão na minha boca.

Não sei dizer se Sherry está desconfortável ou se divertindo. Hank está se divertindo, como sempre.

— Vocês podem pintar — Sherry diz com cautela, provavelmente com medo do tipo de pintura. — Mas exigimos que pintem de branco ou paguem para que façamos isso no final da estadia.

— Vou te dizer uma coisa, filho. — Hank bate com a mão nas minhas costas, olhando para a parede como se ele pudesse ver o que vejo. — Ganhe aquela taça e deixo você pintar o que quiser na minha parede. Você poderia pintar um campo de margaridas, que nunca vou saber a diferença.

Abro a porta da varanda e saio. Há uma mesinha e algumas cadeiras.

— Olha isso, Hank. É virada para o oeste. Você pode se sentar aqui e apreciar o pôr do sol.

— É uma vista e tanto, não é?

Olivia revira os olhos e sai andando, murmurando algo sobre sermos meninos imaturos que nunca crescerão.

Quando terminamos, Sherry nos leva escada abaixo, esfregando o braço de Hank.

— Bem, Hank, estamos muito entusiasmados por você se juntar a nós na próxima semana. Você parece ter um caráter e tanto, e tem uma família maravilhosa. Achamos que vai se adaptar aqui. — *Ok, talvez ela não seja tão ruim.* Ela afofa as orelhas de Dublin. — E você, lindo. Mal podemos esperar para vir nos visitar!

Hank enrijece por um momento antes de puxar a guia de Dublin e a mão de Olivia, tentando afastar os dois.

— Tudo bem, Sherry. Obrigado, tchau!

— Visitar? — Vou atrás deles, olhando para Sherry. — O que ela quer dizer com visitas? Hank? *Hank!*

Pelo amor de Deus, para um cego com um joelho machucado, o cara com certeza consegue se mover rápido.

— Hank. — Com a mão em seu braço, eu o impeço de entrar no carro. — Sobre o que ela está falando? Dublin vai morar aqui com você, não é?

Olivia me empurra com o quadril, ajudando Hank a entrar na parte de atrás. Ele agradece baixinho, e ela dá um beijo na bochecha dele antes de me pedir para entrar. Não quero, mas entro, porque Olivia me pega pela mão e me leva até o lado do motorista.

— O que está acontecendo? — pergunto, desta vez com um pouco mais de delicadeza.

— Bem. — Hank torce as mãos enquanto Dublin cutuca sua bochecha. — Os cães podem visitar.

— Mas...

— Mas não têm permissão para ficar.

— O *quê*? — Estou gritando de novo. Viro-me no assento, e a mão de Olivia encontra minha coxa. — Que merda, por que não? Você é cego! Precisa dele! Eles não podem fazer isso!

— Ter animais de estimação como residentes permanentes é uma responsabilidade para os lares de idosos — explica Olivia.

— Você sabia disso?

— Sua mãe me avisou. Íamos conversar com você sobre isso esta noite. — Sua expressão diz que ela sente muito por não ter me contado antes. — A apólice do seguro para ter animais de estimação é astronômica, e há algumas pessoas que não gostam...

— Quem não gostaria dessa cara? — Ainda gritando. Também falhando a voz. Dublin está inclinando a cabeça, como se não pudesse acreditar que alguém não gostaria dele. — Hank, você não precisa morar aqui. Encontraremos outro lugar.

— Carter, é bastante comum. Sua mãe investigou isso. E, além disso... — Ele coça a cabeça de Dublin. — Dubs gostou de ter muito espaço e um quintal nas últimas semanas... — Ele sorri tristemente enquanto Dublin deita a cabeça em seu colo. — A verdade é que vou ter muita ajuda na casa de repouso. Não conseguirei me dedicar tanto a ele mais.

— Mas para onde ele vai? — Meu peito dói. Odeio isso.

Hank limpa a garganta.

— Você sabe que odeio lhe pedir coisas, e você já está fazendo muito por mim. Mas Dublin significa muito para mim. E Olivia está se mudando e, bem...

Meus olhos pousam na minha namorada. Ela está com aquele olhar de cachorrinho triste, que se parece muito com o de Dublin.

— Você quer que fiquemos com o Dublin?

— Se não for um problema — Hank esclarece. — E, se for, tudo bem. Sua mãe disse que ficaria feliz em fazer isso. Pensei que talvez vocês quisessem um cachorro, e parece que o amam muito.

— Sim — sussurro. — Eu amo.

Olho para Olivia. Se for ser a casa dela tanto quanto a minha, essa não é uma decisão que eu possa tomar sozinho.

Ela apoia o rosto em um ombro, reprimindo o sorriso.

— Temos uma cama grande o suficiente para um doguinho ou dois.

— Sabem... — Hank ri, bagunçando o pelo de Dublin. — Ele é um cão-guia meio idiota, mas com certeza é um ótimo amigo.

Alcançando o banco de trás, aperto a mão de Hank.

— Dublin sempre terá uma casa com a gente.

— Parece um lar.

As mãos de Hank estão na cintura enquanto ele finge dar uma olhada em seu novo quarto.

Emmett ri, dando um tapinha no ombro dele.

— Você é o melhor, Hank.

Adam se afasta da TV que acabou de colocar sobre a cômoda enquanto Garrett se move com a poltrona reclinável de Hank em seus braços.

— Você vai ouvir o jogo amanhã à noite?

— Está brincando comigo? — Ele se senta na cadeira quando Garrett o leva até lá. — Sexto jogo. Não perderia por nada no mundo. Eu nem desligarei a TV quando vocês estiverem perdendo. — Ele ergue um dedo. — Mas é melhor vencerem e empatarem esta série. Levem a taça para casa no sétimo jogo e vençam em sua cidade natal.

— Esse é o plano. Você vai se sentar atrás do banco com Ollie, minha mãe e minha irmã.

Seus olhos brilham.

— E Kara? Eu amo aquela mulher agressiva.

— Minha mulher agressiva estará lá. — Emmett suspira. — Provavelmente seja a mais barulhenta da arena inteira.

Assim que os rapazes saem, Hank, Dublin e eu relaxamos na varanda. Está um lindo dia em Vancouver, céu azul e luz do sol e, de alguma forma, fica mil vezes mais bonito quando Olivia entra pela porta com um sorriso que ilumina meu interior.

— Eu trouxe o almoço — ela exclama, desempacotando uma grande salada grega e alguns wraps de pita. Ela vasculha a mochila, tirando três garrafas. — E chá gelado!

— Meu favorito — diz Hank.

— Chega pra lá — digo a ele. — Sei que você só quer paquerar minha namorada.

Ele ri enquanto Olivia coloca o pão na frente dele.

— Você é um anjo. — Pressiono meus lábios nos dela. — Quanto tempo você tem?

— Só vinte minutos, se eu quiser voltar a tempo para a minha próxima aula.

— Acho que a verdadeira questão é se você quer ou não...

Arqueio as sobrancelhas, como um convite para ela abandonar a aula.

— Só mais uma semana e meia.

— E, aí, terei você só para mim o verão todo.

— Odeio te dizer isso, filho — diz Hank —, mas você precisa compartilhá-la com o resto de nós.

— Não preciso fazer merda nenhuma. Tenho que compartilhar minha namorada com um monte de adolescentes excitados o ano todo. Já faço a minha parte.

Hank sorri, os olhos brilhando sob o sol.

— Não posso acreditar que vocês dois vão morar oficialmente juntos em questão de dias. Estou tão feliz que se encontraram. — Ele coloca a mão em cima da de Olivia quando ela lhe dá um aperto. — Você está triste por se despedir de sua casa?

Ela pensa por um momento, mastigando. Seus olhos encontram os meus e ela sorri, balançando a cabeça com entusiasmo.

— Honestamente, não. Eu pensei que ficaria, sim, mas a verdade é que nunca me senti como se estivesse em um lar. Mal posso esperar para dividir uma casa com Carter. — Ela pisca para mim. — Mas, principalmente, mal posso esperar para ter sete lareiras.

— Hmmm. — Alcanço-a por baixo da mesa, enfio a mão por baixo de sua saia e acaricio sua coxa. — Continue falando, pequena Ollie.

Continuo no caminho, mas paro e faço uma careta quando não consigo chegar aonde estou indo.

— Que porra é essa?

Ela se afasta, mostrando-me suas pernas tonificadas sob a saia verde-exército que está usando.

— Um short-saia.

— Um o quê? Que porra é essa?

— Uma engenhoca para merdinhas excitados como você. — Ela ri para si mesma, alisando o tecido. — Uma saia com short por baixo. Perfeito para dar aulas de ginástica no verão.

— Não gostei. — Não é facilmente acessível. — Tire.

— Tenho certeza de que os meninos adorariam. — Ela me testa com uma sobrancelha arqueada.

Porra.

— Não. Pode ficar vestida.

Hank suspira.

— Nunca me senti mais cego que agora.

Olivia come apenas metade do pão, então, quando termino os dois, devoro o resto do dela.

Ela tira as sandálias e mexe os dedos dos pés antes de pressionar o pé descalço contra o meu.

— Seus pés são enormes.

— Seus pés são de bebê — respondo.

Suas sobrancelhas se abaixam, um rosto carrancudo atrevido e nada impressionado em pleno vigor.

— Você sabe o que dizem sobre pés grandes? — sussurro, beijando o canto da boca dela.

— Ego gigante.

— Pau gigante — Hank e eu dizemos juntos, ganhando um suspiro indignado da minha adorável senhora.

— Honestamente. — Olivia se levanta, juntando o lixo enquanto balança a cabeça. — É bizarro que vocês dois não sejam realmente parentes.

— É provável que seus filhos saiam como ele — complementa Hank.

— Ótimo. Mal posso esperar. — Ela verifica o relógio, suspirando. — Preciso ir.

— Eu acompanho você — ofereço. — Quer dar um passeio, Hank? O rio fica do outro lado do parque, na mesma rua.

Ele acena com a cabeça e Dublin corre para o seu lado quando ele se levanta. Lá fora, Olivia se senta no banco da frente da caminhonete com facilidade. Ela dominou essa técnica nos últimos meses.

— Sabe, para alguém que lutou tanto para dirigir essa coisa, você com certeza parece adorar. — Faço uma demonstração de olhar ao redor. — Não vejo neve alguma.

Ela pega o volante, abraçando-o contra o corpo.

— Eu me acostumei com o poder que advém de ser tão alta. Amo esse carro, não o tire de mim...

Eu nunca faria isso, é claro. Ela me deixou transar com ela no banco de trás algumas noites atrás. Dirigi por alguns minutos até o cinema drive-in só para ter uma desculpa para fazer isso.

— Nem sonharia com isso. — Seguro seu queixo entre minhas mãos, beijando seus lábios perfeitos três vezes. — Vejo você em casa, chuchu.

Hank sorri, os olhos brilhando sob o sol.

Meu amigo fica quieto enquanto caminhamos, e é por isso que sei que ele quer dizer algo. Hank prova que estou certo no segundo em que sua bunda bate no banco na beira do rio.

— Sabe, eu sempre soube que havia alguém para você, mas não poderia ter sonhado com um par mais perfeito que aquela garota lá atrás. Você é muito carinhoso com Ollie.

— Eu a amo. — Pode ser minha única desculpa, mas é uma boa desculpa. Ela me ajudou a me tornar uma pessoa da qual tenho certeza de que meu pai ficaria orgulhoso. Não sei se teria encontrado essa versão de mim se ela nunca tivesse entrado no meu mundo e me testado.

— Sei que sim. Não há nada mais óbvio neste mundo que o quanto vocês dois se amam. — Ele passa a mão pela boca. — Então, quando você vai pedi-la em casamento?

Olho para a água cristalina, para a forma como ela brilha por causa do sol. A brisa a faz ondular, correndo lenta e silenciosamente rio abaixo.

— Em breve.

Hank estala a língua.

— O verdadeiro amor não espera por nada e, com certeza, não segue um cronograma.

Meus dentes encontram meu lábio inferior e reprimo a vontade de mordê-lo.

— Nunca pensei em casamento antes de Olivia.

— Mas você está pensando agora. Com ela.

Sim. O tempo todo.

— Não consigo imaginar meu mundo sem ela.

— Isso parece *muito em breve* para mim, filho.

Muito em breve.

45

OREO PROIBIDO, TRAIÇÃO E VITÓRIA

OLIVIA

— Você acha que eles vão ganhar amanhã, professora Parker?

Brad se encosta na porta do depósito, observando-me carregar o equipamento da aula. Seria ótimo se ele ajudasse, mas ficar olhando enquanto fala sempre foi seu jeitinho de ser, então não posso imaginar que ele mudaria agora, no final do ensino médio.

Na próxima semana são os exames finais, então já cumprimos todo o conteúdo. Na maior parte do tempo, jogamos basquete e nos sentamos nas arquibancadas enquanto conversamos sobre nada além de hóquei.

— Acho que sim. — Carter está motivado. Em casa, só conversamos sobre Hank e hóquei, além da minha mudança para lá. Não sei onde ele encontra tempo, mas, nos dias em que está na cidade, chego em casa do trabalho e descubro que esteve na minha casa, trouxe outra caixa com as minhas coisas para a casa dele. *Nossa casa...* — Nunca vi os meninos tão focados.

É estranho, como se eu estivesse vivendo algo sobrenatural. Nas noites de folga, o time fica reunido no porão, assistindo a vídeos dos jogos anteriores, conversando sobre onde erraram e como podem melhorar. Não há álcool nem junk food, e há poucas risadas.

É a falta de comer porcarias que mais me incomoda. Carter não come Oreo desde meados de maio. Estamos a uma semana e meia de julho. Ele me pegou escondendo um pouco na minha bolsa ontem de manhã, e a expressão em seu rosto dizia: *traição total.*

— Acho que vão vencer. — Brad se afasta da parede, pegando bolas do chão e jogando-as na cesta. — Os caras e eu vamos assistir ao jogo do lado de fora da arena na sexta-feira, se chegarem ao sétimo jogo. Eles estão montando as telas. Vamos colocar bebida em nossas bermudas.

— Não me diga isso, Brad. — *Com certeza eu faria o mesmo se tivesse dezoito anos.* — Além disso, os bolsos são o primeiro lugar onde a segurança vai procurar.

— Obrigado, professora Parker. — Brad ri, fechando a porta para mim. Ele até se abaixa no chão para encaixar a trava no lugar.

Enxugo uma lágrima inexistente do meu olho.

— Você finalmente está crescendo?

Ele me segue até a minha sala.

— Me desculpe por termos enchido o seu saco este ano.

— Tudo muito divertido. Nada que eu não tenha superado.

Brad mantém a porta do estacionamento aberta.

— Só para que saiba, você foi a melhor professora que já tive. Você nos tratou como pessoas reais, não como um bando de crianças que tinha que aturar todos os dias em troca de um salário. Você tornou a escola divertida. — Ele me faz uma saudação. — Obrigado, professora Parker.

Se eu não fosse emotiva demais às vezes, meu nariz não estaria formigando como se eu quisesse chorar. Limpando a garganta, carrego a caminhonete de Carter que adotei extraoficialmente, sorrindo pela quarta vez ao ver o bilhete que ele enfiou no porta-copos em algum momento entre a noite passada e esta manhã. Definitivamente, não é apropriado para o trabalho, então preciso desdobrá-lo dezessete vezes antes de chegar à parte boa.

Vou te comer como se você fosse o último Oreo do pacote quando chegar em casa.

Não é por isso que estou correndo para casa, mas porque ele vai embora hoje à noite para a concentração do jogo de amanhã, e quero passar o tempo que for possível juntos. Cartes tem estado estressado esta semana, preocupado com a mudança de Hank e com as finais. Eles perderam ontem à noite, e ele foi muito duro consigo mesmo. Já estiveram nas finais uma vez, no primeiro ano de Carter como capitão, e ele se culpa pela derrota, dizendo que era inexperiente demais para ser o líder de que precisavam.

— Lindaaaa — Carter chama da sala no segundo em que atravesso a porta, com Dublin junto a mim, lambendo os dedos dos meus pés enquanto tiro as sandálias.

Encontro-o esparramado no sofá, com os braços para cima, estendendo as mãos para mim.

— Posso ajudar?

— Sim. Você pode se posicionar bem... — Ele aponta agressivamente para a protuberância no short — ... aqui. — E aponta para o próprio rosto. — Aqui também seria aceitável.

— Garoto safado. — Subo nele. Independentemente do pedido, seus braços me envolvem, puxando-me para o lado e prendendo meu corpo ao dele. Passo os dedos pelos seus cabelos e pelas suas costas. — Você está nervoso? — Ele balança a cabeça, jogando uma perna em volta das minhas, forçando-as entre as dele.

— Eu gostaria que você pudesse vir. Vou precisar de você se perdermos. Você vai ficar acordada para conversar comigo depois?

— Estou sempre a apenas um telefonema de distância.

Puxando sua cabeça para trás, beijo seus lábios. Ele tem estado mais necessitado que o normal ultimamente, o que parece quase impossível. Embora tenha uma tendência dominadora, não passa, na verdade, de um grande ursinho de pelúcia fofo. Mas o estresse de tudo o que está acontecendo e todas as suas responsabilidades estão pesando sobre ele, e posso ver o quanto Carter precisa dessa próxima pausa.

— Adam vem me buscar para irmos ao aeroporto em uma hora, e só quero ficar juntinho de você.

— Ótimo. — Deslizo minha mão entre nós e dou um tapinha em sua barriga, quando ele escolhe esse momento para roncar. — Mas devíamos trazer um pouco de comida aqui antes que você fique com fome.

Preparo um refogado rápido enquanto Carter me conta como foi instalar Hank em sua nova casa. Ele chorou ao se despedir de Dublin, o que me emociona. Ainda mais quando olho para Dublin, deitado aos pés de Carter na ilha da cozinha. Mas Carter jura que Hank parece feliz, e isso é tudo o que importa. Faremos o nosso melhor para garantir que Hank e Dublin ainda passem muito tempo juntos, e estou feliz que ele esteja a apenas dez minutos de carro.

Carter está comendo sua segunda porção quando me faz uma pergunta, olhando para o prato. Na verdade, são várias perguntas, vomitadas rapidamente, o que, em geral, eu faço, não ele.

— Você quer se casar? Que tipo de casamento você quer? Grande? Pequeno? Bolo de chocolate ou baunilha? — Ele faz um barulho, como se não pudesse acreditar que perguntou isso. — Essa é uma pergunta estúpida. — Ele gira a mão, colocando a palma voltada para cima, no ar. — Chocolate, obviamente. Talvez decorado com aqueles Oreos pequenos. Ou com Oreos grandes. Com recheio duplo.

Ele levanta a cabeça para me olhar somente depois que o silêncio se estende entre nós por uns bons dez segundos. É um silêncio lento também, hesitante, um pouco nervoso, e vejo seu rosto e seu pescoço corarem, o que também é mais típico em mim que nele.

O silêncio é quebrado quando ele me oferece um sorriso torto e vacilante, e começo a rir, dobrando-me sobre o balcão, porque que merda está acontecendo agora? Seja o que for, ele parece igualmente aterrorizado e adorável.

— Essa é a sua maneira de me pedir em casamento?

— O quê? — Sua cabeça balança furiosamente. — Não.

— Ah. — Recupero o fôlego e supero minha emoção momentânea. — Bom. — Eu sabia que ele não estava. Obviamente. É muito cedo. Com os dentes pressionados em seu lábio inferior, Carter me lança um sorriso tortuoso e diabólico enquanto lentamente se levanta, contornando a ilha para parar na minha frente. Ele enrola um cacho perdido em volta do dedo indicador antes de colocá-lo atrás da minha orelha, abrindo caminho pelo meu pescoço e pela clavícula.

— Você não me conhece? Preciso de plateia. De público. Preciso envergonhar você pra caralho. — Seus dedos cavam meus quadris enquanto ele me empurra contra a bancada de pedra fria. — Quando eu te pedir em casamento, todo mundo na porra do mundo vai saber, e você vai ficar ali, com seu lindo rosto enterrado em suas mãozinhas, porque com certeza não vou ser discreto, e você vai falar, tipo: *Carterrr, pare com isso. Você está me envergonhandoooo.*

— Eu não falo assim. — É tudo o que posso dizer agora. Seus lábios tocam o canto da minha boca, meu queixo, minha orelha.

— Você fala exatamente assim.

Seus dedos puxam meu cabelo, esticando meu pescoço.

— Um dia, vou pedir você em casamento. Você vai dizer sim, porque essa é a única resposta aceitável; "não" não é uma opção. — Ele morde meu lábio inferior, sua mão dançando pelo meu braço, fazendo-me arrepiar. — E, então, vou me casar com você na frente da nossa família e dos nossos amigos, e você será a Sra. Beckett, e vou te foder com tanta força naquela noite que você sentirá na garganta pelo resto da vida.

— *Jeremy!*

O grito de Kara assusta todos nós. Alannah joga a tigela de pipoca em seu colo, Dublin corre para limpá-la e Kristin quase derrama sua taça inteira de vinho em Jem, que está brincando a seus pés. Nunca vi Jeremy parecer mais aterrorizado que agora, com os olhos arregalados e o corpo imóvel.

— É uma dobra simples de quarenta e cinco graus! Quarenta e cinco graus! Uma criança poderia fazer isso!

— Eu posso, Kara — diz Alannah com confiança, estufando o peito.

— Sim, claro, Alannah. — Kara estende o braço, levantando uma sobrancelha para Jeremy. — Viu? Sua filha consegue. — Seus olhos se arregalam quando Alannah pega a cartolina. — Espere! Não. Você está com os dedos sujos da manteiga da pipoca. Não vai funcionar.

Kara olha ao redor da sala enquanto Alannah franze a testa, olhando para as mãos.

— Jennie. — Ela estala os dedos. — Você tem dedos delicados e ágeis. Só Deus sabe como, porque seu irmão tem dedos de salsicha. Você é que vai fazer.

— Ah, que bom — Jennie murmura, plantando-se no chão ao redor da mesa de café e pegando uma pilha de cartolina. — Exatamente o que eu esperava.

Kara estreita os olhos e Jennie dirige a ela aquele sorriso característico dos Beckett, todo charmoso e covarde. Funciona com todos, até com Kara.

Minha melhor amiga esteve gritando a noite toda. Ela achou que faria *mais sentido* trabalharmos em suas lembrancinhas de casamento enquanto assistíamos ao jogo. Ela foi a única que achou uma boa ideia, mas todos estavam com muito medo de dizer isso na cara dela. Pelo menos só temos que trabalhar entre os períodos; ela está muito ocupada gritando para a TV o resto do tempo. Alannah, Jem e Hank são os únicos que tiveram a sorte de ficar de fora. E acho que agora Jeremy.

Faltam onze dias para o casamento de Kara e Emmett, dois domingos, um dia antes do Dia do Canadá. Kara já está nervosa e atingiu um nível totalmente novo nas últimas semanas. Ela ficou aqui ontem à noite depois que os meninos partiram para Nova York e insistiu em dormir comigo. Ficou muito feliz em tirar uma foto sua na cama de Carter e enviá-la para ele.

Ela também foi trabalhar comigo hoje. Diz que não consegue realizar nenhum trabalho para o casamento enquanto estiver em casa, pois precisa de uma pessoa como apoio emocional ao seu lado para que possa realmente trabalhar. Então ela se sentou no chão do ginásio enquanto as crianças a ajudavam com os números das mesas. Estou exausta.

— Kara, se eu ainda fosse jovem e bonito, me casaria com você eu mesmo.

Hank acha Kara a pessoa mais engraçada do mundo.

— Você ainda é bonito — Kara ressalta. — E ri de todas as minhas piadas inapropriadas. Faríamos um ótimo casal. Mas eu sempre viria em segundo lugar, depois de Ireland, e é aí que reside o problema. — Kara nunca fica em segundo lugar.

Jennie suspira, os olhos arregalados para a pilha de cartolina na frente dela.

— Quantos mais destes temos que fazer?

— Acho divertido — diz Holly, a mãe de Carter. — Adoro fazer esse tipo de coisa. Talvez eu consiga fazer outras lembrancinhas em breve, para o casamento de um dos meus filhos. — Seus olhos fazem um movimento flagrante em minha direção, fazendo Jennie e Kara bufar.

— Eu não vou ajudar com a porra de nada quando você e Carter se casarem — Jeremy resmunga, com os braços presos sobre o peito. — Já foi ruim o bastante na porra do meu casamento.

Alannah fica de pé, enfiando o dedo na cara dele.

— Dois dólares no pote de palavrões! Pague, amigo! — Ela pega o dinheiro das mãos relutantes de Jeremy, então se planta entre Hank e Dublin. — Mamãe disse que eu posso ficar com todo o dinheiro desta vez. Estou ganhando muito porque ele fica mais estressado com os jogos de hóquei. O que devo comprar?

Hank bate no queixo.

— Que tal irmos comer cheeseburgers e sundaes?

Seu rosto se ilumina.

— Com calda quente?

— Calda quente *extra*.

A preparação para o casamento é esquecida quando começa o terceiro período, e Kara passa dos gritos ao silêncio, o que é muito mais assustador. Ela está sentada no sofá, com um joelho no chão, as unhas na boca enquanto olha para a tela. Eles estão empatados com dois gols cada, faltando apenas três minutos para o fim do jogo.

É quando Emmett tromba com dois jogadores do outro time e seu taco escorrega entre uma das pernas que as coisas esquentam. O árbitro apita, indicando que Emmett tropeçou de propósito, embora tenha sido claramente não intencional.

— *Mas que merda é essa!* — Kara grita, ficando de pé. — Foi a porra de um acidente! Vá pra casa, juiz, você está bêbado! — Ela tira uma nota de vinte do bolso de trás e coloca na mão de Alannah, sem olhar para ela. — Fique com o troco como crédito.

Estou muito nervosa para prestar atenção em qualquer outra coisa que não seja o jogo. É ganhar ou morrer: vença e vá para o sétimo jogo, tenha assim mais uma chance de ganhar a copa, ou perca e vá para casa. E agora eles têm de cumprir uma penalidade de dois minutos faltando menos de dois minutos e meio para o fim do jogo.

Carter está ocupado discutindo com o árbitro quando seu treinador pede um tempo. Ele muda as linhas, enviando alguns caras enormes que conseguem manter o disco longe da rede enquanto o time adversário circula incansavelmente em nossa ponta, e, faltando cinquenta segundos para o fim do jogo, Carter e Garrett voltam para o gelo.

Carter está gritando ordens, abrindo caminho entre os jogadores, lutando pelo disco e, quando se liberta, manda o disco através do gelo para Garrett, que o captura, gira em torno de outro jogador e o devolve para Carter, que o recebe logo antes de entrar na linha defensiva.

A penalidade de Emmett termina com dezesseis segundos restantes no relógio. Ele irrompe pela porta, gritando por Carter, que gira em torno de um defensor, o disco se movendo tão rapida, tão fluidamente na lâmina de seu taco, que mal consigo vê-lo. Sem sequer olhar para Emmett, ele desliza o disco para trás e para a esquerda.

Emmett para quando o disco é arremessado em sua direção e, no segundo em que atinge seu taco, ele voa pelo ar.

Gritos horripilantes abafam tudo ao meu redor quando a campainha fica vermelha e o Vancouver Vipers inunda o gelo, caindo em uma grande pilha azul e verde.

Eles ganharam. Voltarão para casa e vão disputar o título.

46

FAÇA O QUE QUISER

OLIVIA

A VELOCIDADE COM QUE CORRO do trabalho para casa na quinta-feira para ver Carter é constrangedora. Tropeço nos próprios pés ao entrar em casa, chamando seu nome.

Abaixo-me para fazer carinho em Dublin enquanto ele lambe meu rosto e ainda estou chamando Carter enquanto ando pela casa.

Ele não está. Sua mala na cama me diz que já esteve em casa em algum momento, e há uma única rosa sobre meu travesseiro, ao lado de um pequeno pacote de Oreo com cobertura de chocolate e decorado com mini M&Ms. Um pedaço de papel está ao lado das guloseimas.

Ganhando ou perdendo amanhã, não terei que passar uma única noite longe de você nos próximos três meses, e nada me deixa mais feliz. Te amo pra caralho.

Guardo o bilhete na mesinha de cabeceira com todos os outros que ele escreve para mim. Meu celular vibra no bolso enquanto desço com a minha rosa e meus biscoitos.

> **Homem mais sexy do mundo:** oi, princesa. desculpa, não tô em casa. *emoji triste* o treinador nos mandou fazer umas filmagens. levo o jantar pra gente. te amo *emoji de beijo* *emoji de língua*

Precisando me manter ocupada, coloco Dublin na coleira e o levo para uma caminhada antes de nos aconchegarmos no sofá com as reprises de *The Office*. Dublin dorme de imediato, cansado do passeio, e não demoro muito para adormecer também.

Acordo com alguém brincando com meus dedos, mal registrando Dublin pulando do sofá. Piscando para despertar, encontro Carter se levantando. Ele está sorrindo para mim, chupando um Ring Pop, a porra de um pirulito em forma de anel.

— Pensei que não estivesse comendo besteira.

As palavras saem meio atordoadas, enquanto tento me sentar. Quero pular em seus braços, mas meu corpo não coopera. Carter e eu ficamos no FaceTime até bem depois da meia-noite, assim como Kara e Emmett — em outro quarto, por um bom motivo — e então tive que lidar com Kara no trabalho o dia todo hoje. *Cansada* nem começa a descrever como estou me sentindo. Meu único consolo é que ela dormirá em sua casa hoje.

— É uma celebração. É o fim de semana em que esta casa se torna oficialmente a casa da nossa família. E é o fim de semana em que vou ganhar a taça.

Há tanta alegria em sua expressão, uma excitação sem fim dançando em seus olhos, e isso só estimula minha própria felicidade.

— Honestamente, não posso dizer com o que você está mais animado.

Meus braços voam acima da cabeça com meu bocejo e noto o peso em minha mão esquerda.

— Você vai ficar comigo. Para sempre.

Ouço as palavras e sou grata por elas. Mas estou muito ocupada olhando para o anel de doce vermelho preso no meu dedo anelar.

— Por que estou com um anel de doce no dedo?

Ele chupa o próprio anel.

— Só quero fingir que você é minha.

— Eu sou sua.

Já não resolvemos isso?

— Por toda a eternidade, quero dizer. — Carter pega minha mão, traçando minhas unhas antes de deslizar até o anel. Seus brilhantes olhos verdes encontram os meus, vivos e radiantes. — Isso é temporário, até que eu substitua por um que você não possa comer.

— Hmmm...

Eu paro, porque simplesmente não consigo. Já conversamos sobre casamento, mas isso parece... demais. Não consigo explicar, e minha boca concorda, por isso minha mandíbula abre e fecha várias vezes.

— Você fica muito fofa quando está sem palavras. — Ele me pega em seus braços e começa a subir a escada. — Agora vamos. Preciso te mostrar o quanto senti sua falta, e meu pau precisa se aninhar dentro de você.

CARTER JÁ SAIU PARA A PATINAÇÃO matinal quando eu acordo. Ele mal dormiu na noite passada, suas mãos passaram a maior parte da noite vagando ansiosamente pelo meu corpo. Jurei que podia ouvir seu nervosismo palpável para o jogo desta noite tomando conta dele.

Foi só às duas, quando me virei em seus braços, passei os dedos pelos seus cabelos e pelas suas costas, que ele finalmente adormeceu. Embora eu só tenha dormido cinco horas e, em geral, precise de oito para funcionar, estou me sentindo excepcionalmente animada esta manhã. Tinha um dia de folga para tirar antes do final do ano letivo e claro que escolhi tirá-lo hoje. Isso também significa que não tenho mais nenhuma sexta-feira útil, já que as provas só irão até quinta-feira da próxima semana. Mais quatro dias úteis e estarei em casa, livre.

Dublin e eu saímos para aproveitar o sol enquanto tomo meu café da manhã e, quando Carter entra pela porta, estou no caminho para ver Kara pela segunda vez esta manhã e conversar sobre a roupa que ela usará no jogo.

— Parte de mim quer ser supersexy para Emme e apenas usar uma de suas camisas e salto alto, mas fico preocupada que faça frio na arena. E, além disso, é inapropriado? É enorme, então cobre minha bunda.

— Inapropriado — murmuro, enquanto Carter vem atrás de mim, abraçando-me pela cintura e beijando meu pescoço. Ele dá um tapinha no peito e Dublin dá um pulo, Carter o pega nos braços, carregando-o como se fosse um bebê, em vez de um cachorro de trinta e cinco quilos.

— Você não é legal. — Posso ouvir o beicinho de Kara pelo telefone.

— Sou muito legal, mas não tenho vontade de mostrar acidentalmente a nenhuma pessoa ou câmera minha bunda nem minha vagina.

Os olhos de Carter se estreitam quando ele sussurra *só para mim*. Seu rosto se ilumina como uma máquina caça-níqueis quando coloco seu café da manhã em um prato, e ele, de alguma forma, consegue se sentar em um banquinho, manter o cachorro no colo e devorar a refeição, tudo isso enquanto cantarola alegremente.

— Aposto que Carter gostaria que você vestisse apenas a camisa dele.

Carter ronrona de satisfação enquanto mastiga sua torrada.

— Somente em nossa casa.

— Ouçam vocês dois — Kara zomba. — *Nossa* casa. Adorável. Veja, Liv, desde o início eu disse *Esse Carter Beckett é um partidão*. Eu sabia que vocês seriam o casal perfeito.

— Não é bem assim que me lembro daquela conversa. Na verdade, lembro-me claramente de você me dar uma chave de braço e gritar *não!* para mim. — Dou um tapinha no peito de Carter quando ele faz beicinho.

— Tudo bem. Demorou um pouco, mas chegamos aonde precisávamos, não foi?

Carter puxa o telefone da minha mão.

— Ok, Kara, Liv precisa ir agora. Vejo você hoje à noite.

— Mas eu tenho que conversar com ela sobre o meu casamento!

Eu a ouço gritar, mas Carter encerra a ligação e desliga meu telefone. Seus braços me envolvem, puxando-me para perto.

— Você acha que ela será um pesadelo para o nosso casamento também?

— Acho que vou entregar as rédeas e deixá-la fazer o que quiser. Será mais fácil que brigar com ela.

— Hmm. — Com as mãos nos bolsos do meu short, Carter me vira de um lado para o outro. — Boa ideia. Gostamos de manter Kara na gaiola.

Suspirando, eu me aconchego em seu peito.

— Alguém já a libertou, o que é assustador.

Carter ri, um som gutural que aquece meu corpo. Suas mãos deslizam sobre meus quadris, mergulhando sob a borda da minha camisa, subindo pelos meus lados.

— Adorei que você tenha tirado folga hoje para me dar boa sorte com sexo antes do jogo.

— Não foi por isso que tirei folga hoje, Carter.

— *Shh, shh, shh* — ele sussurra, colocando-me na bancada e erguendo minha camisa até a barriga. Eu levanto meus braços para deixá-lo tirar, e seus olhos brilham quando ele me observa. — Sexo de boa sorte.

E deu boa sorte mesmo, porque Carter marca o primeiro gol do jogo já aos quatro minutos do primeiro tempo. No meio do terceiro, o Vipers está vencendo por três a dois, Kara está perdendo a cabeça, Hank disse repetidamente que está feliz por ser cego, porque está nervoso demais para assistir, e Holly está quase arrancando punhados de seu cabelo. Palavras não são mais possíveis para mim. Sinto que vou vomitar de tanto nervosismo, e Jennie está recostada em sua cadeira, comendo alcaçuz como se não se importasse com o mundo.

Até que alguém derruba Carter, bem quando ele está com a cabeça baixa e os olhos focados no disco. Felizmente, ele se livra e se levanta, mas Jennie não aceita.

Ela fica de pé, jogando o doce para mim enquanto bate as palmas das mãos no acrílico.

— Joga esse filho da puta no banco de penalidade! Volta pra Nova York! Nós jogamos hóquei de verdade aqui, seu idiota!

Adam deixa cair a cabeça na rede, os ombros tremendo de tanto rir. Emmett dá um tapa na mureta e grita, incentivando Jennie. Garrett olha para ela com um pequeno meio-sorriso enquanto se arrasta pelo banco.

Carter recebe uma rápida olhada de seu treinador para ter certeza de que está tudo bem. Depois de receber autorização, ele me dá uma piscadela, encontrando uma maneira de fazer esguichar água na boca parecer a coisa mais sexy do mundo.

— Sim, você senta aí! — Jennie grita com o infrator enquanto ele se dirige para o banco de penalidade. — Fique bem e confortável aí, idiota, porque essa é a sua casa pelos próximos cinco minutos!

Ela cai de volta em seu assento, arrancando o doce da minha mão e me dirigindo um sorriso deslumbrante e vago.

— Tenho um pouco do meu irmão mais velho enterrado em algum lugar lá no fundo.

— Sim, certamente consigo ver isso.

O goleiro do Rangers está fora de si esta noite, e consegue parar todos os lances contra si nos próximos cinco minutos. Com a penalidade encerrada e faltando apenas alguns minutos para o final do jogo, ainda estamos ganhando por um.

Até que não estamos mais. Faltando trinta segundos, há uma batalha pelo disco atrás da rede. A cabeça de Adam gira descontroladamente, tentando acompanhá-lo, quando outro jogador entra, rouba o disco e desliza-o bem perto de seu pé.

O jogo está empatado. Vamos para os acréscimos.

Adam está em ruínas quando o período termina, e Carter passa um braço em volta de seus ombros enquanto eles caminham pelo túnel dos jogadores para uma pausa rápida e se reagruparem. Quinze minutos depois, com o gelo pronto e o baque surdo da música que aumenta minha ansiedade, ouço a voz estrondosa de Carter.

Todos que estão perto o suficiente se reúnem para ouvir, e a equipe alinha-se na parede enquanto Carter anda pelo túnel, apontando o taco, batendo palmas nos capacetes e motivando seus companheiros.

— Chegamos longe demais para deixar isso escapar. A transformação que fizemos desde o primeiro dia até aqui é inacreditável. Nunca estive tão orgulhoso de um time antes e, deixem-me dizer uma coisa, este é um time do caralho!

— *Caramba* — eu acidentalmente murmuro em voz alta.

O calor corre através de mim e mal resisto à vontade de abanar o rosto.

— Nunca me senti tão atraída por Carter em minha vida — Kara respira.

— Vou deixá-lo fazer o que quiser comigo esta noite, literalmente. — Minha intenção era pensar isso, e não dizer em voz alta, e deve ser por isso que Jennie me dá um soco nas costelas. — Desculpa.

Olho para Holly, que dá de ombros.

— Estou contando os dias até me tornar avó. Pode ficar à vontade.

Tudo bem, então.

A voz de Carter fica mais alta, e fico cada vez mais quente.

— Nós podemos fazer isso! É isso! Este é o time! A porra do meu time! Meus meninos! Eu amo essa porra de time, então vão lá e vamos trazer a porra dessa taça para casa! Vamos, caras!

O túnel entra em erupção quando Carter os conduz para o gelo, batendo em cada um de seus traseiros. A torcida fica feroz quando o time da casa entra no gelo para a prorrogação na final da Copa Stanley.

Carter acena para mim antes de pisar no gelo. Ele dá um tapinha na bochecha.

— Beijo de boa sorte.

— Ai, amor. — Vou até ele e seguro seu rosto em minhas mãos. — Você não precisa de sorte. — Beijo seus lábios, depois a bochecha. — Agora leve seu doce traseiro para lá e arrase!

Seu sorriso torto é elétrico, revelando suas covinhas. Ele pisca e, antes de pisar no gelo, ele me diz as palavras que me disse há tantos meses.

— Vou marcar um gol para você.

Carter é uma força imparável quando está motivado. Aliás, o homem é o ser humano mais implacável que já conheci. "Não" não é uma opção para ele. Se ele quiser, encontra a maneira de fazer as coisas acontecerem.

É por isso que ele sai correndo como um raio, correndo pelo gelo depois que o disco é solto. Olha por cima do ombro em busca de seus companheiros de linha enquanto se move com fluidez pelo gelo, mas eles não estão com ele.

— É você! — Emmett grita por trás.

A arena inteira está de pé.

Garrett corre pela direita, seguindo-o.

— Deixa voar!

E a multidão fica em silêncio.

Meu coração está na garganta quando vejo Carter passar sem esforço por um defensor e depois girar em torno do outro. Holly está segurando minha mão com tanta força que as pontas dos meus dedos estão dormentes. Kara e Jennie estão com os rostos pressionados contra o acrílico, e o de Hank está com o dele enterrado nas mãos, para qual propósito não tenho certeza.

Carter termina seu giro com habilidade, levantando um pé do chão, e percebe o atacante que está voando em sua direção, pronto para mandá-lo direto para as tábuas. Mas Carter parece estranhamente calmo.

Ele tira o disco do gelo na lâmina de seu taco enquanto se esquiva para a esquerda, vira no meio do caminho e o chuta por cima do ombro do goleiro.

A arena vira um zoológico. Todos estamos chorando, até mesmo Hank, e Carter é derrubado no chão enquanto sua equipe inteira se amontoa em cima dele. Adam desliza pelo gelo, jogando seu bastão, sua luva e o protetor bucal para o lado enquanto termina o montinho, pulando em cima de todos.

Não consigo parar de chorar. Eu me arrependo de ter deixado Kara fazer minha maquiagem. Limpo minhas bochechas e meus dedos saem manchados de preto.

Kara está chorando. *Chorando.*

— Vou deixar aquele homem colocar um bebê em mim no próximo fim de semana — ela soluça, batendo no acrílico. — Eu te amo, Emmy! Eu amo você e seu pau grande e mágico, amor!

Nós os observamos estender o tapete enquanto as duas equipes se alinham. A taça da Copa Stanley é colocada sobre uma mesa enquanto outro silêncio cai sobre a arena, apenas gritos e assobios ecoando, ricocheteando nos tetos altos. Em uma reviravolta, Carter entrega o troféu ao jogador mais valioso.

— Cada cara desta equipe é inestimável — ele começa falando ao microfone. — Cada um deles. Mas não estaríamos onde estamos agora se não fosse por este cara aqui. — Ele aponta para Adam, que tropeça para trás em estado de choque antes que os outros o empurrem para a frente. — Senhoras e senhores, de pé pelo melhor goleiro do mundo!

— Courtney se ferrou, hein?! Perdeu um grande homem — Jennie observa.

Kara bate palmas.

— Sem dúvida.

Quando o Vipers fica sozinho no gelo, cabe ao capitão segurar a taça primeiro.

Carter pega o troféu enorme e brilhante, mas faz uma pausa, com as mãos suspensas no ar.

Seu olhar encontra o meu, e ele desliza pelo gelo até mim. Abre a porta do túnel, gesticulando para mim, e minhas bochechas queimam. Esta é a sua conquista. Não quero tirar nada dele.

Mesmo assim, vou até ele, porque sempre irei.

— Parabéns, meu amor — sussurro, sorrindo para ele e enxugando minhas lágrimas.

Ele aponta um dedo para mim.

— Vem cá. — Ele segura meu queixo em sua mão. — Obrigado.

— Pelo quê?

— Por me fazer sentir que tudo está ao meu alcance, desde que eu me esforce. Isso tudo é incrível. Tudo com que sonhei quando criança. Mas é você quem completa meu mundo. — Ele toca seus lábios nos meus. — Eu te amo.

Com uma piscadela e um sorriso, Carter volta para o gelo. Meu coração explode no peito quando ele levanta a taça acima da cabeça, soltando um grito selvagem e desenfreado que toda a arena ecoa.

47
A GRAVATA DE OLIVIA

CARTER

— AH. MERDA. PORRA. MERDA, MERDA, merda.

Abro uma pálpebra sonolenta e a fecho assim que o sol tenta abrir um buraco no meu globo ocular.

— Linda?

Passando o braço sobre o colchão, registro o vazio.

Ainda está quente, como se ela tivesse estado aqui há pouco, e ainda posso ouvi-la, mas onde ela está?

— *Lindaaa* — chamo de novo, grosso e rouco. — Volta para a cama.

Os pés batem nos azulejos, e Olivia ainda está cuspindo todos aqueles palavrões, o que lembra estranhamente a maneira como acordei no dia de Ano-Novo.

— Pare com isso — choramingo, enterrando meu rosto no travesseiro. — Não gosto disso. Isso me lembra da manhã em que você me deixou.

— Carter — ela grita, e ouço o assento do vaso sanitário bater. — Eu não estou... — Suas palavras morrem com um ofego de ânsia, mas não ouço nada, e, quando rio, ela começa a gritar. — Você está falando sério... — *Ofegando.* — Está rindo de mim? — *Ofego de ânsia de novo.*

Caio de costas, passando a mão pelo cabelo. Minha boca está seca, minha cabeça lateja e, embora eu me sinta uma merda, acho que nunca estive tão feliz.

— Você precisa aprender a lidar melhor com o álcool, pequena Ollie.

— *Eu tenho um metro e cinquenta e cinco de altura!* — ela grita, depois se levanta. — E bebi tanto quanto você!

— Certo. Você poderia aprender uma ou duas coisas comigo.

— Eu te odeio — ela soluça no banheiro.

— Você me ama pra caralho, princesa.

Ela não me agracia com uma resposta. Em vez disso, o assento do vaso sanitário bate novamente e a água gira. O vapor sai do banheiro e finalmente me sento.

Tudo dói. O sol está muito forte, e parece haver uma pedra de dez quilos rolando na minha cabeça, batendo contra meu crânio a cada movimento minúsculo. De acordo com meu telefone, são apenas sete e trinta e sete da manhã. Chegamos em casa depois das quatro, o que significa que dormimos pouco mais de três horas.

Enterro meu rosto nas mãos e gemo. Olivia e eu convidamos o time para almoçar, familiares e amigos também, mas ontem ficamos até tarde no centro da cidade, comemorando.

— *Ollieee*. — Coço meu torso e empunho a base do meu pau enquanto caminho em direção ao banheiro. — Estou dolorido, meu bem. Eu me sentiria bem melhor se você chupasse meu...

Cruzo os lábios na boca para parar de rir quando abro a porta embaçada do chuveiro em busca da minha namorada.

Encontro Olivia no chão, os joelhos puxados contra o peito, os cachos encharcados grudados no rosto e nas costas. Tenho quase certeza de que ela está chorando, com base na vermelhidão de seus olhos, mas não dá para ter certeza, por causa da água que cai do chuveiro.

— Ah, chuchu. O que foi?

Seus grandes olhos castanhos encontram os meus e sua boca se abre em um gemido quando entro no chuveiro e a tomo nos braços.

— *Preciso de nuggets de frango!*

— Ah, MERDA. SIM, BEM AÍ, linda. Mais forte.

— Que merda está acontecendo aí? — Ouço Jeremy gritar no hall de entrada. — Ouviram a porta da frente abrir, certo? Sabem que estou aqui?

Levanto meu rosto do tapete da sala.

— Talvez você devesse bater em vez de simplesmente entrar!

Olivia ri, os pequenos calcanhares cravando-se nos músculos abaixo das minhas omoplatas. Enterro meu rosto no tapete e solto um gemido gutural.

— Já vamos! Já estou indo! Jem, não! Volte! *Proteja seus olhos, amiguinho!*

O pequeno Jem chega cambaleando com suas pernas gordinhas. Recentemente, ele começou a andar, embora se mova como um adulto minúsculo e bêbado. É hilário e fofo. Seu rosto se ilumina quando ele vê sua tia empoleirada nas minhas costas e começa a correr muito vacilante, mergulhando direto na minha bunda, que ele abraça em seu rosto.

Olivia ri e salta, pegando-o no colo.

— Oi, Jemmy — ela murmura, levantando a camisa do Vipers e beijando sua barriga antes de colocá-lo no meu peito quando me deito com as costas no chão. Ele me dá um beijo desleixado antes de eu jogá-lo no ar e pegá-lo em meus braços. Ele cheira tão bem, como bebê limpinho e protetor solar com aroma de coco.

Jeremy entra cautelosamente na sala de estar, protegendo os olhos, o que o leva a bater a canela na mesa de centro e cair com uma série de palavrões. Naturalmente, Alannah irrompe pela porta da frente neste momento, declarando que ele lhe deve cinco dólares.

Quando seu olhar nos encontra, Jeremy suspira.

— Oh! Graças a Deus. Vocês estão vestidos.

— Eu estava andando nas costas dele. — Olivia dá um tapa no cotovelo dele antes de se abraçarem.

— Por quê?

— Ah, não sei. — Eu fico de pé com Jem em meus braços. — Talvez porque dei uma surra na noite passada e ganhei a Copa Stanley. — Estou aprendendo a não usar palavrões perto de crianças. Às vezes tenho sucesso...

— Sim, você ganhou! — Alannah grita, correndo para dentro da sala. Eu a pego pela cintura com um braço quando ela pula em mim. Eu amo essas crianças. — Este foi o melhor jogo de todos os tempos, Carter. Chorei! Sério, eu chorei!

— Sério, ela chorou — Jeremy repete com outra longa expiração. — Ela estava histérica.

Alannah faz uma careta enquanto me abraça.

— Você chorou como um bebê, papai.

— Não chorei, não. — Eu poderia acreditar nele se não fosse pela expressão em seu rosto quando seu olhar pousa sobre a taça reluzente sobre a mesa da cozinha. Suas mãos trêmulas cobrem seu rosto. — Ai. Meu. Deus. É a... é a...

Ele choraminga, e eu sorrio.

Coloco Jem dentro da taça e ele ri, batendo palmas.

— Ai, meu Deus! — Kristin entra na sala caminhando, mas corre para a cozinha. — Fotos! Preciso de fotos! Ela joga um braço em volta de mim, puxando-me para perto enquanto tira o telefone da bolsa. — Parabéns,

Carter. Você foi fantástico. Você merece isso. — Ela estala os dedos para Jem, tentando chamar sua atenção. — Olhe para a mamãe, Jemmy! Você consegue dizer *taça*? Taça! Taça, Jemmy!

Ele com certeza não está dizendo *taça*, apenas balbuciando, mas parece muito feliz, sorrindo para a mãe durante todas as trezentas fotos que ela tira em quinze segundos.

Jem olha para mim com olhos azuis brilhantes, estendendo as mãozinhas.

— Cah-Cah.

Kristin leva a mão à boca.

— Ai. Ele disse seu nome.

— Ele não fez isso — Jeremy resmunga, estendendo a mão para Jem.

Jem franze a testa e grunhe, saindo do alcance do pai, estendendo as mãos para mim.

— *Cah-Cah!*

Eu poderia tentar tirar o sorriso de merda do meu rosto se pudesse, mas não parece que consigo. Pego Jem, acariciando meu rosto contra o dele enquanto olho seu pai bem nos olhos.

— Ele definitivamente disse meu nome. Acho que é mais uma coisa que ganhei nesta vida, né, Jeremy?

Jeremy coloca uma nota de dez dólares na mão de Alannah antes de abrir a boca e liberar a famosa fúria da família Parker.

— Carter. — A cabeça de Olivia cai no meu ombro enquanto ela choraminga. — Não tenho certeza se conseguirei aguentar o resto do jantar. Preciso ir para a cama.

Seus olhos estão fazendo aquela coisa atordoada e brilhante, acompanhando cada movimento lentamente. Ela está com o sorriso bêbado permanente estampado no rosto, e as bochechas ficaram rosadas durante a maior parte do dia. Preciso levá-la para casa e colocá-la na cama, mas com certeza não posso dirigir, então estou confiando no meu motorista para levar Olivia, Kara e algumas outras garotas para casa esta noite.

Estamos bebendo desde o meio-dia. Embora todos pareçamos chiques, ocupando mais da metade deste restaurante sofisticado, a maioria de nós está a caminho da incoerência, alguns lidando muito mal com a falta de sono. Olivia, por exemplo.

Pressiono meus lábios em seu cabelo. Cheira tão bem, a bolo de banana fresquinho e, em vez dos cachos que, em geral, caem em suas costas, está elegante e alisado, quase tocando sua cintura. Quero levá-la para o banheiro, enrolar aquele cabelo escuro em volta do meu punho, empurrá-la sobre a pia e transar com ela até que todos neste restaurante saibam como ela geme quando goza no meu pau.

— Mas eu te dei nuggets. — Meus lábios tocam sua orelha. — E orgasmos no banho.

Seu lábio inferior desliza entre os dentes.

— *Três* orgasmos no banho.

Envolvendo meu braço em volta de sua cintura, eu a puxo para perto. Além de bolo de banana, ela cheira às doses de tequila que Kara sempre a convence a tomar. Ela é tão facilmente provocada que não é nem engraçado.

Não, espere. É engraçado pra caralho.

— Você quer que eu te leve embora para que eu possa te foder em todos os cômodos da nossa casa?

O advogado passou em casa esta manhã, depois dos orgasmos, para pegar as chaves de Olivia, e amanhã o novo proprietário se muda. Isso a torna oficialmente minha, e minha casa, a dela. Então, *nossa casa*.

Seus dedos caminham lentamente pela minha gravata.

— Muitos cômodos...

— Parece um desafio para mim. E você sabe como me sinto em relação a desafios.

Olivia passa a língua pelo lábio inferior enquanto enrola a seda preta em volta do punho e levanta uma sobrancelha sugestiva.

— Gosto desta gravata, Sr. Beckett.

Minha espada de trovão salta em minhas calças.

— Você quer, não é? Vamos para casa, para que eu possa mostrar para que mais gosto de usá-lo. — Coloco minha mão sobre a dela quando ela a arrasta por baixo da mesa e pousa sobre a minha protuberância. — Continue assim e eu amarrarei essas mãos também.

— Que porra vocês dois estão fazendo aí? — Kara bebe outra dose de tequila na frente de Olivia antes de afundar no assento à sua frente.

Adam suspira, passando os dedos pelos cabelos:

— Fazendo-me sentir supersolteiro.

— Concordo. — Garrett aponta para onde nossas mãos desaparecem.

— Há um monte de mãos onde não podemos ver.

— Ô, Ursão... — Kara empurra seu cabelo loiro para trás. — Você ganhou a Copa Stanley ontem à noite. Quando nós, meninas, formos embora, você provavelmente terá seis mãos diferentes no colo.

Seu rosto se inunda de calor.

— É uma noite de rapazes.

Kara bufa.

— Sim, ok. — Ela levanta o copo. — Vamos, Livvie.

Olivia leva o dela à boca, cheira e estremece por todo o corpo.

— Não. Não vai acontecer. Eu já parei. — Com o álcool, pelo menos, porque todo o seu rosto se ilumina quando a garçonete coloca um prato de bife e lagosta na sua frente. — *Ah, bebê. Vem para a mamãe.*

Quando o jantar termina, fujo para o banheiro antes que as meninas saiam. É um daqueles novos banheiros para todos os gêneros. Eu gosto disso. Estão muito mais bem equipados agora, com toalhas de mão macias e sabonete espumoso que cheira a biscoitos frescos e faz minha pele parecer seda.

Meu telefone toca no bolso. É minha irmã com uma foto de Dublin dormindo de costas, patas para cima e língua de fora. Ao lado dele está minha mãe, também desmaiada. Eles estão no chão da sala da casa da minha mãe, o que parece razoável. Quem precisa de um sofá quando você tem um piso perfeitamente bom?

Rindo, desligo a tela e coloco-a sobre a bancada antes de ir ao banheiro e me aliviar com um suspiro. Estou lavando as mãos pela segunda vez, porque o sabonete é muito cheiroso, quando a maçaneta da porta gira.

— Só um segundo — digo, secando as mãos.

— Todos os banheiros estão cheios — grita uma voz. — Por favor, é uma emergência.

Abro a porta, e uma loira cai em cima de mim, com uma mão no meu peito. Ela está com o outro punho enrolado firmemente em um absorvente interno, então saio do caminho, algo que meu pai me ensinou quando minha irmã fez treze anos. Graças a Deus, porque provou ser extremamente útil com Olivia. Não sei se você sabe disso, mas aquela garota às vezes tem uma personalidade forte, apesar de ser minúscula como uma boneca.

Quando encontro as garotas no saguão, Kara diz que Jason já está lá com a limusine. Ela sai pela porta, os braços entrelaçados com algumas das outras garotas, como uma espécie de corrente impenetrável.

Aperto Olivia contra mim, choramingando.

— Carter, você não precisa se sentir mal por passar uma noite longe de mim. Temos todo o verão para nos cansarmos um do outro.

— O resto das nossas vidas, você quer dizer. — Enterro minhas palavras em seu pescoço.

— Tenho o resto da minha vida para irritar e amar você, e você tem o resto da sua vida para me aturar.

— Hmm. Você tem sorte de eu tolerar você tão bem.

— Muita sorte.

Olivia fica na ponta dos pés, beijando minha bochecha.

— Só preciso correr para o banheiro.

Eu sorrio com a maneira como ela dança até o banheiro, mas me lamurio abertamente ao ver a loira alta que começa a caminhar até mim no segundo em que Olivia desaparece. É a mesma que irrompeu pela porta do banheiro há alguns minutos. Ela parece muito mais bem composta que antes, e me pego pensando que a emergência do absorvente talvez tenha sido um golpe.

— Toda vez — murmuro para mim mesmo. — Juro.

— O quê? — Ela para na minha frente, passando a língua pelos dentes enquanto me olha. *Golpe* do absorvente, definitivamente.

Suspiro, sacudindo o cabelo.

— Eu estava dizendo para mim mesmo que isso acontece toda vez que minha namorada vai ao banheiro.

— Bem, talvez ela não devesse deixar um homem tão bonito quanto você parado aqui sozinho. — Ela se aproxima de mim, pegando minha gravata, e retribuo com um pequeno golpe de pseudojudô antes de recuar.

É a gravata da Olivia.

— Ela está indo embora?

Sério, por que ela ainda está falando comigo? E onde está Olivia? Ela não pode mais ir ao banheiro em locais públicos.

— Talvez possamos ir a algum lugar privado para conversar enquanto ela estiver fora.

Estou prestes a mandá-la se foder quando Olivia passa por ela e se acomoda ao meu lado.

— Ele vai recusar desta vez, mas obrigada pela oferta. — O sorriso de Olivia é falsamente açucarado. Eu amo. — Se você espera ser feliz em um relacionamento, sugiro que comece desistindo de ir atrás de homens felizes. Não está funcionando para você, está? Ela olha para mim. — Carter, você quer ir a algum lugar privado para conversar com ela?

— Porra, não.

— E por que não, amor?

— Porque já tenho a única mulher de que preciso.

Ela sorri para mim, colocando a mão no meu pescoço enquanto traz minha boca até a dela.

— Isso responde à sua pergunta? — ela pergunta à loira, mas não lhe dá chance de responder.

Em vez disso, seus dedos entrelaçam-se nos meus e ela me puxa em direção à porta.

Não acho que seja possível ficar mais chocado do que já estou, mas, então, ela me empurra contra os tijolos do prédio na calçada e puxa meu rosto para o dela. Sua língua é dominante, seu toque é possessivo, e aproveito cada segundo disso.

A janela da limusine que está esperando se abre, e Kara coloca a cabeça para fora.

— Vamos, porra! *Jay-Jay* vai nos levar no drive-thru do Mc! Batatinhas e McFlurries, querida!

Olivia se afasta, sem fôlego, e tira o cabelo da testa.

— Divirta-se, cuide-se e eu te amo. — Ela me beija mais uma vez, dá um tapinha amoroso no meu pau através das minhas calças e desaparece dentro da limusine.

Estou atordoado quando volto para dentro, meio bêbado, mas, sobretudo, feliz pra caralho. Mal posso esperar para fazer daquela mulher minha noiva e depois minha esposa.

— Ela é irritantemente possessiva. — Eu me viro e encontro a loira encostada no bar. Ela pega sua taça de vinho, agitando o líquido vermelho, e dá um passo à frente. — Podemos conversar agora que estamos sozinhos?

— Mas que merda. Não! Você ouviu minha namorada.

— Talvez eu consiga fazer você mudar de ideia — ela ronrona baixinho.

— Não pode, na verdade. Ninguém vai mudar minha opinião sobre aquela garota. Eu nunca faria nada para magoá-la.

— Tem certeza disso, Carter? — ouço uma voz familiar atrás de mim.

Lentamente, eu me viro. Meu estômago embrulha quando meu olhar pousa na ruiva sorrindo para mim.

— Que porra você está fazendo aqui, Courtney? Adam não quer ver você.

— É um país livre. Posso ir aonde eu quiser. — Courtney dá de ombros e tira algo da bolsa pendurada em seu ombro. — Acho que você perdeu isso em algum momento esta noite.

Meus olhos caem sobre o objeto preto e elegante que ela gira em sua mão antes de estendê-lo para mim na palma da mão.

— Que tipo de amiga eu seria se não devolvesse algo tão valioso, Carter?

48
DANÇA LENTA NO INCÊNDIO

OLIVIA

São quatro da manhã, e esta é a terceira vez que acordo. Há um sentimento de desconforto dentro de mim que fica cada vez maior, embora eu não consiga explicar por quê.

Não tive notícias de Carter. Sim, ele saiu com o time, mas nunca ficou tanto tempo sem dizer uma palavra. Mesmo quando ele sabe que estou dormindo, muitas vezes acordo com várias mensagens dizendo o quanto ele me ama ou o que fará comigo quando chegar em casa.

Mas esta noite? Nada.

Deve ser um medo irracional da minha parte. Eles ganharam a taça. Estão comemorando; eles merecem.

Mas algo parece errado, então não me aguento e ligo para ele. Quando cai diretamente na caixa postal, a sensação de aperto no estômago aumenta muito.

Deitada na cama, abraço seu travesseiro contra mim. Tem o cheiro dele, cítrico e fresco com um toque amadeirado, mas não me ajuda a voltar a dormir. Quando a ansiedade surge, tenho dificuldade em me lembrar de como respirar direito.

Quando meu telefone toca, vinte minutos depois, pulo na beirada da cama.

— Liv? — A voz de Kara é baixa, mas ouço um leve tom diferente.

— O que é? Está tudo bem?

— Está... sim, está. Está tudo bem. Emme acabou de chegar em casa. Ele estava se perguntando... Carter está aí?

— Ele ainda não chegou em casa. Eles não saíram juntos?

Há divagações abafadas, como Kara cobrindo o telefone.

— Emmett disse que Carter voltou para a mesa depois que saímos, pegou o paletó e saiu sem dizer uma palavra. Ele não... ele não voltou mais.

Emmett imaginou que ele tivesse ido para sua casa, mas ligaram para ele a noite toda e...

— O telefone dele está desligado. — Respiro as palavras que queimam como ácido. — Não consigo falar com ele. — Jogando as pernas para fora da cama, seguro minha barriga e me inclino para a frente. Há um torno em volta do meu coração, apertando com força, e sinto que vou vomitar. Não consigo acalmar meus pensamentos rápido o suficiente para dizer a mim mesma que Carter está bem, que está tudo bem. — E se... e se ele sofreu um acidente? E se estiver ferido? — Esfrego meu peito, tentando aliviar a dor.

— Tenho certeza de que ele está bem — Kara insiste de modo doce. São as vozes ao fundo que murmuram ansiosamente, perguntando-se onde está seu amigo, seu capitão. — Você quer que eu espere com você?

— Não, eu estou... estou bem. — A mentira tem um gosto azedo, como se não combinasse com meu estômago. — Ele está bem. Vou mandar uma mensagem para você quando ele chegar em casa.

Passo a hora seguinte andando pelo quarto, sentada na varanda, mexendo no celular sem rumo, esperando uma mensagem de texto, um recado que nunca chega.

Pouco depois das cinco da manhã, sou marcada na primeira série de fotos de uma conta de fofoca popular.

A primeira é de mim e Carter nos beijando do lado de fora do restaurante. Na segunda, Carter está por trás. Está escuro, mas as pessoas agarradas a cada um de seus braços são inconfundivelmente femininas, uma com longos cabelos ruivos, a outra loira. Eles estão entrando em um prédio.

Um hotel.

A legenda?

O campeão da Copa Stanley, Carter Beckett, não resiste às marias-rinque após a vitória.
Beckett, visto aqui com a namorada, a professora do ensino médio Olivia Parker, apenas uma hora antes de desaparecer dentro de um hotel com duas mulheres!

As fotos continuam... fotos intermináveis, todas de ângulos diferentes, e meu coração se despedaça quando vejo os rostos das lindas mulheres em seus braços.

A loira do lado de fora do banheiro do restaurante.

E Courtney.

As legendas, de alguma forma, pioram. Há fotos antigas de Courtney e Carter, especulações de que Carter é a razão pela qual Courtney e Adam terminaram, que ele esteve me traindo com ela o tempo todo. Que sou a jovem e ingênua professora — e mãe solteira de dois filhos, pelo jeito — que caiu em seu charme, apesar dos sinais de alerta. Que Carter me enganou.

Meu celular toca, o rosto de Kara na minha tela, mas não é dela que preciso agora.

Preciso de Carter. Porque isso não está certo. Não pode estar certo. Este não é Carter, não é o homem que está tão obsessivamente apaixonado, que me trata como sua rainha. Não o homem que me levou para sua casa e fala constantemente sobre casamento, bebês e felizes para sempre.

Tem de haver uma explicação, algo que eles não saibam. Algo que nenhum de nós saiba.

São sete e dezesseis da manhã quando ouço o bip do alarme da porta da frente.

Saio voando do quarto e desço as escadas quando Carter entra em casa. Noto seu olhar abatido, a dor óbvia que está pesando em suas costas, mas não paro até que meu corpo colida com o dele. Eu o abraço o mais forte que posso, precisando senti-lo, saber que ele está bem.

Seu corpo largo enrijece ao meu toque antes de afundar em mim, uma mão no meu cabelo, a outra na parte inferior das costas, pressionando-me mais perto, segurando-me com mais força.

Tento forçar seu olhar para o meu, mas isso não acontece.

— Você está bem? Está machucado?

— Eu te amo. — A maneira como ele sussurra minhas três palavras favoritas, cheias de mágoas, como se não tivessem sido pronunciadas para eu ouvir.

Ou talvez tenham sido.

Pela última vez..

— Carter. — Olho para o seu rosto, a barba por fazer, a linha forte de sua mandíbula áspera. — Olhe para mim, amor.

Ele não olha. Não move um músculo, exceto pelo tique quase imperceptível em sua mandíbula, a veia pulsando na lateral de seu pescoço.

— *Carter*. Olhe para mim.

— Não consigo — ele sussurra, as palavras fracas, quebradas. Algo molhado cai, respingando em meus antebraços, e coloco a mão entre nós, segurando seu rosto em minhas mãos.

Algo dentro de mim ultrapassa o ponto de ser doloroso. Meu corpo toma a decisão de se mover, de recuar, colocando distância entre nós, mesmo que meu coração esteja me dizendo para aguentar.

— Você foi para um quarto com elas?

Silêncio.

— Carter. Responda. Você foi para um quarto com elas? Você subiu?

— Sim — ele resmunga.

Minha mão voa para a boca, na tentativa de conter meu suspiro. Não funciona.

— O que aconteceu? O que aconteceu, Carter? — Imploro por uma resposta, mas ele não me dá nenhuma. — Você não me traiu, Carter. Você não faria isso.

A cabeça de Carter se levanta e, pela primeira vez desde que chegou, ele olha para mim. Seus olhos injetados de sangue, com bordas vermelhas e brilhantes, nadando com dor, penetrando em mim. Ele dá meio passo à frente, estendendo a mão para mim, mas faz uma pausa. Seu olhar cai sobre seu braço estendido, depois de volta para mim, que me encolho longe dele.

— Eu... eu... Olivia.

Meu nome é um choro em seus lábios, um apelo ou talvez um pedido de desculpas. Não tenho certeza.

Mas o próximo som que sai da minha boca é um soluço distorcido e estrangulado que deixa seus olhos verdes selvagens, e ele enfim dá aquele passo em minha direção.

— Não — grito, afastando-me dele.

Meu peito arfa como se estivesse quebrando, abrindo-se, e não consigo respirar direito. Coloco a palma da mão sobre o coração, desejando que a dor pare, mas não acontece. Não sei o que fazer e, quando Carter sussurra as próximas palavras, tudo dentro de mim parece estilhaçado.

— Eu sinto muito.

Lágrimas caem de nossos rostos.

— Não. — Balanço minha cabeça. — Não.

Isso não é real. Este não é Carter.

— Linda.

Ele se move cautelosamente em minha direção.

— *Não.* — Eu retiro minhas mãos. Mal consigo ver através das lágrimas enquanto olho para ele, o homem a quem dei tudo de mim, o amor que mudou minha vida. — Eu confiei em você.

— Eu... eu... eu não... Olivia, eu só... — Carter para, apoiando o rosto nas mãos e murmurando um *caralho* que quase não ouço. — O que há de errado comigo? Não sei como... não sei... Está arruinado, Ollie.

Subindo as escadas correndo, pego minha mala no armário e a encho o mais rápido que posso com o que couber. Indo para o banheiro, varro minhas coisas do balcão e as coloco na mala, e Carter está atrás de mim, tremendo, frenético.

— Não, não, não — ele diz, seguindo cada movimento meu. — Não, Ollie, você não pode. Não pode.

Ele desce as escadas atrás de mim, parecendo que está prestes a ter um ataque cardíaco enquanto calço as sandálias. É assim que estou me sentindo, de qualquer maneira. Como se meu coração nunca mais fosse funcionar direito.

Carter me segue até a garagem e a única palavra que ele parece ser capaz de dizer é *não*, enquanto me observa tirar a chave de sua caminhonete do chaveiro e pegar as chaves do meu carro. Não dirijo essa coisa há quatro meses. Só tenho certeza de que ainda funcionará porque Carter o liga uma vez por semana para evitar que a bateria arreie. Tão atencioso, sempre.

Então por quê? *Por quê?*

Não posso ficar aqui para descobrir a resposta a essa pergunta, já que ele parece decidido a não se comunicar comigo. Pressiono o botão para abrir a garagem e Carter torna-se feroz, batendo a porta do meu carro no segundo em que abro.

— Não! Não vou deixar você ir!

Tento empurrar a porta contra ele. Estou soluçando, tornando minhas próximas palavras fracas e gaguejadas, mesmo que eu esteja gritando.

— Você não pode me dizer o que fazer! Você não está no comando! Depositei toda a minha confiança em você! Toda, Carter! — Engasgo com um soluço, enterrando o rosto nas mãos enquanto choro. — E você nem tem a decência de me contar o que aconteceu. Não está me respondendo! Fale comigo! — imploro, agarrando sua camisa. — Por favor, Carter!

Seus olhos saltam entre os meus, mãos fortes segurando meus punhos.

— Eu... eu... eu... não posso. Não sei como.

Ele abaixa a cabeça de vergonha, derrotado.

O fim deveria ser mais fácil que o começo. Porque não era assim que deveria ser. Ou talvez seja exatamente como sempre esteve destinado a terminar.

Neste momento, sou levada de volta à noite em que Carter me convenceu a dançar com ele, a noite em que percebi que estava me apaixonando por um homem por quem não deveria me apaixonar.

E penso exatamente a mesma coisa que pensei naquela época: estávamos dançando lentamente em meio a um incêndio.

Isso é tudo o que temos feito. Fingindo que o inevitável não aconteceria. Que tudo isso não iria pegar fogo, mais dia, menos dia.

Mas pegou. Esta vida que construímos juntos, o futuro em que tanto apostei, o para sempre no qual tive tanta certeza. Foi mergulhado em gasolina, incendiado.

Meu coração nunca mais será o mesmo depois de Carter Beckett.

Ele se afasta do carro, permitindo-me abrir a porta.

Jogo minha mala dentro antes de entrar.

— Eu te amo. — Suas palavras saem quebradiças, sem vida. — Eu te amo, Ollie.

— Sabe, eu nunca tinha duvidado disso até agora.

Verdade seja dita, ainda há uma parte desesperada e sádica de mim que acredita nele ou pelo menos quer acreditar. Porque não creio que exista uma pessoa que ame do jeito que ele me ama, inabalável, por completo, apaixonado e obsessivo.

E, ainda assim, cá estamos. Foi isso o que me manteve com medo e distanciada por muito tempo, mas ele passou os últimos seis meses transformando todas aquelas noções preconcebidas em pó.

Eu o encaro com os olhos turvos.

— Eu nunca vou deixar de te amar, mesmo que você tenha partido meu coração de forma irreversível.

Não sei se isso me torna fraca ou corajosa. Só sei que, mesmo que eu saia da garagem, é a última coisa que quero fazer.

Vejo Carter cair aos pedaços na garagem enquanto eu desmorono, e tudo parece tão completamente errado, tão devastador.

Não sei para onde estou indo. Não tenho casa, e a pessoa de quem preciso mais que tudo, a única que pode tirar tudo isso, a dor, o sofrimento, é, justamente, quem os provocou.

O horário de visita só começa às oito, então espero no estacionamento e choro um pouco mais, até ter certeza de que não poderei me recompor nunca mais. Quando atravesso a porta do quarto, encontro o homem que procuro sentado em sua varanda, parecendo quase tão derrotado quanto eu.

Ele levanta a cabeça, os olhos azuis nublados procurando por seu visitante.

O que sobrou do meu coração desmorona enquanto exclamo seu nome.

— Hank!

— Olivia. — Ele se levanta, abrindo bem os braços. — Venha aqui, querida.

49
PARA SEMPRE NA ESTRADA

CARTER

Para sempre é um conceito engraçado.

As pessoas falam sobre isso o tempo todo. É a única coisa que elas querem, viver para sempre a vida com que sempre sonharam, com as pessoas que elas não conseguem imaginar perder.

Mas nada dura para sempre, não é? Passamos nossos dias esperando que chegue aquele momento que queremos que dure, aquela pessoa que nunca queremos abandonar e, quando a temos, agarramo-nos a ela. Seguramos com tanta força, dizemos que ela é nossa para sempre, que nunca desistiremos.

O problema é que nem sempre depende de nós. Os momentos são passageiros e as pessoas também. Às vezes, essas coisas seguem seu curso; levantam-se e vão embora de boa vontade. E, às vezes, são roubadas de você, arrancadas de suas mãos enquanto você se agarra como se fosse uma questão de vida ou morte.

Doze horas atrás, eu tinha o meu para sempre. Tinha tudo com que sempre sonhei. Porra, até me convenci de que ainda tinha meu pai, bem ali dentro de mim, onde Olivia me disse que ele sempre estaria.

E, agora, não tenho nada.

A taça da Copa Stanley está na minha mesa, ocupando espaço. Um lembrete de algo que não mereço, algo sem sentido. Passei toda a minha vida trabalhando para isso, dizendo a mim mesmo que era tudo o que eu queria. Mas eu estava errado, não estava?

Porque Olivia é o meu sonho, e tudo isso não significa nada sem ela.

Não preciso nem ver as matérias. Eu estava lá quando as câmeras estavam na nossa cara, iluminando a noite ao nosso redor. Sei o que parece, o que *deveria* parecer. E sei que fiquei ali na frente da mulher que amo e não deixei seus medos de lado. Não lhe dei a verdade pela qual ela implorou. Mas prefiro destruir a minha reputação a magoá-la. As palavras não saíam, presas na minha língua, na minha garganta, porque a última coisa que eu queria era ser a pessoa que a decepcionaria, que a machucaria.

Mas não sei como resolver isso, a merda dessa tempestade, e é aí que reside o problema. Como posso abrir a boca e ser honesto com ela quando não tenho todas as respostas?

Algo não está funcionando dentro de mim, uma conexão que foi cortada, só de pensar em uma vida sem a minha melhor amiga. Minhas mãos não param de tremer, meu coração dispara. A cada momento que passo olhando para o meu telefone, o fluxo de mensagens, telefonemas de todos, exceto da única pessoa de quem quero ouvir, tudo fica pior.

Porque este celular... *esta merda de celular* é a ruína da minha existência agora e odeio isso.

Olho para a tela, para o rosto sorridente de Olivia com o Oreo na mão. Ela é tudo, minha garota, e não há como eu amá-la mais do que a amo. Meu polegar paira sobre a pasta carinhosamente chamada de *Meu Chuchu*, mas não consigo.

Como pude ser tão descuidado?

Quando Emmett me manda uma mensagem para avisar que Olivia está segura, meu telefone voa pela sala. A tela quebrada brilha sob os raios refratados do sol que passam por meio das frestas das cortinas, e me pergunto se algum dia sentirei aquilo de novo, o sol que Olivia trouxe para a minha vida.

Nem sempre foi perfeito, mas sempre valeu a pena. Crescemos tanto juntos, aprendemos um com o outro, então talvez não fôssemos perfeitos, mas a forma como ela me amou sempre foi perfeita. E era por isso que eu sempre soube.

O meu para sempre é uma pessoa. Com grandes olhos cor de chocolate que olham para os meus, e cachos escuros e sedosos que escorregam pelos meus dedos. É uma pequena mão na minha que aquece todo o meu corpo, um sorriso que faz meu coração bater um pouco mais forte, um pouco mais rápido. São os ouvidos que ouvem todos os meus sonhos e os braços que me sustentam quando estou cansado, quando esqueço como ficar de pé. São os lábios em meu queixo, minha bochecha, minha mão, aqueles que sussurram meu *eu te amo* favorito, essa promessa de uma vida inteira contra a minha pele.

Eu não sei tudo. Tudo o que sei é que acabei de arruinar a minha eternidade.

Não estou surpreso que Olivia tenha corrido para o mesmo lugar que eu depois de sair de casa. Não tenho dúvidas de que ela esteve aqui. Posso sentir o cheiro do cabelo dela, aquele perfume intrínseco que me lembra de casa e das manhãs de domingo abraçados no sofá enquanto ela faz café e muffins para mim.

— Carter — Hank chama de seu lugar, olhando pela porta da varanda. — Como ele sabe que sou eu parado em silêncio em sua porta está além da minha compreensão. — Você vai entrar ou apenas ficar aí parado?

Não digo uma palavra enquanto me sento ao lado dele. Ele desdobra as mãos, batendo um único dedo por um momento de silêncio que se estende por muito tempo. Quando suspira, a vergonha deixa meu pescoço úmido enquanto espero que ele diga o quanto está decepcionado comigo.

Mas ele não faz isso.

Fica sentado em silêncio, com uma ruga profunda entre as sobrancelhas enquanto mantém o olhar voltado para a frente, por dez minutos, e depois por vinte. Só quando a primeira meia hora termina é que ele enfim abre a boca.

— Vou te falar a mesma coisa que falei a Olivia. Você não é um homem que trairia intencionalmente a confiança de alguém que ama, sem sombra de dúvida. Não machucaria aquela garota nem se sua vida dependesse disso. Ela é tudo para você. Não é o hóquei. Não é aquela taça linda que está agora na sua casa, aquela pela qual você trabalhou durante toda a sua vida. É Olivia. *Aquela garota.* Ela é o seu mundo e sempre foi, desde o início. Se você desse seu último suspiro agora, suas palavras finais seriam...

— Uma declaração do quanto eu amo Olivia.

Não preciso pensar sobre isso. Olivia é meu primeiro pensamento quando abro os olhos pela manhã e o último antes de adormecer. Ela também ocupa cerca de noventa e nove por cento do espaço intermediário.

— Exatamente. — Hank aponta para a máquina Nespresso que Olivia e eu compramos para ele quando ele se mudou. — Então, você vai fazer um maldito cappuccino para mim, tomar coragem e me contar o que de fato aconteceu para que possamos descobrir como diabos você vai consertar isso. — Ele passa a mão no meu rosto. — Não preciso ser capaz de ver para saber que você está um caos, filho, e não vou ficar sentado e deixar você jogar sua felicidade fora só porque não soube a melhor forma de mantê-la segura sem a magoar.

Minha garagem está meio cheia quando chego em casa, uma bênção e uma maldição. Quero ficar sozinho, mas provavelmente não deveria. Minha mente é um lugar perigoso para se estar agora.

Observo a pilha de sapatos na porta e meu coração ingênuo fica desesperado o suficiente para pensar que Olivia pode estar aqui também.

Emmett, Garrett e Adam enfiam a cabeça no corredor. Garrett tira um saco de batatinha do armário. Ele para quando me vê, no meio da mordida, e lentamente deixa cair o saco.

Minha cabeça gira, seguindo o movimento que ouço lá em cima.

— Carter — Emmett adverte, mas é tarde demais; já estou na metade da escada.

— Olivia?

Com o coração acelerado, paro na porta do quarto, observando Kara arrumar as roupas de Olivia em uma mala. Eu arranco as roupas de suas mãos.

— Não. Não. Ela não vai... ela não pode! Ela vai voltar! Ela tem de voltar, Kara. — Não sei o que espero de Kara. Que grite comigo, que me chacoalhe, que me cape, que seja, como sempre ameaçou fazer por eu partir o coração de sua amiga. O que não espero são as lágrimas reunindo-se em seus olhos, a tristeza refletida em seu olhar, a empatia. — Ela vai voltar — sussurro, mas as palavras estão partidas, assim como eu.

Quando pisco, quando uma única lágrima escorre pelo meu rosto, ela se joga em meus braços.

— Você tem que consertar isso — ela chora. — Carter, conserte isso!

— Eu... eu... eu... não sei como! — Hank me falou como. Ele me disse o que preciso fazer. Parece inútil, mas, até aí, não tenho muitas outras opções. — Me ajuda — imploro baixinho. O chão range atrás de nós, e os meninos entram na sala, quietos e cuidadosos, como se não tivessem certeza do que fazer ou dizer. — Eu nunca a trairia. — Meus olhos caem sobre Adam, embora ele esteja olhando para o chão. Ele pode ter terminado com Courtney, mas isso não significa que o que aconteceu, ou o que todos pensam que aconteceu, não o tenha machucado. — Adam, eu juro, eu não...

Seus braços me envolvem, um abraço que eu não sabia que precisava.

— Eu sei, Carter. Eu sei.

— Todos nós sabemos. — Kara afunda na beirada da cama, com uma pequena caixa de veludo na mão. Ela abre a tampa, examinando o diamante brilhante dentro, o anel que me ajudou a desenhar para Olivia em maio.

Comprei o anel na semana passada e passei horas tentando escondê-lo enquanto Olivia estava no trabalho, escolhendo um local e mudando de ideia cinco minutos depois, escolhendo outro que achei que seria melhor. O fato de Kara ter conseguido encontrá-lo não me surpreende, e não tenho coragem de ficar bravo por ela ter bisbilhotado.

Ela afasta as roupas de Olivia e dá um tapinha no lugar ao lado dela.

Quando eu sento, ela aperta minha mão.

— Vamos te ajudar, mas você precisa nos contar o que aconteceu.

— Não sei por onde começar — admito. Estou perdendo a cabeça, e sabia disso desde o segundo em que Courtney se aproximou de mim ontem à noite.

— Comece do início.

Respiro profundamente, em busca de forças.

— Ollie, ela... ela me deixou tirar fotos. Muitas fotos. Meses e meses de fotos da minha garota favorita nas minhas posições favoritas.

— Qual tipo de fotos?

Minha garganta aperta enquanto mantenho meu olhar focado em minhas mãos no colo. Este era o nosso segredo, e pensei que sempre seria assim.

— Fotos dela. De... nós...

— Ah, merda. — Emmett deixa cair o rosto nas mãos.

— Diga-me que você não manteve as fotos em seu telefone — Adam implora.

Minha expressão derrotada lhes diz tudo o que precisam saber. Guardei as fotos no meu celular. A senha que escolhi para bloquear a pasta era estúpida. 2210. Aniversário de Olivia. Muito previsível, e uma simples pesquisa no Google já dá a resposta. Não seria fácil no caso de uma pessoa comum, mas estar comigo a colocou no centro das atenções, o que significa que o mundo sabe mais sobre ela que o necessário. *Culpa minha.*

Courtney me lembrou de tudo isso quando balançou meu celular na minha frente, com uma foto da minha linda namorada olhando para mim na tela, e eu soube que faria o que fosse necessário para proteger Olivia.

ESPERO UMA HORA NA SEGUNDA-FEIRA. Uma hora até eu saber que ela está sozinha naquela casa depois de chegar do trabalho.

Uma hora a mais do que meu corpo me diz que posso esperar, mas, de alguma forma, ele espera.

Uma hora até meus pés subirem aquela escada, abrindo todos os quartos extras, parando quando chego à última porta à esquerda.

Não sei que porra estou fazendo aqui. Não tenho as palavras e com certeza ainda não tenho as respostas. Tudo o que sei é que não tenho nada sem Olivia, absolutamente nada, e não vou sobreviver a isso sem ela.

A mala que ela preparou está no chão; a cama, uma bagunça amarrotada, cheia de lenços de papel. A porta do banheiro adjacente está aberta, e o chuveiro, ligado.

Meu coração tenta pular pela garganta quando a água para, envolvendo a sala em silêncio.

Apenas por um breve momento.

Os gritos de Olivia perfuram o ar, e toda a lógica me abandona enquanto me movo em direção a ela. Não consigo lembrar o que vim dizer aqui, só que a amo, pra caralho, que sinto muito, que não posso ficar sem ela. *Que preciso que ela volte para casa.*

Meu coração se despedaça ao vê-la diante de mim: Olivia, enrolada em uma toalha, o cabelo encharcado e espalhado sobre os ombros enquanto se senta no chão do banheiro com o rosto entre as mãos e chora.

Eu caio de joelhos na frente dela, meus dedos envolvendo seus antebraços, e sua cabeça se levanta com um suspiro sufocado. Ela fica de pé, apertando a toalha contra o peito, e dá um tapa furioso nas lágrimas que escorrem pelo seu rosto. Não adianta. Ela soluça mais forte, mais alto, e acho que estou morrendo.

Na verdade, quando ela entra correndo no quarto, encolhida num canto, como se tivesse medo de mim, tenho certeza disso.

— Ollie — eu imploro. — Vem cá, meu bem.

Ela cobre o rosto, balançando a cabeça para a frente e para trás, e quando sussurro o nome dela mais uma vez, seus olhos se abrem. Não há raiva lá e, porra, o que eu não mataria por isso. Há apenas mágoas. Pedaços quebrados de seu coração refletiam ali mesmo, em seu olhar.

Seu braço trêmulo balança quando ela aponta para a porta.

— Você precisa... você precisa ir. — Seus olhos se fecham enquanto lágrimas encharcam seu rosto. — Por favor, Carter.

Outra fissura se abre em meu coração ao vê-la tentando se enfiar no canto quando me aproximo dela, como se ela estivesse quase tentando desaparecer contra a parede. Eu mereço isso, o medo que vem de estar muito perto de mim, como se eu pudesse quebrá-la ainda mais, mas dou um passo à frente mesmo assim, segurando seu rosto em minhas mãos. Eu não sou perfeito, isso está claro. Cometo erros o tempo todo, e ela sempre me ama apesar deles. Vou melhorar, por mim e por ela. Vou consertar isso, mesmo que não seja neste momento.

— Escute-me. Por favor. — Seu lábio inferior treme e seus dentes descem, uma tentativa fraca de reprimir o tremor, enquanto seu olhar se inunda de dissabor. Seu peito sobe e desce no ritmo do meu, nós dois lutando por ar, tentando e não conseguindo encher os pulmões. — Sinto muito, Olivia. — Seus olhos se fecham e deslizo os dedos em sua pele delicada e em carne viva, fazendo seu olhar se abrir novamente. — Lamento não poder ver isso agora. Me desculpe por não ter conseguido falar, por ainda não encontrar palavras para explicar tudo isso para você. Lamento que meu silêncio tenha expressado palavras que não eram e não são verdadeiras.

— Não são? — ela sussurra. — Porque seu silêncio me faz sentir que não sou o suficiente, Carter. Isso perpetuou um sentimento do qual tentamos tanto nos livrar, mas que voltou com força com aquelas fotos, aquelas matérias. — Seus olhos sobem para o teto antes de flutuarem de volta para mim, e a dor que paira por trás deles torce meu estômago como uma faca. — Você sabe o que estão dizendo, não é? Estão dizendo que o veredito foi dado. Olivia Parker não é suficiente para Carter Beckett. Estão dizendo que eu deveria saber, do jeito que eles sempre souberam.

Ela tira minhas mãos de seu rosto, fazendo menção de passar por mim. Minha mão dispara, envolvendo seu braço, trazendo-a de volta para mim. Os olhos cor de café se arregalam enquanto olham para mim e, quando eu a empurro contra a parede, sua respiração fica presa na garganta. Eu sou tão gentil quanto posso ser com ela agora, mas algo dentro de mim aciona como um interruptor com suas palavras.

— Você sempre foi o suficiente. *Sempre*. Você é tão foda, que é ridículo.

— Não é assim que me sinto agora. Sinto-me inútil, Carter. Inútil e tão vazia. Estilhaçada. Você me construiu, mas também foi a pessoa que me destruiu.

Seus lábios se abrem enquanto lágrimas escorrem pela borda dos meus olhos, agarrando-se aos meus cílios inferiores. Eu pisco e elas caem, sem permissão. Com elas, as lágrimas de Olivia caem com mais força e mais rapidamente.

— Eu vou reconstruir, Olivia. Prometo.

— Como?

A palavra sussurrada é estrangulada por uma estranha mistura de esperança e descrença.

— Com a verdade. Com respostas. Com amor. Sei que tudo está arruinado agora. Sei que tudo dói. Mas eu nunca trairia você. Não há mais ninguém para mim, nem por uma noite, nem por toda a vida. — Ela quer acreditar em mim, posso ver isso em seus olhos. Dizem que ela teria acreditado em mim, confiado em mim sem a menor dúvida se eu tivesse falado quando ela pediu. — Por favor, não desista de mim. Por favor, Ollie, porque estou me esforçando muito para não desistir de mim mesmo agora. Sei que parece que estou, como se estivesse desistindo de nós. Não tenho as palavras de que você precisa agora, as respostas que você merece, mas isso não significa que não esteja tentando encontrá-las. Nada disso faz sentido agora, e eu me odeio por machucar você. Mas estou pedindo para confiar em mim. Estou pedindo que me dê um pouco de tempo para descobrir isso, para consertar. Eu vou, Olivia. Eu vou consertar.

Seu olhar vacila, mas nunca cai.

— E se não puder ser consertado?

— Isso não é possível. — Descanso minha testa contra a dela, fechando os olhos enquanto passo meus polegares sobre as maçãs do seu rosto, sentindo sua pele quente e úmida. — Eu não existo sem você e não vou parar até que essa situação esteja consertada. — Recolho seus cachos molhados em minha mão e passo meus dedos por seu rosto. — Você ainda me ama?

Ela coloca a mão em cima da minha.

— Eu sempre amarei você, Carter.

— Então, por favor. Por favor, espere. Espere por mim. Me dê uma chance. Eu prometo, Olivia, não vou decepcionar você. De novo, não.

A hesitação brilha em seus olhos e, antes que isso a impeça de falar, pressiono meus lábios nos seus. Ela se abre para mim sem pensar duas vezes, afundando ao meu toque, e envolvo meus braços em torno dela, puxando-a para perto, até que não haja nenhum lugar para irmos. Memorizo a sensação de seu corpo contra o meu, o modo como posso engoli-la inteira, como sua pele incendeia a minha, e me apego a esse sentimento, ao amor sem fim, ao meu para sempre.

— Eu te amo, Olivia. Pra caralho, muito.

Ela se afasta, meu rosto em suas mãos enquanto seu olhar comovente foca-se no meu.

— Também te amo, Carter, mas, por enquanto, você precisa se afastar. — Apoiando-se na ponta dos pés, ela toca os meus lábios mais uma vez, deixando-os permanecer ali antes que escape do meu abraço.

Não quero que essa seja minha resposta nem que ela vá embora.

Assim que o último pedaço do meu coração se despedaça, ela para na porta do banheiro.

— Eu não vou a lugar algum, Carter. Se você quiser voltar para mim, estarei aqui, mas preciso que volte com respostas.

Permaneço sentado a noite toda. Sento-me na ilha da cozinha com a cabeça apoiada na mão. Sento-me no banco do chuveiro enquanto a água bate em mim. Sento-me na varanda, onde me apaixonei por Olivia, onde ela apreciava a vista enquanto eu olhava para ela. E me sento no túmulo do meu pai.

Sento-me ali e peço orientação, uma saída, uma força que eu nem sabia que precisaria.

Até que, enfim, me vejo de pé pela primeira vez em horas, olhando para um prédio que está muito mais silencioso agora que o sol se pôs.

Um policial olha por trás da recepção, sorrindo enquanto estou parado na porta com as mãos nos bolsos.

— Posso ajudar?

— Preciso registrar um boletim de ocorrência.

50
REIVINDICANDO O MEU PARA SEMPRE

OLIVIA

Dormi por seis horas. Seis horas divididas entre três noites. Adicione a isso meu sono de merda no sábado à noite e à minha quase noite inteira de sexta-feira. É quarta-feira de manhã e só descansei um total de treze horas nas últimas cinco noites.

Deixe-me ser clara: não estou funcionando bem. Meu cérebro está uma bagunça nebulosa e escura, da qual quero desesperadamente sair, mas não consigo encontrar a escada para subir. Tenho vivido de lattes gelados e Big Macs. Meu estômago dói, me sinto uma merda, minha aparência está péssima e não me importo. Francamente, é um milagre que eu esteja me arrastando para o trabalho, mas é a única normalidade que me resta, e ninguém se atreveu a me dizer uma palavra.

Eu rolo na cama, puxando os cobertores com mais força em volta dos ombros. O suave brilho laranja do sol nascente aparece por meio da menor fresta das cortinas, e tudo o que quero é que chova. Passei meses me sentindo como o sol, mesmo durante o inverno mais sombrio e nevado e a primavera mais cinzenta. Agora que o sol está aqui, tudo o que quero é que ele vá embora.

Ainda tenho duas horas até ter de levantar, mas não mais chances de dormir.

Há uma parte irracional e fodida de mim que franze a testa diante das notificações no meu telefone. São toneladas, mas nenhuma é de Carter. A parte lógica do meu cérebro tenta me dizer que o distanciamento é bom. Afinal, foi o que eu pedi. O resto de mim me implora para ligar para ele, para ter certeza de que ele está bem. Porque ele prometeu que voltaria, mas não voltou. Estou aqui e ele está lá, e a cada minuto que passa, a distância parece mais longa, o buraco em meu coração fica cada vez maior.

Ele me prometeu respostas e, quanto mais tempo ficar ausente, mais eu me convenço que não há nenhuma.

Arrasto a tela do meu celular repetidamente, fotos nossas sorrindo para mim, até que escolho uma das minhas favoritas. Estou rindo, olhando para a câmera, e Carter está com os braços em volta de mim por trás, o queixo no meu ombro com seu maior e mais fofo sorriso. Mas ele não está olhando para a câmera.

Está olhando para mim.

Nunca na minha vida alguém olhou para mim do jeito que esse homem me olha, como se eu fosse a única coisa que ele vê, como alguém que vê em cores pela primeira vez. Ele tem tanto amor em seu olhar, uma apreciação feroz, uma devoção, e é por isso que meu coração continua me dizendo que algo não está certo. É por isso que lhe prometi o tempo que ele implorou aqui mesmo neste quarto, o tempo para descobrir o que é isso.

A porta do meu quarto se abre, e abraço meu telefone contra o peito, enxugando as lágrimas enquanto Kara enfia a cabeça para dentro.

Ela sorri e caminha em direção à cama, deslizando para baixo das cobertas e aconchegando-se em mim.

— Eu sabia que você estaria acordada. É como se eu pudesse ouvir as rodas da sua cabeça girando.

— O que você está fazendo acordada?

Além do óbvio, que é ver como estou. Kara e Emmett vão se casar neste fim de semana, e ela só consegue se concentrar em mim. Ela insiste que é uma distração bem-vinda das preocupações do casamento. Não sei se acredito nisso, mas ela com certeza é convincente.

— Não consegui dormir. Você não quis falar comigo ontem à noite e sabe que não lido bem com a palavra *não*. — Sua mão toca em meu celular, e ela dá um puxão. — O que foi?

Eu o abraço mais perto do meu peito.

— Nada.

Kara me prende no colchão, arrancando o aparelho, porque, como ela disse, não lida bem com nãos. Ela não diz nada quando encontra a foto nem quando deixa cair o telefone na cama, batendo seu corpo contra o meu com o poder de cortar meu oxigênio caso aperte um pouco mais forte.

Posso dizer que ela está chorando pelo leve tremor em seu corpo, a pequena fungada. Ela acha que eu não a ouço chorar com Emmett à noite, mas eu ouço. Minha melhor amiga me ama ferozmente e, por isso, sou verdadeiramente abençoada.

— Onde ele está?

Meu corpo treme com um soluço e Kara enterra seu rosto no meu cabelo, tremendo comigo.

— Ele disse que voltaria. Disse que consertaria, que encontraria a resposta e explicaria tudo. Ele prometeu, Kara, mas já se passaram dois dias e ele não está aqui.

— Ele virá — ela sussurra.

É uma promessa feita com segurança, por mais pesadas que sejam as palavras. Quando eu me sento, ela também se senta, limpando o rosto.

— Meu coração dói tanto — admito, enxugando uma lágrima que se acumula no canto do meu olho. — Carter não é assim. De jeito nenhum. Ele estava falando em casamento e bebês. Estava chamando aquilo de nossa casa muito antes de eu me mudar. Queria compartilhar tudo, sua vida toda. E eu só queria fazer parte disso.

— Ah, querida. Você é a maior parte. Sabe disso.

— Por que ele não pode simplesmente falar comigo? O que o está impedindo? O que ele não quer que eu saiba? — Há uma parte de mim que tem certeza de que Kara sabe o que está acontecendo, que ela está morrendo de vontade de me contar e, se eu pedisse de forma direta, ela contaria. Mas isso coloca a ela e Emmett em uma posição em que não deveriam estar. Não quero que eles tenham de escolher um lado, porque não quero que isso aconteça. Tenho que acreditar que há uma razão perfeitamente lógica para essa situação. — Se fosse o contrário, se fosse eu tentando encontrar uma saída para isso, Carter não aceitaria um não como resposta. Ele exigiria que resolvêssemos juntos. Não me deixaria passar por tudo sozinha, não importa o quanto eu tentasse afastá-lo.

Os olhos azuis de Kara focam nos meus.

— Você tem razão.

— Não quero que ele faça isso, que tente ser forte sozinho.

— O que *você* quer?

Quero estar ao seu lado em vez de me sentir tão perdida sem ele. Eu nos quero juntos e para sempre. Quero as respostas que mereço e, se ele estiver tendo problemas para encontrá-las, quero ajudá-lo a procurar.

— Quero lhe mostrar o que ele tem me mostrado o tempo todo. Que somos mais fortes juntos.

É por isso que ligo para ele três vezes na hora do almoço. Quando cai na caixa postal na quarta vez depois do trabalho, acabo na frente da casa que deveria ser minha, aquela que *tem sido* minha casa todos esses meses, simplesmente por causa da pessoa dentro dela, das memórias feitas nela.

Sua caminhonete está parada do lado de fora, embora tenha sido guardada pela última vez na garagem. Ele quase não dirige mais esse carro; diz que agora é meu bebê, e que eu sou o dele.

Então, se ele está em casa, por que não atende à porta?

Bato de novo, várias vezes, e meu telefone continua vibrando, a campainha de vídeo informando que há alguém na porta da frente. Sei que há alguém na porta da frente; esse alguém sou eu.

Minhas batidas vão de tímidas e gentis a frenéticas e fortes, minha palma batendo na madeira enquanto imploro para Carter vir, abrir a porta e me deixar entrar. Ligo para ele uma, duas vezes e, quando enfim desisto e digito o código da porta da frente, ele apita e me diz que está errado, que o código não é o mesmo de alguns dias atrás, as lágrimas vêm.

Sento-me nos degraus da varanda e, com os joelhos encostados no peito, enterro o rosto nos braços e soluço. Tudo me abandona, a esperança a que me agarrava, e agora tudo o que tenho é o medo que venho tentando ignorar, aquele que sobe pelo meu estômago e faz de tudo para morar no meu peito. Não quero deixar isso.

Algo quente e úmido toca meu cotovelo e depois meus dedos. Ele encosta na minha orelha e fungo, espiando por entre seus braços as patas do golden que descansa sobre meus pés.

— Ollie.

Meu peito se abre ao ouvir meu nome, todo o amor com que ele é sussurrado, o choque por me encontrar aqui. O medo que tanto tenta criar raízes para sair, escapando quando mãos quentes capturam meu rosto.

Olhos cor de esmeralda me encaram e, quando grito seu nome, Carter me abraça.

— Você não atendeu ao telefone — choro. — E o código. Tentei o código e não está funcionando. Você me trancou do lado de fora.

— Meu bem... — Sua palma desliza sobre minhas costas, seu toque áspero enquanto me agarro a ele. — Eu nunca deixaria você do lado de fora. Mudei para ficarmos seguros. Tudo tem sido tão opressor e, sem você aqui, eu precisava de um tempo para mim, tempo para pensar sem ninguém no meu ouvido.

— Você disse que voltaria, Carter. Você disse! Mas depois... — Afasto meu rosto de seu pescoço, limpando minhas bochechas encharcadas enquanto ele me segura. — Por que você não voltou para mim?

A vergonha tinge as maçãs do seu rosto. Carter se senta no degrau, colocando-me em seu colo e afastando meu cabelo do rosto úmido enquanto Dublin se deita ao nosso lado.

— Ainda estou quebrado, Ollie. Tenho que consertar isso antes de merecer voltar para você.

— Não — digo com firmeza, segurando sua camisa em minhas mãos. — Não foi o que você me ensinou. Você me ensinou a me comunicar, a confiar em você quando preciso de força, e você também deveria confiar em mim. Por que não devemos fazer tudo isso juntos? Superar as coisas difíceis, os medos, lembra?

Seus olhos nublam-se, uma incerteza que parece tomar conta rouba o brilho de sua floresta perene e a substitui por uma neblina sombria e nebulosa. Ele apoia a testa na minha, com um tremor na voz quando sussurra:

— Estou com tanto medo, Olivia.

— Não quero que você fique com medo sozinho. Não é assim que fazemos as coisas neste relacionamento.

Minha língua toca meu lábio superior, sentindo o sabor salgado das minhas lágrimas e, antes que eu possa pensar duas vezes, cubro sua boca com a minha. Os dedos de Carter rastejam pelas minhas costas, mergulhando em meu cabelo, segurando-me contra ele enquanto o beijo.

Quando me afasto, capturo a única lágrima que desce por sua bochecha.

— Por favor, fale comigo, Carter. Me diga a verdade e juntos encontraremos as respostas.

Sua inspiração está escalonada; sua expiração, igualmente ansiosa. Mas ele pressiona seus lábios nos meus mais uma vez e, finalmente, fala:

— Eu subi com elas. Courtney e a amiga, ainda não sei o nome dela. Só fiz isso porque Courtney tinha... ela tinha... Eu fui tão descuidado e devo ter esquecido, e quando Courtney me mostrou... — Ele engole. — Ela tinha uma de suas fotos íntimas.

Algo estranho sobe pela minha garganta, uma mistura de raiva e medo. Raiva por alguém ser tão insensível, medo pelo que isso significa para mim, para nós.

Há algo mais ali, o lembrete incômodo na minha cabeça de que não sou perfeita. Houve tantas mulheres antes de mim com cinturas menores e seios mais redondos. A vergonha dá um nó no meu estômago, mas apenas por um momento. Porque, então, me lembro de que sou perfeita para Carter, que ele me acha linda e que o que os outros pensam não importa nem um pouco.

— Sinto muito, Olivia. Eu deveria ter sido mais cuidadoso. Nunca deveria tê-las mantido no meu telefone.

Coloco a palma da mão em seu rosto, acalmando-o.

— O que aconteceu depois?

— Ela me disse que já havia enviado todas as fotos para si mesma e que, se eu não quisesse que fossem publicadas, eu precisava fazer o que ela pedisse.

— O que ela queria? Dinheiro? Ela chantageou você?

Uma risada amarga sai de seus lábios.

— Se ela quisesse dinheiro, não estaríamos nessa confusão. Eu tentei, acredite em mim. Negociei tudo o que pude com ela, mas ela não quis. — Ele passa a mão agitada pelo cabelo, bagunçando as ondas. — Ela disse que arruinamos a vida dela, que Adam não confiava mais nela por causa do que aconteceu naquele fim de semana no bar, que ele teria sido capaz de perdoá-la pela traição se não tivesse acontecido aquilo. Disse que não era justo eu ter outra chance depois do meu passado, que ela não suportava me ver retratado como um namorado tão perfeito. Queria lembrar a todos quem eu realmente sou.

— Mas você não é assim, Carter. Você não é o seu passado, ele não define você. Há uma pessoa tão linda e incrível por trás de cada decisão que você já tomou.

Ele olha para baixo, balançando a cabeça.

— Ela queria nos machucar, e acho que deixei.

— Por que você não me contou tudo isso?

— Porque ela queria que eu terminasse com você. Ela não se livraria das fotos até saber que tínhamos terminado. Eu nunca conseguiria terminar, Ollie, não com você. Mas também não posso deixar suas fotos vazarem. Você perderá seu emprego, e não deixarei que você seja exposta dessa forma. Preciso mantê-la segura e já falhei ao deixar alguém colocar as mãos nas suas fotos.

— Eu amo meu trabalho, Carter, mas nada nesta vida vale a pena se arriscar perder você. Eu trocaria tudo isso por um feliz para sempre com você.

— Nunca fiquei tão decepcionado comigo mesmo. Eu estava com tanto medo e surtei. Não tinha ideia do que fazer. Eu estava preocupado que, se parecesse que estava tudo bem entre nós, Courtney vazaria as fotos. Fiquei acordado a noite toda tentando bolar um plano, mas não consegui nada. Eu queria implorar para você ficar, impedi-la de ir embora. Mas, no momento que finalmente cedi, quando deixei você entrar naquele maldito carro, eu sabia que a melhor coisa para você era a distância. Ao menos até que eu pudesse resolver o problema, até que pudesse ter certeza de que você estava segura. — Ele balança a cabeça, incapaz de encontrar meu olhar. — Eu nunca vou me perdoar se falhar com você para além disso.

— Fracassar faz parte da vida. E nós retomamos e começamos de novo. Podemos fazer isso, Carter. Enquanto você estiver ao meu lado, sempre poderei começar de novo. Você não?

A angústia nada em seus olhos enquanto ele me observa de perto, como se tivesse medo de que as palavras não fossem reais, de que eu me levantasse e fosse embora a qualquer momento. Ele não sabe que meu coração lhe pertence? Enquanto estiver disposto a continuar tentando, estarei aqui.

Antes que ele possa responder, o ronronar silencioso de um motor soa próximo e uma viatura policial para na longa entrada de automóveis. Carter me tira de seu colo, pegando minha mão enquanto ficamos parados, o carro parando ao lado de sua caminhonete.

Dois policiais saem, olhando de mim para Carter.

— Podemos conversar, sr. Beckett?

Carter acena com a cabeça e os policiais sorriem para mim.

— Boa noite, srta. Parker. Sou o policial Perry e este é meu parceiro, o policial Wolters.

Olho interrogativamente para Carter e ele aperta minha mão.

O oficial Wolters dá um passo à frente, oferecendo algo a Carter enquanto sorri.

— Bem, sua tela ainda está quebrada; não pudemos fazer nada sobre isso. Mas o senhor pode pegar seu telefone de volta.

Carter pega seu telefone, girando-o na mão, e o sol quente brilha nos fragmentos da tela quebrada antes que ele o coloque no bolso.

— O que isso significa?

O oficial Wolters sorri de forma tão acolhedora que me faz sentir algo que não sentia há dias.

Esperança.

— Significa que temos as duas mulheres sob custódia. Acabou.

Não consigo dormir, e esperava mesmo por isso. O problema agora é que a solução para minhas noites sem dormir parece óbvia.

Mas Carter não queria me pressionar. Ele estava preocupado que fosse demais, muito rápido, muito cedo.

Becka Mack

Passamos horas na delegacia, minha mão entrelaçada na dele enquanto eles explicavam as acusações e que estávamos dentro de nossos direitos ao fazê-las: intenção de distribuição não consensual de imagens íntimas.

Carter registrou um boletim de ocorrência na noite de segunda-feira depois de prometer voltar com respostas. Acho que ele tomou a decisão certa. O problema é que não conseguiram localizar Courtney, já que seu último endereço conhecido era o de Adam, e, como Carter não sabia o nome de sua cúmplice, a polícia ficou sem saber o que fazer. Até que uma mulher chamada Raegan apareceu esta tarde, cheia de culpa pelo papel que desempenhou. Ela entregou o telefone, cheio de mensagens de Courtney, detalhes de sua intenção de distribuir as fotos uma de cada vez, quer Carter e eu terminássemos nosso relacionamento, quer não.

E, então, Carter me trouxe de volta para a casa de Kara e Emmett. Ele me abraçou na entrada da garagem e me disse para dedicar o tempo necessário para aceitar isso. Disse que não havia problema em ficar com raiva dele e que entenderia se eu estivesse.

O problema é que ele está lá, e eu estou aqui.

O telefone toca uma vez antes de ele atender, ansioso, como se esperasse que eu ligasse.

— Ollie? Você está bem?

As lágrimas que não pararam nesses últimos quatro dias transbordam novamente, trilhas frescas percorrendo meu rosto.

— Não quero dormir sem você.

Ele fica ao telefone durante todo o trajeto, a cada passo que dá na escada, e ouço a risada de Emmett tanto ao telefone quanto pela porta enquanto ele enfia a cabeça para ver quem está aqui. A porta do quarto se abre e Dublin entra correndo, pulando na cama e cobrindo meu rosto com a língua. Só quando o olhar de Carter pousa em mim é que ele finalmente desliga o celular.

Afasto as cobertas e ele não perde tempo: sobe, puxa meu corpo contra o dele, suas mãos agarrando meu cabelo, meu rosto e meus quadris, enquanto sua boca cobre cada centímetro do meu rosto com beijos.

— Eu não perdi você?

— Carter, você nunca, *jamais* me perderá.

51

ENSAIO, DISCURSO, CAMA & BANHO

CARTER

O SOL ESTÁ QUENTE EM MEU ROSTO, a brisa bagunça meus cabelos. Um esquilo sai correndo de trás de uma árvore e fica de pé nas patas traseiras, inclinando a cabeça enquanto olha para mim. Esta é a terceira vez que ele faz isso, como se quisesse algo de mim.

— Não tenho comida para você. Sinto muito, amiguinho.

Eu o vejo escalar uma lápide apenas para deslizar para o outro lado dela, guinchando o tempo todo, como se estivesse se divertindo muito. Dublin levanta a cabeça do meu colo, olhando de mim para o esquilo e depois de volta, como se quisesse participar da diversão.

Está tranquilo aqui hoje, mas acho que a maioria das pessoas passa as manhãs de sábado na cama, não com os mortos.

Até um mês atrás, estive aqui uma vez, há sete anos e meio, o único dia em que tive de estar. Na maioria das vezes, não é aqui que sinto meu pai, e Olivia diz que está tudo bem.

Aqui estou, no entanto, sentado em um banco em frente ao seu túmulo, o mesmo lugar onde estive todos os dias desta semana. Ironicamente, foi o único lugar onde encontrei uma sensação de paz esta semana, além dos braços de Olivia. Estar em casa tem sido difícil, porque parece menos um lar do que nunca. Tudo é uma lembrança da pessoa ausente que faz dela um lar.

Quando acordei com o rosto dela pressionado contra o meu peito na manhã de quinta-feira, eu sabia que tudo ficaria bem, mas ainda era difícil dizer adeus ao vê-la entrar naquela escola no último dia antes de Kara levá-la para o resort para as duas serem paparicadas. O que significa que a casa ainda está vazia, e Dublin e eu estamos igualmente irritados com a ausência dela.

Então, passo meus dias aqui e com Hank, que está quieto, do jeito que preciso, e não do jeito que odeio. Ele me deixa apenas ser eu mesmo, me deixa sentir o que preciso sentir.

Eu nunca teria conhecido Hank se meu pai não tivesse morrido, e isso não passou despercebido para mim. Não sei onde estaria sem Hank, que esteve presente consistentemente em cada etapa do caminho, em tudo o que eu precisei. Ele diz que me lê como um manual de instruções, o que é exatamente correto. Sabe do que preciso pelo ar que carrego quando estou com ele. Às vezes não é o que quero, mas sempre é o que preciso.

A hora no meu relógio me diz que preciso chegar em casa, então me levanto e coloco a mão na pedra de mármore.

— Prometo que vou deixar você orgulhoso, e a mim mesmo. Eu te amo.

Dublin late concordando e nos direcionamos ao carro. Eu o coloco no banco de trás, mas não sei por que me dou o trabalho, pois ele pula para a frente no segundo em que subo ao volante.

A caminhonete de Adam está na garagem quando chego em casa, e ele, seu cachorro Bear e Garrett estão descansando na varanda da frente.

Tive que mudar o código da fechadura da minha porta. Entendo que as pessoas queiram checar como estou e agradeço por isso, mas os visitantes constantes tornaram-se um pouco demais. Eu precisava de algum espaço, uma pausa das vozes constantemente em meu ouvido. Precisava sentir o que tinha para sentir, e não dava para fazer isso sempre rodeado de pessoas que querem ter certeza de que não estou sentindo *demais.*

Houve também um fotógrafo que me seguiu pela calçada. Duas horas depois, havia fotos minhas digitando três dos quatro números, seguidas por outra foto gritando para ele sair da minha propriedade. Invasão de privacidade.

— Quando recuperaremos os privilégios do código de bloqueio? — Garrett pergunta, seguindo-me para dentro.

— Quando vocês pararem de comer minhas batatinhas quando não estou em casa.

Dublin e Bear imediatamente se envolvem em uma luta livre, bem ali no meio do corredor, e faço uma nota mental para perguntar a Olivia se ela deseja ter um segundo cachorro.

— Poderia ser pior. — Garrett abre minha despensa, tira um pedaço de pão e coloca duas fatias na torradeira. — Eu poderia estar comendo seu Oreo.

— Aí ficaríamos sem lateral-direito para a próxima temporada. — Agito a mão em direção a ele enquanto ele pega a manteiga de amendoim e a geleia. — Você não tem comida em casa?

— Que fome — ele murmura com uma colher de manteiga de amendoim.

Adam está me observando, sorrindo.

— O quê?

— Nada. — Ele levanta um ombro. — Estou muito feliz por você. E orgulhoso também.

— Eu não fiz nada — murmuro. — Foi Olivia.

— Isso não é verdade. Você fez a denúncia, colocando-a em primeiro lugar, engoliu seu orgulho e implorou para que ela esperasse enquanto você resolvia.

— Sim, amigo. — Garrett amassa o pão e dá uma mordida enorme, devorando metade do sanduíche enquanto passa o braço em volta dos meus ombros. — Estamos orgulhosos de você. Além disso, Adam ficou tão bravo quando *aquela-que-não-deve-ser-nomeada* ligou para ele da prisão que ele lhe disse para ir se foder e voltar para Denver. Adam zangado é uma coisa tão rara, que aprecio cada momento que passo com ele.

Ele esfrega a nuca, mas, antes de abaixar a cabeça, vejo aquele sorriso e, porra, eu sorrio também.

Quando os cachorros estão com a dogsitter para passar o fim de semana, já vi Garrett comer tanto da minha comida que agora também estou com fome. Imploro a Adam que faça uma parada no McDonald's, certificando-me de acrescentar algo especial para Hank, que já está sentado em um banco em frente à casa de repouso, com a bagagem aos pés, chapéu enorme da Copa Stanley do Vipers na cabeça e um sorriso radiante.

— Tudo bem, pessoal. Tenho meu terno mais elegante pronto para usar, então se Kara decidir abandonar o sr. Brodie no último segundo, não se preocupem, pois posso ocupar o lugar dele.

Tenho quase certeza de que lidar com Kara no dia do casamento seria suficiente para causar um infarto ao meu velho amigo. Estou preocupado com a saúde de Emmett, e ele é um atleta profissional.

O casamento será no Four Seasons, em Whistler, a cerca de noventa minutos de distância. Kara reservou o local no verão passado, embora eles só tenham ficado noivos há seis meses. Eles estão planejando o casamento desde o dia em que se conheceram. Parece que estou exagerando. Não estou. Eu estava lá na noite em que isso aconteceu. Emmett a chamou de sra. Brodie. *Na cara dela.* Ela aceitou, e eles são inseparáveis desde então.

O hotel está movimentado quando chegamos. Estão com cerca de oitenta por cento dos quartos ocupados por convidados do casamento. Embora o jantar de ensaio desta noite seja apenas para a festa de casamento e familiares imediatos, a maioria dos convidados estará aqui durante o fim de semana ou mais.

Eu não tenho certeza se foi um começo bom ou ruim quando encontramos o caminho até a recepção onde Emmett disse que estava. Ele está lá, escondido em um canto com Olivia, e Kara está andando de roupão, chinelos, cabelo enrolado em uma toalha e gritando sobre a colocação do garfo e sobre como a luz do sol brilhando através das janelas vai causar um brilho no rosto dela na mesa principal.

— Kara. — Olivia dá um passo cauteloso em sua direção, mas, quando Kara se vira, Emmett puxa minha garotinha de volta para o canto com ele.

— É só que, hmm, ainda não é meio-dia. E será hora do jantar amanhã quando você estiver sentada aqui. O brilho não será o mesmo. — Ela puxa a mão de Emmett de seu ombro e vai até a janela, apontando para o céu.

— O sol estará lá, baixo o suficiente no céu para que, a essa altura, já tenha um lindo tom de laranja e rosa.

Kara pisca para Olivia. Seis vezes. Ela se aproxima da janela, olhando para fora, como se estivesse vendo o que Olivia vê. Depois, joga os braços em volta de sua melhor amiga.

— Ah, você está certa! Graças a Deus. — Ela ri como uma hiena. — Meio que perdi a cabeça por um minuto.

— Sim, um minuto — Emmett murmura e imediatamente se encolhe contra a parede com o olhar que Kara lhe lança. Seu olhar pousa em nós três, parcialmente escondidos pela porta, e ele corre em nossa direção. — Ah, merda. Graças a Deus, porra.

Todo o rosto de Olivia fica vermelho. Ela estende o braço, derrubando um guardanapo e vários talheres no chão, com um movimento que parece totalmente intencional, apesar da maneira como bate a mão na testa.

— Ai, não. Viram isso? Tão desajeitada. — Ela cai de joelhos, ocupando-se por muito tempo em pegar tudo enquanto Kara fala conosco do outro lado do salão.

Tive a sensação de que isso iria acontecer. Não tivemos muito tempo para conversar e decidir qual será o próximo passo, uma vez que ela já está presa aqui com Kara há duas noites. Eu sei qual é o nosso próximo passo. Tenho certeza de que ela também sabe. Mas ainda gostaria de ficar a sós com ela para que possamos acabar com essa tensão.

— Ah, que bom! Vocês chegaram! — Kara beija nossas bochechas antes de passar o braço pelo meu. — Tenho grandes tarefas para vocês, meninos.

Grandes tarefas. — Ela pisca para mim. — Nada muito grande para você. Você tem o trabalho mais importante de todos neste fim de semana. Não posso permitir que fique sobrecarregado.

Duvido muito que ela me dê alguma folga no que diz respeito ao trabalho. Fico certo disso quando ela nos leva a uma sala cheia de pilhas de cadeiras com capas brancas, apontando para elas.

— Preciso dessas aqui na sala de coquetéis para o jantar desta noite. — Depois, ela aponta para as cadeiras de madeira. — Estas vocês podem carregar amanhã de manhã. Vão para a área da cerimônia. — Kara pede para que nos aproximemos, como se tivesse um segredo para contar. — Quinze centímetros entre cada cadeira. Nem mais nem menos. Entendido?

— Você não está pagando alguém para fazer isso por você? — Adam faz a pergunta que todos queremos que seja respondida.

— Sim, mas não confio neles.

Os olhos de Garrett se arregalam.

— E confia em *nós*? — Ele esfrega o pescoço e puxa a camiseta. — Eu não quero ser objeto de sua ira se estragarmos alguma coisa no dia do seu casamento.

— Se eu confio em vocês? — Tamborilando os dedos no queixo, Kara cantarola. — Não, na verdade, não. Mas ainda vou amá-los depois do meu casamento, então é melhor que sejam vocês.— Ela sorri, mas é um dos sorrisos mais assustadores, do tipo que nos faz recuar. — Além disso, quão difícil pode ser posicionar as cadeiras perfeitamente? Apenas me façam feliz, é tudo o que peço.

Ela dá um tapinha em nossos ombros e dança, rindo.

— Eu quero ir para casa — Adam sussurra. — Estou assustado.

Bato uma mão em suas costas.

— Todos nós estamos, amigo.

Kara está linda em sua renda branca. Ela está radiante, feliz e alegre e, quando entrou aqui, olhou para as cadeiras e disse:

— Bom trabalho, rapazes.

Repito: *Kara* disse *bom trabalho, rapazes*. Nós nos cumprimentamos uns aos outros.

Mas é a mulher deslumbrante vestida de cetim azul-marinho, com o cabelo escuro caído nas costas em grandes ondas, da qual não consigo tirar os olhos. Eles a seguem aonde quer que ela vá, contando cada taça de vinho que ela leva aos lábios, observando enquanto tira um pedaço de papel da bolsa, os lábios se movendo enquanto o lê e, então, amassa-o e guarda-o. Dessa vez, porém, ela suspira, bebe o vinho de volta, com os olhos bem fechados, e depois vai até o bar.

Para minha surpresa, ela pede um copo d'água.

Coloco o queixo por cima do ombro dela enquanto lê seu discurso pela sétima vez.

— Apenas me imagine nu.

Olivia engasga-se, espirrando água no bar quando pula.

— Meu Deus, Carter.

— Esse é o tipo de reação que a espada de trovão pretende provocar. — Eu me inclino para perto, observando suas bochechas corarem enquanto minha voz cai. — Uma pitada de surpresa, um pouco de medo e muita excitação.

O canto de sua boca se curva e, antes que ela possa pensar demais, mostro meu celular.

— Ei — ela diz baixinho, segurando meu antebraço enquanto espia. — Você comprou um celular novo.

— Ã-hã. Não conseguia ver seu lindo rosto na tela quebrada.

Ela sorri ao ver o novo fundo de tela, um que nunca usei antes. Ela está se afogando na cama, os cobertores tentando engoli-la inteira. Seus cachos estão uma bagunça desgrenhada, mas seu sorriso é tão deslumbrante como sempre foi. Passo minhas fotos e encontro aquela que tirei esta manhã.

— Dublin fez esta foto para você.

A cabeça dele está no travesseiro dela, apoiada ao lado do desenho de um cachorro e de uma mulher-palito. Da boca do cachorro sai um balão que diz: *Estou com saudade, mamãe.*

Todo o rosto de Olivia se transforma com seu sorriso brilhante. A risada que borbulha em sua garganta é nada menos que mágica.

— Foi Dublin quem desenhou isso, hein?

Levanto um ombro e o deixo cair.

— Ele é um Beckett agora. Só poderia ser muito talentoso.

Outra risada e, no momento que considero roubá-la de sua boca, ela me abraça. Eu a seguro contra mim, deleitando-me com a sensação de estar tão completo mais uma vez. Olivia apoia o queixo no meu peito, agraciando-me com aquele sorriso bobo, e passo o polegar no canto de sua boca.

A voz de Adam vem do microfone, solicitando a presença de Olivia para que faça seu discurso, e seu rosto empalidece.

— Tenho certeza de que meu jantar está prestes a ser colocado para fora. Pressiono meus lábios em seu nariz.

— Você consegue.

— Uau! — Kara dá um soco no ar enquanto Olivia sobe ao palco. — Essa é minha melhor amiga! Vamos lá, garota!

Vejo a apreensão daqui, o nervosismo que a corrói e, quando nossos olhos se encontram, eu pisco e ela sorri.

— Dizem que chega um momento na vida de todo mundo em que você conhece sua alma gêmea, a pessoa que vai te amar e cuidar de você pelo resto da vida, te abraçar e nunca te deixar ir embora... — As mulheres na multidão fazem todas *óoohhh*, e Emmett sorri para Kara. — Para Kara, esse dia aconteceu aos dezessete anos, quando ela me conheceu. — O queixo de Emmett cai e Kara bate na mesa, gritando:

— É isso aí, querida!

Olivia continua:

— Não sei como tive tanta sorte de conseguir Kara como minha colega de quarto, mas toda a sua altura de um metro e setenta deu uma olhadinha para mim, declarou que eu era do tamanho perfeito para ser seu pau-mandado e, então, prontamente ela empurrou uma dose de tequila em minhas mãos. Eram dez da manhã e, por mais apavorada que eu estivesse, sabia que havia encontrado minha melhor amiga. Quando Kara conheceu Emmett, ela chegou em casa no meio da noite, pulou em cima de mim e me disse que eu precisava ensinar a ela tudo o que sabia sobre hóquei, porque ela tinha encontrado seu marido e, aparentemente, ele *gostava muito de hóquei ou algo assim*. — Suas aspas no ar estão perfeitamente posicionadas e ela imita Kara muito bem. — Emmett, você convidou Kara para patinar com você um total de quatro vezes antes de ela finalmente concordar. Isso porque passei três semanas ensinando-a a andar de patins. Ela passou pelo menos metade do tempo deitada no gelo, reclamando que era bonita demais para ter que trabalhar tanto para impressionar um homem.

Kara dá de ombros.

— É verdade!

— Emmett, Kara deu uma olhada em você e sabia que era quem iria mudar o mundo dela. — Os olhos de Olivia brilham para mim antes de ela umedecer os lábios e olhar para o papel em suas mãos. — Quando vocês se conheceram, foi como se dois mundos colidissem; uma explosão de cores. Você a conheceu com sua calma e a afogou em amor a cada passo do caminho. O amor que vocês compartilham sempre foi uma inspiração para nunca nos contentarmos com nada além de paixão desenfreada, obsessão, um amor que não conhece limites e que só fica mais forte a cada dia. — Ela funga, enxugando os olhos. Quando olha para cima, seu olhar encontra o meu. Ela pisca, uma única lágrima escorrendo pelo seu rosto antes de sorrir para Kara e Emmett. — Um homem que a ama tão lealmente quanto você é tudo o que eu poderia pedir para a minha melhor amiga. — Ela levanta o copo. — Sei que vocês dois viverão uma vida longa e feliz juntos, sobretudo porque não se mataram durante a organização do casamento, o que é mesmo impressionante, considerando-se quem é a noiva. Eu amo vocês dois infinitamente.

Vejo duas das minhas pessoas favoritas abraçarem a minha favorita e, durante a próxima hora, finjo que não estou com ciúme pela maneira como Garrett, Adam e um dos irmãos de Emmett continuam girando Olivia na pista de dança.

Ela está bebendo uma taça de espumante quando me aproximo dela.

— Parece que você precisa de um banho.

Uma sobrancelha escura se levanta.

— Eu? Porque eu estava pensando que dormi menos de vinte horas na última semana e preciso desesperadamente subir e desmaiar.

— Você definitivamente precisa de um banho primeiro.

Ela esconde o sorriso atrás da borda da taça, terminando de beber antes de pousá-la. Entrelaço meus dedos nos dela e a puxo pelo corredor, conduzindo-a para o primeiro elevador que se abre. Andamos em silêncio, Olivia tentando reprimir o sorriso enquanto pisco para ela no reflexo das paredes espelhadas.

— Como você sabe qual quarto é o meu? — ela pergunta enquanto eu a levo até lá.

— Tenho contatos.

— Seu contato se chama Kara?

— Humm... talvez.

Pego o cartão-chave da mão dela e passo-o pela porta.

Outra risadinha. Juro que estou vivendo para isso esta noite.

— Vá tirar o vestido — digo a ela, incentivando-a a entrar no quarto antes de ir para o banheiro. — Vou preparar para você o banho especializado de Carter Beckett. Extrarrelaxante e toda essa merda.

Abro a torneira da banheira, mantendo a mão na água até que esteja quase escaldante, do jeito que ela gosta, depois jogo seus sais de banho favoritos, que posso ou não ter solicitado que o hotel colocasse no quarto dela. Quando termino, encontro Olivia na porta, ainda completamente vestida, observando-me.

— Menina safada — digo, agachando-me a seus pés. Pego seu tornozelo na mão, removendo os saltos pretos de tiras, um por um. Sorrio para mim mesmo ao ver como ela afunda sete centímetros no chão, agarrando meus ombros para se manter firme. — Você se lembra do que acontece com meninas safadas, né?

— Elas são castigadas? — Um sorriso atrevido surge em seu rosto enquanto seus olhos dançam. — No colo ou de joelhos...

Eu rio, mas a verdade é que não estou com humor para castigá-la. Também não acho que Olivia esteja, mas é divertido fingir, ser nós mesmos novamente. Da próxima vez que tiver Olivia, vou demorar. Passarei a noite inteira amando-a, adorando-a e, de manhã, bem, ela terá dificuldade para andar, então vou levar o café da manhã na cama.

Em vez de tudo isso, eu a giro para encontrar aquele zíper delicado.
— Posso?
Sua pele aquece.
— Sim.

O zíper desliza com facilidade, o cetim azul caindo e revelando a pele leitosa, a qual beijo cada centímetro com amor e, quando chega ao volume de sua bunda, respiro fundo. Não pretendo ir além disso, mas então vejo a marca que deixei em sua pele com minha boca na última vez em que fizemos amor, ali mesmo, curvando-se em torno de sua cintura. Antes que eu perceba, estou puxando as alças do vestido pelos braços, o cetim escorregando pelos quadris, formando uma poça em seus pés.

Caindo de joelhos, deslizo minhas mãos na renda de cada lado de seus quadris e pressiono meus lábios naquele pequeno hematoma. Olivia engasga-se, a pele sedosa irrompendo em arrepios quando suas mãos encontram as minhas, segurando-me com força.

— Solta, minha linda — murmuro, e ela o faz, deixando-me deslizar sua calcinha por suas pernas.

Quero ficar diante dela e absorvê-la, apreciar cada centímetro do corpo que amo. Mas há muito mais que isso envolvido, e não vou apressá-la.

Então, pego a mão dela e a levo até a banheira. Ela entra, afundando na água borbulhante, e desapareço na sala de estar. Volto alguns minutos depois, colocando uma caneca fumegante de chá na borda da banheira enquanto meus joelhos sentem o tapete macio do banheiro.

— Gostaria que você pudesse ficar, Carter.

— Eu também.

Mas nós dois sabemos que não posso. Sou responsável pelo noivo esta noite, e há um pedido de ajuda de Adam esperando no meu telefone, uma foto anexada de Kara em pé em uma cadeira, e Emmett parece que está prestes a pegá-la.

Passo o cabelo dela por cima do ombro, acariciando com meus dedos sua pele no caminho, tocando as pequenas sardas que a decoram.

Ela é linda, minha companheira perfeita, como se tivéssemos sido feitos ao mesmo tempo, duas metades de um todo destinadas a se encontrar e se completar um dia.

Baixo a cabeça, tentando aliviar a dor que já está bem enterrada em meu peito neste momento. Quando olho para Olivia, faço tudo o que posso para não chorar.

— Eu sei como é viver sem você. É algo que nunca quero experimentar.

E eu prefiro morrer a colocar um de nós nessa posição de novo.

— Carter — Olivia sussurra, os dedos flutuando sobre meu rosto, passando pelo meu cabelo. — Eu quero voltar para casa.

Meu coração saltita.

— Quer?

Ela sorri.

— Sim.

Olivia se inclina para a frente, pressionando sua boca na minha. Fica hesitante no início, lento enquanto ela testa as águas, mas, quando meus dedos afundam em seu cabelo, sua boca se abre em um gemido.

É preciso tudo em mim para me separar, pressionar meus lábios em sua testa e ficar de pé.

— Vejo você no altar — digo a ela com um sorriso, e meu coração incha com a forma como seu rosto explode, como a luz do sol.

— Carter. — A voz tímida de Olivia me faz virar quando chego à porta. — Eu te amo.

— Eu também te amo, pequena Ollie.

52

O QUE É QUE ELE ESTÁ FAZENDO?

OLIVIA

Eu esperava interceptar o garçom no corredor, por razões óbvias.

A razão mais óbvia é a maneira como a cabeça de Kara dispara como um raio ao ouvir a batida na porta antes que ela se abra. Quando o garçom coloca a cabeça para dentro, ele parece tão aterrorizado quanto a maioria de nós ficou o dia todo. É apenas meio-dia.

— *O quê?* — Kara late.

— Acho que é para mim. — Minha risada *não é* ansiosa. Além disso, é *definitivamente* para mim. Posso sentir o cheiro.

Pego a bandeja com um sorriso e um agradecimento silencioso, depois entro no banheiro e abro a tampa.

Ah, bebê! Vem pra mamãe. Eu poderia chorar de alegria.

No segundo em que meus dentes afundam naquele hambúrguer de carne bovina de duzentos e vinte gramas com queijo americano, bacon e cebola grelhada, minhas papilas gustativas explodem. Minhas pálpebras se fecham e um gemido ressoa por todo o meu corpo.

E, então, a porta do banheiro se abre.

— Você está brincando comigo agora, Liv?

— Eu sinto muito.

A linda noiva cruza os braços sobre o peito.

— Sente nada.

— Não consigo viver de fatias de toranja e água. Preciso de substância. Um pãozinho de canela também cairia bem, assim como uma mimosa.

Kara joga os braços para o alto, quase derrubando o hambúrguer das minhas mãos.

— Mas tenho que comer toranja e beber água para poder caber no meu vestido! Você deveria estar me apoiando!

— Eu apoio você. Mas o casamento é seu, não meu. Além disso, você está linda em seu vestido e tem espaço de sobra. — Fui a todas as provas com ela, então sei disso. Estendo meu hambúrguer e ergo as sobrancelhas. Além do aborrecimento, a tentação brilha em seus olhos. — Não consigo durar até a hora do coquetel para colocar comida de verdade em mim.

Kara ri. É do tipo humorístico e frustrado, e não me sinto bem com isso.

— Ah, doce e ingênua Olivia. Você acha que conseguirá comer na hora do coquetel? Não, não, não. Você vai tirar fotos. Não, você não vai comer até a hora do jantar, querida.

Todo o meu rosto cai com esta notícia devastadora e Kara avança, agarrando meu punho enquanto dá uma mordida da metade do tamanho do meu hambúrguer.

— Ai. Porra. *Sim*. Tão bom.

— Não se atreva a estragar sua maquiagem! — A maquiadora corre para o banheiro, suspirando ao me ver. — Seu batom está todo borrado.

— *Desculpa* — minto, enfiando o resto na boca.

Kara me dá uma cotoveladinha.

— Você está brilhando. Não acredito que você não transou ontem à noite.

— Não transei — insisto pela décima quinta vez.

Kara me acordou à meia-noite para me perguntar se eu tinha sido bem fodida. Palavras dela, não minhas. A resposta foi não, mas, vinte e cinco minutos depois, com as luzes apagadas, nossa porta se abriu e Carter apareceu ao pé da minha cama. Ele não disse uma palavra e eu também não, apenas gostei da maneira como ele se aconchegou atrás de mim, seus lábios pressionados contra meu pescoço. Kara murmurou algo sobre pelo menos ter a decência de fazer sexo em silêncio para que ela pudesse ter seu sono de beleza, mas dormi minutos depois com Carter ainda enrolado em mim e, quando acordei esta manhã, ele já tinha ido embora.

Então, embora eu não tenha sido bem fodida, o que consegui foi uma noite de sono decente pela primeira vez em uma semana. Sinto-me revigorada e levemente esperançosa, e isso faz coisas maravilhosas por uma mulher.

Duas horas depois, minha boca está com batom, estou envolta em tecido cintilante cor de champanhe e a vários centímetros nada confortáveis do chão. Observo a mãe de Kara apertar o último botão do vestido da filha antes de se afastar, olhando-a nos olhos.

Cruzo as mãos sob o queixo.

— Você está absolutamente linda, amiga.

Ela passa os dedos pelo delicado cetim e respira fundo.

— Você acha?

— Eu sei. — Ajusto o diamante em seu dedo e sorrio. — Estou tão feliz por você.

— Ah, puta que pariu. — Ela enxuga o canto dos olhos. — Estou ficando com os olhos marejados. — Ela sacode as mãos. — E nervosa. Estou nervosa. O que há de errado comigo?

Pego suas mãos frenéticas, apertando-as.

— Você não tem motivo para ficar nervosa. São você e Emmett. Você está planejando este dia desde que se conheceram. Literalmente.

— E se ele ficar com medo? E se ele desistir? — Seus olhos azul-oceano saltam para os meus. Ao meu olhar de desaprovação, ela ri, descartando suas preocupações com um estalo do punho. Suas mãos flutuam sobre suas curvas e ela levanta o quadril. — Sim, você está certa. Quem poderia resistir a tudo isso?

— Aí está minha garota. Agora vamos buscar um marido para você.

— *Ai*. — Eu me viro, olhando a careta de Kara. — Você poderia parar de me apertar?

— Desculpa. Sinto muito. Estou nervosa. O que eles estão fazendo? Por que não estão prontos? Ela estica a cabeça como se estivesse tentando dar uma espiada.

— Pare com isso. Acalme-se, mulher. Eles estão apenas parados, conversando. Emmett provavelmente imaginou que você chegaria meia hora atrasada, como sempre acontece.

Ele está curvado sobre uma fileira de pessoas, rindo sem se importar com o mundo, o oposto de sua noiva. Examino a paisagem; as árvores e as montanhas formam um cenário deslumbrante para este lindo dia de céu azul. Adam e Garrett conversam com alguns de seus companheiros de time, mas não vejo Carter em lugar algum. Não que eu esteja procurando.

— Você pode dizer a ele que estamos prontos para começar? — Kara me empurra em direção às portas de vidro.

— Só para fazer você parar de me apertar. — Abro a porta e ela me dá um último empurrão, atirando-me no jardim, e bato em uma parede de tijolos.

Não, não é uma parede de tijolos. É meu namorado. Meu... Carter.

— Ai. Merda. Desculpa. — Meus dedos envolvem seus bíceps enquanto os dele seguram minha cintura, firmando-me sobre os saltos ridiculamente altos.

Os olhos de Carter dançam, mergulhando pelo meu corpo, aquele meio-sorriso cheio de arrogância.

— Você cresceu durante a noite?

Meus joelhos tremem ao vê-lo em seu terno preto, suas ondas geralmente rebeldes domadas e penteadas cuidadosamente para o lado, rosto recém-barbeado, exibindo aquelas covinhas de parar o coração.

— Doze centímetros — sai sem pensar da minha boca.

Suas sobrancelhas arqueiam.

— O quê?

— Ah, o meu...

Subo meu vestido, balançando meu pé.

— Salto doze.

Bem, pessoal, tem sido ótimo. Estou indo para casa.

O rosto de Carter explode com um sorriso arrebatador.

— Você é absolutamente deslumbrante, professora Parker.

— Obrigada. Você também. — *Por que sou assim?* — Seu cabelo está... seu rosto... — Kara quer que Emmett saiba que ela está pronta.

Ele ri, curvando-se e pressionando os lábios na minha bochecha.

— Direi a ele.

O braço de Kara se estende, puxando-me de volta para dentro.

— Ouvi mais do que gostaria de admitir. Eu não te ensinei nada sobre jogar com calma? Você é uma causa perdida, mulher.

Não posso dizer que discordo, então me alinho atrás do restante das madrinhas quando a música começa. Ao chegar a minha vez de ir até o altar, encontro a única pessoa que quero ver. Carter está com um sorriso bobo enquanto me observa tentando contar os passos na minha cabeça — o cerimonialista disse que ando rápido demais, o que acho irônico, porque, você sabe, sou baixinha. Ele apruma os ombros, ficando mais ereto, e seu sorriso fica mais amplo quando passo por baixo do arco e tomo meu lugar. Ele me dá uma piscadela enquanto a música muda, e todos se voltam para as portas de vidro. Kara entra com o pai ao seu lado.

Ela flutua pelo corredor como a rainha que é, radiante, com o nariz enrugado enquanto tenta lutar contra as lágrimas. Emmett está perdendo a batalha, lágrimas silenciosas escorrendo por seu belo rosto, e Carter lhe entrega o lenço de bolso de seu paletó.

Fico perdida durante seus votos sinceros, as promessas que eles fazem de amar e apoiar um ao outro para sempre, e os olhos de Carter permanecem fixos em mim enquanto enxugo minhas lágrimas.

A multidão de quase quinhentas pessoas fica de pé e enlouquece quando Kara e Emmett se beijam pela primeira vez como casados antes de ela pular nas costas dele, ele a rebocar pelo corredor e ambos sumirem de vista.

Carter se aproxima de mim e me oferece o braço.

— Vamos, princesa?

Eu sorrio para ele, entre lágrimas.

— Vamos.

— Você vai terminar?

Carter está apontando para o restante da minha costela com a faca, os olhos arregalados em dúvida. No momento que suspiro, ele sorri, pegando minha carne e colocando-a em seu prato.

— Estou começando a achar que você só pediu para se sentar ao meu lado para poder limpar meu prato.

— Não. Pedi para me sentar ao seu lado porque estou obcecado por você. — Sua mão pousa na minha coxa, deslizando abaixo da fenda do meu vestido, aquecendo minha pele, atraindo os batimentos cardíacos *para baixo, para baixo, para baixo*. Segurando meu queixo entre os dedos, ele inclina sua boca acima da minha. — E então posso fazer isso sempre que quiser.

Ele beija primeiro um canto da minha boca, depois o outro. Meu lábio inferior é o próximo, seguido do superior. E, quando sua boca finalmente cobre a minha, meus lábios se abrem, ansiosos por ele, para senti-lo, saboreá-lo, dar-lhe cada parte de mim que ele deseja.

Cada minuto deste dia foi perfeito, e fico apenas um pouco horrorizada quando volto de uma ida ao banheiro depois do jantar e encontro Carter conversando com meu irmão em um canto do salão de baile. E, então, acontece a coisa mais estranha. Jeremy ri, eles apertam as mãos e... se abraçam.

Que porra é essa?!

Alannah atravessa a sala, jogando os braços em volta das pernas de Carter, e ele a abraça com força antes de levá-la para a pista de dança.

Jeremy se aproxima de mim, puxando meu lóbulo da orelha.

— Que foi? Achou que eu iria matá-lo ou algo assim?

Bato em sua mão.

— Isso passou pela minha cabeça, sim.

— Não, Carter é um cara legal.

Minhas sobrancelhas sobem.

— Essas palavras nunca saíram da sua boca.

Ele dá de ombros.

— Consigo admitir que estava errado.

— Você literalmente não consegue. Nunca. Nunca na minha vida você já admitiu tal coisa.

— Ah, cala a boca.

A música muda, e eu sorrio com aquela melodia familiar, aquela que Carter canta para mim desde que nos conhecemos, enquanto ele caminha pela pista de dança, sorrindo timidamente para mim.

— Você pediu essa música? — pergunto a ele pela segunda vez em minha vida.

— Ã-hã. — Ele estende a mão. — Dança comigo?

Enfio minha taça de vinho no peito de Jeremy e deslizo minha mão na mão quente de Carter, observando-a engolir a minha enquanto ele me puxa contra si. Ele é o mesmo de sempre: seu cheiro, seu toque, a maneira como me abraça, seus lábios em meu ouvido enquanto canta sua música favorita.

Meu corpo estremece quando sua respiração desce pelo meu pescoço, e um frio na barriga explode quando ele pontilha minha pele com milhões de beijinhos carinhosos entre as palavras.

— Carter. — Eu aperto meus olhos fechados. — Eu...

— Eu te amo — ele me diz, colocando seu rosto na frente do meu. — Eu te amo, Olivia.

Seus lábios, suaves e gentis, tocam os meus enquanto a música vai chegando ao fim, as pontas dos dedos na parte inferior das minhas costas me pressionando para perto dele. Quando seu nome é chamado, ele encosta a testa na minha e sorri.

— Tenho de fazer meu discurso, pequena Ollie. — Ele me beija mais uma vez antes de ir para o palco. O simples ato de limpar a garganta e tocar no microfone lhe rendeu um grito de todo o time de hóquei, e seu sorriso elétrico ilumina a sala. — Como estão todos hoje à noite? — Ele sorri em meio ao barulho da multidão. — Estou muito feliz por ter o controle dos únicos cinco minutos que Kara não conseguiu planejar. Ela tentou, claro. Recebi um conjunto muito específico de regras que detalhavam o que eu tinha ou não permissão para dizer. Mas, por acidente, perdi essa lista. — Kara cruza os braços sobre o peito; a lista existe mesmo. — Para aqueles que não me conhecem, sou Carter, o melhor amigo e companheiro de time de Emmett. Estou honrado por estar ao lado dele hoje como seu padrinho, mas também é muito honroso da parte dele, pois ele enfim está admitindo para si mesmo e para todos os outros que sou mesmo o mais foda. — Ele faz uma pausa para ouvir as risadas que rolam pela sala. — Kara, você está deslumbrante pra caralho esta noite, uma imagem da perfeição como sempre é. Emmett é um homem de sorte.

— *Carter!* — Kara grita, batendo o punho na mesa.

— Ah, certo. *Ooops.* — Ele ri, parecendo um pouco envergonhado. — Eu deveria me limitar a apenas cinco xingamentos. Acho que já perdi um.

Kara levanta os dedos indicador e médio.

— *Dois!*

Os olhos de Carter se arregalam enquanto ele passa os dedos pelos cabelos, bagunçando o penteado.

— *Dois?* Merda. Quero dizer, porra. Não. Droga. Ah, foda-se. Kara, você sabe que não consigo! — Ele exibe a todos o seu sorriso perfeito, e Kara grunhe, deixando o rosto cair nas mãos. — Não posso ser perfeito em tudo. Mas, de qualquer forma, chega disso. Eu estava falando sobre o quão sortudo Emmett é. Ele sairá daqui esta noite com uma linda esposa que é forte, hilariante e tem um coração enorme. E, Kara, bem... você sairá daqui esta noite com um lindo vestido novo. — Kara fica de pé, segurando a saia do vestido enquanto gira um pouco. — Foi um dia emocionante para todos nós. — Carter aponta para o bolo de quatro camadas com calda escorrendo por cima. — Até o bolo está chorando. — Deixo cair a testa na mão enquanto a sala explode em gargalhadas. *Ai, Deus.* — Eu conheci Emmett quando tinha dezoito anos, ao sermos convocados para o Vancouver Vipers. Se puderem acreditar, não nos demos bem de imediato. Havia um sentimento de competição entre nós, como se ambos quiséssemos ser os melhores. Emmett era sério e focado, e eu era bobo e irresponsável. Ele era quieto e determinado, e eu era e ainda sou excepcionalmente bonito. Haha. Emmett, entrei em seu coração, quebrando sua casca com piadinhas inapropriadas, até que você me deixou ver o grande ursinho de pelúcia que você de fato é. Você sempre me inspirou e me incentivou a fazer melhor quando sabia que eu poderia, e tenho orgulho de dizer que sou o homem que sou hoje porque tenho um amigo como você. E, Kara. Eu sabia. Eu soube no segundo em que te conheci que você iria roubar meu melhor amigo. Você entrou naquele bar e o queixo dele caiu no chão. Tudo o que ele queria era passar todo o tempo livre com você, se esconder no quarto do hotel e falar com você ao telefone a noite toda, em vez de sair com a gente. Eu não entendia como ele se sentia até descobrir... — Seus olhos se movem, encontrando-me, e ele sorri. — Até que eu a conheci. E, então, tudo fez sentido. — Carter faz uma pausa, passando a mão pelo peito. — Assistir a vocês dois criando uma vida juntos tem sido incrível, e sei que só vai melhorar. Que sorte vocês têm por compartilhar isso com seu melhor amigo. Aos noivos! — Ele levanta a taça, mas, depois, ergue um dedo. — Ah, e mais uma coisa. Kara, isso é do pessoal do time: boa sorte com Emmett. Achamos que ele é inútil na maioria das posições, mas estamos confiantes de que sua experiência com ele esta noite será satisfatória.

Não tenho tempo para dizer a Carter o quão lindo foi o discurso dele, até mesmo as piadinhas, porque o DJ anuncia que é hora de jogar o buquê, e Jennie começa a me arrastar para o centro da pista de dança com ela e o restante das mulheres.

— Não quero — eu me queixo.

— Eu não perguntei. — Jennie começa a se alongar. — Se tenho de fazer isso, você também tem. Mas um aviso justo: tome cuidado. Nós, Beckett, somos competitivos pra caralho.

— Você pode ficar com o buquê. Essa tradição é ridícula!

Kara engasga-se, virando para mim.

— Tenho certeza que não ouvi você chamando algo do meu casamento de *ridículo*, Parker.

Pressiono meus lábios, balançando a cabeça.

— Você está certa. Agora fique em posição.

Com um suspiro, fico ao lado de Jennie, Alannah pulando para cima e para baixo na minha frente, e espero seriamente que uma não derrube a outra no chão em uma tentativa de pegar essa porra de buquê. Rolo meu pescoço sobre os ombros, fecho os olhos e espero que isso acabe, enquanto a multidão faz a contagem regressiva.

— *Cinco! Quatro! Três! Dois! Um!*

Eu espero.

E espero.

Finalmente, abro os olhos. Meu coração dá um salto mortal quando vejo Kara parada na minha frente, com lágrimas nos olhos enquanto sorri de um jeito lindo, segurando seu buquê.

Para mim.

Ela envolve meus dedos em torno das fitas de seda e veludo que mantêm os caules juntos, depois me leva até onde Carter está, esperando, sorrindo.

— Fique tranquila que a linda noiva me deu todo o apoio para fazer isso aqui esta noite.

O queixo de Kara pousa no meu ombro.

— Refletiremos sobre meu altruísmo mais tarde.

Todo o apoio para fazer o quê? Altruísmo? Por que estou com tanto calor e, mais importante, por que Emmett está apontando o telefone para mim?

— Já te contei hoje por que te amo? — Carter dá um passo em minha direção, depois outro, seu sorriso crescendo a cada centímetro que ele dá. — Eu te amo porque você é engraçada e sarcástica pra cacete, e, na noite em que nos conhecemos, você me disse para eu ir me foder. — Ele ignora o modo como Kara grita seu nome. — Você também é gentil, sensível e doce, a melhor professora, que eu teria morrido para ter no ensino médio. Você não é apenas minha namorada, é minha maior líder de torcida e minha melhor amiga. — Ele segura meu rosto entre as mãos, os polegares enxugando as lágrimas que escorrem. Nem sei de onde elas vieram. — Por que você está chorando, pequena Ollie? Ainda nem cheguei às coisas boas.

— Eu não sei o que está acontecendo, mas você me chamou de sua melhor amiga e sua namorada — soluço, dobrando-me em direção ao seu peito enquanto agarro a gola solta de sua camisa.

Sua risada suave vibra quente contra os meus lábios enquanto ele levanta meu queixo para me beijar. Ele dá um passo para trás, enfiando a mão no bolso, tirando uma pequena caixa de veludo, e se ajoelha.

— Espero poder chamá-la de mais uma coisa quando terminar o que preciso fazer aqui.

53
CAMBALHOTAS

OLIVIA

— Você está com vergonha?

O movimento de negação da minha cabeça é quase imperceptível, mas está lá. Meu olhar vagueia pelo salão, os olhares implacáveis, as mãos cruzadas sob o queixo ou pressionadas sobre os corações. Enfim, volto para o homem ajoelhado diante de mim.

— Muita.

— Eu disse que iria te envergonhar — Carter me lembra. — Você gostaria que eu parasse?

— Por favor, não — sussurro.

— Sabe, originalmente eu queria fazer isso nas finais da Copa Stanley. Mas Kara disse que você ficaria mortificada na frente de vinte mil pessoas e outras sete milhões na TV. Eu não teria me importado com todas aquelas pessoas vendo. Mas só queria te envergonhar um pouco, não te mortificar. Kara sugeriu que esta poderia ser uma opção melhor.

— Agradeço a consideração. Eu gostaria de viver para ver o dia do casamento, sem antes morrer de vergonha.

Carter ri, levantando-se. Ele segura meu rosto.

— Sei que tivemos nossos problemas. Esse relacionamento não começou tão bem quanto imagino que a maioria comece. Tivemos de aprender muito ao longo do caminho, mas, pessoalmente, acho que acertamos em cheio. — Eu rio e ele sorri. — Até você, só havia o hóquei. Não pensei que fosse possível querer mais nada, amar alguém... — Ele para, fechando os olhos e, quando se abrem novamente, seu olhar é inabalável, com necessidade e desejo borbulhando, fazendo aqueles olhos brilharem como as esmeraldas que são. — O jeito com que eu te amo é inexplicável. É muito mais que apenas querer estar com você, mas precisar de você mais que de qualquer coisa. Preciso de você, porque sem você sempre faltará algo nesta vida. Porque você torna tudo melhor e tudo faz sentido. Você reúne todas as melhores partes, os carinhos aconchegantes, as conversas tranquilas quando estamos deitados na cama, as manhãs sonolentas. A maneira como todo o meu corpo ganha vida quando vejo você pela primeira vez depois de voltar para casa, a maneira como seu rosto se ilumina e você pula nos meus braços e me abraça, como se precisasse de mim tanto quanto preciso de você.

— Eu preciso de você — digo a ele calmamente. — Tudo se encaixou no momento que cedi ao que meu coração, que me dizia do que eu precisava. Eu te amo, Carter, mesmo que no começo tivesse medo disso.

— Antes, nada me assustava mais que a ideia de que eu poderia me apaixonar. Mas nada me assustou mais que a ideia de que poderia perder você. Sei que você gosta de dizer que sou ostensivo, que aproveito tudo que o tenho, que faço tudo com talento. E você está certa. Por que eu não faria isso? Tenho orgulho de tudo o que tenho. Mas, entre as minhas conquistas, aquela de que sou mais orgulhoso é o seu amor.

Ele olha para baixo, revirando a pequena caixa em sua mão. Quando seus olhos encontram os meus, eles estão seguros e firmes. Carter fica de joelhos, levantando com cuidado a parte superior da caixa em suas mãos.

— Você ainda está envergonhada por causa de todas as pessoas?

— Quais pessoas?

— Essa é a minha garota! — Ele ri, pegando minha mão esquerda na dele. — Eu te amo. É tão foda que é assustador. — Minha mão treme na dele e ele a aperta, acalmando o tremor. — Tudo o que faço quando estou longe de você é contar os minutos até que possamos ficar juntos de novo. Não há outra opção para mim além de uma vida com você. Sei que é rápido, mas não preciso de tempo para me dizer o que já sei, que o para sempre com você já começou. Seja minha para sempre. Oficialmente, porque para sempre é tudo o que você sempre foi para mim. Então... case-se comigo, pequena Ollie. Diga sim.

— Você está pedindo? Parece mais que você está...

— Exigindo? Isso é porque eu sou exigente. E me recuso a ficar sem você. Não tem como recusar: nós pertencemos um ao outro. Você é minha. Minha melhor amiga e minha amante, minha única versão para sempre, e não pretendo nunca deixar você ir embora. Meu único objetivo é vincular você legalmente a mim pelo resto das nossas vidas.

— Tão romântico... — Caindo de joelhos, envolvo meus braços em volta de seu pescoço enquanto ele passa um braço em volta da minha cintura. A multidão está agitada. Essa conversa já dura há algum tempo, mas não me importo. — Tem certeza de que quer se prender a mim para sempre?

Aí está aquele sorriso que adoro, torto e arrogante, um homem que nunca esteve tão seguro de si.

— Para sempre, Ol. Pode me trancar e jogar fora a chave. Eu sou seu, meu amor. Sempre fui, sempre serei. E vou amar você quando chegarmos em casa.

Meu nariz enruga, tentando conter as lágrimas que continuam rolando enquanto estudo seu rosto, o fogo em seus olhos que nunca diminui, a esperança, a promessa.

— Eu te amo tanto, Carter.

— Então, por que ainda estou esperando por uma resposta aqui?

— Exigências precisam de respostas? — Passo o polegar sobre o sorriso lindo de doer que decora seu rosto maravilhoso. — Eu te amo, Carter. Não há nada que eu queira mais nesta vida do que viver para sempre com você.

Sua garganta balança ao engolir em seco, os olhos dançando no brilho dourado do salão de baile. Quando ele pisca, uma única lágrima escorre pela sua bochecha direita.

— Por que você está chorando? — pergunto, segurando a lágrima com os lábios.

Ele não responde.

— *Ela disse sim!* — Carter me ergue e me gira no ar. — Ela vai ser minha esposa!

Ele me coloca de volta no chão, põe o diamante mais deslumbrante em meu dedo, inclina-me para trás e beija minha boca com um beijo que não é nada além de possessivo e selvagem, frenético, cheio de todo o amor que sentimos na última semana.

E eu sei, sem dúvida alguma no mundo, que nunca mais teremos que ficar separados.

CARTER NÃO ESTAVA BRINCANDO SOBRE NÃO aceitar um não como resposta. A limusine estava esperando na frente do hotel, minha bagagem guardada lá dentro. No segundo em que Kara e Emmett saem, nós os seguimos.

Ele parece terrivelmente fofo e tímido enquanto digita o novo código da porta da frente: *1512*.

— Quinze de dezembro — diz ele, um tom rosado subindo até a ponta das orelhas sob a luz da varanda. — O dia em que nos conhecemos.

Dou dois passos para dentro e paro, boquiaberta enquanto olho em volta. Meus saltos caem da minha mão. Passo meus dedos pelas molduras espalhadas pela parede do corredor, cheias de fotos nossas e de todas as pessoas incríveis em nossas vidas. Volto-me para esse homem incrível e o pego olhando para a palavra rabiscada na madeira da moldura: *família*.

— Quando você fez isso?

— Sexta-feira.

Ele pega minha mão, puxando-me em direção às escadas.

— Vamos. Tem mais.

Ele me leva ao primeiro quarto de hóspedes, revelando um pequeno escritório com uma escrivaninha e uma cadeira de couro, um sofá de dois lugares e uma luminária de chão, uma daquelas cafeteiras e uma lata cheia de saquinhos de chá e café descafeinado. Minha bolsa de trabalho está apoiada nas pernas da mesa e meu laptop está em cima. Carter esfrega a nuca.

— Você sempre se senta no chão ao lado da mesa de centro quando planeja as aulas e corrige as provas. Achei que talvez você gostaria...

Eu o interrompo com meus lábios nos dele.

— Adorei! Não vou perguntar como você conseguiu minhas coisas, mas presumo que Kara esteja envolvida.

Seu peito infla de orgulho.

— Corri para o seu quarto assim que vocês duas partiram para Whistler.

Isso explica literalmente tudo. Kara estava me esperando quando terminei o trabalho na quinta-feira. O carro já estava preparado, e partimos para Whistler para que pudéssemos acordar bem cedo na sexta-feira e termos um dia de spa. Sem problemas quanto a isso. Minhas olheiras estavam enormes, como Kara gentilmente me lembrou várias vezes com a ponta dos dedos.

Carter me leva pelo corredor até o quarto, sua mão apertando a minha enquanto abre a porta. Sempre foi um quarto lindo, mas agora...

Junto à lareira, adoro me aconchegar e ler nas noites frias, e há três travesseiros grandes, uma cesta com cobertores e uma mesinha lateral com uma pilha dos meus livros. Uma cômoda que combina com a de Carter, embora esta seja mais curta e larga, com um grande espelho antigo em cima, foi encostada em uma parede que antes estava vazia, e dentro dela estão as minhas roupas.

Carter aponta para um lindo vaso de vidro cheio de girassóis, rosas cor-de-rosa e margaridas laranjas.

— A florista chamou esse arranjo de *Olá, luz do sol*.

Ele coça a têmpora, os olhos saltando entre mim, as flores e o chão.

— Você não está bancando o tímido agora, está? Não o Carter Beckett. Não é possível.

Ele sorri, puxando-me para ele.

— Eu queria que você se sentisse como se estivesse em casa.

— Sempre senti como se estivesse em casa com você, Carter. Não importa onde estejamos.

— Eu quero te dar tudo. — As palavras são calmas e sinceras, enquanto suas mãos percorrem minhas costas e meu zíper. — Absolutamente tudo.

— Você é tudo de que eu sempre precisei, juro.

Sua respiração fica presa na garganta quando eu o empurro suavemente contra a parede e meus dedos abrem os botões de sua camisa enquanto minha língua encontra a sua. Passo as mãos por seu torso, sentindo a forma como os músculos se flexionam sob meu toque, e depois por seus ombros, descendo por seus braços, até que sua camisa cai no chão.

Carter me vira de costas, pressionando meu peito contra a parede enquanto lentamente puxa meu zíper para baixo, seu hálito quente beijando minha coluna. Mãos fortes seguram minha cintura e meus quadris, e meu vestido cai no chão, levando junto minha calcinha. Ele me coloca na beira da cama e puxo a fivela do seu cinto, guiando sua calça e sua cueca boxer sobre suas coxas grossas. Quando ele as deixa atrás de si, cai de joelhos aos meus pés.

Carter deixa cair o rosto no espaço entre as minhas pernas, e sinto a umidade fria de suas lágrimas na parte interna das minhas coxas. Meu coração se parte quando seu olhar se levanta para encontrar o meu.

— Eu estava com tanto medo, Olivia. Aterrorizado. Ver você se afastar de mim e não ser forte o suficiente para te impedir naquele momento, para ser honesto com você, para pedir que fosse paciente comigo, a fim de que pudéssemos resolver aquilo juntos... Não senti que merecia você. Você merecia mais que eu. E sinto muito por não ter sido a pessoa que você merecia. — Seus olhos caem, seguidos por seu rosto, como se ele ainda se considerasse indigno, como se não se perdoasse por uma situação que estava além de seu controle.

Acaricio seu rosto, puxando-o até o meu.

— Eu te amo nos momentos perfeitos, e são tantos, mas sempre amarei você nos momentos imperfeitos também.

Seus olhos brilham com gratidão, transbordando de amor.

— Pensei que tivesse perdido você para sempre, e eu... eu... — O medo rouba suas palavras e ele balança a cabeça levemente. Pisca e uma lágrima escorre por sua bochecha. — Eu nunca quero perder você, Ollie. Você me faz melhor do que eu era antes.

Não acredito nisso, nem por um segundo. Este homem de joelhos diante de mim sempre foi o homem que conheço agora, aquele que amo infinitamente. Acho que ele era apenas cauteloso sobre com quem compartilhava todas essas partes especiais. Tenho muita sorte e sou grata por ser a pessoa que escolheu, aquela que consegue vê-lo, conhecê-lo, obter tudo dele.

— Eu estava perdido antes de você, Ollie, e estaria perdido sem você. Você é minha melhor amiga.

— E você é o meu. — Acariciando o pescoço de Carter, eu o guio pelo meu corpo. — Agora venha aqui e me ame, Sr. Beckett.

— Sim, Sra. Beckett. Uma rodada de amor doce, doce, chegando.

— Apenas uma?

— Ah, linda. Você não vai dormir até o sol nascer.

Seu toque em geral é duro e áspero, um símbolo de sua necessidade, da ferocidade com que sente falta. Mas, esta noite, ele está tão terno, saboreando cada momento enquanto as pontas dos dedos dançam sobre cada centímetro do meu corpo.

Seus lábios se movem com precisão suave pelo meu pescoço, pela minha clavícula, pela minha barriga e pela curva dos meus quadris, acendendo minha pele e deixando um rastro de necessidade tão cru que me faz tremer de luxúria.

Entrelaço meus dedos em suas mechas de cabelo sedosas e bagunçadas, e puxo seu rosto, tirando-o de entre minhas pernas, onde parece que ele está há horas, em vez de apenas minutos. Minutos maravilhosos, incríveis e emocionantes.

Ele me lambe nos lábios e gemo minhas próximas palavras.

— Eu preciso de você. Por favor. Agora. Eu preciso de você, Carter.

— Você já me tem — ele sussurra, o peso de seu corpo caindo sobre o meu.

Ele abre minhas pernas, colocando uma em torno de seu quadril enquanto seu pau entra em mim, e minhas unhas cravam em seus ombros quando me agarro a ele. Carter aproxima sua boca da minha, queimando-me com um beijo alucinante, engolindo meu suspiro ao meter devagar dentro de mim.

— Eu te amo. — Ele beija as lágrimas que caem livremente dos meus olhos. — E vou amar você pelo resto da minha vida e depois disso também.

— Liv, Liv, Liv, Liv.

Cutucão, cutucão, cutucão.

— Ollie, Ollie, Ollie, Ollie.

Cutucão, cutucão, cutucão.

Emito um resmungo e bato no dedo que está cutucando minha bochecha.

— Vamos, ursinha dorminhoca. Acorde, pequena Ollie.

— Mas acabei de dormir — murmuro, abrindo uma pálpebra sonolenta, semicerrando os olhos para o sol que entra pelas portas de vidro por cima do ombro de Carter.

Ele se vira, até que seu rosto sorridente é a única coisa que vejo.

— Você está dormindo há quatro horas.

— Quatro horas? — Caio de costas, com os braços abertos. — Bem, se estou dormindo há quatro horas, certamente deve ser hora de acordar.

A risada matinal de Carter é um dos meus sons favoritos, profunda e rouca de sono, embora ele claramente esteja acordado há muito mais tempo do que eu. Ele está bem alegre.

Rola em cima de mim, abrindo minhas coxas, espalhando a umidade entre elas. Cantarola enquanto enfia os dedos, fazendo-me enterrar a cabeça nos travesseiros enquanto gemo.

— Hmm. Parece que você estava esperando que eu te acordasse. — Então ele sai de cima de mim, puxando-me também, e *que porra é essa?* — Vamos. Levante-se. Temos um dia agitado pela frente.

Pego um travesseiro e bato na lateral da cabeça dele.

— É rude começar algo que você não vai terminar.

— Ah, eu vou terminar. Cerca de dez vezes, e então você precisará mesmo dormir. — Seu sorriso é todo diabólico, mas, então, ele puxa minha mão, rebocando-me em direção à varanda. — Quero te mostrar uma coisa.

— Mostrar o quê? E por que temos que fazer isso na varanda? Não podemos ficar na cama? E por que teremos um dia agitado? É feriado.

Carter me empurra para a espreguiçadeira, na frente de um impressionante café da manhã e de seu laptop. Vou de boa vontade, porque tem bacon e também porque eu o adoro.

— Temos que vir à varanda porque é aqui que está a comida. Mas, mais que isso... — Seu olhar passa por mim, brilhando de adoração. — Eu me apaixonei por você nesta varanda. Me apaixonei pela maneira como você dormia tranquilamente ao lado do fogo. Me apaixonei pela maneira como olhava maravilhada para o céu, para as milhões de estrelas. Me apaixonei pelo jeito com que se abriu comigo, me deixou te ver e permitiu que eu me mostrasse também. Me apaixonei pela forma como nos deitamos aqui, seu corpo envolto no meu, todas as vezes que fizemos amor aqui e quando pedi para tornar esta casa a sua. Eu me apaixonei por você inúmeras vezes e continuo me apaixonando todos os dias, aqui mesmo, nesta varanda.

Meus batimentos cardíacos aceleram e levanto seu braço, aconchegando-me ao seu lado.

— Ok, você me pegou. Adoro esta varanda. Na verdade, todos esses são excelentes motivos para ficarmos aqui o dia todo e não sairmos. Você não acha?

Carter apoia os pés na mesa de centro e coloca o laptop no colo. Quando espio a tela, sento-me tão rápido que quase o derrubo do colo dele, lançando-me sobre ele para pegá-lo antes que ela caia no chão.

— Como você se sente em relação a um casamento no outono? — Ele toma um gole de café e depois me oferece, ignorando a forma como fico boquiaberta.

— Um casamento no outono? Tipo, neste outono?

— Hmm. Sim.

— Mas isso é tão...

— Logo. — Suas sobrancelhas sobem. — Você tem algum problema com isso?

— Eu acabei de... eu... não. Mas tem certeza de que é isso o que você quer? Estará muito ocupado com o hóquei. E não precisamos nos apressar. Se você quiser...

— Eu não quero esperar porque não quero uma vida na qual você não esteja. Meu mundo gira tão lindamente por causa da maneira como você abriu meu coração e fez eu me sentir como eu mesmo de novo. Eu não sabia mais quem era depois que meu pai nos deixou. Só era um jogador de hóquei, um líder. Isso é tudo o que eu sabia ser. Até que você apareceu e me lembrou de que eu era capaz de muito mais, que tinha muito a oferecer. Então, foda-se, quero me casar com você agora mesmo, ainda que pareça impulsivo... Temos de convidar nossas famílias e nossos amigos... e há uma semana em novembro em que não jogamos por quatro dias, então o outono parece um bom momento, se você estiver aberta a isso.

— Eu... eu estou... — *Ai, meu Deus.* — Posso fazer isso. Se conseguirmos encontrar um local e tudo mais em tão pouco tempo.

Ele gira seu laptop na minha direção.

— Temos quatro compromissos hoje para ver os locais que estão disponíveis naquele fim de semana.

Meu queixo cai. De novo. Não tenho certeza de ter conseguido deixá-lo fechado desde que essa conversa começou.

— Mas é o Dia do Canadá. É feriado.

— Escute, você sabe que não gosto de me gabar... — Ele faz uma pausa de cortesia para minha bufada. — Mas ser rico e famoso me proporciona certos privilégios, como visitar salões de casamento em uma segunda-feira de feriado. — Ele cutuca minha bochecha. — Além disso, Kara tem planejado discretamente nosso casamento desde que a levei comigo para desenhar seu anel, em maio, e você tem três provas de vestido marcadas antes de ela e Emmett partirem para a lua de mel.

— Mas eles vão viajar no sábado.

Sua expressão me diz que ele sente muito; ninguém quer passar três dias com Kara experimentando vestidos. Acabei de fazer isso, só que foi um esforço de um mês e meio para escolher o vestido dela, e as cicatrizes ainda estão recentes.

— Escute, é difícil fazê-la parar depois que já começou. Honestamente, fiquei meio assustado, mas a deixei seguir em frente. — Ele aponta para a tela. — Ela marcou todos esses compromissos, e só temos de escolher qual nos agrada mais. Ela disse: *Deixe o resto comigo*. E meio que gargalhou enquanto dizia isso e fez aquela coisa assustadora de tamborilar os dedos. — Carter estremece e depois dá de ombros. — Então concordei e dei o fora de lá.

— Entendi. — Eu me aconchego nele, colocando minha cabeça sobre seu peito.

— Me mostra aonde iremos hoje.

Seu sorriso é tão largo que eu sorrio também.

— Sim?

— Sim.

Todos os locais são lindos, claro, mas gosto mais da forma com que seu rosto fica iluminado enquanto ele explica sobre cada um. Ele diz o que mais gosta neles e qual acha que vou gostar mais, suas mãos se movendo de modo descontrolado enquanto fala. Quando termina, ele fecha o laptop, deslizando-o sobre a mesa e me puxando para os seus braços.

— A primeira visita é em duas horas — ele cantarola no meu pescoço.

— Ah. Então vamos esquecer um pouco o para sempre e nos dedicarmos a mais rodada de diversão?

— Para sempre começou no segundo em que você disse *sim* à meia-noite, tantos meses atrás, no segundo em que meus lábios encontraram os seus pela primeira vez. Tenho toda a intenção de passar o resto da minha vida da mesma maneira de como o ano começou, amando cada pedacinho do seu corpinho atrevido. Tudo começa e termina com você e eu, e na maneira como você faz meu coração bater e meu estômago dar cambalhotas.

— Cambalhotas?

— Sim, cambalhotas, Ol.

Carter me empurra de costas e sobe em mim, montando em meus quadris. Com meus punhos em suas mãos, ele prende meus braços acima da minha cabeça. Seu rosto mergulha, a ponta do nariz subindo pelo meu pescoço, até que seus lábios encontram os meus.

— Eu não acho que serei lento e gentil hoje, Ollie.

— Verdade?

Suspiro quando seus dentes mordem o ponto delicado do meu pescoço, logo abaixo da minha orelha.

— Não. Vou te amar muito hoje e só saberei que fiz meu trabalho direito se precisar carregá-la até o carro quando terminarmos. Está tudo bem para você, princesa?

— Todo tipo de amor seu é perfeito.

Ele ri de leve contra a minha pele antes de afundar dentro de mim.

— Isso é bom, porque te amo de um milhão de maneiras diferentes e mal posso esperar para passar o resto da minha vida mostrando todas.

Afasto as ondas de sua testa e dou um beijo carinhoso em seus lábios, prolongando um pouco mais esse lado deste homem antes que ele se torne o animal selvagem que eu amo tanto.

— Eu te amo, Carter.

Seu sorriso torto força aquelas covinhas, iluminando minha alma. Ele se senta sobre os calcanhares, puxando-me para o seu colo, nunca cortando a conexão, enquanto seus dedos afundam no cabelo da minha nuca e sua língua toma minha boca.

— Obrigado por me escolher, pequena Ollie. Eu não poderia ter imaginado uma vida melhor.

EPÍLOGO

OOOPS

CARTER

Novembro

— Está nervoso?

— Sim.

— Não. Sim. Porra. Não. Não sei.

Isso provavelmente é resposta suficiente. Puxo a gravata e ajusto as mangas do meu paletó pelo que deve ser a vigésima vez. Não está quente lá fora, mas está muito quente aqui dentro. Por que é que está tão quente?

— Ela está atrasada.

Alguém ri, e eu encaro os cinco homens que estão ao meu lado.

Hank, Emmett, Adam, Garrett ou Jeremy — pode ter sido qualquer um deles.

São todos idiotas.

Dublin choraminga aos meus pés. Ele não é um idiota. É um bom menino de smoking.

— Vocês se conhecem há longos onze meses e ela está atrasada? — Garrett balança a cabeça.

— Deus que me perdoe, no dia em que eu ficar tão obcecado por uma foda quanto você...

Olho para Adam e ele faz exatamente o que preciso que faça: dá uma cotovelada em Garrett.

Escondo o meu sorriso pela forma como ele se cala, agarrando-se à lateral de seu corpo, mas logo depois a música começa, posso estar à beira de um ataque de pânico quando a procissão de mulheres bonitas começa a desfilar.

— Acalme-se — Jennie murmura quando passa, e Garrett ri muito mais alto que o necessário, ganhando um olhar reprovador tanto de mim quanto da minha irmã.

Ele limpa a garganta e Jennie gesticula.

— *O quê?* — ele sussurra para ela.

Ela continua a puxar uma gravata imaginária, com os olhos arregalados, enquanto dirige olhares pontiagudos para o pescoço dele.

— *Eu não sei o que você está dizendo* — ele grita de volta para ela, gesticulando em uma demonstração do quanto ele de fato não entendeu.

— Ai, porra... — Jennie enterra o rosto atrás do buquê por um momento. — A gravata! Conserte a gravata!

— O quê? Ah!

Garrett olha para baixo, ficando com o rosto vermelho-vivo quando vê sua gravata torta. Este é um começo fantástico, que só aumenta a minha ansiedade. Pelo menos eu sorrio com a forma com que Alannah vem andando, atirando pétalas de flores sobre os rostos desavisados. Jem a segue até metade do caminho, antes de decidir deitar-se e pôr-se a mastigar uma das pétalas.

— Jemmy! Não! Jemmy, vem! — Alannah tenta atraí-lo com mais pétalas, caminhando lentamente em direção ao altar. — Vamos, Jemmy. Vamos lá. Eu tenho muitas pétalas para você aqui, neném.

Olivia disse que isso iria acontecer. Na verdade, ela apostou comigo. Agora devo a ela uma massagem nos pés e brownies.

— O garoto tem o déficit de atenção da mãe — Jeremy murmura.

Eu rio, porque, sim, é verdade.

A forma como Kristin o encara me diz que até ela concorda. Alannah acaba por pegar o irmãozinho nos braços, carregando-o pelo resto do caminho.

— Dê ao tio Carter os anéis, Jemmy.

Por algum golpe de sorte, o menino sorri para mim, segurando a caixinha nos dedos gordinhos.

— Obrigado, amiguinho — digo antes de plantar um beijo nas bochechas dos dois.

Os meus dedos seguram bem a caixa, e eu inspiro com ansiedade à medida que a música desaparece.

— Puta merdaaa — respiro quando a próxima música começa.

"Millionaire", de Chris Stapleton. Olivia acha que a escolhi porque sou milionário. Mas escolhi porque, se tudo o que eu tivesse fossem ela e seu amor, ainda me sentiria o homem mais rico do mundo.

Cada fragmento de ansiedade dissipa-se no segundo em que uma mulher deslumbrante passa pelas portas, todo seu um metro e meio de renda e cetim, e cada partícula de oxigênio é sugada do ambiente.

— Descreva-a para mim — sussurra Hank.

— Ela está... está... — Aperto os olhos pelo mais breve dos momentos, porque não quero perder um segundo disso. — Eu não consigo. Lamento. — Não há palavras. Vê-la é como acordar na manhã de Natal aos três anos de idade e finalmente perceber qual é o sentido daquilo tudo. Ela é o momento em que a chuva para e o sol nasce, iluminando o céu com mil cores, e tudo cheira a frescor. É a primeira patinação em um lago congelado, rodeado por montanhas nevadas e pinheiros, com o ar mais puro. É aquela que se aproxima no meio da noite, empurrando seu corpo quente para perto do seu e se aconchegando ali, e, naquele momento, tudo parece *certo*. — Ela está...

— Perfeita — Hank termina, baixinho.

Perfeição total. *E é toda minha.*

É provavelmente por isso que só a deixei caminhar por três quartos do corredor antes de ir correndo em direção a ela enquanto os convidados suspiram de surpresa.

Mas Olivia? Ela não parece surpresa. Nem um pouquinho.

— Impulsivo e impaciente — ela murmura, mesmo quando seu pai a solta e eu a levanto nos braços, girando-a, esmagando-a contra o meu peito enquanto a beijo com tudo o que tenho.

— É por isso que você vai se casar comigo.

— Ã-hã.

Ela inclina a cabeça, torcendo um pouco o nariz enquanto finge pensar.

— Entre outras razões, sim.

— Você está tão linda!

Quero afundar os dedos no cabelo dela, mas ela provavelmente vai me matar. Está tão bonito.

— *Ei*! — Kara estala os dedos de seu lugar no altar. — Parem de conversinha e venham logo se casar!

Olivia ri e pego a mão dela.

Tenho certeza de que nunca sorri tanto quanto quando pergunto:

— Pronta para se casar?

Ela desliza a mão na minha, nossos dedos emaranharem-se e ela me dirige aquele sorriso carinhoso que eu amo tanto.

— Pronta.

— Você está absolutamente espetacular esta noite, sra. Beckett.

Seu vestido é de uma renda linda e intrincada, drapeada sobre o cetim, com um bordado delicado sobre sua bunda perfeita, subindo até as costas, que estão quase totalmente expostas em sua perfeição leitosa.

Blush, esse é o nome do tom do tecido. Eu não me importo com isso. Minha esposa é uma obra-prima.

Rodopio a minha noiva deslumbrante no salão de festas como a minha irmã nos ensinou e vejo-a no canto, mãos no rosto, como se estivesse nervosa, achando que vamos errar a qualquer segundo, contando cada passo.

— Você diz isso todas as noites.

— Porque você sempre está.

Nua, vestida, suada e com um coque desarrumado ou nada além da minha camiseta, ela é sempre a coisa mais bonita que meus olhos já viram. Mas, hoje...

Desço a mão pela lateral do corpo dela, posicionando-a sobre sua lombar.

— Meu vestido está justo demais.

Recuo para olhar para o seu beicinho e sorrio.

— Não está.

O vestido está perfeito nela. Eu não preciso inspecioná-la; já olhei para ela a noite toda.

Ela também me pegou no flagra tentando espiar o vestido há algumas semanas, no armário do quarto de hóspedes. Ela me deu um golpe de judô tão forte que eu tive de colocar gelo no meu punho só para fazê-la se sentir mal. O que funcionou, até ela me pegar rindo comigo mesmo. Ela dormiu de pijama naquela noite e fez eu manter minhas mãos acima da cintura.

— Mal posso respirar, Carter. Me abaixar, então, nem pensar.

— Ah, não.

Consolá-la tem me feito chegar longe esses dias.

— Bem... Então é melhor tirar você daí de dentro o mais rápido possível. — Faço uma ceninha, olhando em volta como se procurasse uma saída ou talvez um banheiro. Quanto mais eu olho, menor fica o fingimento. Vou levá-la para algum lugar privado agora mesmo. — Vamos a algum lugar em que eu possa arrancar isso de você.

— Este vestido custou um absurdo. Você não vai rasgá-lo. Nunca.

— Humm. — Veremos. Eu mando costurar, se precisar. — Está planejando usá-lo de novo, é?

Ela dá um sorriso atrevido.

— Sim. Quando me casar com o meu segundo marido.

— Menina safada.

Deslizo uma mão pelas costas dela, deixando-a curvar-se sobre a suave ondulação do seu traseiro, dando-lhe um pequeno aperto.

— Você sabe que todos os mais de duzentos convidados podem ver a sua mão na minha bunda agora, certo, sr. Beckett?

— Ã-hã. E eu gosto disso, sra. Beckett. Que todos saibam que você é minha.

Olivia bufa o meu riso favorito.

— Acho que isso já ficou claro com os votos de casamento que eles testemunharam mais cedo.

— As minhas mãos por todo o seu corpo delicioso são um voto a mais. *Mais explícito*. Sabe o meu lema: arrase ou volte para casa.

A cabeça de Olivia inclina para trás, as pálpebras maquiadas fecham-se enquanto ela chacoalha o corpo, rindo.

— Não posso acreditar no quanto eu te amo — ela me diz com um suspiro suave antes de encostar os lábios nos meus.

— Acho que não posso amar mais você do que agora, mas amanhã você vai provar que eu estava errado, como faz todos os dias.

Eu a abraço enquanto sussurro as últimas palavras da nossa canção no ouvido dela e aproveito um pouco mais antes de nos sentarmos à mesa dos noivos.

Olivia enxuga os olhos ao longo de cada discurso dos nossos amigos e familiares.

No meio do discurso de Hank, ela começa a se descontrolar.

— Carter, filho, sei que no dia em que nos conhecemos... Bem, sei que provavelmente foi o pior dia da sua vida. E, Deus, como eu gostaria que pudéssemos ter nos encontrado em melhores circunstâncias. Mas, bem, conhecer você foi uma das melhores coisas que me aconteceram na vida. Acredito de verdade que Ireland nos deu um caminho para nos encontrarmos, e seu pai também, e sou grato todos os dias por isso. Ireland e eu não pudemos ter filhos, e talvez não o tivesse conhecido até estar a meio caminho da porta, mas, no segundo em que entrou na minha vida, eu sabia que você era especial. Você preencheu um buraco no meu coração que ninguém mais podia preencher, e sei com toda a certeza de que minha Ireland teria amado você e que o seu pai está olhando para você hoje, orgulhoso com esse homem que você se tornou. Olivia... Meu Deus. Fico feliz por não conseguir ver.

Eu posso ouvi-la chorar e ver isso partiria meu velho coração. — Olivia engasga-se em um choro misturado com riso, e coloco a mão em suas costas, esfregando a pele lisa e quente. — Eu soube, no segundo em que ouvi a notícia de que Carter tinha convidado uma moça para dançar num bar, que ele tinha encontrado seu par. Soube na mesma hora. Os olhos no meu rosto podem não funcionar tão bem, mas este terceiro olho aqui — ele toca o espaço entre as sobrancelhas — funciona muito bem. Esse rapaz ficou encantado com você desde o primeiro momento. Nunca conheci um par mais perfeitamente adequado um ao outro. A forma como trabalharam arduamente para se tornarem melhores, para serem melhores juntos, uma verdadeira equipe, é inspiradora. Não preciso desejar toda a felicidade do mundo, porque sei que já a encontraram. — Hank levanta a taça. — Por um amor que só se torne mais forte com a idade e que não acabe nunca!

Olivia está fora do seu lugar antes que eu possa afastar a cadeira, abraçando Hank com força suficiente para que eu me preocupe que os dois possam cair no chão. Mas eu os estabilizo, juntando-me a eles e aproveitando cada segundo desse abraço em grupo.

À medida que os pratos do jantar são retirados e a conversa fica animada, inclino-me para o ouvido da minha esposa.

— Está quase na hora do nosso discurso. Quer sair daqui por uns cinco minutos rapidinhos?

Ela arqueia uma sobrancelha, perspicaz.

— Cinco minutos rápidos ou *uma rapidinha de cinco minutos*?

— Prefiro duas horas longas, mas cinco minutos rápidos já servem.

— Você nunca é rápido e certamente nunca dura só cinco minutos.

Mesmo assim, ela fica em pé, dobrando o guardanapo sobre o prato e puxando-me da minha cadeira.

No segundo em que fico sozinho com ela atrás de uma porta trancada, vou logo para cima, apoiando-a contra a penteadeira.

— Eu amo quando você chora.

— Que coisa estranha de dizer.

— Você fica linda quando chora. Seus olhos parecem que se derretem e ficam com lindos pontinhos verdes e dourados.

Levanto o vestido dela o mais delicadamente que consigo, tiro sua calcinha branca de renda e a levanto sobre a bancada.

— Além disso, você é tão dengosa... Eu adoro isso. Um contraste tão forte com a mulher durona que finge ser.

— Eu sou durona.

Ela inclina a cabeça de lado, a língua dançando por seu lábio superior enquanto ela me observa puxar meu pau, segurando-o pela base, arrastando-o sobre sua boceta e seu clitóris.

Molhada, tão molhada.

— Tão durona.

Eu a puxo para mim, pressionando os lábios contra seu pescoço enquanto afundo dentro dela.

— Na noite em que nos conhecemos, você assistiu a um comercial com filhotinhos de cachorro sem nem olhar para mim.

— Foi uma tortura — diz ela com um gemido, movimentando os quadris na minha direção. — Ela começa a arrancar minha gravata e abrir os botões. — Quero tirar isso de você, quero arrancar.

— Haha — zombo. — Rápido — eu a lembro.

— Cinco minutos.

Meu Deus, ninguém faz bico como Olivia, toda emburrada, empurrando o lábio inferior para fora até onde dá.

Rindo, eu a beijo para que ela pare de fazer bico.

— Estou tentando ao máximo não estragar seu cabelo — eu gemo enquanto pego velocidade. — Mas tudo o que quero fazer é enfiar a minha mão dentro do penteado, puxar todos os malditos alfinetes e as florzinhas, e foder... *foder você*. Quero te foder tão forte e por tanto tempo, a ponto de você não conseguir se lembrar de como é não me ter dentro de você. Quero deitar você na nossa cama, rasgar esse vestido de merda e adorar cada centímetro deste corpo, até que você saiba como é ter cada pedaço seu amado além da medida.

Olivia geme, agarrando a minha camisa enquanto esfrego seu clitóris.

— Eu já sei... já sei como é isso.

— Sabe?

Descanso a testa contra a dela e vejo como ela se desmorona em torno de mim, seu corpo tremendo enquanto empurro uma vez, duas vezes mais, e depois me desfaço com ela.

Ela encosta os lábios nos meus.

— Se o seu amor fosse tudo o que eu tivesse para o resto da minha vida, já seria mais que suficiente.

Gosto demais dessa resposta e, quando estamos apresentáveis o bastante, voltamos para o salão de festas.

Minha irmã olha-nos com puro desgosto.

— *Argh*. Vocês dois acabaram de fazer sexo.

— Não fizemos, não.

Insiste Olivia exatamente na mesma hora em que eu exclamo:

— Claro!

Jennie revira os olhos e engasga-se, indo para o seu lugar.

— Estamos prontos para o brinde dos noivos, sr. Beckett — a cerimonialista diz enquanto voltamos para a nossa mesa.

— Você gostaria que servissem champanhe agora ou que segurássemos até depois da sobremesa?

— Agora está perfeito. Obrigado.

Uma vez que o champanhe é distribuído e pego o microfone — Olivia diz que não preciso de um porque já falo alto o suficiente —, nós nos posicionamos na frente de nossos amigos e familiares.

Um garçom vem com uma última bandeja, oferecendo uma taça de champanhe a Olivia.

— Ah, não. Nada de álcool para ela. — Coloco uma mão protetora sobre sua barriga. — Não é isso, mamãe?

— *Carter!* — Olivia rosna, e a perigosa inclinação de seus olhos e seus lábios vermelhos-cereja dizem-me que, mesmo na noite do nosso casamento, essa mulher pode me matar aqui, agora.

— Que foi? — pergunto tão inocentemente quanto consigo, porque não quero morrer esta noite, mas é claro que cometi uma gafe enorme de que não estou ciente.

Meus olhos caem sobre o rosto dela, a expressão que só parece ficar mais indignada a cada segundo, depois para a minha mão sobre a pequena ondulação da barriga dela, que só fica visível quando ela está nua... aquela ondulação da qual nunca consigo tirar os olhos em casa. E, enfim, viro-me para a multidão, nossos familiares e amigos, suas caras chocadas, mas felizes.

Porque acabei de dizer a todos os duzentos e cinquenta convidados que a minha esposa não pode beber álcool.

De alguma forma, a minha linda senhora consegue estreitar os olhos muito além do que parece possível. Será que ela ainda está me vendo?

— *Uma regra* — ela me repreende com aquela voz sussurrada de professora, que tem o poder de fazer todo o meu um metro e noventa e três de altura encolher. — Você tinha que obedecer a apenas uma regra esta noite.

Eu obedeci. Uma regra.

Não contar a ninguém sobre o bebê que eu acidentalmente coloquei na barriga da minha esposa durante o verão.

E pensei que estava indo bem. Pensei mesmo.

Kara e Jennie estão doidas, porque sabiam que eu não podia falar. Pego Adam suspirando, deslizando uma nota de dinheiro para Garrett e Emmett, que parecem tão presunçosos quanto eu sou em geral.

Bem. Eu fodi.

Tento profundamente, o mais profundo que posso, e dou o meu sorriso mais encantador, mais cheio de covinhas, aquele que tem sido conhecido por me tirar de problemas.

Vejo a raiva dela se dissipar, derretendo o lindo rosto de Olivia.

E levanto os ombros de uma forma que é tudo, menos inocente.

— *Ooops.*

PLAYLIST DE
Jogando para vencer

1. "Something Like Olivia" – John Mayer
2. "Good For You" – Josh Gracin
3. "Consider Me" – Allen Stone
4. "I'm With You" – Vance Joy
5. "Can I Kiss You?" – Dahl
6. "Shape of You" – Ed Sheeran
7. "Yours in the Morning" – Patrick Droney
8. "Saturday Sun" – Vance Joy
9. "You & Me" – James TW
10. "Cross Me" – Ed Sheeran, Chance the Rappe & PnB Rock
11. "Half of My Heart" – John Mayer
12. "Conversations in the Dark" – John Legend
13. "Let's Stay Home Tonight" – Needtobreathe
14. "Coulda Loved You Longer" – Adam Dollar
15. "If It Weren't For You" – Finmar
16. "Slow Dancing in a Burning Room" – John Mayer
17. "Try Losing One" – Tyler Braden
18. "Please Keep Loving Me" – James TW
19. "Speechless" – Dan + Shay
20. "Until You" – Ahi
21. "Millionaire" – Chris Stapleton
22. "Yours (Wedding Edition)" – Russell Dickerson

AGRADECIMENTOS

Ao meu marido, por aceitar gentilmente seu lugar como número dois, porque Carter Beckett não aceita dividir o palco. Obrigada por seu amor e seu apoio.

À minha gangue de garotas — Erin, Hannah e Ki —, obrigada por estarem comigo em cada passo do caminho e por sempre me fazerem rir.

Paisley, não há palavras suficientes para expressar o quanto sou grata por sua experiência e seu trabalho árduo em me ajudar a contar a história de Carter e Olivia. Como chegamos aqui depois de passar bilhetes na sexta série e de intermináveis festas do pijama? Que sorte ter você na minha vida.

Louise, obrigada por estar ao meu lado ao longo desse processo tão divertido, mas também assustador, e por seu trabalho duro e sua dedicação.

Anthea e Sarah, obrigada por verem o que vejo na minha pequena família Vipers e por me ajudarem a espalhar o amor. Que sorte poder trabalhar com vocês duas.

Senhorita Bizzarro, obrigada por ser o tipo de professora que inspira e incentiva seus alunos a irem atrás de seus sonhos, que os faz se sentirem capazes e confiantes. Um dia, anos atrás, você me disse que eu poderia fazer, então eu fui lá e fiz.

A vocês, leitoras e leitores, meu obrigada. Posso não escrever com perfeição, mas coloco meu coração e minha alma em minhas histórias, e espero que vocês consigam sentir isso. Obrigada, do fundo do meu coração, por estarem aqui comigo.

E, finalmente, ao meu irmão mais velho. Espero que você saiba que persegui meu sonho por sua causa. Eu amo você e sinto muita saudade.